LES PIONNIERS
DU BOUT DU MONDE

DU MÊME AUTEUR

La Terre du bout du monde, L'Archipel, 2012 ; Archipoche, 2013.

L'Héritière de Jacaranda, L'Archipel, 2011 ; Archipoche, 2012.

Le Chant des secrets, L'Archipel, 2010 ; Archipoche, 2011.

Éclair d'été, L'Archipel, 2009 ; Archipoche, 2010.

La Dernière Valse de Mathilda, L'Archipel, 2005 ; Archipoche, 2007.

TAMARA McKINLEY

LES PIONNIERS
DU BOUT DU MONDE

traduit de l'anglais
par Danièle Momont

l'Archipel

Ce livre a été publié sous le titre
A Kingdom for the Brave
par Hodder & Stoughton, Londres, 2008.

www.editionsarchipel.com

Si vous désirez recevoir notre catalogue
et être tenu au courant de nos publications,
envoyez vos nom et adresse, en citant ce livre,
aux Éditions de l'Archipel,
34, rue des Bourdonnais 75001 Paris.
Et, pour le Canada, à
Édipresse Inc., 945, avenue Beaumont,
Montréal, Québec, H3N 1W3.

ISBN 978-2-8098-1130-8

«Patrie des braves échappés à l'oubli!
Dont le sol, depuis les plaines jusqu'aux
cavernes des montagnes,
Fut l'asile de la liberté, ou le tombeau
de la gloire.»
Le Giaour, Lord Byron (1788-1824)

À Liam, Brandon, Brett et Fiona.
Puissent-ils ne jamais oublier les pionniers,
les aventuriers et les bagnards qui jadis luttèrent
vaillamment pour la prospérité et la liberté
de l'Australie.

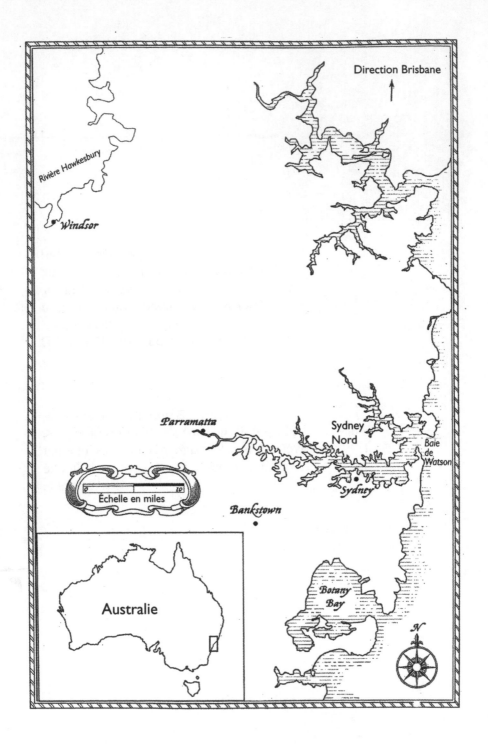

Avertissement

Ce récit, qui met en scène les familles Collinson, Cadwallader et Penhalligan, est une œuvre de fiction, étayée par des faits historiques. L'emploi de la dénomination «fleuve Brisbane» est un anachronisme, le cours d'eau ayant été découvert plusieurs années après la date à laquelle se situe la fin de cette histoire. Je l'ai mentionné délibérément, pour aider le lecteur à situer géographiquement les événements que je rapporte. Il en va de même pour Balmain, quartier de Sydney dont la création remonte tout au plus à 1800.

Les livres d'histoire évoquent la guérilla menée par Tedbury et Pemuluwuy, ainsi que les soulèvements irlandais et la «révolte du rhum», survenue à la suite des mesures prises par le gouverneur William Bligh. Johnston et Cunningham, les meneurs du mouvement, au même titre que les malheureux Fitzgerald et Paddy Galvin, ont réellement existé. Le père Dixon, le commandant George Johnston et le révérend Samuel Marsden (le «Pasteur Fouettard») sont aussi des personnages réels.

J'ai en outre utilisé, dans mon roman, des termes qui, à l'époque où se déroulent les faits, étaient tenus pour des injures racistes. J'en ai usé parce qu'il s'agit là d'un vocabulaire historique qui reflète les mentalités indignes de ce temps. Je tenais à réaffirmer ici que ma démarche n'a rien d'insultant.

Prologue

Le cri du courlis

Fleuve Brisbane, 1795

L'aurore n'illuminait pas encore le ciel, mais les huit cavaliers s'étaient mis en route. Edward Cadwallader leva les yeux.
La lune continuait à se cacher derrière d'épais nuages. Une nuit
parfaite pour tuer.

Les huit hommes troublaient à peine le silence : ils avaient
enveloppé de jute les sabots de leurs montures, ainsi que les
harnais cliquetants, et aucun d'eux n'aurait commis l'erreur de
parler ou de fumer. Ils étaient rompus à l'exercice – Edward
n'en éprouvait pas moins de l'excitation, comme toujours
lorsqu'il s'apprêtait à lancer un assaut. À la pensée de ce qui
l'attendait, son impatience allait croissant.

Il scruta les environs. La petite troupe cheminait entre deux
escarpements, dont les cimes déchiquetées s'élançaient vers la
voûte céleste depuis les broussailles. D'énormes rochers, que
des bouquets d'arbres, jetaient des ombres lourdes ; le cheval
d'Edward tressaillit en percevant un mouvement au milieu des
fourrés. Le cavalier tenait fermement les rênes, mais il se sentait
de plus en plus nerveux à mesure qu'il se rapprochait du but.
Le moindre bruit risquait de les trahir.

Il jeta un regard en arrière, vers ses fidèles compagnons
d'armes. Il répondit par un large sourire à celui que lui adressait
Willy Baines, le sergent à la chevelure grisonnante. Les deux

hommes avaient rejoint le Régiment de la Nouvelle-Galles du Sud à la même époque. Et tous deux avaient, naguère, partagé la même cellule. Baines s'était tenu aux côtés d'Edward sur le banc des accusés durant leur procès pour viol, après quoi ils avaient fêté ensemble leur victoire. Ils partageaient des pensées semblables, et une commune soif de sang les unissait. Bien qu'il y eût entre eux une grande différence d'âge, Edward considérait Willy comme son ami le plus proche.

Le cadet plongea les yeux dans les ténèbres face à lui ; au bout de deux heures passées dans l'obscurité, il y voyait presque aussi bien qu'en plein jour. À leur retour à Sydney, il pourrait compter sur la discrétion de ses hommes. Car, de ces opérations visant à chasser les Aborigènes, mieux valait ne s'ouvrir à personne, même si elles se multipliaient, au point qu'il devenait de notoriété publique qu'on obligeait les Noirs à quitter leurs terres, dont les colons avaient un immense besoin. On veillait néanmoins en haut lieu à ce que la population ignorât les méthodes employées par les militaires pour parvenir à leurs fins – au fond, qui s'en souciait ?

On avait déjà débarrassé des indigènes les berges de la rivière Hawkesbury. Certes, Pemuluwuy le rebelle demeurait introuvable, mais quelques semaines suffiraient, selon Edward, à le mettre hors d'état de nuire : on l'arrêterait, puis on l'abattrait, et son fils avec lui. Pour le moment, le jeune Cadwallader avait pour tâche d'éradiquer les derniers Turrbal du fleuve Brisbane.

C'était une époque exaltante, et Edward se tenait au cœur de l'action. Durant ses années de bannissement, il avait beaucoup appris, et découvert la fièvre de la chasse aux Aborigènes. Sa réputation, ainsi que le respect dans lequel ses compagnons le tenaient, étaient parvenus aux oreilles des autorités de Sydney. Aussi, malgré ses états de service discutables, l'avait-on promu au grade de commandant, chargé d'exterminer la vermine noire de la région. Le général lui avait promis, en échange, d'écourter son exil de deux ans. La vie était belle. Lorsque le jeune homme regagnerait Sydney, il y ferait fortune et bâtirait une superbe demeure que tous ses concitoyens lui envieraient.

Songeant qu'à ces délices il pourrait ajouter la possession d'une femme blanche, Edward sentit croître son ardeur. Les sauvageonnes empestaient, souvent elles se débattaient comme des fauves – si pareils défis n'étaient pas pour lui déplaire, et quoiqu'il eût apprécié l'exotisme de ces lianes noires, il leur préférait la chair des Occidentales.

Il se concentra de nouveau sur sa mission. Une fois celle-ci remplie, il aurait tout le temps de songer aux femmes. Pour le moment, il devait garder ses sens en éveil pour éviter une embuscade. Les Noirs avaient beau n'être que de misérables attardés, ils évoluaient sur leur territoire, dans une contrée qu'ils connaissaient mieux que le plus aguerri des soldats.

La patrouille avançait en silence parmi les broussailles, à l'affût d'éventuels guerriers dissimulés dans l'ombre. Comme, à l'approche de l'aube, le ciel virait au gris, la tension monta d'un cran. Les hommes entamaient la partie la plus dangereuse de leur expédition : ils se trouvaient à moins de deux kilomètres du campement.

Edward sauta à bas de son cheval et attendit ses compagnons.

— Vous vous rappelez les instructions ? murmura-t-il d'une voix à peine audible.

Ils acquiescèrent d'un hochement de tête. Ils avaient planifié le raid dans ses moindres détails, plusieurs jours auparavant – ils savaient en outre qu'ils pourraient disposer à leur guise de toutes les femmes qu'ils captureraient.

— Chargez vos mousquets, leur ordonna le commandant. Et souvenez-vous : aucun survivant.

— Que fait-on des femmes et des enfants ?

Edward dévisagea sa nouvelle recrue, un jeune soldat svelte et plein d'entrain, qui possédait un dossier déplorable, de même qu'un goût prononcé pour les femmes indigènes.

— Les sauvageonnes copulent et prolifèrent. Leurs enfants ne grandissent que pour copuler et proliférer à leur tour. Peu m'importe ce que tu as l'intention de faire ou comment tu comptes t'y prendre. Mes instructions sont claires : je ne veux aucun survivant.

Sur quoi il darda un regard féroce sur le garçon, satisfait de voir passer dans ses yeux un éclair de terreur, et s'empourprer ses joues pâles.

— Effectuons d'abord une reconnaissance, reprit-il, s'adressant à Willy Baines. Pour nous assurer qu'ils sont toujours là.

Willy frotta son menton hérissé de poils de barbe. Les hommes ne s'étaient ni lavés ni rasés depuis quatre jours : les Aborigènes étaient capables de détecter l'odeur du savon à plus d'un kilomètre de distance.

— Ils y sont forcément, répondit-il. Mes espions m'ont confirmé qu'ils venaient ici depuis plusieurs siècles.

— Toi et tes espions... Comment réussis-tu à les rendre aussi bavards, ces sauvages?

Willy secoua la tête en s'écartant du groupe avec son compagnon.

— Ce ne sont que des Nègres, commença-t-il, et la peste soit de ces animaux-là, qui à mes yeux se ressemblent tous. Il n'empêche : il existe entre eux des rivalités tribales qu'un tonnelet de rhum ou un peu de tabac suffit à attiser. Si tu sais les offrir à la bonne personne, elle te dévoilera tout ce qu'elle sait.

Edward posa une main sur l'épaule de son ami.

— Pour moi, ils demeurent un mystère. Je ne suis sûr que d'une chose : un bon Nègre d'Australie est un Nègre mort. Et maintenant, allons voir ce qui nous attend.

Tandis que les six hommes de troupe chargeaient leurs mousquets, Edward et Willy s'engagèrent prudemment dans les fourrés pour rejoindre la rive. Les eaux du fleuve étaient basses, elles se perdaient en méandres paresseux. Les roseaux et les arbres qui les dominaient fournirent aux deux amis une cachette idéale par cette nuit sans lune. Allongés sur le ventre, le crâne émergeant à peine des hautes herbes, ils observaient le campement endormi.

Les jeunes hommes célibataires, qui représentaient l'immense majorité des guerriers de la tribu, avaient pris place autour des femmes, des enfants et des vieillards, afin de les protéger. La plupart d'entre eux reposaient à même le sol, mais l'on repérait aussi trois ou quatre *gunyahs* – de petits abris constitués d'herbes, d'écorce et de branches d'eucalyptus –, sous lesquels dormaient les aînés. Des chiens s'agitaient ou grattaient la terre ; des volutes de fumée s'élevaient au-dessus des feux refroidis ; des hommes âgés se raclaient la gorge et des nourrissons vagissaient. Un sourire se dessina sur les lèvres d'Edward : les Turrbal n'avaient pas la moindre idée du sort qu'il leur réservait.

Lowitja, qui émergeait peu à peu du sommeil, serra instinctivement contre sa poitrine son petit-fils de cinq ans. Une force étrange venait de s'insinuer dans ses rêves. Lorsqu'elle ouvrit les yeux, elle perçut le cri mélancolique d'un courlis. Elle y décela l'appel des Esprits ancestraux – cette note envoûtante et suraiguë, produite par les âmes tourmentées, cette alerte pressante.

Mandawuy, qui résistait à son étreinte, aurait fini par se mettre à pleurer si elle ne lui avait plaqué une main sur la bouche.

— Silence, lui ordonna-t-elle, d'une voix à la fois douce et ferme à laquelle il avait appris très vite à se soumettre sans rechigner.

Il s'assit, paisible, nullement effarouché, tandis que sa grand-mère scrutait les ténèbres alentour de son regard d'ambre. Que distinguait-elle ? Des Esprits erraient-ils dans la clairière ? Entendait-elle leurs voix ? Si oui, que lui racontaient-ils ?

Lowitja reporta son attention sur le cri des courlis. Les oiseaux se faisaient de plus en plus nombreux. C'était comme si, se dit-elle, les Esprits des défunts se rassemblaient, leurs voix s'unissant en une sombre mélopée qui lui transperçait le cœur. C'est alors que, surgies de la grisaille d'une aube naissante, elle vit glisser entre les troncs des silhouettes fantomatiques. Elle comprit aussitôt de qui il s'agissait, et pourquoi ils étaient venus.

Il fallait se hâter ; le campement s'éveillait. Edward et Willy se fondirent parmi les ombres les plus épaisses pour rejoindre leurs compagnons. Ces derniers se tenaient sur le qui-vive, leurs armes fourbies, parés à l'attaque. La fête était sur le point de commencer.

— En selle, souffla le commandant, qui saisit les rênes de son cheval et montra l'exemple. Au pas.

Les huit cavaliers à la queue leu leu menèrent leurs montures avec une redoutable précision. Bientôt, ils arrivaient en vue du campement. La colonne s'immobilisa. L'excitation d'Edward devenait presque palpable. Il leva dans les premiers rayons de soleil son épée, dont la lame jeta un éclair aveuglant. Il demeura ainsi quelques instants, jouissant par avance du massacre à venir, savourant le suspense.

— Chargez!

Dans un parfait ensemble, les soldats lancèrent leurs chevaux au galop. Les bêtes soufflaient, narines dilatées, oreilles couchées en arrière; les hommes les aiguillonnaient en poussant des hurlements et des clameurs de joie.

Lowitja se laissa hypnotiser par la survenue des spectres. À plus de trente ans, elle n'avait encore jamais eu l'occasion de les discerner aussi nettement, à telle enseigne qu'elle crut d'abord que ce grondement lointain était celui d'un orage d'été. Se détournant soudain de ces apparitions, elle agrippa Mandawuy: l'échine des chiens se hérissait, les oiseaux lâchaient des cris stridents en abandonnant la cime des arbres dans un fracas de battements d'ailes.

Le bruit du tonnerre s'intensifiait. Le reste du clan s'éveilla dans un sursaut. Les mères s'emparèrent prestement de leurs bébés ou de leurs jeunes enfants, qui se mirent à sangloter. Les guerriers attrapèrent leurs lances et leurs massues. Les chiens aboyaient avec fureur. Les aînés s'étaient figés.

Le tonnerre se rapprochait encore, son tumulte emplissait l'air. Le sol tremblait sous les pieds de Lowitja qui, mue par la peur, s'était levée d'un bond. Elle saisissait à présent la raison pour laquelle les Esprits lui avaient adressé leur mise en garde. Il lui fallait sauver Mandawuy. Elle concentra ses forces dans ses jambes et ses bras, plaqua le garçonnet contre son sein et se mit à courir.

Les épines la griffaient au passage, les branches lui fouettaient les cuisses, de fourbes racines menaçaient à chaque pas de la jeter à terre. Le raffut des sabots des chevaux, ainsi que les terribles détonations déchiraient l'air derrière elle, mais à aucun moment elle ne se retourna. Elle ne cessait pas de courir.

Agrippé à sa grand-mère, bras et jambes noués autour de son torse, Mandawuy ne bronchait pas. De chaudes larmes d'épouvante roulaient en silence sur ses joues, humectant la peau de Lowitja. Son cœur bondissait dans sa poitrine douloureuse, ses membres devenaient de plomb tandis qu'elle se frayait un chemin à travers les fourrés en quête d'un refuge hypothétique.

La clairière résonnait de cris et de coups de feu.

Ils renversèrent les fragiles *gunyahs*, dispersèrent les feux en bourrasques de braises écarlates. Les premières volées de plomb avaient jeté des hommes, des femmes et des enfants en amoncellements ensanglantés que les chevaux emballés piétinèrent ensuite. On hurlait, on détalait éperdument; la fête battait son plein.

Les chiens s'égaillaient. Les mères serraient leurs rejetons dans leurs bras, pendant que les hommes fourrageaient autour d'eux à la recherche de leurs lances et de leurs *nullas*[1]. Les plus âgés tentaient de s'échapper en rampant, quand ils ne se contentaient pas de s'asseoir, les mains sur la tête, avec l'espoir insensé d'échapper ainsi aux épées des Blancs. Les petits enfants se tenaient immobiles, paralysés par la peur. Bientôt, les chevaux les foulaient de leurs sabots; leurs corps mutilés retournaient à la sombre terre rouge. Parmi les plus agiles, de jeunes hommes s'efforçaient de défendre leurs familles, mais ils n'avaient pas le temps de jeter leurs lances ou de brandir leurs lourdes *nullas* de bois que, déjà, les assaillants les mettaient en pièces.

Plus que jamais, Edward avait soif de sang. Il fit décrire à son cheval des cercles autour d'une vieillarde recroquevillée près des vestiges d'un feu de camp: il tira sur elle pour la seconde fois. Il se hâta de recharger son arme en regardant la malheureuse basculer au milieu des flammes. Inutile de

---

1. Massue de guerre aborigène. (*Toutes les notes sont de la traductrice.*)

gâcher d'autres munitions pour elle, songea-t-il ; dans quelques secondes, elle serait morte.

Il poursuivit son œuvre jusqu'à ce que le canon de son mousquet devînt si chaud qu'il ne put plus le toucher. Dès lors, il utilisa son fusil à la façon d'une massue, le balançant de droite et de gauche pour fendre ici un crâne, ou là briser une nuque. Il projetait au sol ses victimes, avant de les passer par le fil de son épée. Son cheval bavait d'abondance, roulait des yeux fous devant les *gunyabs* incendiés et la fumée qui peu à peu envahissait la clairière. L'air empestait l'eucalyptus et la chair brûlée, d'épaisses émanations noires irritaient les yeux et la gorge.

Deux soldats étaient descendus de leur cheval pour s'élancer à la poursuite de deux femmes qui avaient décampé parmi les arbres. Willy réglait leur compte à une poignée d'enfants. Le reste du groupe était en train d'abattre trois guerriers ayant osé brandir leurs lances dans leur direction.

Edward massacra deux adolescents d'un seul coup d'épée. La lame dégouttait de leur sang, son uniforme était maculé de taches rouges, les flancs de sa monture empoissés. Mais le commandant n'était pas rassasié. Déjà, il traquait une autre proie.

La jeune fille avait atteint l'orée de la clairière. Elle était près de s'enfoncer dans la forêt, mais elle ralentissait le pas, meurtrie déjà par un sabre : une entaille se voyait au niveau de l'épaule, une plaie béante sur la peau noire, pareille à une obscène bouche rose.

Edward éperonna son cheval et leva son épée.

— Elle est à moi ! hurla-t-il à Willy, qui observait lui aussi l'adolescente.

Celle-ci jeta un coup d'œil en arrière, le regard agrandi par l'effroi.

Le commandant la dépassa et lui barra la route.

Elle se figea.

Il la décapita du tranchant de sa lame avant de regagner la clairière pour y découvrir ce que ses compagnons lui avaient laissé en partage.

* * *

Lowitja demeura cachée dans la cime de l'arbre où elle avait trouvé refuge. Elle serrait Mandawuy contre son cœur et l'allaitait pour qu'il se tînt tranquille, tandis que le carnage se poursuivait au loin. Au-dessous d'elle, elle entendit des pas précipités, des détonations, elle distingua les cris terribles des mourants – elle versa des larmes silencieuses en humant l'odeur des cadavres qui se consumaient. De son perchoir, elle ne pouvait guère qu'imaginer le sort échu aux siens, elle ne pouvait guère que prier le Grand Esprit pour qu'une poignée d'entre eux survivent à cette horrible journée.

Lorsque le silence envahit les lieux, il l'effraya plus encore que les clameurs qui l'avaient précédé. C'était un silence pesant, un silence plein de ténèbres qui lui paraissaient ne jamais devoir se dissiper. Elle laissa passer une nuit entière, le corps tremblant sous l'effort de se tenir là, immobile, en veillant à ne pas lâcher le garçonnet dont elle avait la charge. Pas une seconde elle ne s'autorisa à dormir.

Le soleil ne représentait encore qu'un trait pâle sur l'horizon quand elle descendit enfin de son arbre avec le bambin sur le dos. Elle se dirigea vers la clairière à pas de loup, prête à fuir à la moindre alerte. Elle appréhendait ce qui l'attendait, cet abominable spectacle qu'elle allait devoir contempler. Mais les Esprits ancestraux l'appelaient, ils la guidaient doucement vers le champ de désolation, afin qu'elle pût un jour témoigner de ce que l'homme blanc était capable de faire aux Aborigènes.

Elle s'immobilisa à l'orée de la clairière, trop apeurée d'abord pour s'aventurer plus avant. Le campement était silencieux, rien ne bougeait. Lowitja perçut les murmures des guerriers morts depuis longtemps, réunis pour entraîner à leur suite les Eora et les Turrbal vers le monde des Esprits. Des couronnes de fumée s'élevaient dans le ciel matinal, où elles dérivaient ensuite mollement, pareilles à des fantômes à l'aplomb des marmites éparses, des corps enchevêtrés et des lances brisées.

Un frisson parcourut l'échine de la vieille femme. Personne n'avait été épargné, pas même les tout petits enfants. Des mouches vrombissaient autour des dépouilles piétinées par les chevaux. On devinait à certaines meurtrissures que les corbeaux, ainsi que les dingos, avaient déjà entamé leur macabre festin durant la nuit. Bientôt, toutes griffes et dents dehors, paraîtrait le *goanna*, puis viendraient les insectes, les larves. En peu de temps, il ne resterait rien des charognes.

Lowitja se rappela ses rêves prophétiques, soufflés par les Esprits, elle se rappela les périls annoncés par les pierres qu'elle avait interrogées en les jetant en l'air. Jamais elle ne remettrait les pieds dans cette clairière. Elle devait à présent prendre la direction du mont Uluru, vers l'ouest. Un voyage long et dangereux pour une femme seule – peut-être y passerait-elle le reste de sa vie. Mais l'Uluru constituait sa patrie spirituelle. Elle préférait mourir en chemin plutôt que de demeurer parmi les sauvages blancs.

Elle prit l'enfant dans ses bras pour lui donner un baiser. Il était le dernier des Eora de sang pur – l'ultime lien qui l'attachait à Anabarru et au Grand Esprit de Garnday. Il s'agissait de prendre soin de lui.

Première partie

L'ère du changement

1

L'Atlantica, juillet 1797

Debout sur le pont tribord, George Collinson observait à la longue-vue les mouvements de la houle à la surface de l'océan du Grand Sud. Bien que le jour fût levé, le soleil parvenait à peine à percer les nuages filant à toute allure. Des mouettes criaillaient, un vent glacé transissait le marin en dépit de son lourd manteau et de ses bottes, il s'insinuait mieux que la lame affûtée d'un couteau. Les voiles se gonflèrent, le gréement gémit.

On n'avait pas repéré la moindre baleine depuis plusieurs jours, mais de nombreux tonneaux d'huile et de viande salée se trouvaient déjà entreposés dans la cale, ainsi que des fanons en quantité suffisante pour confectionner plusieurs centaines de corsets. C'est pourquoi l'Américain Samuel Varney, capitaine du bateau, songeait à regagner Sydney – l'équipage, qui avait embarqué six mois plus tôt, montrait des signes d'agitation.

L'*Atlantica* était un baleinier venu de Nantucket, dans le Massachusetts. Conçu pour la haute mer, au contraire d'autres navires qui partaient pour de courtes expéditions près des côtes, il ne fréquentait que les eaux sauvages au large de la Terre de Van Diemen[1] et de la Nouvelle-Zélande ; les matelots demeuraient plusieurs mois loin de toute civilisation. C'était un fameux trois-mâts pourvu d'une poupe et d'une proue carrées. À son bastingage se trouvaient pendus sept canots.

---

1. Premier nom de la Tasmanie.

Une affreuse cabousse ceinturée de briques s'adossait au mât principal. C'était là, dans des chaudrons disposés au-dessus des fourneaux, qu'on faisait fondre le spermaceti. Le capitaine et ses officiers logeaient à l'arrière du bateau, les harponneurs occupaient des couchettes dans l'entrepont. Le reste de l'équipage dormait à l'avant, tandis qu'au centre du bâtiment s'ouvrait l'écoutille menant à la vaste cale où se côtoyaient la cargaison, les provisions, ainsi que six cents mètres de corde.

George, qui grimaçait sous les assauts de la neige fondue et des gouttelettes gelées, ne lâchait pas sa longue-vue, guettant le jet d'écume ou la brève apparition d'une nageoire. À cette époque de l'année, la région regorgeait de baleines franches et, à chaque spécimen capturé, le jeune homme touchait une prime.

Un cri s'éleva près d'une heure plus tard.

— En direction de la côte ! Des baleines à une lieue !

George pivota en hâte pour braquer son instrument dans la direction indiquée. Déjà, son cœur battait la chamade et la salive lui manquait. Il devinait dans sa longue-vue le dos de plusieurs cétacés. On allait se mettre en chasse. La fièvre montait.

Le capitaine Varney lança des ordres de l'arrière-pont, sa voix tonnant par-dessus les clameurs du vent, tandis qu'il maniait le gouvernail pour orienter la proue de son bâtiment vers le port. Les matelots s'affairaient autour des voiles et du gréement. George se rua vers les canots.

Ceux-ci, longs de presque dix mètres, possédaient une proue et une poupe relevées qui leur permettaient d'affronter des lames considérables. Deux cents brasses de corde de chanvre dormaient, soigneusement enroulées, au fond de chaque embarcation. Quant aux vingt encoches visibles sur le taberin, elles correspondaient au nombre de baleines pêchées depuis six ans. Samuel Varney faisait grimper cinq hommes à bord de ses canots : ainsi, lorsque le harponneur abandonnait les rames pour passer à l'action, l'équilibre demeurait de part et d'autre de la chaloupe. Enfin, on avait évidé le sixième barrot, de manière que le harponneur s'y calât les cuisses au moment de lancer son dard barbelé.

George grimpa dans le premier canot, qu'on était déjà en train de mettre à la mer. Depuis trois ans qu'il naviguait en compagnie de Samuel Varney, il était devenu un marin chevronné. Quand il prit place à la poupe et s'empara de la poignée gainée de cuir de la godille, il éprouva, comme à l'accoutumée, un frisson d'enthousiasme. Quel équipage serait le premier à harponner la baleine?

La voile se gonfla, les matelots actionnèrent les rames. George les encourageait en débitant d'une voix forte tous les jurons de son répertoire. Il les guida vers le léviathan le plus proche. Les six autres pilotes s'époumonaient comme lui. Leur excitation était à son comble, et leurs vociférations luttaient pied à pied contre le fracas des vagues.

Le canot de George filait en tête. Il approchait maintenant tout près de la baleine – si près qu'un seul coup de queue aurait pu le briser en deux. Si près que les marins distinguaient à présent l'œil du colosse, si près qu'ils subissaient les épais remous engendrés par son mouvement. D'un battement de ses nageoires gigantesques, la baleine pouvait à tout instant détruire le frêle esquif.

— Tiens-toi prêt! hurla George au harponneur.

Celui-ci lâcha aussitôt les rames pour se placer à la proue, le harpon en équilibre pendant qu'il jaugeait sa cible.

— Maintenant!

La lance s'enfonça dans la chair noire et luisante.

— Elle est à nous! cria George à l'intention des autres équipages – de quoi leur permettre d'abandonner immédiatement la course pour se placer hors de danger en attendant le terme de la traque.

Le cétacé jaillit hors de l'eau, se débattit, puis retomba en soulevant une houle qui manqua de faire chavirer le canot. Comme la baleine regagnait un moment les profondeurs, la corde qu'elle entraînait après elle siffla dans les anneaux de fer et contre le taberin.

George et le harponneur échangèrent prestement leurs postes. Le jeune homme s'empara de la lance et attendit. C'était à lui que revenait la tâche de mettre le monstre à mort.

Ce dernier se trouvait à plusieurs brasses au-dessous de la chaloupe, mais lorsqu'il surgit à nouveau dans une explosion d'écume, il bondit vers l'avant, tirant le bateau dans son sillage.

— Levez les rames! ordonna George, ivre de joie. C'est parti pour une virée en traîneau!

Ses compagnons levèrent les rames, puis jetèrent de l'eau sur la corde – que l'intensité des frottements contre le taberin menaçait d'embraser –, avant de lui donner du mou pour laisser plonger la baleine. Celle-ci ne tarda pas à reparaître. Elle accélérait l'allure dans un grand remuement d'eau pour tenter de se débarrasser du harpon.

George patientait. Au bout de près d'une heure d'efforts, le cétacé commença à manifester des signes de fatigue. Il remonta lentement à la surface en quête d'air. Le jet d'écume qui s'échappait de son évent s'élevait moins haut, il perdait en puissance. L'animal réduisait peu à peu sa vitesse. George porta le coup fatal: le harpon se ficha profondément derrière l'œil de la baleine.

Un geyser ensanglanté s'échappa de son évent. En proie aux terribles convulsions de l'agonie, elle attira une dernière fois le canot à sa suite. Sa queue monumentale battait frénétiquement la surface de la mer. Les marins étaient tout éclaboussés de sang, l'océan rougissait en bouillonnant. Dans leur chaloupe ballottée au cœur du tumulte, les hommes d'équipage tâchaient de tenir bon; ils avaient de l'eau jusqu'aux genoux. George priait pour que le harponneur se montrât aussi habile que lui au maniement de la godille, afin de corriger au fur et à mesure la position du canot emporté par les circonvolutions insensées de la grande bête frappée à mort.

Puis, pesamment, inexorablement, le noir léviathan finit par perdre la bataille. Après avoir émis un dernier jet sanglant, il roula sur le flanc et ne bougea plus.

— Halez-la! réclama aussitôt George à l'intention des autres équipages.

Ces derniers avaient suivi la partie de chasse à distance, afin qu'aucun de leurs membres ne risque sa vie après le harponnage – durant cette phase, la plus périlleuse de l'aventure, la moindre seconde d'inattention risquait de mener un homme au tombeau. On arrima le cadavre de la baleine au moyen de cordes, avant que l'océan ne l'engloutît, puis on le tira jusqu'à l'*Atlantica*, où l'on allait fondre le spermaceti pour en tirer de l'huile ; on nettoierait les os, on salerait la viande, dont on emplirait des tonneaux. Demain, le navire entamerait son long voyage de retour vers Sydney.

Sydney Cove, juillet 1797

Debout sur le pont, George se gorgeait de soleil en jouissant, l'œil ravi, de l'effervescence qui régnait dans le port de Sydney, dont les sons flattaient son oreille. Une main épaisse se posa soudain sur son épaule. Samuel Varney s'était planté près de lui.

— Ne gaspille pas ton argent, mon garçon, gronda-t-il. Le rhum et les catins, ça ne dure qu'un temps. Dépose plutôt ton salaire et tes primes à la banque.

Depuis trois ans, dès que l'*Atlantica* se rapprochait de la terre ferme, George avait droit à ce bref sermon. À l'exception de quelques moments de folie passagère, il avait toujours suivi ces conseils.

— Mon compte bancaire se porte à merveille, capitaine, répondit-il avec un grand sourire.

Le regard bleu clair de Samuel Varney pétilla dans son visage tanné par les embruns. Il gratta son épaisse barbe blanche.

— Je n'en doute pas, gamin. Tu as la tête sur les épaules malgré ton jeune âge.

— Je ne suis pas si jeune que ça, protesta George. J'ai déjà vingt-trois ans.

— Bah ! Il te reste encore un bout de chemin avant d'être aussi vieux que moi ! Mais ce chemin, tu le feras, mon garçon, je t'en donne ma parole.

C'était de l'eau salée qui courait dans les veines de Samuel. Il connaissait l'océan mieux que personne. Il se montrait aussi un homme d'affaires avisé : sa flotte, composée de cinq baleiniers et de deux phoquiers, sillonnait les mers sans relâche, depuis le sud de l'Arctique jusqu'aux îles aux Épices[1] ; elle traversait l'Atlan-

---

1. Devenues plus tard les Moluques.

tique en tous sens. Bref, son entreprise se portait à merveille. Lorsqu'il l'avait embauché, George n'était qu'un simple matelot. Peu à peu, il avait acquis de l'expérience et pris goût à la rude existence nomade qu'on menait à bord d'un baleinier. Samuel l'avait pris sous son aile, car les deux hommes partageaient le même amour de la mer et du commerce. La chasse aux cétacés les grisait. George s'était épanoui au contact de son aîné.

Ils fumaient à présent leur pipe dans un silence complice, tandis qu'on finissait de décharger l'huile et la viande de baleine. Un arrivage de bœuf et de porc salés était déjà sur le quai, auprès des tonneaux de riz, de tabac, de thé et d'épices que l'équipage avait rapportés des îles aux Épices et de Batavia. Déjà, les précieuses denrées prenaient la direction de l'entrepôt du gouvernement. Cette campagne de pêche s'était révélée fructueuse – et George savait quoi faire de ses émoluments.

Samuel, qui semblait avoir lu dans les pensées du jeune homme, désigna de l'index un vaste lopin de terre à l'une des extrémités du quai.

— Un type qui aurait les moyens et la bosse du commerce pourrait bâtir là-dessus un bel entrepôt, grommela-t-il.

— Vous me l'ôtez de la bouche, repartit George. J'ai rendez-vous avec les autorités du port cet après-midi pour discuter de l'achat du bail.

Il se tourna vers l'Américain, dont il observa un instant la casquette tachée de sel, la marinière en tricot, le pantalon de grosse toile et les bottes. Qui aurait pu deviner que Samuel Varney possédait une immense fortune?

— Mais pour que l'affaire vaille vraiment la peine, poursuivit-il, il faudrait qu'un capitaine de baleinier accepte d'y stocker sa marchandise, afin que je puisse pratiquer les tarifs les plus avantageux.

Samuel éclata d'un rire tonitruant.

— Ce capitaine-là aurait tort de refuser une proposition aussi alléchante!

Il redevint brusquement sérieux.

— Mais pourra-t-on faire confiance à ton intendant? Il est parfois difficile de résister à la tentation, quand on se retrouve à la tête d'un stock de victuailles et que le patron est plus souvent en mer qu'à son tour.

— Matthew Lane a une femme et huit enfants à nourrir. Ce serait folie de sa part que de vouloir me voler.

Samuel se caressa la barbe d'un air pensif.

— Si tu parviens à acheter ce terrain, finit-il par lâcher, ce sera marché conclu.

Sur ce, il donna à son cadet une si vigoureuse poignée de main que George eut l'impression qu'il lui broyait les os.

— Il est temps que j'aille me préparer pour le rendez-vous, dit celui-ci en fronçant le nez. J'ai besoin d'un bon bain. Après quoi je me ferai raser et couper les cheveux.

— Rendras-tu visite à ta famille ensuite?

George acquiesça de la tête.

— La route est longue jusqu'à la ferme de la *Tête de faucon*, mais si je n'y allais pas, ma mère ne me le pardonnerait pas.

Un éclair passa dans les yeux de Samuel.

— T'a-t-elle au moins pardonné d'avoir abandonné l'exploitation?

Le jeune homme enfonça les mains dans les vastes poches de son pantalon. Son départ avait certes plongé ses parents dans l'angoisse, mais au retour de sa première campagne de pêche à la baleine, ils avaient saisi que leur fils venait de trouver sa voie. D'ailleurs, les objections de sa mère n'avaient pas entamé sa détermination, au point qu'il avait fini par la convaincre du bien-fondé de ses choix.

— Pas tout à fait, admit-il. Mais je pense qu'elle a compris que je n'étais pas taillé pour l'agriculture. Quant à Ernest, du moment que je continue d'investir dans le domaine, il est ravi de le diriger seul.

Le regard bleu du capitaine ne le lâchait pas.

— Tu parles d'un ton léger, gamin, mais je sens bien que les événements qui ont poussé ta famille à s'installer à la *Tête de faucon* te tourmentent encore.

Comme George détournait les yeux, son aîné se tut quelques secondes avant d'enchaîner :

— J'ai entendu les rumeurs, mon garçon…

Celui-ci fixa, de l'autre côté de la crique, la petite maison de bois juchée sur la colline. Ses souvenirs demeuraient aussi précis que si la tragédie avait eu lieu la veille. L'ombre qu'elle avait jetée quatre ans plus tôt sur la vie des Collinson ne se dissipait pas. Néanmoins, Samuel avait raison : il était temps d'affronter ces ténèbres.

— Ce fut la pire année de ma vie, se rappela le jeune homme. Ernest venait de se fiancer avec Millicent.

Il cherchait ses mots.

— Elle avait survécu aux horreurs perpétrées par les marins de la Deuxième Flotte et ma mère s'était chargée d'elle parce qu'elles venaient toutes deux des Cornouailles.

Son débit se fit plus fluide lorsqu'il exposa à son aîné les prémices du drame : au terme d'une dispute avec Florence, la sœur de George, Millicent s'était enfuie pour tomber entre les mains d'Edward Cadwallader et de ses compagnons, qui l'avaient violée. L'adolescente avait eu le courage de les traîner devant les tribunaux.

— Ma sœur ne s'est pas présentée à l'audience, refusant d'admettre le rôle qu'elle avait joué dans cette catastrophe. Cela dit, son témoignage serait probablement resté sans effet. Ce procès, qui a ébranlé les fondations mêmes de notre famille, ne fut qu'une sombre farce, dont Millicent est sortie brisée.

Le ton du jeune homme se chargeait d'amertume.

— Jonathan Cadwallader, comte de Kernow, le père d'Edward, a révélé à la cour qu'il avait jadis entretenu une liaison avec ma mère. Il a produit une lettre de sa main à seule fin de la salir et d'indiquer au juge qu'elle désirait se venger de lui parce qu'il avait fini par la repousser. Son amitié avec Millicent, que le comte, chez qui elle travaillait autrefois, avait congédiée, a contribué à accréditer cette thèse. Ajoutons à cela de faux témoins au service des accusés. Résultat, ces derniers ont obtenu un non-lieu.

George serra rageusement les poings.

— Mon père était au courant de l'aventure entre Cadwallader et ma mère. C'est d'ailleurs pour cette raison que nous sommes venus nous installer en Australie. Mais une fois l'affaire rendue publique, ma pauvre mère s'est vue contrainte de tout me raconter, ainsi qu'à mon frère Ernest.

Malgré la forte chaleur, le jeune homme frissonna.

— Après le suicide de Millicent et la disparition de Florence, mon père a failli perdre la foi. Ma mère était au bord du désespoir. Ernest, lui, s'est laissé aveugler par sa soif de vengeance. Il s'en est pris à tous ceux qui l'aimaient.

— Je comprends mieux pourquoi les tiens sont partis pour la rivière Hawkesbury.

Samuel contempla un instant la maisonnette au sommet de la colline.

— Les souvenirs étaient devenus trop pesants ici.

— Leur départ les a sauvés. Ernest s'est jeté dans le travail et mon père a puisé en lui une énergie nouvelle, afin de fonder une mission.

— Et ta mère?

George sourit doucement.

— Elle est fille de pêcheur cornouaillais. Elle possède une volonté de fer. Elle plie, mais ne rompt pas.

— Elle doit tout de même se tourmenter au sujet de ta sœur, maugréa le capitaine. Avez-vous au moins reçu de ses nouvelles?

Le garçon secoua négativement la tête.

— Florence s'est toujours montrée d'une indépendance farouche. Nous n'en saurons davantage que le jour où elle reparaîtra parmi nous.

Sur quoi George prit une profonde inspiration. Le soleil le baignait à nouveau de sa chaleur, les ombres du passé se dissipaient momentanément.

— Ta visite va les réconforter, lui assura Samuel. Elle va leur mettre du baume au cœur.

— Si j'en crois ce que ma mère me rapporte dans ses lettres, l'espoir renaît à la *Tête de faucon*. Ernest fréquente la fille aînée d'un de ses voisins agriculteurs. Elle a quelques années de plus que lui, mais, aux dires de tous, c'est une femme épatante. Un beau brin de fille bien en chair, selon ma mère. Simple, chaleureuse, et aussi douée pour tenir une maison que pour s'occuper du bétail.

Le garçon jeta un coup d'œil en direction du capitaine.

— J'ai l'impression que mon frère et elle étaient faits pour se rencontrer.

— Je parie que d'ici quelque temps l'une de ces maudites femelles te mettra aussi le grappin dessus, mon garçon. Crois-moi, elles ne savent faire que deux choses : t'attirer des ennuis et te coûter de l'argent. Et je sais de quoi je cause, j'ai été marié trois fois. Eh bien, aucune de ces trois-là ne s'est révélée à la hauteur des attentes que j'avais placées en elle avant les noces. Elles n'ont pas même été fichues de me donner des enfants.

— Je m'amuse bien trop pour songer au mariage ! rétorqua George dans un éclat de rire, et il tapota sa pipe pour la vider. Il faudrait qu'une femme coure drôlement vite pour m'attraper. Et pour ce qui est des enfants…

Il tressaillit.

— Que Dieu me pardonne…

— On se fait tous avoir un jour ou l'autre, mon garçon. Tôt ou tard on se laisse séduire par un joli minois, une cheville déliée. Et on perd complètement la boule.

— Très peu pour moi, décréta gaiement le jeune homme.

Il donna à son aîné une tape amicale dans le dos, fourra les mains dans ses poches et se mit à siffloter une chanson de marins en s'engageant d'un pas tranquille sur la passerelle qui descendait vers le quai. La vie était belle, songea-t-il. Une femme, source immanquable de trouble, était bien la dernière chose dont il avait besoin.

Sydney, août 1797

Éloïse luttait contre la nausée qui la tenaillait depuis le début de sa première grossesse, sept mois plus tôt. Elle évita son reflet dans le miroir de la coiffeuse. Elle n'ignorait pas combien elle avait les traits tirés et le teint pâle ; ses yeux verts avaient perdu leur éclat.

— Je me sens à moitié morte, déplora-t-elle d'une voix faible dans laquelle perçait un léger accent germanique.

Les lèvres d'Edward Cadwallader effleurèrent sa nuque.

— La délivrance est proche, commenta-t-il avant de rectifier une dernière fois sa mise dans la glace, puis de se lisser la moustache. Notre fils a bien le droit de se manifester un peu.

Il se dirigea vers la cheminée.

— Nous ignorons s'il s'agit d'un garçon, lui rappela Éloïse.

— Les Cadwallader n'engendrent que des mâles, repartit Edward avec humeur. Allons, dépêche-toi. Le gouverneur n'aime pas attendre. Tu es encore en chemise de nuit.

— Pars sans moi. Je ne me sens pas bien. Mon état suffira à excuser mon absence.

— Pleurnicher sur son sort ne constitue nullement une excuse, aboya son époux. Habille-toi.

— Je n'ai aucune envie d'assister à la fête du gouverneur, se défendit-elle en se tournant vers lui. Et tu t'y amuseras bien mieux sans moi.

— Tu es ma femme ! hurla Edward. Tu dois m'obéir !

Éloïse refusait de se laisser intimider. Depuis sa plus tendre enfance, elle avait entendu son père, le baron Oskar von Eisner, la harceler ainsi, et harceler ses sœurs. Elle y était accoutumée, mais jamais le vieil homme ne s'était avisé de lui imposer sa volonté avec la brusquerie manifestée par Edward.

— Je porte ton enfant, articula-t-elle calmement. Ma grossesse est difficile. Le gouverneur comprendra sans peine le motif de ma défection.

Son époux lui jeta un regard noir.

— Tu peux t'adresser au baron sur ce ton si cela te chante, mais quant à moi, je ne saurais souffrir la moindre désobéissance de ta part.

Éloïse, en apparence, conservait son calme, mais son cœur battait la chamade. Edward, assurément, n'avait rien de commun avec son père.

— Il ne s'agit pas de désobéissance, avança-t-elle sur un ton dont elle espérait qu'il saurait apaiser le courroux de son mari, mais de bon sens. Si je m'évanouis chez le gouverneur, si je suis victime d'un malaise, nous nous donnerons en spectacle et je refuse de croire que cette perspective t'enchante.

Edward darda sur elle un œil furibond.

— J'aurais dû me douter qu'une Allemande chercherait toujours à avoir le dernier mot.

Il traversa la pièce à grandes enjambées et ouvrit la porte.

— Nous reprendrons cette conversation plus tard. Car j'exige que tu te vêtes, puis que tu m'attendes au salon, quelle que soit l'heure de mon retour!

Lorsqu'il claqua la porte derrière lui, son épouse tressaillit.

Puis une rage impuissante la submergea. Elle s'empara de sa brosse à cheveux, qu'elle lança contre le mur de toutes ses forces. L'objet retomba au sol avec un bruit sourd. Éloïse s'affala dans le petit fauteuil, devant la coiffeuse. Edward l'épuisait, lentement mais sûrement. Elle redoutait déjà de l'entendre rentrer : une querelle s'ensuivrait, qui aurait tôt fait de la laisser sans force.

Assise dans le silence, elle écoutait craquer la maison que le jeune couple avait louée à l'orée de la ville. Une maison trop petite, balayée de courants d'air. Dans les pièces s'entassaient des sacs, des malles et des caisses : il fallait attendre à présent que soit achevée la construction de leur demeure, dans la baie de Watson. Le baron leur avait proposé d'occuper l'une des chambres de l'hôtel qu'il tenait sur le quai, mais Edward avait hélas décliné l'offre de son beau-père.

Éloïse eut soudain l'impression que les murs se refermaient peu à peu sur elle. Le silence n'en finissait pas. Lorsque le bébé bougea, la jeune femme posa les mains sur son ventre en retenant ses larmes – si elle cédait au chagrin, elle perdrait la dernière once de confiance qui la soutenait encore. Ses sœurs lui manquaient, ainsi que son père, qui était un homme bon. Elle se languissait de la chaleur du foyer familial. L'indifférence dédaigneuse de son mari la glaçait.

Une bûche dégringola dans l'âtre, soulevant autour d'elle des gerbes d'étincelles. Éloïse regarda le bois se consumer en jaugeant sa situation. Le titre de son père signifiait fort peu en Australie. Pire : l'hôtel qu'il avait bâti sur le quai et le succès commercial qui en résultait avaient largement contribué à l'exclure d'un système de classes réputé pour son extrême rigidité ; dans cet avant-poste britannique, on considérait les marchands d'un mauvais œil. Son mariage avec l'héritier du comte de

Kernow avait permis à la jeune femme de redorer un peu son blason. Mais en dépit de l'éducation raffinée qu'elle avait reçue à Munich, en dépit de ses efforts pour gommer son accent germanique, on continuait, elle ne l'ignorait pas, à se méfier d'elle dans certains milieux. Éloïse avait dû s'endurcir contre les menus affronts et les sourires forcés. Elle était passée maître dans l'art d'ignorer le snobisme mesquin des femmes. Hélas, contre son époux elle demeurait à peu près sans défense.

Ils étaient mariés depuis moins d'un an, mais les sarcasmes permanents d'Edward et ses façons de despote avaient épuisé la jeune femme. Elle continuait cependant de penser – et cette conviction l'empêchait de sombrer – qu'elle n'était responsable de rien : son conjoint n'avait révélé sa véritable personnalité que plusieurs semaines après les noces. Il ne ressemblait plus au charmeur qui l'avait naguère courtisée. Il s'absentait de plus en plus souvent, dissuadait la famille d'Éloïse de lui rendre visite, exigeait de cette dernière un comportement sans faille. Il se faisait chaque jour plus maussade et plus querelleur.

Elle rajusta sur ses épaules son châle de soie en se remémorant la griserie de ses premiers émois. Avec le recul, la réalité lui sautait au visage. Sa naïveté avait signé sa chute. Jamais elle n'avait croisé la route d'un garçon aussi subtil. Ses manières impeccables, alliées à une mine de conquérant, l'avaient séduite sans délai. Le prestigieux uniforme et le titre dont il était l'héritier l'avaient empêchée de distinguer la brute qui se cachait derrière.

Elle fixa les flammes sans les voir. Elle aurait dû suivre son premier mouvement et le repousser d'emblée – car alors elle avait perçu, sans vouloir l'admettre, les ténèbres que s'efforçait de masquer le sourire éclatant. Cette noirceur, hélas, avait au contraire piqué son intérêt. En moins de temps qu'il n'en faut pour le dire, elle avait succombé au charme du jeune homme. Elle était éprise, s'imaginait-elle. Mais il ne s'agissait pas d'amour. L'amour, c'était le sentiment qui avait lié ses parents – un sentiment qui allait s'approfondissant, source de réconfort et de sécurité, garant d'une amitié sincère au sein du couple, d'une félicité qui seule savait unir deux êtres au point de les protéger contre tous les tourments du monde extérieur.

Force était de reconnaître que ce qu'Éloïse avait vécu durant les premières semaines de sa relation passionnée avec Edward n'avait été qu'un feu de paille. Elle s'était alors installée dans un univers onirique, pour s'y persuader qu'elle avait bel et bien rencontré son prince charmant et qu'ils vivraient heureux à jamais. D'abord, le rêve sembla devenir réalité, puisqu'un enfant fut conçu dès le premier mois de leur union.

Éloïse poussa un lourd soupir ; son échec ne lui apparaissait que trop crûment. Bientôt, les attentions du jeune homme, aussi bien que sa bienveillance, s'étaient taries à mesure que son épouse souffrait de sa grossesse. Il buvait plus que de raison, ses colères étaient imprévisibles. Seules ses absences prolongées apaisaient maintenant Éloïse. Il ne l'aimait plus. Elle se demandait si, comme elle, il regrettait de s'être marié.

Elle se leva et entreprit de s'habiller. Il lui fallait apprendre à composer avec l'humeur belliqueuse d'Edward et son indifférence absolue au bien-être de sa femme. Les dés étaient jetés. Leurs deux destins se trouvaient liés jusqu'au terme de leur existence. Elle plaçait tout son espoir dans la naissance imminente de leur enfant : peut-être attendrirait-elle le jeune père. Mieux valait en revanche, songea-t-elle en laçant ses jupons avec des gestes fébriles, ne pas tenter d'imaginer ce qui adviendrait si l'enfant était une fille.

Edward était en retard, mais la fête organisée par le gouverneur n'avait rien d'officiel, il était inutile de s'alarmer. Le détour qu'il venait d'effectuer chez une prostituée officiant dans la chambre située à l'étage de la taverne avait tempéré son amertume et sa frustration. Depuis de trop nombreuses semaines, Éloïse ne remplissait plus son rôle d'épouse – on ne lui demandait pourtant pas autre chose.

Tandis que son cheval le menait d'un pas tranquille sur le sentier, Edward humait les senteurs nocturnes. Elles se révélaient ici très différentes de ce qu'elles étaient dans le nord du pays. Le jeune homme songea au chemin qu'il avait parcouru depuis son retour. Ayant été relevé de son exil plus tôt que prévu, il avait débarqué dans le port de Sydney, avec ses hommes, en novembre 1796. La situation avait beaucoup changé durant leur absence. Les bons du Trésor avaient ainsi remplacé les billets à ordre – qu'on ne pouvait naguère troquer que contre des denrées provenant des entrepôts du gouvernement. De quoi permettre à Edward et ses compagnons d'accroître en peu de temps leur fortune.

L'héritier du comte de Kernow avait en outre racheté des concessions de terrain à des bagnards libérés que l'agriculture rebutait. Il commerçait avec plusieurs capitaines de navire, dont il revendait la cargaison aux colons en empochant au passage de substantiels bénéfices. On avait également assoupli la législation sur le travail des détenus, en sorte qu'Edward et ses amis officiers, s'ils s'étaient certes acquis le monopole du commerce de gros et occupaient tous une position enviable au sein de la société australienne, n'en employaient pas moins des hordes de domestiques aux seuls frais du gouvernement, qui les vêtait et les nourrissait.

Edward se laissa aller à une douce sensation de contentement. C'en était fini de son exil, et son capital ne cessait d'augmenter. La demeure qu'il faisait bâtir dans la baie de Watson était presque achevée et il s'apprêtait à devenir père. Il avait réussi. Rien ni personne n'entraverait plus son ascension – le comte de Kernow moins que quiconque. Un jour viendrait où celui-ci regretterait la part qu'il avait prise dans le bannissement de son propre fils, après que cette garce l'eut traîné, avec ses compères, devant les tribunaux. Il se rembrunit de nouveau. Son père l'avait tiré de ce mauvais pas ; l'humiliation qu'il en avait conçue n'était pas près de s'éteindre.

Comme il voyait scintiller au loin les lumières de la résidence du gouverneur, ses pensées revinrent vers Éloïse. Il ne se trouvait à Sydney que depuis quelques jours quand on l'avait convié à un dîner à l'hôtel allemand. C'était une surprise de taille : il n'avait croisé qu'une fois le baron, dans son établissement où il avait pris un verre avec des amis. Edward n'ayant ce soir-là rien de mieux à faire, il avait honoré l'invitation, bien qu'Oskar von Eisner lui fût, quant au statut social, largement inférieur. Il s'était d'abord ennuyé ferme, mais l'apparition de la fille aînée du baron avait métamorphosé la réception.

Éloïse possédait les plus beaux yeux verts qui se puissent imaginer, rehaussés de cils d'or, et un visage exquis qu'encadrait une cascade de boucles blondes. Elle était grande, mais sa robe, d'un bleu très clair, soulignait sa sveltesse et mettait en valeur une gorge plus pure que l'albâtre. Elle portait un collier, ainsi que des boucles d'oreilles en diamants; une rose d'un blanc parfait retenait ses cheveux en arrière. Edward, frappé par ce merveilleux spectacle, en avait un instant perdu l'usage de la parole. Les deux jeunes gens avaient ensuite échangé quelques banalités d'usage, après quoi Éloïse s'était retirée dans un froissement de soie, sa chevelure superbe ondoyant sur ses épaules en vagues dorées. Jamais Edward n'avait ressenti pour une femme un désir aussi ardent; elle serait sienne, il ne pouvait en être autrement.

Il avait donc entrepris de la courtiser, usant de son charme sans désemparer, refrénant son impatience chaque fois qu'elle lui refusait jusqu'au plus chaste des baisers. Cette chasse à l'amour l'exaltait: Éloïse unissait en elle le feu et la glace, elle représentait pour son soupirant un irrésistible défi.

Bientôt, elle succombait à ses assauts. Fin janvier, soit deux petits mois après leur rencontre, on célébrait leur union. Une union joyeuse et placée, comme Edward l'avait supposé, sous le signe du feu: après que son épouse lui eut annoncé qu'elle était enceinte, il conçut pour elle un désir plus vif encore.

Il serra les rênes. L'amour ne comptait pour rien dans l'attirance qu'il avait ressentie pour Éloïse. Il n'avait souhaité qu'une chose: que cette beauté fût sienne. Mais depuis, son appétit se trouvait mis à rude épreuve. La jeune femme souffrait de nausées continuelles, qui la clouaient au lit; lorsqu'elle parvenait à se lever, ce n'était guère que pour errer d'une pièce à l'autre en chemise de nuit. Cette odeur rance, ce corps bouffi rebutaient son époux qui, de plus, supportait mal qu'elle ne l'accompagnât plus aux fêtes ou aux repas auxquels le couple était convié. Il ne souhaitait rien tant que voir à son bras la superbe créature qu'il avait épousée, il voulait l'exhiber, il voulait danser avec elle afin de jouir ensuite des regards envieux des autres hommes.

Il poussa son cheval au galop, résolu à chasser loin de lui les manquements d'Éloïse aussi bien que l'exaspération qu'il lui manifestait. Lorsqu'une union s'embourbait, un homme se devait de chercher ailleurs un brin de réconfort. La jeune femme pouvait déjà s'estimer heureuse qu'il ne la contraignît pas à remplir son devoir conjugal.

Cap de Bonne-Espérance, septembre 1797

Bravant la mer démontée, l'*Empress* roulait avec des allures de laie au fond de sa bauge. À peine avait-on quitté l'Afrique du Sud que la tempête s'était levée ; seule une poignée de passagers se sentaient encore assez bien pour s'aventurer hors des cabines.

Chahutée par les éléments dans la petite pièce où elle logeait, Alice Hobden parvenait tout juste à tenir sur ses pieds. Les deux années qu'elle venait de passer à lutter contre la malaria dans l'atmosphère poussiéreuse et surchauffée du Cap la laissaient affaiblie ; elle se demandait si elle n'avait pas eu tort d'insister ainsi pour prendre la mer. Mais Jack l'attendait en Nouvelle-Galles du Sud. Cette seule pensée suffit à la revigorer. Elle avait mis près d'un an, au terme de sa maladie, pour dénicher une place à bord d'un navire en partance pour l'Australie. Hors de question, songea-t-elle, après tant de chemin parcouru, de s'apitoyer sur son sort ou de s'abandonner au mal de mer.

Elle jeta un coup d'œil en direction de sa compagne de cabine, une femme entre deux âges affublée d'une voix horripilante et d'une propension non moins irritante à se plaindre sans cesse. Elle se rendait en Nouvelle-Galles du Sud pour y rejoindre son époux, qui servait dans l'armée. Elle dormait. Alice poussa un soupir de soulagement en piquant une épingle dans ses cheveux. Elle avait passé le plus clair de la journée à veiller sur Morag – dont les jérémiades avaient fini par la mettre à la torture.

La jeune femme frissonna en tentant de conserver son équilibre. Elle répugnait à se lancer dans la nuit glacée, mais si elle tenait à livrer sain et sauf ce deuxième troupeau de mérinos à Jack, elle n'avait pas le choix. Elle s'assura que la ceinture contenant son argent était toujours en place. Dissimulée sous ses vêtements, elle ne l'avait jamais quittée, même durant les plus terribles assauts de la fièvre. Elle s'était certes peu à peu allégée depuis son départ du Sussex mais, comme Alice rajustait sa robe et ses jupons, elle n'en tinta pas moins joyeusement contre sa hanche. Elle jeta sa cape de voyage sur ses maigres épaules et se redressa. Non content d'avoir survécu aux horreurs d'une traversée sur un bateau-prison, se dit-elle, Jack nourrissait mille projets d'avenir. Elle n'avait pas le droit de se lamenter pour un grain.

Le navire se cabra soudain avant de piquer du nez; un craquement parcourut ses madriers de la coque au pont. Alice fut projetée sur l'étroite couchette. Sa tête heurta une poutre de bois avec un bruit sourd. Elle s'écroula, sonnée, sur les oreillers. Il lui sembla que le choc lui avait ôté d'un coup toute son énergie – elle n'avait plus même la force de bouger. Le cœur au bord des lèvres et le crâne douloureux, elle ferma les yeux pour se laisser emporter par une douce rêverie.

Le Sussex lui paraissait si loin. Sa contrée natale lui manquait beaucoup. Elle avait vécu dans cette ferme pendant près de quatorze ans. Le dernier jour, elle l'avait longuement contemplée pour tenter d'en conserver intact le souvenir, puisqu'elle savait ne devoir jamais y revenir. Ainsi, avait-elle songé, elle se la remémorerait lorsque viendraient des temps difficiles, de terreur et de solitude – comme ceux qu'elle vivait à présent. Elle reverrait son toit de chaume s'inclinant bas sur les fenêtres minuscules. Elle y puiserait un immense réconfort.

Elle sourit en se rappelant les murs enduits de torchis chaulé, le dallage de pierre que d'innombrables pas avaient usé au cours des deux derniers siècles. Ceux d'Alice avaient eux aussi résonné sur ces pierres. Parmi les cendres refroidies, dans l'âtre immense, ainsi que contre les poutres de chêne du plafond, flottait encore une odeur de fumée. Des traînées de suie demeuraient sur les murs, au-dessus des bougies dont la cire, en longues stalactites, pendait des chandeliers de fer – c'étaient là les vestiges des sombres nuits d'hiver, lorsque le vent hurlait au-dehors et qu'on amenait les premiers agneaux dans la maison pour qu'ils jouissent de la chaleur du foyer.

Cramponnée aux flancs de sa couchette, Alice rejoignit en rêve l'étroit escalier branlant menant à la chambre, sous le toit. Elle distinguait le sol incliné vers l'avant de la ferme, la petite fenêtre et son loquet de métal. C'était au fond comme si une part de la jeune femme n'avait jamais quitté le Sussex : bousculée par la houle, elle voyait se succéder les collines des South Downs qui dominaient les labours et les riches pâturages. Des moutons à tête noire broutaient sous un ciel menaçant – mais entre les nuages perçaient les rayons du soleil, qui nimbaient les haies d'une brume d'or.

Alice ne percevait plus qu'à peine le roulis. Perdue dans ses pensées, elle suivait à présent la rivière sinuant à travers la campagne. Son eau courait sous le pont de pierre, gazouillait sur son lit calcaire avant de traverser en hâte le hameau d'Alfriston pour se ruer vers la mer. La voyageuse pouvait encore observer le vieux clocher, des chaumières blotties les unes contre les autres sur la berge. Les cloches de l'église conviaient les fidèles à l'office du soir.

Lorsqu'elle se souvint des dernières minutes qu'elle avait passées près de la ferme, une larme perla entre ses cils. Ayant quitté la demeure avant l'arrivée du nouveau propriétaire, elle avait couru jusque dans la cour. Le petit cheval patientait le long de la clôture, le museau goulûment enfoui dans l'herbe grasse, la queue battant l'air pour chasser les mouches qui ne manquaient jamais d'affluer dès les premières pluies d'été. Il arborait une robe broussailleuse, des jambes courtes et un dos large. En dépit de son caractère exécrable, Alice l'adorait.

— Arrête de manger, lui avait-elle ordonné en ajustant son mors et sa bride avant de régler les rênes et de lui jeter une couverture sur le dos. Sinon, tu vas devenir trop gros pour marcher, et nous avons de la route à faire.

Pour toute réponse, Bertie avait exhibé ses dents jaunes. Sa maîtresse lui avait tapoté affectueusement l'encolure, puis l'avait mené jusqu'à la souche, qu'elle avait utilisée en guise de marchepied pour grimper sur sa monture. Car elle avait vendu le moindre de ses biens, y compris la selle de Bertie. Mais Alice connaissait les chevaux depuis sa plus tendre enfance ; la couverture lui suffirait.

Comme elle se revoyait penchée sur la barrière pour l'ouvrir, une autre larme roula sur sa joue. Sans prendre la peine de la refermer, elle avait donné du talon dans les flancs du cob, puis regardé droit devant elle – en direction de ce futur situé par-delà l'horizon.

Alice essuya ses larmes et se moucha. Ce pauvre Bertie se trouvait à présent parqué sur le pont avec ses congénères. Sans doute se demandait-il ce qui lui arrivait. La jeune femme se releva tant bien que mal, ajusta sa toilette puis, après avoir inspiré profondément pour tenter d'étouffer le mélange d'enthousiasme et d'effroi qui l'assaillait, elle se dirigea en titubant vers la porte.

Elle s'était lancée dans une aventure si audacieuse qu'elle peinait à croire qu'elle la vivait pour de bon. Le fait est qu'à trente-cinq ans elle s'engageait bel et bien dans une nouvelle vie, au cœur d'un nouveau monde. La pluie et les embruns qui lui cinglèrent le visage dès qu'elle se hasarda hors de la cabine lui confirmèrent la réalité de sa situation.

L'océan faisait le gros dos, le pont inondé se dérobait sous les pieds d'Alice, qui se cramponnait pour éviter qu'une vague la jetât par-dessus bord. Bientôt, sa cape était trempée, elle pesait sur ses frêles épaules. Ses jupes se soulevèrent, tourbillonnèrent en tous sens avant de se plaquer contre ses jambes en plis ruisselants.

D'un pas mal assuré, elle rejoignit l'enclos où se tenaient les chevaux, gardés par un jeune matelot ayant reçu l'ordre d'abattre le premier qui manifesterait des signes d'emballement. Dressées sur leurs jambes écartées, les huit grandes bêtes gardaient la tête baissée sous l'assaut de la pluie. Alice, dont le regard croisa l'œil contrarié de Bertie, le gratifia d'une petite tape amicale et lui offrit une poignée d'avoine avant de s'éloigner. Il était robuste, songea-t-elle. Il survivrait à cette traversée.

Les mèches de la jeune femme, libérées par la tempête des épingles qui les disciplinaient, lui fouettaient le visage. Elle finissait par douter de parvenir un jour à l'enclos des moutons, lorsqu'une voix dans son oreille la fit sursauter.

— Vous ne devriez pas être dehors par ce temps!

Alice cligna des yeux sous l'averse.

— Il faut que j'aille voir mes moutons! hurla-t-elle en retour.

Il grimaça et lui prit le bras. Ils chancelèrent en chœur jusqu'à l'embrasure d'une porte, où ils se réfugièrent – ils se trouvaient devant la cabine du capitaine.

— Merci, haleta Alice en repoussant ses cheveux mouillés.

— De rien, répliqua-t-il avec une révérence un peu moqueuse, avant de toiser la jeune femme. Henry Carlton, pour vous servir, madame.

— Alice Hobden.

Comme elle examinait le séduisant visage de son interlocuteur, elle se sentit piquée par la curiosité.

— Enchanté. Où se cachent-ils donc, vos satanés moutons?

— Sur le pont inférieur. Il y fait plus chaud.

Elle tira sur ses vêtements détrempés.

— Et plus sec, ajouta-t-elle tristement.

— Ils doivent être drôlement importants pour que vous risquiez votre vie pour eux, brailla Henry Carlton.

Sur ce, le tangage les jeta l'un contre l'autre. Alice s'empourpra violemment en tâchant de se rétablir et de reprendre contenance.

— En effet, répondit-elle. Ils représentent toute ma fortune.

L'homme ne lui lâchait pas le bras. Dans ses yeux gris passa une lueur amusée quand il la vit rougir.

— Êtes-vous certaine de devoir descendre?

— De toute évidence, s'agaça-t-elle en observant ses vêtements de prix, vous n'avez jamais élevé de bétail.

Elle se souvint de l'avoir vu embarquer au Cap avec une horde de domestiques.

— Certes. En revanche, je suis un gentleman. Permettez-moi de vous accompagner.

— Je peux me débrouiller seule, à présent. Mais merci.

Il remonta son col jusqu'à son menton avant de s'aventurer à nouveau dans la tempête.

Alice gloussa en le regardant s'éloigner – il venait de jouer les jolis cœurs, ce dont elle se sentait flattée, car il était bel homme. Aussitôt, elle se gronda: quelle sotte elle était. Elle descendit prudemment l'étroite échelle menant aux quartiers de l'équipage.

Une odeur de vomissure se mêlait à celle des bêtes, et des relents de cuisine finissaient d'empuantir l'atmosphère. La jeune femme se couvrit le nez en vacillant entre les hamacs. Il faisait sombre. On ne distinguait que le faible éclat des lanternes et le rougeoiement des deux fours en brique. Il régnait néanmoins une douce chaleur. Les marins, qui maintenant connaissaient Alice, la remarquèrent à peine.

Ceux qui n'étaient pas de quart dormaient ou jouaient aux cartes en buvant. À l'aide d'une pelle à long manche, le cuisinier disposait des plats dans ses fours, en extrayait d'autres et lançait des ordres tonitruants à son marmiton. De jeunes officiers se disputaient bruyamment autour d'une partie de dés. Ils n'étaient encore que des enfants, se dit Alice en prenant garde où elle posait les pieds. Ou alors c'est moi qui vieillis, ajouta-t-elle en silence.

Les deux béliers occupaient des enclos distincts – la jeune femme avait tenu à éviter les combats. Les huit brebis se tenaient à l'opposé, non loin des cabines des officiers. Les bêtes étaient moins nerveuses qu'au départ du Cap. Elles passaient leurs têtes laineuses entre les barreaux et bêlaient au gré des oscillations du bateau.

Alice les examina une à une. Par bonheur, elle ne découvrit aucune blessure, ne repéra aucun signe d'infection. Les moutons gardaient un solide appétit. Elle s'était battue bec et ongles pour en obtenir un bon prix – elle ne pouvait se permettre de les perdre. Elle changea leur litière de paille, emplit leurs abreuvoirs et garnit leurs auges. Ce serait une fameuse surprise pour l'homme qui l'attendait en Australie.

2

Le *corroboree* touchait à sa fin. Assise parmi les hommes de la tribu, Lowitja était lasse d'entendre se répéter les mêmes querelles. Après avoir décimé les peuples du sud, les Blancs se hâtaient à présent vers le nord et l'ouest. Pourtant, les Aborigènes hésitaient encore à répliquer. Nombre d'entre eux avaient adopté les mœurs occidentales ou quitté leurs territoires ancestraux pour se dérober à l'affrontement. Seuls demeuraient une poignée de guerriers, dont les chances de victoire s'amenuisaient de jour en jour.

— Je les ai vus, intervint la jeune femme. Ils tuent les jeunes aussi bien que les vieux. Ils se font aider par les guerriers d'autres tribus pour mieux nous traquer.

— Nous livrons bataille contre nos ennemis héréditaires, la coupa Mandarg, jeune membre de la tribu Gandangara. Les Wiradjuri s'introduisent sur nos terres sans permission pour nous prendre nos femmes. Avec l'aide des Blancs, nous parviendrons à nous débarrasser d'eux.

Il lança un œil noir en direction des deux Wiradjuri assis face à lui, de l'autre côté des flammes. Ces derniers soutinrent son regard.

Lowitja observa Mandarg. Elle se rappelait l'enfant qu'il était naguère, installé autour d'un feu de camp pareil à celui-ci, en compagnie des Eora, à l'époque où les deux peuples avaient fait alliance contre les Wiradjuri, dont les maraudes étaient incessantes.

— Lors d'un *corroboree*, lui rappela-t-elle, il est tabou de faire naître de l'hostilité entre nous. Si nous réussissons à nous

47

réunir en paix, alors nos ennemis héréditaires peuvent mêmement s'allier avec nous. C'est notre seule chance de venir un jour à bout des Blancs.

Mandarg pouffa. L'arrogance de la jeunesse brillait dans ses yeux.

— J'ai toujours respecté ta sagesse, vieille femme, mais une alliance avec les Wiradjuri équivaudrait à bafouer les lois sacrées de ma tribu.

Un murmure d'approbation parcourut l'assemblée.

— Ta tribu disparaîtra si tu refuses de te joindre à Pemuluwuy et son fils Tedbury dans leur lutte contre les Blancs.

— Laisse la guerre aux guerriers. L'homme blanc est invincible. Par conséquent, autant nous le concilier pour vaincre nos ennemis héréditaires.

Lowitja se leva avec peine. Elle était assise en tailleur depuis trop longtemps, ses articulations la faisaient souffrir. Elle avait entendu assez de sottises pour ce soir.

— Mandarg, dit-elle doucement, tu n'es qu'un sot. Il faudra donc que les Esprits t'expédient la chouette blanche pour qu'enfin tu perçoives la vérité et comprennes que j'avais raison. Mais alors, il sera trop tard.

Comme elle s'éloignait du feu de camp, elle entendit des pas derrière elle. Lorsqu'ils eurent rejoint les ténèbres, elle se retourna vers Mandarg.

— Je n'ai rien à ajouter, lui déclara-t-elle. Ton destin est déjà écrit.

La terreur du jeune homme était manifeste – il avait renoncé à toute espèce d'insolence. Lowitja revit en pensée le petit garçon qui s'installait autrefois à ses pieds pour l'écouter, les yeux écarquillés, raconter les légendes peuplées d'esprits malfaisants.

— Tes paroles sont des énigmes, se navra-t-il. Explique-moi ce que tu as vu.

— Tu es jeune, murmura-t-elle. Le sang des guerriers bouillonne en toi au point de t'aveugler. Tu ne distingues plus la vérité. Mais l'âge t'apportera la sagesse à laquelle tu aspires.

Mandarg demeurait dubitatif. Lowitja consentit à l'éclairer un peu.

— Tu vas vivre une longue vie. Une vie au cours de laquelle tu deviendras le témoin de nombreux changements. Tu fréquenteras des hommes qui tenteront de t'influencer. Mais la mort d'une femme t'ouvrira les yeux et, dès lors, tu discerneras le sens de ta destinée.

Elle lui sourit.

— Les Esprits ne se détourneront jamais de toi, même lorsque tu refuseras de les écouter. La chouette blanche est un signe, qu'ils t'enverront pour te remettre dans le droit chemin.

Sur quoi, elle se retira. Très vite, elle ne fut plus qu'une silhouette solitaire découpée contre le clair de lune.

Elle regagna son propre campement juste à temps pour faire ses adieux à Mandawuy. C'était un robuste bambin de sept ans, au comportement irréprochable, à l'esprit curieux. En compagnie d'autres garçons non encore initiés, il s'apprêtait à suivre l'un de ses aînés jusqu'à un lieu sacré d'apprentissage, au pied du mont Uluru. L'enfant venait d'entamer le long périple qui le mènerait à l'âge d'homme. Bientôt, songea tristement Lowitja, il n'aurait plus besoin d'elle.

Elle suivit le groupe des yeux, tandis qu'il se frayait un chemin sinueux parmi les Aborigènes assemblés pour le *corroboree*. Il lui fallait accepter les coutumes de son peuple, se raisonna-t-elle quand les garçonnets eurent disparu à sa vue. Elle devait admettre que d'autres se chargent désormais de l'éducation de Mandawuy. Il resterait auprès du vieil Anangu jusqu'au terme du *corroboree* ; il lui transmettrait les légendes sacrées associées à cet endroit. L'aîné, dans sa sagesse, lui enseignerait les secrets de la création d'Uluru et de Kata Tjuta, il lui décrirait le parcours du Serpent arc-en-ciel, qui dans son sillage avait fait jaillir les cours d'eau de la région. L'enfant apprendrait des choses qui, parce qu'elle était une femme, resteraient pour jamais inconnues à Lowitja.

Cette dernière fourgonna parmi les braises au moyen d'un bâton. Les flammes dansèrent dans la brise qui soufflait sur l'arrière-pays. Après le massacre, ses illustres ancêtres l'avaient attirée vers Uluru, où les Anangu l'avaient accueillie à bras ouverts, ainsi que Mandawuy. Ils lui avaient offert un refuge et avaient tenu aussitôt son petit-fils pour l'un des leurs – ce que Lowitja désapprouvait en silence : Mandawuy n'était pas un Anangu.

De nouveau, elle se leva avec difficulté. Il était temps pour elle de prendre conseil auprès des Esprits. Elle s'éloigna du feu jusqu'à ce que les bruits du campement devinssent imperceptibles. La nuit l'enveloppait tout entière. Les Esprits étoiles éclairaient sa route. Elle suivit les pistes rebattues conduisant, à travers les arbres, aux dômes de Kata Tjuta. Il s'agissait d'un *lieu du rêve* réservé aux hommes, aussi Lowitja n'était-elle pas autorisée à en visiter les grottes ni les gorges polies par le temps et les Esprits totems. Elle se rendait pour sa part au point d'eau situé plus à l'est.

Un profond silence régnait autour d'elle, que seul un lointain *didgeridoo* venait troubler. Elle lança les pierres sur la terre rouge. Le cœur de Lowitja suivait les rythmes de la musique primitive. Celle-ci la tirait en arrière, vers le *temps du rêve*, vers les ancêtres qui allaient la guider, elle s'en avisait soudain, durant son ultime voyage.

Sydney, octobre 1797

Éloïse éprouva les premières douleurs de l'enfantement au beau milieu de la nuit. Lorsqu'elle se réveilla, elle était seule. Tandis qu'elle guettait la vague suivante, qui allait de nouveau lui déchirer les entrailles, elle pria pour qu'Edward se trouvât dans la pièce voisine.

Elle se leva et tituba jusque dans l'entrée. Elle découvrit son époux dans le salon minuscule.

— Le bébé arrive, lui annonça-t-elle en haletant. Va chercher de l'aide.

Edward avait les yeux injectés de sang. Il tenait à peine debout.

— Je vais prévenir la bonne, dit-il d'une voix pâteuse en fauchant la sonnette de cuivre posée sur la table. Recouche-toi.

De toute évidence, songea sa femme, il ne lui servirait pas à grand-chose.

— Meg, souffla-t-elle lorsque la jeune fille apparut à la porte, la mine ensommeillée. Dépêche-toi d'aller chercher la veuve Stott. Dis-lui que ça y est.

La soubrette courait déjà quand sa maîtresse tendit la main pour l'arrêter, mais de nouvelles douleurs l'assaillirent, qui la laissèrent affaiblie et tremblante. Elle se reprit néanmoins.

— Préviens aussi ma famille, à l'hôtel. Fais vite.

— Je vais t'aider à retourner dans la chambre, proposa Edward, qui s'approcha d'un pas mal assuré. Il ne s'agirait pas que tu pondes notre fils sur le tapis du salon.

La vulgarité de ses propos fit grimacer Éloïse. Son époux empestait le rhum. Il lui tardait déjà de voir revenir Meg, accompagnée de Mme Stott. Elle prit le bras d'Edward, sur lequel elle s'appuya de tout son poids. Une fois dans la chambre, elle se laissa choir lourdement sur le matelas avec un soupir de soulagement. Mais le répit fut de courte durée. Déjà, d'autres contractions la mettaient à la torture. Elle perdit les eaux.

— J'ai de plus en plus mal, souffla-t-elle. J'espère que la sage-femme sera bientôt là.

— Je vais attendre à côté, fit Edward en battant en retraite.

— Non, l'implora-t-elle. Reste un peu.

Il secoua négativement la tête en s'efforçant de conserver son équilibre.

— C'est une affaire de femmes.

Son regard vitreux se porta sur le ventre énorme de son épouse et la souillure qui allait s'étalant sur les draps.

— J'ai besoin d'un verre, grommela-t-il.

Certes, songea Éloïse, un homme ici n'avait pas sa place. Surtout pas celui-là, qui depuis des mois affichait son dégoût pour la grossesse de sa femme et tordait le nez chaque fois qu'on évoquait l'accouchement. Elle ferma les yeux pour tenter de refréner son appréhension. Elle ignorait ce qui allait se passer maintenant, elle n'avait pas la moindre idée du temps que prendrait le travail. Souffrirait-elle encore beaucoup ? Sa mère lui en avait confié fort peu sur le sujet – sinon qu'une fois l'enfant paru, tous les tourments physiques s'envolaient. Des larmes perlèrent au coin de ses yeux, qu'elle se hâta d'essuyer. Les années avaient beau s'écouler, jamais elle ne se remettrait tout à fait de la disparition de sa mère.

— Mon Éloïse chérie ! lança Anastasia en surgissant dans la pièce quelques minutes plus tard, leur sœur Irma sur les talons.

— Je suis si contente de vous voir, haleta Éloïse.

— Nous n'allions tout de même pas manquer ça! glapit Anastasia, qui avait souvent tendance à s'échauffer plus que de raison. Papa est à côté, il a apporté du champagne pour fêter l'événement.

Irma s'affairait autour du lit, tirant sur les couvertures et les oreillers dans un louable effort pour ordonner un peu le chaos.

— Ça fait vraiment mal? s'enquit-elle d'une voix craintive. Car tu as les joues toutes rouges et tu ne m'as pas l'air à ton aise.

— Oui, ça fait mal, maugréa sa sœur. Et tu n'arranges rien en t'acharnant de cette façon sur les draps.

Les traits de la jeune fille se décomposèrent.

— Franchement, Éloïse! J'essayais seulement…

— La veuve Stott est-elle en route? l'interrompit la parturiente.

Avant que l'une ou l'autre des deux sœurs eût le temps de répondre, la porte s'ouvrit: la sage-femme entra en trombe; Meg trottinait à sa suite.

— Retournez auprès de votre père, ordonna Mme Stott aux jeunes filles, et tâchez de persuader le commandant Cadwallader d'oublier un moment sa bouteille.

Elle se tourna vers la bonne.

— Apporte-moi de l'eau chaude, commanda-t-elle sèchement. Beaucoup d'eau chaude. Puis des serviettes et des draps propres.

Éloïse adressa un sourire à la petite femme replète qui, en une poignée de secondes, avait rétabli l'ordre dans sa chambre. On changea son lit, on fit sa toilette et on appliqua sur son front brûlant une compresse fraîche.

— Merci, souffla-t-elle, éperdue de reconnaissance.

— Mordez ça quand vous aurez trop mal. Cela vous sera également utile au moment de pousser.

Éloïse examina la lanière de cuir qu'on lui offrait, puis fit non de la tête.

— Je respirerai en cadence pendant le travail, insista-t-elle. C'est ainsi qu'on s'y prend en Allemagne, m'a jadis expliqué ma mère.

Les petits yeux en boutons de bottine la scrutèrent consciencieusement.

— Ces nouveautés venues de l'étranger ne me disent rien qui vaille, lâcha enfin la veuve Stott. Mais après tout, c'est vous qui accouchez. Si vous changez d'avis, je pose la lanière sur la table de chevet.

Charles Edward Cadwallader naquit le lendemain, au coucher du soleil. Le faible cri qu'il poussa troubla à peine le silence de la demeure. La veuve Stott l'emmaillota dans une serviette avant de le déposer entre les bras de sa jeune mère.

— Il est un peu maigrichon, observa la sage-femme en fronçant les sourcils, et cette tache de naissance n'est pas bien jolie, mais elle devrait s'estomper avec le temps. Et dès qu'on commencera à le nourrir, il devrait se remplumer.

Au premier regard qu'elle porta sur l'enfant, Éloïse se sentit submergée par un amour qui la laissa sans voix. Elle toucha les doigts délicats, dénombra les tout petits orteils. Cela relevait du miracle. Ses pleurs timides la bouleversèrent. Elle le serra contre son cœur.

— J'ai cru entendre quelque chose, déclara Edward en pénétrant dans la chambre. C'est un garçon?

— Oui, murmura son épouse émerveillée. Il meurt de faim.

— Laisse cela, aboya son mari. C'est indigne de ton rang. J'ai engagé une nourrice.

— Il s'agit de mon bébé. Mon lait lui conviendra mieux que tout autre.

Les doigts de l'enfant enserraient son pouce. Edward, elle le devinait, se contenait en présence de la sage-femme.

— Possède-t-il la marque des Cadwallader? exigea-t-il de savoir.

Éloïse défit un peu la serviette, qui révéla la gouttelette pourprée sur la peau du nourrisson.

— Le baiser d'un ange, commenta-t-elle, toujours ébahie par la perfection du petit être auquel elle venait de donner le jour. Juste sous son cœur.

Edward considéra l'enfant d'un air dubitatif.

— Je m'attendais à découvrir un fils plein de vigueur. Pas cette créature chétive.

Éloïse serra le bébé plus fort. Son père avait le sourcil froncé. Il était mécontent. Comment avait-elle pu être assez sotte pour s'imaginer qu'il aimerait son enfant?

— Il va grandir, répliqua-t-elle sur un ton glacé.

— On m'attend au mess des officiers, conclut Edward, pressé de décamper. Ta famille est encore là, tu n'as pas besoin de moi.

Quelques instants plus tard, il claquait la porte d'entrée. Et s'il ne remettait plus les pieds dans cette maison? Éloïse s'en moquait bien. Seul lui importait désormais son précieux bambin, qu'elle protégerait contre la déconvenue de son père.

*À bord de l'*Empress, *novembre 1797*

Le vent était tombé. Le navire ballottait à présent au cœur d'une mer amollie que le capitaine qualifiait de «bonace». Les voiles pendaient le long des mâts. On glissait sans vigueur sur l'océan Indien. Entre les flancs du bateau, et bien qu'on eût ouvert toutes les écoutilles, la chaleur était devenue presque insoutenable. L'humeur à bord avait changé, les barrières entre les classes de passagers tombant peu à peu pour céder le pas à une camaraderie régie par l'entraide. Alice et ses compagnons de l'entrepont s'étaient installés sur le pont supérieur, auprès des voyageurs les plus aisés. Tous dormaient à la belle étoile, s'abritant le jour sous des tentes de fortune, entre les oies et les poules parquées dans leurs enclos. On partageait la nourriture, on échangeait des potins, on distribuait des vêtements légers à ceux qui n'avaient pas prévu cette canicule.

Alice avait renoncé à ses jupons, à ses bas et à ses bottines. Assise sur un coussin, dans l'ombre maigre d'une petite voile, elle observait ses orteils nus dépassant au bas de sa robe en coton fin. Elle tamponna son front couvert de sueur, tandis que quelques passagers proposaient une partie de cartes à trois matelots. Des enfants couraient de droite et de gauche entre les jambes des adultes. À l'ombre d'une voile tendue au-dessus de la dunette, des femmes babillaient autour de leurs travaux d'aiguille. Bertie, qu'Alice avait abreuvé plus tôt d'un plein seau d'eau salée, se portait bien. Elle se tourmentait en revanche pour les moutons.

— Bonjour, mademoiselle Hobden.

La voix, mélodieuse et profonde, interrompit le cours de ses pensées. Comme une ombre venait de se former sur ses jambes, elle leva les yeux. M. Carlton était plus âgé qu'elle ne l'avait cru lors de leur première rencontre, mais ses tempes grises ajoutaient à son charme. Il portait une chemise et des culottes immaculées. Sa chevelure était impeccable, sa moustache soigneusement lissée. Comment peut-on, s'extasia Alice, paraître aussi à l'aise, aussi détendu par une telle chaleur? Elle s'empressa de cacher ses pieds nus sous sa jupe.

— M'autoriserez-vous à vous tenir compagnie? Toutes les places à l'ombre sont occupées.

Comme il s'installait à côté d'elle, la jeune femme se navra de l'indécence de sa tenue : elle avait ôté ses chaussures et sa robe lui semblait maintenant d'une légèreté coupable – trempée de sueur, elle lui collait au corps comme une seconde peau. D'un coup d'œil, elle constata néanmoins que son visiteur n'avait rien remarqué : il contemplait l'horizon.

— Je suppose que vous vous préoccupez toujours du sort de vos moutons, commença-t-il au terme d'un bref silence.

— En effet. Il règne là-dessous une chaleur étouffante. Il faudrait leur donner à boire toutes les heures – imaginez-vous votre état si l'on vous obligeait à porter un épais manteau de laine par ce temps.

Un sourire éclaira le visage de l'homme.

— Dans ce cas, rendons grâce à Dieu de nous avoir épargné ce fardeau, commenta-t-il avec humour.

— Vous avez raison.

Alice croisa les mains sur ses cuisses. Des fourmis lui venaient dans les pieds et, quoiqu'elle appréciât la présence de Carlton, elle ne savait comment se comporter avec lui : jamais encore il ne lui avait été donné de s'entretenir avec un gentleman.

— Est-ce que je vous mets mal à l'aise? s'enquit celui-ci.

Elle leva timidement les yeux vers lui.

— Un peu, avoua-t-elle. Et puis je n'ai pas l'habitude de bavarder assise par terre.

Il se mit à rire.

— Peut-être pourrions-nous lancer une nouvelle mode, mademoiselle Hobden!

— La posture n'est pas des plus confortables, monsieur Carlton. À mon avis, nous ne remporterions pas un franc succès.

— Vous m'intriguez. Vous voilà partie seule, avec un cheval et quelques moutons, pour une colonie peuplée de bagnards, loin de toute véritable civilisation. Pourtant, vous ne semblez pas redouter l'avenir. À la plupart des femmes, il aurait déjà fallu faire renifler des sels!

— Je ne ressemble pas à la plupart des autres femmes, se récria étourdiment Alice avant de se reprendre et de s'excuser.

— Vous ne ressemblez certes pas aux autres femmes, je puis vous l'assurer depuis la nuit où, sans moi, vous seriez probablement tombée à la mer.

Il s'interrompit un moment pour la regarder.

— Je serais curieux de connaître votre histoire, mademoiselle Hobden. Qui donc est l'heureux garçon qui vous attend à Sydney?

Alice se demanda un instant si l'intérêt qu'il lui manifestait relevait de la simple politesse, mais elle eut tôt fait de deviner qu'il était sincère. Elle se sentit moins gauche.

— Comment savez-vous qu'on m'attend en Australie?

— Je me trompe?

— Il s'appelle Jack Quince.

— Un militaire?

— Pas le moins du monde. C'est un fermier. Originaire du Sussex. Nous sommes tombés amoureux l'un de l'autre sur les bancs de l'école primaire.

Elle fixa la surface lisse de l'océan, dont l'éclat lui blessait les yeux.

— Nous formions tant de projets, à l'époque…

— Racontez-moi, l'encouragea doucement Carlton.

— Lorsque Jack a hérité de la ferme de ses parents, nous avons commencé à préparer notre mariage. Mais trois semaines avant la cérémonie, Jack a été accusé, à tort, d'avoir volé le taureau d'un voisin. Les gendarmes sont venus l'arrêter pour le jeter dans les entrailles d'un bateau-prison mouillant dans les eaux de la Tamise.

La voix de la jeune femme se brisa. Elle peinait à évoquer ces longs mois de solitude au cours desquels le sort de son promis avait été tout entier entre les mains d'inconnus.

Elle plongea son regard dans celui de son compagnon de voyage. La colère faisait taire son embarras initial.

— Ce voisin-là convoitait la ferme de Jack depuis de nombreuses années. Il a délibérément laissé son taureau se joindre à nos vaches. Il comptait acheter ensuite la maison et les terres pour une bouchée de pain.

Elle laissa son regard se perdre un moment sur l'horizon.

— Jack était innocent mais, de plus, il a bénéficié de l'appui de son homme de loi, qui l'a aidé à me léguer la ferme avant sa condamnation.

— Il devait avoir une formidable confiance en vous, observa Henry Carlton.

— Vous avez raison. Et pour ma part, je n'ai jamais perdu l'espoir de le voir un jour rentrer à la maison.

— Hélas, c'est seule que vous faites voile vers la Nouvelle-Galles du Sud. J'en déduis qu'il n'est jamais revenu à la ferme.

Alice, qui gagnait en assurance, laissa voir ses pieds nus.

— Après qu'on nous a séparés, à la veille de notre mariage, je n'ai plus reçu de lui la moindre nouvelle pendant des années. Je commençais à céder au découragement. Il courait des rumeurs épouvantables sur la Deuxième Flotte. On racontait que la plupart des bagnards n'avaient pas survécu à la traversée. Il faudrait un miracle, me disais-je, pour que Jack soit encore de ce monde.

Un sourire parut sur ses lèvres.

— C'est alors que j'ai reçu ses premières lettres. Certaines avaient été écrites au moins un an plus tôt, d'autres m'arrivaient dans le désordre, mais dans toutes Jack m'assurait de sa foi en notre avenir commun.

La joie se peignait sur les traits de la jeune femme.

— Il m'aimait toujours, monsieur Carlton, bien qu'il ait été battu, enchaîné, jeté à fond de cale et menotté à un cadavre six mois durant. Il m'aimait assez pour continuer de s'accrocher à notre rêve, même aux heures les plus sombres.

Les yeux de Carlton se durcirent.

— La cruauté de l'homme envers l'homme me révolte, lâcha-t-il avec amertume. Le châtiment devrait être proportionnel au crime, mais il en va rarement ainsi, et ceux qui méritent le plus d'être punis s'en tirent souvent à très bon compte.

Il puisa en lui la force de sourire.

— Néanmoins, certains êtres se révèlent capables d'une ténacité sans faille. Vous en faites partie. Il vous a fallu beaucoup de courage pour quitter la ferme et entreprendre ce long périple en solitaire.

Alice décela, sous les manières paisibles, une âpreté qui la surprit. De quelle injustice avait-il été la victime ? s'interrogea-t-elle. Qui avait pu lui nuire ? En tout cas, elle devinait qu'Henry Carlton n'était pas homme à se laisser abuser sans crier ensuite vengeance.

— Je n'étais pratiquement jamais sortie de mon village, admit-elle, et si j'avais su que je passerais près de trois ans au Cap à lutter contre la malaria, j'aurais peut-être renoncé à ce voyage.

Elle remua les orteils.

— Mais me voici bel et bien en route pour l'autre bout du monde, où je m'apprête à rejoindre un homme dont j'entretiens le souvenir grâce à ses lettres. Je suppose qu'il a changé. Personne ne saurait survivre à ce qu'il a enduré sans en sortir transformé. Mais j'ai décidé de courir ce risque.

Henry Carlton secoua la tête.

— La chance m'est rarement donnée, mademoiselle Hobden, de côtoyer une femme aussi remarquable que vous. Ce serait un immense honneur pour moi si vous me permettiez de devenir votre ami.

— Un ami assez proche pour venir m'aider à nourrir mes moutons ? le taquina Alice.

— À condition que vous insistiez, répondit-il en riant. Au Cap, ce sont des domestiques qui s'occupent de mes bêtes. Ils sont beaucoup plus doués que moi en la matière. Mais il ne sera pas dit que je ne possède pas le désir d'apprendre.

Alice le considéra avec attention.

— Je vous ai raconté mon histoire, monsieur Carlton. Mais me raconterez-vous la vôtre ?

— Je suis un homme riche qui adore voyager, lui exposa-t-il d'une voix légère. J'avais envie de visiter la Nouvelle-Galles du Sud et d'y examiner les opportunités qui pourraient s'y présenter.

Son visage demeurait impassible, mais ses yeux s'étaient de nouveau durcis. Alice comprit aussitôt, malgré les dires de son interlocuteur, que ce séjour en Australie n'avait rien pour lui d'une promenade d'agrément.

3

Sydney, novembre 1797

Jack Quince se rendait régulièrement en ville dans l'espoir d'obtenir des nouvelles d'Alice. Billy et Nell Penhalligan, ses associés, l'avaient d'abord abondamment plaisanté à ce sujet, mais au fil des années Billy avait fini par s'irriter un peu – sans pour autant lui adresser le moindre reproche – de le voir quitter ainsi les *Gratteurs de lune* pour le laisser seul à la tête de la ferme plusieurs jours durant.

La matinée avait commencé simplement, pareille à tant d'autres, et, après un copieux petit-déjeuner, Jack avait chargé le chariot. Nell, qui de nouveau était enceinte, lui avait réclamé beaucoup de choses pour elle et les trois enfants. Quant aux prisonniers qui travaillaient à la ferme, ils s'étaient plaints à voix basse de ce que les réserves de rhum seraient bientôt épuisées. Billy lui avait remis une longue liste d'outils et de provisions dont ils auraient besoin pendant les trois mois à venir. Tout était maintenant soigneusement rangé à l'arrière du chariot. Cette fois, se dit Jack en contemplant son chargement, il n'avait plus la moindre excuse pour s'attarder davantage à Sydney.

Il ne bougeait pourtant pas. Debout à côté du chariot, il contemplait la ville, en absorbait les sons. Elle s'était littéralement métamorphosée depuis qu'il y avait débarqué et si, sans conteste, elle demeurait une colonie de bagnards, on devinait à certains signes que le reste du monde commençait à s'y intéresser.

Dans le port mouillaient des baleiniers américains, ainsi que de grands galions œuvrant, pour le commerce, entre l'Australie, Batavia et les îles aux Épices. Des odeurs de thé, de tabac et d'épices flottaient doucement dans l'air matinal – elles prenaient le pas sur la puanteur des égouts à ciel ouvert et des déjections de toutes sortes. On recensait des boutiques, des entrepôts, et jusqu'à un charmant hôtel établi sur le quai. Quoiqu'il fût encore tôt, des groupes d'hommes et de femmes arpentaient les promenades ou prenaient le frais dans leurs voitures à chevaux.

Jack alluma sa pipe, satisfait : il faisait doux et il jouissait de la liberté d'aller où bon lui semblait – liberté chèrement acquise, au terme de longs mois passés, enchaîné, dans les cales d'un bateau-prison, dont il était sorti avec les os de la hanche et du genou irrémédiablement abîmés. Il avait fini de purger sa peine depuis longtemps, mais jamais il n'avait tenu pour acquise cette indépendance retrouvée. Appuyé contre le chariot, il tirait sur sa pipe en contemplant la petite maison de bois juchée sur la colline.

Ezra et Susan Collinson avaient rejoint Ernest, leur fils aîné, à la ferme de la *Tête de faucon*. Le logis accueillait à présent d'autres habitants. Jack avait du mal à s'y faire : naguère, il rendait visite au pasteur et à son épouse chaque fois qu'il venait à Sydney, car le couple l'avait accueilli à bras ouverts dès qu'il s'était associé à Billy Penhalligan, le jeune frère de Susan, pour exploiter ensemble les *Gratteurs de lune*. Dans le jardin, suspendu à une corde, du linge voletait. Jack hocha la tête. Il était bon qu'une autre famille se fût installée à son tour dans la maisonnette – on ne pouvait indéfiniment lui associer la même tragédie.

Des matelots s'activaient entre un baleinier et le quai pour débarquer leur pêche. Jack se demanda si George, le plus jeune fils des Collinson, se trouvait au port. Ses parents s'étaient alarmés de le voir prendre la mer mais, à l'agitation que le garçon manifestait, on comprenait aisément qu'il n'était pas fait pour la terre ferme. La chasse à la baleine était synonyme d'aventure, de danger et de liberté ; George n'avait pas pu résister à cet appel.

Jack vida sa pipe et la fourra dans la poche de son gilet. Il avait lanterné plus que de raison. Il était grand temps de regagner la ferme.

Il jeta son sac de couchage au fond du chariot. Comme il s'apprêtait à grimper sur le siège du cocher, il entendit crier. Au même instant apparut un navire qui franchissait le cap. Ayant attaché son cheval et son chariot à un poteau, Jack suivit le quai en boitillant pour rejoindre le vieux marin qui, jour après jour, montait la garde face à l'océan.

Les deux hommes s'étaient peu à peu liés d'amitié. Comme Jack approchait, le matelot à la chevelure grisonnante lui adressa un large sourire édenté.

— C'est l'*Empress*, lui apprit-il. Je crois bien qu'elle est partie du Cap.

— Du Cap? Vous en êtes sûr?

Jack plissait les yeux en fixant l'horizon scintillant. Le vieux loup de mer opina du chef.

— C'est un bien beau bâtiment, l'*Empress*, observa-t-il d'une voix traînante. J'ai navigué à son bord quand j'étais jeune.

Jack le remercia avant de retourner à son chariot en clopinant. Sa hanche le tourmentait. Il se hissa sur son siège avec difficulté. Après quoi il fit claquer les rênes en priant à voix basse pour qu'enfin Alice se trouvât à bord de ce bateau. Combien de fois n'avait-il pas espéré en vain? Combien de retards ne s'étaient-ils pas accumulés. L'idée d'une déception supplémentaire lui devenait intolérable.

La foule se pressait sur la longue digue récemment construite. Jack fit halte au bord de l'eau pour admirer le navire qui remontait majestueusement le chenal. Le cœur battant, il scrutait les passagers massés sur les ponts. Alice devait être parmi eux. Il le fallait absolument.

Le soleil brillait dans un ciel dégagé au-dessus de l'*Empress*, qui se rapprochait lentement de Port Jackson. Ce temps radieux semblait de bon augure. Comme tous ses compagnons de voyage, Alice se tenait sur le pont, impatiente de découvrir sa nouvelle patrie. Elle nourrissait aussi un peu d'appréhension:

que se passerait-il lorsqu'elle reverrait Jack ? Malgré l'intimité de leur correspondance et leurs souvenirs communs, peut-être se sentiraient-ils d'abord étrangers l'un à l'autre, métamorphosés par les circonstances autant que par les années.

Repoussant ses doutes loin d'elle, elle se laissa envahir par l'excitation du moment. Elle avait pansé Bertie, puis s'était occupée des moutons. Elle avait soigné sa mise – elle ne voulait pas que Jack éprouvât de la déception en la voyant. Certes, le miroir minuscule qu'elle avait partagé avec Morag durant la traversée ne lui permettait pas de s'observer en entier, mais elle savait qu'elle avait fait tout son possible pour paraître à son avantage. Elle devait à la malaria un teint légèrement jaunâtre en dépit du hâle et une maigreur excessive, mais elle portait une jolie robe de coton fin. Un chapeau à large bord jetait une ombre raffinée sur son visage, et sa chevelure, qu'elle avait longuement brossée le matin, luisait au soleil.

Ravie d'être parvenue à échapper aux ultimes préparatifs de sa voisine de cabine, elle se mêlait aux passagers installés sur le pont, son impatience croissant à mesure que la côte se rapprochait. Le port de Sydney se matérialisait peu à peu. Quel spectacle ! Dans la lumière du sud, presque aveuglante à force d'éclat, la mer scintillait dans les criques sablonneuses, elle rutilait autour des îlots rocheux qu'elle baignait. Aussi loin que portait le regard, elle ruisselait en cours sinueux. Les voiles immaculées des innombrables bateaux à l'ancre se détachaient contre les eaux turquoise, au-dessus de quoi planaient des oiseaux – ils plongeaient de loin en loin en laissant voir l'or bruni qui, au bout de leurs ailes, semblait avoir été peint par le soleil lui-même.

On se bousculait pour avoir une meilleure vue, et la rumeur enflait. Lorsque Alice distingua Sydney s'étirant le long du front de mer, elle songea au Cap. C'était une ville colorée qui s'offrait à elle, bruissant d'activités. Au-delà, sur les versants en pente douce des collines environnantes, se blottissaient des maisons. La jeune femme repéra encore le clocher d'une église, ainsi que les murs en pierre de la caserne. En s'éloignant du port, on trouvait des rues bordées d'arbres, ainsi que d'adorables petites bicoques soigneusement entretenues, côtoyant d'élégants édifices à la silhouette plus robuste, où travaillaient les employés du gouvernement.

Alice allait de surprise en surprise. Comme la ville était verdoyante en regard du Cap. La jeune femme s'attendait à un paysage aride, monotone et sans relief, au lieu de quoi elle découvrait avec bonheur d'épaisses forêts que seuls interrompaient les lits des fleuves ou des rivières, de l'autre côté dévorant les collines jusqu'à l'horizon, pareilles à un océan de verdure. De superbes pelouses entouraient certaines demeures, les jardins regorgeaient de fleurs éclatantes, tandis que çà et là un arbre gracieux, à l'écorce argentée ou au feuillage touffu, jetait une ombre accueillante sur les lieux.

La contemplation d'Alice fut interrompue par les cris des matelots qui bondissaient dans le gréement pour affaler les voiles. Une flottille de petites embarcations se portait à leur rencontre. Bientôt, on remorquait posément l'*Empress* en direction de la jetée de pierre. La jeune femme étudiait le visage tanné des rameurs dans l'espoir de reconnaître Jack parmi eux.

Bien vite, elle retourna à sa découverte de Sydney : son bien-aimé ignorait sans doute la date de son arrivée. Le service du courrier n'était pas fiable. Les dernières lettres d'Alice atteindraient probablement leur destination après elle – peut-être se trouvaient-elles à bord de ce navire. Il fallait faire preuve de patience. Sitôt débarquée, elle expédierait un messager à la ferme des *Gratteurs de lune*.

Elle distinguait à présent la rue principale de la cité, le bel hôtel et les échoppes délabrées, devant lesquelles s'entassaient des marchandises. Elle aperçut un uniforme pourpre, ainsi qu'un groupe de détenus en train de décharger un navire. Les cris des poissonniers parvenaient jusqu'à elle, avec ceux des radoubeurs s'affairant autour des bateaux à réparer. Des bœufs, qui tiraient une lourde charrette, soulevaient de la poussière rouge sur leur passage. Du bétail et des chevaux broutaient l'herbe des champs. Un peu plus loin, des nuages de vapeur signalaient une blanchisserie en plein air.

Alice admira encore les cygnes noirs qui, pleins de noblesse, glissaient sur l'eau, ainsi que d'étranges volatiles blancs à bec crochu, arpentant précautionneusement la grève de leurs longues pattes grêles. Soudain, un groupe d'oiseaux aux couleurs vives prit son envol dans un tonnerre de battements d'ailes pour se mettre à tourbillonner au-dessus de l'*Empress* – de temps à autre, ils fondaient en piqué.

— Je tiens de source sûre qu'on les appelle des loriquets. Ils sont beaux, n'est-ce pas?

La jeune femme identifia la diction raffinée de son nouvel ami. Elle se retourna vers lui en souriant.

— Ils sont superbes! s'exclama-t-elle. Tout est magnifique.

— L'extraordinaire lumière qui règne ici a le pouvoir de rehausser le moindre détail. J'espère, chère amie, que votre enthousiasme ne retombera pas lorsque vous y regarderez de plus près.

Il lui coula un œil amusé.

— Après tout, il ne s'agit guère que d'une colonie pénitentiaire.

Depuis cet après-midi passé ensemble sur le pont, Alice et Henry Carlton s'étaient retrouvés chaque jour pour poursuivre leur conversation. Issus d'univers très différents, ils ne s'en étaient pas moins découvert de nombreux points communs, qui défiaient la convention. Alice songea que son compagnon de voyage allait lui manquer.

Le raclement de la chaîne d'ancre et des cris venus du rivage la tirèrent de ses pensées. Elle fit volte-face pour découvrir, stupéfaite, une foule immense réunie sur le quai. De nouveau, elle se mit à chercher Jack. Mais les figures étaient trop nombreuses, et de surcroît en mouvement constant – c'était la cohue, on criait, on agitait la main en direction du navire.

Tout à coup, Alice se figea. Quelqu'un – un homme – poussait, sans souci de prudence, son cheval et son chariot au-devant de l'attroupement.

— Jack! hurla-t-elle au moment où le cocher se dressait sur son siège en brandissant son chapeau.

Il était plus mince que dans son souvenir, et ses cheveux bruns se teintaient d'argent, mais elle aurait reconnu son large sourire entre mille.

— Jack! cria-t-elle encore en manquant de passer par-dessus bord sous le coup de l'émotion. Je suis ici!

Henry Carlton la tira fermement en arrière.

— On dirait bien que j'ai pris l'habitude de vous sauver la vie, mademoiselle Hobden. Il ne s'agirait pas que vous alliez vous noyer avant que ce garçon ait eu le temps de vous passer la bague au doigt.

Alice éclata de rire.

— En effet! Merci, monsieur Carlton.

Mais déjà, il ne l'écoutait plus. Elle tressaillit. L'attention passionnée qu'il manifestait maintenant pour ce qui se déroulait sur le quai contrastait singulièrement avec l'enthousiasme bon enfant auquel il venait de s'abandonner. Ses yeux s'étaient durcis.

La jeune femme tenta de suivre son regard pour discerner la raison de cette brusque métamorphose ; en vain. Le sang reflua du séduisant visage de son compagnon.

— Que se passe-t-il? s'enquit-elle. J'ai l'impression que vous venez de voir un fantôme.

— Peut-être bien, chère amie, répondit-il posément.

* * *

— Tu m'as l'air en pleine forme, ce matin.

Pour toute réponse, Éloïse se contenta d'un bref sourire. Elle s'empressait autour du bébé.

— Prends bien soin de lui, commanda-t-elle à Meg, que le spectacle du nourrisson ravissait autant que sa maîtresse. Nous allons revenir très vite.

Conscient de la froideur avec laquelle elle le traitait désormais, Edward se retint d'exprimer son agacement. Ce petit braillard était devenu l'objet de toutes les attentions. Le jeune père en concevait beaucoup d'exaspération. En revanche, il ne pouvait s'empêcher d'admirer la splendeur retrouvée de son épouse. Après la naissance de Charles, elle s'était de nouveau épanouie – il ne se rappelait que trop bien tout ce qui l'avait attiré en elle.

Sa sveltesse était exceptionnelle, son visage rayonnait, dans lequel ses yeux brillaient comme deux émeraudes. Son chapeau de paille à large bord s'ornait de rubans bleu pâle assortis à la mousseline légère de sa robe. Elle exhibait une ombrelle blanche, dont les volants s'agitaient doucement dans la brise. En cette fin de matinée déjà brûlante, Éloïse se tenait, toujours aussi sereine, toujours aussi superbe. Edward avait follement envie d'elle.

— Ta voiture est là, et j'ai fait préparer un pique-nique. Dépêche-toi, Éloïse, nous avons déjà perdu assez de temps.

— Nous devons attendre papa, répliqua-t-elle en jetant un coup d'œil vers le hall de l'hôtel, plongé dans la pénombre.

Une remarque cinglante brûla les lèvres d'Edward. Il avait invité le baron par simple politesse, et voilà que cet imbécile avait dit oui. Son désir charnel avait beau le consumer, il devrait patienter encore. C'était rageant.

Il avait hâte de partir. Plus tôt dans la matinée, il avait déposé Éloïse et Meg à l'hôtel, pour s'en aller ensuite, seul, chercher un brin d'apaisement sur le quai – il ne supportait plus que le petit Charles captivât ainsi son entourage. Il y avait passé une bonne heure, observant l'*Empress* qui pénétrait alors dans les eaux du port. Le temps avait filé sans qu'il y prît garde. Maintenant, il bouillait d'impatience.

— Irma m'a appris que ton père est enfin arrivé à Sydney, fit Éloïse.

Edward prit un air évasif et ne répondit rien.

— J'aurais souhaité le rencontrer, lui reprocha son épouse. Nous sommes mariés depuis près d'un an.

Le commandant éprouva cette pointe de dégoût qu'il connaissait bien. Son père était en effet de retour. Pour tout dire, il l'avait vu quelques minutes plus tôt, flânant sur le quai, mais le jeune homme avait tourné les talons sans laisser au comte l'occasion d'ouvrir la bouche. Il s'obligea à sourire.

— Mon père vient à peine de rentrer de son expédition dans le nord. Je n'ai pas eu le temps d'effectuer les présentations.

— Pourquoi pas aujourd'hui? rétorqua Éloïse avec rudesse. Il pourrait nous accompagner au pique-nique.

— Mon père n'aime pas les pique-niques. Et sans doute a-t-il envie de prendre un peu de repos avant de renouer avec le tourbillon de la vie mondaine.

— Quel dommage ! J'aurais plutôt parié sur sa joie à l'idée de connaître sa bru et son petit-fils. Par ailleurs, mon père serait ravi de l'entendre évoquer son périple.

Elle coula à son époux un regard interrogateur.

— Je vais finir par croire qu'il nous évite.

Le baron apparut à la porte, ce qui, au grand soulagement d'Edward, eut pour effet de mettre un terme à la conversation.

Le père d'Éloïse rayonnait, vêtu d'une redingote à la coupe impeccable, de culottes d'un blanc de neige et de bas de soie. Il avait fourré son chapeau sous son bras.

— Quelle matinée exquise ! lança-t-il d'une voix forte. Oui, une bien belle matinée. Couronnée par l'arrivée d'un bateau.

Il se frotta les mains, la mine satisfaite.

— Je suis toujours ravi de voir débarquer de nouveaux clients.

— Oh, papa ! le gronda sa fille en riant. Tu ne penses décidément qu'aux affaires.

Edward grinçait des dents. Le vieil imbécile posa un baiser sur la joue d'Éloïse, puis grimpa dans la voiture, dont les ressorts gémirent lorsqu'il se laissa lourdement choir sur la banquette. Son gendre s'installa à côté de lui et fit un signe de tête au cocher, qui lança ses chevaux à vive allure.

* * *

Jack n'y tenait plus. À peine avait-on disposé les passerelles qu'il se rua sur le pont. Se frayant un chemin à travers la foule, il cherchait frénétiquement Alice. Alors qu'il se navrait déjà de l'avoir manquée, elle se matérialisa devant lui.

Indifférents aux passagers qui s'agitaient autour d'eux, ils s'immobilisèrent. Jack admira le doux sourire, les yeux bruns qui, bien des années plus tôt, avaient ravi son âme. Alice avait certes besoin de reprendre un peu de poids, mais à la vue de son délicieux visage et de ses cheveux en cascade, il sentit son cœur bondir dans sa poitrine. Il ne bougeait plus, craignant encore qu'elle ne fût que le fruit de son imagination.

Elle fit un premier pas hésitant dans sa direction. Puis un second.

Il ouvrit les bras, aveuglé par les larmes. Elle courut vers lui. Il la serra contre lui – s'il la laissait partir, peut-être se volatiliserait-elle à nouveau. Il la couvrit de baisers, ses doigts courant dans ses cheveux. Quel bonheur de la tenir enfin dans ses bras, de humer son parfum, de goûter la tiédeur de ses lèvres.

— Tu m'étouffes, gloussa-t-elle en se libérant de son étreinte. Tu es toujours aussi costaud, Jack Quince!

Elle effleura ses joues avant de l'examiner longuement.

Que voyait-elle? s'alarma Jack. Parviendrait-elle à aimer encore cet estropié planté face à elle quand, dans son souvenir, survivait un garçon plus jeune et plus fort, en pleine possession de ses moyens? Il pria pour que le miracle se produisît.

— Tu m'as manqué.

Alice rougit. Elle rejeta sa chevelure en arrière et leva les yeux vers lui.

— J'attends ce moment depuis tellement longtemps que j'ai du mal à croire que je ne rêve pas.

D'un doigt tremblant, elle toucha une deuxième fois sa joue, les yeux brillants de larmes.

— Je t'aime, Jack, murmura-t-elle.

À celui-ci, les mots manquèrent. Il se contenta de baisser la tête, de l'embrasser tendrement puis de la serrer de nouveau contre lui.

* * *

Éloïse regardait descendre les passagers qui, sitôt sur le quai, se mêlaient à la foule. L'*Empress* était un superbe navire, et, chaque fois qu'un bateau arrivait, la fièvre de la nouveauté s'emparait du port.

Pendant que le baron continuait à parler, l'attention de la jeune femme fut attirée par un homme dont le calme contrastait singulièrement avec le remue-ménage ambiant. C'était un individu robuste, qui pouvait avoir près de soixante ans, dont la prestance se trouvait rehaussée par un manteau splendide. Nonchalamment appuyé sur une canne à pommeau d'ivoire, il observait l'effervescence qui régnait sur le quai. Un chapeau jetait une ombre sur son visage hâlé. Il avait les tempes argentées. Éloïse se surprit à lui trouver une physionomie familière, mais elle aurait été bien incapable d'en saisir la raison. Elle ne se rappelait pas qu'on le lui eût jamais présenté, et il ne s'agissait pas d'un habitué de l'hôtel.

Mais déjà, la voiture s'éloignait; la jeune femme se hâta d'oublier l'inconnu. On longea la fabrique et la blanchisserie, puis les chevaux mirent le cap sur la baie de Watson. C'était une journée magnifique. Le soleil brillait dans un ciel bleu et clair, la vitesse de la voiture faisait souffler sur ses occupants une brise légère qui les gardait de la chaleur – midi approchant, la température ne cessait de grimper. Éloïse, longtemps confinée, se délectait de la promenade. Si Edward avait accepté que le bébé les accompagnât, sa joie aurait été parfaite.

Sans prendre part à la discussion dans laquelle s'étaient engagés son père et son époux, elle régla son ombrelle pour mieux se protéger du soleil et se laissa aller doucement contre le confortable dossier en cuir de la banquette. Longeant la côte, l'attelage traversa une zone en partie défrichée, où se mêlaient les senteurs entêtantes du pin et de l'eucalyptus. Des nuées de perruches et de perroquets filaient de droite et de gauche. Par-delà le cliquetis des harnais et le bruit des sabots, on percevait les rires des *kookaburras*. Éloïse jouissait de chaque instant avec délectation – elle n'aurait pas pensé prendre un tel plaisir à cette petite expédition.

Elle jeta un coup d'œil en direction d'Edward. Pour une fois, il était à jeun, et il avait soigné sa mise. Sur sa veste rouge repassée de frais, les épaulettes et les boutons de cuivre brillaient dans le soleil. Ses bas et ses culottes possédaient la blancheur de la neige bavaroise et il avait fait cirer ses souliers à boucle. Il avait si fière allure que personne n'aurait pu soupçonner la noirceur dont il était le siège. Éloïse, elle, ne lui pardonnait ni le mépris qu'il manifestait à leur fils ni son exécrable comportement durant la grossesse de son épouse.

Ils atteignirent le sommet d'une colline basse. Le soleil scintillait à la surface de l'océan, l'herbe pâle se teintait d'or, des ombres épaisses se dessinaient sous les arbres. Éloïse distingua la demeure en construction à travers un bosquet d'eucalyptus.

Idéalement située, la brise marine en rafraîchissait les alentours immédiats.

— Qu'en dis-tu? interrogea Edward en ordonnant au cocher d'arrêter la voiture.

— Elle est très belle, commenta la jeune femme avec une froideur dont elle ne se départait plus depuis des mois.

Visiblement satisfait, son mari fit repartir la voiture. Celle-ci cahota sur le mauvais chemin avant de s'immobiliser à côté de la maison. Edward expliqua qu'il avait donné congé aux ouvriers pour la journée.

Éloïse saisit la main qu'il lui tendait et descendit de la voiture avant de se tourner vers son père, dont le visage devenait rubicond.

— Tu as trop chaud, lui dit-elle. Je crois que tu ferais mieux de mettre ton chapeau, au lieu de le garder à la main.

— Mes filles me tuent! lança le baron à l'adresse d'Edward, faussement excédé. Elles me harcèlent à longueur de journée.

Il enfonça son chapeau sur son crâne et traversa les hautes herbes en direction de la demeure.

— Allons, mon garçon. Depuis le temps qu'on me rebat les oreilles avec ce chantier, faites-moi faire le tour du propriétaire.

Éloïse eut un petit sourire moqueur en voyant grimacer son époux. Le baron, qui se moquait des conventions, ne se sentait nullement impressionné par le rang du jeune homme. Elle leur emboîta le pas. Tandis que son père questionnait son gendre, elle observa les lieux avec des émotions mitigées.

Une rangée d'arbres les protégeait du vent. De l'autre côté de l'enclos, à l'arrière de la maison, on avait bâti des étables et des granges. La maison était élégante en dépit de l'échafaudage en bois qui la défigurait encore, du toit et de la cheminée dont on n'avait pas achevé la construction. Aux deux niveaux, de longues fenêtres s'ouvraient sur de grandes vérandas ornées d'un entrelacs de fer forgé. Des volets bleus soulignaient la blancheur de l'édifice; dans le bois clair de la porte d'entrée, on avait gravé le blason de la famille Cadwallader. Une allée gravillonnée sinuait à travers le jardin sauvage pour rejoindre la plage, d'où l'on voyait la mer, pareille à du verre fondu, dévider ses rouleaux, qui se résorbaient sur le sable en blanche écume.

Certes, songea Éloïse, tout était parfait, mais elle manquait d'enthousiasme. Bientôt, le couple emménagerait dans cet endroit intégralement conçu par Edward. Mais pour que la jeune femme puisse s'y sentir chez elle, il faudrait que leur union prenne un tour nouveau.

S'il répondait certes aux nombreuses questions de son beau-père, Edward n'avait d'yeux que pour son épouse, qu'il jugeait irrésistible au milieu des fleurs. Enfin, pensa-t-il avec humeur, il avait réussi à l'impressionner. Peut-être allait-elle se dérider, peut-être se déciderait-elle à apprécier à sa juste valeur tout ce que son mariage lui apportait en termes d'aisance matérielle et de statut social.

Il mourait d'envie de lui prendre le bras pour lui faire visiter la demeure. Il avait envie de la voir s'enflammer pour le panorama qu'on découvrait de toutes les fenêtres, pour la splendeur de l'escalier et des cheminées, pour les chandeliers de cristal que le jeune héritier avait fait venir d'Italie – cet endroit était conforme en tout point aux rêves qu'il avait nourris pendant ses longues années d'exil. Il se garda pourtant du moindre geste. Éloïse lui avait fait entendre sans ambiguïté qu'elle souhaitait avoir avec lui aussi peu de relations que possible. S'il voulait parvenir à ses fins, il lui faudrait s'amender, s'armer de patience et compter sur la magie des lieux. Lorsqu'elle serait lasse de pouponner, elle lui reviendrait. Peut-être renoueraient-ils alors avec la volupté qu'ils avaient brièvement partagée durant les deux premiers mois de leur mariage.

Sydney, le même jour

Niall Logan avait huit ans, et les fers à ses chevilles le gênaient à chaque pas, tandis qu'il s'efforçait de déplacer le lourd morceau de rocher. Arrivé moins de trois semaines plus tôt en Nouvelle-Galles du Sud à bord d'un bateau-prison, le *Minerva*, il avait eu tôt fait de comprendre qu'ici l'âge ne comptait pour rien dans la sévérité des châtiments infligés.

Il grinça des dents en hissant le roc jusqu'à sa poitrine avant de tituber de nouveau sur le sol inégal. La souffrance qui lui déchirait les muscles augmentait d'autant sa rage contre ses tourmenteurs anglais. Une rage qu'il nourrissait depuis sa plus tendre enfance, car ses père et mère, catholiques fervents, s'élevaient contre l'iniquité du régime britannique, qui réduisait les Irlandais en esclavage.

— Plus vite que ça, sale petite fripouille! brailla le surveillant dressé près de lui. Sinon tu vas tâter de mon chat à neuf queues.

Ayant atteint son but, le garçonnet laissa tomber son fardeau sur l'amas de roches. Il avait les doigts gourds, les ongles arrachés. Il mourait de faim, mais il savait d'expérience que, s'il flanchait, on lui donnerait le fouet. Mille pensées bouillonnant sous son crâne, il pivota pour aller chercher une autre pierre parmi celles que déterraient les prisonniers chargés de construire la nouvelle route. Niall ne se remettait toujours pas du choc qu'il avait éprouvé en posant le pied sur la terre ferme, et, comme il se penchait sur son labeur, il remua ses souvenirs les plus amers, afin d'en tirer un regain d'énergie.

À peine était-il descendu du *Minerva* qu'on l'avait conduit, avec les autres petits survivants de la traversée, dans la cour du pénitencier. On leur avait commandé d'ôter leurs haillons infestés de poux, après quoi on leur avait jeté de pleins seaux d'eau glacée. Puis, comme ils se tenaient accroupis, tremblants et terrifiés, on leur avait rasé la tête en hâte. Les enfants se sentaient perdus, la faim les tenaillait. On leur avait remis des pantalons et des chemises de toile, ainsi que des bottines – sans souci de taille ni de pointure.

Le surveillant qui l'observait aujourd'hui avait pénétré dans la cour, l'air fanfaron. Sa face immonde et massive suffisait à dissuader les plus farouches de se rebeller. Niall se rappela en grimaçant la façon dont l'homme avait alors arpenté leurs rangs en leur énonçant les punitions qu'ils encourraient s'ils oubliaient de respecter le règlement. L'évocation de la cagoule de cuir fit frémir le garçonnet. Il s'agissait d'un épouvantable instrument de torture, muni de boucles autour du cou et derrière la tête. Des trous minuscules permettaient tout juste de voir et de respirer. En général, ceux qu'on obligeait à porter la cagoule jusqu'au terme de leur peine devenaient fous.

Né au sein d'une famille pauvre où l'on comptait trop de bouches à nourrir, Niall habitait depuis toujours une bicoque qui, en hiver, prenait l'eau de toutes parts, mais c'est à Sydney qu'il avait commencé d'apprendre ce que le mot «survie» signifiait pour de bon. Il avait appris à se taire pour éviter le fouet car, tant qu'on parvenait à échapper au chat à neuf queues ou à la cagoule, on pouvait se permettre de croire encore en l'avenir. Ceux qu'on flagellait mille fois ou que l'on confinait dans leur terrible prison de cuir sombraient dans le désespoir; ils ne songeaient plus qu'au suicide. Niall, à l'inverse, faisait ventre de la moindre insulte: elles l'aiguillonnaient, affermissaient sa détermination à ne point se laisser mater. À l'instar de certains de ses camarades, il brûlait de retrouver la liberté pour regagner aussitôt l'Irlande.

Perdu dans ses pensées, il trébucha. Le poids des chaînes à ses chevilles se fit trop lourd, il s'emmêla les pieds. Il tomba à genoux sur les cailloux pointus. Lorsque la lanière du fouet lui cingla l'épaule, sa haine des Anglais le consuma plus fort que jamais. Un jour, se jura-t-il, il prendrait sa revanche.

Sydney, une heure plus tard

— Accomplissons les formalités et partons pour les *Gratteurs de lune*.

Jack baissa le regard vers elle.

— Es-tu toujours décidée à m'épouser? l'interrogea-t-il, un peu craintif.

Alice hocha timidement la tête et le prit par le bras. Ils quittèrent le navire pour emprunter le quai en direction de la ville. La jeune femme trouvait un peu étrange de marcher de nouveau à ses côtés après toutes ces années de séparation, de devoir désormais s'adapter à sa claudication – jadis, il lui fallait courir pour le suivre. Pourtant, cet homme paisible et réservé continuait à l'émouvoir comme aucun autre ne l'avait émue jusque-là. Elle ne regrettait pas d'avoir parcouru le monde pour le retrouver.

Le plaisir qu'elle avait eu, de l'*Empress*, à découvrir Sydney se trouva quelque peu terni par la vue d'une poignée de forçats en train de casser des pierres – une nouvelle route prenait forme. Elle se souvint de l'avertissement d'Henry Carlton. Les détenus avaient piètre allure, vêtus de guenilles et entravés par des chaînes. La mine patibulaire, des gardiens faisaient claquer leur fouet en aboyant des ordres. Les prisonnières semblaient un peu mieux traitées, mais il leur fallait supporter l'humiliation d'arborer ces vêtements jaunes qui les désignaient à tous pour ce qu'elles étaient, et l'épreuve de la vapeur brûlante s'élevant des chaudrons de la blanchisserie.

Alice tenta d'ignorer les garçonnets chancelant sous le fardeau de pierres trop lourdes pour eux, ou poussant tant bien que mal des brouettes surchargées. En vain.

— Ils sont si jeunes.

Elle se cramponna au bras de Jack.

— Regarde ce petit gamin. Il ne doit pas avoir plus de huit ou neuf ans. Il peut à peine marcher à cause des fers qu'on lui a mis aux chevilles.

Jack avait la mine sombre – peut-être songeait-il à ce qu'il avait lui-même enduré à bord d'un des sinistres bâtiments de la Deuxième Flotte.

— Le gouvernement britannique ne se soucie pas de l'âge de ses bagnards, expliqua-t-il à la jeune femme. On les expédie ici comme je l'ai été avant eux. Seuls les plus robustes survivent.

Il poussa un profond soupir.

— Ceux-là viennent d'arriver. On ne met les enfants aux fers que durant quelques semaines. Le fait est qu'aucun d'entre eux ne devrait se voir traité de cette façon. Aucun adulte non plus, d'ailleurs.

Le couple tressaillit lorsqu'un surveillant cingla d'un coup de fouet le dos décharné d'un bambin qui venait de s'interrompre pour reprendre haleine.

— Il faudrait faire subir à des types comme lui ce qu'ils font subir aux autres, lâcha Jack entre ses dents, les poings serrés.

Quand son regard croisa celui de l'enfant, Alice se figea. Il était d'une jeunesse effarante, il était maigre et pâle.

Mais comme le gardien menaçait de le punir encore, la lueur de haine qui brillait au fond de ses yeux la glaça.

— Nous devons l'aider, déclara-t-elle en pressant l'avant-bras de Jack.

— C'est interdit par la loi, souffla celui-ci. Et je n'ai pas la moindre envie de retourner en prison. Allons, viens.

Alice s'apprêtait à protester, mais l'expression de son fiancé l'arrêta. Chaque jour il était témoin de ce genre de scène – quant à elle, elle ne s'accoutumerait pas à ce qu'elle venait d'observer. Elle se laissa entraîner loin du désolant spectacle mais, comme elle jetait un dernier coup d'œil en arrière, son regard croisa de nouveau celui du petit forçat. Elle s'efforça, par ce seul contact, de lui offrir en silence un peu de réconfort.

— Aucun enfant n'est capable de commettre un crime assez grave pour mériter un pareil châtiment.

— Je suppose qu'on les a arrêtés en Irlande pour des raisons politiques. Au moins, on va leur apprendre à lire et à écrire, et la plupart d'entre eux serviront d'apprentis aux nombreux artisans que compte la communauté des détenus. Une fois libres, ils deviendront charpentiers, cordonniers ou maçons.

— S'ils ne succombent pas à leur supplice. Je reconnais que les jeunes ont la vie dure dans nos fermes du Sussex, mais le sort, là-bas, n'est jamais aussi cruel.

— Si tu commences à comparer l'Angleterre et l'Australie, la mit en garde Jack, tu ne voudras jamais t'installer ici.

Il serra les mains d'Alice entre les siennes.

— Ce pays n'a pas que des défauts, ajouta-t-il doucement.

La jeune femme examina de nouveau la ville, tandis qu'ils se dirigeaient vers l'édifice gouvernemental où on les marierait civilement. Alice se verrait en outre remettre un certificat d'attribution de terrain. Carlton avait raison : du pont du navire, les apparences étaient trompeuses. On recensait certes des bâtiments imposants, mais ils côtoyaient d'innombrables cabanes en bois coiffées d'un toit de toile. Rien ou presque, dans la cité, n'aurait su rivaliser avec la splendeur de la campagne – Sydney n'était guère qu'une colonie pénitentiaire, dont la brutalité étouffait toutes les velléités de grandeur.

Derrière l'élégante façade du bâtiment officiel, Alice nota encore les misérables cahutes qu'on s'efforçait de tenir pour des échoppes, les taudis, flanquant d'étroites allées, où s'entassaient les familles les plus pauvres de Sydney. Il y avait des matelots et des soldats ivres, des prostituées, des mendiants, des enfants en loques, il y avait des Noirs qui se battaient en vacillant pour une bouteille de rhum – leurs épouses, non moins belliqueuses, glapissaient en se jetant sur quelque reste de nourriture. Tous les accents des îles Britanniques résonnaient à travers la ville.

D'une main, Alice releva ses jupes, et de l'autre plaqua un mouchoir contre son nez. La puanteur était insoutenable : déjections animales et humaines encombraient la chaussée, engorgeaient les caniveaux. Assurément, le paradis était loin.

— Même au Cap, les rues sont mieux entretenues, se navra-t-elle. Les Hollandais n'admettraient jamais un tel… un tel chaos.

— Les choses sont différentes dans le bush, tenta de la rassurer Jack. Je t'en prie, ne condamne pas ce pays avant d'avoir découvert la ferme des *Gratteurs de lune*.

La mine tourmentée, il s'efforçait de faire taire les appréhensions de sa bien-aimée. Elle avait patienté si longtemps avant de le revoir. Elle n'allait tout de même pas caler maintenant. Elle était venue de si loin, et de son propre gré, pour retrouver le plus exquis des hommes. Pour lui, elle avait tout quitté. Il était trop tard pour changer d'avis. Main dans la main, Jack et elle feraient de leur mieux pour couler ici des jours heureux.

Le bureau du magistrat sentait le renfermé et, en dépit de ses bonnes résolutions, Alice sentait s'intensifier son angoisse à mesure que se rapprochait le début de la modeste cérémonie. Elle allait épouser l'homme de ses rêves – un homme, cependant, qu'elle ne connaissait plus qu'à peine : leur commune gaucherie n'augurait rien de bon. Qu'adviendrait-il dans l'intimité ?

Jack, qui semblait avoir lu dans ses pensées, serra les doigts de la jeune femme entre les siens.

— Es-tu certaine de vouloir le faire maintenant ? Rien ne presse, nous pouvons patienter quelques mois avant de nous décider.

— Tu n'en as plus envie ? murmura-t-elle.

— Bien sûr que si, souffla-t-il. Je craignais que tu n'aies changé d'avis.

— Tu es bête. Non, je n'ai pas changé d'avis.

Sur quoi le magistrat apparut, flanqué de deux clercs.

— Vos papiers, commanda-t-il.

Jack lui remit les documents attestant sa libération, ainsi que le certificat de naissance d'Alice. Cette dernière remarqua que sa main tremblait. Comme l'homme examinait les feuillets, la jeune femme pressa à son tour les doigts de son fiancé pour se donner du courage et lui en insuffler.

Ces moments, ne put-elle se retenir de songer, ne ressemblaient guère au mariage dont Jack et elle avaient nourri le projet bien des années plus tôt. Pas d'église de village, pas de chorale résonnant entre ses murs, pas d'amis ni de parents réunis pour l'occasion. Pas de fleurs non plus, pas même le fameux bouquet de la mariée. Quant à la contrée qui l'attendait par-delà cet édifice austère, elle lui était pour le moment plus étrangère que le sol lunaire.

— Désirez-vous, Jack Quince, prendre cette femme pour épouse légitime?

— Je le veux, murmura Jack en enlaçant sa promise.

— Alice Lily Hobden, désirez-vous prendre cet homme pour époux légitime?

— Je le veux.

— Alors je vous déclare mari et femme. Mes clercs vont vous montrer où signer, après quoi vous passerez dans le bureau voisin pour le certificat d'attribution de terrain de madame.

Déjà, l'homme avait décampé. Tout occupés d'eux-mêmes, Alice et Jack n'en avaient cure.

— Je suis désolé pour ce drôle de mariage, fit celui-ci. Mais je te promets que tu n'auras pas à le regretter.

Son épouse rougit, puis baissa la tête en s'avisant que les deux clercs les observaient.

— Quittons cet endroit, proposa-t-elle d'une voix douce. Un cadeau t'attend sur le navire.

— Un cadeau? répéta Jack en fronçant les sourcils. Mais je n'ai rien pour toi.

Il se passa la main dans les cheveux.

— Tu as donné corps à mes rêves, le consola Alice. Et maintenant, signons les documents.

Ainsi fut fait. Promptement. Bientôt, le jeune couple traversait le parc bordant la résidence du gouverneur pour rejoindre les quais, puis grimper à bord de l'*Empress*.

Guidant Jack vers les soutes, Alice peinait à réprimer son exaltation.

En découvrant les moutons, Jack poussa un cri de joie.

— Avec quel argent les as-tu achetés?

Il était abasourdi. Son épouse souriait de toutes ses dents.

— La vie au Cap ne coûte pas grand-chose, et j'ai pensé que quelques bêtes de plus ne nous feraient pas de mal.

Elle observa son mari à la lumière chiche tombant de l'écoutille ouverte.

— À ce propos, s'enquit-elle, comment se porte notre troupeau? J'espère que tu t'en occupes bien.

Il ouvrit les bras pour qu'elle vînt s'y blottir.

— Oh, Alice, souffla-t-il après l'avoir embrassée. Ils ont un appétit d'ogre, et à chaque saison, nos brebis mettent bas. J'ai hâte de te les montrer.

Elle l'étreignit plus fort.

— J'ai hâte que tu me les présentes.

Ils débarquèrent Bertie et les mérinos. Puis ils chargèrent les maigres possessions de la jeune femme à l'arrière du chariot. Lorsqu'ils se mirent en route pour les *Gratteurs de lune*, le soleil commençait déjà à sombrer derrière l'horizon.

Sa première journée au cœur de sa nouvelle patrie s'achevait. Tandis que le chariot s'éloignait de Sydney, Alice se sentit envahie par une satisfaction qu'elle ne se rappelait pas avoir jamais éprouvée. Elle jouissait du martèlement familier des sabots, elle goûtait le cliquetis des harnais et, quand l'avant-bras musclé de Jack l'effleura, elle frissonna de plaisir.

Pourtant, à mesure qu'ils s'enfonçaient dans cette région boisée si différente des paysages de son enfance, leur promiscuité la mit un peu mal à l'aise. Le silence régnait entre eux et, jetant un œil en direction de son époux, elle constata qu'il serrait les mâchoires. Ils n'avaient rien à se dire.

Jack se racla la gorge en touchant le bord de son chapeau, qu'il portait bas sur le front.

— À vol d'oiseau, nous ne sommes pas à plus de vingt-cinq ou trente kilomètres de Parramatta, lâcha-t-il, le regard rivé sur le dos laineux des moutons qui les précédaient d'un pas lent. Mais comme il faut traverser le bush, nous allons passer la nuit à la belle étoile.

Constatant qu'il rougissait, Alice sentit ses joues s'empourprer à leur tour.

— C'est quoi, Parramatta? demanda-t-elle d'un ton hésitant. Tu m'as pourtant bien dit que la ferme s'appelait les *Gratteurs de lune*?

Il s'éclaircit de nouveau la voix en triturant les rênes.

— C'est le village le plus proche de notre exploitation. Son nom signifie «là où dorment les anguilles». Ce sont les Aborigènes qui l'ont baptisé ainsi.

— Y a-t-il beaucoup d'Aborigènes à Parramatta?

— Un petit clan s'est installé chez nous, d'autres vont et viennent. Il est rare qu'ils demeurent longtemps au même endroit.

La jeune femme se rappela les indigènes pris de boisson qu'elle avait vus à Sydney.

— Ils sont gentils? s'enquit-elle dans un murmure.

Jack lui sourit.

— Au point de devenir parfois quelque peu importuns. Les femmes chapardent des provisions et musardent autour de la ferme. Les hommes, eux, s'éclipsent dès que nous leur demandons de nous donner un coup de main: ils partent, nous disent-ils, en expédition dans le Jamais-Jamais.

Piquée par la curiosité, Alice oubliait peu à peu sa pudeur initiale.

— Parle-moi d'eux, le pria-t-elle. Et raconte-moi tout au sujet des *Gratteurs de lune*.

— Les Noirs habitaient déjà la région lorsque Billy, Nell et moi sommes arrivés. Nous avons estimé qu'il y avait assez de place pour tout le monde. Tant qu'ils ne tuent pas nos moutons, qu'ils ne nous cherchent pas de noises, nous les traitons avec respect.

Jack décocha à la jeune mariée un large sourire.

— Nell n'était pas très enthousiaste au début, mais elle a fini par se lier d'amitié avec trois femmes, qui l'aident parfois pour s'occuper des enfants.

Alice éprouva du soulagement : assurément, Nell n'aurait pas confié sa progéniture à des sauvages avinées.

— Et notre terre, Jack ? Et notre maison ? Et les moutons ? Et les détenus que vous avez embauchés ? Parle-moi aussi de Nell, de Billy et de leurs enfants.

Il coula à la jeune femme un regard amoureux.

— Tu vas bientôt découvrir tout cela par toi-même et, si j'entreprenais de te livrer un compte rendu détaillé, ce voyage n'y suffirait pas !

Alice lui donna une bourrade dans les côtes, et il partit d'un joyeux éclat de rire.

— Nos terres, qui s'étendent sur des kilomètres, sont traversées par une rivière où les anguilles abondent, si bien que nous ne manquons jamais de vivres.

Sans doute avait-il surpris la moue de son épouse, car il rit de nouveau.

— Tu n'as jamais aimé l'anguille, je le sais bien, mais quand tu auras vraiment faim, tu avaleras n'importe quoi !

Il s'interrompit un instant, avant d'enchaîner.

— La maison est petite, et l'on y jouit d'un confort des plus rudimentaires, mais cela nous suffit pour le moment. Quant aux détenus, ils préfèrent vivre avec nous plutôt que de risquer le fouet à Sydney. Ce sont de braves garçons et d'honnêtes travailleurs. Pour ce qui est des moutons, ils se portent à merveille.

— Et Nell ? Est-elle d'un commerce agréable ?

Alice avait lu attentivement toutes les lettres de Jack. Bien qu'elle eût fini de purger sa peine, le passé de prostituée de la jeune femme ne laissait pas de l'inquiéter.

— Elle peut se montrer exubérante et piquer de fameuses colères lorsque les choses ne se déroulent pas selon ses plans, mais c'est une bonne mère, et l'un des êtres les plus chaleureux que je connaisse.

Il se tut pour se concentrer sur la conduite du chariot, auquel il fit franchir une ornière profonde.

— Billy et elle se sont rencontrés sur un bateau-prison. Ils ont navigué sur un bâtiment de la Première Flotte. Ce sont d'authentiques pionniers.

Alice jugeait leur histoire follement romantique.

— C'est merveilleux, s'extasia-t-elle. Qui aurait pu prévoir que nous ferions notre vie à l'autre bout du monde, et que nous y posséderions plus de terres que nous l'avions jamais imaginé?

La main chaude et hâlée de Jack se posa sur la sienne, tandis qu'il se penchait pour déposer un baiser sur sa joue.

— Tu n'as pas changé, Alice.

Il était d'humeur taquine.

— Dès ton plus jeune âge, tu rêvais d'aventure. Force m'est de reconnaître que je viens d'épouser ce que mon vieux père appelait une «sacrée bonne femme»!

Alice gloussa.

— Veux-tu bien te tenir un peu tranquille, Jack Quince!

— Quel dommage, déplora-t-il en louchant vers sa compagne d'un œil fripon. À quelques heures de notre nuit de noces…

La jeune femme rougit jusqu'aux oreilles et fit mine d'observer la végétation alentour. Mais, Jack pouffant à côté d'elle, elle avait bien du mal à réprimer son sourire. Ces deux-là venaient de retrouver, intacte, leur belle complicité d'antan.

Après avoir progressé un moment dans le bush, Jack arrêta son cheval, afin de pouvoir embrasser Alice tout à loisir. Celle-ci s'abandonna entre ses bras. Les lèvres chaudes de son époux lui donnaient le frisson. Lorsqu'ils se séparèrent enfin, ils échangèrent un regard et partirent d'un nouveau fou rire.

— Si nous continuons à ce rythme-là, prévint Jack, nous n'atteindrons jamais la ferme.

Après un dernier baiser, il se remit en route.

— Nous devons dresser le campement avant la tombée de la nuit, expliqua-t-il. Et parquer soigneusement les moutons pour que les dingos ne les attaquent pas.

Alice désira ensuite connaître le nom des arbres qui les environnaient, des fougères géantes, ainsi que des fleurs qui s'épanouissaient par centaines dans la forêt.

Jack menait son cheval au pas, tandis qu'il désignait du doigt les bouleaux à papier, les eucalyptus fantômes ou les filaos. Les jeunes mariés s'esclaffèrent en chœur en découvrant une famille d'opossums en train de folâtrer parmi les branches. Alice s'émerveilla devant les perroquets blancs à crête jaune vif qui se querellaient au-dessus de leurs têtes. Elle battit des mains, ébahie, en découvrant de minuscules perruches bleu et vert filant autour du chariot. Elle se rembrunit à la pensée des oiseaux qu'en Angleterre on tenait prisonniers dans des cages. Elle se rappela du même coup les petits bagnards enchaînés de Sydney.

— Je sais à quoi tu songes, tenta de l'apaiser Jack, mais ça ne sert à rien. Contente-toi de profiter de notre bonheur : nous sommes libres, et nous avons fini par nous retrouver.

Elle passa son bras sous celui de son époux et posa la tête sur son épaule. Il lui semblait soudain ne l'avoir jamais quitté. C'était comme s'ils rentraient à la ferme au terme d'une journée ordinaire, portés par le même rêve d'avenir.

Jack dressa le campement au milieu d'une clairière. Il improvisa un enclos, au moyen de bandes d'indienne, afin que les moutons ne s'éloignent pas durant la nuit. Il entrava les chevaux. Bertie semblait indifférent à l'étrangeté de son environnement. De ses dents jaunies, il broutait gaiement l'herbe coriace. Jack étendit des couvertures par terre, inspecta sa carabine, puis creusa le sol pour y allumer le feu de camp. Un oiseau salua le couple d'un cri qui ressemblait à des rires.

— Qu'est-ce que c'est que ça? s'étonna Alice.

— Les Aborigènes l'appellent le *kookaburra*. Pour les Blancs, il s'agit du martin-chasseur géant.

Juchée sur le tronc d'un arbre abattu, la jeune femme regarda tendrement son époux : il disposa une gamelle au-dessus des flammes et de la pâte sous les cendres brûlantes. Il emmaillota le poisson qu'ils avaient acheté sur les quais dans de larges feuilles plates arrachées à un buisson tout proche, avant de les placer sur les pierres chaudes. Il connaissait désormais toutes les façons de cette contrée sauvage, songea Alice ; elle avait, pour sa part, beaucoup à apprendre. Elle avait éprouvé aujourd'hui mille et une émotions, et tirait de ses premières observations un constat mitigé. Quelles terribles menaces se tapissaient dans les ténèbres cernant la clairière? Puis elle lut sur le visage de son époux une intense satisfaction. Dans ses yeux, elle discerna beaucoup d'amour. Comme il lui apportait son repas, elle sut que le futur, quel qu'il soit, ils sauraient l'affronter avec la force de caractère qui leur avait jusque-là permis de supporter sans flancher la solitude et les épreuves les plus rudes.

Lorsque le soleil se mit à plonger doucement derrière les arbres, le ciel se stria d'or, d'orange et de rouge. Les oiseaux regagnèrent leurs perchoirs, cependant que des myriades d'insectes entamaient leur concert nocturne. Allongé sur une couverture, Jack serrait Alice entre ses bras. Elle admirait le spectacle céleste. Même les étoiles du firmament africain n'auraient su rivaliser avec celles qui brillaient au-dessus de l'Australie.

La nuit tomba tout à fait, Jack l'étreignit plus fort sous la couverture dont il l'avait protégée. Elle se sentit alors submergée par une vague d'amour si puissante que le reste de l'univers s'évanouit. L'attente avait enfin cessé. Alice était chez elle.

4

Sur la piste de Parramatta, le lendemain

Les appréhensions d'Alice allaient croissant à mesure qu'elle se rapprochait des *Gratteurs de lune* ; aussi, malgré sa détermination à garder confiance, souhaitait-elle ardemment que Jack la rassure.

— Nous sommes au milieu de nulle part, commença-t-elle, tandis que les bêtes marchaient au pas. N'y a-t-il pas d'autres fermes que la nôtre dans la région ?

Jack passa un bras autour de ses épaules.

— La ferme *Elizabeth* n'est qu'à quelques kilomètres, et il y a plusieurs propriétés plus modestes un peu à l'ouest de la nôtre.

— Les habitants de la ferme *Elizabeth* sont-ils aimables ?

Elle se reprocha aussitôt la pointe de mélancolie qui avait percé dans sa voix, mais elle était incapable de dissimuler à son époux son vif désir de nouer des liens à l'extérieur des *Gratteurs de lune*.

— Mme Macarthur, dit-on, est une femme charmante, mais nous ne la fréquentons guère.

Une certaine réticence sous-tendait les propos de Jack.

— Pourquoi donc ?

Il haussa les épaules.

— Les Macarthur sont les plus gros propriétaires de la région. Nous ne leur arrivons pas à la cheville, ni pour la taille de leurs troupeaux ni pour le rendement de leurs terres.

Il hésita, comme s'il cherchait les mots les plus justes pour évoquer les agriculteurs.

— John Macarthur servait autrefois dans le Régiment de la Nouvelle-Galles du Sud, mais c'est aujourd'hui un homme riche et puissant. Son épouse et lui ne sont pas gens à fréquenter des gens de notre sorte.

Alice gardait le silence et écoutait attentivement.

— À leurs yeux, Billy, Nell et moi sommes restés des détenus. Et l'on a beau nous avoir accordé une grâce, il en sera toujours ainsi pour eux. En dépit même de notre labeur quotidien.

— C'est grotesque.

Jack la gratifia d'un sourire un peu navré.

— Tu as raison. Mais la rigidité du système de classes qu'on observe en Grande-Bretagne se trouve encore exacerbé ici. Nous sommes la «souillure» de cette colonie, et nous le resterons jusqu'à notre dernier souffle.

— Mais nos enfants seront des citoyens libres, énonça fermement la jeune femme. Leur statut les garantira de cette soi-disant «souillure».

Elle lut de la perplexité sur le visage de son époux.

— N'est-ce pas? insista-t-elle.

— Dieu seul le sait…

Alice se tut, le regard rivé sur le dos mouvant et poussiéreux des moutons. L'existence ne vaudrait pas mieux ici qu'en Angleterre. Comme là-bas, l'ascension sociale demeurerait à jamais une chimère. Et dire qu'elle avait eu la naïveté de croire qu'il pourrait en aller autrement.

Jack semblait avoir lu dans ses pensées.

— Nous bénéficions en Australie d'avantages dont nous n'aurions pas même rêvé dans le Sussex, lui dit-il doucement. Celui qui défriche cinquante hectares s'en voit octroyer cinquante de plus. En outre, le gouvernement achète nos récoltes et nous fournit gracieusement de la main-d'œuvre, ainsi que des provisions, jusqu'à ce que nous soyons en mesure de subvenir nous-mêmes à nos besoins.

Alice sourit, mais elle avait le cœur lourd.

— Nous y sommes presque, murmura Jack un moment plus tard.

Il immobilisa le chariot et serra les mains de son épouse entre les siennes.

— Je ne peux pas te promettre que nous mènerons une vie facile mais, comme moi, il va te falloir faire taire la plupart de tes vieux préjugés.

Elle s'apprêtait à l'interrompre, mais il l'en empêcha d'un baiser.

— Billy œuvrait jadis pour des contrebandiers, reprit-il, et Nell se prostituait. Mais ce sont des gens formidables, et des travailleurs acharnés. Ils ont renoncé à leur existence passée pour se lancer à corps perdu dans l'aventure et tirer le meilleur de ce qu'ils se sont vu offrir. Si nous avançons tous les quatre main dans la main, nous ferons des *Gratteurs de lune* l'une des plus belles fermes de la Nouvelle-Galles du Sud.

Alice l'embrassa ; l'amour avait balayé ses doutes. Elle se trouvait dans un nouveau pays, à l'aube d'une existence nouvelle. Tant pis si le système reposait en partie sur l'injustice. Et tant pis si ses compagnons étaient d'anciens détenus.

Jack fit claquer les rênes afin que le cheval reprenne sa marche puis, au moyen de quelques légers coups de fouet judicieusement placés, il convainquit les moutons de se remettre en route à leur tour. Comme ils émergeaient du couvert des arbres après avoir gravi la dernière colline de leur parcours, Alice découvrit enfin le décor dans lequel elle allait évoluer désormais.

Le soleil déclinant embrasait le ciel. Les blés caressés par la brise et le paysage onduleux se couvraient d'or, à l'instar des mille et un cours d'eau, des rivières innombrables qui sinuaient à travers la vallée. Des bouquets d'arbres se balançaient dans le vent, comme s'ils nageaient dans la fournaise du jour finissant – leur écorce argentée brillait de mille feux. Sur une petite crête dominant des ruisseaux se tenait une maison de plain-pied. Pas de chaume, pas de murs blanchis à la chaux, pas de silex, mais une robuste demeure en bois coiffée d'un toit de tuiles et flanquée d'une grande véranda délicieusement ombragée.

— C'est magnifique.

Après les menaces tapies au cœur du bush, après l'épouvantable noirceur de Sydney, Alice peinait à croire en cette splendeur qui, soudain, se révélait. Comme elle était vaste, cette contrée, comme elle était sauvage, par comparaison avec les maisonnettes blotties au creux des vallons et les haies vives de son Sussex natal.

— J'habite un peu plus loin, lui expliqua Jack en désignant du doigt un point en amont. C'est un peu petit, mais ce sera suffisant jusqu'à ce que…

Il mit le cheval au trot.

La seconde habitation jouissait de la protection d'une rangée d'arbres. Le logis était en bois lui aussi et, comme celui de Nell et Billy, pourvu d'un toit de tuiles et d'une massive cheminée en pierre. Ses dimensions modestes se trouvaient compensées par une belle véranda. Tout autour s'étendait un lopin défriché laissant apparaître sa riche terre noire. Les pâturages étaient opulents, la rivière poissonneuse. Ainsi que Jack l'avait affirmé, les moutons se portaient à merveille. Alice, qui ne s'attendait pas à ce que les *Gratteurs de lune* lui fissent si bonne impression, sentit son enthousiasme renaître.

La piste était à peine carrossable. Les cahots ballottaient la jeune femme de droite et de gauche, elle se faisait l'effet d'un sac de pommes de terre qu'on malmenait. Agrippée au chariot, elle songeait aux enfants qu'elle n'avait pas encore. Si Dieu lui accordait Sa bénédiction, elle serait une femme comblée.

Lorsqu'ils atteignirent la rive, elle se demanda comment diable on allait s'y prendre pour traverser le cours d'eau. Sur quoi Jack émit un sifflement suraigu. Plusieurs silhouettes se matérialisèrent aussitôt sur la berge opposée, noires pour la plupart. Alice ne lâchait plus les Aborigènes du regard. Elle en avait peur, et leur façon de la montrer du doigt avec insistance n'était pas pour la rassurer. Mais elle eut tôt fait de s'apercevoir qu'ils n'agissaient ainsi que par curiosité.

Les détenus réunis s'affairaient autour d'épais cordages noués autour de gros pieux enfoncés dans le sol de la rive. La jeune femme rassembla ses jupes, descendit du chariot et fit revenir à elle les moutons qui commençaient à s'égailler. Un radeau, surgi des roseaux, se mit à glisser lentement vers elle.

L'ayant solidement attaché, Jack se tourna vers elle.

— Je vais traverser avec les moutons. Puis je te renverrai le radeau pour que tu y grimpes avec le chariot.

Alice doutait que les moutons effarés fussent jamais capables de prendre place à bord du frêle esquif. Elle n'avait tout de même pas, songea-t-elle, parcouru ces milliers de kilomètres pour les regarder se noyer à quelques pas de sa nouvelle demeure. Elle arracha en hâte plusieurs touffes d'herbe fraîche, dont elle disposa les brins sur le sol. Deux des moutons entreprirent de suivre la voie qu'elle leur traçait ainsi jusqu'au radeau, sur lequel ils prirent place. Le reste du troupeau ne tarda pas à les rejoindre.

Elle décocha un grand sourire à Jack, qui venait d'ôter son chapeau pour éponger son front en sueur.

— Maintenant, à toi de faire traverser ces gros bêtas sans qu'ils boivent la tasse, lui lança-t-elle.

— Entendu ! répondit-il en lui rendant son sourire. Je te confie en échange le chariot et les chevaux. Sauras-tu t'y prendre ?

— Je me débrouille seule depuis des années, rétorqua-t-elle. Je ne suis pas complètement sotte.

Lorsqu'elle le vit rougir, elle lui sourit à nouveau pour atténuer la sécheresse de sa réplique.

Il lui serait plus facile, songea-t-elle, de mener le chariot et les montures jusqu'à l'embarcation si elle-même demeurait à pied. Elle dételé Bertie pour venir se placer entre les deux bêtes, dont elle saisit fermement le harnais. Le radeau progressait avec une lenteur désespérante ; Alice se raidit. Grincheux et troublés depuis leur long périple maritime, puis leur traversée du bush, les mérinos se bousculaient en bêlant. Par bonheur, les béliers se sentaient trop inquiets pour seulement songer à se battre. Ils se tenaient au contraire quasiment immobiles, contemplant avec angoisse l'eau qui s'écoulait autour d'eux.

À peine l'esquif eut-il atteint la rive que les bêtes bondirent sur la terre ferme. Après quelques ruades, elles s'égaillèrent dans l'herbe haute. Déjà, Alice imaginait ses précieux moutons à jamais perdus dans l'immensité australienne, mais Jack siffla de nouveau entre ses dents : un colley surgit d'une dépendance pour rassembler les ruminants.

Il les guida prestement jusqu'à un enclos, dont Jack se hâta de refermer la barrière derrière eux. Comme elle se rapprochait du radeau, Alice poussa un soupir de soulagement.

La tête basse, Bertie tenta de faire machine arrière, au risque d'écraser de ses puissants sabots les orteils de sa maîtresse. La monture de Jack, à l'inverse, rompue à cet étrange moyen de transport, s'avança avec dignité, jetant au passage un regard de mépris à son compagnon récalcitrant.

Alice engagea le frein du chariot pour l'empêcher de passer par-dessus bord, puis entreprit d'amadouer Bertie afin qu'il se tînt tranquille. Hors de question, se disait-elle, de commettre la moindre erreur, car elle sentait, de la rive opposée, peser sur elle le regard appréciateur des hommes. Les Aborigènes babillaient éperdument.

Mais Bertie ne voulait rien savoir. Il tapait du sabot et s'ébrouait, secouait la tête et montrait les dents. Alice le saisit par la crinière.

— Remue-toi, vieux vaurien, gronda-t-elle à voix basse en lui montrant le fouet. Sinon…

Bertie baissa tristement sa longue caboche, la lèvre retroussée en signe de réprobation. La vue du fouet lui promettait une épreuve supplémentaire – or il en avait eu son content… Avec un lourd soupir, il hasarda un sabot réticent sur le radeau, puis un autre…

Sans lui laisser le temps de réfléchir à sa situation précaire ni de s'en alarmer, Alice le poussa à côté du cheval de Jack et défit les cordes. Bientôt, ils glissaient sur les eaux.

— Bravo, le félicita-t-elle en lui offrant une pomme qu'elle tenait dissimulée au fond de sa poche.

Il la saisit dans le creux de sa paume et se mit à mâcher.

Comme le radeau touchait la berge et que des mains se tendaient vers le chariot, Alice fit descendre Bertie et lui flatta l'encolure. Il manifestait certes des caprices d'enfant gâté, mais elle l'adorait.

— Sacré bon Dieu ! Jamais je n'aurais cru que ce gredin-là réussirait à traverser ! Chapeau bas, ma belle.

Alice sursauta. Son sourire mourut sur ses lèvres lorsque, se retournant, elle avisa les cheveux roux, puis le généreux décolleté d'une robe écarlate ornée de rubans verts et de glands dorés qui ne cachait nullement la grossesse avancée de celle qui l'arborait. Jack avait qualifié Nell d'«exubérante». Le mot était faible.

— Merci, répondit Alice.

Le regard bleu de Nell étincela. Elle rejeta ses boucles en arrière et passa un bras autour de la taille de la nouvelle arrivante.

— Ravie de te rencontrer enfin. Mais j'ai l'impression de te connaître déjà. Jack nous parle de toi depuis des années. Et c'est que je me sens un peu seule dans le secteur, sans autre femme à qui tenir le crachoir. J'avais hâte que tu pointes le bout de ton museau, parole !

Sur quoi elle étreignit Alice à l'étouffer. Elle avait eu en outre la main lourde sur le parfum ; l'épouse de Jack manqua défaillir.

Enfin, Nell relâcha son étreinte et recula d'un pas, un sourire hésitant sur les lèvres.

— Pardon. Billy me reproche toujours d'en faire des tonnes. Mais tu n'as pas idée de ce que l'arrivée d'une femme représente pour moi.

Alice décela de la mélancolie dans la voix de sa compagne, et dans ses yeux une joie sans mélange. Elle sut aussitôt qu'elle l'avait mal jugée.

— Je suis ravie moi aussi, dit-elle en souriant.

Nell exultait.

— J'ai enfilé ma plus belle tenue pour l'occasion, déclara-t-elle en tournant sur elle-même.

Le dos était presque nu, laissant apparaître le haut de sa culotte.

— C'est un peu juste, et je n'ai pas pu serrer tous les lacets à cause du mioche, mais est-ce que ça te plaît ?

Alice ne put qu'acquiescer de la tête, bien qu'elle estimât que seule une serveuse officiant dans la plus malfamée des tavernes eût dû exhiber un tel accoutrement. Nell, cependant, rayonnait d'aise. Elle la prit par le bras pour l'entraîner vers la maison.

— Viens, je vais te présenter les petits, et puis on taillera une bavette avant de prendre le thé.

Alice jeta un coup d'œil en direction de Jack mais, lui tournant le dos, il aidait ses compagnons à débarquer les provisions. On avait dételé les chevaux qui, déjà, broutaient dans un enclos tout proche autour duquel se trouvaient les Aborigènes, diversement appuyés contre la palissade ou accroupis non loin. Les moutons paissaient. Le chien se tenait assis près de la barrière, la langue pendante. Alice se sentait oubliée de tous.

— T'occupe pas, lui lança Nell. La nuit sera tombée depuis belle lurette qu'ils en seront encore à causer des moutons. Viens plutôt te poser un peu. Tu dois être moulue après un pareil voyage.

Emboîtant le pas à l'épouse de Billy, Alice éprouva un sourd malaise. Elle avait été élevée dans la crainte de la colère divine, par des parents aux mœurs strictes, que l'accoutrement de Nell aurait scandalisés.

Lorsque la voyageuse franchit le seuil de la demeure, elle fut agréablement surprise. L'endroit était chichement meublé, mais propre comme un sou neuf, et dépourvu des fanfreluches tape-à-l'œil et des volants en dentelle auxquels elle s'attendait. Nell était une bonne ménagère, en dépit de sa mise débraillée et de son langage fleuri.

— Voici Amy, annonça-t-elle avec fierté en désignant une enfant qui leva le nez de ses joujoux en bois. Elle a six ans. Et ces deux petits monstres, là, ce sont les jumeaux, Walter et Sarah.

Elle haussa les épaules.

— Pour de vrai, il s'appelle William, mais ce n'était pas pratique d'en avoir deux sous le même toit. Je peux t'assurer que des jumeaux, ça nous en a flanqué un sacré coup, à Billy et à moi. Mais comme dirait l'autre, plus on est de fous, plus on rit !

Elle jubilait en tapotant son ventre rebondi.

Alice sourit à la fillette, puis se tourna vers les poupons endormis sur le canapé, bras et jambes entremêlés, pareils à deux chatons dans un panier. Elle formula le vœu ardent de devenir bientôt mère à son tour.

— Ils sont adorables, souffla-t-elle en s'asseyant à la table, sur la chaise que Nell lui avait avancée. Tu as de la chance. Mais comment as-tu fait pour dénicher une sage-femme ici?

L'épouse de Billy éclata de rire.

— Aucune sage-femme digne de ce nom ne s'est jamais aventurée dans nos parages, expliqua-t-elle d'un ton joyeux. Je me suis débrouillée toute seule comme une grande.

Sans doute lut-elle de l'inquiétude sur le visage de sa camarade, car elle lui tapota affectueusement la main.

— Mais quand ton tour viendra, je serai là. C'est qu'au bout de trois, je commence à être à la page.

Alice voulut s'obliger à sourire, mais ses traits refusant de se décrisper, elle hissa sur ses genoux la petite Amy, qui s'était rapprochée des deux femmes. Jamais elle ne s'était attardée à ces considérations, ou pour se convaincre de façon fugitive qu'une sage-femme fréquenterait forcément cet avant-poste colonial. Après tout, on en trouvait bien au Cap. Hélas, elle s'était trompée. Elle tâcha de se concentrer sur les figures qu'entre ses doigts la fillette formait au moyen d'un long fil de laine, mais son esprit ne s'apaisait pas. Il lui restait beaucoup à apprendre et, en se découvrant si mal préparée à la vie dans l'arrière-pays australien, elle éprouvait un choc considérable.

Sans cesser de pépier, Nell heurtait la vaisselle dans la cuisine occupant un coin de la pièce – elle préparait le thé et disposait des biscuits sur une assiette de vilaine porcelaine. Elle extirpa de son nid de couvertures l'un des jumeaux, qui était en train de se réveiller, s'affaissa sur une chaise et entreprit de lui donner le sein.

— Je sais qu'il est un peu trop grand pour ça, concéda-t-elle, mais pendant ce temps-là il se tient tranquille. Walter est un satané petit glouton, pour sûr. Comme son papa!

Alice sirotait son thé. Elle piqua un fard quand Jack pénétra dans la maison.

— Voici Billy, annonça-t-il, désignant d'un mouvement de tête l'homme qui entrait à sa suite. Méfie-toi, Alice: malgré ses allures de gentleman, c'est un vrai chenapan.

Il cligna de l'œil à l'intention de son épouse.

Celle-ci considéra le superbe garçon aux cheveux noirs, aux yeux rieurs. Son sourire enjôleur et sa mèche sur le front lui conféraient en effet un petit air canaille, mais lorsqu'il lui fit le baisemain, elle sut aussitôt pourquoi Nell était tombée amoureuse de lui.

— Je suis heureux de te connaître enfin, Alice. Jack n'y tenait plus !

Il sourit à son ami en lui donnant une solide tape dans le dos.

— Il lui arrivait de faire une tête de six pieds de long, mais le voilà redevenu guilleret comme autrefois. Je vais peut-être réussir à en tirer quelque chose !

— Billy ! s'offusqua l'intéressé.

— Ma parole, lança l'autre en éclatant d'un rire tonitruant. Tu rougis plus fort qu'une demoiselle !

Jack le poussa du coude.

À constater l'affection qui les unissait, Alice eut tôt fait de comprendre que ces deux-là étaient l'un à l'autre comme deux frères. Elle tentait en revanche d'oublier Nell, qui continuait d'allaiter son bébé sans se soucier de la présence des garçons. Ne ressentait-elle donc jamais la moindre honte ? Et Jack ? Un tel spectacle aurait dû le gêner. Mais il apparut qu'il y était si accoutumé qu'il n'y prenait pas garde ; le plus naturellement du monde, il revint avec Billy à sa discussion sur les moutons.

Alice étouffait. Il lui fallait s'éloigner au plus vite de Nell et de l'enfant pendu à son sein, il lui fallait fuir le chahut.

— Je vais m'occuper de mes moutons, déclara-t-elle. Je veux m'assurer qu'ils sont bien installés.

Elle se tourna vers Jack.

— Ensuite, nous les emmènerons chez nous pour qu'ils se joignent aux autres. As-tu des enclos là-bas ?

— Ils resteront où ils sont, lui expliqua son époux en libérant Amy, qu'il avait prise dans ses bras. Une fois abreuvés, ils s'en iront gambader avec leurs petits camarades comme bon leur semblera.

Alice fronça les sourcils.

— Plus vite nous les conduirons chez nous, plus vite ils y établiront leurs repères.

Nell assit son bambin repu sur le sol, lui offrit un biscuit et couvrit sa poitrine.

— Il n'y a pas de sens de la propriété qui tienne ici, ma belle, intervint-elle. Cette ferme est notre bien commun.

— Mais les moutons m'appartiennent, répliqua la voyageuse. Ainsi qu'à Jack. Et je tiens à ce qu'ils vivent près de chez nous afin de pouvoir garder un œil sur eux.

— Alice, avança son mari sur un ton de reproche. Nell a raison. Nous partageons tout à égalité. Il me semblait avoir été clair sur ce point.

Son épouse bondit sur ses pieds et lui fit face.

— Le partage des terres, je l'approuve, mais il n'a jamais été question d'en faire autant avec les mérinos.

— Je croyais que ça allait de soi, commenta-t-il calmement, son regard se posant tour à tour sur tous les visages.

— Ouais, renchérit Nell, les poings sur les hanches, son opulente chevelure embrasée par la lueur de la lampe. On partage tout. Les vaches, les chevaux, les récoltes, les forçats et les moutons.

— On se calme, dit Billy d'une voix traînante, et il étendit les jambes en allumant sa pipe. C'est l'heure de dîner et mon ventre crie famine.

Alice le considéra d'un œil furibond. Épuisée par son interminable périple, elle avait dû affronter en outre les mille terreurs que lui inspirait la contrée, ainsi que les incertitudes liées à son avenir en Australie. Elle se sentait à bout de patience.

— J'ai vendu tout ce que j'avais pour acheter ces moutons, expliqua-t-elle. J'ai vogué seule sur des mers pleines de dangers pour parvenir jusqu'ici. À quoi j'ajoute que j'y ai vécu dans la crainte perpétuelle qu'on m'assassine pour dérober la bourse dont je ne me séparais jamais. Et j'ai lutté pied à pied pour acquérir les mérinos au prix le plus avantageux. Ils sont à moi.

— Non, cracha Nell. Jack, Billy et moi, on s'est crevé la paillasse pour faire marcher la ferme. Ces bestiaux, on les mérite autant que toi.

— Je les ai payés de ma poche. Alors, à moins que tu ne souhaites me les racheter, ils resteront à moi.

— D'une, si Jack ne t'avait pas fait cadeau de son exploitation, tu n'aurais jamais eu de quoi te les offrir. De deux, qui donc t'imagines-tu être pour débarquer ici en cherchant à nous imposer ta loi?

Billy lança à son épouse un regard réprobateur, qu'elle ignora superbement.

— Tu en as bavé, dis-tu? Grimpe donc à bord d'un bateau-prison, madame la fanfaronne. Alors, et alors seulement, tu sauras ce que c'est que d'en baver.

Alice était hors d'elle.

— Certains d'entre nous mènent une existence honnête et décente, siffla-t-elle. Si tu n'avais pas ôté ta culotte à la moindre occasion, tu n'aurais jamais eu à endurer ce séjour sur un bateau-prison.

— Je vais t'arracher les yeux, saleté!

Les doigts recourbés en serres, elle marcha droit sur Alice, que la surprise avait figée.

Billy stoppa son épouse en la saisissant par la taille, mais elle se débattait comme une diablesse, résolue à corriger la voyageuse.

— Pour l'amour de Dieu, Jack! cria l'ancien contrebandier. Fais sortir ta femme de cette maison.

Jack prit le bras d'Alice. Il avait le visage exsangue.

— Tu es éreintée et cette conversation ne nous mènera nulle part. Et si nous rentrions pour discuter calmement en tête à tête?

Elle repoussa la main qui la retenait.

— Ne me traite pas avec cette condescendance, Jack Quince. Tu as de nombreuses explications à me fournir. Car je veux savoir au juste pourquoi cette traînée est en partie propriétaire de mes moutons!

Elle quitta la demeure en claquant la porte derrière elle.

Nell, de son côté, ne désarmait par: elle se tortillait, accablait de coups de pied et de poing ce pauvre Billy, jusqu'à ce qu'il jugeât opportun de la libérer.

— On a connu des débuts plus prometteurs, grimaça-t-il.

— Retourne dans ton Sussex! brailla son épouse en direction de la porte.

Dans le silence qui s'installa ensuite, elle se laissa choir de tout son poids sur une chaise en regardant Billy. Les enfants ne bronchaient pas ; ils connaissaient le tempérament volcanique de leur mère.

— Je l'ai su à l'instant où je les ai vus ! Ces satanés moutons ne nous apporteront que des ennuis. Plus vite elle décampera avec ses maudites bêtes, mieux ce sera. Je n'ai pas besoin d'elle.

L'œil de son mari pétillait, et l'ébauche d'un sourire, qu'il ne parvenait pas à réprimer, se dessinait sur ses lèvres.

— M'est avis que tu as rencontré une adversaire à ta taille.

La fureur de la jeune femme s'apaisa aussi vite qu'elle s'était enflammée. Elle renversa la tête en arrière et partit d'un grand éclat de rire.

— Traînée ! lança-t-elle. Elle m'a traitée de traînée !

— Je parie que vous deviendrez les meilleures amies du monde, gloussa Billy.

Nell souriait encore lorsqu'elle bourra de tabac sa pipe en argile.

— Mais c'est pas demain la vieille, mon petit père. Il va d'abord falloir qu'on la mette au parfum sur deux ou trois bricoles.

Mue par la colère, Alice progressait à grandes enjambées, loin devant Jack qui boitillait en la hélant pour qu'elle s'arrête. Mais elle ne souhaitait pas se disputer avec lui devant témoin.

Ayant traversé la clairière à toute allure, elle gravit en soufflant les quelques marches qui menaient à la galerie. Par la porte ouverte, elle distingua la pièce principale de la demeure. Elle était moitié plus petite que celle de Nell et Billy – et plutôt miteuse, par comparaison. De quoi aviver encore le courroux de la jeune femme.

Elle fit claquer la porte dans son dos, se planta au milieu de la salle, les bras croisés, la poitrine haletante, et elle attendit son époux.

Celui-ci apparut enfin, hors d'haleine et bouleversé.

— Les moustiques vont rentrer, aboya-t-elle, résolue à ne pas se laisser attendrir par le teint terreux de Jack ni sa boiterie accentuée.

— Alice, l'implora-t-il, ne te comporte pas de cette façon.

Il ferma la porte derrière lui. La pièce plongea dans les ténèbres, et il s'empressa d'allumer une lampe. La nuit était tombée sans qu'on s'en aperçût.

— Je sais que tu es fatiguée, reprit-il, debout devant elle. Mais tu n'avais pas le droit de parler ainsi à Nell.

— Je n'avais pas le droit de lui dire que les moutons sont à nous? Ou pas le droit de la traiter de traînée?

Dans sa voix basse tremblaient les prémices d'une tempête qui, à chaque seconde, menaçait d'éclater.

— Ni l'un ni l'autre.

— Tu te ranges donc de son côté?

Jack se passa une main dans les cheveux. Il paraissait prématurément vieilli. L'éclat de la lampe creusait ses traits, tandis qu'il s'appuyait contre la table pour soulager sa hanche meurtrie.

— Nous partageons tout, soupira-t-il. Que cela te plaise ou non, la ferme, le bétail, les moutons et le reste nous appartiennent à tous les quatre.

Alice restait de marbre.

— Jack, lâcha-t-elle enfin. Nell est une putain, son mari un voleur. Si tu t'imagines que je suis prête à renoncer à mes moutons et à côtoyer de pareils individus, tu te trompes lourdement.

Il avança d'un pas vers sa femme avant de s'écrouler sur une chaise.

— Nell n'est pas une putain, rectifia-t-il en se massant le genou. Elle a certes tôt fait de monter sur ses grands chevaux, mais c'est une épouse et une mère exemplaire. Elle se plaint rarement et travaille aussi dur que nous tous.

Ses yeux sombres semblaient ternis.

— Quant à Billy, enchaîna-t-il, il est le meilleur ami dont un homme puisse rêver. Je ne te laisserai pas le traîner ainsi dans la boue.

— Ce sont des criminels, mais tu en parles comme s'il s'agissait de respectables piliers de la communauté!

Alice, qui avait perçu le sarcasme dans sa voix, se mordit la lèvre; il était trop tard.

— Aurais-tu oublié que je suis, moi aussi, arrivé en Australie à bord d'un bateau-prison ? Cela signifie-t-il que tu refuses de vivre et d'œuvrer à mes côtés ?

— Je ne voulais rien dire de tel, voyons. Toi, tu es innocent.

— Pas au regard de la loi.

— Peut-être bien. Mais tu es un homme estimable. Alors que cette femme, si on l'avait laissée faire, m'aurait arraché les yeux de bon cœur. De surcroît, elle n'a aucune pudeur. Elle se promène dépoitraillée, elle allaite son enfant sous ton nez.

— Assez !

Jack abattit son poing sur la table avec une violence qui fit sursauter la jeune femme. Il se leva, rejoignit son épouse à une vitesse surprenante et la saisit par le poignet.

— Assieds-toi, Alice. Et fais-moi le plaisir de te taire un peu.

Elle obéit, la peur à présent l'emportant sur la colère.

— Nell est orpheline, commença Jack d'une voix grondante que sa femme ne lui connaissait pas. Elle avait à peine sept ans lorsque l'homme chargé de veiller sur elle l'a offerte en cadeau à ses meilleurs amis. Trois ans plus tard, elle s'est enfuie. Contrairement à toi, contrairement à moi, elle n'a jamais eu de famille pour l'entourer, personne pour lui prodiguer la moindre éducation.

Alice lut de la fureur dans les yeux de son époux, mais ce n'était plus à elle qu'il en voulait : il maudissait le sort, tandis que la jeune femme, de son côté, commençait à comprendre ce qui avait fait de Nell l'être qu'elle était à présent. Une immense pitié finit d'éteindre son courroux.

— Elle est arrivée ici sur un bateau-prison, reprit Jack. Comme moi. À ceci près que des gardiens et des matelots l'avaient violée à maintes reprises durant la traversée. Elle a souffert de la faim et de la brutalité de ses compagnons de voyage. En dépit de ces épreuves, elle n'a jamais baissé les bras, et si sa peine s'est révélée beaucoup plus longue que celle de Billy ou la mienne, il n'en reste pas moins que c'est grâce à sa ténacité que nous sommes aujourd'hui à la tête d'une exploitation florissante.

— Je suis désolée, murmura Alice.

— C'est à elle qu'il faut le dire.

Mais la jeune femme songea aussitôt combien sa reculade réjouirait Nell ; cette pensée lui était intolérable.

— Je ne peux pas, souffla-t-elle.

Le regard de Jack ne vacillait pas, son expression demeurait inflexible.

— Tu vas pourtant le faire, dit-il d'une voix égale. Sinon, je te remmène à Sydney, où tu embarqueras à bord du premier navire en partance pour l'Angleterre.

La déception de Nell alourdissait son pas. Comme elle avait eu tort de croire, pensa-t-elle, qu'elle pourrait se lier d'amitié avec Alice dès son arrivée à la ferme. Elle coucha les jumeaux et se prépara à leur chanter une berceuse. Cette femme, décidément, pétait plus haut qu'elle n'avait le derrière ; comment diable était-il possible que Jack en fût tombé amoureux ?

Nell contempla les deux bambins, dont les paupières battaient sous l'assaut du sommeil. Elle avait beaucoup de chance. Amy dormait dans l'autre lit, Billy fumait sa pipe sur la véranda. Elle jouissait à présent d'une existence dont elle n'aurait pas même osé rêver quelques années plus tôt. Elle ne laisserait pas Alice en bouleverser le bel ordonnancement.

Un élancement la prenant soudain au ventre, elle poussa un juron. Elle vivait une grossesse délicate au regard des deux précédentes. Elle souffrait de nausées, de maux de tête, et de sourdes douleurs la tenaillaient régulièrement depuis les premiers mois. Toutefois, lors de son unique visite à l'hôpital de Sydney, les médecins lui avaient assuré que tout se passait bien. Maintenant, le travail était sur le point de débuter.

Elle prit appui contre le mur en réprimant une plainte – elle ne souhaitait pas réveiller les enfants. Pestant à voix basse, elle attendit que la douleur refluât pour se diriger en chancelant vers la véranda où se tenait Billy.

Elle le trouva installé dans un fauteuil, tirant paisiblement sur sa pipe dans la grande paix nocturne de l'*outback* australien.

— Regarde-moi ces étoiles, lui dit-il. Elles brillent si fort qu'on croirait pouvoir les toucher.

— Je me fous des étoiles.

Un nouvel assaut déchirant lui ceintura le ventre au point de lui couper le souffle.

— Le bébé arrive et tu as ma parole qu'il est drôlement pressé, articula-t-elle.

Son mari bondit sur ses pieds pour l'aider à regagner la maison.

— Depuis combien de temps le sais-tu ?

— Un petit moment.

Les douleurs avaient commencé peu après le départ de Jack et d'Alice, mais sa rage l'avait alors empêchée d'y prêter attention. Elle demanda à Billy de préparer de l'eau, ainsi qu'un couteau bien aiguisé, puis d'ouvrir le lit avec elle. Elle ne connaissait plus de répit désormais, les vagues térébrantes se succédaient dans un intolérable crescendo. Après avoir perdu les eaux, elle ôta ses vêtements trempés et s'allongea en tâchant d'élire la position la moins inconfortable.

— Veux-tu que j'aille chercher Alice ? proposa Billy qui, embarrassé, se balançait d'un pied sur l'autre au bout du lit.

— Sûrement pas, gronda son épouse. Je me suis dépatouillée seule les deux premières fois, alors j'y arriverai bien une troisième. Je n'ai pas besoin d'elle.

Elle se cambra et, lorsqu'elle éprouva le besoin de pousser, elle empoigna les barreaux du lit.

— Trouve-toi donc une occupation, aboya-t-elle à son mari. Tu m'énerves.

Elle ne l'entendit pas quitter la chambre. Elle ne l'entendit pas arpenter la pièce voisine. Elle n'entendit pas davantage les voix flûtées des enfants qui se réveillaient l'un après l'autre. Elle se concentrait tout entière sur son labeur.

La sueur l'inondait. Des flots d'angoisse et de nausées déferlaient en même temps que l'atroce souffrance – le bébé semblait résolu à demeurer dans son ventre.

Elle finit par retomber sur les oreillers, recrue de fatigue. Des larmes de terreur et d'impuissance roulaient sur ses joues. Il se passait quelque chose de grave, elle en avait l'intime certitude.

Le sang avait reflué du visage d'Alice.

— Tu ne parles pas sérieusement?

— Je t'aime depuis toujours, et depuis toujours je rêvais que tu deviennes ma femme. Mais les circonstances nous ont changés tous les deux. Nous ne sommes plus les enfants que nous étions jadis.

Comme elle s'apprêtait à répondre, il l'arrêta d'un geste de la main.

— J'admire ta force de caractère et ton indépendance, mais je refuse qu'elles viennent jeter à bas ce que nous avons bâti ici. Billy, Nell et moi avons payé notre liberté au prix fort. Nous la défendrons jusqu'au bout, quels que puissent être les sacrifices à consentir en son nom.

— Tu irais donc jusqu'à sacrifier notre mariage? s'enquit-elle d'une voix ténue.

— S'il le faut, oui, confirma-t-il, l'œil chagrin. Vois-tu, Alice, l'Angleterre nous a condamnés à périr ou à serrer les dents pour tenter de relever la tête. Nous ne pouvons plus revenir en arrière. D'ailleurs, nous ne le désirons pas, puisque plus rien ne nous attache à ce pays qui fut autrefois le nôtre. Nous sommes tous trois résolus à tirer le meilleur de ce que nous possédons ici. Un jour, Alice, l'Angleterre constatera les prodiges dont se seront révélés capables des hommes et des femmes dont elle pensait pourtant qu'ils ne valaient rien. Nos enfants, puis les enfants de leurs enfants, sauront que pas une seconde nous n'avons baissé les bras.

La jeune femme pleurait à chaudes larmes : jamais elle n'avait entendu son époux s'exprimer avec autant de fièvre ni de conviction.

— Je suis navrée de m'être laissé emporter, sanglota-t-elle.

Elle prit entre les siennes les mains calleuses de l'homme, si douces à son cœur.

— Ne me chasse pas, je t'en conjure.

— As-tu l'intention de t'excuser auprès de Nell?

— Le faut-il vraiment?

— Si tu m'aimes, tu iras la trouver.

— C'est du chantage, Jack.

Elle lâcha ses mains.

— Si je dois en passer par là pour que les choses s'apaisent et rentrent dans l'ordre, je suis prêt à te faire chanter.

Jack était un homme têtu ; sur ce point, songea son épouse, il n'avait pas varié. Il n'empêche : sa querelle avec Nell lui restait en travers de la gorge. Qu'elle soit damnée si elle se laissait dicter sa conduite par cette insolente.

Elle se leva de table.

— Je vais le faire, promit-elle. Mais uniquement parce que je t'aime.

— Ils n'ont pas encore soufflé la lampe, dit Jack avec un geste vague en direction de la fenêtre. Autant régler cela le plus tôt possible.

Il la mettait manifestement à l'épreuve. Alice vivait sans entraves depuis si longtemps qu'elle peinait désormais à recevoir des ordres. Elle souhaitait néanmoins se plier à ceux de son mari – pour le bonheur de leur couple.

Comme elle posait une main sur le loquet de la porte, il l'arrêta.

— Merci, souffla-t-il en baisant ses joues baignées de larmes. Je n'avais aucunement l'intention de te mettre dans un tel état, mais il fallait que tu comprennes la situation.

Alice se blottit contre lui, jurant intérieurement de garder à l'avenir ses opinions pour elle et de tempérer ses humeurs. Jack et ses compagnons avaient vécu des horreurs qu'elle n'imaginait pas, et son arrogance avait failli détruire leur union.

Ils échangèrent un sourire et quittèrent la maison. Comme ils se mettaient en route sous le clair de lune, Alice prit le bras de son époux. Les étoiles scintillaient superbement. La lune, pareille à une pièce d'or, se reflétait dans les eaux sinueuses de la rivière. Tout irait bien, à présent.

— Dieu merci, vous voilà !

Billy dévala les quelques marches du perron pour se porter à leur rencontre. Il saisit Alice par le bras pour l'entraîner en hâte vers la porte, où se tenaient les enfants en chemise de nuit.

— Vite, fit-il d'une voix éraillée. Nell ne va pas bien !

— Que s'est-il passé ?

Le jeune homme passa une main distraite dans sa chevelure en bataille.

— Le bébé est coincé, il refuse de sortir. Nous avons tout essayé.

Rassemblant ses jupes, Alice s'élança en direction de la demeure. Les gémissements de Nell la guidèrent aussitôt vers la chambre.

La malheureuse reposait, le corps tendu à rompre, sur des draps ensanglantés, se contorsionnant pour saisir le nourrisson et l'extirper à pleines mains.

— Non! hurla Alice en se ruant dans la pièce. Je vais t'aider. Laisse-moi d'abord y regarder de plus près.

— Dégage! cracha Nell, les traits déformés par la douleur, le visage cramoisi.

Alice lui saisit néanmoins les genoux.

— Arrête de pousser. Tu fais pire que mieux.

La parturiente haletait. Lorsque l'épouse de Jack entreprit de l'examiner, elle geignit de plus belle.

— Il se présente par le siège. Il faut que je le retourne.

— Qu'est-ce que tu y connais? brailla Nell. Ne t'avise surtout pas de me toucher, ou je te crève les yeux.

Jetant un regard en direction de la cuvette emplie d'eau posée sur la table de nuit, Alice se leva pour s'y laver les mains et les bras avec du savon.

— J'ai aidé à mettre bas plus de brebis que tu ne serais capable d'en compter, rétorqua-t-elle sèchement. Alors cesse de pousser, et laisse-moi faire.

Nell retomba sur les oreillers.

— Je suppose que je n'ai pas le choix.

— Ça va faire mal, la prévint Alice. Prends ça, et mords-la.

La future mère s'empara de la ceinture, qu'elle glissa entre ses dents.

— Tu as intérêt à savoir ce que tu fabriques, gronda-t-elle.

Alice se saisit du couteau.

Nell hurla si fort que la lanière en cuir lui tomba de la bouche.

— Je t'interdis de me charcuter avec ce truc-là!

Sur quoi elle gratifia Alice d'un puissant crochet à la joue.

Celle-ci, se rebiffant, vint plaquer la lame du couteau contre la gorge de Nell.

— Si je ne pratique pas d'incision, ton bébé va mourir, et toi avec.

La parturiente replaça la ceinture entre ses dents et ferma les yeux très fort.

— Alors vas-y, grommela-t-elle.

Alice, qui transpirait abondamment, adressa au Tout-Puissant une prière muette pour qu'Il lui vînt en aide.

Comme elle repoussait le derrière du nourrisson pour attraper ses petites jambes, Nell se mit à pousser de grands cris. Elle hurla encore lorsque les épaules apparurent.

— Ne bouge pas! commanda Alice. Il a le cordon autour du cou.

La jeune mère se figea, oubliant dans l'instant ses souffrances.

Glissant un doigt sous le cordon, sa camarade le trancha au moyen du couteau avant d'en nouer ensemble les deux extrémités. Elle libéra la tête de l'enfant… et son cœur se serra.

— Est-ce que tout va bien? glapit Nell. Pourquoi il ne crie pas?

Alice administra au nourrisson, dont la peau se révélait sinistrement marbrée, quelques menues fessées dans l'espoir de le ramener à la vie.

En vain.

— Il est mort, c'est ça? sanglota l'accouchée.

Mais l'épouse de Jack était trop occupée pour lui répondre. Elle souffla doucement dans la bouche du bébé, puis massa avec mille précautions sa minuscule poitrine.

Rien ne se passa.

Réprimant un hoquet de chagrin, elle se précipita dans la cuisine, le petit corps contre son sein.

— Il me faut de l'eau froide! brailla-t-elle à l'intention des hommes et des enfants rassemblés là, hébétés.

Suivant leurs index pointés, elle alla jusqu'au seau, dans lequel elle immergea le nourrisson.

— Maintenant, commanda-t-elle, j'ai besoin d'eau chaude. Allons, mon bonhomme, respire. Pour l'amour de Dieu, je t'en supplie: respire!

Elle le plongea cette fois dans l'eau chaude qu'on venait de lui apporter, puis dans l'eau froide encore.

— Je vous en conjure, Seigneur, ne le laissez pas mourir, sanglota-t-elle en répétant l'opération – entre deux immersions, elle lui soufflait de nouveau dans la bouche.

— Il est parti, Alice. Personne ne peut plus rien pour lui.

Elle considéra un instant le visage inondé de larmes de Billy, puis retourna à sa tâche éperdue.

— Mais si, gémit-elle. Il ne peut pas mourir. Je refuse de le laisser s'en aller.

Nell mit un terme à son labeur en tendant les mains vers le petit corps, qu'elle serra dans ses bras.

— Tu as fait de ton mieux.

— Je suis désolée, s'affligea Alice en se laissant tomber sur le sol, la figure dans les mains. Je suis désolée pour tout, et je voudrais…

Mais, déjà, le couple s'était retiré dans la chambre avec ses enfants ; la porte se referma derrière eux.

— Elle a compris, murmura Jack.

Il aida son épouse à se relever et la prit par la taille pour la guider jusqu'à la chaise la plus proche.

— Je suis fier de toi. Sans ton intervention, Nell serait morte aussi.

Alice ne parvenait pas à sécher ses pleurs.

— Je dois la recoudre. Je me suis montrée si cruelle à son égard, je l'ai rudoyée…

Jack l'étreignit.

— Tu viens d'agir au mieux, la rassura-t-il. Et tu la recoudras demain.

Elle renifla et observa son mari de sous ses paupières gonflées.

— Tu sais bien que la plaie risque de s'infecter.

— Nell est plus propre que tes brebis. Elle peut attendre quelques heures.

Alice se redressa, résolue à se ressaisir, mais lorsqu'elle ouvrit la bouche, sa voix tremblait, et d'autres larmes perlaient à ses cils.

— Si je n'étais pas arrivée aujourd'hui, elle aurait affronté seule cette épreuve. Elle n'y aurait pas survécu.

Jack attira la tête de son épouse contre son épaule. La jeune femme pleurait de nouveau. Elle pleurait l'enfant disparu, elle cédait à la douleur de cette première journée à la ferme des *Gratteurs de lune*, elle s'affligeait du terrible isolement de sa nouvelle demeure, où l'existence ne tenait qu'à un fil, sans qu'aucun de ses occupants parût s'en soucier.

— Nous accueillons les événements, quels qu'ils soient, à mesure qu'ils se présentent, chuchota son mari. La naissance et la mort, le feu, les inondations, la maladie. Nous recevons peu de visites. Quant au médecin le plus proche, il se trouve à Parramatta, et encore refuse-t-il en général de soigner les gens comme nous, à moins que nous n'ayons ce jour-là de quoi le payer en espèces sonnantes et trébuchantes.

Il soupira.

— Ce soir, reprit-il, le sort t'a infligé une rude leçon. J'aurais préféré que les choses se déroulent autrement. J'espère au moins que cela t'aura permis de comprendre qu'il nous faut à tout prix œuvrer main dans la main, avec amitié et confiance. Nous n'avons personne d'autre sur qui compter.

— J'ai peur, murmura Alice.

— Nous en sommes tous là, répondit-il tendrement, mais la plupart du temps nous imposons silence à notre peur. En règle générale, nous nous entendons bien avec la vie.

La jeune femme se nicha contre sa poitrine. Jamais elle n'aurait imaginé que l'existence pût se révéler si âpre – jamais encore elle n'avait éprouvé un pareil sentiment d'abandon. Pourtant, en écoutant battre le cœur de son époux, elle sut qu'à l'instar de l'intrépide Nell, elle allait puiser en elle de quoi surmonter les mille et un périls dissimulés dans cet affreux endroit.

Nell avait fini par convaincre Billy de coucher les enfants. À présent, elle reposait contre lui, fixant à travers la vitre, tandis qu'il ronflait, le ciel piqueté d'étoiles. Elle attendait l'aube. La nuit lui semblait interminable, l'épuisement et le chagrin si accablants qu'elle se demandait si elle réussirait jamais à se relever de cette tragédie.

Tournant la tête de l'autre côté, elle devina la minuscule silhouette immobile à l'intérieur du berceau installé près du lit. Jamais il ne connaîtrait sa voix, jamais il ne s'abreuverait à son sein. C'était une douleur profonde, et qui emportait tout.

Les larmes assaillirent de nouveau la jeune femme. Elle brûlait de hurler sa détresse, de se tordre, de jurer… Au lieu de quoi elle s'arma de courage pour réprimer ces effusions. Billy, dont le cœur était pourtant brisé à l'égal du sien, s'était montré si bienveillant qu'elle ne s'estimait pas le droit de l'assommer de ses plaintes. Elle ferma les yeux et continua de lutter en silence contre l'abominable affliction – la journée qui s'annonçait promettait d'être dure.

Lorsqu'elle s'éveilla, le ciel était gris perle. Le berceau avait disparu, et Billy, qui n'avait pas changé de vêtements, se tenait debout à côté d'elle.

— Où est-il? s'enquit-elle.

Son époux, d'ordinaire si épanoui, affichait une mine défaite.

— Dans l'autre pièce, avec Amy et les jumeaux. Je l'ai emmailloté dans un morceau de couverture, puis je me suis servi de notre plus belle épingle pour son…

Comme il s'efforçait de retenir ses larmes, Nell lui saisit la main, qu'elle serra de toutes ses forces. Les mots lui manquaient pour apaiser le chagrin du jeune homme. Il ne lui restait guère qu'une certitude: s'ils demeuraient unis, ils vaincraient cet affreux coup du destin.

— Je t'ai apporté du thé, dit-il après s'être un peu ressaisi. J'y ai ajouté une cuillerée de rhum.

Nell s'obligea à sourire en lui prenant des mains la tasse de faïence grossière. Elle but une gorgée et grimaça.

— Bill! lâcha-t-elle, le souffle coupé. Il y a là-dedans assez d'alcool pour assommer un cheval.

Il s'assit au bord du lit et s'empara de la main de son épouse.

— Tu vas en avoir besoin, expliqua-t-il calmement. Alice est ici pour te recoudre.

La jeune femme avala son thé jusqu'à la dernière goutte avant de lui brandir la tasse sous le nez.

— Pearl et Gladys vont s'occuper de moi.

— Ce sont des Aborigènes, voyons. Tu sais aussi bien que moi qu'elles sont sales et ne connaissent strictement rien à la

110

médecine. Alice t'a sauvé la vie hier soir. Pourquoi refuses-tu encore de lui faire confiance?

Nell lui lança un regard furibond, partagée entre la raison et l'étrange conviction que le malheur s'était abattu sur les *Gratteurs de lune* à cause de l'épouse de Jack.

— D'accord, lâcha-t-elle avec réticence. Mais va quand même chercher Gladys et Pearl. Leurs baies et leurs herbes ne me feront pas de mal.

— Je vais aussi rapporter du rhum en supplément.

Nell peina à se retourner dans son lit. Le doute n'était plus permis : elle avait besoin de soins. Déjà, la fièvre l'étourdissait. Elle la consumait de l'intérieur.

Alice repêcha l'aiguille, ainsi qu'un épais fil de coton, dans l'eau bouillante où elle les avait plongés, puis les déposa sur une bande de lin propre. Elle avait mal dormi et, lorsqu'elle retira la casserole du feu pour la mettre de côté, elle constata que ses mains tremblaient.

— Attendez ici, lança Billy en direction de la porte.

Il y eut un marmonnement, suivi d'un incompréhensible charabia.

Deux femmes lorgnaient Alice depuis le seuil, les yeux agrandis par la curiosité. Elles ressemblaient peu aux Africaines que la jeune femme avait côtoyées au Cap : plus petites, avec des os plus courts, elles arboraient une chevelure abondante qu'elles ne parvenaient manifestement pas à discipliner, leurs yeux étaient d'ambre et leurs membres plus minces que des brindilles. Attifées de vieux vêtements ayant appartenu à Nell, elles empestaient.

— Que font-elles ici? demanda Alice.

— Nell a réclamé leurs remèdes.

— Ne les laisse pas s'approcher trop près.

Billy haussa les épaules.

— Elle croit à tous ces trucs-là. Après tout, m'est avis qu'une poignée de feuilles et de baies ne la tuera pas.

Alice s'abstint de tout commentaire et revint à ses préparatifs, tandis que Jack lisait la Bible.

Billy, pour sa part, s'assit à la table, un jumeau à califourchon sur chacune de ses cuisses. Amy s'appuyait contre sa hanche en suçant son pouce. Le petit cercueil reposait tristement devant eux, au beau milieu de la table.

Levant les yeux du livre saint, Jack adressa à son épouse un sourire d'encouragement. Celle-ci prit une profonde inspiration et frappa à la porte de la chambre.

Lorsqu'elle posa la cuvette sur le coffre, à côté du lit, sous le regard chargé d'animosité de Nell, elle renversa un peu d'eau – cette maladresse ne lui ressemblait pas.

— J'espère que tu auras la main plus sûre au moment de manier l'aiguille, maugréa l'accouchée.

— Si tu évites de te jeter sur moi, tout se passera bien, rétorqua Alice avec une assurance feinte.

Plantant ses yeux dans les yeux rageurs de Nell, elle découvrit une femme que rien n'aurait su faire plier, une femme résolue à ne rien montrer de la souffrance et du chagrin qui pourtant la terrassaient presque. Submergée par une vague d'admiration, elle se demanda si, à sa place, elle aurait été capable d'une telle vaillance. Elle pria surtout pour ne se trouver jamais confrontée à la même situation.

Alice comprit encore, dans le regard de Nell, que celle-ci ne lui avait rien pardonné, en dépit des récents événements. Mais cette fois, l'épouse de Jack saisit les causes profondes de la querelle : Nell avait jusqu'alors régenté la ferme, elle en était la maîtresse de maison, la matriarche incontestée – elle avait aussitôt tenu la nouvelle venue pour une menace.

Comme le silence se prolongeait entre les deux femmes, Alice comprit en outre que l'avenir de leur relation était en train de se jouer là, dans cette joute muette, et que c'était à elle de rompre la glace.

— J'aimerais, du fond du cœur, retirer ce que je t'ai dit hier, hasarda-t-elle en tendant la main – elle arrêta cependant son geste avant d'avoir effleuré le bras de Nell. Et j'aurais voulu sauver ton bébé.

— Tu as fait de ton mieux, mais ce n'est certes pas commode de manifester sa gratitude lorsqu'on s'apprête à porter son petit en terre.

Assurément, il faudrait plus que quelques mots pour combler l'abîme qui, depuis la veille, s'était ouvert entre les deux femmes.

Le cimetière des *Gratteurs de lune* consistait en un quart d'hectare de pré, sis à bonne distance de la rivière et signalé par une palissade, ainsi qu'en une rangée de bouleaux à papier. Une unique croix se dressait dans l'herbe haute, pour saluer la mémoire d'un détenu emporté naguère par la morsure d'un serpent.

Lorsqu'on se rassembla au bord de la tombe, une brume de chaleur faisait déjà trembler l'horizon. Des vagues brûlantes balayaient la contrée, s'abattant sur les eucalyptus aux troncs délicats, dont les feuilles argentées ployaient sous les assauts de la canicule. Le soleil embrasait un ciel sans couleur et, par-dessus le vrombissement incessant des mouches, Nell percevait le lugubre croassement des corbeaux s'interpellant dans le silence.

Lourdement cramponnée au bras de Billy, elle écoutait Jack lire la Bible pendant qu'on déposait le bambin au creux de la terre noire. Les mots ne signifiaient pas grand-chose pour elle : elle n'avait jamais compris comment il était possible que Dieu, qui était amour et voyait tout, permette que des bébés meurent et que l'on fasse souffrir des enfants. Mais, en dépit de ses doutes, elle n'en demeurait pas moins cruellement consciente que son fils reposerait bientôt sous un sol que nul prêtre n'avait consacré, au terme d'une cérémonie rudimentaire qu'aucun pasteur n'aurait conduite pour mener le nourrisson vers ce qui s'étendait – et peu importait de quoi il s'agissait – par-delà le tombeau.

Près de la rangée d'arbres, des Aborigènes se tenaient, que la curiosité avait poussés là. Ils possédaient leurs propres coutumes, leurs propres croyances, et durant un instant elle se demanda si leurs gestes primitifs révélaient une compréhension plus intime du trépas. La mort venait à eux dans le cri des courlis, en un chant que tous identifiaient. On brûlait le cadavre, ou on le laissait se décomposer à l'air libre, afin que l'esprit pût retourner à la poussière qui lui avait donné vie. Les rites funéraires tenaient aussi, chez les indigènes, de la célébration heureuse : on estimait en effet que les défunts, leur dernier souffle rendu, entamaient leur voyage final vers le ciel, où ils s'apprêtaient à rencontrer leurs ancêtres et à se fondre aux étoiles.

La fièvre faisait bourdonner les oreilles de Nell, tandis que de noirs nuages d'oubli s'amoncelaient dans sa tête. Elle chancela. Si elle ne s'était prestement agrippée au bras de son époux, elle serait tombée. Les baies de Gladys n'avaient certes pas enrayé l'infection, mais la peste soit de son malaise : elle n'y céderait pas.

Se tournant vers Alice, plantée de l'autre côté de la fosse, elle la distingua au travers d'une brume et, dès lors, ses pensées s'entrechoquèrent. Tout allait bien, songea-t-elle, jusqu'à son arrivée. Loin des laideurs de la ville, la ferme constituait un havre de paix – un refuge contre le passé. Nell cligna des yeux : l'épouse de Jack flottait parmi les vagues de chaleur, pareille à un spectre.

— La poisse, grommela-t-elle. Le mauvais œil.

Elle leva les yeux vers Billy, mais celui-ci n'avait rien entendu. Comment ne s'avisait-il pas qu'Alice allait les mener tous à leur perte ?

À peine Jack eut-il refermé la bible que deux bagnards commencèrent à jeter des pelletées de terre sur le cercueil. Leur besogne accomplie, ils plantèrent dans le sol une croix de bois brut, assortie d'une épitaphe rudimentaire. Le petit monticule encore meuble paraissait nu au milieu de l'herbe argentée, mais, lorsque les deux garçons l'eurent recouvert de pierres d'un rouge sombre telles qu'on en trouvait aux alentours, il sembla soudain plus digne.

Après s'en être approchée, toujours pendue au bras de son mari, Nell se laissa tomber à genoux devant la sépulture. Elle fourra un petit bouquet de fleurs des champs dans un pot, qu'elle disposa à la tête du mémorial. Cette fois, son enfant s'en était allé, perdu pour elle à jamais.

— Adieu, mon chéri, sanglota-t-elle. Dors bien.

Alice peinait à retenir ses larmes. La cérémonie sommaire lui avait rappelé le Sussex – bien qu'il n'y eût rien de commun entre le verdoyant cimetière abrité par des ifs où elle avait laissé ses parents et ce coin sauvage et reculé de l'arrière-pays australien.

Elle jeta un coup d'œil en direction des Noirs, ombres parmi les ombres des arbres. Lorsque Nell plaça son modeste bouquet sur le tertre, les forçats se découvrirent. Alice frissonna : avait-elle, en choisissant de s'installer aux confins de la civilisation, commis une terrible erreur ?

— Laissons-les, dit Jack en lui offrant son bras.

Comme le couple s'éloignait, un hurlement le figea.

Nell, qui venait de se relever avec difficulté, tendait vers Alice un doigt vengeur ; son visage s'était mué en un masque de haine.

— C'est ta faute ! Si tu n'étais pas venue, rien de tout cela ne serait arrivé !

— Nell !

Billy la rattrapa avant qu'elle ne s'écroule.

— Nell, je t'en prie, arrête.

— C'est une sorcière, cracha-t-elle, le regard étincelant de fièvre et de fureur. Elle a tué mon bébé.

L'épouse de Jack écarquillait des yeux horrifiés.

— Je n'ai… je n'ai rien fait de tel, balbutia-t-elle.

— Bien sûr que non, la rassura Billy en tentant d'apaiser sa femme. Nell est malade, elle ne sait plus ce qu'elle dit.

Mais celle-ci batailla avec une force littéralement démoniaque pour se dégager de son étreinte.

— Je ne mens pas ! Et je ne suis pas malade ! Son arrivée a signé notre perte.

Seule une violente gifle aurait pu sortir la jeune femme de sa crise d'hystérie, mais Alice ne s'y risqua pas : l'épouse de Billy la détestait bien assez comme cela.

— Ramène les enfants à la maison, lui commanda ce dernier. Je ne veux pas qu'ils voient ça.

— Touche-les et tu es morte ! lança Nell avec rage.

Jack rassembla les jumeaux en larmes, tandis qu'Alice calait Amy sur sa hanche. La fillette se tenait raide entre ses bras, si épouvantée par le comportement de sa mère qu'elle ne réussissait pas même à pleurer.

— Elle a jeté un sort sur les *Gratteurs de lune* ! s'acharna Nell à l'adresse des silhouettes qui allaient s'éloignant. Elle porte la poisse, Billy. Tu verras que l'avenir me donnera raison.

Un moment plus tard, celui-ci franchit le seuil de la demeure, son épouse dans les bras, amorphe et silencieuse.

— Elle s'est évanouie, annonça-t-il d'un ton grave en l'allongeant sur le canapé avant de jeter sur elle une couverture. Dieu merci. Car elle n'avait plus toute sa raison.

Alice humecta un linge, qu'elle pressa contre le front brûlant de la malade, alors que Jack s'ingéniait à distraire les bambins en leur racontant une histoire. Pauvres petits, songea son épouse. Ils allaient faire des cauchemars pendant des semaines. Puis elle avisa le teint de Nell.

— Elle est brûlante, dit-elle à Billy.

— Je ne peux pas la perdre aussi, murmura-t-il, accablé.

Il posa sur la femme de Jack un regard vitreux.

— J'ai demandé à l'un des détenus de préparer le cheval et le chariot. Je vais la conduire à l'hôpital de Sydney.

— Comment puis-je t'aider?

Il considéra les trois enfants.

— Je ne peux pas les emmener avec moi…

— Nous prendrons soin d'eux.

— Il se peut que je reste absent un moment – je ne laisserai pas Nell toute seule. Pas dans son état.

Alice posa une main sur son avant-bras.

— Prends ton temps. Jack et moi veillerons sur les animaux, et nous nous occuperons des petits.

Avant de filer dans la chambre préparer les bagages, Billy lorgna son ami, qui confirma les promesses de son épouse d'un signe de tête. Alice expédia Jack et les enfants hors de la maison, puis, ayant passé sur le corps de Nell une éponge mouillée d'eau froide, elle troqua sa robe trempée contre une chemise de nuit en coton. À peine avait-elle terminé que Billy reparut. Il embrassa Amy, Walter et Sarah, échangea avec Jack une poignée de main et saisit sa femme entre ses bras pour la porter jusqu'au chariot.

Alice tenta de consoler les enfants : ils avaient fondu en larmes en regardant s'éloigner la voiture, qui bientôt disparut derrière les arbres. La jeune femme saurait s'y prendre – elle avait élevé seule ses jeunes sœurs jusqu'à leur mariage. En revanche, les accusations de Nell la taraudaient.

— Et si elle avait raison? dit-elle à Jack. Et si je portais malheur aux *Gratteurs de lune*?

— Ce ne sont que de vaines superstitions.

Sur ce, il se chargea des jumeaux, qu'il emmena dans la maison.

Alice demeura un moment immobile dans la lumière éblouissante de midi, observant la poussière qui balayait le sol sous l'effet de la chaude brise récemment levée. Elle songeait à la lueur de doute qu'elle venait de voir vaciller dans le regard de son époux.

5

Waymbuurr (Cooktown), 24 décembre 1797

Sans cesser de marcher, Lowitja discernait le chant des Esprits ancestraux : elle était en train de mourir, et elle ne l'ignorait pas. C'était eux qui lui avaient enjoint de quitter Uluru pour rejoindre, sur les rivages du nord-ouest, la tribu des Ngandyandyi. Le périple avait duré bien des lunes, au cours desquelles l'épuisement s'était peu à peu insinué au cœur même de ses os ; elle se savait vaincue. Elle aspirait à s'étendre, pour succomber à cet appel pareil au chant des sirènes et se laisser emporter lentement vers la Grande Voie Blanche, où elle retrouverait les siens. Mais elle était allée trop loin pour abandonner maintenant ; le trépas attendrait.

Elle baissa les yeux sur le garçonnet de sept ans qui avançait à ses côtés. Mandawuy avait poussé si vite qu'il lui arrivait presque à l'épaule. C'était un enfant plutôt fluet, au visage couronné d'un halo de boucles brunes, mais on lisait dans son regard d'ambre une gravité inhabituelle chez un bambin de son âge – les souvenirs du drame survenu au *lieu du rêve de l'Abeille* ne le quittaient pas.

La tragédie se situait à l'origine de l'interminable expédition entreprise par Lowitja, et qui la laissait à bout de courage. Les Esprits ancestraux s'étaient adressés à elle à travers les pierres, ils l'avaient menée sur les terres arides, par-delà les montagnes et les marais, jusqu'aux rivages septentrionaux, afin que l'enfant y fût soustrait à l'influence des Blancs.

— C'est encore loin? demanda celui-ci.

Sa grand-mère huma l'air salé.

— Nous y sommes presque. Waymbuurr se trouve de l'autre côté de cette chaîne de collines.

L'œil de Mandawuy se porta loin, vers l'horizon tremblant.

— Lorsque nous aurons rejoint les nôtres, observa-t-il, tu pourras te reposer et reprendre des forces.

Contre la hanche osseuse de Lowitja battait doucement un œuf d'émeu, le dernier – elle les avait emplis d'eau avant le départ comme elle l'aurait fait de gourdes. Les deux voyageurs avaient vidé les autres depuis longtemps. La grand-mère de Mandawuy avait atteint un tel état de faiblesse que le poids de l'objet, infime pourtant, l'épuisait. Elle pointa l'index en direction des dunes.

— Trouve-nous à manger, s'il te plaît. Il est bientôt l'heure de dîner.

Le garçonnet s'élança sur le sable ondoyant – ni la fournaise ni la fatigue ne pouvaient atrophier sa jeunesse enthousiaste. Parvenu au sommet de la dune, il s'immobilisa pour admirer un instant, ébahi, la surface infinie de la mer étincelant sous le soleil. Mais déjà, il avait filé, plongeant dans sa course folle vers la plage, en quête de ces coquillages que sa grand-mère lui avait décrits durant leurs longues heures de marche.

Celle-ci progressait pesamment, à chaque pas défiant la mort, à chaque battement de cœur se rapprochant d'Anabarru et du sanctuaire. Elle admirait l'entrain de Mandawuy, ainsi que sa ténacité : jamais il n'avait flanché, jamais il ne s'était avisé de remettre en question le bien-fondé de cette transhumance. Il ferait un excellent guerrier et un gardien scrupuleux de la terre de ses ancêtres.

Lowitja savait que, tôt ou tard, on peindrait sur les murs d'une grotte sacrée le récit de leurs pérégrinations à travers les contrées hostiles, on en raconterait les épisodes autour des feux de camp, avec l'espoir qu'ils serviraient d'exemples aux généra-tions suivantes, auxquelles reviendrait bientôt la tâche de veiller sur la terre nourricière. Son petit-fils et elle étaient les derniers représentants de leur peuple, l'ultime chaînon unissant celui-ci aux illustres ancêtres Djanay et Garnday, jadis portés à la tête des tribus Ngandyandyi et Kunwinjku. Une fois que Lowitja aurait remis Mandawuy aux bons soins de sa cousine Anabarru et des Ngandyandyi, comme elle en avait fait la promesse aux Esprits, elle pourrait s'endormir enfin dans l'attente de renaître.

Comme le soleil à son zénith dispensait une chaleur écrasante, les voyageurs firent halte pour se détendre à l'ombre de fougères géantes. L'enfant creusa un trou dans le sable pour y cuire les coquillages et les crabes minuscules qu'il avait dénichés sur le rivage, dans des flaques entre les rochers. Rien, mieux que les sons de la nature, ne saurait atténuer l'accablement de sa grand-mère, devina-t-il.

Lowitja goûta aux mets exquis concoctés par son petit-fils, mais elle avait perdu l'appétit. Après s'être abreuvée à l'œuf d'émeu, elle se cala contre le tronc rugueux et blanc d'un eucalyptus, jouissant de la fraîcheur de l'ombre et du gloussement ténu des oiseaux assoupis. Elle s'abandonnait avec délices au soupir de la brise marine. Ses membres s'alourdissaient et, bien qu'elle se sentît à peine la force de bouger, elle continuait d'entendre le chant des Esprits – plus proches désormais, et plus pressants. Elle n'osait pas s'endormir ni céder aux exigences de son corps, craignant que le temps ne lui manquât pour mener à bien sa mission.

Lorsqu'ils quittèrent le couvert des arbres pour s'engager sur le doux sable blanc, le soleil commençait à décliner. L'appel obsédant des courlis emplissait l'air, mais Lowitja, cette fois, n'en concevait nulle crainte. Ils n'étaient pas là pour lui annoncer un péril : ils l'accueillaient au contraire, résolus à l'accompagner durant l'ultime étape de son parcours.

— Grand-mère.

Elle perçut la peur dans la voix de l'enfant qui, instinctivement, avait serré son bâton plus fort. Saisissant sa lance, elle suivit le doigt tendu de Mandawuy. Son cœur se mit à battre la chamade. L'homme avait adopté une posture ostensiblement agressive. Hélas, Lowitja n'avait plus assez d'énergie pour protéger le garçonnet. Tous deux se retrouvaient à la merci de l'étranger.

Mais bientôt, elle le reconnut : il s'agissait de Watpipa, l'époux d'Anabarru. L'aîné de la tribu. Elle le héla, puis se présenta à lui avant de se tourner vers son petit-fils.

— Nous voici chez nous, lui annonça-t-elle.

De soudaines ténèbres voilèrent le disque solaire. Lowitja ne perçut que confusément les cris de Mandawuy en s'écroulant sur le sol.

Lorsqu'elle rouvrit les yeux, elle n'y comprit plus rien : au lieu des Esprits ancestraux qu'elle s'attendait à voir, elle découvrit à son chevet sa cousine Anabarru et sa fille. Toutes deux prenaient soin d'elle sous un abri de feuilles.

— J'ai pourtant entendu chanter, s'insurgea-t-elle.

Anabarru l'invita doucement à demeurer sur le doux lit d'herbes et de plantes aromatiques où elle gisait.

— Le chant n'est pas encore terminé, murmura-t-elle. Repose-toi.

— Et Mandawuy?

— Watpipa l'a conduit dans le cercle des aînés. Il est en train de leur narrer votre grand voyage. Notre petit-fils est maintenant en sécurité. Tu as tenu la promesse que je t'ai entendue évoquer dans ton sommeil.

Lowitja se détendit, satisfaite. Le précieux enfant était entre de bonnes mains. L'eau qu'on lui faisait boire apaisait sa gorge desséchée, la saveur des baies lui flattait les papilles. Ayant rassemblé ses dernières forces, elle entreprit de raconter à Anabarru les terribles événements survenus à Meeaan-jin.

Au terme de son récit, il y eut un long silence.

— Qu'en est-il des Jagera, des Quanda Mooka, des Eora, des Cadigal et des Gubbi Gubbi? s'enquit enfin sa cousine.

— Presque tous ont péri.

— Et nos oncles?

L'épouvante déformait les traits vieillissants d'Anabarru.

— Bennelong a jugé les façons des Blancs à son goût, lâcha Lowitja sur un ton de profond mépris. Il vit désormais parmi eux et se pavane dans leurs vêtements, en nous conseillant d'écouter leurs enseignements et de renoncer à notre hostilité à leur égard. Il est allé jusqu'à grimper sur l'un de leurs navires pour rendre visite à leur grand roi, qui vit très loin, par-delà les mers.

Elle marqua une pause pour tenter de puiser au fond d'elle-même un regain d'énergie, mais son cœur battait si faiblement que chaque respiration tenait de l'intime combat.

— Colebee a été capturé, mais il est parvenu à s'enfuir. Il a repris la lutte aux côtés de Pemuluwuy et de Tedbury, son fils.

— Alors les Blancs vont s'en aller, affirma Anabarru. Comment pourraient-ils remporter la victoire face à de tels guerriers?

— Hélas, déplora la mourante en s'efforçant de juguler son désespoir, nos oncles ont bien du mal à rassembler leurs troupes. La guerre est perdue. Les rangs des Blancs ne cessent de grossir à chaque saison, et ni nos lances ni nos *nullas* ne sauraient faire le poids contre leurs armes. Ils ont volé les terres baignées par la rivière Deerubbun, qu'ils ont rebaptisée Hawkesbury. Les régions de Wallumetta et de Parramatta sont devenues Prospect Hill, Kissing Point et Field of Mars Bore.

Elle égrenait ces noms en grimaçant: il s'agissait autrefois de *lieux du rêve*, dont le caractère sacré était à jamais perdu pour les Aborigènes.

— Ceux d'entre nous qui refusent de les côtoyer, ils les expulsent de nos territoires de chasse pour les contraindre à s'installer dans des contrées infertiles, au-delà des montagnes, où il nous faut traverser, en dépit des interdits, d'antiques «pistes chantées», et fréquenter des tribus que nous tenons depuis toujours pour des peuples ennemis.

Elle respirait avec peine.

— Ces derniers nous traitent en intrus, nous ne sommes pas les bienvenus chez eux. Le gibier est rare. C'est pourquoi nombreux sont ceux qui préfèrent déposer les armes pour se soumettre à la loi des Blancs et faire une croix sur nos coutumes millénaires.

Anabarru était atterrée. Lowitja remarqua combien sa cousine avait vieilli. Ses cheveux s'éclaircissaient, semés de fils blancs, son visage s'était ridé. Ses chairs autrefois musclées devenaient flasques, elle n'avait plus que la peau sur les os. L'agonisante lui prit la main: elle n'ignorait pas que de semblables changements s'étaient produits en elle. Aucune des deux cousines n'atteindrait jamais l'âge auquel s'éteignaient en général les Blanches; chez les Aborigènes, l'espérance de vie n'excédait pas quarante ans.

— Mandawuy et toi êtes en sécurité, assura Lowitja en manière de réconfort. Ces contrées se situent trop loin pour les Blancs. En outre, il n'y a rien ici qui soit susceptible de les intéresser.

Anabarru secoua la tête, accablée.

— Un Blanc a déjà foulé notre terre et partagé nos repas.

Elle essuya les larmes qui roulaient sur ses joues, puis renifla.

— Mais c'était un homme bon, précisa-t-elle. Il était notre ami.

— Tu parles de celui qui nous a rendu visite il y a de très nombreuses saisons?

Anabarru acquiesça en silence.

— Il est revenu. Jon est arrivé en même temps que les pluies d'été. Il a discuté avec mon époux, ainsi qu'avec les autres aînés de la tribu.

Elle pressa la main de sa cousine entre les siennes.

— Il nous a mis en garde. Il parle très mal notre langue, mais il est parvenu à évoquer pour nous les transformations à l'œuvre dans le Sud. Il nous a dit de nous préparer à nous défendre.

Lowitja se demandait de quelle sorte de Blanc il pouvait bien s'agir, car si Anabarru voyait juste, il ne possédait rien de commun avec les démons qui avaient massacré son peuple à Meeaan-jin.

— Comment sais-tu qu'il est digne de confiance?

— D'autres Blancs l'accompagnaient, mais il leur a ordonné d'établir leur campement sur la plage. De plus, il leur interdisait de nous approcher ou de se rendre dans le bush.

Elle se tut un moment pour dévorer une poignée de baies.

— Watpipa chassait tous les jours avec lui. Or, mon époux possède le don de juger les hommes. Il éprouve de l'admiration pour Jon.

Lowitja fit oui de la tête, mais ses pensées se bousculaient dans son esprit. On tenait certes en haute estime l'opinion du mari d'Anabarru, aîné respecté de tous, mais ce Jon n'en représentait pas moins un danger pour l'ensemble de la tribu, puisqu'il avait découvert la route menant jusqu'à elle.

— L'homme blanc possède deux visages, alerta-t-elle sa cousine. Comment peux-tu être si certaine qu'il ne reviendra pas avec une armée au grand complet?

— Un jour que nous nous promenions en sa compagnie, Jon a semblé soudain extrêmement perturbé. Nous étions dans une grotte découverte voilà de nombreuses lunes.

La mourante fronça les sourcils.

— En quoi une grotte pourrait-elle intéresser un Blanc?

Sa cousine haussa les épaules.

— Ce n'était pas la grotte qui avait retenu son attention, mais la roche brillante dont ses parois sont incrustées.

Elle grimaça.

— Il a appelé ça de l'«or».

— «Or»…, répéta Lowitja à voix basse. Qu'est-ce que c'est?

— En tout cas, il nous a suppliés de ne jamais le montrer à quiconque – pas même aux autres aînés de la tribu. Il a également juré sur un totem sacré, qu'il appelle une Bible, que lui-même n'évoquerait jamais l'existence de cet or devant aucun Blanc.

— Il doit s'agir d'une affaire très importante, observa Lowitja, pour qu'il ait ainsi prêté serment.

Anabarru rejeta en arrière sa chevelure grisonnante.

— Jon nous a expliqué que les Blancs convoitaient cet or, qu'ils tiennent pour un dieu puissant.

Elle fit la moue de nouveau.

— Ce sont des gens étranges. À quel usage peuvent-ils bien le réserver? Impossible d'en tirer une arme, on ne le mange pas non plus et il ne sert à rien lorsqu'on cherche à se protéger du froid de la nuit.

Lowitja partageait la perplexité de sa cousine, mais elle se sentait décidément trop faible pour réfléchir plus avant. Les chants résonnaient avec une puissance accrue, les Esprits se rapprochaient, la réchauffant de leur souffle et apaisant sa douleur. Elle baissa les paupières.

La voix d'Anabarru s'évanouit peu à peu, tandis que le Grand Canoë voguait doucement vers elle. Il était splendide, tout de nuages et d'étoiles scintillant au cœur des ténèbres, dirigé par la seule haleine créatrice du Grand Esprit. Lowitja prit place à bord de l'embarcation sans en concevoir la moindre appréhension, pressée au contraire de découvrir ce qui s'étendait par-delà le ciel nocturne.

Le Canoë s'éleva dans les airs en tanguant un peu. Puis il prit pour de bon son envol et se dirigea vers les astres le long de la Grande Voie Blanche. Lowitja se sentit envahie par l'amour et la chaleur du Grand Esprit qui l'étreignait ; elle renonça sur-le-champ à toutes ses préoccupations terrestres. Lorsqu'ils atteignirent le rivage lointain, constellé d'étoiles, une joie immense la submergea. Car sur la grève, prêts à l'accueillir, se tenaient ses ancêtres Garnday et Djanay. Elle était parvenue au terme de son voyage.

Sydney, 24 décembre 1797

L'*Atlantica* ne devait pas reprendre la mer avant un mois, et puisque sa visite à la ferme de la *Tête de faucon* était prévue pour le lendemain, George décida ce jour-là d'assister au bal du gouverneur. Rien de tel qu'une fête, songea-t-il, pour se ragaillardir avant de s'absenter à nouveau durant de longs mois. Qui plus est, il aurait sans doute l'occasion d'y parler affaires.

Il avait choisi sa tenue avec soin : une veste tout juste livrée par le tailleur et d'impeccables culottes blanches. Si la perruque poudrée se révélait en revanche trop chaude pour une nuit d'été aussi lourde, le jeune homme avait néanmoins fière allure. Il emprunta en fredonnant le sentier gravillonné qui menait au vieux bâtiment décrépit, d'où s'échappait la musique de l'orchestre. On voyait briller la flamme des chandelles à travers les vitres, tandis que des lanternes disposées çà et là dans les arbres du jardin, se détachant contre les ténèbres, conféraient au décor une touche de mystère et de magie.

George remit son tricorne à une domestique – tous les employés de maison étaient ici des détenus – pendant qu'une autre lui proposait un verre de punch, qu'il accepta. Il se mit à déambuler parmi la foule.

— George ! Que diable fais-tu ici ?

— Thomas Morely !

Il décocha un large sourire au jeune lieutenant. Ils échangèrent une vigoureuse poignée de main. Une solide amitié unissait les deux hommes depuis quelques années.

— La question ne se pose même pas, reprit George. Comment pourrais-je traîner mes guêtres ailleurs, quand il se trouve ici de quoi bien boire et bien manger? Sans compter toutes ces jolies filles avec lesquelles danser.

— Tu as raison, approuva Thomas en portant un regard appréciateur sur deux jeunes femmes qui passaient non loin d'eux.

— Tu es venu seul? s'enquit son ami. Cela ne te ressemble guère.

Le lieutenant lui prit le bras pour l'entraîner vers la salle de bal.

— Il faut absolument que je te présente Anastasia, dit-il en haussant la voix pour dominer le tapage. C'est la plus exquise des femmes.

— Oh non, soupira George. Ne me dis pas que tu t'es fait piéger à ton tour. On croirait qu'une épidémie de coups de foudre a déferlé sur Sydney depuis ma dernière visite!

Son ami le considéra avec gravité.

— Et si tu cessais d'écumer les mers pour fonder un foyer?

— Dieu m'en garde.

— Je ne plaisante pas, George. Tu as mis de l'argent de côté. Il est temps pour toi de trouver une épouse.

— Rien ne presse. Je me marierai lorsque je m'y sentirai prêt.

— La voici. N'est-elle pas la plus belle créature au monde?

L'ami du lieutenant étudia attentivement une blonde aux formes généreuses, qu'un colonel ventripotent entraînait sur la piste de danse.

— Je te l'accorde, admit-il en admirant les épaules charnues et les joues roses.

Le vieux militaire écrasa lourdement le soulier de la jeune fille, qui ne put réprimer une grimace.

— Le colonel se régale, ajouta George avec ironie. Dommage que la demoiselle ne puisse en dire autant.

Thomas fronça les sourcils.

— La pauvre enfant, se navra-t-il. Elle ne peut hélas y échapper. Je te la présenterai quand elle en aura fini avec ces corvées.

Les deux garçons quittèrent la salle de bal en quête de nourriture. Ayant réussi à éviter les matrones désireuses qu'on les fît danser, ils dénichèrent un coin tranquille où bavarder.

— Comment se déroule ta vie de militaire? demanda George.

— Pour le mieux. J'ai amassé, en m'adonnant ici et là au commerce du rhum, un joli petit pécule qui m'a permis d'acquérir un lopin de terre près de Rose Hill.

Le lieutenant, deuxième fils d'un directeur d'école, avait échappé à la pauvreté en s'engageant dans l'armée, où l'on n'avait pas tardé à louer sa conduite irréprochable. C'était en outre, aux dires de tous, une très fine lame.

— J'étais persuadé que tu accomplirais toute ta carrière sous l'uniforme.

— Macarthur a su nous prouver qu'on pouvait faire fortune dans ce pays. J'ai bien l'intention de m'octroyer une part du gâteau.

Son regard dériva en direction de la salle de bal.

— Anastasia et moi pourrions mener une existence confortable, si son père y consentait.

George haussa un sourcil.

— Tu ne vas quand même pas lui demander sa main?

— Et pourquoi pas? Je l'aime.

Son ami maugréa.

— Encore un qui s'apprête à mordre la poussière.

Sur quoi il termina son assiette et avala quelques gorgées de punch.

— Voyons, reprit-il. Puisque tu me parais sacrément mordu, parle-moi d'elle.

— Elle est absolument ravissante, commença Thomas. Son regard bleu, ses cheveux blonds, sa peau de lait, et…

— J'ai des yeux pour voir, l'interrompit George, qui connaissait la fâcheuse tendance du lieutenant à s'égarer en considérations inutiles. Qui est-elle?

— La deuxième fille du baron von Eisner.

Constatant que ce nom n'éveillait rien chez son ami, il lui parla de l'hôtel et des trois jeunes filles.

— À leur arrivée, enchaîna-t-il, elles ont fait sensation. Mais si on salue unanimement la beauté de l'aînée, j'estime qu'Anastasia la surpasse en matière de gentillesse et de douceur. Quant à son espièglerie, je la trouve tout bonnement irrésistible.

George se mit à rire.

— Le baron n'aura aucun mal à leur dénicher un époux. À Sydney, les hommes sont beaucoup plus nombreux que les femmes.

Thomas le scruta un moment.

— La plus âgée est déjà mariée, mais je vais te présenter Irma. Elle n'est certes pas aussi séduisante que mon Anastasia, mais je parie que tu succomberas à l'étincelle qui brille au fond de son regard.

George riait cette fois à gorge déployée.

— Tu es trop aimable, mais je suis assez grand pour choisir seul mes dames de compagnie, je te remercie!

— Elle a pourtant de beaux yeux bruns et des cheveux dorés. Cela dit, elle est trop grande et trop mince à mon goût.

Il poussa son ami du coude en clignant de l'œil.

— Je préfère avoir quelque chose à me mettre sous la dent!

Mais George ne l'écoutait plus. Le regard braqué sur l'homme qui venait de se présenter à la porte de la salle, il sentait ressurgir en lui une vieille colère.

— Ainsi, Cadwallader est rentré d'exil…

— Il a obtenu le grade de commandant et se trouve déjà à la tête d'une véritable fortune. Hélas, il a épousé la sœur aînée d'Anastasia.

La rancœur étreignait le cœur de George : Edward Cadwallader n'avait rien perdu de son arrogance d'antan. Il aurait payé cher pour se voir accorder le plaisir d'écraser son poing sur le nez de ce dédaigneux animal.

— Si tu convoles bel et bien avec Anastasia, il deviendra ton beau-frère. Je ne t'envie pas.

Il avait serré les poings.

— Après ce qu'il a infligé à Millicent… Comment est-il parvenu à prendre la fille du baron dans ses filets? Elle devait pourtant avoir une flopée de soupirants.

— Il a déployé tout son charme pour la séduire, expliqua le lieutenant. En outre, il a clairement exposé à l'ensemble des officiers qu'elle était à lui, et rien qu'à lui.

— Tu aurais dû dessiller les yeux de cette malheureuse. C'est un homme dangereux.

— Je n'en ai pas eu l'occasion, se défendit Thomas en faisant signe à un domestique de leur servir un autre punch. C'était une folle passion. Et comme Anastasia, de surcroît, le jugeait brillant et formidablement romantique, j'avoue que j'ai craint de réduire mes chances auprès d'elle en ternissant sa réputation.

Il soupira.

— J'espère que le mariage l'aura transformé – même si, au mess, il demeure le roi des fripouilles. Néanmoins, son couple semble bien se porter. Leur premier fils est né il y a deux mois. Peut-être sa femme a-t-elle su le mater.

— Un démon reste un démon, assena George.

Puis il sourit, déterminé à ne pas laisser Cadwallader lui gâcher cette soirée.

— Viens, Thomas! Nous cancanons comme deux vieilles filles. Allons plutôt danser.

La jalousie d'Edward interdisant à Éloïse d'étoffer plus que de raison son carnet de bal, la jeune femme prit le temps de siroter une limonade tandis que ses sœurs se mettaient en place pour un joyeux quadrille. Le bal du gouverneur battait son plein. Les lueurs des chandelles jetaient partout d'étincelants éclats au son de l'orchestre.

Edward, qui dansait avec l'épouse de son officier supérieur, adressa un sourire à Éloïse. Elle y répondit avec froideur. Certes, il redoublait d'attentions à son égard depuis le début de la soirée et se tenait bien. Certes, il multipliait les efforts, mais même leurs tête-à-tête les plus intimes représentaient pour la jeune femme une véritable épreuve.

Elle ajusta l'un des camélias qu'elle avait piqués dans ses cheveux et décida qu'elle avait besoin d'air. Edward resterait occupé un moment encore; c'était l'instant rêvé pour s'éclipser en toute discrétion.

Elle tira le châle léger sur son bras et sortit dans le jardin. La nuit était chaude, les étoiles brillaient dans un ciel dégagé, la lune inondait les pelouses de sa lumière argentée. Éloïse huma les senteurs de l'herbe récemment arrosée, celles des haies taillées de frais. Elle se dirigea nonchalamment vers la charmille, à l'autre bout du terrain. L'armée de jardiniers avait accompli des merveilles. Les bruits de la fête s'atténuaient à mesure que la jeune femme s'éloignait de la résidence – elle avait soulevé le bas de sa robe pour éviter de le mouiller. Ses souliers, en revanche, étaient déjà trempés, de sorte qu'après un rapide coup d'œil pour s'assurer que personne n'était aux alentours, elle les ôta et se mit à courir pieds nus.

Elle éprouvait une joie sans mélange à échapper enfin à la pompe guindée qui était de mise lors de ces réunions mondaines, une gaieté enfantine à se tenir là, dehors, avec la lune et les étoiles pour unique compagnie. Lorsqu'elle atteignit l'allée de pierres menant à la charmille, elle était hors d'haleine, mais son plaisir ne s'en trouvait pas amoindri ; elle goûtait pleinement ce rare moment de liberté. Elle ouvrit les bras et se mit à danser, tournoyant sur elle-même jusqu'à en faire bouffer ses jupes.

— Bravo !

Elle sursauta, le cœur battant, et trébucha un peu avant de s'interrompre. Une silhouette émergeait du couvert des arbres. Éloïse se sentait étourdie.

— Qui est là ?

L'homme avança d'un pas, mais ses traits demeuraient indiscernables.

— Pardon de vous avoir fait peur, mais vous étiez si belle dans le clair de lune que je n'ai pu m'empêcher d'applaudir.

Une soudaine chaleur empourpra le visage de la jeune femme.

— Je me croyais seule, s'excusa-t-elle, hésitant sur la conduite à tenir.

— Je ne le répéterai à personne, lui promit l'inconnu qui, enfin sorti de la pénombre, lui adressa un sourire.

Elle écarquilla les yeux en reconnaissant les tempes grises, la fine moustache et le regard d'un bleu étonnant.

— C'est vous…, lâcha-t-elle étourdiment, le souffle court.

— Assurément. Mais vous possédez l'avantage, madame, car je ne me rappelle pas, pour ma part, avoir jamais eu l'honneur de vous être présenté.

131

Éloïse rougit de nouveau. Elle se redressa pour s'efforcer de paraître à l'aise.

— Je vous ai vu sur le quai le jour de l'arrivée de l'*Empress*.

— C'était il y a plusieurs semaines, observa-t-il en fronçant légèrement les sourcils, avant qu'un sourire éclairât à nouveau ses traits superbes. Je suis flatté que vous vous souveniez de moi. Il n'empêche : nos chemins n'ont dû se croiser que fort brièvement, car je suis certain de ne vous avoir pas rencontrée avant ce soir.

La jeune femme gloussa et se détendit. Elle n'éprouvait aucune gêne à parler avec cet homme – ni à le regarder, bien qu'il pût avoir à peu près l'âge de son père. Elle oublia toute prudence.

— En effet, dit-elle, levant les yeux vers le visage buriné par le soleil. Les règles de l'étiquette ayant été déjà largement bafouées ce soir, je vais en profiter pour me présenter moi-même : Éloïse Cadwallader.

Elle le salua d'une révérence.

Il s'inclina à son tour et lui fit le baisemain. Ses yeux pétillaient.

— Jonathan Cadwallader pour vous servir, madame.

Thomas avait présenté George à Anastasia, à sa jeune sœur Irma, ainsi qu'au baron von Eisner. Ces trois-là s'étaient révélés pleins d'entrain, mais lorsque les jeunes filles avaient rejoint la piste de danse au bras de leur cavalier, l'ami du lieutenant avait demandé la permission de se retirer.

Il se tenait à présent sur la terrasse, subjugué par la figure céleste qui virevoltait dans la pénombre. Mais déjà, elle avait disparu. C'était là la jeune femme la plus captivante qu'il lui eût jamais été donné de contempler et, quoiqu'il ne l'eût qu'entra-perçue au moment où elle quittait la salle de bal, il se sentait tout près de perdre la tête.

Il quitta la terrasse pour la suivre, amusé et intrigué par la danse solitaire à laquelle elle venait de se livrer au jardin. Il avait décelé dans cet exercice une indépendance et une joie de vivre qui le touchaient beaucoup.

Il ralentit le pas en entendant des voix. Était-elle sortie pour retrouver un galant ? Il espérait que non, mais comment une telle beauté serait-elle restée sans admirateurs ? Il se sentait honteux de chercher à l'épier ainsi, mais la curiosité l'emporta ; il se glissa en silence parmi les arbres.

Elle était trop loin pour qu'il distinguât ses paroles, mais assez près néanmoins pour qu'il pût identifier des intonations masculines répondant à la voix légère de la jeune femme. Au fond, ce qu'elle disait ne l'intéressait guère : sa seule vue l'envoûtait. Vêtue d'une chatoyante robe de soie blanche, qui soulignait la perfection de sa silhouette, elle avait orné de camélias sa chevelure qui, dans le clair de lune, brillait comme de l'or. Elle était exquise, et dans sa voix douce perçait une pointe d'accent dont George ne parvenait pas à déterminer l'origine – mais ce détail suffisait à la lui rendre plus chère encore. Debout dans l'obscurité, force lui fut de reconnaître qu'il se comportait à la façon d'un amoureux transi.

Edward scruta la salle de bal à la recherche de son épouse. Comme son devoir l'exigeait, il venait de servir de cavalier à une série d'horribles matrones aux manières affectées. Maintenant, c'est Éloïse qu'il exigeait de tenir entre ses bras. Cette soirée était la première, depuis la naissance de leur enfant, où il lui était donné de l'exhiber à nouveau. Il la voulait tout contre lui, il voulait sentir son corps souple contre le sien. Lorsqu'ils avaient dansé un peu plus tôt, il avait perçu dans les yeux de la jeune femme une étincelle, et le rouge à ses joues ne le trompait pas : cette nuit, il réussirait peut-être à rallumer enfin le feu de leurs premiers ébats, depuis si longtemps refroidis.

Il balaya les lieux du regard. Le baron était toujours là, avec ses deux cadettes, ce qui signifiait qu'Éloïse n'avait pas regagné l'hôtel, où ils avaient prévu de passer la nuit. Cependant, elle demeurait introuvable.

— Où diable a-t-elle fichu le camp ? grommela-t-il avec humeur.

— Vous cherchez Éloïse ? intervint Thomas Morely.

— Lady Cadwallader, le cingla Edward. L'avez-vous vue ?

Les traits du lieutenant se durcirent.

— Peut-être n'a-t-elle pas envie qu'on la trouve.

Edward le considéra d'un œil glacé. Ils avaient le même âge et mesuraient la même taille, mais Thomas, moins gradé que lui, lui devait le respect.

— Laissez-moi en juger, voulez-vous. Savez-vous où elle est allée?

Son interlocuteur soutint son regard.

— Il me semble qu'elle devrait être libre de circuler à sa guise, rétorqua-t-il.

Edward brûlait de le corriger, mais il n'était pas question pour lui de provoquer un scandale ce soir. Il se rapprocha du garçon afin que personne ne pût surprendre ses paroles.

— Qu'un homme s'avise de me défier, et son foie finira au bout de mon épée.

Thomas demeura de marbre.

— Vous ne m'impressionnez pas, monsieur. Je suis soucieux du bien-être de lady Cadwallader, rien de plus.

— Son bien-être ne vous regarde en rien!

Le lieutenant ne bronchait toujours pas.

— Je me demande si elle sait à présent quel genre de voyou elle a épousé.

Edward se pencha vers lui jusqu'à lui toucher presque le nez.

— Et je me demande, moi, si vous savez combien il me tarde de plonger ma lame dans vos entrailles.

— Me provoquez-vous en duel?

Les yeux de Thomas restaient impassibles.

Son vis-à-vis avala sa salive. De l'avis de tous, le lieutenant était un duelliste hors pair. Edward ne tenait pas à risquer sottement sa vie.

— Nullement, répondit-il d'une voix traînante. Et je vous conseille de garder, vous aussi, votre épée dans son fourreau si vous entendez continuer à courtiser Anastasia. La confiance de son père m'est acquise. Sur ce, je vous souhaite une excellente soirée.

Il s'éloigna à grandes enjambées, la cervelle bouillonnant de rêves de vengeance contre ce paltoquet qui avait osé lui tenir tête.

Ayant une dernière fois sondé la foule, il en conclut qu'Éloïse devait être au jardin; il en conçut plus de fureur encore. Avec qui s'y trouvait-elle?

Il se planta sur la terrasse en attendant que ses yeux se fussent accoutumés au clair-obscur environnant les pelouses baignées par le clair de lune. Plusieurs couples flânaient, mais nulle part il ne vit resplendir la robe de soie blanche de son épouse. Il s'avança sur le gazon pour gagner un coin ombreux. Tandis qu'à cette distance les bruits de la fête avaient reflué, il perçut un murmure de voix. Il se rapprocha, puis se figea.

— Éloïse! s'écria-t-il. Est-ce bien toi?

— Edward?

Elle riait en émergeant de la charmille.

— Vite, dit-elle. Il y a là quelqu'un avec qui, j'en suis certaine, tu brûles de t'entretenir.

Il rejoignit sa femme les poings serrés. La jalousie le consumait. Il se jura de rosser l'inconnu.

Éloïse patientait dans une flaque de lumière lunaire.

— Regarde, lui indiqua-t-elle.

Avisant le rose à ses joues et l'éclat de ses yeux, il sentit la fureur l'envahir à l'idée qu'un homme pût la rendre pareillement joyeuse. Par-delà l'épaule de son épouse, il fouilla du regard l'orée de la charmille. L'inconnu venait vers lui.

— Edward.

— Père, articula-t-il avec peine.

— Nous venons d'avoir une délicieuse conversation, exulta Éloïse. Quel dommage que tu ne nous aies pas présentés plus tôt l'un à l'autre.

Edward demeurait d'une raideur toute protocolaire.

— Elle a raison, renchérit Jonathan pour rompre le fâcheux silence qui s'était abattu sur le trio. Ta femme est charmante et mon petit-fils, m'a-t-elle appris, est le plus adorable des enfants.

Edward dut puiser dans ses ultimes ressources pour se montrer aimable.

— Si j'avais su que mon père était si désireux de nous voir, dit-il à Éloïse, alors, en effet, je me serais hâté d'organiser une rencontre.

Son regard glacé croisa l'œil narquois de Jonathan.

— Il m'a parlé de sa récente expédition vers la côte, exposa la jeune femme. C'est exaltant. Et si courageux de sa part.

— C'est que mon père adore l'aventure, commenta son époux sans pouvoir réprimer une pointe d'aigreur. Pour tout dire, il a toujours préféré les voyages à ses obligations familiales. Lorsque j'étais enfant, il s'absentait si souvent que je savais à peine que j'avais un géniteur.

— Oh…, s'affligea Éloïse en observant successivement les deux hommes d'un air confus. Dans ce cas, rattrapons le temps perdu.

Sa main effleura l'avant-bras de son mari en manière de supplique.

— Ton père m'a justement exprimé ses regrets pour les années que vous avez passées séparés l'un de l'autre, et il souhaite s'amender. Maintenant que nous sommes nous-mêmes parents, je ne doute pas que tu le comprennes.

Elle tentait de désamorcer la crise, songea son époux. La moindre manifestation d'hostilité de sa part, et il baisserait encore dans son estime. Mais l'instant d'intimité qu'Éloïse et son père venaient de partager le mettait au supplice. Que lui avait-elle raconté, au juste?

— La Nouvelle-Galles du Sud est un vaste pays, dit-il à la jeune femme. De nombreuses régions restent inexplorées. Je suis sûr qu'il est impatient de repartir.

— Pas le moins du monde, démentit Jonathan. Je trouve Sydney extrêmement agréable. Et puis je tiens à faire la connaissance de mon petit-fils.

— Alors venez nous voir demain, lui proposa sa belle-fille avec un sourire radieux. Je proposerai à mon père de se joindre à nous. Il adore la bonne compagnie, et il sera ravi que vous lui décriviez vos péripéties.

— Ce serait pour moi un honneur, répondit le comte en s'inclinant un peu.

Une rage impuissante dévorait son fils.

— Tu dois avoir froid, ma chérie, s'alarma-t-il en voyant Éloïse frissonner dans la brise fraîche qui s'était levée. Viens, je te ramène à la fête.

— C'est inutile. Je rentrerai à l'hôtel dès que j'aurai rejoint mes sœurs. Charles risque de me réclamer si je m'attarde, et tu seras sans doute heureux de passer un moment en tête à tête avec ton père.

Edward était piégé. Son épouse gratifia Jonathan d'un sourire éclatant avant de se hâter vers la résidence du gouverneur.

George avait vu Edward traverser la pelouse en direction de la charmille et, bien qu'il n'eût pas saisi ce qu'ils se disaient, il avait perçu de la tension dans leurs voix. Cadwallader avait-il rejoint son père? Si oui, la jeune fille était-elle l'épouse du fils ou la maîtresse de Jonathan?

Il se fondit dans l'ombre lorsqu'elle passa non loin de lui dans un frou-frou de soie, et il huma son parfum avec délices. Il brûlait de la suivre, de lui barrer le chemin, puis de lui parler – mais s'il s'avisait d'agir ainsi, il révélerait du même coup sa misérable indiscrétion. Il s'exposerait à des questions délicates.

Il demeura donc où il était, l'estomac noué, tandis que la créature de rêve regagnait la maison. Alors seulement, il se précipita à son tour vers la salle de bal. La jeune femme, hélas, ne s'y trouvait plus. Déçu, il regagna la terrasse, portant ses regards à l'autre bout de la pelouse, en direction de la charmille. Cadwallader s'y tenait toujours – le reflet de la lune sur ses épaulettes trahissait sa présence.

Un objet, sur le gazon, attira l'attention de George. Intrigué, il alla le ramasser. Il s'agissait d'un camélia; sans doute était-il tombé de la chevelure de l'inconnue. Le jeune homme le porta à ses narines, surpris qu'une telle splendeur ne dégageât pas le moindre parfum, puis le glissa avec mille précautions au fond de sa poche. La fleur resterait en sa possession jusqu'à ce que l'occasion lui fût offerte de la remettre à sa propriétaire.

— Elle est absolument charmante, dit Jonathan en allumant un cigare. Et d'une saisissante beauté.

— Elle est à moi, répliqua son fils avec hargne. Gardez vos distances.

Jonathan s'appuya contre un poteau de bois sans cesser d'observer Edward à travers la fumée de son cigare.

— Je suis capable d'admirer la beauté sans avoir forcément besoin de la posséder.

— Si vous le dites.

— Tu as de moi une bien piètre opinion, mais mon âme n'est pas aussi noire que tu te plais à la dépeindre.

— Je n'ai aucune confiance en vous. La fibre morale vous fait singulièrement défaut.

Jonathan haussa un sourcil.

— Pour quelqu'un qui en manque si singulièrement lui-même, je te trouve très péremptoire.

Edward éprouva une envie presque irrépressible de frapper son père, mais d'autres invités auraient pu surprendre l'algarade. Ce n'était ni le moment ni le lieu de laisser libre cours à sa rancœur.

— N'est-il pas temps de mettre un terme à notre différend?

— Pourquoi? Nous nous détestons, et cela depuis toujours.

— Ce n'est pas vrai.

Jonathan s'écarta du poteau et passa une main dans ses cheveux argentés.

— Du moins, pas me concernant. Tu es mon fils, mon fils unique, et maintenant que tu as toi-même un enfant, je m'étonne que tu ne comprennes pas l'amour qui unit un homme à sa progéniture – si rudes soient les épreuves qu'elle lui impose.

— Quel dommage que vous vous révéliez incapable de pratiquer ce que vous prêchez, grinça le jeune homme. De quelle nature est donc cet amour que vous évoquez, lorsqu'il pousse un père à n'imposer à son enfant que ses absences? Quelle est cette profonde affection qui m'a valu l'exil?

— Tu étais coupable d'avoir violé une femme, lui rappela Jonathan. Je t'ai épargné la prison, peut-être même la corde. J'avais espéré que l'expérience te servirait de leçon et qu'à ton retour tu serais un homme meilleur. J'ai entendu dire, hélas, que tu n'avais changé en rien. Te souviens-tu du garçonnet que tu avais torturé à l'école? Déjà, je t'avais permis d'échapper à la geôle. Avec le recul, je songe que l'incarcération t'aurait peut-être fait le plus grand bien.

Le silence tomba, dans lequel continuait à flotter le profond mépris du comte pour son fils.

Ce dernier désirait ardemment se retirer pour couper court à la discussion, mais le regard pénétrant de Jonathan le clouait au sol. Les mots lui manquaient, l'empêchant de plaider sa cause et, pour la première fois de son existence, il regretta de n'avoir pas eu pour le guider cette main paternelle qui lui avait fait cruellement défaut. Scandalisé par son propre émoi, il s'empressa de chasser loin de lui ces pensées.

Jonathan l'observait toujours à travers les volutes de fumée.

— Je suis navré de n'avoir pas été là pour toi jadis. Mais nous savons tous deux que ta mère a fait de son mieux pour nous tenir éloignés l'un de l'autre.

Le trait extirpa Edward de sa torpeur.

— Quel heureux homme vous faites, puisqu'elle n'est plus là pour se défendre de vos calomnies.

Jonathan écrasa sous son talon le mégot de son cigare.

— Edward, Edward, soupira-t-il. Pourquoi tiens-tu tellement à me haïr?

— Vous m'intéressez trop peu pour que je prenne la peine de vous haïr, mais je serais ravi de n'avoir plus jamais à poser les yeux sur vous.

Son père glissa deux doigts dans son gousset pour en extraire sa montre. Le boîtier d'argent étincela dans le clair de lune. Un carillon marqua la demi-heure.

— Maintenant que j'ai un petit-fils, il m'est devenu impossible d'accéder à ta requête.

— Il est un peu tard pour jouer les patriarches, ne trouvez-vous pas?

Jonathan s'abstint de répondre à la question chargée de fiel.

— Ton Éloïse est une adorable enfant. Le jour venu, elle fera une comtesse idéale. À condition que tu lui témoignes l'amour et le respect qu'elle mérite.

Il referma sa montre.

— N'oublie pas, Edward, que la lettre se trouve toujours chez le juge avocat. Un faux pas de ta part et je veillerai personnellement à ce que ton épouse apprenne la vérité sur ton passé.

— C'est du chantage.

— Un bien vilain mot pour une bien vilaine histoire, commenta Jonathan sans ciller. Tu es encore un jeune marié. Peut-être cette union finira-t-elle par t'apporter la sagesse et la

maturité qui te manquent. Éloïse est une jeune personne intelli-
gente, et j'ai hâte de rencontrer son père le baron.

Mais l'esprit d'Edward était ailleurs.

— Je ne me rappelle pas cette montre, observa-t-il.

— Je l'ai achetée à Londres avant d'embarquer pour l'Australie, répondit le comte, surpris par ce brusque changement de
conversation.

— Où se trouve la montre de gousset de mon grand-père?

Jonathan fronça les sourcils.

— Comment connais-tu son existence?

— C'est grand-mère qui m'en a parlé autrefois. Elle m'a
expliqué qu'il s'agissait d'une montre en or, dont le boîtier était
incrusté d'un gros diamant, et qu'un jour cet objet me reviendrait.

— Je l'ai offerte à quelqu'un plusieurs années avant ta naissance. Ma mère n'aurait pas dû te faire ce genre de promesse.

— Tu n'avais pas le droit de t'en séparer, cracha Edward.

— C'était ma montre, et j'en ai disposé comme bon me
semblait. La jeune fille à qui je l'ai donnée s'est montrée sensible à la valeur sentimentale de mon geste.

— De combien d'autres objets de famille vous êtes-vous
ainsi délesté auprès de vos maîtresses? demanda le jeune
homme avec dédain.

— D'aucun.

Jonathan se lissa la moustache.

— J'étais jeune et je séjournais loin de chez moi, à Tahiti.
La montre était la seule chose que je pouvais offrir à Lianni.
Elle était chère à mon cœur, et puisque ces événements se
sont déroulés longtemps avant que j'épouse ta mère, ils ne te
concernent pas.

Edward émit un grognement irrévérencieux.

— Vous avez donc jugé bon de vous défaire d'une part
de mon héritage en la léguant à une catin exotique. Pourquoi
diable cela ne me surprend-il pas?

Jonathan haussa les épaules.

— Ce qui est fait, est fait. Et ton héritage demeure plus que
conséquent, même sans la montre.

Sur quoi il saisit sa canne à pommeau d'ivoire.

— Puisque notre conversation semble arrivée à son terme, je me retire. Bonne nuit, Edward.

Ce dernier regarda son père s'éloigner à grands pas. La canne n'était qu'une coquetterie, car le vieux gredin semblait plus en forme que jamais, en dépit de ses quarante-six ans. Edward fulminait, pourtant quelque chose en lui désirait ardemment que leurs relations prennent un autre tour. Hélas, les dés étaient jetés depuis de nombreuses années, en sorte qu'il lui fallait accepter que le fossé entre eux fût désormais trop large pour être jamais comblé. Et maintenant, il allait s'enivrer jusqu'à en perdre conscience.

6

Ferme de la Tête de faucon, 25 décembre 1797

La chaleur se révélait si accablante que Bess et Susan avaient dressé la table sur la véranda, afin que les convives profitent au mieux de la brise venue de la rivière. Les six détenus employés à la ferme dîneraient pour leur part dans la clairière, à côté de leur dortoir. Quant aux quelques Aborigènes qui avaient installé leur campement un peu en aval, ils s'étaient vu offrir pour l'occasion un cuissot de porc – même s'il restait maintenant à les convaincre de l'importance de fêter Noël, ce dont Ezra tenterait de se charger.

Repu, George repoussa son assiette et se renversa sur sa chaise, tandis que Samuel Varney régalait la tablée d'un de ses savoureux récits. Le vieux loup de mer était un conteur accompli, si bien qu'on avait pris l'habitude, à chaque Noël, de l'écouter narrer une histoire à sa façon.

Comme tout le monde riait et levait son verre à la santé de Samuel, George songea au bonheur qu'il éprouvait à être auprès des siens. Ernest et Bess – rondelette et pleine de vivacité – semblaient filer le parfait bonheur depuis leur mariage. Nell elle-même reprenait des couleurs. Son séjour à la *Tête de faucon* l'avait ragaillardie, après les tourments qu'elle avait endurés entre les mains d'un chirurgien de l'hôpital de Sydney.

George regarda sa mère servir le pudding. Certes, des rides étaient apparues sur son visage, des fils argentés dans ses cheveux d'or. Mais au fond de ses yeux d'un bleu étonnant, sa jeunesse demeurait intacte. Une ombre passait néanmoins dans ce regard, chaque fois qu'elle se tournait vers son époux : Ezra avait beaucoup vieilli durant ces derniers mois.

Le jeune homme observa son père à la dérobée tandis qu'il dégustait son dessert. Il nota le visage blême et les yeux creux, la main tremblant un peu lorsqu'il portait la cuiller à sa bouche. Un jour comme celui-ci, l'absence de Florence se faisait plus douloureuse que jamais.

— Faut-il vraiment que tu partes à la fin de la semaine ? demanda Susan à son fils, qu'elle tira de sa rêverie. Nous te voyons si rarement.

— Des affaires m'attendent à Sydney, répondit-il en remettant son assiette à Bess.

Il décela dans l'œil affectueux de Susan une pointe d'exaspération.

— Je suppose que je ne suis pas autorisée à savoir de quelles affaires il s'agit ?

— Cherchez la femme ! intervint Ernest en riant.

— Avec lui, renchérit Nell, il y a toujours une fille quelque part. Je parie qu'il en a épousé une dans chaque port.

Bien qu'il fût accoutumé à ces taquineries, George s'empourpra.

— Pas question de mariage ! se récria-t-il. En revanche, ce n'est pas ma faute si le beau sexe me juge irrésistible.

Il sourit largement à son frère, qui s'esclaffait.

— Je papillonne de droite et de gauche par pure politesse, pour que toutes ces dames aient leur part.

— Quelle âme noble ! s'exclama Ernest.

— George ! le gronda gentiment sa mère. On croirait entendre Billy au temps de sa prime jeunesse.

— Ton frère est un bon gars, observa Nell, déjà sur la défensive. Mais qu'il s'avise de jouer les jolis cœurs, et je me chargerai de son cas.

— Je n'en doute pas. Par bonheur, il s'est assagi avec les années. Je déplore de ne pouvoir en dire autant de mon grand fils. Cependant, j'ai le sentiment que, cette fois, il est amoureux pour de bon. Je le trouve trop calme.

— En tout cas, commenta Nell en clignant de l'œil, la passion ne lui coupe pas l'appétit.

George, croisant le regard interrogateur de Samuel, détourna le sien. Cette conversation le mettait mal à l'aise. Tôt ou tard, Susan ou Nell parviendrait à lui tirer les vers du nez. Il repoussa sa chaise en arrière.

— Il est temps pour moi de vous distribuer mes cadeaux, annonça-t-il, et il se leva pour aller chercher les paquets dissimulés dans sa chambre.

Il avait passé les nuits suivant le bal du gouverneur à se languir de la jeune femme aux camélias et, même si Susan ne se trompait sans doute pas en le déclarant épris, il ne s'estimait pas prêt à partager ses transports avec sa famille.

Il avait apporté des cadeaux pour tout le monde. Le visage de sa mère s'illumina à la vue des perles de l'océan du Grand Sud qu'il avait achetées pour elle à un matelot. Quant à Nell, elle poussa des cris de joie en découvrant les boucles d'oreilles en rubis qu'il avait dénichées à Batavia, tandis que Bess s'extasiait devant les soieries brodées venues d'une boutique de Sydney. Il y avait encore une longue-vue pour Samuel – qui remplacerait celle qu'il avait laissée tomber par-dessus bord un soir où son protégé et lui avaient un peu trop bu –, un long manteau en toile huilée pour Ernest et une bible neuve pour son père. Il tendit enfin les derniers présents à Nell.

— Tu donneras les manteaux à Jack et Billy, veux-tu. La selle est pour Walter, les poupées pour Amy et Sarah. J'ignorais ce qui pourrait plaire à Alice, puisque je ne la connais pas encore, alors…

Nell examina les rubans blancs attachés au bonnet de paille.

— C'est parfait, décréta-t-elle en agitant ses resplendissantes boucles d'oreilles.

George se retint de rire. Susan, qui l'avait mis au courant de la querelle opposant les deux femmes, lui avait déconseillé de jeter de l'huile sur le feu ; le sujet restait brûlant pour l'épouse de Billy, d'autant plus qu'Alice continuait à s'occuper des enfants.

— Je peux te trouver le même, la taquina-t-il.

Nell le fusilla du regard avant de se lever de table avec peine.

— Je vais m'allonger un peu, dit-elle. Je ne suis plus habituée à manger autant.

Pendant que Bess et sa belle-sœur l'aidaient à s'installer confortablement sur le divan qu'on avait apporté plus tôt sur la véranda, George emporta le dernier plat à la cuisine. Il était de coutume, chez les Collinson, que la vaisselle de Noël fût faite par les hommes, mais aujourd'hui on avait décidé d'un commun accord qu'elle attendrait que la température baisse.

Le jeune homme se jucha sur la balustrade de la véranda pour y allumer sa pipe, tandis que les autres s'affalaient dans des fauteuils; Samuel partit se promener au bord de la rivière. L'atmosphère était paisible, il flottait dans l'air un sentiment de satisfaction. Susan et Bess examinaient les soieries brodées.

— Cette brise est bien agréable, dit George sans s'adresser à quiconque en particulier.

— C'est pour cette raison que nous avons installé ici le lit de Nell quand Billy l'a ramenée de l'hôpital de Sydney, l'informa Ezra en repoussant sa bible sur le côté. L'air doux et frais l'aidera à recouvrer ses forces. Bientôt, elle regagnera la ferme des *Gratteurs de lune*.

George adressa un grand sourire à la jeune femme qui, au milieu des oreillers, cligna de l'œil en retour.

— Oh, mais la délicieuse Mme Penhalligan me semble certes en bonne voie de guérison, observa le garçon en gloussant.

— Assurément, approuva son père, dont un sourire éclaira les traits. Son corps a été soumis à rude épreuve, mais son irréductible vitalité a constitué une leçon et un soutien pour nous tous.

De la bouche de son fils s'échappa un nuage de fumée.

— Certaines choses ne changent jamais, remarqua-t-il.

Le visage tiré d'Ezra s'avachit.

— Mais d'autres, oui. Et il n'est pas en notre pouvoir d'intervenir sur le cours des événements. J'aimerais que Florence se trouve parmi nous. C'est le quatrième Noël que nous passons sans elle. Cette situation me navre.

Il leva le regard vers George.

— Ta mère ne se plaint jamais, mais je l'entends pleurer quelquefois, et cela me brise le cœur. Pourquoi ta sœur ne rentre-t-elle pas à la maison? Nous sommes-nous montrés de si exécrables parents?

Son fils discerna de l'angoisse dans les yeux battus, ainsi qu'un chagrin comparable à celui qu'il avait lu plus tôt dans ceux de Susan. Comment Florence, où qu'elle fût, ne comprenait-elle pas qu'ils avaient besoin de la revoir, de savoir qu'elle se portait bien? Sa main le démangeait. Il aurait volontiers giflé sa sœur pour son indifférence.

— Vous êtes de merveilleux parents, voyons.

Il aurait voulu connaître les mots capables d'alléger leur fardeau.

— Elle reviendra un jour, père. Elle sait combien vous la chérissez.

— J'aimerais bien que Billy et les gosses soient là aussi, intervint Nell, qui s'agitait sur son divan.

Ezra sourit avec effort.

— Moi aussi, dit-il doucement. À Noël, les enfants représentent une véritable bénédiction. Je suis désolé que tu n'aies pas pu rejoindre les *Gratteurs de lune*. Mais tu n'es pas assez robuste pour voyager, Le chirurgien en personne te l'a interdit.

— Il aurait pu les amener ici.

— Voyons, reprit le pasteur, s'armant de son infatigable patience. Tu sais que c'était impossible. Le trajet est trop long pour des enfants en si bas âge – surtout par cette chaleur.

Les traits de la jeune femme s'affaissèrent en une moue résignée. La bonne humeur générale était en train de retomber, songea George qui, pour tenter de distraire la compagnie, allait proposer qu'on rejoignît Samuel au bord de la Hawkesbury, quand Ernest se leva et saisit prestement son épouse par la taille.

— Je… Nous… avons une nouvelle à vous annoncer.

Ses joues s'étaient soudain empourprées.

— Bess et moi allons devenir parents.

George accueillit la nouvelle d'une bourrade sur l'épaule de son frère et le félicita. Puis il céda la place à Nell, ainsi qu'à ses père et mère, qui embrassèrent le jeune couple avant de le bombarder de questions. La liesse générale fit naître dans le cœur de George une immense fierté pour son cadet. Car celui-ci avait, pour atteindre à ce jour heureux, su vaincre de terribles épreuves. Bess constituait pour lui la femme idéale.

Mais cette fierté se trouva ternie par une bouffée d'envie telle que le jeune homme n'en avait encore jamais éprouvée, et dont il s'efforça de percer l'origine. Il la découvrit dans ses propres incertitudes concernant son avenir. Il ne lui servait à rien, comprit-il enfin, de s'arc-bouter contre son ardent désir de mettre la main sur la demoiselle aux camélias : il ne connaîtrait le repos qu'après avoir enfin retrouvé sa trace.

Sydney, 28 décembre 1797

— Allons, Willy, montre-nous ce que tu as !

Edward, qui s'était renversé sur sa chaise, ne craignait rien : il tenait quatre as dans sa main droite.

— Cette fois, je t'ai eu, annonça un Willy radieux en dévoilant lentement son jeu. Full.

— Cela ne suffira pas, mon ami.

Edward abattit ses cartes.

Ses partenaires jetèrent les leurs sur la table, se levèrent et partirent.

— Tu es trop riche pour nous, grommela Willy. J'ai déjà perdu mes gages d'un mois…

Son ami lui lança une poignée de bons du trésor à travers la table.

— Garde-les, dit-il avec l'insouciance d'un homme qui possède les moyens de se montrer généreux.

— Me voici ton obligé.

Sur quoi Willy rassembla les billets avant de s'offrir une rasade de rhum, nullement embarrassé par le geste d'Edward ; il en avait l'habitude.

— De toute façon, observa celui-ci, je les regagnerai tôt ou tard. Tu es loin de maîtriser l'art du bluff et tu ne sais pas compter les cartes. Tu fais une proie facile.

Son ami fourra l'argent dans sa poche.

— Un jour, j'aurai ma revanche, affirma-t-il en se dirigeant vers le comptoir.

Les deux hommes savaient qu'Edward trichait, mais pour rien au monde Willy n'en aurait soufflé mot à quiconque, car le commandant Cadwallader épongeait ses dettes. Cet arrangement leur convenait à tous deux, car Willy était – en dépit des remontrances de son ami – un joueur astucieux : ils avaient souvent partagé leurs gains au terme d'une nuit passée à étriller l'un de leurs camarades.

Edward réclama une autre bouteille de rhum, avant d'allumer un cigare en étirant ses longues jambes. La pièce enfumée, chichement éclairée par une poignée de lampes à huile, ne se trouvait meublée que de quelques tables et chaises. On pouvait, à l'étage, louer une chambre à la demi-heure, et la porte de derrière donnait sur une allée sombre garantissant l'anonymat des visiteurs. La taverne constituait le repaire favori des militaires et des marins, de ceux, du moins, qui aimaient les femmes et le jeu.

Le propriétaire des lieux était un prisonnier en liberté conditionnelle, et si l'eau comme le savon lui demeuraient étrangers, il savait se remplir les poches, faire preuve de discrétion et satisfaire ses clients. Ses prostituées, pour balourdes qu'elles fussent, se révélaient à peu près propres, et l'alcool ne manquait pas – on entreposait la bière dans une glacière en brique creusée derrière le bâtiment principal.

Edward guigna le bar, ainsi que la tenancière qui semblait n'en jamais bouger. Aussi noire que la nuit, aussi sale que son compagnon, songea-t-il. Et les mulâtres qu'ils avaient engendrés ne valaient pas mieux.

Puis il reporta son attention sur les hommes qui, ayant quitté la table de jeu, se divertissaient à présent à l'autre bout de la pièce. C'étaient eux qui le suivaient lors de ses expéditions punitives au cœur du bush, et dont leur officier supérieur ignorait tout. Il plaçait en eux une confiance aveugle – ils se révélaient en outre d'excellents informateurs.

— Y a-t-il quelqu'un dans cette salle pour tenter de me reprendre tout ça ? brailla-t-il, dominant le vacarme.

— Je suis votre homme.

Une voix profonde. Un Anglais, sans le moindre doute.

Edward jaugea l'inconnu. Âge moyen, beau visage aux traits aristocratiques. Il nota encore la lourde bague en or, l'épingle de cravate à tête de diamant, et la coupe impeccable du vêtement.

— Je n'affronte jamais un joueur dont j'ignore le nom, dit-il avec une froideur qui masquait son exaltation.

Il tenait là un superbe pigeon à plumer.

— Moi non plus, répondit l'étranger. Henry Carlton.

Ils se serrèrent la main.

— Edward Cadwallader. Je ne me rappelle pas vous avoir déjà croisé. Vous venez de débarquer?

— Je suis arrivé du Cap à bord de l'*Empress* voilà deux mois.

Edward continua de feindre la nonchalance.

— Le Cap? J'ai entendu dire qu'on y avait découvert de l'or.

— En effet. Mais je m'occupais pour ma part d'un autre genre d'affaires.

Le militaire lui désigna une chaise vide et emplit de rhum un verre propre. Son vis-à-vis l'intriguait, et il brûlait de lui poser d'autres questions – il aurait tout le temps de le faire après avoir observé la taille de sa bourse.

— Eh bien, monsieur, annonça-t-il, si vous avez de l'argent, moi j'ai des cartes.

Henry Carlton déposa sur la table un petit sac fermé par un cordon de cuir. Ses yeux gris étaient calmes, et il prit le temps d'allumer une pipe en argile.

— Quelle est la limite? s'enquit-il.

— Aucune. Car nous sommes entre gentlemen.

Carlton tira sur les cordons de sa bourse, qui dégorgea sur la table une série de pièces d'or.

— Cela vous suffit-il?

Edward s'humecta les lèvres avec convoitise. Plus d'une centaine de guinées étincelaient devant lui.

— Parfaitement, dit-il d'une voix un peu étranglée. Je coupe et vous commencez.

Henry Carlton battit les cartes de ses longs doigts souples, opposant à son adversaire un visage dépourvu d'expression.

150

Néanmoins, l'éclat métallique qui luisait maintenant au fond de ses yeux sema un léger trouble dans l'esprit du militaire.

Sydney, 2 janvier 1798

George était rentré de la ferme la veille au soir. Refusant l'offre de Samuel, qui lui proposait un lit, il avait pris pension non loin du quai. Comme à l'accoutumée, son mentor s'était répandu en reproches contre les femmes et le mariage. Le jeune homme, lui, cherchait éperdument quelqu'un qui fût en mesure de lui en dire plus sur la demoiselle aux camélias.

Hélas, il s'était couché aux petites heures de l'aube sans avoir rien appris. Malgré sa fatigue, il avait renoncé à dormir et expédié un message à la garnison, priant Thomas de le rejoindre bientôt à l'hôtel du front de mer.

Tandis qu'il s'apprêtait, il se gronda.

— Si tu n'avais pas les pieds sur terre, maugréa-t-il à l'intention de son reflet dans le miroir, je commencerais à me dire que tu as rêvé toute cette histoire.

Après le petit-déjeuner, il arpenta longuement la chambre, avec la sensation que les murs de la pièce se refermaient sur lui peu à peu, puis attrapa son chapeau et sa canne, et dévala l'escalier. Il laissa cavalcader ses pensées dans l'air frais du matin. Sa visite à la *Tête de faucon* avait déjà écourté son séjour à terre, et il lui restait à examiner les copieuses piles de récépissés de douane et de factures qui l'attendaient à l'entrepôt, ainsi qu'au magasin. Tirant sa montre de son gousset, il soupira. Thomas ne le retrouverait pas avant 13 h 15 – il avait encore trois longues heures à tuer.

Il se rendit à l'entrepôt où, après avoir vérifié les connaissements et les fiches d'inventaire, il passa le reste de la matinée plongé dans les livres de comptes en compagnie de Matthew Lane. Et voilà qu'il était midi ; il se risqua dans la fournaise de la rue.

Éloïse avait attendu le départ d'Edward pour demander que le cocher la conduisît, avec Meg et le bébé, à l'hôtel du baron.

151

Arrivée peu après 9 heures, elle comptait y passer le reste de la journée, car elle préférait de loin la compagnie de son père et de ses sœurs à ses journées solitaires à Kernow House, où le couple avait emménagé deux semaines avant Noël.

Elle consulta la montre minuscule piquée au revers de sa robe. Il était à peine plus de midi. Edward avait rendez-vous avec le baron à 13 heures ; elle l'éviterait en se retirant au jardin après le déjeuner léger qui se trouvait déjà servi sur la table. Charles dormait dans le vieux berceau de bois que son grand-père lui avait rapporté de Bavière, aussi la jeune femme suggéra-t-elle à Meg de s'en aller grignoter quelque chose à la cuisine, tandis qu'elle-même s'attardait au salon, l'âme paisible.

Elle avait, comme à l'accoutumée, pris grand soin de sa mise. Le miroir lui confirma combien sa robe vert pâle et son collier de velours émeraude rehaussaient la couleur de ses yeux. Sa chevelure cascadait en boucles innombrables sur l'une de ses épaules – son mariage était certes un désastre, mais jamais elle n'avait paru plus belle.

Se détournant de son reflet, elle plongea le regard par-delà l'enseigne de l'hôtel et son auvent coloré, vers l'animation de la rue. Des marins ravaudaient de la toile, des détenus vidaient le ventre des bateaux. Éloïse reconnut plusieurs visages parmi les femmes qui hantaient les boutiques et les hommes à cheval. Des Aborigènes s'étaient allongés à l'ombre d'un arbre. Leurs enfants jouaient nus dans la poussière sans se soucier des chariots qui les frôlaient au passage. Au loin, les collines environnantes dansaient dans la chaleur et la brume bleutée.

Depuis quatre ans que la jeune femme y vivait, Sydney avait beaucoup changé. Les groupes de forçats enchaînés, les potences et les poteaux de flagellation venaient rappeler avec force la cruauté de la loi pénitentiaire en vigueur ici, mais on sentait parmi les plus récents émigrés un enthousiasme inédit, une formidable soif d'aventure. C'était une contrée sauvage, à mille lieues de la raideur un peu guindée de Munich, à mille lieues des splendeurs de la campagne bavaroise, mais elle avait su séduire Éloïse plus que la jeune femme ne l'aurait cru. Quelle bonne idée avait eue son père de bâtir ici son hôtel, et de quel courage il s'était armé pour y refaire sa vie, dans l'unique dessein d'éloigner ses filles des souvenirs qui avaient envahi leur demeure munichoise après le décès de leur mère.

Si seulement je ne m'étais pas entichée du premier bellâtre venu, se navra-t-elle. Si seulement je possédais le pouvoir de remonter le temps. Soudain fâchée de laisser ainsi l'amertume lui gâcher la journée, elle contempla la pièce dans laquelle elle se trouvait, où battait le cœur de la maison. Le baron avait consacré sa fortune à l'aménagement de l'hôtel selon d'exigeants critères qu'il avait lui-même fixés ; l'indigence dans laquelle il vivait à présent se donnait à voir dans les tapis épuisés, dans les chaises et les tables bon marché qui peuplaient le salon. On était loin du faste de la baronnie d'antan, mais le père d'Éloïse ne doutait pas de reconstituer bientôt sa fortune.

Force était d'avouer que son infaillible sens des affaires semblait l'avoir une fois encore mené dans la bonne direction : l'hôtel n'avait pas tardé à attirer les propriétaires fonciers, les hauts fonctionnaires et les officiers de l'armée. Le baron avait deviné qu'ils apprécieraient le luxe paisible de ses salons, qui les tenaient un instant éloignés des rigueurs du monde extérieur. En conséquence de quoi ils n'hésitaient pas à dépenser des sommes rondelettes pour les mets de choix et le bon vin que leur hôte leur proposait. Ce dernier commençait déjà à se refaire une santé financière.

L'arrivée de ses sœurs tira Éloïse de sa rêverie.

— Tu es magnifique, murmura Anastasia, le souffle court.

— On dirait maman, approuva Irma.

— Elle me manque encore plus cruellement depuis que je suis devenue mère à mon tour, leur confia leur aînée. Elle était si sage.

Elle traversa la pièce pour se rapprocher du petit Charles, toujours assoupi dans son berceau. Ses cheveux blonds étaient trempés, en dépit de la brise pénétrant par la fenêtre ouverte, et ses joues avaient rougi.

— La maternité te va à ravir, observa Irma en coulant un regard à son neveu. Tu es rayonnante. Nul doute que ton fringant mari n'y soit aussi pour quelque chose, ajouta-t-elle en minaudant.

Éloïse s'abstint de lui répondre. Comment aurait-elle pu lui avouer ces nuits de terreur au cours desquelles Edward la possédait de force, ces jours solitaires et silencieux dépourvus entre les deux époux de la moindre tendresse? Comment aurait-elle pu évoquer avec ses sœurs l'indifférence dans laquelle le militaire tenait son propre enfant, ou les longues soirées qu'elle passait dans sa chambre tandis que le jeune homme et ses amis s'enivraient au rez-de-chaussée jusqu'à en perdre conscience?

— Et si nous déjeunions? proposa-t-elle. Où est père?

— Plongé dans ses livres de comptes. Je n'ai pas osé le déranger, je le trouve un brin irritable aujourd'hui.

— J'espère que cela n'a rien à voir avec Edward, dit Éloïse en s'asseyant à la table.

La tourte froide au poulet et les pommes de terre nouvelles paraissaient délicieuses, mais la chaleur était telle que les trois sœurs manquaient d'appétit.

— Père n'était pas de bonne humeur lorsqu'il est rentré de ton dîner l'autre soir, remarqua Irma en scrutant son aînée de ses yeux sombres. Ils ne se sont pas disputés, dis-moi?

Éloïse se remémora l'âpre discussion qui avait opposé les deux hommes – bien qu'Edward eût ensuite refusé d'admettre que la soirée s'en était trouvée ternie.

— Père était en grande forme, avança-t-elle prudemment. Jonathan et lui s'entendent à merveille.

Constatant qu'Irma restait sur sa faim, elle lui expliqua en outre qu'Edward reprochait au comte de n'avoir pas été là durant son enfance.

— Ils tâchent de rattraper les années perdues, ajouta-t-elle, mais pour le moment leurs tentatives ne font guère qu'accroître leur commun malaise.

— Pauvre Edward, souffla Irma, tandis que les trois jeunes femmes retournaient au confort des fauteuils disposés près de la fenêtre. Comme ce doit être étrange de connaître à peine son propre père.

Éloïse, qui n'avait entendu que la version de son époux, se garda de tout commentaire. Elle arrangea ses jupes en s'efforçant de masquer sa nervosité.

— Qu'est-ce qui peut bien le retarder? fit-elle. Il est bientôt 1 heure et père tenait à ce qu'il soit ponctuel.

— Que de mystères, lâcha Anastasia, les joues rosies par l'excitation. Père paraissait si courroucé hier lorsqu'il a expédié son message à la caserne.

De quelque sujet qu'il s'agît, Éloïse priait pour qu'il ne suscitât pas la fureur de son époux car, au contraire du baron, dont les accès de rage ne duraient jamais et ne blessaient que lui, Edward lui imposait d'effroyables et interminables colères.

— Le voici! glapit Anastasia, qui le guettait.

Son aînée vit, par la fenêtre, le militaire sauter à bas de son cheval.

— Il est si beau, soupira Irma. Tu as une chance folle, Éloïse.

— Il est moins beau que le lieutenant Morely, objecta Anastasia, qui venait de se fiancer avec ce dernier, qu'elle aimait passionnément.

Éloïse avait eu le temps de discerner l'expression revêche sur les traits de son mari avant qu'il s'engouffrât dans l'hôtel. Le cœur de la jeune femme battait la chamade. Des pas retentirent dans l'escalier, puis quelques coups frappés à la porte du bureau du baron, auxquels celui-ci répondit d'une voix bourrue. De toute évidence, une querelle allait éclater.

— Le suspense est à son comble! s'écria Anastasia. Que se passe-t-il, selon vous? Père semble mécontent.

Éloïse coiffa son chapeau, dont elle noua les rubans, saisit son ombrelle, ainsi qu'un mince recueil de poésie.

— Je n'en ai pas la moindre idée, répondit-elle. Soyez assez gentilles pour veiller sur Charles jusqu'au retour de Meg. Je vais au jardin.

Edward ignorait ce qui lui avait valu d'être ainsi convoqué par le baron mais, à en croire sa mine, ce dernier était hors de lui. Quel faux pas, songea-t-il, avait-il pu commettre pour plonger le vieil Allemand dans un tel état? Il se tenait au garde-à-vous afin de contraindre son beau-père à faire de même mais, malgré la fenêtre ouverte, il régnait dans le bureau une telle chaleur qu'il sentait la sueur ruisseler le long de son échine.

— Ma fille est malheureuse, commença le baron, debout devant l'âtre vide, les mains dans le dos. Qu'avez-vous à dire pour votre défense?

— S'est-elle plainte à vous de n'être pas satisfaite?

— Elle n'a pas eu besoin de le faire, rétorqua le père d'Éloïse, le visage rubicond, en élevant la voix. Je connais ma fille. Vous ne la traitez pas comme elle le mérite.

— J'ai fait construire pour elle la plus belle demeure de toute la Nouvelle-Galles du Sud. Je lui offre les vêtements et les bijoux les plus raffinés qui soient. J'ai placé à son service des domestiques capables de pourvoir à ses moindres désirs.

Edward avait haussé le ton à son tour.

— Que vous faut-il de plus?

— Que vous vous montriez un époux digne de ce nom! aboya Oskar. Que vous passiez plus de temps chez vous et que vous vous occupiez d'elle.

Un petit nerf se mit à palpiter dans la joue d'Edward. Il devait à tout prix se maîtriser.

— Mes obligations militaires me retiennent souvent loin d'elle. Éloïse connaissait mes devoirs avant notre mariage. Elle serait injuste si elle s'en plaignait aujourd'hui.

— Ma fille ne se plaint pas! Sa loyauté envers vous est sans faille. Mais j'entends les rumeurs qui circulent de droite et de gauche. Je sais que ce ne sont pas vos obligations qui vous éloignent de votre foyer. Je ne permettrai pas que vos frasques humilient mon enfant!

Le jeune homme tressaillit.

— De quelles frasques osez-vous parler? rugit-il. Et quand bien même, cela ne vous regarde en rien.

— Cela me regarde lorsque je lis du chagrin dans les yeux d'Éloïse! tonna le baron. Et votre fils? J'ai entendu vos paroles le jour de sa naissance et je ne puis que constater combien vous l'ignorez. Vous êtes en train de briser le cœur de ma fille.

— Charles est trop jeune pour que je m'intéresse à lui, cracha Edward. Je doute que vous-même ayez passé beaucoup de temps à pouponner lorsque vos filles étaient petites.

— Je vous conseille vivement de vous amender.

Une goutte de sueur roula sur la joue d'Edward.

156

— Je mène mon existence à ma guise, répondit-il d'un ton égal, mais chargé de défi. Éloïse est mon épouse, et Charles mon enfant. Vous n'avez aucun droit, ni sur l'un ni sur l'autre. Vous seriez bien avisé, à l'avenir, de vous tenir loin de mes affaires.

— S'agit-il d'une menace?

Oskar von Eisner écarquillait les yeux, incrédule et furieux.

— À vous d'en décider, se détendit Edward en fourrant les mains dans ses poches. Si vous n'avez rien d'autre à ajouter, je vais regagner mon domicile avec ma femme et mon fils.

— Je n'ai pas terminé, lâcha sèchement le baron.

Le jeune homme soupira et s'assit.

— En aurez-vous pour longtemps? demanda-t-il sur un ton d'indifférence feinte.

— Aussi longtemps qu'il me plaira, gronda le père d'Éloïse en se laissant tomber si lourdement dans son fauteuil que les ressorts gémirent. D'autres soucis que le sort de ma fille requièrent mon attention.

— Des soucis? répéta Edward sans manifester aucune alarme. Lesquels?

Oskar fixa un point dans l'espace, par-delà l'épaule de son gendre.

— Aucun qui concerne votre héritage, en tout cas. Votre père est un homme charmant qui, j'en suis persuadé, s'offusquerait de vos récentes incartades, s'il les connaissait.

Une autre goutte de sueur roula sur la joue du jeune homme, qui ne broncha pourtant pas. Il déglutit en s'efforçant de conserver son calme, assailli tout à coup par mille tourments. Jonathan et le baron étaient devenus des amis proches. Oskar avait-il eu vent des expéditions clandestines menées par son gendre contre les Aborigènes du bush? Ou était-il en train de bluffer?

— Mon père n'est pas exempt de faiblesses, observa Edward. Rappelez-moi de vous en énoncer quelques-unes lorsque votre courroux s'atténuera un peu.

— Cessez vos insolences! hurla le baron en bondissant sur ses pieds. Votre père est un homme d'honneur – je ne saurai en dire autant de vous. Lui, au moins, règle ses dettes de jeu.

Le jeune homme se sentit si soulagé qu'il manqua d'éclater de rire.

— J'en ferai de même d'ici la fin du mois, assura-t-il. Comme à l'accoutumée. Mes créanciers sont parfaitement au courant.

Oskar se rassit, sans lâcher son gendre des yeux.

— Je l'espère, se radoucit-il un peu. Mais ne comptez pas sur mon soutien si ces dettes venaient à s'accumuler plus que de raison.

— Mes finances sont saines, cracha Edward. Permettez-moi à présent de me retirer.

Oskar leva une main pour lui imposer le silence.

— L'autre souci qui me taraude concerne votre animosité à l'égard de votre père. J'ai eu le plaisir de passer de longs moments en sa compagnie. C'est un homme délicieux. Je suis navré que vous ne partagiez pas mon opinion.

— Mon père et moi sommes, à très peu près, des étrangers l'un pour l'autre. Ses voyages l'ont tenu éloigné de son foyer durant presque toute mon enfance et, après que j'ai embrassé la carrière militaire, l'occasion ne nous a pas été offerte de faire plus ample connaissance.

— Cette occasion se présente à vous aujourd'hui, et cependant, chaque fois que vous l'invitez chez vous, vos manières avec lui frisent l'insolence. Inutile de le nier, monsieur. J'en ai été témoin l'autre soir encore. Éloïse s'est tue, mais je sais qu'elle aimerait le recevoir dans de meilleures conditions. Ma fille est issue d'un foyer uni. Et il me paraît normal que votre père entre dans sa vie, puisque vous êtes son époux.

Edward reconnut l'influence de Jonathan dans ces manœuvres. Quant au vieil Allemand, il était malin. Il venait de le piéger à coups d'arguments raisonnables – auxquels, même si celui-ci l'ignorait, venait s'ajouter la menace, qui toujours planait dans l'ombre, de la déposition effectuée naguère par le comte de Kernow auprès du juge avocat. Certes, ce document, s'il venait à être divulgué, ruinerait la réputation de Jonathan, puisqu'il attestait que celui-ci s'était parjuré devant un tribunal pour sauver la vie de son fils. Mais il prouvait aussi qu'Edward et ses amis avaient produit de faux témoins lors de leur procès, et qu'ils étaient bel et bien coupables d'avoir violé Millicent Parker.

— Mon père sera toujours le bienvenu dans notre demeure, mentit le jeune homme. Et il sera honoré d'apprendre qu'Éloïse le tient en si haute estime. Lui-même m'a confié qu'il éprouvait pour elle une immense admiration.

Oskar garda le silence : son gendre comprit que, pour le satisfaire, il lui fallait pousser plus loin encore la flagornerie. Il prit une profonde inspiration.

— Le fossé qui s'est creusé entre mon père et moi constitue mon plus grand regret, mais mes obligations professionnelles m'ont fréquemment retenu loin de Sydney. Quant à lui, il s'est absenté longtemps pour mener à bien ses explorations.

Les mots s'échappaient de ses lèvres avec aisance, comme s'ils les avaient répétés au préalable.

— Nous nourrissons tous deux l'ardent désir de nous racheter. Quel fils tolérerait de rester à couteaux tirés avec le seul homme dont il ait jamais recherché l'affection ? Quel père supporterait de continuer à fuir la chair de sa chair, et son unique héritier ?

Il s'obligea à sourire.

— Vos conseils sont sages, reprit-il, mais me permettrez-vous de vous assurer que je nourrissais depuis un moment déjà l'intention de resserrer les liens qui nous unissent ? Je ne puis que regretter la déplorable opinion que vous vous êtes forgée de moi.

Le baron grogna.

— Vous êtes un beau parleur, monsieur. Mais c'est à vos actes que je jaugerai la sincérité de vos résolutions.

Éloïse avait d'abord été tentée de faire halte à la porte du bureau pour y coller l'oreille, mais elle avait poursuivi son chemin. Parvenue au rez-de-chaussée, elle avait ouvert son ombrelle avant de s'en aller flâner au jardin. Bien qu'elle eût les nerfs à vif et que son esprit bouillonnât de questions, elle goûta à sa juste mesure la splendeur des lieux.

L'homme – un détenu en liberté conditionnelle – que le baron avait engagé pour donner vie à ce lopin avait accompli des merveilles. Avec l'aide d'autres jeunes prisonniers, il avait changé ce terrain aride et broussailleux en moelleuse pelouse ornée d'éclatants parterres de fleurs circulaires et ceinturée par une clôture empêchant les kangourous de la piétiner. Des arbres et des arbustes dispensaient de loin en loin leur ombre bienfaisante et, tout au fond du terrain, un potager fournissait des légumes frais aux cuisines de l'hôtel.

Le baron, qui collectionnait avec ardeur les plantes exotiques, avait dépensé beaucoup de temps et d'argent dans l'importation de nombreux spécimens. Éloïse, qui admirait les efflorescences rouge vif des *waratahs* et les délicates étoiles blanches des frangipaniers, cueillit une fleur d'hibiscus au contour parfait. Elle se délecta un moment de la somptuosité des camélias, pareils à des joyaux. Puis elle rejoignit la charmille, où l'on avait disposé des fauteuils en rotin décorés de coussins aux tons vifs. Le chèvrefeuille et les rosiers grimpants prenaient les lieux d'assaut, répandant leurs parfums dans le silence que seules osaient troubler les abeilles affairées.

Une fois assise, la jeune femme ne put s'empêcher de lever les yeux vers la fenêtre du bureau de son père, au premier étage. Elle entendait des cris, sans parvenir pour autant à comprendre ce qui opposait les deux hommes. Elle laissa échapper un soupir tremblant, puis tenta de se concentrer sur son livre.

George se sentait fier de lui en quittant la boutique et l'entrepôt sur la porte desquels était inscrit son nom. Samuel Varney représentait l'associé idéal, toujours prodigue de ses conseils sans jamais s'insinuer pour autant dans les affaires du jeune homme. Leur commerce de gros se révélait florissant. Comme il prenait le chemin de l'hôtel, un sourire satisfait se dessina sur ses lèvres. Il n'avait pas mal réussi, pour un garnement des Cornouailles qui fourrait jadis des grenouilles plein ses poches.

Ignorant la canicule et le vrombissement des mouches, il louvoyait entre les crottins de cheval. La Nouvelle-Galles du Sud n'avait pas sa pareille pour dépouiller un homme de ses manières pompeuses – même le faste attaché à la résidence du gouverneur avait fini par s'y éteindre. Fièrement plantée au beau milieu de son parc, face à la baie, elle se donnait de loin des airs importants, flanquée d'une véranda et ornée de grandes fenêtres, mais le jeune homme savait que, à y regarder de plus près, sa peinture blanche s'écaillait, ses volets de bois pourrissaient et son toit de tuiles fuyait de partout. Il n'en restait pas moins que, sous le soleil, elle semblait éminemment respectable, empreinte d'une splendeur un peu fanée.

Des bruits couraient, dont George avait eu vent, selon lesquels on s'apprêtait à raser cette demeure d'été pour la rebâtir à Parramatta. Si les rumeurs disaient vrai, elle lui manquerait. Car c'était là qu'il avait découvert la demoiselle aux camélias – la résidence constituait en outre un témoin muet des premiers mois de la colonie, lorsqu'elle se dressait encore au cœur d'un océan de tentes et de cabanes d'écorce.

La cloche d'un navire parvint aux oreilles du jeune homme à l'instant où il pénétrait dans l'hôtel, ainsi que des voix masculines en provenance du bar de l'établissement. À mesure que ses yeux s'accoutumaient à la pénombre, il reconnut plusieurs visages – Thomas, en revanche, demeurait introuvable. Il s'obligea à se détourner un moment de ses affaires de cœur et se dirigea vers le groupe de clients.

Il ne doutait pas que ces derniers lui fissent bon accueil en dépit de sa jeunesse, car il s'était déjà taillé, chez les hommes d'affaires, une solide réputation – il n'avait pas son pareil pour découvrir de nouveaux marchés. Néanmoins, il n'était pas question qu'il leur livrât aujourd'hui le moindre secret ; il préférait écouter et apprendre. Il commanda à boire et se joignit à la bruyante conversation.

Lorsque les autres le saluèrent pour regagner leurs bureaux, l'impatience le gagna : Thomas, d'ordinaire si ponctuel, ne se montrait toujours pas. Un contretemps devait le retenir. Il se cala dans un lourd fauteuil, non loin de la fenêtre, une pinte de bière à la main, et se détendit un peu, caressé par la brise légère qui lui parvenait du jardin. Bientôt, il songeait aux opportunités qui se présentaient, au sein de cette colonie, à un visionnaire dans son genre. Les discussions auxquelles il venait d'assister avaient piqué sa curiosité. Déjà, des idées affluaient à son esprit, elles y prenaient forme. Seul le carillon de la pendule sut le tirer de ses calculs.

Thomas accusait à présent un retard considérable. George ne savait que faire. Il grimaça – son col dur lui meurtrissait le cou. Accoutumé aux vêtements lâches et sans façon que l'on arborait à bord d'un baleinier ou sur le dos d'un cheval, il se sentait mal à l'aise sans le secours de son camarade.

Tâchant d'imposer silence à sa déception, il attrapa son chapeau et sa canne, non sans jeter distraitement un coup d'œil par la fenêtre. Ce qu'il découvrit lui fit oublier sur l'heure ses projets de départ.

Edward fixait un point dans l'espace, tandis que le baron énonçait ses manquements un à un et lui reprochait à nouveau de négliger son fils et son épouse. Lorsqu'il eut terminé sa tirade, le silence s'installa entre les deux hommes – on n'entendait plus que le tic-tac de l'horloge ; 14 heures approchait.

Oskar fut le premier à briser la glace.

— Puisque vous m'avez annoncé votre désir de voir se resserrer les liens qui vous unissent à votre père, vous serez ravi d'apprendre qu'il prendra le thé avec nous à 16 heures.

— C'est que j'ai d'autres projets.

— Oubliez-les, exigea le vieil Allemand, le regard plongé dans celui de son gendre. Vous allez vous joindre à nous.

Edward se leva et sortit, claquant la porte du bureau derrière lui. Sa fureur était telle qu'il suffoquait presque. L'influence de Jonathan sur le baron n'était que trop évidente. Et le jeune homme ne supportait pas que l'on décidât pour lui de son emploi du temps. Quant à Éloïse, de quel droit osait-elle venir demander à son père d'intercéder en sa faveur?

Les jambes de George se dérobèrent sous lui. Il se laissa tomber sur l'appui de fenêtre, sans plus pouvoir détacher les yeux du spectacle qui s'offrait à lui. La femme la plus séduisante au monde se trouvait là, assise dans la charmille, au milieu des fleurs. Avait-elle seulement conscience, se demandat-il, de son irrésistible beauté? Les rêves du jeune homme s'incarnaient de nouveau, et son cœur battait à tout rompre.

Elle possédait des épaules d'une remarquable pâleur, une taille fine, et sa chevelure d'or dégringolait, en lui caressant la peau, de sous son ravissant chapeau de paille. Elle tenait entre ses mains délicates un mince volume relié de cuir, dont elle retenait les pages à l'aide d'une fleur d'hibiscus. C'était la perfection même, et George sut en cet instant qu'il n'aimerait jamais d'autre créature qu'elle. Il ne restait aujourd'hui plus guère de trace de la petite sauvageonne qui s'était aventurée à danser seule dans le clair de lune, sur les pelouses de la résidence du gouverneur. Mais cette facette plus paisible de la jeune femme attisait tout autant la curiosité du garçon : elle jouissait manifestement de sa solitude.

Captivée par son recueil, elle n'avait pas remarqué la présence de George. Elle était plutôt grande, s'avisa celui-ci, et d'une élégance sans pareille dans sa robe vert clair. Elle exhibait un décolleté parfait, et le ruban vert, autour de son cou, rehaussait sa sveltesse.

Comme il tâchait de se reprendre, avec l'intention de trouver quelqu'un qui pût les présenter l'un à l'autre, l'inconnue leva la tête et croisa son regard. George s'était figé. Ses yeux étaient deux émeraudes, dans un visage en forme de cœur. Elle sembla si gentiment amusée de l'avoir surpris en train de l'espionner qu'il piqua un fard. L'ébauche d'une fossette apparut sur sa joue mais, déjà, elle était retournée à sa lecture.

George se leva pour découvrir que, à l'exception d'un vieil homme qui s'y était assoupi après le déjeuner, il était seul dans la pièce. Quant à la demoiselle, elle se trouvait toujours au jardin. Elle pouvait disparaître d'un instant à l'autre, se dit-il. À la pensée de laisser peut-être passer à jamais l'occasion de lui adresser la parole, il n'y tint plus. Si seulement Thomas était là ! George se sentait déchiré entre le désir d'agir selon les règles, autrement dit d'attendre qu'une tierce personne l'introduisît auprès de la jeune femme, et la tentation violente de piétiner tous les usages pour échanger une parole avec elle sur-le-champ.

Éloïse referma son livre. Les sonnets de Shakespeare possédaient en règle générale le pouvoir de l'apaiser, mais aujourd'hui ses nerfs l'emportaient. Un rien la distrayait. Elle leva de nouveau le regard en direction de la fenêtre du bureau et fronça les sourcils. Edward et le baron étaient enfermés là-haut depuis trop longtemps à son goût, mais au moins avaient-ils cessé de hurler.

La température était tombée, aussi saisit-elle son ombrelle et son recueil de poésie pour abandonner la charmille contre un coin plus isolé du jardin, que le soleil réchauffait encore. Le jeune homme dont elle avait surpris le regard ne pourrait plus l'y scruter. Elle s'assit sur un banc de pierre. Elle s'était délectée de voir rougir le garçon, et elle eut l'impression confuse d'avoir déjà contemplé ces traits aimables et cette chevelure sombre.

Elle rouvrit son ouvrage, mais les mots dansaient devant ses yeux. Elle tenta une fois encore de se concentrer, mais le texte demeurait brumeux. Comment pouvait-elle éprouver de semblables émotions, alors qu'elle était désormais épouse et mère?

Elle ferma vivement le recueil, résolue à ne pas flancher. La querelle entre Edward et le baron l'avait troublée, rien de plus, et dès lors elle avait étourdiment donné libre cours à son imagination. Elle n'avait fait qu'entrevoir un visage à la fenêtre – un visage anonyme qui ne signifiait rien pour elle.

Elle leva les yeux vers la fenêtre du bureau paternel. Il était temps pour elle de monter pour tâcher d'apprendre ce qui s'y était passé. Elle se dirigea vers la porte menant aux appartements privés.

Edward surgit de la cage d'escalier ténébreuse et la saisit par le bras.

— Viens là!

Il la poussa sans ménagement dans un cellier, dont il claqua la porte derrière eux.

Éloïse ne se sentait nullement impressionnée. Elle se trouvait ici dans l'hôtel de son père. Le jeune homme n'oserait pas y lever la main sur elle.

— J'ignore de quoi père et toi avez parlé. Quoi qu'il en soit, cela ne me regarde en rien. Rouvre cette porte et laisse-moi sortir.

— Je le ferai quand j'en aurai décidé ainsi.

Il la plaqua contre la paroi de bois, entre les sacs de pommes de terre et de farine.

— Si tu t'avises de pleurnicher dans le gilet de ton père ou de te plaindre à lui de la façon dont je te traite, tu recevras la punition que tu mérites. Me suis-je bien fait comprendre?

— Lève seulement la main sur moi, et je hurle.

Edward demeurait impassible.

— Si j'apprends que tu lui as dit du mal de moi, je te battrai comme plâtre, murmura-t-il. Et personne ne t'entendra crier, crois-moi.

Éloïse, qui savait qu'il ne plaisantait pas, tentait de réprimer les tremblements qui la secouaient.

— Je ne parle jamais de toi avec mon père, réussit-elle à articuler. Les accusations que tu portes contre moi sont insultantes et déplacées.

Elle s'interrompit un instant.

— Par ailleurs, enchaîna-t-elle d'une voix égale qui la surprit elle-même, si tu mets tes menaces à exécution, mes ecchymoses parleront pour moi.

— Personne ne les verra, à moins que tu n'ôtes tes vêtements.

— Je savais que tu n'éprouvais pas grand-chose pour moi. Mais j'ignorais que tu me haïssais à ce point.

— Je ne te hais pas, grinça-t-il. Si tu consens à te comporter comme une épouse se doit de le faire, tu n'auras rien à craindre de moi. Si, au contraire, tu me désobéis, je me montrerai impitoyable.

La jeune femme avait trop peur pour parler.

Edward relâcha son étreinte et rajusta ses vêtements.

— Sur ce, monte donc à l'étage pendant que je regagne la caserne. Mon cher père vient d'arriver, et puisque, si j'en crois le baron, tu apprécies tant sa compagnie, il ne s'agit pas que tu le fasses attendre.

— Veuille bien pardonner mon retard, George.

— Où étais-tu? s'enquit celui-ci en saisissant la main du lieutenant. Mais peu importe. Suis-moi, elle est au jardin.

— Attends un peu. J'ai quelque chose à te dire.

Le jeune homme lut de l'embarras dans l'œil du militaire. Il en conçut aussitôt une grande frayeur.

— Que se passe-t-il?

— Tu ferais mieux de t'asseoir.

— Mais la jeune femme dont je t'ai parlé est ici, à quelques mètres de nous. Elle risque de s'éclipser à tout moment. Dépêchons-nous.

Le lieutenant le saisit fermement par l'avant-bras pour l'entraîner vers des fauteuils. Il héla le domestique et lui réclama deux grands verres de rhum.

— Elle est déjà partie, annonça-t-il calmement.

— Tu racontes n'importe quoi, objecta George. Je viens de la voir.

Thomas secoua la tête.

— Elle s'appelle Éloïse Cadwallader.

Son ami se tassa au fond de son siège. Une vague d'accablement venait de balayer jusqu'au plus ténu de ses espoirs.

— Comment peux-tu en être aussi sûr?

— Je me suis fié à la description que tu m'en as livrée. Mes suppositions se sont trouvées confirmées lorsque je l'ai vue dans le jardin.

— Tu es ici depuis longtemps? demanda George, la voix aiguisée par le chagrin.

— Pas plus de dix minutes.

La pitié qu'il lut dans le regard du lieutenant permit au jeune homme de mesurer mieux encore l'étendue de sa souffrance.

— Pourquoi n'es-tu pas venu me chercher?

Thomas rougit.

— J'étais en retard parce que j'ai dû assister à une séance de la cour martiale qui a duré plus longtemps que prévu. J'ai croisé Anastasia à l'instant où j'allais entrer ici.

Du menton, il désigna le jardin.

— C'est alors que j'ai remarqué Éloïse. Je suis navré.

George avala sa salive avec peine. Lorsqu'il porta le verre de rhum à ses lèvres, sa main tremblait.

— J'aimerais qu'il en soit autrement, enchaîna le lieutenant, mais peut-être est-ce mieux ainsi.

166

— Que vais-je faire? gémit son ami.

— L'oublier. Il y a d'autres jolies célibataires à Sydney, qui rêvent de trouver chaussure à leur pied.

— Aucune n'est aussi belle qu'Éloïse.

— Ma foi, tu es mordu pour de bon. Et dire que voilà l'homme qui, il y a encore une poignée de semaines, m'assurait qu'il ne se laisserait jamais piéger par le sexe faible. Il faut te reprendre, George. Elle est mariée, elle a un enfant. L'affaire s'arrête là.

— Je ne pourrai pas l'oublier.

— Tu le dois.

Le rhum lui brûla les entrailles et il lui sembla que les murs se refermaient sur lui. George s'extirpa de son fauteuil et glissa un doigt entre son col et sa peau meurtrie.

— J'ai besoin d'air, souffla-t-il.

— Je t'accompagne, fit Thomas en commençant à se lever.

— Pas maintenant, Tom. Je préfère rester un peu seul.

Sans attendre de réponse, le jeune homme franchit la porte à deux battants pour gagner le jardin.

Deuxième partie

Alliances confuses

7

Ferme de la Tête de faucon, 9 janvier 1798

Le jour s'était levé, mais le ciel demeurait de plomb. La chaleur montait, le tonnerre grondait au loin. Un chien aboyait et, dans le pâturage voisin, le bétail broutait de-ci de-là, les nerfs tourmentés par l'imminence de l'orage. Hommes et chevaux vaquaient dans la prairie. Un nouveau jour commençait, dont l'air lourd résonnait du cliquetis des harnais et des heurts du marteau contre l'enclume.

Nell et Susan sortirent sur la véranda dans l'espoir d'y jouir de la brise venue de la rivière Hawkesbury. Peine perdue. Aujourd'hui, elle ne soufflait pas.

— Ce n'est pas un temps pour voyager, observa Susan.

Elle répugnait à laisser partir sa belle-sœur, qui ne l'ignorait pas. Durant les deux mois qu'elles venaient de passer ensemble, les deux femmes avaient encore resserré les liens qui les unissaient, et l'amitié que la plus âgée portait à la plus jeune compensait pour partie l'incommensurable vide laissé dans son cœur par l'exil volontaire de Florence.

— Trois malheureuses gouttes de pluie ne me font pas peur, lança Nell avec une légèreté un peu feinte.

De son mouchoir, Susan se tamponna le front.

— Es-tu sûre de te sentir assez en forme pour partir?

La jeune femme acquiesça de la tête en chassant un essaim de mouches.

— J'ai déjà passé Noël loin des enfants. Je ne veux pas manquer l'anniversaire des jumeaux par-dessus le marché. Ils vont finir par m'oublier complètement.

— Bien sûr que non, la rassura Susan. Mais tu as subi une longue convalescence. À plusieurs reprises, Billy et moi nous sommes demandé si tu parviendrais à t'en relever pour de bon.

Nell ne gardait de ces premières semaines qu'un souvenir vague, tout en fièvre dévorante, en frissons glacés, en visions terrifiantes exacerbées par la douleur.

— Je ne savais même pas quel jour on était, se rappela-t-elle. Après quoi elle ajouta avec un large sourire : dans le fond, c'est un mal pour un bien, parce que je suis infernale quand je pète la santé !

— Et c'est ce que j'apprécie chez toi, commenta sa belle-sœur en lui rendant son sourire. Tu ne baisses jamais les bras.

Nell l'étreignit. En réalité, elle s'était à maintes reprises sentie tout près de renoncer – lorsque le chirurgien militaire, par exemple, lui avait annoncé que plus jamais elle ne pourrait enfanter. Mais l'amour de ses proches l'avait, chaque fois, extirpée de l'ornière. Elle leur vouait une reconnaissance qu'elle avait du mal à leur exprimer.

— Je ne m'en serais jamais sortie toute seule, remarqua-t-elle sobrement.

Susan recula pour l'examiner.

— J'aurais aimé que tu te remplumes un peu avant ton départ. Les enfants vont être surpris de découvrir cette nouvelle maman mince comme un fil.

Nell baissa les yeux sur son maigre décolleté ; ses seins saillaient à peine sous le corsage étroitement lacé.

— Ils n'ont jamais été aussi petits, se navra-t-elle.

Mais déjà, elle rejetait en arrière ses boucles rousses et relevait le menton.

— Une fois rentrée à la maison, je vais reprendre les affaires en main et là, tu vas voir que je vais leur redonner du poil de la bête !

Susan garda le silence.

Sa belle-sœur, qui comprit aussitôt qu'elle songeait à Alice, se déroba à toute discussion sur le sujet en reprenant la parole la première.

— Je vais saluer tout mon monde, annonça-t-elle. Dis à Billy que je serai prête dans une demi-heure.

Près d'une heure s'était écoulée lorsque Nell prit place dans le chariot aux côtés de son époux. La perspective de retrouver bientôt son foyer la réjouissait, mais à contempler un à un les visages tournés vers elle, l'envie lui vint de les emmener tous à la ferme des *Gratteurs de lune*.

Ezra s'était comporté avec elle comme un père. Mais à cinquante-cinq ans, le pauvre en paraissait dix de plus, engoncé dans son vieux manteau noir et coiffé de son chapeau à large bord. Ses cheveux avaient blanchi, sa figure parcourue d'innombrables rides s'était allongée, elle avait pâli. Ses épaules tombaient. Il ne s'était jamais remis du suicide de Millicent ni du départ de Florence. Quant aux responsabilités qui lui incombaient à la tête de la mission, elles grignotaient ses dernières forces. Il n'empêche : jamais, au cours de ces deux mois, sa douceur à l'égard de Nell ne s'était démentie. Il avait passé des heures à lui faire la lecture ou à lui apprendre patiemment l'alphabet.

Ernest se révélait aussi grand et aussi réservé que son père, mais la ressemblance s'arrêtait là. Sa santé florissante se donnait à voir jusque dans le hâle de son visage. La force de la jeunesse lui avait permis de surmonter la mort de Millicent, son premier amour. Il contemplait désormais l'avenir d'un œil confiant auprès de son épouse et du bébé qu'elle portait.

Nell décocha un sourire radieux à Bess, ce petit bout de bonne femme qui faisait son admiration : elle était réaliste, rude à la tâche et toujours pleine d'entrain. Vive et dodue, elle n'avait pas tardé à conquérir les cœurs de toute la famille. Quand elle souffla un dernier baiser en direction de Susan, Nell cligna des yeux pour en chasser les larmes.

— Allons-y, Billy, murmura-t-elle à son époux. Une minute de plus et je vais me mettre à pleurer comme un veau.

Ferme des Gratteurs de lune, 9 janvier 1798

Alice déposa sur le sol la corbeille de linge et se frotta les reins. Elle était épuisée, mais ravie d'en finir sous peu avec le labeur incessant qui avait été son lot et celui de Jack depuis deux mois. La ferme prospérait, les enfants étaient heureux. La jeune femme n'avait rencontré de réelles difficultés qu'avec les Aborigènes. Leurs bambins étaient adorables, mais aussi de fieffés coquins. Avec ça, ils vous couraient toujours entre les pattes. Les hommes se présentaient rarement, sinon pour quémander un peu de tabac ou de rhum – ils repoussaient avec dédain toute idée de travailler pour gagner de quoi boire et fumer.

Trois femmes venaient de traverser lentement la cour pour s'accouder à la palissade. On n'aurait su concevoir de créatures plus paresseuses que Gladys, Pearl et Daisy. Elles refusaient d'aider Alice aux travaux de la maison, elles chipaient des victuailles dans le garde-manger. En tout cas, elles n'étaient jamais bien loin, en sorte que l'épouse de Jack s'était résolue à tolérer leur présence malodorante – le fait est qu'elles la tiraient d'embarras de loin en loin en prenant en charge les enfants lorsqu'elle devait s'occuper des bêtes. Les petits adoraient le camp indigène : ils pouvaient sans entrave y déambuler nus, se salir et dévorer des mets douteux cuits dans la cendre. Après tout, songea Alice en regardant le linge claquer dans le vent sur son fil, quelques petites taches n'avaient jamais tué personne, et les enfants se délectaient. Tant pis si la quantité de lessives s'en trouvait augmentée d'autant.

— C'est toi la patronne, maintenant, intervint Gladys, coupant court aux rêveries de la jeune femme. Avec deux patrons pour toi toute seule.

Elle poussa Alice du coude et les trois Aborigènes éclatèrent d'un grand rire tapageur.

— Certainement pas, rétorqua l'épouse de Jack en leur coulant un regard réprobateur. Deux patrons et deux patronnes. Nell sera bientôt de retour.

— La patronne Nell est absente depuis longtemps, observa sagement Gladys. Le patron se sent seul.

Alice se félicitait que personne n'entendît leur conversation. Elle était mortifiée à l'idée que quiconque pût la prendre pour une créature légère.

— Jack est mon patron, pas Billy, déclara-t-elle avec fermeté. Et je te saurai gré de ne pas colporter ce genre de ragot.

Une étincelle malicieuse brilla dans l'œil de Gladys, qui s'adressa dans leur langue à ses compagnes.

Alice ne comprenait pas un mot, mais les gestes étaient éloquents. Gladys secouait la tête, cependant que Pearl et Daisy continuaient de caqueter en s'éloignant d'un pas nonchalant. La jeune femme poussa un soupir excédé. Si Nell avait vent de ces rumeurs, elle ne connaîtrait plus de repos. Elle espéra, faute de mieux, que les potins cesseraient d'eux-mêmes.

Elle abandonna sa corbeille de linge pour pénétrer dans le hangar flambant neuf où l'on tondait à présent les moutons ; elle y huma une délicieuse odeur de bois frais coupé. Jack et les détenus, qui l'avaient achevé cet après-midi, s'étaient offert en récompense une rasade de rhum.

Le silence produisit sur Alice un effet apaisant. Quelques rayons de soleil, dans lesquels flottait de la poussière, s'insinuaient entre les chevrons du toit pour se répandre en flaques dorées sur le sol que tremperait bientôt la sueur des tondeurs de moutons. Pour le moment, les stalles demeuraient désertes, rien n'encombrait encore la lourde table. Mais sous peu, on trierait ici d'épaisses toisons et les rampes de bois résonneraient du martèlement des sabots. Alice entendait presque les cris qui retentiraient alors. Elle n'était pas loin de humer la lanoline, la sueur et le goudron au cœur de cette cathédrale assoupie.

Elle observa les meules, leurs poignées disloquées, leurs larges surfaces rugueuses. Les talons de ses bottines claquaient dans l'air. Elle poussa jusqu'à l'autre bout de la salle, où patientait la presse à laine. Pour l'heure, des volets obturaient les fenêtres des stalles, mais lorsque les tondeurs arriveraient en avril, on les ouvrirait tout grand.

Elle jubilait. Ces améliorations, les éleveurs les devaient au succès de la dernière tonte. La quantité de laine ayant dépassé toutes les attentes, ils étaient même parvenus à acheter quelques mérinos supplémentaires à John Macarthur, leur riche voisin. Si l'on comptait en outre les agneaux nés au printemps et en été, le nombre de têtes avait triplé.

— Maman! s'égosilla une enfant à la porte du hangar.

Comme elle rejoignait Sarah pour la prendre dans ses bras, le cœur d'Alice se serra. Les enfants de Nell faisaient sa joie, et tout spécialement celle-ci, dont elle embrassa les boucles soyeuses en priant pour devenir bientôt mère à son tour.

— Tu fais quoi, maman? s'enquit la fillette.

— Ce n'est pas ta maman, intervint Amy avec humeur en s'approchant. Maman est chez tante Susan.

Le visage encadré d'une flamboyante chevelure rousse, elle fusilla sa sœur du regard en tapant du pied, les bras croisés sur sa petite poitrine.

Alice se retint de rire. Amy était le vivant portrait de sa mère : à sept ans, elle en avait déjà toutes les manières. Elle lui sourit.

— Tu as raison, l'approuva-t-elle d'une voix douce. Je ne suis pas votre maman. Appelle-moi plutôt tante Alice, Sarah.

— Je veux pas, répliqua la petite avec une moue.

Alice leur prit la main et les entraîna hors du hangar avant qu'une crise ne survienne pour de bon.

— Papa rentre demain, les informa-t-elle. Nous pourrions lui confectionner une banderole de bienvenue, qu'en dites-vous?

— Est-ce que maman rentre avec lui, cette fois? interrogea Amy sans lâcher son interlocutrice du regard – elle exigeait une réponse.

Billy avait rendu maintes fois visite à son épouse durant ces deux derniers mois et Amy, plus encore que les jumeaux, avait éprouvé une vive déception à le voir toujours revenir seul.

— Peut-être, avança prudemment Alice. Si elle se sent assez en forme pour effectuer le long voyage.

— Je ne veux pas de mon autre maman, sanglota Sarah. Je te veux, toi.

Elle se jeta contre les jambes d'Alice et s'y agrippa. Celle-ci la souleva de terre pour la caler contre sa hanche.

— Je ne vais pas m'en aller, la consola-t-elle. Mais votre maman sera bientôt de retour. Elle meurt d'envie de vous revoir. Elle vous aime beaucoup, beaucoup, tu sais, et je suis sûre qu'elle se sent très seule sans vous, depuis qu'elle vit chez tante Susan.

Sarah renifla et Alice lui essuya le nez.

— Viens, Amy, tu vas m'aider à fabriquer la banderole. Et si nous disons ce soir une belle prière, il se peut que ta maman revienne enfin parmi nous.

Visiblement satisfaite, la fillette lui emboîta le pas en direction de la maison. Alice n'en avait pas moins le cœur lourd : dès que Nell reprendrait sa place, c'en serait fini des liens étroits qui l'unissaient pour le moment aux bambins. Elle se demanda si elle serait capable de supporter ce déchirement.

Avant de préparer le dîner, elle installa les petites devant les sacs à farine qui lui serviraient plus tard à coudre la banderole. Sa journée avait débuté avant l'aube et se poursuivrait bien après le coucher des enfants. Néanmoins, la fatigue ne lui pesait en rien : elle se sentait heureuse et comblée.

Les fillettes dessinaient en babillant. Alice sourit avec l'espoir de voir se prolonger longtemps encore une telle quiétude. Elle s'était installée dans une routine bienfaisante. Les jours s'écoulaient sans peine : elle prenait soin de la maison, du bétail et des enfants. Ces derniers mangeaient et dormaient à heure fixe. Elle leur donnait régulièrement le bain. Chaque matin, elle leur dispensait pendant une heure des leçons élémentaires. Chaque soir, sous sa direction, ils récitaient leurs prières. Billy lui savait gré d'avoir pris les choses en main avec tant de maestria. Il lui avait d'ailleurs exprimé sa reconnaissance pour cette existence si joliment réglée, ajoutant que Nell, à son retour, la féliciterait aussi.

Alice pensait, à l'inverse, que la convalescente tiendrait ces efforts d'organisation pour une intolérable ingérence.

Sur la route des Gratteurs de lune, le lendemain

— J'ai hâte de retrouver les petits, dit Nell, comme le cheval pataugeait sur la piste boueuse. Ils ont dû drôlement pousser. J'espère qu'ils vont me reconnaître.

Billy se concentrait. Il tâchait d'éviter les flaques et les nids-de-poule les plus profonds. L'averse avait été violente – mais brève.

— Bien sûr que oui, grommela-t-il. Par contre, tu vas constater quelques changements à la ferme.

— Quels changements? Tu ne m'as parlé de rien.

D'une pichenette, il secoua le bord de son chapeau. Le soleil avait beau briller à nouveau, de l'eau continuait à lui dégouliner dans le cou.

— Alice nous a suggéré de bâtir un hangar neuf pour la tonte des moutons, puisque nous avons davantage de bêtes. Ils avaient presque fini quand je suis parti te chercher.

Nell le connaissait trop bien pour ne pas sentir le malaise qu'il éprouvait à tenir cette conversation, mais elle demeura silencieuse. Elle attendait la suite.

— Alice fait l'école aux enfants tous les matins, lui annonça-t-il fièrement. Ils connaissent l'alphabet et savent compter jusqu'à dix. Walter m'accompagne parfois sur son poney, c'est un vrai petit homme, maintenant. Et les filles…

Il marqua une pause.

— Alice leur a appris à se charger des travaux ménagers les plus simples. Elles ne piquent presque plus de colères du fait qu'elles mangent et dorment à des heures régulières. Elle a accompli des merveilles.

Cette dernière phrase incarnait soudain les pires craintes de la jeune femme.

— Je n'en doute pas, lâcha-t-elle avec amertume.

Billy stoppa son véhicule, secoua une dernière fois son chapeau et l'enfonça de nouveau sur sa tête. Il prit la main de son épouse.

— Nell, commença-t-il. Tu es la plus belle, la meilleure, la plus précieuse chose qui existe au monde. Cela dit, tu me fais parfois tourner en bourrique.

— Et pourquoi donc?

— Sans Alice, Jack et moi n'aurions jamais réussi à nous occuper à la fois de la ferme et des enfants. Sans elle, nous n'aurions pas pris un seul repas digne de ce nom depuis deux mois et les gamins seraient devenus de vrais petits sauvageons. Tu pourrais tout de même te montrer reconnaissante.

— Mais je lui suis reconnaissante.

— C'est faux. Tu es jalouse.

— Un peu que je le suis ! Qu'est-ce que tu dirais si un autre bonhomme veillait sur les enfants et sur moi pendant ton absence ? Qu'est-ce que tu dirais si, à ton retour, je t'annonçais que le bonhomme en question avait mieux tenu la boutique que toi ?

Elle croisa les bras sur sa poitrine.

— Tu serais jaloux, voilà.

Billy fixa sombrement un point sur l'horizon.

— Tu as raison, admit-il enfin.

— Tu n'aurais qu'une envie, c'est de lui rentrer dans le chou. Certainement pas de lui faire un petit bécot en lui disant merci.

On lisait de la confusion dans le regard de son époux.

— Tu n'es plus la même, Nell. Je suis tombé amoureux d'une femme chaleureuse, toujours prête à saluer les mérites des autres, à se lier d'amitié avec eux en remerciant Dieu chaque jour de se voir si bien entourée. Que s'est-il passé à la *Tête de faucon* pour que tu aies changé à ce point ?

— Ces deux mois m'ont permis de comprendre combien les enfants et toi comptiez à mes yeux, expliqua-t-elle doucement. J'adore ta sœur et son mari, et je leur sais gré de tout ce qu'ils ont fait pour moi… Mais j'enrageais de me trouver si loin des *Gratteurs de lune*, où Alice a pris ma place.

Billy posa l'une de ses mains calleuses sur les doigts de sa femme.

— Alice ne prendra jamais ta place. Elle n'est pas mon épouse ni la mère de mes enfants. Elle n'est qu'une bonne âme sur laquelle j'ai pu compter dès que j'ai eu besoin d'elle.

Nell, au bord des larmes, cligna des yeux pour chasser ses pleurs.

— J'ai peur, reconnut-elle. Et si les petits ne m'aimaient plus ? Je ne supporterais pas de les perdre.

Billy la serra dans ses bras.

— Ils parlent de toi chaque jour. J'y ai veillé personnellement. Jack et Alice les y encouragent aussi. Ils ne t'ont pas oubliée.

Il écarta tendrement une mèche de cheveux sur le front de son épouse avant d'y déposer un baiser.

— La fièvre t'a perturbée. Mais je t'assure qu'aucun changement majeur n'est survenu à la ferme.

Elle se détourna pour se moucher. Elle avait résolu de se ressaisir, afin d'affronter crânement ce qui l'attendait aux *Gratteurs de lune*.

— Dans ce cas, pourquoi est-ce qu'on lambine? Allons, en route.

Ferme des Gratteurs de lune, le lendemain

Les enfants, dont les cheveux soigneusement brossés luisaient au soleil, se tenaient assis, dans leurs plus beaux vêtements, sur la véranda où ils étaient censés feuilleter les livres d'images que leur père leur avait rapportés de l'école du gouvernement à Sydney. Mais leur émoi les empêchait de tenir en place ; bientôt, ils galopaient en tous sens sur le plancher de bois.

La banderole, clouée au toit de la véranda, s'agitait dans la brise, tandis que la cour commençait à sécher au soleil. L'averse, qui pourtant avait été rude, n'avait en rien atténué la chaleur.

— Je leur ai demandé de ne pas se salir, déplora Alice – accoudée à la palissade auprès de Jack, elle regardait Walter sauter dans les flaques.

— Ils sont surexcités, commenta son époux, l'œil rivé à un point sur la berge opposée. Le retour éventuel de leur mère compte plus pour eux que des habits propres.

Lorsqu'elle avisa un mouvement dans les arbres au loin, Alice sentit son cœur se serrer.

— Je sais que tu les aimes aussi fort que s'ils étaient les tiens, lui dit Jack, mais ce sont les enfants de Nell.

Il l'enlaça.

— Tu t'es parfaitement occupée d'eux. Il est temps pour toi de les rendre à leur mère et de songer à fonder ton propre foyer.

Elle sourit faiblement. Malgré leurs efforts, elle ne tombait pas enceinte. Peut-être n'était-elle pas destinée à enfanter. Peut-être était-il déjà trop tard.

Un sifflet la tira de ses songes. Le cheval et le chariot attendaient le radeau. Aux côtés de Billy se tenait Nell. Les enfants se ruèrent en hurlant vers la rivière. La douleur qu'en conçut Alice lui parut presque insoutenable.

— J'ai rapporté nos affaires chez nous, indiqua-t-elle à Jack. Je te laisse les accueillir avec les petits. Moi, je vais laver la maison.

— Ça peut attendre, dit-il, son bras toujours passé autour de la taille de la jeune femme.

— Non.

Elle se déroba à son étreinte, les joues baignées de larmes.

— J'ai besoin de rester seule un moment, sanglota-t-elle.

Et déjà, elle courait en direction du hangar de tonte flambant neuf pour se soustraire aux effusions des retrouvailles.

La longue journée touchait à sa fin. Le soleil, plongeant vers l'horizon, teintait le ciel de pourpre et d'orangé. Il faisait plus frais à présent; les essaims de mouches avaient cédé le pas à des nuées de moustiques. Juchés sur les branches, perroquets et *kookaburras* criaillaient mollement, tandis que les kangourous et les wallabies sortaient du bush pour se goinfrer d'herbe.

Alice était épuisée, tant par le chagrin que par le labeur. Assise, seule, sur le banc de bois brut au bord de l'étang, elle contemplait le coucher de soleil en tentant de rassembler assez d'énergie pour regagner la ferme et supporter sa première nuit sans les enfants.

Un froissement, dans son dos, l'obligea à se retourner.

— C'est Jack qui m'a dit que je te trouverais peut-être ici, expliqua Nell qui, en soufflant, traversait pour la rejoindre dans un océan de hautes herbes argentées. J'ai pensé que nous pourrions avoir une petite discussion entre femmes.

Alice se décala un peu pour que la jeune femme s'assît à côté d'elle sur le banc. Elle ne se sentait pourtant pas prête à affronter cette Nell pâle et gracile qui se tenait maintenant tout contre elle.

Celle-ci gloussa.

— Dégivre-toi un peu, dit-elle. Je ne vais pas te mordre.

Elle poussa sa compagne du coude.

— Pour ça, il faut que j'attende d'avoir engraissé un peu. Billy m'a déjà surnommée «la femme en voie de disparition»!

Un sourire hésitant se dessina sur les lèvres d'Alice.

— Tu es superbe, commenta-t-elle de bonne foi.

— Toi aussi. Même si le shampooing antiparasitaire ne met pas tes cheveux en valeur.

Lorsqu'elle vit briller une étincelle dans l'œil de Nell, l'épouse de Jack ne put s'empêcher de pouffer.

— Il fait pourtant merveille sur la laine des moutons, répliqua-t-elle en manière de plaisanterie. C'est d'ailleurs pour ça que j'ai eu envie de l'essayer aussi.

Sa compagne lui sourit, puis fixa l'horizon, où ne subsistait de l'astre solaire qu'un bandeau écarlate.

— Je me suis montrée injuste envers toi, Alice. Le chirurgien m'a fourni tout un tas d'explications, et je sais que tu n'es pour rien dans ce qui s'est passé.

— Tu étais au plus mal.

Le souvenir de ces deux terribles journées demeurait brûlant dans la mémoire de la jeune femme.

— Mais ça n'excuse rien. De toute façon, j'étais déjà fâchée contre toi avant.

Tandis que le ciel se décolorait, l'ombre du regret passa dans les yeux de Nell.

— Nous en avons bavé toutes les deux, Alice, et même si ça n'a pas été facile, je crois que nous nous comprenons mieux, à présent.

Elle s'interrompit quelques instants.

— À ce propos, tu as été épatante avec les petits.

— Ils sont magnifiques, murmura l'épouse de Jack sans parvenir à masquer la mélancolie qui perçait dans sa voix – elle se rappelait les bains qu'elle leur avait donnés, elle revoyait en pensée les petites têtes parfumées sur l'oreiller du soir…

— Tu feras une excellente mère quand ton tour sera venu, commenta Nell d'un air approbateur. Mais je pense qu'il vaut mieux que tu me les laisses un peu pour le moment. Nous avons besoin de refaire connaissance.

Alice déglutit avec peine. Elle ne put que hocher la tête en silence. Sa compagne venait de se montrer on ne peut plus claire, et elle avait raison. Mais Dieu, combien cela lui était douloureux.

Nell se leva en époussetant sa robe de coton.

— Je ne sais pas si nous deviendrons un jour bonnes amies, dit-elle. Nous sommes très différentes. Mais nous sommes coincées ici et nous sommes les deux seules bonnes femmes de la contrée. Billy et Jack n'aiment pas le grabuge. Moi non plus. Alors, pour notre bien à tous, je crois que nous devrions laisser nos désaccords de côté et tâcher de tirer le meilleur parti de la situation. Qu'en dis-tu?

Alice se leva à son tour et plongea son regard dans le sien.

— C'est une excellente idée. Mais que les choses soient bien claires: ma place ici vaut la tienne.

— Du moment que tu te rappelles précisément quelle est cette place et que tu n'outrepasses pas tes droits auprès de mes enfants, ça me va.

— Oh, je compte sur toi pour me rafraîchir la mémoire si nécessaire.

8

Sydney, mars 1798

George était resté en mer près de deux mois et, à son retour, il avait rendu une brève visite à la *Tête de faucon*. Il avait regagné Sydney la nuit précédente, mais son séjour éclair à la ferme était venu lui rappeler douloureusement combien peu il voyait sa famille – il se faisait du souci pour ses parents. Son père s'affaiblissait, et bien que sa mère, sans jamais se départir de son radieux sourire, continuât de s'activer aux tâches ménagères, le jeune homme constatait qu'elle vieillissait aussi.

— Si seulement je parvenais à remettre la main sur Florence et à la convaincre de rentrer à la maison, maugréa-t-il en s'habillant pour la fête du gouverneur. La punition qu'elle leur inflige n'a que trop duré.

Sa sœur avait disparu à la veille du procès. Depuis, on avait appris qu'elle voyageait avec deux missionnaires visiblement résolus à évangéliser les contrées les plus inaccessibles d'Australie. George grogna. Florence était bien la dernière personne dont il aurait attendu qu'elle se lançât dans une telle aventure. Elle s'était toujours montrée revêche, n'hésitant pas à le corriger lorsqu'il était enfant, et quant à la ferveur religieuse, elle en paraissait totalement dénuée.

Il attrapa son chapeau et quitta la pension pour se diriger à grands pas vers la résidence du gouverneur – ses tracas, décréta-t-il, ne lui gâcheraient pas la soirée. Il se refusa de même à évoquer la possibilité qu'Éloïse assistât à la soirée. En dépit des longues semaines passées en mer, le choc qu'il avait reçu en apprenant de la bouche de Thomas l'identité de la demoiselle le laissait encore groggy. Il savait qu'il lui faudrait s'armer de courage pour agir selon les règles s'il venait à la croiser de nouveau.

La fête battait son plein. Le soleil rehaussait les couleurs vives des robes et des chapeaux, jetait des feux sur les uniformes cramoisis. Les rires, comme les bavardages, se mêlaient aux harmonies subtiles du violon et du piano, que déchirait ici ou là, pareil à une fausse note, le jappement d'un chien. Une douce brise atténuait la chaleur, et des auvents installés spécialement pour l'occasion dispensaient une ombre bienfaisante. Comme George traversait la pelouse d'un pas nonchalant, s'arrêtant de-ci de-là pour saluer un ami ou une relation d'affaires, il s'avisa qu'il cherchait Éloïse malgré lui.

Il conversait avec Elizabeth Macarthur et Richard Atkins, le juge avocat, lorsqu'il la découvrit. Comme John Macarthur se joignait au petit groupe, George murmura une excuse et laissa les deux adversaires de toujours à leurs sempiternelles bisbilles, pour contempler la jeune femme à loisir, dans l'ombre d'un arbre voisin.

Elle se tenait en compagnie de Thomas Morely et de ses sœurs, qu'elle venait de faire rire, peut-être d'un bon mot. Sa robe exhibait les nuances d'une mer tropicale, passant du vert au turquoise le plus profond en fonction de ses mouvements. L'ombre de son chapeau lui protégeait les yeux, tandis que sa superbe chevelure, scintillant comme de l'or, cascadait sur son épaule gauche. Mais c'était surtout son visage qui captivait son admirateur ; lorsque leurs regards se croisèrent, le jeune homme sentit son cœur s'emballer.

Elle sourit, l'ébauche d'une fossette se matérialisa brièvement au creux de sa joue, puis elle se retourna vers Thomas. Ce dernier, imité aussitôt par Irma et Anastasia, fit volte-face en direction de George.

Il était trop tard pour s'éclipser car, déjà, le lieutenant venait vers lui.

— Cadwallader n'est pas à Sydney, lâcha-t-il à mi-voix, mais des âmes charitables veillent sur ses intérêts en son absence.

Peu importait à George, plus résolu que jamais à parler à Éloïse. Il décocha à son ami son plus beau sourire.

— Détends-toi, Thomas. J'aimerais simplement que tu nous présentes l'un à l'autre.

— Fort bien. Mais je te connais depuis assez longtemps pour deviner que tu cours à la catastrophe.

— Allons, Thomas. Ces dames s'impatientent.

La main du lieutenant le retint.

— N'oublie pas que Cadwallader est un homme dangereux.

George ne le savait que trop bien, mais Éloïse l'attendait – l'éventuelle fureur de son époux ne l'épouvantait nullement. Il effleura le mince volume qu'il avait glissé dans sa poche.

— Je me rappellerai tes mises en garde, Thomas. Mais maintenant, pour l'amour du Ciel, présente-la-moi avant qu'elle se lasse.

En dépit de son apparente bonhomie, George se sentait nerveux en traversant la pelouse sur les talons du lieutenant. Ses pensées se bousculaient. Qu'allait-il bien pouvoir lui dire sans passer pour un imbécile ?

— Anastasia, ma chérie, te souviens-tu de mon ami George Collinson ?

Celui-ci baisa sa main potelée.

Puis Thomas lui présenta Irma, dont il remarqua, comme il l'avait déjà fait lors du bal donné par le gouverneur avant Noël, la lueur impudemment aguicheuse qui brillait dans ses yeux bruns. Elle était la plus effrontée des trois sœurs, trop au goût de George.

Thomas se racla la gorge.

— Lady Cadwallader, permettez-moi de vous présenter George Collinson.

Le lieutenant tenait à souligner, en faisant preuve d'une telle solennité, le rang de la jeune femme. Mais à peine George eut-il effleuré sa main qu'il se sentit comme frappé par la foudre – il perdit toute raison.

— Je suis enchanté.

— Je suis persuadée que nous nous sommes déjà croisés quelque part, monsieur Collinson, dit-elle en retirant sa main, le regard pétillant. N'était-ce pas à la fenêtre du bar de l'hôtel, il y a quelques semaines de cela?

Elle se souvenait de lui. George était aux anges.

— En effet, répondit-il sans parvenir à masquer son allégresse. Si je m'y suis montré indiscret, je vous prie de bien vouloir me pardonner.

Le menu gloussement qu'elle laissa échapper lui mit le cœur en joie.

— Lorsqu'on vit dans un hôtel, on s'habitue à être épié.

Sur quoi elle pencha la tête, l'œil malicieux.

— Je ne vous épiais pas, se défendit-il en hâte. Il se trouve seulement que je…

Elle lui effleura l'avant-bras du bout des doigts.

— Je le sais, le rassura-t-elle doucement. Je vous taquinais.

George fondit de plaisir.

Lorsqu'il lui avait baisé la main, elle s'était sentie bouleversée. Bientôt, elle s'avisait que son regard sombre pailleté d'or l'envoûtait. De ce terrible jour où Edward lui avait révélé sa véritable nature, elle s'était seulement rappelé que le jeune homme avait les yeux et les cheveux bruns, mais à l'examiner maintenant de plus près, elle décelait des lueurs cuivrées dans sa chevelure et sa moustache. Elle lisait en outre, sur son beau visage aux traits robustes, une gaieté presque enfantine et une franchise qui la séduisaient beaucoup.

— Désirez-vous un peu de thé, mesdames?

L'intervention de Thomas la surprit. Elle détourna les yeux du jeune homme pour s'apercevoir que ses sœurs et le lieutenant les observaient tous deux.

— Excellente idée, répondit-elle avec une nervosité qui ne lui ressemblait guère. Tâchons de trouver une table à l'ombre.

Quand les deux garçons s'éloignèrent en quête d'un domestique, elle remarqua, dans la démarche de George, le balancement propre aux hommes de mer.

— Éloïse? Éloïse, voyons!

Elle sursauta.

— Quelle mouche te pique? s'enquit Irma.

— Je ne vois pas de quoi tu parles, rétorqua-t-elle avec une brusquerie excessive. Viens plutôt m'aider à trouver une table à l'ombre avant qu'elles soient toutes occupées.

— Il est très beau, pépia Irma en se dirigeant avec sa sœur vers les auvents déployés à l'autre bout du jardin. Je me rappelle l'avoir croisé au bal du gouverneur, mais je n'avais eu le temps, alors, que d'apprendre son nom.

— Thomas m'a dit qu'il possédait une ferme, un entrepôt et un magasin, ajouta Anastasia. Mais il prend souvent la mer. Il travaille à bord d'un baleinier. Il a un petit côté pirate qui me plaît beaucoup.

Elle se tourna vers sa sœur aînée avec un grand sourire.

— Quant à toi, aurais-tu oublié que tu as déjà un mari charmant?

— Bien sûr que non, répliqua Éloïse en s'asseyant.

À l'évocation d'Edward, elle avait repris contenance. Elle était sotte de s'être laissé si éhontément tourner la tête par l'ami du lieutenant…

— Puisque je suis la seule à n'avoir pas d'admirateur, intervint Irma en arrangeant ses jupes, il me paraît juste qu'on me laisse faire plus ample connaissance avec M. Collinson. Il est jeune, beau et riche. Je serais ravie d'être courtisée par un corsaire!

Éloïse rit avec ses sœurs, mais quelque chose, dans la remarque de sa cadette, ne l'amusait nullement. Peut-être celle-ci se montrait-elle trop impatiente de dénicher un époux, et peut-être George Collinson semblait-il trop sensible pour qu'on le laissât subir sans broncher les assauts racoleurs d'Irma. La femme d'Edward ouvrit son éventail d'un geste sec et tenta de s'apaiser. Quel dommage, songea-t-elle, que ce Collinson suscitât autour d'elle une telle agitation.

Sa tasse et sa soucoupe en équilibre sur un genou, George grignotait une part de gâteau. Irma se dépensait sans compter en coquetteries diverses, les yeux écarquillés brillant au-dessus de son éventail; elle battait des cils et pouffait dès que le jeune homme ouvrait la bouche.

— La pêche à la baleine est-elle aussi dangereuse qu'on le prétend? l'interrogea-t-elle.

— En effet. La mer n'est pas bonne, et la bête nullement décidée à se laisser prendre. De surcroît, la mise à mort est sanglante.

— Oh! glapit Irma avec excès. Vous devez être un homme très courageux, monsieur Collinson.

— Pas plus que n'importe quel matelot.

— Et modeste, avec ça, s'immisça Éloïse. Je croyais que vous brûliez de nous raconter vos exploits.

George comprit qu'elle le plaisantait de nouveau.

— Ce ne sont pas des histoires qui conviennent à des oreilles féminines, dit-il. La vie à bord d'un baleinier possède de repoussants aspects.

— Dans ce cas, monsieur Collinson, je salue votre sincérité. Et la délicatesse qui vous retient de nous faire partager les horreurs que vous évoquez.

Elle lui sourit. Il se sentit fondre encore.

— Désirez-vous une autre tasse de thé?

Bien qu'il en eût bu à s'y noyer, il s'apprêtait à répondre par l'affirmative, lorsqu'une grosse patte s'abattit sur son épaule.

— Te voilà, mon garçon. Je t'ai cherché partout.

George leur présenta Samuel Varney qui, de toute évidence, n'était pas là pour le thé et les gâteaux.

— Il faut que je te parle, mon garçon. C'est important.

George se leva pour prendre congé.

— Je vous prie de m'excuser, mesdames.

Il coula à Éloïse un regard plein de convoitise avant de tourner les talons. Il exultait de lui avoir enfin parlé. Il se navrait à l'idée que cette première fois pût être aussi la dernière. Quoi qu'il en soit, jamais il ne l'oublierait.

Comme Éloïse remplissait les tasses, ses pensées se bousculaient. Quel dommage que George eût été contraint de les quitter. Elle ne doutait pas qu'ils eussent mille choses à se dire, et elle appréciait sa compagnie. Qu'importe, se rassura-t-elle. On donnait de nombreuses réceptions à Sydney. Elle le reverrait sous peu. Elle ajusta son chapeau et rougit. La perspective de ces retrouvailles l'emplissait d'une joie coupable.

Baissant les yeux, elle avisa dans l'herbe, à côté du fauteuil de George, un petit livre. Il avait dû tomber de sa poche. La curiosité la piqua. À quel genre de lecture pouvait bien s'adonner un homme d'un commerce aussi agréable? Elle profita de ce que Thomas narrait une anecdote à ses sœurs pour poser le pied sur l'ouvrage puis le faire glisser lentement vers elle, jusqu'à ce qu'il se trouvât sous ses jupes.

— Je n'ai plus envie de thé, annonça Anastasia quelques minutes plus tard.

— Moi non plus, approuva Thomas en se levant pour que sa fiancée lui prît le bras. Allons nous promener au jardin.

— On m'a dit que le nouveau jardinier avait accompli des prouesses avec ses rosiers, les informa Irma. Veux-tu te joindre à nous, Éloïse?

Celle-ci se cala résolument dans son fauteuil.

— Je vais plutôt rester assise à l'ombre un moment. Allez-y sans moi.

Elle attendit que les jeunes gens eussent disparu pour ramasser le livre, qu'elle ouvrit aussitôt. Une inscription figurait sur la première page: «À George, pour son dixième anniversaire, de la part de sa mère et de son père.»

Elle sourit intérieurement: s'imaginant soudain le jeune homme à dix ans, elle le soupçonna d'avoir été vivement déçu par ce présent. Sans doute aurait-il préféré un cerceau ou un ballon. Mais pourquoi diable se promenait-il avec ce volume dans sa poche?

Il s'agissait d'*Othello*, de Shakespeare. Éloïse sourit encore. Après tout, l'intrigue en était palpitante, elle pouvait avoir de quoi passionner George. Feuilletant l'ouvrage doré sur tranche, elle en remarqua les nombreuses pages cornées. Elle s'aperçut aussi qu'un objet était pressé en son milieu. Elle fixa le camélia en se demandant ce qu'il faisait là. Le souvenir d'un rendez-vous galant, peut-être, ou d'une demoiselle chère à son cœur? Puis elle se rappela la fleur tombée de sa chevelure alors qu'elle dansait seule dans ce jardin, en décembre dernier.

Elle releva les yeux vers les deux hommes plongés dans leur conversation. George se trouvait au bal du gouverneur ce soir-là. L'avait-il vue danser dans le noir? Avait-il ramassé le camélia ? Ou bien l'imagination débridée d'Éloïse lui jouait-elle des tours ? Elle referma la main sur la reliure en cuir fatiguée ; le diamant de sa bague étincela. George Collinson était épris d'elle. Elle l'avait lu dans son regard et dans sa voix. Quant à elle, elle éprouvait une attirance réciproque.

Elle glissa le mince volume dans son réticule. Elle était mariée. À ce titre, elle aurait dû se maîtriser – mais son cœur battait la chamade. Elle ne put s'empêcher de jeter un nouveau coup d'œil en direction du jeune homme, à l'autre bout de la pelouse.

* * *

— Il me faut rentrer à Nantucket, annonça Samuel. Les frères Sowerbury se sont rappelés à mon bon souvenir en brûlant les entrepôts et les cabousses. Ils sont mes rivaux depuis de nombreuses années, mais jamais je n'aurais cru qu'ils iraient si loin.

— Je suis navré, compatit George. Mais qu'espérez-vous obtenir en vous rendant sur place ?

Samuel lui agita la lettre sous le nez.

— L'incendie a eu lieu voilà plusieurs semaines et je tiens à faire savoir à ces canailles que je ne me laisse pas si aisément abattre ! Par ailleurs, je veux m'assurer que mes employés et leurs familles se portent bien.

Croisant les mains derrière son dos, il fixa d'un œil noir un point dans le lointain.

George demeurait impuissant à réconforter son ami.

— Quand comptez-vous partir ? l'interrogea-t-il.

— Ce soir. Me tiendras-tu compagnie d'ici là, ou as-tu mieux à faire ?

Le jeune homme se balançait d'un pied sur l'autre, tiraillé par des sentiments contradictoires. Samuel était son ami, son mentor ; il n'aurait pas même dû hésiter à le suivre. Mais il pensait aussi à Éloïse. Cadwallader était absent, et George ignorait s'il aurait plus tard l'occasion de revoir la jeune femme. Les dés étaient pipés.

— Ailleurs que sur un baleinier, se déroba-t-il, je ne vous sers pas à grand-chose.

L'expression du vieux loup de mer s'adoucit et il poussa un lourd soupir.

— Tu as sans doute raison.

— Mais si vous avez vraiment besoin de moi, ajouta en hâte le garçon, honteux de sa déloyauté, je viens.

— Elle est superbe, observa Samuel. Je comprends que tu sois mordu.

— Comment êtes-vous au courant?

— On lit en toi comme dans un livre ouvert!

Le matelot se gratta la barbe.

— Ah les femmes… Elles finissent toujours par nous mettre le grappin dessus. Mais tu cours au-devant de graves dangers, mon garçon. Il y a déjà une bague à son doigt, et ce n'est pas toi qui l'y as glissée.

— Je le sais, admit-il. Mais mon cœur reste sourd à toute prudence.

— Tu ferais mieux de faire marcher ta tête, rétorqua Samuel d'une voix bourrue.

Après quoi son visage s'éclaira et il se mit à sourire.

— La jeunesse est une période bénie. Tout paraît possible et les sentiments ne cessent de le disputer à la raison. Tu vas en baver, mon garçon, mais c'est de cette façon qu'un homme mûrit.

Il se pencha vers George et, prenant le ton de la confidence:

— Mais si tu l'aimes autant que tu le dis, tu renonceras à elle. Car une liaison serait, pour elle comme pour toi, source de chagrin.

— Je crains d'être trop faible pour lui tourner le dos. Et je suis navré de vous abandonner ce soir. Il me semble vous trahir.

— Sottises! Tu es un fils pour moi, George, et je suis fier de tout ce que tu réussis.

Il jeta ses bras autour du jeune homme et l'étreignit.

— Bonne chasse, mon garçon. Je compte sur toi pour veiller sur nos affaires. Je serai de retour avant la fin de l'année.

George le regarda s'éloigner, déchiré entre son envie de le suivre et le désir de retourner auprès d'Éloïse.

— Monsieur Collinson?

Il se retourna, et ses pensées perdirent toute cohérence.

— Lady Éloïse, souffla-t-il.

— Vous avez égaré quelque chose.

— Ma raison, sans doute.

Il plongea son regard dans celui de la jeune femme.

— Je ne suis plus moi-même depuis tout à l'heure.

Comme Éloïse plongeait la main dans son réticule, la fossette reparut au creux de sa joue.

— Je parlais de votre livre, monsieur Collinson. Pour ce qui est de votre raison, je doute qu'elle vous déserte jamais tout à fait.

George prit l'ouvrage qu'elle lui tendait, jouissant de leur proximité.

— Il sera tombé de ma poche, observa-t-il. Je vous remercie.

— *Othello* est un choix surprenant pour un garçon de dix ans. Je me demande ce qu'un enfant de cet âge parvient à saisir de la noirceur qui se cache au fond de l'âme humaine.

Elle avait donc lu la dédicace – avait-elle découvert aussi le camélia glissé entre les pages? Si oui, avait-elle compris ce qu'il symbolisait?

— J'avais demandé un lance-pierres. Je me suis senti affreusement dépité.

— Je l'aurais parié. Vous ne teniez donc pas en place à l'époque.

— Je galopais de droite et de gauche avec des vestes déchirées et des grenouilles plein les poches! Ma pauvre mère était au désespoir.

Elle possédait des yeux d'un vert intense.

— Mieux vaut promener *Othello*, monsieur Collinson. Des grenouilles auraient provoqué un fameux charivari en vous échappant à l'heure du thé!

Elle partit d'un rire dont l'éclat fit vibrer George des pieds à la tête. Il ne pouvait plus détacher son regard de la jeune femme.

— *Othello* m'accompagne depuis que j'ai commencé à naviguer, expliqua-t-il. Nous connaissons en mer de longues heures d'oisiveté. La pièce de Shakespeare me fascine, même si je l'ai déjà lue un nombre incalculable de fois.

— Je partage votre enthousiasme. Il n'y est cependant question que de jalousie, de trahison et de folie.

— Mais elle met en scène un homme amoureux.

Le silence tomba entre eux. Les bruits de la fête leur semblaient refluer au loin.

— L'amour d'Othello le conduit à sa perte, rappela Éloïse.

Le message était on ne peut plus clair. Le cœur de George se serra.

— Uniquement parce que son ami Iago en a décidé ainsi.

— Iago manipule Othello jusqu'à l'obsession, avança la jeune femme, soutenant le regard de son vis-à-vis. L'obsession est fatale, lorsque la jalousie en alimente le feu. C'est là que réside la folie d'Othello.

George était ébloui par l'intelligence d'Éloïse. Elle discernait en Edward Cadwallader un possible Othello – elle indiquait à son admirateur qu'il risquait de s'engager dans un jeu dangereux.

— Othello est un imbécile, avança-t-il.

— En effet, soupira-t-elle.

— L'amour est une joie. Qu'on en ternisse l'éclat par la jalousie et la possessivité, et même le cœur le plus sincère n'y résiste pas.

— Vous avez raison, murmura-t-elle.

Le jeune homme perçut de la tristesse dans sa voix, sans pouvoir s'empêcher néanmoins de lui relever le menton du bout du doigt, afin de contempler ses yeux.

— Je vois que nous partageons le même avis, dit-il.

De la confusion se peignit sur les traits de lady Cadwallader.

— Connaissez-vous l'histoire d'Héloïse et Abélard? s'enquit-elle après un long silence.

— J'en ai entendu parler, mais je possède une culture trop limitée pour en savoir davantage.

— Ils tombèrent amoureux. Ils s'aimaient d'un amour profond, que ni l'un ni l'autre n'aurait pu nier, mais cet amour-là finit par les détruire.

Elle lui sourit.

— Il y a dans la bibliothèque de mon père un livre qui contient ce récit. Souhaitez-vous le lui emprunter?

— J'en serais ravi.

George avait le souffle court.

Elle ouvrit son ombrelle et passa l'anse de son réticule autour de son poignet, semblant ainsi mettre un terme à la conversation.

— Ma mère, qui était une incorrigible romantique, adorait cette histoire. C'est pour cette raison que je porte le nom de l'héroïne.

Le rose à ses joues lui seyait à merveille.

— Combien de temps comptez-vous demeurer à Sydney, monsieur Collinson?

— Je ne reprendrai pas la mer avant la fin de l'année, répondit celui-ci, qui lui résuma la situation exposée plus tôt par Samuel, avec l'espoir de la garder auprès de lui le plus longtemps possible.

La fossette reparut.

— Dans ce cas, sans doute assisterez-vous à la réception des Macarthur en fin de semaine? Je vous y apporterai le livre dont je viens de vous parler. Lorsque vous l'aurez terminé, peut-être en discuterons-nous ensemble.

Elle fit une révérence.

— Bon après-midi, monsieur Collinson.

Il la regarda s'éloigner sans parvenir à contenir sa joie. Elle désirait le revoir. Le miracle s'était produit. Il ne lui restait plus qu'à obtenir une invitation pour la fête.

Comme elle regagnait Kernow House, dont elle gravissait le perron, Éloïse avait le cœur léger. Edward ne rentrerait pas avant plusieurs mois. Pour une fois, la maison s'était dépouillée de son climat délétère. Jamais la jeune femme ne s'y était sentie aussi libre, aussi joyeuse; elle avait retrouvé son âme d'enfant. Elle ouvrit toutes grandes les portes du salon et contempla son reflet dans le miroir accroché au-dessus de l'âtre.

George Collinson venait d'opérer en elle une véritable métamorphose et, bien qu'elle fût consciente de mal agir, voire de se mettre peut-être en danger, elle choisissait l'imprudence contre toute raison. Elle allait le revoir. Elle ne pouvait pas ne pas le revoir. Sans doute un tiers n'aurait-il perçu dans leur échange qu'une conversation banale, mais leurs sous-entendus, leurs silences chargés de signification et leur commun frisson n'avaient rien de banal.

— Allez-vous venir voir Charles, madame? Votre absence le tourmente.

Éloïse se retourna d'un bloc, effarée de s'être laissé entraîner si loin par ses songes galants qu'elle en avait oublié de rendre visite à son enfant chéri.

— Bien sûr, répliqua-t-elle avec une brusquerie excessive.

— Est-ce que tout va bien, madame? Vous êtes un peu rouge.

La jeune femme s'empara de Charles, qu'elle serra tout contre elle pour se soustraire au regard pénétrant de Meg.

— Je vais bien, merci. Je vais même très bien.

9

Mission de la Georges River, mars 1798

La minuscule colonie de Banks Town consistait en trois cabanes au toit de tôle – assorties d'un campement aborigène – plantées entre deux bras de la Georges River. Récemment répertoriée par Bass et Flinders, elle devait son nom à Sir Joseph Banks, le botaniste qui avait jadis accompagné Cook lors de ses expéditions. Les premiers lopins de terre avaient aussitôt trouvé preneurs. Bientôt, on aurait asséché les marécages et défriché les broussailles envahissantes, afin que fermiers et colons s'installent.

Florence Collinson referma sa bible et renvoya les petits indigènes dans leurs huttes. Elle les regarda patauger dans la boue, nullement troublés par l'averse, jouissant au contraire de leur liberté retrouvée après tout ce temps passé à l'intérieur. La pluie, qu'on avait attendue longtemps, martelait à présent le toit. Le bruit était assourdissant, couvrant la voix de la jeune femme, qui avait dû renoncer à terminer sa lecture du soir.

— Vous faites merveille auprès des enfants! hurla Cédric Farnsworth, le missionnaire, par-dessus le fracas de l'averse. Ils adorent vous écouter lire.

Florence lissa sa jupe mille fois reprisée. Comme à l'accoutumée, Cédric se tenait trop près d'elle. Sa grosse figure luisante de sueur et l'odeur âcre qu'il dégageait lui soulevaient le cœur.

— Je n'ai pas l'impression qu'ils comprennent grand-chose, objecta-t-elle en élevant la voix, mais je me sens poussée vers eux en dépit de leur nudité et de leurs façons païennes.

Elle regagna la pénombre de la cahute d'écorce qui n'avait guère d'église que le nom : quelques bancs rudimentaires, un sol en terre battue et, en guise d'autel, une planche de bois. Les remugles de moisissure et d'humidité s'y mêlaient à la puanteur des Aborigènes qui fréquentaient les lieux. Seule se distinguait une croix en argent que Cédric et sa sœur avaient apportée d'Angleterre – elle jetait des éclats à la lueur de la lampe.

— Dînerez-vous avec moi? proposa le pasteur en emboîtant le pas à Florence, qui ramassait les bibles et les jouets de bois grossiers confectionnés par Cédric. Les soirées me paraissent bien longues sans la compagnie de ma chère sœur.

La jeune femme referma le couvercle du coffre contenant les livres saints pour les empêcher de moisir.

— J'ai déjà dîné.

Celia Farnsworth était morte un mois plus tôt. Depuis, son frère ne quittait pas Florence d'une semelle. De quoi accentuer encore le sentiment d'abandon qu'elle éprouvait : personne ne mettrait les pieds dans la région jusqu'au terme de la saison des pluies.

— Une goutte de rhum avec un peu de miel, insista-t-il. Vous êtes maigre, vous ne mangez pas assez.

— Le rhum et moi ne faisons pas bon ménage.

Elle était mince, assurément, mais elle n'avait jamais eu beaucoup d'appétit, et la perspective de partager le souper de Cédric la dégoûtait. Il affichait à table des manières repoussantes. Elle chassa quelques papillons de nuit grands comme la paume de sa main et souffla la lampe.

— Il est tard, dit-elle. Je vous souhaite une bonne nuit.

Les doigts du missionnaire se refermèrent sur son avant-bras.

— Ne partez pas, Florence. J'ai à vous parler.

Elle le fixa d'un œil glacé jusqu'à ce qu'il relâchât son étreinte.

— Qu'y a-t-il donc de si urgent qui ne puisse attendre demain matin?

Elle considéra le visage adipeux à la peau marbrée, les petits yeux de cochon et les lourdes bajoues. Il avait largement dépassé les quarante ans, supposait-elle, et son embonpoint ne laissait pas de la surprendre, car les victuailles n'abondaient pas – mais il adorait le rhum et le miel, ainsi que la chair grasse des canards que les Aborigènes chassaient.

— L'existence que nous menons depuis le départ de Celia ne me paraît pas conforme à la morale, commença-t-il.

Le visage de la jeune femme demeurait sans expression, mais de nombreuses pensées affluaient dans son cerveau.

— Il est à peu près impossible de faire quoi que ce soit durant la saison des pluies. Et je doute que les indigènes se soucient de notre cohabitation.

— Mais moi, je m'en soucie, Florence. Je m'en soucie même beaucoup.

Ayant soudain deviné ses intentions, elle tenta, horrifiée, de le prendre de vitesse.

— Dans ce cas, je veillerai à toujours garder mes distances. Et lorsque les pluies cesseront, je regagnerai Sydney.

— C'est inutile, dit-il en avançant de nouveau la main vers elle.

— Je pense qu'il s'agit là de la solution la plus sage.

Elle recula d'un pas.

— Vous n'avez jamais manifesté le désir de rentrer avant ce soir. Vous avez, au contraire, maintes fois insisté sur votre volonté de vous tenir loin de la grande ville. Vous refusiez jusqu'ici d'y mettre les pieds, fût-ce pour y acheter des provisions. Pourquoi changez-vous soudain d'avis?

Florence recula encore.

— Vous venez de le dire, Cédric : maintenant que Celia nous a quittés, je ferais preuve d'indécence en demeurant à vos côtés.

Il lui saisit les mains avant qu'elle ait eu le temps de s'esquiver.

— Dans ce cas, épousez-moi! hurla-t-il pour que Florence l'entendît malgré la pluie. Soyez ma femme et, ensemble, nous accomplirons l'œuvre de Dieu, ainsi que ma chère sœur en avait formulé le souhait.

La jeune femme se débattit. En dépit des appréhensions qu'elle nourrissait depuis la mort de Celia, la rapidité avec laquelle le pasteur venait de se déclarer la stupéfiait.

— Non! se récria-t-elle avec horreur. Jamais je ne me marierai avec vous.

— Et pourquoi donc? s'écria Cédric. Vous avez abandonné votre famille, votre foyer et vos amis. Nous sommes tous deux seuls au monde. Nous sommes libres d'agir comme bon nous semble.

Ces paroles la glacèrent. Elle avait certes tourné le dos aux siens, au confort qu'ils lui offraient, pour rejoindre cet avant-poste primitif, mais que le missionnaire le lui meuglât ainsi, plus fort que le tambourinement de l'averse, la bouleversait. Elle mesurait soudain l'ampleur de sa perte, et la dure réalité lui sautait au visage.

— Je ne vous aime pas, monsieur. Et je ne vous aimerai jamais.

Il renonça à avancer de nouveau la main vers elle, de peur, peut-être, qu'elle ne s'enfuît dans le cœur de la nuit s'il réitérait son geste.

— Je vous en prie. Réfléchissez-y, Florence. Avons-nous le choix? Vous n'êtes pas une reine de beauté. Mais sans doute ne désirez-vous pas rester à jamais célibataire. Et vous êtes encore en âge d'enfanter.

C'en était trop. La jeune femme se rua hors de l'église pour regagner sa cabane sous une pluie battante. Trempée jusqu'aux os, elle en referma la porte derrière elle, maintint en place le verrou de bois avec le dossier d'une chaise et s'effondra sur le sol en sanglotant. Les mots de Cédric étaient cruels, mais si justes. Elle en concevait un intolérable chagrin.

Edward tenait les rênes de son cheval. Il se sentait d'une humeur massacrante, suant sous son uniforme lourd et trempé au terme d'un périple atroce à travers le bush. Si les traqueurs aborigènes l'avaient entraîné sur une fausse piste, il veillerait personnellement à ce qu'on les fouettât presque à mort; après quoi, il leur trancherait la gorge.

Il plissa les yeux dans le demi-jour, mais la pluie l'empêchait de distinguer quoi que ce fût.

— Où sont-ils? s'enquit-il sur un ton hargneux.

— Partis devant, répondit Willy Baines en épongeant son visage rouge. Ils n'en ont pas pour longtemps. Le campement est tout près.

Edward grimaça. La pluie dégouttait du bord de son chapeau pour lui couler dans le cou.

— Peut-on leur faire confiance?

— Ce sont des Gandangara, lui rappela son ami en opinant. Les ennemis jurés des Wiradjuric.

— Ce sont des Noirs, rectifia le commandant. Il ne leur en faut pas plus, parfois, pour se retourner contre nous.

Sur quoi il serra plus fort les rênes de sa monture, qui regimbait. Le jeune homme s'impatientait et le tambourinement de l'averse sur son couvre-chef lui donnait mal à la tête. Que n'aurait-il pas donné, en cet instant précis, pour jouir du confort de sa nouvelle demeure et de la compagnie de son épouse?

Songeant à Éloïse, il éprouva un vif désir charnel, aussitôt étouffé par la vision du corps inerte et silencieux qu'il ne possédait plus désormais sans ressentir le dégoût qu'il inspirait à son épouse. De plus en plus furieux, il cingla les flancs de son cheval, qui refusait de se tenir tranquille. Éloïse et cette maudite bête avaient beaucoup en commun. Toutes deux nécessitaient qu'on leur rappelât qui était leur maître.

— À mon retour, maugréa-t-il, elle me suppliera pour que j'accomplisse mon devoir conjugal. J'en ai assez de sa froideur.

— Que dis-tu?

Il secoua la tête pour signifier que ce n'était rien, heureux que Willy n'eût pas distingué ses paroles. Et déjà, les deux traqueurs revenaient vers eux.

— Le campement est au bord de la rivière, patron, annonça l'aîné. Plein de Wiradjuric.

— Avec un Blanc et une patronne, ajouta son compère. Ils vivent dans de drôles de *gunyahs*. Ça pas être bon, patron.

Edward les chassa d'un geste de la main et se tourna vers Willy.

— Il doit s'agir des missionnaires dont on nous a parlé. Je les croyais partis.

— Renoncerons-nous à les attaquer?

— Sûrement pas, cracha le commandant. Nous n'avons rien à redouter de ces deux bondieusards.

Il réfléchit un instant.

— En revanche, nous n'utiliserons que nos sabres. Pas d'armes à feu ce soir. Pour le reste, tenons-nous-en à notre plan initial.

Florence s'agitait sur le matelas défoncé en quête d'un peu de fraîcheur. Elle étouffait sous le mince voile de mousseline disposé au-dessus du lit pour la protéger des moustiques. Sa sueur avait trempé l'oreiller. Mais son inconfort physique n'était rien en comparaison de la cacophonie qui emplissait son crâne.

Elle avait annoncé tout à l'heure son imminent retour à Sydney et ces paroles, étourdiment proférées, lui avaient dévoilé l'abîme qu'elle portait au cœur depuis cinq ans. Sa famille lui manquait terriblement. Mais aurait-elle jamais le courage d'affronter son père, de supporter à nouveau le dégoût que lui inspirait le rôle de sa fille dans la descente aux enfers de Millicent? De lire dans ses yeux la lâcheté dont elle avait finalement fait preuve en s'enfuyant? Elle demeurait une enfant bouffie d'orgueil – un orgueil auquel elle devait d'être toujours allée de l'avant, quelles que soient les circonstances. Néanmoins, elle ne concevait pas d'épouser Cédric, ni de s'installer seule dans ces contrées perdues, à la merci des indigènes. Elle n'avait plus d'autre choix que de faire taire sa fierté et de marcher au-devant d'une éventuelle humiliation.

Elle tira sur le col de sa chemise de nuit. L'étoffe en était fine, usée de surcroît jusqu'à la trame, mais c'était encore trop. Il régnait dans la pièce une insupportable moiteur qui plaquait son vêtement contre son corps comme une seconde peau. Elle se tourna sur le flanc et fixa les ténèbres, les oreilles assaillies par le fracas de l'averse. Mille souvenirs continuaient de la tourmenter.

Millicent, la jeune détenue, s'était insinuée dans les bonnes grâces de la famille Collinson en raison de ses liens avec Jonathan Cadwallader. Elle avait eu l'audace de croire qu'Ezra et Susan l'avaient accueillie chez eux par compassion, qu'ils l'aimaient plus que leur propre fille. Lorsque l'adolescente s'était présentée chez Florence ce soir-là, cette dernière, rongée par la jalousie, avait senti les digues se rompre en elle. Elle s'était ouverte à Millicent de la liaison autrefois entretenue par Susan avec Jonathan, ajoutant que seule la culpabilité qu'elle éprouvait à ce sujet avait poussé cette dernière à prendre la petite prisonnière sous son aile.

Florence gémit.

— Comment aurais-je pu me douter que cette imbécile allait détaler de cette façon? Ce n'est pas ma faute si ces hommes l'ont ensuite violée.

L'amertume demeurait, les souvenirs affluaient avec une redoutable précision. Elle bourra son oreiller de coups de poing, se replaça sur le dos et scruta le plafond.

Après avoir froissé le billet que Millicent lui avait apporté de la part de sa mère, elle avait regardé l'adolescente prendre ses jambes à son cou, d'autant plus satisfaite qu'elle venait, en affirmant à celle-ci tout savoir depuis le premier jour de la relation adultère de Susan, de jeter un fameux pavé dans la mare familiale. Elle avait, d'un coup, remis la jeune fille à sa place et fait comprendre à sa mère que ses vilains mensonges étaient des secrets éventés. Elle aurait aimé être là, comme une petite souris dans un coin de la pièce, lorsque Millicent ferait son rapport à Susan.

Un doute cependant l'avait étreinte en refermant la porte après le départ précipité de l'adolescente: ces révélations ne risquaient-elles pas de l'éloigner de son père? Le pasteur avait pardonné à son épouse; force était de reconnaître qu'il paraissait, depuis, plus heureux et plus serein.

Florence ferma les yeux en se remémorant la fureur d'Ezra, la veille de son départ. Elle entendait encore résonner ses paroles rageuses. Il s'était montré intraitable, même lorsqu'elle avait jeté ses bras autour de lui, même lorsqu'elle avait versé des larmes, qui jusqu'alors avaient toujours eu raison de son courroux. À ses pleurs, pour la première fois, il était demeuré insensible. Le teint gris, le regard glacé, il campait sur ses positions. Ayant appris l'agression terrible dont Millicent avait été victime, il refusait d'excuser son enfant, dont les méchancetés avaient, selon lui, entraîné cette cascade d'événements tragiques. Il avait repoussé Florence et quitté la maison en lui interdisant de l'approcher de nouveau tant qu'il ne lui aurait pas accordé son pardon.

La jeune femme essuya ses larmes et s'assit.

— Tu as bien pardonné à ma mère, murmura-t-elle. Pourquoi ne me pardonnes-tu pas?

Elle renifla et passa une main dans sa chevelure trempée de sueur. Millicent avait certes vécu un indescriptible drame, mais les attentions renouvelées qu'il lui avait ensuite values de la part de Susan et d'Ezra continuaient à soulever dans le cœur de Florence de brûlantes vagues de jalousie. Sans doute l'adolescente avait-elle, depuis, épousé Ernest, en sorte que les liens s'étaient encore resserrés. Mais pourquoi le pasteur ne s'était-il pas lancé à la recherche de sa fille?

Celle-ci se tenait toujours assise. La chaleur montait, la pluie ne cessait pas son raffut. Les insectes, tout en stridences monotones, venaient s'abattre contre le voile de mousseline. Le lendemain matin, Florence, ne supportant pas de rester à Sydney, avait rassemblé ses maigres affaires avant de se rendre sur le quai, où des missionnaires s'apprêtaient à embarquer sur un bateau en partance pour l'amont de la rivière. Cédric et sa sœur avaient souvent rendu visite à Ezra; elle les avait entendus évoquer leurs projets après les offices. L'évangélisation ne l'attirait nullement – elle se souciait fort peu de répandre la bonne parole –, mais elle avait vu là son unique recours. Elle était partie sans se soucier des conséquences.

L'expédition faisait route vers le nord. Florence avait envoyé un message à ses parents pour les en informer, dans l'espoir que l'on partirait à sa recherche pour la ramener dans son foyer. Bientôt, les missionnaires n'avaient plus devant eux que des marécages cernés d'impénétrables forêts, aussi avaient-ils renoncé à leurs projets initiaux pour mettre cap au sud-ouest en suivant la Georges River.

La jeune femme ne bougeait plus. Sur ses joues, les larmes se mêlaient à la sueur. Elle haïssait sa vie, elle haïssait le bush, elle haïssait les Aborigènes et les apparences de piété dont il lui avait fallu se parer. Si seulement une personne au moins se souciait assez d'elle pour la tirer de l'enfer qu'elle s'était à elle-même imposé, elle échapperait à Cédric, aussi bien qu'à sa misérable existence barbare.

Elle ramena ses genoux contre sa poitrine et les serra entre ses bras. Le silence de sa famille lui avait brisé le cœur : ils ne l'aimaient donc pas. Au bout de deux ans, elle avait interdit à Cédric et Celia de prendre contact avec eux ou de lui donner de ses nouvelles s'ils entendaient parler d'eux lors de l'un ou l'autre de leurs courts séjours à Sydney. C'était là, avait-elle songé, l'unique moyen de vengeance à sa portée. Elle comprenait à présent qu'elle n'avait fait que se punir elle-même. Comme d'autres larmes menaçaient de couler, elle plaqua les mains contre ses oreilles pour réduire au silence le déluge et les voix du passé.

— Combien de sentinelles ?

Mandarg leva cinq doigts, qu'il fit ensuite courir sur son cou avec un grand sourire.

— Pas problème, patron.

— Parfait, aboya Edward. Dès que nous pénétrerons dans le campement, va chercher les deux Blancs et surveille-les jusqu'à la fin des opérations. Sans doute dorment-ils dans les deux cabanes. S'ils résistent, égorge-les.

Comme Mandarg fronçait les sourcils, le commandant s'exaspéra de ce que l'homme fût incapable de comprendre les instructions les plus sommaires.

— Explique-lui, Willy. Je ne tiens pas à ce que ces maudits missionnaires fichent le camp par la rivière.

— Chercher patron et patronne dans les *gunyahs*, dit Willy. Toi les capturer et attendre les ordres du patron.

Il fit à son tour glisser son doigt sur son cou.

— Tue-les si problème, ajouta-t-il.

Mandarg se hâta de traduire ces directives à ses camarades.

D'un geste, Edward signifia à ses hommes de se mettre en marche. Ils progressaient parmi les broussailles, les deux traqueurs, à l'avant, les guidant à travers le rideau de pluie. Lorsqu'il les vit se figer puis se tapir dans les hautes herbes, le commandant sut que la cible était proche.

Il descendit de sa monture pour s'accroupir à côté de Mandarg. Il s'agissait d'un campement ordinaire, à l'exception de trois huttes en écorce, dont l'une était surmontée d'une croix grossièrement taillée. Comme il l'avait soupçonné, des canoës dormaient sur la berge. Il enverrait Willy les couler durant les premières minutes du raid.

— Vous chercher patron et patronne ici, ou là, murmura-t-il en désignant aux indigènes les deux cabanes les plus proches, avant de barrer ses lèvres d'un doigt. Attendez mon signal.

Sur ce, il alla retrouver ses acolytes.

— Vous descendrez de cheval après que nous aurons donné l'assaut. Le bruit de la pluie masquera celui des sabots. Mais attention, le sol est glissant.

Il leur adressa un sourire d'encouragement, heureux de les sentir toujours prêts à en découdre, même trempés jusqu'aux os.

— Willy, tu t'occuperas des canoës.

L'excitation avait encore grimpé d'un cran.

— Tous en rang, et attendez mon signal.

Edward mena ses hommes en direction de la clairière. Une vive tension s'était emparée de lui, elle résonnait dans tout son corps et lui brûlait la peau. Lorsque la première cabane d'écorce se matérialisa peu à peu au travers de l'averse, il hocha la tête à l'adresse des traqueurs.

Ceux-ci se glissèrent à pas de loup jusque sous les fenêtres, le couteau entre les dents.

Edward leva bien haut son épée et éperonna son cheval. L'expédition punitive venait officiellement de commencer.

* * *

Florence, qui avait ôté sa chemise de nuit, tentait de se rafraîchir en se lavant à grande eau lorsqu'un cri terrible lui parvint du dehors. Elle laissa choir son gant de toilette au fond de la cuvette fêlée, attrapa son vêtement en hâte et tira le sac de toile qui, tendu devant la fenêtre, lui servait de rideau.

Un Aborigène, le couteau entre les dents, lui rendit son regard.

Elle se mit à hurler et, serrant plus fort sa chemise, battit en retraite.

L'homme bondit par l'ouverture pour retomber sans un bruit sur le sol de la hutte. Il avança vers elle, brandissant sa lame.

— Allez-vous-en!

De ses doigts, elle déchirait frénétiquement son vêtement de nuit en tâchant de dissimuler sa nudité.

— Vous n'avez pas le droit d'entrer! glapit-elle. Cédric! Cédric! Au secours!

L'indigène avançait toujours, l'œil rivé sur elle, le couteau prêt à frapper.

— Pas patron, dit-il. Patronne avec moi.

Florence se retrouva acculée dans un coin de la pièce.

— Cédric! Aidez-moi, pour l'amour de Dieu!

— Pas patron, répéta l'intrus en passant un doigt sur sa gorge.

Elle ne pouvait plus compter que sur elle-même. Elle se mit à trembler en reconnaissant l'odeur de la graisse animale dont l'indigène s'était enduit le corps, en avisant les peintures tribales sur sa poitrine. Il ne s'agissait pas d'un Wiradjuric. Cet homme participait donc à l'attaque du campement, et elle était sa récompense.

— Seigneur, souffla-t-elle.

Ses jambes se dérobèrent sous elle. Elle se laissa glisser contre le mur, aux pieds de son agresseur.

— Ne me faites pas de mal, sanglota-t-elle.

Des mains puissantes la soulevèrent du sol pour la relever. L'homme appliqua sa lame glacée contre la gorge de Florence. Il huma son épaule, passa les doigts dans ses cheveux, qu'il porta à ses narines percées. Il les lâcha aussitôt avec une exclamation de dégoût.

La jeune femme tenait à peine debout. Ses dents claquaient si fort qu'elle ne pouvait plus parler. Comme l'indigène lui coulait un regard appréciateur en effleurant de la main ses seins dénudés, puis son ventre, une plainte monta de la gorge de Florence. Elle demeura pétrifiée pendant ce qui lui parut une éternité, tandis que les hurlements qui lui parvenaient du dehors le disputaient en intensité aux battements assourdissants de son cœur.

L'Aborigène la traînait à présent sur le sol de la hutte.

La jeune femme tenta de lui griffer les yeux, elle martela son torse de ses poings, lui cracha au visage en multipliant les coups de pied dans ses tibias. Face à la puissance de ce garçon maigre et nerveux, hélas, elle restait impuissante.

Il repoussa la chaise loin de lui, puis défonça la porte pour extirper sa victime de son antre. Nue et terrorisée, celle-ci comprit en un éclair que son calvaire venait à peine de commencer, car elle se retrouva soudain plongée au cœur d'une scène digne de l'enfer.

La pluie avait cessé, et les feux mourants reprenaient vie, alimentés par les *gunyahs* incendiés. La fumée et les flammes jetaient des ombres étranges sur le carnage. Des cris déchiraient les ténèbres, l'acier entaillait les chairs noires. Les lames étincelaient, rougies par le sang et les éclats des brasiers dansants. Les chevaux gémissaient, oreilles rabattues et naseaux distendus, leur crinière volant au vent pendant qu'ils piétinaient de leurs sabots les enfants, ainsi que les adultes trop faibles pour courir. On massacrait les femmes et les vieillards accroupis dans la boue. Les guerriers, morts ou tout près de l'être, gisaient sur le sol auprès de leurs lances désormais inutiles. À travers la lueur des incendies, Florence discernait la silhouette des hommes responsables de cette apocalypse.

Il ne s'agissait nullement d'un conflit tribal, mais d'une expédition punitive emmenée par des Blancs. Florence n'en croyait pas ses yeux et, bien qu'elle aspirât de toutes ses forces à détourner le regard, le choc l'en empêchait.

Un cavalier fonçait droit sur Kulkawara, une jeune femme avec qui elle s'était liée d'amitié. Il vint se placer en travers de son chemin, transperça de son sabre le nourrisson qu'elle serrait dans ses bras et brandit le petit corps en signe de triomphe. Répondant aux hurlements de sa mère, le bourreau jeta le cadavre dans les buissons et, du tranchant de sa lame, décapita la malheureuse. Comme il éperonnait sa monture pour rejoindre la mêlée, les flammes éclairèrent sa figure.

Florence, qui laissait échapper de terribles plaintes, se serait écroulée si son ravisseur ne l'avait soutenue. Elle baissait la tête, sa chevelure lui dissimulant à la manière d'un voile providentiel l'horreur du spectacle. Elle avait reconnu Edward Cadwallader ; elle devinait qu'il n'aurait de cesse que toute la tribu eût été exterminée.

La jeune femme se retira à l'intérieur d'elle-même, tâchant d'enfouir au plus profond de son esprit les sons, les images et les odeurs associés à cette atroce nuit. Le temps perdit dès lors toute signification, mais, malgré ses efforts, Florence ne parvint pas à se soustraire ni au tonnerre des sabots, ni aux hurlements d'effroi, ni aux clameurs des soldats exaltés. Il ne lui restait plus qu'à prier pour que sa fin fût brève et miséricordieuse : puisqu'elle venait d'assister à la boucherie, on ne l'épargnerait pas, en dépit de sa peau blanche.

Edward se tenait au beau milieu de la clairière, haletant, le visage inondé de sueur. Les odeurs mêlées du sang et du bois d'eucalyptus en flammes épaississaient l'air. La fumée, suffocant nuage, masquait le soleil levant et s'enroulait autour des arbres proches. Cette aube ne ressemblait pas aux autres : aucun oiseau n'y chantait.

Le jeune homme frissonna en scrutant la végétation alentour ; une terreur sans objet lui courait sur la peau. Il s'ébroua, chassa loin de lui la sensation que quelque chose ou quelqu'un l'épiait, et entreprit de nettoyer la lame de son épée au moyen d'une touffe d'herbe.

— Beau travail, commenta Willy.

— Sont-ils tous morts ?

— Sauf la Blanche. Mandarg est en train de la surveiller.

— Donne-la-lui, ordonna Edward, toujours troublé par la conviction qu'une puissance néfaste se rapprochait de lui dans les volutes de fumée. Une fois qu'il se sera occupé d'elle, elle ne sera plus capable de raconter à qui que ce soit ce qui vient de se passer.

Il tremblait de fatigue en avalant une rasade de rhum. Il ne souhaitait rien tant que dormir, mais il fallait d'abord s'éloigner le plus possible du théâtre des opérations avant que le soleil fût plus haut dans le ciel.

— Devons-nous enterrer le missionnaire ?

Willy semblait décidément résolu à l'accabler de questions. Le commandant contempla le corps ramassé contre la porte de l'église de fortune.

— Laisse-le où il est, cracha-t-il durement. Nous n'avons pas utilisé nos armes à feu cette nuit. Si quelqu'un vient à passer par ici, on croira à un règlement de comptes entre tribus rivales. Si tu l'enterres, on découvrira le pot aux roses.

Il se mit en selle d'un air las.

— Fichons le camp.

Florence lorgnait Edward Cadwallader à travers le rideau de ses cheveux. Elle brûlait de lui demander de l'emmener avec lui, de ne pas l'abandonner aux mains de ce sauvage. Mais une petite voix intérieure lui enjoignit de se taire et, lorsqu'il s'approcha, elle baissa le menton. Cet homme avait violé Millicent et échappé ensuite à la justice. Il n'hésiterait pas à lui faire subir le même sort.

Les cavaliers passèrent devant elle, la maculant de boue. Elle perçut leurs remarques obscènes, sentit sur elle leurs regards de convoitise. Un mot d'Edward, et c'en serait fini d'elle.

— Mandarg garde la patronne, indiqua l'homme qui chevauchait derrière le commandant. Elle est à toi.

— Pas vouloir patronne blanche, répliqua l'Aborigène.

— Dans ce cas, tranche-lui la gorge, ça m'est bien égal.

Comme Mandarg se détournait d'elle, Florence se laissa tomber sur le sol en gémissant. Elle ramena ses genoux contre sa poitrine avant de les enserrer de ses bras et se mit à se balancer d'avant en arrière dans le silence qui se refermait sur elle.

— Cet homme est mauvais, observa l'indigène. Il tue des femmes et des bébés pour le plaisir. Maintenant je suis avec toi.

Sa voix parvenait à la jeune femme de très loin, elle ne comprenait pas les mots qu'il prononçait. Elle sentait en revanche le contact de ses doigts sur ses bras. Elle tressaillit et enfouit son visage dans ses mains en continuant à se balancer.

— Père, sanglota-t-elle. Je veux mon papa.

— Lowitja a parlé d'une Blanche, lui dit Mandarg. Mais je ne vais pas te tuer. Enfile ça. Ta peau blanche me déplaît et je n'aime pas ton odeur.

Florence ne saisissait pas le babil de son ravisseur mais, reconnaissant la douceur de sa chemise de nuit, elle la serra contre elle sans cesser d'osciller d'avant en arrière. Il lui fallait préserver ce rythme, pareil à celui du balancier d'une horloge. Tic-tac, tic-tac, tic-tac... Elle se mit à chanter, sans se rendre compte que les mots qu'elle articulait n'avaient pas le moindre sens.

— L'Esprit est avec toi, femme blanche. N'aie pas peur, je ne te toucherai pas.

Mandarg s'éloigna en direction de la cabane d'écorce pour en rapporter une couverture, qu'il jeta sur les épaules de Florence.

— Faut-il que je t'emmène avec moi? interrogea-t-il.

Il secoua la tête.

— Il y aurait trop de questions. Je vais te laisser ici, avec un peu de nourriture. Les Esprits décideront de ton sort.

Il s'éloigna et rejoignit son ami, qui rassemblait les lances et les sacs de victuailles.

Florence continuait à se balancer, tandis que quelque chose se déplaçait au creux de sa cervelle. Elle ne sentait rien, elle n'entendait rien. Elle savait seulement qu'il lui fallait aller au bout de sa chanson.

Un campement dans le bush, deux semaines plus tard

Les ombres ténébreuses et mouvantes qui progressaient parmi les arbres se matérialisèrent peu à peu. Empuantie par l'odeur du sang, la nuit résonnait de cris stridents. Edward, figé, avait compris que les démons étaient à ses trousses. Ils se multipliaient, ils chuchotaient son nom, leurs lances raclaient leurs boucliers de guerre avec des cliquetis pareils à ceux d'une poignée de dents qu'on aurait secouée dans le fond d'un crâne vide.

Il tenta de se mettre à courir, mais les mains des morts surgissaient de la boue pour se cramponner à lui et l'entraver. Il ouvrit la bouche pour hurler, mais elle s'emplit aussitôt de l'épais fumet de l'eucalyptus en feu et des chairs calcinées.

L'armée de la nuit se rapprochait encore, maléfique et pointant sur lui des doigts accusateurs.

— Non! Allez-vous-en! Laissez-moi tranquille!

Edward se dressa sur son lit de camp en griffant l'air pour repousser ses ennemis. Lorsqu'il ouvrit les yeux et reconnut le décor familier de sa tente, il faillit pleurer de soulagement.

Il se laissa retomber sur les draps trempés de sueur en tâchant d'apaiser le galop de son cœur. Le même cauchemar l'assaillait depuis l'une de leurs expéditions dans l'arrière-pays, trois années plus tôt, mais, après le carnage perpétré à la mission de Banks Town, il le tourmentait plus souvent. Le manque de sommeil l'épuisait. Il était devenu plus irritable que jamais, son pouvoir de concentration diminuait et, dans son dos, ses hommes s'interrogeaient à voix basse sur son étrange comportement.

Il se leva en titubant pour rejoindre la clairière. Willy Baines gardait une réserve de cognac dans sa sacoche de selle. Tandis qu'il se débattait avec les brides et les boucles, Edward jetait des regards inquiets autour de lui. Le jour n'était pas levé et son rêve continuait à le tenir en son pouvoir. N'étaient-ce pas ses tourmenteurs qu'il reconnaissait dans ces ombres dansantes?

— Reprends-toi, maugréa-t-il en mettant la main sur la bouteille. Les fantômes n'existent pas.

Il se mit à boire, par grandes lampées, en regagnant sa tente. Il s'écroula sur le lit. Le tonnerre grondait au loin et, bien qu'il perçût quelques ronflements en provenance des abris voisins, il se sentait terriblement vulnérable. Les ombres étaient partout. Elles en venaient à le hanter même le jour.

Il alluma une lampe et s'en fut alimenter le feu. Lorsqu'il jugea les flammes assez hautes, il s'assit devant elles pour se réchauffer. Reposant la bouteille sur le sol, il commença à s'apaiser.

Il se trouvait soumis, depuis quelque temps, à d'énormes pressions. Il songeait à Henry Carlton et aux dettes qui s'accumulaient. Si l'homme s'avisait de les réclamer et que l'affaire vînt aux oreilles de son officier supérieur, il risquait la banqueroute. Il attrapa le cognac et but à larges traits. Le liquide coula dans sa gorge. Carlton jouissait d'une chance insolente.

Ou alors il trichait – mais dans ce cas, et malgré sa propre rou-blardise, Edward n'y voyait que du feu.

Il fixa le brasier. L'alcool embrouillait ses pensées, sans chasser tout à fait les souvenirs du cauchemar. D'autres soucis harcelaient le jeune homme. Rien de grave pour l'heure, mais la situation pouvait fort bien dégénérer. Plusieurs contrats, qu'ils tenaient pour acquis, lui étaient récemment passés sous le nez, et un mystérieux acheteur avait fait main basse sur deux terrains qu'il convoitait, quelques heures seulement avant qu'il signât l'acte de vente. Edward vida la bouteille. Force lui était d'admettre que les nuits sans sommeil et les quantités d'alcool qu'il devait ingurgiter pour se détendre un peu avaient affecté son jugement.

Il regagna sa tente et piocha un cigare dans la boîte posée près de son lit, à côté de sa montre de gousset ouverte. Il fit rouler l'objet entre ses doigts, huma son parfum puissant, puis l'alluma. Son regard se posa sur le minuscule portrait d'Éloïse à l'aquarelle peint à l'intérieur du boîtier en argent de sa montre. Le dessin était plutôt ressemblant. On devait l'œuvrette à Irma, qui l'avait offerte au jeune homme le jour de son mariage.

— Comment un homme peut-il sereinement affronter ses tracas lorsque sa femme gît dans leur lit conjugal comme une truite crevée ? lâcha-t-il à voix haute.

Éloïse l'avait poussé à bout. Dès son retour à Sydney, il lui infligerait une leçon qu'elle n'oublierait pas. Il se dressa sur ses pieds, mû par la nécessité de se consacrer à autre chose qu'à ses démons intérieurs ou à son mariage raté.

— Debout ! hurla-t-il au beau milieu de la clairière. Il y a du pain sur la planche. Amenez-vous et tout le monde en rang !

— Il est 3 heures du matin, grommela Willy, les yeux pleins de sommeil. Pour l'amour de Dieu, quelle mouche t'a piqué ?

— Il y a des Noirs partout ! mugit Edward. Nous sommes ici pour en débarrasser la région. Remue-toi, Willy. Que tous les hommes se tiennent prêts à partir dans cinq minutes.

Willy Baines ne bronchait pas.

— Les soldats sont fourbus. Laissons-les en paix. Les Noirs seront toujours là au matin.

Son ami serra les poings.

— Entends-tu désobéir aux ordres d'un officier supérieur?

Sur le visage défait de Willy dansait l'ombre des flammes.

— Parfait. Car, si tel était le cas, je te traînerais en cour martiale.

— Si je tombe, tu tombes avec moi.

— S'agit-il d'une menace?

— Les hommes resteront où ils sont jusqu'au matin, décréta Willy avant de faire demi-tour et de s'éloigner.

Edward chancelait. Il avisa les figures étonnées qui l'observaient par l'entrebâillement des tentes.

— Retournez vous coucher, rugit-il. Et si l'un d'entre vous s'avise de rapporter cet épisode à quiconque, je l'abats.

Le silence qui suivit semblait le railler. Les ténèbres se firent plus profondes et, dans le bruissement des feuillages, il crut identifier les murmures des morts. Edward se mit en quête d'une autre bouteille de cognac.

Sur la piste de Parramatta, deux jours plus tard

Serrant le crucifix d'argent, Florence trébuchait sur les branches mortes au milieu des épais buissons. De ses lèvres continuaient de s'échapper les paroles d'une comptine dont elle fredonnait l'air. Par une trouée dans le feuillage, le soleil tombait. La jeune femme s'immobilisa au bord de ce puits de lumière. L'endroit était joli, il y faisait chaud. Si elle n'avait été si pressée de rejoindre son papa, elle s'y serait volontiers assise un moment.

— Ainsi font, font, font…, murmura-t-elle en suivant, parmi les arbres, un sentier qu'elle seule discernait. Ainsi font, font, font…

Un bruit attira son attention. Elle se figea et inclina la tête. Lorsque les cavaliers apparurent, elle agrippa le crucifix en se laissant tomber sur le sol.

— Qu'est-ce que c'est que ça? s'étonna l'homme de tête, trois soldats sur les talons.

Il immobilisa sa monture et se pencha sur sa selle.

Florence tressaillit en l'observant derrière ses cheveux en bataille. Ces militaires auraient dû lui rappeler quelque chose. Quelque chose d'effrayant et de dangereux. Elle se mit à chanter plus vite.

— Ainsi font, font, font, les petites marionnettes…

— On dirait que c'est une Blanche, mais avec toute cette crasse je n'en jurerais pas. Elle doit traîner dans les parages depuis un bon bout de temps.

— Elle a perdu l'esprit, c'est évident. Qu'allons-nous faire d'elle, révérend?

Le mot «révérend» éveilla l'intérêt de Florence.

— Papa? gémit-elle.

— Nous ne pouvons pas la laisser ici.

Florence le regarda avec méfiance descendre de son cheval. Elle secoua la tête pour tenter de chasser l'importun vrombissement qui assaillait ses oreilles. Cet homme était en train de lui jouer un vilain tour, trois p'tits tours et puis s'en vont. Il ne s'agissait pas de son papa. Elle décampa derrière le mince tronc d'un eucalyptus fantôme, d'où elle se remit à lorgner l'inconnu.

— Je n'ai pas l'intention de vous faire du mal, dit celui-ci en s'accroupissant. Je m'appelle John Pritchard. Je suis l'un des pasteurs de la garnison de Parramatta. Votre père est-il pasteur aussi?

Le bourdonnement dans le crâne de la jeune femme allait croissant. Il lui semblait héberger un plein essaim d'abeilles en furie.

L'homme posa les yeux sur le crucifix.

— C'est une croix magnifique. Accepteriez-vous de me la montrer?

Lorsqu'elle le vit tendre la main dans sa direction, Florence recula instinctivement.

— Nous perdons notre temps, John. Et on nous attend à la caserne.

L'ecclésiastique se redressa et posa les poings sur ses hanches.

— Elle est perdue et confuse. Si nous l'abandonnons, elle mourra. Elle est déjà très maigre, et j'entends siffler ses bronches.

Il poussa un lourd soupir.

— Mais Dieu du ciel, que peut-elle bien faire ici, en chemise de nuit, cramponnée à cet objet de culte qui, selon toute vraisemblance, provient d'une église?

— Je l'ignore et je m'en fiche, répliqua son interlocuteur d'un ton bourru. Dépêchons-nous, ou le commandant nous frottera les oreilles.

Florence ne les aimait pas. Ils portaient des uniformes, ils se déplaçaient à cheval, ils avaient des épées. Par-delà ce qui vrombissait dans ses oreilles se tapissaient des souvenirs teintés de péril et d'épouvante.

Des bras puissants la soulevèrent de terre. Elle se raidit.

— Tout va bien, la rassura-t-il en la menant vers sa monture. Je vais vous ramener chez vous.

Elle ne le lâchait plus du regard. Il l'installa devant lui, sur la selle, avant de saisir les rênes. Le bourdonnement emportait tout et le tic-tac d'une horloge battait à la façon d'un tambour dans la poitrine de la jeune femme.

Lorsque le cheval se mit en route et que les bras de l'inconnu l'enserrèrent plus fermement, le roulement du tambour s'amplifia encore jusqu'à la subjuguer tout entière – elle en eut le souffle coupé.

Enfin, après un atroce éclair, un silence salutaire tomba, à la faveur duquel la raison lui revint brièvement. Son père était venu la chercher. Puis les ténèbres l'engloutirent.

10

Balmain, avril 1798

L'automne se révélait étonnamment chaud. Le ciel était clair. La mer étincelait sous le soleil. George avait étendu une couverture sur le sable, à la lisière des arbres. Ils se tenaient assis là, appuyés contre des coussins dans l'ombre mouchetée de lumière. Les reliefs du pique-nique étaient éparpillés non loin. Satisfait, il versa dans un verre ce qui restait de vin.

Éloïse et lui s'étaient retrouvés presque chaque jour depuis qu'il avait obtenu qu'on l'invitât à la réception des Macarthur. Certes, la situation était périlleuse, mais ni l'un ni l'autre ne se résolvait à y mettre un terme. À chaque rencontre, ils se comprenaient un peu plus. Ils ne brûlaient que d'être ensemble. Ils s'étaient tacitement mis d'accord pour ne jamais évoquer Edward, mais la menace qu'il représentait planait sans cesse au-dessus d'eux. Ils prenaient à présent des risques inconsidérés : devant l'imminence de son retour, un sentiment d'urgence les avait saisis.

Éloïse était splendide et George songea qu'il ne pourrait l'aimer plus qu'il ne l'aimait en cet instant précis.

— Voilà déjà un mois que nous nous connaissons, dit-il. Te rends-tu compte ? Depuis, nous avons parlé des pièces et des poèmes de Shakespeare, des légendes arthuriennes, nous avons parlé de politique, de chasse à la baleine, des aléas de l'existence en Australie. Tu es une femme surprenante, Éloïse.

— Chacun de nos rendez-vous me remplit de joie. Grâce à toi, je suis redevenue moi-même. Tu ne pouvais m'offrir de plus précieux cadeau. Merci, George.

— J'aimerais qu'il en soit toujours ainsi. Ces instants volés ne me poussent qu'à en désirer de plus longs. Même si je sais que cela est inenvisageable.

Il embrassa ses doigts. Leur intimité le mettait à la torture : jamais il n'avait baisé ces lèvres, jamais il n'avait étreint Éloïse ni osé lui murmurer ce qui chantait en son cœur.

— Ma douce, tu as bouleversé mon existence.

Elle laissa sa main dans celle de son ami.

— En ce qui me concerne, c'est une véritable renaissance. Merci encore. Cet endroit est le seul où je me sente parfaitement à l'aise, car personne ne peut nous y surprendre. Quel bonheur que tu l'aies déniché.

George contempla la grève déserte, le doux refuge des arbres et les eaux miroitantes. D'ici, on ne percevait que le clapotis des vagues, le gloussement d'un oiseau, ainsi que le cliquetis des harnais de leurs chevaux au piquet.

— Thomas m'a amené ici pour me montrer un terrain qu'il avait envie d'acheter.

— Est-il au courant pour nous deux ?

Elle retira sa main, les yeux agrandis par l'effroi.

— Non, s'empressa-t-il de la rassurer. Notre amour est secret, et il le restera aussi longtemps qu'il te plaira.

Son cœur se serra à la pensée qu'il n'en irait jamais autrement. À chacune de leurs rencontres, ils bravaient le sort ; Éloïse était tendue en permanence.

— Je me suis montré égoïste et injuste, ajouta-t-il.

Elle reprit sa main.

— Comme tu te trompes, George !

Ses doigts entrelacés à ceux du jeune homme, elle se pencha vers lui.

— Si tu es égoïste, alors moi aussi. Si tu es injuste, alors je me suis rendue coupable du même crime. Ne laissons pas ces considérations gâcher cette journée parfaite.

— Parfaite ? C'est bien vrai ?

Il se sentait subjugué par les yeux d'Éloïse, par ses lèvres s'entrouvrant comme pour un baiser.

— Presque parfaite. Et je sais ce qui pourrait la couronner pour de bon.

George l'enlaça et l'attira contre lui. Leurs souffles se mêlèrent. Il lut du désir dans le regard de la jeune femme. Il fit courir ses doigts le long de sa nuque mince et les enfouit dans sa chevelure en l'embrassant pour la première fois.

Il effleura son décolleté. Éloïse se cambra. Il vint poser sa bouche entre son épaule et son cou.

Comme elle cherchait les boutons de sa chemise, il recula.

— Il ne faut pas, lâcha-t-il d'une voix enrouée par la passion.

— Trop tard, murmura-t-elle en défaisant un premier bouton.

— En es-tu certaine, ma chérie? Si nous continuons, nous...

Elle posa un doigt sur ses lèvres.

— Je sais exactement ce que je fais. Tu m'as appris ce qu'était le véritable amour, et mon âme en est pleine. Je tiens à t'offrir quelque chose en retour...

— Éloïse...

Elle plaça une main sur le cœur du jeune homme.

— Nous nous connaissons depuis peu, mais je t'aime, George. Plus profondément que je ne saurais l'exprimer.

Il l'étreignit.

— Mon amour, mon si tendre amour.

Il couvrit son visage de baisers.

Caserne de Sydney, mai 1798

Ils étaient rentrés la veille de leur expédition dans le bush, et Edward avait compris que ses relations avec Éloïse ne le mèneraient nulle part. Il comptait néanmoins la courtiser de nouveau, car, en dépit de tout, il la désirait encore. Mais il n'était pas question de se présenter à elle dans cet état: il portait des vêtements repoussants de crasse, il ne s'était ni lavé ni rasé depuis un mois ; il empestait. Aussi avait-il préféré demeurer à la caserne. Après un long bain chaud, il s'était octroyé, une fois n'était pas coutume, une bonne nuit de sommeil.

Il scruta son reflet dans le grand miroir au tain piqué, tandis que son valet éliminait d'une chiquenaude une invisible tache sur son impeccable veste rouge. Les épaulettes et les boutons dorés de son uniforme propre luisaient dans le mince rayon de soleil qui s'insinuait par la fenêtre de son appartement. Le menton rasé de frais, il avait taillé sa moustache. Il se jugea superbe.

— Qu'en penses-tu, Willy ?

— Elle va être épatée, commenta l'autre d'une voix traînante.

Affalé dans un fauteuil, il sirotait un verre.

— Parfait, conclut Edward en renvoyant le domestique d'un geste.

Il batailla brièvement avec le cordon de soie qui retenait le fourreau de son épée contre sa hanche.

— Prends donc un verre pour te calmer, lui conseilla son ami en lui versant une généreuse rasade. Tu transpires comme un étalon en rut.

La grossièreté de la remarque irrita le commandant. Celui-ci songea qu'une fois de plus Willy avait dépassé les bornes. Il choisit néanmoins de se taire et avala son verre d'un trait. Son comparse en savait trop pour qu'il pût se permettre de le rabrouer.

— Tout est-il au point pour demain ?

Willy se carra plus profondément dans son fauteuil, passant une jambe par-dessus l'accoudoir sans se soucier de la soie délicate dont il était tendu.

— Carlton est prêt et j'ai loué un lieu privé, pour que personne ne vous dérange.

Edward grimaça en constatant que son ami abîmait son siège. L'après-midi tout entier semblait s'être ligué contre lui.

— Si tu n'es pas capable de t'asseoir correctement, gronda-t-il, lève-toi.

Les yeux de Willy étaient injectés de sang.

— Inutile de passer tes nerfs sur moi.

Edward leva le menton et desserra son col, qui l'étranglait.

— La perspective de mes retrouvailles avec Éloïse me perturbe, rien de plus, s'excusa-t-il en décochant à son aîné un sourire triste destiné à apaiser la tension entre les deux hommes. J'ignore ce qui me rend aussi nerveux, mais j'éprouve plus d'excitation qu'avant l'un de nos raids.

— Rien n'égale l'exaltation de ces moments-là, rétorqua Willy, qui peinait à se radoucir.

— Je n'en suis pas si sûr. Abattre quatre as sous le nez de Carlton, voilà qui n'est pas mal non plus.

Il sourit.

— Sers-nous un autre verre, veux-tu. L'alcool est un joyeux compagnon.

Son ami s'exécuta.

— Cette affaire avec Carlton…, commença-t-il après avoir avalé une gorgée.

Le commandant grinça des dents.

— Je sais ce que tu t'apprêtes à me dire, mais je maîtrise la situation.

— Tu as perdu une coquette somme, la dernière fois. Tes dettes commencent à s'accumuler.

— Je les réglerai demain.

— J'ai déjà entendu ça…

Edward ne savait que trop bien qu'il devait une somme considérable à Carlton. Il s'agaçait de ce que Willy se permît de le lui rappeler.

— Un jour on gagne, un jour on perd, dit-il sur un ton léger. Je l'ai délesté de vingt guinées avant notre départ pour le bush.

— Tu en avais laissé filer près de cinquante quelques jours plus tôt.

— Il faut bien que je perde de temps à autre, se défendit le commandant, exaspéré. Sinon, il va s'imaginer que je triche. Mais je sais maintenant à qui j'ai affaire. Carlton va se casser les dents.

— Si tu le dis, souffla Willy en attrapant son chapeau, qu'il enfonça sur ses cheveux grisonnants. Je l'observe depuis des mois, et ce que j'observe ne me plaît pas. Tu le prends pour un gentleman, un type cousu d'or qui voit dans les cartes une gentille petite distraction. Mais tu te trompes. C'est un requin, Edward. Et l'ampleur de tes dettes tend à me donner raison.

Willy ne faisait là que confirmer les soupçons du commandant, mais son désir ardent de faire mordre la poussière à Carlton l'emportait sur tout le reste.

— Peut-être bien, commenta-t-il laconiquement. Mais je saurai me montrer plus acharné que lui, et mes dettes seront épongées sous peu.

Il lut de l'incrédulité dans les yeux de son ami.

— Si tu te tourmentes à ce point, lâcha-t-il durement, pourquoi n'enquêtes-tu pas sur lui?

— J'ai déjà essayé, mais personne ne sait rien. Ce qui est anormal. Un homme de son rang, à la tête d'une telle fortune, ne passe pas inaperçu.

— Dans ce cas, continue de fouiner. J'ai besoin de mieux connaître mon adversaire.

Le fait est que Carlton s'était révélé plus malin que lui. Edward lui devait des sommes astronomiques. Bientôt, il réclamerait son dû. Le jeune homme ne s'en tirerait qu'en vendant des biens auxquels il tenait.

— Ordure, maugréa-t-il en quittant l'appartement pour regagner son domicile. Je lui montrerai de quel bois je me chauffe.

Kernow House, baie de Watson

Éloïse pouffa en regardant Charles s'attaquer à un biscuit sec au moyen de sa première dent. Il en mettait partout. Bientôt, il faudrait changer son sarrau, mais peu importait: il s'amusait beaucoup.

La mère et l'enfant se tenaient assis sur une couverture, devant la cheminée. Les vents d'automne secouaient les fenêtres, tandis que de grosses vagues s'abattaient sur la grève. On avait allumé les lampes pour repousser la morosité du jour. Appuyée contre le divan, Éloïse contemplait son fils, le cœur débordant, au point que des larmes lui montaient aux yeux. Si

George s'était trouvé près d'elle, sa félicité aurait été complète. Réchauffée par le souvenir de leurs ébats, elle revint en pensée à ces jours passés dans les bras l'un de l'autre, au ravissement de leurs deux peaux s'apprenant enfin, à leur ardent désir réciproque, au glorieux déchaînement de leur passion.

— Vous avez de la visite, lady Cadwallader.

La voix âpre du domestique tira la jeune femme de sa rêverie.

— De qui s'agit-il?

— Du comte de Kernow, madame.

— Faites-le entrer, répondit-elle, prise au dépourvu.

— Ne vous levez pas, Éloïse. Le tableau est si charmant.

Elle se mit néanmoins debout et lui fit une révérence.

— Vous auriez dû me prévenir de votre visite, lui dit-elle, ravie. J'aurais choisi d'autres vêtements pour Charles.

Jonathan Cadwallader saisit son petit-fils entre ses bras – le garçonnet lui tendit le biscuit trempé de salive.

— Il est splendide, rassura-t-il sa mère en le hissant au-dessus de sa tête. Et puis il forcit joliment. Mais… est-ce une dent que je vois là?

Éloïse escamota le biscuit avant qu'il ne gâtât le gilet du comte.

— Et une deuxième arrive, précisa-t-il fièrement.

Le bébé s'empara de la chaîne de montre de son grand-père.

— Tu veux voir ma montre? Elle n'est certes pas aussi belle que la précédente, mais asseyons-nous, Charles. Je vais te montrer quelque chose.

L'enfant sur les genoux, Jonathan ouvrit le boîtier d'argent et pressa le fermoir. Comme le petit carillon se faisait entendre, le visage de Charles s'illumina. Il tendit une main potelée vers la montre.

— Quand tu auras grandi un peu, lui exposa le comte, elle sera à toi.

Il laissa le bambin refermer les doigts sur l'objet.

— Pour le moment, je crois que ceci te conviendra mieux.

Lorsqu'il reprit la montre, les traits de son petit-fils s'affaissèrent.

— Allons, se hâta d'intervenir Jonathan avant qu'il se mît à pleurer, voici de quoi t'aider à supporter la pousse de tes dents.

Il fit surgir une cuiller de dentition en argent surchargée de ciselures, dont Charles s'empara pour la fourrer aussitôt dans sa bouche.

— Quel beau cadeau, remercia Éloïse.

— Les petits-enfants sont faits pour qu'on les gâte, répondit Jonathan en reposant le bambin sur le sol avant de sortir un foulard de sa poche. Au même titre que leurs mères.

La jeune femme laissa échapper un menu cri de plaisir. L'étoffe, légère comme la plume, était d'un vert très pâle.

— Il est magnifique, murmura-t-elle en s'en couvrant les épaules. Vous êtes trop gentil.

Le comte, qui gardait le silence, se contenta d'un bref mouvement de tête. Un domestique apporta le thé, tandis que Meg emmenait Charles dans sa chambre.

— Ces présents sont des cadeaux d'au revoir, déclara-t-il enfin comme Éloïse lui remettait une tasse.

— Je croyais que vous ne partiez qu'au printemps dans les montagnes Bleues.

— Je dois m'embarquer pour Londres ce soir. L'expédition se fera sans moi.

— Ce soir? Que se passe-t-il?

— J'ai reçu de mon agent dans la capitale une lettre préoccupante, expliqua Jonathan avec effort. Il a expédié cette missive voilà plusieurs semaines, en sorte qu'il se peut que mon voyage ne se révèle guère qu'une perte de temps. Mais en me hâtant, peut-être puis-je encore sauver ce qui est susceptible de l'être.

— Je ne comprends pas.

Le comte prit une profonde inspiration.

— Je me contenterai de vous dire que ma propriété dans les Cornouailles menace ruine. Le domaine a été mal géré durant mon absence, et mes intérêts dans le trafic en Méditerranée sont mis à mal par Napoléon, ce parvenu. Mais surtout, on a découvert là-bas une chose que je pensais à jamais perdue.

Il se tut, fixant un point dans le vide.

— De quoi s'agit-il, Jonathan?

— Je ne puis vous en dire davantage tant que je n'aurai pas démêlé cette affaire. Peut-être, à mon retour, entendrez-vous les raisons de ma réticence à vous parler. C'est une quête que je poursuis depuis…

Après une courte pause, il se ressaisit.

— Je suis navré, ma chère. Je ne souhaitais pas vous imposer aujourd'hui le poids de mes soucis. Votre fils et vous paraissez si heureux.

Si seulement il connaissait la vérité…

— C'est moi qui suis navrée, fit Éloïse. Vous êtes devenu l'un de mes plus chers amis. Votre compagnie va me manquer.

— Je suis bien aise que nous soyons amis.

La jeune femme avait compris qu'il tentait de lui révéler quelque chose d'important, mais que les mots justes se dérobaient à lui.

— Qu'y a-t-il?

— Puisque je suis votre ami, je devrais vous parler. Mais le beau-père en moi ferait peut-être, du même coup, preuve de déloyauté.

Le cœur d'Éloïse battait maintenant si fort qu'elle était persuadée que son interlocuteur l'entendait aussi.

— Dites-moi tout, monsieur. Je n'en prendrai nul ombrage.

— Durant ces dernières semaines, vous vous êtes épanouie. Or je sais reconnaître une femme amoureuse quand j'en vois une.

Sa voix était douce, mais ce fut un terrible choc pour sa belle-fille.

— Je suis encore une jeune mariée, avança-t-elle.

— Mais mon fils est-il réellement celui qui fait ainsi rosir vos joues et pétiller vos yeux?

Éloïse avala sa salive.

— Bien sûr que oui, réussit-elle à articuler.

Jonathan ne la lâchait pas du regard, mais aucune hostilité ne se lisait sur son visage.

— Je n'en crois rien, commenta-t-il en se penchant vers elle.

Ses paroles demeurèrent suspendues entre eux. Éloïse se sentait piégée par l'œil scrutateur de son beau-père.

Celui-ci prit ses mains entre les siennes.

— Ne dites rien. Je comprends votre dilemme. Je suis moi-même tombé amoureux voilà de nombreuses années, et cet amour continue de brûler en moi. Hélas, il nous a presque détruits, car pour s'épanouir, il avait besoin que nous trahissions la confiance de nos proches. Et une fois cette confiance trahie, il n'est plus permis de faire machine arrière.

Les mains du comte étaient chaudes, son ton chargé d'angoisse, mais Éloïse devinait qu'il ne lui reprochait rien. Néanmoins, elle ne se sentait pas le courage de lui avouer la passion qu'elle éprouvait pour George. Des larmes tremblaient au bord de ses cils.

— Je sais combien cela est douloureux, Éloïse, mais vous devez y mettre un terme. Mon fils veille sur ses possessions avec un soin jaloux. Jamais il ne vous pardonnerait le moindre manquement. Et jamais il ne consentirait à vous rendre votre liberté.

La jeune femme ne l'ignorait pas, mais la perspective de renoncer à George lui était insupportable.

— Comment avez-vous su? chuchota-t-elle.

— J'ai des yeux pour voir, ma chère, répondit-il tristement. Lorsque vous êtes avec M. Collinson, vous rayonnez. Auprès d'Edward, en revanche, vous avez le teint pâle et paraissez moins sûre de vous.

Sa belle-fille s'affligeait de s'être si facilement trahie.

— Je ne me suis pas rendu compte, souffla-t-elle. Cela a-t-il sauté aux yeux de tout le monde?

— Je ne le pense pas, dit-il en secouant la tête. Mais si la situation perdure, elle deviendra manifeste.

Il lui tapota le dessus de la main.

— Je me suis également épris d'un membre de la famille Penhalligan. Je n'en conçois que mieux votre désarroi à la pensée de rompre. Soyez courageuse. Faites ce qui vous semble juste – si ce n'est pour vous, au moins pour Charles. Ce petit garçon a besoin de vous.

Ainsi, les rumeurs qui couraient au sujet de sa liaison avec Susan disaient vrai.

— Quelle touchante scène d'intérieur.

Edward avait pénétré dans la pièce en silence. Éloïse avait blêmi. Des larmes lui striaient les joues, qu'elle n'eut cependant pas le réflexe d'essuyer. Depuis combien de temps se tenait-il sur le seuil. Qu'avait-il discerné au juste de leur conversation?

— J'aurais dû me douter que vous viendriez vous fourrer ici dès que j'aurais le dos tourné, lança-t-il avec humeur en s'avançant à grandes enjambées dans le salon. Que faites-vous si près de mon épouse?

— Je suis venu rendre visite à mon petit-fils et boire le thé avec ma bru, rétorqua son père sur un ton glacé. Votre remarque m'offense, monsieur.

— Je l'estime pleinement justifiée.

Il se tourna vers Éloïse.

— Ne comptes-tu pas me souhaiter la bienvenue? Je suis absent depuis près de deux mois.

La jeune femme s'apprêtait à déposer un baiser sur sa joue lorsqu'il l'enlaça et la renversa pour écraser ses lèvres contre les siennes. Il empestait le cognac. Sa moustache irritait la peau d'Éloïse, sa langue inquisitrice lui déplaisait. Elle dut refréner un ardent désir de le repousser loin d'elle.

Enfin, Edward relâcha son étreinte, le teint écarlate, les yeux brillants.

— Nous méritons maintenant un brin d'intimité, qu'en penses-tu?

— Ton père est venu m'annoncer son départ pour Londres.

Le jeune homme fit volte-face.

— Londres?

À peine Jonathan ouvrit-il la bouche que son fils se désintéressa de son épouse. Elle en profita pour quitter la pièce, dont elle referma la porte derrière elle. Rassemblant ses jupes, elle courut se réfugier dans le petit salon. Edward avait élevé la voix. Cela n'augurait rien de bon, et la jeune femme songeait avec appréhension à la nuit qui l'attendait.

Balmain, mai 1798

George attacha son cheval non loin de la baie où se dressait la demeure d'Éloïse. Ils ne s'étaient pas vus depuis deux semaines. Le jeune homme commençait à s'inquiéter, car il avait appris le retour à Sydney d'Edward Cadwallader.

Il sortit la couverture, ainsi qu'une bouteille de vin, de sa sacoche de selle, avant de s'engager parmi les arbres en direction de la clairière. Les feuilles mortes craquaient sous ses pas.

Éloïse se précipita vers lui.

— J'ai cru que tu ne viendrais jamais, sanglota-t-elle.

Il lâcha tout pour la prendre dans ses bras. Une chose terrible avait dû se produire, pour qu'elle perdît ainsi contenance.

— Que se passe-t-il, mon amour? la pressa-t-il.

Elle recula, saisit son visage entre ses mains et l'embrassa avec une telle fougue que le souffle lui manqua.

— Je t'aime, je t'aime, je t'aime.

Il l'obligea doucement à se déprendre. Elle avait les yeux remplis de larmes et, à sa façon de se cramponner à lui, George comprit qu'elle n'allait pas bien.

— Que t'est-il arrivé?

— Nous sommes découverts. Le père d'Edward sait tout.

Le garçon se figea.

— A-t-il mis son fils au courant? Edward t'a-t-il battue? Es-tu blessée?

Elle secoua négativement la tête.

— Seul mon cœur saigne. Mon mari n'a rien deviné.

Elle s'agrippait à lui de plus en plus fort.

— Oh, George! Il faut cesser de nous voir.

Il titubait.

— Voyons, Éloïse, tu ne penses pas ce que tu dis. Je t'en conjure, mon amour, calme-toi. Comment le comte a-t-il su? Nous nous sommes pourtant montrés extrêmement prudents.

Il écouta attentivement le récit de la jeune femme. Chacun de ses mots tombait dans son oreille comme une goutte d'eau glacée, mais son cœur n'en continuait pas moins de brûler. Jamais il ne renoncerait à elle. Il la serra contre lui parce qu'elle pleurait, ses propres larmes se mêlant aux siennes tandis qu'il s'efforçait de mettre de l'ordre dans ses pensées.

Comme elle s'apaisait un peu, il l'entraîna vers la couverture.

— Quitte-le, dit-il doucement. Prends ton enfant avec toi, et nous nous embarquerons pour l'Amérique.

Elle prit une inspiration tremblante.

— Je le voudrais tant. Mille fois, je nous ai vus réunis en rêve. Mais c'est impossible.

— Non. Nous pouvons partir aujourd'hui même. Un navire met les voiles ce soir.

Il pressa les mains d'Éloïse entre les siennes.

— Je n'ignore pas le scandale qui en résultera, et je comprends combien tu dois avoir peur, mais nous serons ensemble. Et ensemble, nous pouvons franchir tous les obstacles.

— Edward se lancerait à nos trousses, renifla la jeune femme. Il est riche, et sa famille est puissante. Il te tuerait sans hésiter et me ramènerait à la maison, où il me châtierait à sa guise jusqu'à la fin de mes jours.

— Nous trouverons une cachette. Je t'en conjure. Tu ne peux pas demeurer auprès de lui.

— Il le faut, souffla-t-elle. Je t'aime, George. Je souhaiterais que les choses soient différentes. Mais nous savions dès le début que nous commettions une folie. Nous savions que, malgré la puissance de nos sentiments, nous ne vivrions qu'en rêve un avenir commun. Nous savions qu'il nous faudrait nous séparer un jour. Et ce jour est venu.

— Comment pourrais-je te laisser partir, quand mon cœur ne bat que pour toi?

— Parce que tu m'aimes. Et parce que nous ne trouverions pas le bonheur alors que planerait au-dessus de nous l'ombre de mon époux. Il irait jusqu'au bout du monde pour récupérer son héritier.

— Dans ce cas, laisse-lui Charles.

— Il n'en est pas question! Et je suis choquée que tu te permettes seulement de l'envisager.

Il la prit dans ses bras.

— Pardonne-moi, mon amour. Je perds la tête.

— Mon cœur se brise à l'égal du tien, mais nulle solution ne s'offre à nous.

— J'en vois pourtant une.

Elle se dégagea de son étreinte.

— Quelle férocité, soudain, s'alarma-t-elle.

— Je refuse de te laisser une minute de plus entre les griffes de cet homme.

Il tentait de peser ses mots.

— Nous sommes mariés. Mon devoir est de rester à ses côtés.

— Il a violé une femme.

Elle recula.

— Les charges retenues contre lui ont été abandonnées, protesta-t-elle. Edward avait été accusé à tort. Il a été prouvé pendant le procès que la jeune domestique avait menti.

George la considéra avec incrédulité.

— Tu étais au courant de l'affaire?

— Depuis ma rencontre avec lui. Il m'avait tout raconté pour couper court aux rumeurs.

— T'a-t-il également révélé qu'on l'avait banni de Sydney cinq années durant après l'incident?

— Il ne s'agissait pas d'exil. Son officier supérieur désirait installer des troupes dans le nord. Il a jugé bon de charger Edward de cette mission, afin qu'à son retour, le scandale soit retombé.

— Et tu as avalé cette histoire?

— Il a bien des défauts, mais je ne le crois pas capable d'une telle bestialité. Sinon, je ne lui aurais pas donné ma main.

Elle ramena ses genoux contre sa poitrine, comme pour se protéger.

— Edward est mon époux. Il est également le père de mon fils. Les liens du mariage me privent de toute liberté. Je ne serai jamais libre.

George brûlait de lui parler d'Ernest et de Millicent. Il brûlait de lui rapporter l'angoisse de ses parents, et la manière dont Jonathan Cadwallader avait terni la réputation de Susan. Mais lorsqu'il examina le petit visage résolu, il renonça. La foi d'Éloïse en l'innocence d'Edward semblait inébranlable.

— Je t'en prie, murmura-t-elle. Ne laissons pas les choses s'achever ainsi. C'est trop douloureux.

— Je suis navré, mon amour. Me pardonneras-tu?

— Bien sûr que oui.

Le jeune homme l'invita d'un geste à s'allonger contre lui. Ils échangèrent de doux baisers dans l'atmosphère paisible de la baie. Leur corps à corps, ce jour-là, se fit plus tendre que jamais, car les amants n'ignoraient pas qu'il s'agissait du dernier.

George la regarda s'éloigner sur son cheval. Elle gardait la tête haute, mais le jeune homme savait qu'elle pleurait. Il rêvait de la voir se retourner vers lui ; elle ne le pouvait pas.

— Adieu, mon amour, chuchota-t-il comme elle disparaissait au loin.

Il se mit en selle à son tour, sans pour autant se résoudre à quitter la clairière. Éloïse ne savait pratiquement rien du procès. Elle ne soupçonnait pas non plus que la famille Collinson y avait joué un rôle si important. Elle venait de prendre la décision qui s'imposait au vu des circonstances, et il avait été contraint de s'y plier aussi.

Le soleil était bas sur l'horizon, à présent. Les ombres s'allongeaient sous les arbres. Les oiseaux s'élançaient pour leur dernier vol de la journée. L'air résonnait du caquetage des perroquets et des loriquets, du tapage des pies, du rire bruyant des *kookaburras*. L'orchestre de la nature, à la fois discordant et mélodieux, attaquait son grand finale.

11

Ferme des Gratteurs de lune, septembre 1798

— Fais attention, Nell, la mit en garde Alice. En coupant trop, tu nous fais perdre de l'argent.

La jeune femme grinça des dents, se retenant d'abattre la lourde tondeuse sur la table de tri. Elle faisait de son mieux, et si Alice cessait de fourrer son nez dans ses affaires, elle travaillerait beaucoup plus vite. Elle considéra d'un œil noir la toison avec une folle envie de la jeter par terre. Il régnait dans le hangar une chaleur étouffante. Nell transpirait et le bruit lui donnait mal à la tête. Pourquoi diable lui fallait-il débarrasser cette maudite toison de ses morceaux de laine crottés ?

— Je reconnais que ce n'est pas ragoûtant, concéda doucement Alice. Veux-tu que je prenne la relève pour que tu te reposes un peu ? Tu t'échines depuis ce matin.

— Toi aussi.

L'épouse de Billy était résolue à tenir, en dépit de son dos douloureux. Elle essuya d'un revers de manche la sueur qui inondait son visage.

— Je te remercie, enchaîna-t-elle. Mais la journée est presque finie.

— Si tu as besoin d'aide, appelle-moi.

La jeune femme s'éloigna. À l'autre bout du hangar, elle rejoignit Billy et Jack, qui maniaient la presse à laine. Bientôt, les deux garçons se penchaient vers elle pour l'écouter respectueusement ; elle connaissait son affaire mieux que personne.

Nell fut contrainte de l'admettre : Alice représentait un atout pour la ferme – mais jamais elle ne l'admettrait en présence de l'intéressée.

Ils avaient embauché, pour les seconder dans leur tâche hivernale, cinq tondeurs qui œuvraient avec une économie de gestes due à de longues années d'expérience. Après que de jeunes Aborigènes avaient guidé les moutons le long des rampes, Daisy les installait deux par deux dans les petits enclos où ils attendaient leur tour. Un tondeur s'emparait alors d'une bête pour l'emporter jusqu'à son poste de travail. Là, il la plaçait sur le dos et entreprenait de la dépouiller de sa toison.

Gladys, pour sa part, allait et venait, munie d'un seau d'eau et d'une timbale en étain, afin que personne n'eût soif. Pearl, assise en compagnie de son époux et de ses frères à côté du feu qui brûlait à l'extérieur du hangar, surveillait le chaudron de bitume. Son plus jeune fils se chargeait quant à lui d'appliquer du désinfectant sur les blessures éventuelles infligées par les tondeurs aux moutons ; il patientait non loin avec son seau et une brosse épaisse.

Alice avait regagné la table de tri. Elle y étalait adroitement les toisons, puis les examinait d'un œil expert avant de les répartir sur les différentes piles. Jack et Billy transpiraient à la presse, tandis que Walter et ses sœurs ôtaient la laine souillée et les excréments de mouton. Malgré la chaleur, l'omniprésence des mouches et les relents de sueur, l'enthousiasme régnait en maître : la tonte marquait le point culminant d'une pleine année de labeur.

Nell saisit la tasse d'eau que le garçonnet lui tendait, et la vida d'un trait. C'était un petit coquin, qui aimait à multiplier les bêtises. Elle s'essuya les lèvres d'un revers de manche.

— Ce n'est pas ta mère qui devait s'occuper de ça, Bindi ?

L'enfant lui décocha un grand sourire.

— Elle dort !

Sur quoi il se rua vers l'un des tondeurs, qui lui réclamait à boire. L'homme lui ébouriffa les cheveux en lui rendant sa tasse.

— C'est un bon petit, observa Billy, qui venait de se planter auprès de son épouse.

Deux autres gamins se hâtèrent de récupérer les toisons débarrassées de leur ordure et de les confier à Alice afin qu'elle les triât.

— Ceux-là aussi, ajouta-t-il.

— Pour sûr qu'ils sont plus courageux que leurs parents, observa Nell dans un immense bâillement. Pearl est restée plantée devant le feu toute la journée, et les hommes ne font strictement rien.

— Les gamins de la génération de Bindi ont compris que notre présence ici ne constitue pas une menace. Tant que nous respecterons nos différences réciproques, tout ira bien.

Il enlaça son épouse et la serra brièvement contre lui.

— Tu t'en sors? s'enquit-il.

— J'ai presque terminé pour aujourd'hui. Et toi?

Il lui adressa un sourire mutin, et une étincelle brilla dans son regard.

— Je pète le feu! lança-t-il avec un clin d'œil.

Nell gloussa en lui allongeant une bourrade dans les côtes.

— Calme donc tes ardeurs, Billy Penhalligan. J'ai encore du pain sur la planche.

Songeant à la nuit qui l'attendait, elle éprouva une joie immense. Elle se remit à la tâche, pleine d'une énergie renouvelée.

Tandis qu'elle examinait les dernières toisons, Alice jeta un coup d'œil en direction de Jack. Levé avant l'aube, comme tous les autres, il commençait à montrer des signes d'épuisement. Son visage se creusait, ses épaules s'affaissaient un peu. Il tentait de faire porter toujours le poids de son corps sur sa jambe valide. Néanmoins, il ne flanchait pas. Inutile, songea Alice, de lui proposer qu'un ouvrier le remplace.

Comme de petits Aborigènes rassemblaient les toisons pour les porter jusqu'à la presse, la jeune femme quitta la table de tri. Les enfants adoraient l'époque de la tonte, synonyme pour eux de nourriture et de thé en supplément – et d'un peu plus de tabac pour leurs parents. On donnerait en outre un festin au terme des opérations. Alice avait elle aussi hâte d'y être: les indigènes joueraient du *didgeridoo* et des claves, leurs mélopées s'élèveraient en direction des étoiles comme elles devaient le faire depuis l'origine du monde. Il s'agissait là de sons étranges et inquiétants, mais à présent qu'elle s'y était accoutumée, la jeune femme se sentait touchée jusqu'à l'âme par cette musique, qui lui semblait la rapprocher de sa terre natale.

Elle contempla le hangar en poussant un soupir de satisfaction. L'animation qui y régnait, le raffut, le bêlement des moutons, l'odeur de la lanoline mêlée à celles de la sueur et de la laine l'aidaient à oublier ses reins douloureux. Les enfants de Nell passaient le balai et se querellaient pour savoir à qui revenait le droit de s'en charger. Amy trépignait en bourrant de menus coups de poing le bras de Walter. Sacrée petite bonne femme, se dit Alice, profondément attendrie. Aussi fougueuse que sa mère…

Elle quitta le hangar pour se diriger vers le bassin empli de liquide antiparasitaire creusé au bas de la rampe. Un tondeur y expédiait justement une brebis, que les petits Aborigènes, sous la direction d'un de leurs aînés, immergèrent dans la solution nauséabonde. Alice sourit : les enfants s'amusaient beaucoup, poussant l'animal de leurs longs bâtons à l'extrémité rembourrée pour le baigner intégralement avant de l'extraire en hâte de son brouet. La brebis s'ébroua, avant de caracoler à travers l'enclos pour rejoindre ses congénères immobiles, abasourdis par le spectacle auquel ils venaient d'assister.

— Je parie que tu ne pensais pas que nous serions un jour à la tête d'un pareil troupeau, dit Jack en s'accoudant sur la palissade à côté de son épouse.

Alice contempla, par-delà les enclos, la vaste prairie constellée de jeunes agneaux d'un blanc de neige.

— Sauf dans mes rêves, murmura-t-elle en laissant aller sa tête contre le bras de son mari. Mais nous avons réussi.

Le visage pâle de Jack s'éclaira d'un sourire et il passa un bras autour des épaules d'Alice.

— Jamais nous n'y serions arrivés sans ton aide, la félicita-t-il. Je suis très fier de toi.

La jeune femme rougit lorsqu'il piqua un baiser sur sa joue sous les sifflets joyeux des petits Aborigènes, qui échangèrent ensuite quelques remarques qu'elle supposa grivoises.

— Jack, protesta-t-elle mollement.

— J'ai bien le droit d'embrasser mon épouse, décréta-t-il, l'œil taquin, en resserrant son étreinte.

Alice cessa de résister et lui rendit son baiser. Malgré le labeur harassant, malgré la chaleur et la fatigue, elle trouvait toujours l'énergie et le temps de rappeler à son mari combien elle l'aimait.

— Tu ne regrettes rien? s'enquit celui-ci, qui la tenait à présent par la taille.

— Si ce n'est que nous n'avons pas d'enfants.

Une ombre passa dans le regard de Jack, qui l'étreignit de nouveau pour la consoler.

— Nous sommes réunis toi et moi, cela seul tient déjà du miracle. Lorsque j'ai cru t'avoir perdue, il y a bien des années, je n'osais plus même rêver d'un tel bonheur. Mais tu es ici, et regarde un peu ce que nous venons d'accomplir ensemble.

Et d'un ample geste du bras, il désigna les moutons, les enclos, le nouveau pont jeté sur la rivière, ainsi que les pâturages.

— Tu peux te sentir fière de toi, Alice. Et remercier Dieu de nous avoir offert une seconde chance.

— Je t'aime, Jack Quince.

— Je t'aime aussi, madame Quince.

Leurs murmures se trouvèrent soudain étouffés par le tintement de la cloche que Bindi faisait sonner. La journée de travail était officiellement terminée.

— Venez, lança Billy au couple en sortant du hangar en compagnie de Nell. Tu as passé l'âge de roucouler, Jack!

Ce dernier éclata de rire. Toute trace de lassitude déserta ses traits.

— N'oublie pas que tu as deux mois de plus que moi, rétorqua-t-il. Tu ferais mieux de suivre tes propres conseils.

— Allons, s'impatienta Nell. Je meurs de faim.

Elle roula des yeux en direction d'Alice.

— Ah les hommes, j'te jure!

— Ils n'appartiennent pas à la même race que nous. Nous ne les comprendrons jamais.

— Quand tu auras fini de médire sur nous, intervint Billy, je pourrai préciser que c'est à vous, les femmes, que nous devons notre mauvaise conduite.

— Tiens donc. Et pourquoi ça?

— Je me garderai de te répondre parce que je suis un gentleman.

— Si tu estimes avoir assez asticoté Alice pour aujourd'hui, l'interrompit son épouse en le prenant par le bras, nous allons peut-être enfin pouvoir prendre le thé.

— J'adore asticoter Alice! protesta Billy avec une innocence feinte. Elle rougit tellement mieux que toi!

— Mais moi, j'ai déjà entendu tes salades un bon millier de fois. Laisse-la tranquille, veux-tu. Elle a déjà assez à faire.

— Ne t'inquiète pas, dit Alice en se cramponnant au coude de Jack. La moitié du temps, je n'écoute même pas ce qu'il me raconte.

Billy porta une main à sa poitrine.

— J'ai le cœur brisé!

— Je vais te briser quelque chose d'autrement plus sensible si je ne mange pas tout de suite, gronda Nell.

Une ferme gouvernementale, octobre 1798

Les pieds nus de Niall s'enfonçaient dans la terre meuble, tandis qu'avec Paddy Galvin il tentait de creuser un sillon rectiligne au moyen de la lourde charrue. Il faisait chaud, mais la brise soufflait à travers les arbres et Niall jouissait de sa liberté retrouvée – il haïssait les chaînes.

— Tu m'as l'air drôlement content, grommela Paddy en s'appuyant sur le manche de l'engin.

Il avait quatorze ans, soit cinq de plus que Niall, qui n'était arrivé à la ferme que six semaines auparavant; Paddy y travaillait depuis longtemps.

— Je me demande comment tu peux te réjouir, poursuivit-il, avec de la crotte et de la boue jusqu'aux yeux.

— C'est une belle journée, répliqua le garçonnet. On a ôté mes chaînes, et j'aime sentir la bonne terre entre mes orteils. J'ai presque l'impression de me retrouver chez moi.

Son compagnon grimaça.

— Tu parles! Tu es sacrément plus près de mon derche que de l'Irlande.

Niall sourit. Paddy raffolait du mot «derche», qu'il utilisait le plus souvent possible.

— On est toujours mieux ici qu'à Sydney. L'air y est plus sain, et les soldats ont le fouet moins facile que là-bas.

— Pour sûr. Dis, veux-tu bien te démener un peu plus? Cette maudite machine est impossible à manier.

— Je me démène, Paddy Galvin. Mais j'ai les bras en compote.

— Et moi, si je pousse plus fort, je me fais exploser le derche.

— Ça nous fera économiser de l'engrais, gloussa Niall.

Un fracas métallique retentit. Le soc s'immobilisa après une série de secousses qui firent trembler les bras des deux garçons.

Le cadet tira sur les rênes, tandis que Paddy descendait voir ce qui se passait.

— Pas de veine pour nos derches! maugréa-t-il. Encore une de ces fichues caillasses.

— Dépêchez-vous, tous les deux. Vous devriez avoir déjà terminé.

Les petits détenus se tournèrent vers le soldat anglais qui surveillait leur travail depuis le début de la matinée. C'était un jeune homme inexpérimenté, qui passait volontiers ses journées assis à l'ombre des arbres.

— On irait plus vite si ce champ avait été nettoyé correctement, lâcha Paddy entre ses dents.

— Pas d'insolences, gamin, ou je t'expédie chez Marsden.

Les deux prisonniers ne connaissaient que trop bien la réputation du Pasteur Fouettard, en sorte que, même si ce militaire aboyait plus qu'il ne mordait, ils se turent et entreprirent de remettre la charrue d'aplomb, avant de déterrer l'imposant rocher. Bien qu'il fût un homme de Dieu, Marsden n'aimait rien tant que cingler le dos des détenus dont il avait la charge. Tous ceux qui travaillaient à la ferme le haïssaient.

Une fois le rocher déposé au bord du champ, Niall et Paddy reprirent leur labour, jusqu'à ce que, d'un cri, un surveillant invitât chacun à déposer ses outils pour la pause de midi. Les deux garçons s'installèrent sous les arbres, où ils engloutirent leur soupe de pommes de terre, accompagnée de gros pain qu'ils étaient allés chercher à la roulante.

— Ça ne vaut pas celle de ma mère, soupira Niall.

Il sauça son écuelle et se mit à mâcher lentement son pain pour faire durer le plaisir.

Son compagnon s'allongea sur le dos, les mains derrière la tête, et contempla le ciel à travers le feuillage.

— Vise-moi un peu cette couleur. Difficile de croire que c'est le même que chez nous.

Le cadet avala sa dernière bouchée, repoussa l'écuelle et s'étendit près de Paddy.

— Pour sûr que c'est bleu, concéda-t-il. Mais je donnerais tout pour retrouver notre ciel gris et me mettre dans les narines l'odeur des feux de tourbe au lieu de celle des eucalyptus.

L'aîné ferma les yeux.

— On en est tous là, dit-il avec mélancolie.

— Depuis combien de temps es-tu en Australie, Paddy?

— Trop longtemps. Quatre maudites années de trop. Et toi?

— Ça fera un an le mois prochain.

— Tu as pris combien?

— Sept ans.

Sentant les larmes monter, le garçonnet cligna rageusement des yeux pour les chasser.

— Ça fait fichtrement long, commenta Paddy, qui était retourné à sa contemplation céleste. Qu'as-tu fait aux Anglais pour mériter une telle peine?

L'enfant ferma les paupières. Les souvenirs affluaient.

— Mes frères se sont battus à Wexford, commença-t-il. Je leur ai apporté à manger dans leur cachette sans m'apercevoir que des soldats anglais me filochaient.

— Wexford, dis-tu? J'ai entendu parler de la bataille de Vinegar Hill. J'aurais bien aimé en être.

Il scrutait à présent son ami.

— Qu'est-ce qui s'est passé?

— On a pendu mes deux grands frères pour rébellion. Mon autre frère et moi, on nous a flanqués sur le *Minerva*. Lui, on l'a emmené passer le reste de ses jours sur l'île Norfolk.

Sa haine des Anglais déchirait les entrailles de Niall. Ils avaient détruit sa famille et jeté en prison d'honnêtes Irlandais – quand ils ne les avaient pas exécutés pour s'être élevés contre la tyrannie qu'ils leur imposaient.

— Il y a une palanquée de types bien sur cette île, observa Paddy d'un air sombre.

Une pensée soudaine se fit jour dans son esprit.

— Si tu as navigué à bord du *Minerva*, tu as dû y côtoyer Joseph Holt et James Harrold. On dit qu'ils font partie des têtes de la Société des Irlandais unis. C'est vrai?

— Oui, confirma le petit garçon qui, songeant à ses héros, éprouva une immense bouffée de fierté. Et même s'ils croupissent sur l'île Norfolk, ça ne les empêchera pas de continuer à défendre notre cause.

Paddy lui adressa un sourire. Comme le surveillant appelait les détenus à reprendre le travail, il se dressa sur ses pieds.

— Je l'espère, Niall. Avec l'aide de Dieu et la veine des Irlandais. Il y a des gars à la ferme qui ont prévu de s'évader un jour et, quand je serai plus vieux, j'irai avec eux. Je ne compte pas marner dans le champ d'un Angliche jusqu'à la Saint-Glinglin.

Niall posa une main sur la charrue et plissa les yeux dans le soleil. Son compagnon parlait de sédition. Il n'en fallait pas davantage pour lui mettre du baume au cœur.

Sydney, novembre 1798

Alice se hâtait, récapitulant en silence la liste de ce qu'il lui fallait acheter avant de repartir pour les *Gratteurs de lune* avec Jack, lorsqu'un individu manqua de la renverser au sortir d'une habitation. Une main ferme l'empoigna et la remit d'aplomb sur le pavé.

— Je vous présente mes excuses les plus sincères, madame.

Elle reconnut aussitôt la voix.

— Bonté divine, souffla-t-elle. Mais c'est monsieur Carlton.

Il ôta son chapeau.

— Mademoiselle Hobden. Pardon encore, je ne regardais pas devant moi.

— Je m'appelle à présent madame Quince, rectifia-t-elle. Inutile de vous excuser, voyons, puisque vous m'avez aussitôt sauvée.

— C'est que j'ai eu tout loisir de m'y exercer sur le bateau, répondit-il, ses yeux gris pétillant de plaisir. Point ne m'est besoin de m'enquérir de votre santé, madame Quince : je vous trouve rayonnante. Puis-je en déduire que la vie au grand air vous convient ?

— La tâche est rude, mais le travail des fermiers est le même partout.

Elle inclina la tête pour mieux l'examiner. Il conservait cette aura de puissance qui l'avait tant impressionnée de prime abord, mais dont elle avait peu à peu saisi qu'elle était partie intégrante de cet homme fascinant.

— Il me semble que vous vous portez à merveille aussi, observa-t-elle. L'Australie vous va bien.

— Je lui trouve en effet certains attraits.

Il tenta de chasser une mouche importune.

— Mais elle me siérait mieux si l'on y croisait moins d'insectes.

Alice sourit.

— Or donc, monsieur Carlton, qu'est-ce qui vous retient à Sydney ?

— Je vous en prie, appelez-moi Henry. Nous n'assistons pas à une réception officielle.

Il lorgna avec ironie un groupe d'Aborigènes disputant une bouteille de rhum à des matelots chinois.

— Nous avons déjà eu cette conversation, monsieur Carlton, et maintenant que je suis mariée, ce ne serait pas convenable.

Il éclata d'un rire tonitruant, qui fit se retourner quelques passants.

— Vous et votre incorrigible décence ! Je vous admire, madame Quince. Me permettrez-vous de vous inviter pour le thé à la pension où je loge ?

— C'est... c'est impossible, bégaya Alice. Mon mari m'attend et il me reste mille choses à faire avant de quitter la ville.

— N'ayez crainte, la rassura-t-il avec un clin d'œil de conspirateur. Vous y serez en parfaite sécurité : les pensionnaires reçoivent au salon et ma logeuse veillera sur votre réputation.

La jeune femme piqua un fard.

— Monsieur Carlton, pouffa-t-elle, êtes-vous en train de me conter fleurette ?

— Bien sûr ! J'adore vous voir rougir, car vos yeux n'en brillent que plus vivement.

Se rappelant les espiègleries de Billy, Alice comprit que son interlocuteur la taquinait.

— Merci pour le compliment et pour l'invitation, mais il faut vraiment que je m'en aille. Jack va se demander où je suis passée.

— Dans ce cas, allez le chercher et prenons le thé tous les trois. Je serais si heureux de bavarder un peu avec vous. Votre compagnie m'a manqué.

Quelque chose, dans l'expression de Carlton, la mit brièvement mal à l'aise, mais elle préféra l'ignorer.

— Nous devons rentrer à la ferme. Je suis navrée.

— Peut-être nous croiserons-nous à nouveau lors de votre prochaine visite à Sydney. Je compte demeurer en Australie un moment. N'hésitez pas à faire porter un message à la pension.

Il glissa les doigts dans la poche de son gilet.

— Voici ma carte. Prenez-la, je vous en prie.

Alice rangea le rectangle de carton dans son réticule.

— Nous ne venons pas très souvent, mais je vous remercie.

Elle fit une révérence et s'éloigna. Cette rencontre l'avait troublée et, quoique les attentions de l'homme d'affaires l'eussent flattée, elle n'avait pas su comment réagir à ses petits jeux de séduction. Il lui tardait de retrouver Jack.

Poursuivant son chemin, elle acquit, sans se retourner, la conviction que Carlton ne la lâchait pas des yeux. Elle se demanda ce qu'il attendait d'elle.

Edward regarda son épouse s'installer avec précaution dans le fauteuil, puis se caler contre les coussins. Son ventre rebondi gâtait la pureté de sa silhouette et, bien qu'elle exhibât une poitrine opulente, son époux ne se résolvait pas à l'approcher. Avisant les cernes sous ses yeux et la sueur perlant au-dessus de sa lèvre, il détourna le regard. Elle était à peu près aussi appétissante qu'une truie.

La porte s'ouvrit. Meg se présenta avec Charles, dont on avait récemment célébré le premier anniversaire.

— Un enfant n'a rien à faire au salon! aboya son père.

— J'ai demandé à Meg de te l'amener pour que tu le voies un peu, expliqua Éloïse.

Elle se leva avec peine et prit dans ses bras le bébé, qui sanglotait.

— Je t'en prie, Edward, dit-elle comme la domestique quittait la pièce. Tu as fait sursauter cette pauvre Meg et voilà Charles en pleurs.

— Il geint à tout bout de champ, maugréa le commandant en se servant un verre.

Il tourna le dos à la jeune femme, qui berçait le bambin pour l'apaiser, et contempla, par la fenêtre, le superbe coucher de soleil. Par les portes ouvertes s'insinuaient la brise et le parfum des roses qui prenaient d'assaut l'un des flancs de la maison. Quel dommage qu'Éloïse fût si disgracieuse; il lui aurait volontiers proposé une promenade à cheval sur la plage.

— Oh, Edward! Regarde. Il essaie de marcher.

Agrippé aux mains de sa mère, le garçonnet arquait ses jambes grêles dans un immense effort pour se tenir debout. L'expression de son visage traduisait une concentration intense et, le temps d'un éclair, son père éprouva pour lui un soupçon d'intérêt.

— Lâche-le, ordonna-t-il.

Éloïse s'exécuta. Charles se mit à tanguer comme un marin ivre.

— Viens, mon garçon! exigea Edward. Viens voir ton père.

L'enfant avança un pied minuscule. Il sourit au commandant en bavant de plaisir, ravi de son exploit.

— C'est bien. Recommence.

— Il n'est pas sur un terrain d'exercice, objecta sa mère. Tu n'as pas besoin de hurler.

Edward l'ignora.

— Viens, Charles! tonna-t-il. Voyons un peu de quel bois tu es fait. Viens voir ton père.

Les traits de l'enfant s'affaissèrent, il se prit les pieds dans le tapis persan et chuta.

Comme il fondait en larmes, son père grimaça.

— Pour l'amour de Dieu, Éloïse, fais-le taire!

Elle prit aussitôt Charles dans ses bras.

— Qu'il sorte de cette pièce! Ses cris de chat écorché me donnent mal à la tête.

— C'est un bébé, protesta la jeune femme. Tu n'as pas le droit d'exiger de lui un silence constant.

— Il a quatorze mois.

Il but un grand trait de rhum et reposa violemment son verre sur la table.

— Espérons que le prochain ne sera pas un gringalet du même acabit.

— Charles n'a rien d'un gringalet.

— Mais regarde-le! rugit le militaire pour couvrir les hurlements de son fils. On trouve plus de muscles sur une patte de poulet! Pas étonnant qu'il ne marche pas encore.

Éloïse se dirigea vers la porte.

— Demande donc à la cuisinière de lui préparer du porridge et des pommes de terre au lieu de passer tes journées à lui donner le sein. Et si le deuxième ne vaut pas mieux que celui-ci, tu n'auras qu'à t'en occuper seule.

Il haussa un sourcil en entendant claquer la porte. Après quoi sa figure s'éclaira d'un large sourire. Éloïse avait donc encore de l'énergie à revendre. Il regrettait néanmoins qu'elle n'en fît usage que pour défendre bec et ongles sa progéniture. Il se servit un autre verre, qu'il avala cul sec, puis gagna les écuries. Il en avait assez de jouer les maris et les pères attentionnés. Il allait galoper le long de la grève, puis se rendre en ville.

Entendant chanter, Mandarg s'approcha en tapinois pour s'accroupir à la porte de l'étrange édifice. Il serra sa lance, prêt à se défendre, mais personne n'avait repéré sa présence. Des Aborigènes des deux sexes étaient rassemblés là avec des soldats blancs.

L'homme étudia les images colorées accrochées au mur. Son regard s'arrêta sur un objet brillant, à l'autre bout de la pièce, posé sur une table. Il lui rappela celui qu'il avait découvert dans la maison de la mission, à Banks Town. Un examen plus attentif lui révéla qu'il s'agissait du même. Comment avait-il atterri ici? Son compagnon et lui l'avaient abandonné en partant.

Il reporta son intérêt sur le Blanc qui se tenait debout auprès de la table. Il parlait. Vêtu d'une longue robe blanche qui surprit l'indigène, il possédait une voix que celui-ci prit plaisir à écouter. Il tâcha de comprendre ce qu'il disait. En vain. Il tourna les talons pour gagner à pas de loup un petit coin ensoleillé parmi les gros cailloux semés de droite et de gauche. Puisqu'il ne s'agissait pas de *pierres du rêve*, il se sentit autorisé à s'allonger sur l'une d'elles.

La chaleur l'engourdissait. Il s'installa avec l'intention de faire un somme. Les membres survivants de son peuple habitaient de l'autre côté des montagnes, mais une force l'avait poussé à revenir en ce lieu où dormaient les anguilles. Il se trouvait au-delà des frontières de sa tribu, mais l'arrivée des Blancs avait aboli ces lignes de démarcation et la chasse, ici, était bonne.

Comme le sommeil s'emparait de lui, il crut entendre Lowitja lui murmurer des avertissements, le railler en évoquant ce qu'elle avait lu dans les pierres sacrées. Il grogna en secouant la tête pour réduire au silence cette voix qui le hantait depuis sa participation au massacre des Wiradjuric. Pourquoi, puisqu'il n'avait pas touché la Blanche, Lowitja semblait-elle résolue à le tourmenter?

— Joyeux Noël, mon frère! lui lança-t-on sur un ton joyeux.

Déjà, Mandarg avait bondi sur ses pieds et brandissait sa lance.

— Je ne suis pas ton ennemi, enchaîna l'homme.

— Tu es blanc, répliqua l'Aborigène avec hargne, s'exprimant dans sa langue. Les Noirs sont tes ennemis.

— Je m'appelle John Pritchard, reprit son interlocuteur sans paraître se soucier de la lance pointée vers son cœur. Je suis le prêtre de la garnison et je dirige cette mission. Quel est ton nom?

L'indigène écarquilla les yeux en reculant d'un pas. L'homme parlait à présent la même langue que lui.

— Mandarg, grommela-t-il. Comment se peut-il que vous connaissiez les mots dont nous usons?

— Dieu m'a accordé le don des langues, exposa le pasteur.

Son visiteur fronça les sourcils.

— Qui est ce dieu? S'agit-il d'un Esprit sacré?

— Non pas d'un Esprit sacré de votre *rêve*, répondit John Pritchard en souriant. Mais du Créateur de toute chose ici-bas.

Mandarg n'y comprenait rien. Comment un Blanc avait-il eu vent du Grand Esprit – et pour quelle raison ce dernier lui avait-il offert ce merveilleux présent?

— Tu me racontes des choses curieuses, homme blanc vêtu comme une femme. Laisse-moi dormir.

— As-tu faim, Mandarg?

Le prêtre l'importunait, mais l'Aborigène n'avait rien mangé depuis des heures.

— Aujourd'hui est un jour particulier, enchaîna Pritchard. Nous organisons un festin pour célébrer la naissance de notre Seigneur Jésus-Christ. Veux-tu te joindre à nous?

Mandarg ne saisissait pas de quoi il était au juste question. En revanche, le mot «festin» avait retenu son attention. Son ventre gargouillait.

— Tu as beaucoup à manger?

— Beaucoup, confirma le pasteur en hochant la tête. Et après le repas, je te raconterai l'histoire de Noël. Tu apprendras comment Jésus est venu au monde pour nous sauver.

L'Aborigène songeait à la nourriture, mais la promesse d'un récit le séduisait également. Il se redressa et considéra John Pritchard d'un air supérieur.

— Je suis Mandarg, de la tribu des Gandangara. Montre-moi ce que tu as à me proposer. Ensuite seulement, si cela me convient, je mangerai.

Il emboîta le pas au pasteur. La voix de Lowitja tonnait de plus en plus fort à l'intérieur de son crâne.

Garnison de Parramatta, janvier 1799

L'orage approchait. Le temps était lourd, et en dépit des nuages bas qui s'amoncelaient, Nell souffrait de cette chaleur traîtresse. Si seulement il pouvait pleuvoir, songea-t-elle. Les points d'eau s'asséchaient, la terre se fissurait. Il devenait chaque jour plus difficile de nourrir le bétail et de le protéger des dingos en maraude. Elle fusilla le ciel du regard. La tromperait-il de nouveau? Plusieurs fois déjà, elle avait cru que l'averse salvatrice allait tomber. En vain.

Elle se tenait à côté du cheval, pendant que les soldats vidaient le chariot et emportaient le cadavre du mouton en cuisine. Après quoi la jeune femme mena sa monture à l'abreuvoir, où elle l'attacha à un piquet. Il était l'heure de se mettre à table, mais elle n'avait nulle envie de pénétrer dans les cuisines de la garnison, qui lui rappelaient celles de la prison de Londres qu'elle avait jadis fréquentée. Elle récupéra donc son panier au fond du chariot et s'en fut à pas lents en direction de la chapelle.

L'herbe demeurait verte au bord de l'eau. Des cygnes noirs et des canards querelleurs s'étaient adjugé la seule rivière qu'on trouvât encore à plusieurs kilomètres à la ronde. Ayant opté pour un coin agréable, Nell y mangea un peu de viande froide et de pain. Ses pensées dérivaient à l'égal des nuages.

Alice travaillait avec les hommes. Nell avait salué depuis longtemps ses talents d'agricultrice et accepté le lien étroit qui s'était peu à peu tissé entre Billy et elle. Mais ses enfants adoraient l'épouse de Jack et, bien qu'elle eût tenté de faire taire sa jalousie lorsque ses filles demandaient à Alice de les aider à comprendre leurs leçons ou la pressaient de leur raconter des histoires, qu'elles écoutaient blotties contre la jeune femme, Nell avait du mal à lui tordre le cou pour de bon.

Elle écarta ses cheveux de sa nuque pour se rafraîchir un peu. Elle était égoïste et sotte, songea-t-elle. Alice ne cherchait pas à lui prendre ses enfants : leur mère n'ayant reçu aucune instruction, elle se bornait à combler ces lacunes. Nell ne risquait rien.

Elle secoua sa chevelure et épousseta sa jupe. Elle aurait mieux fait de plaindre Alice, se dit-elle, qui n'avait pas de progéniture. La jeune femme jeta vers les cieux un regard furibond. Ce temps l'irritait, et ses fesses maigrichonnes souffraient encore de son périple en chariot. Elle résolut de marcher un peu pour chasser sa mauvaise humeur.

Après avoir arpenté la berge jusqu'à en perdre haleine, elle s'en alla flâner dans le cimetière. Elle n'y était jamais entrée. Elle s'attarda à déchiffrer les inscriptions sur les pierres tombales. Il régnait une atmosphère paisible et silencieuse sur ces lieux où reposaient les soldats et les détenus que la lance d'un Aborigène, la maladie ou le grand âge avait emportés. Comme le souvenir de son défunt bébé l'assaillait soudain, elle décida de quitter l'endroit. Elle s'apprêtait à tourner les talons, lorsque deux phrases apposées sur une sépulture attirèrent son regard :

Seul Dieu connaît cette jeune Blanche
Puisse son âme égarée retrouver aux Cieux son chemin

— Je vois que vous avez découvert notre demoiselle mystère, fit une voix derrière elle.

Nell plissa les yeux, éblouie par un rayon de soleil qui venait de percer les nuages.

— Bonjour, John, répondit-elle. J'ignorais que vous étiez revenu de Sydney.

— Je n'y suis resté que pour célébrer le Nouvel An, expliqua le révérend Pritchard.

Il désigna la pierre tombale du doigt.

— C'est le seul présent qu'il m'a été permis de lui offrir. Le seul moyen qui m'a été donné de rendre hommage à cette existence tragique, qui continue de me toucher jusqu'à l'âme.

Nell gardait le silence.

— Elle m'intriguait. Et lorsqu'une femme aussi jeune, aussi hébétée, meurt dans vos bras, force vous est de tenter ensuite de découvrir qui elle était.

— Y êtes-vous parvenu?

— Oui, au terme de longues recherches.

Il lui rapporta sa rencontre avec l'inconnue au cœur du bush.

— Elle transportait un crucifix qui, de toute évidence, provenait d'une église ou d'une chapelle. Cet objet a constitué mon point de départ.

John Pritchard s'était installé à Parramatta un an plus tôt. Nell le jugeait surprenant : au contraire des autres pasteurs, il préférait la compagnie des Aborigènes à ses devoirs au sein de la garnison. Plutôt que de prêcher, il passait parfois plusieurs jours, voire plusieurs semaines dans le bush. Son travail auprès des Noirs avait alarmé les colons, mais il ne prêtait aucune attention à leurs griefs ; pour toutes ces raisons, la jeune femme l'admirait.

— Vous avez donc suivi cette piste? l'encouragea-t-elle.

— Oui. J'ai persuadé Mandarg, mon nouvel ami, de m'accompagner à Banks Town.

Il marqua une pause.

— Il a d'abord manifesté beaucoup de réticences mais, une fois sur place, il s'est enfin débarrassé de la culpabilité qui le rongeait.

— Je suis complètement perdue, commenta Nell.

Le révérend Pritchard sourit faiblement.

— Nous le sommes tous, mais j'espère que les malheureux qu'on a exterminés là-bas auront trouvé le repos dans les Cieux. Mandarg, lui, s'est déchargé de son fardeau en me confiant ce qui s'était passé.

Il entreprit, en choisissant ses mots avec soin, de décrire le massacre à la jeune femme. Lorsqu'il se tut, elle se tourna vers la sépulture.

— Elle se trouvait donc là-bas, murmura-t-elle. Et elle n'a survécu que parce qu'elle était devenue folle.

— Les principes religieux de Mandarg lui interdisent de s'en prendre à quiconque a été touché par les Esprits. Jamais plus il ne s'est acoquiné avec ces membres du Régiment de la

Nouvelle-Galles du Sud, dont il a surnommé le chef «le diable à la peau blanche».

Nell avait entendu parler de cette formation militaire. Elle connaissait en outre, après le viol de Millicent et la parodie de procès qui en était découlée, le personnage qui s'était porté à la tête d'une telle expédition. Billy et elle soupçonnaient depuis longtemps certaines factions d'assassiner des Aborigènes sous prétexte de faire place nette pour les colons – c'était d'ailleurs l'une des raisons qui poussaient le couple à veiller avec un soin jaloux sur les Noirs qui vivaient à la ferme.

— Avez-vous prévenu les autorités?

— J'ai essayé, mais l'armée constitue une société très fermée, où l'esprit de corps règne en maître.

— Mais ils ont tué le missionnaire et abandonné la fille au milieu du bush! Ils méritent qu'on les punisse.

— Nous ne pouvons guère que prier pour qu'il en soit ainsi un jour, Nell.

Celle-ci doutait de leur efficacité.

— Avez-vous finalement découvert son identité?

— Depuis peu. Car mes recherches à Sydney m'ont mené jusqu'à sa famille.

Il hésita.

— Je n'avais pas prévu, Nell, de vous rencontrer aujourd'hui, devant cette sépulture…

Il cherchait ses mots. La jeune femme avait saisi ce qu'il s'apprêtait à lui révéler, mais elle avait besoin de l'entendre.

— C'est Florence Collinson, la nièce de Billy, n'est-ce pas?

Il approuva douloureusement de la tête.

— Je dois à présent parler à ses parents. Et bien qu'il m'ait été donné de rencontrer déjà Ezra Collinson, pour lequel je nourris une vive admiration, je me passerais volontiers de leur annoncer cette nouvelle.

Nell lui pressa l'avant-bras en signe de compassion.

— Peut-être serait-il plus sage de ne rien leur dire, suggéra-t-elle. Susan et Ezra continuent d'espérer son retour. Ça les détruirait.

— Ma conscience m'empêche de me taire. Ils ont le droit d'être mis au courant.

Il avait raison. S'ils gardaient le secret, songea Nell, elle serait incapable de retourner à la *Tête de faucon* sans se sentir irrémédiablement coupable.

— Alors permettez-moi de m'en charger avec Billy. Nous leur parlerons.

Ferme de la Tête de faucon, trois jours plus tard

La chaleur était accablante, l'air épais comme de la mélasse et le ciel menaçant. Billy rapportait à sa sœur et son mari ce qui était arrivé à Florence. Il peinait – Nell le devinait à sa mine, d'ordinaire si joyeuse, elle le devinait à ses mains torturant le bord du chapeau qu'il serrait entre ses genoux.

Le silence tomba. Ezra baissa le menton sur sa poitrine, tandis que son épouse fixait un point sur l'horizon, comme si elle allait y discerner bientôt la misérable petite tombe et son inscription dérisoire. On n'avait pas versé de larmes – du moins, pas encore – en sorte que Nell soupçonna les parents de la défunte, malgré l'invincible espoir qui les avait portés durant toutes ces années, d'avoir au fond d'eux déjà accepté que leur fille ne reparût jamais sous leur toit.

— Que de morts, lâcha enfin Susan. Que de jeunes existences dérobées dans cet impitoyable endroit.

Son regard bleu débordait de chagrin.

— Si seulement elle était revenue parmi nous, elle serait encore en vie.

Ezra lui prit la main. Son teint était livide, ses yeux assombris par l'affliction.

— Ne te torture pas, tenta-t-il de consoler son épouse. Florence avait fait son choix. Dieu, pour Sa part, a choisi de la rappeler à Lui.

Susan ôta sa main et se leva.

— Dieu n'a rien choisi du tout, siffla-t-elle. C'est ce maudit Edward Cadwallader qui a choisi de prendre sa vie. Mais cette fois, je veillerai personnellement à ce qu'il paye pour son forfait.

— Susan! s'écria son mari. Surveille un peu ton langage, veux-tu.

254

Elle se tourna d'un bloc pour l'affronter.

— Comment oses-tu me donner des leçons aujourd'hui, Ezra ? Je te l'interdis !

Le pasteur s'extirpa de son fauteuil pour se mettre debout. Il étreignit son épouse, qui éclata en sanglots.

Nell ayant jeté un coup d'œil en direction de Billy, le jeune couple quitta la véranda.

— Eh bien, fit-elle lorsqu'ils se furent assez éloignés pour que personne ne les entendît, je ne savais pas que ta sœur avait un pareil tempérament.

— Son mariage avec Ezra a fait d'elle une dame de la bonne société, mais la fille de pêcheur cornouaillaise n'est jamais bien loin.

Il sourit faiblement.

— Je l'entends encore lancer des bordées d'injures quand elle se disputait sur les quais avec une autre adolescente. Ça faisait plus de mal qu'un coup de couteau !

Nell gloussa en se rappelant les pugilats auxquels elle-même avait participé, dans les rues de Londres ou à bord du bateau-prison.

— J'ai toujours su qu'elle avait de la ressource, décréta-t-elle.

Parvenu près des enclos, Billy rejeta son chapeau en arrière pour contempler l'horizon.

— De la ressource, il lui en faudra, observa-t-il, pour surmonter cette épreuve. La foi d'Ezra n'y suffira pas.

— Par bonheur, ils ont Bess et Ernest. Et leur nouveau petit-fils. De quoi apaiser un peu leur chagrin.

Accoudée à la palissade, Nell tâchait de ne pas sombrer à son tour dans la mélancolie. Elle vivait jour après jour avec le souvenir de son enfant perdu, et la crainte qu'un malheur pût arriver aux trois autres.

Billy passa un bras autour de ses épaules.

— Les petits vont bien, la rassura-t-il. Et il en ira de même pour Susan et Ezra lorsqu'ils se seront recueillis sur la tombe de Florence et qu'ils auront fait ériger pour elle une sépulture digne de ce nom.

Il embrassa son épouse.

— Merci de m'avoir accompagné. Sans toi, je n'y serais jamais arrivé.

Des bruits de pas dans leur dos les firent se retourner.

— Billy… Je n'avais pas l'intention de sortir de mes gonds, mais quand il ne reste plus aucun espoir…

Susan adressa à son frère un sourire douloureux.

Il la serra contre lui.

Lorsqu'elle quitta ses bras, elle lui sourit de nouveau.

— Nos parents seraient fiers de toi, petit frère, et je n'en finis pas de remercier Dieu que nous ayons tous deux débarqué en Australie au même moment. Sans toi, je ne m'en serais jamais sortie.

Le visage de Billy était brûlant. Sa sœur l'étreignit fugacement.

— Je suis trop vieux pour les cajoleries, objecta-t-il.

Elle effleura ses tempes poivre et sel.

— Nous avons tous vieilli, Billy. Mais nous avons également mûri. Et je te câlinerai aussi souvent que j'en aurai envie. Tant pis pour toi si tu piques un fard.

Elle releva le bas de sa robe pour la protéger de la poussière.

— Maintenant, enchaîna-t-elle, je vais rassembler quelques affaires, puis aller embrasser mon petit-fils avant de partir pour Parramatta avec Ezra. Il tient à célébrer un office à la mémoire de Florence et à lui offrir une tombe décente.

— Comment se sent-il? demanda Nell.

— À peu près bien, même si cette nouvelle constitue pour nous un abominable choc. Mais il triomphera de l'adversité.

Ferme des Gratteurs de lune, février 1799

Le tonnerre grondait au loin et des éclairs illuminaient de-ci de-là les sombres nuées. Alice s'empara de l'agneau terrorisé pour lui trancher la gorge. Les corbeaux lui avaient crevé les yeux à coups de bec. Submergée par le désespoir, la jeune femme reposa le petit cadavre. L'exploitation était au bord de l'anéantissement. Les brebis avaient mis bas très tard leurs petits, qui devenaient la proie des corneilles prédatrices et des dingos affamés. La terre était assoiffée, l'herbe si sèche qu'elle se teintait de reflets argentés et perdait sa valeur nutritive. S'il ne pleuvait pas très vite, d'autres bêtes mourraient.

Elle prit une inspiration tremblante en remontant le vieux pantalon qu'elle avait emprunté à Jack. Elle serra la corde qui lui tenait lieu de ceinture. Le vêtement était beaucoup trop grand, mais, à l'instar des lourdes bottes dont elle ne se séparait plus, il convenait parfaitement à la vie dans ces contrées.

Alice examina le ciel. Les nuages s'amoncelaient, noirs et gras, chargés de pluie. Mais l'orage éclaterait-il enfin? Elle ôta son chapeau pour s'éponger le front et le cou. Des mouches vrombissaient autour de sa tête. Elle renfonça le couvre-chef sur son crâne, tirant, devant sa figure, la voilette qu'elle avait cousue pour la protéger des insectes. Elle crut étouffer, si bien qu'elle se hâta de relever le tissu et grimpa sur son cheval.

La jument alezane, qui se frayait un chemin parmi les profondes crevasses entaillant le sol, tressaillit lorsqu'un coup de tonnerre plus proche retentit, accompagné d'un éclair fourchu qui déchira les nuées de plus en plus ténébreuses.

— Courage, murmura Alice à sa monture, qui ramenait ses oreilles en arrière. La journée risque d'être longue.

Tandis qu'elle chevauchait à travers la prairie moribonde à la recherche de son troupeau, la jeune femme compara la stérilité des terres environnantes à la sienne. L'enfant qu'elle avait désiré si fort n'était jamais venu; il lui avait fallu accepter l'idée qu'elle ne serait pas mère. C'était là son plus vif chagrin: porter le bébé de Jack aurait été pour elle le couronnement de ses rêves. Néanmoins, elle se réjouissait de l'affection que lui témoignaient Amy, Sarah et Walter.

Elle relâcha les rênes en approchant d'un bras mort de la rivière. La berge n'était plus qu'une croûte craquelée, les roseaux avaient bruni ou blanchi, des hordes d'oiseaux se chamaillaient autour d'une misérable flaque boueuse – il ne restait rien d'autre. Sur les carcasses pourrissantes d'un kangourou et de son petit gisant un peu plus loin, les sempiternels corbeaux s'acharnaient.

Un nouveau coup de tonnerre ébranla la terre.

La jument se cabra en gémissant.

Lorsque l'éclair toucha le sol avec un effroyable craquement, Alice lâcha les rênes.

Les oiseaux s'envolèrent dans une explosion de battements d'ailes et de cris stridents. La jument s'emballait. Sa cavalière chuta lourdement. Elle se retrouva clouée au sol, impuissante et le souffle court, tandis que sa monture s'éloignait au triple galop.

— Ça ne sert à rien, maugréa Billy.

Chevauchant aux côtés de Jack, il scrutait l'herbe aux reflets aveuglants.

— Les moutons se sont dispersés sur de telles distances, enchaîna-t-il, que nous ne réussirons jamais à les rassembler.

— Il le faut, rétorqua son ami, plus que jamais tourmenté par sa hanche à cause du temps. Ils sont forcément quelque part, et je te parie qu'ils sont restés tous ensemble. Allons voir le prochain point d'eau.

Comme le tonnerre se rapprochait, la monture de Jack commença à s'agiter; le malheureux était à la torture.

Billy ôta son chapeau et s'épongea le front avant de le coiffer à nouveau.

— S'ils ne s'y trouvent pas, dit-il, je serai d'avis de regagner la maison. Nous les cherchons depuis deux jours. Il ne nous reste qu'à abandonner les cadavres aux dingos.

Son compagnon affichait une mine sinistre.

— J'espère qu'Alice est rentrée. L'orage approche.

— Elle a la tête sur les épaules, ce qui n'est pas forcément ton cas. Mais poussons jusqu'à Snake Creek, je suis d'accord.

Il siffla les chiens et mit son cheval au galop.

Jack le suivit, la hanche transpercée à chaque secousse par une lance de feu. À mesure que la douleur s'intensifiait, il se sentait de plus en plus résolu à l'ignorer. Il fallait à tout prix débusquer les moutons pour les ramener près de la ferme, où l'on aurait moins de mal à les nourrir et à les abreuver.

— J'aurais dû m'y mettre plus tôt, dit-il quand il eut rattrapé Billy. C'était idiot de compter sur la chance et le climat.

— Personne n'aurait pu prévoir que la sécheresse durerait si longtemps. Tu n'as rien à te reprocher.

Pourtant, Jack ne décolérait pas. Les moutons étaient leur gagne-pain, mais il avait ignoré les mises en garde d'Alice. Les bêtes auraient dû rentrer au bercail des mois auparavant. À présent, la plupart des agneaux tardifs avaient succombé, ainsi que de nombreuses brebis. Par bonheur, son épouse avait insisté pour qu'on parquât les béliers. Ils vivaient en sécurité dans leurs enclos.

Les deux cavaliers poursuivaient leur périple en silence ; leurs montures tressaillaient à chaque éclair et tremblaient en entendant rouler le tonnerre. Les chiens allaient et venaient, la truffe au sol, la queue entre les pattes. Eux n'ont plus n'appréciaient guère l'orage.

Snake Creek était un ruisseau sinuant parmi les arbres qui couvraient encore un tiers du domaine. Il coulait paresseusement sur un lit de graviers pour se jeter dans le vaste plan d'eau qui, l'été, constituait pour la faune locale un formidable sanctuaire envahi de nénuphars blanc et rose.

Les deux hommes immobilisèrent leurs chevaux, affligés par le spectacle qui s'offrait à eux : le ruisseau se réduisait à un filet d'eau boueuse. Si les moutons l'avaient certes découvert, plusieurs d'entre eux étaient demeurés prisonniers de la vase. Leurs cadavres, gonflés comme des outres, étaient noirs de mouches.

Jack et Billy mirent pied à terre pour se porter au secours de trois survivants piégés dans la fange, et qui bêlaient. Après les avoir envoyés rejoindre leurs congénères, Jack siffla les chiens. Ces derniers rassemblèrent les bêtes – une infime portion, hélas, de leur troupeau.

Un éclair de plus, le tonnerre à présent tout proche : une vive inquiétude s'empara de l'homme.

— Tu as vu ça ? cria-t-il à Billy.

— Quoi donc ?

Le garçon avait fort à faire, car sa monture menaçait à chaque instant de s'emballer.

Un éclair encore.

— Là-bas dans les broussailles. J'ai l'impression que quelqu'un nous épiait.

— Bonté divine, maugréa Billy en giflant les flancs de son cheval pour tenter de l'apaiser. J'espère que tu te trompes. Il ne manquerait plus qu'un bagnard se soit échappé.

Il rejoignit Jack et, ensemble, les deux garçons plongèrent le regard dans les buissons.

— C'était peut-être une ombre. La lumière est trompeuse.

C'est alors qu'une frêle silhouette, jaillissant de derrière un arbre, plongea plus avant dans les fourrés.

— Bindi! Mais que fait-il par ici?

— Bindi! hurla Billy. Ramène donc ton popotin!

L'enfant ne réagit pas.

— Si tu ne montres pas le bout de ton museau, c'est moi qui vais te chercher et tu tâteras du cuir de ma ceinture.

Jack considéra son compagnon d'un air outré, mais ce dernier lui décocha un grand sourire.

— Je n'ai pas la moindre intention de le battre, mais il n'en sait rien. Tout ce que je veux, c'est qu'il se dépêche.

Un rire s'éleva, aussitôt couvert par le grondement du tonnerre.

— Allons le chercher, dit Jack. C'est dangereux.

Il se remit péniblement en selle. Les chiens veillaient toujours sur leur poignée de moutons.

— Pars devant avec les bêtes pendant que je récupère Bindi.

— Ça ira? s'enquit Billy.

— Parfaitement bien! mentit Jack en s'efforçant de maîtriser les haut-le-corps de sa monture.

On allait de droite et de gauche pour resserrer les rangs du bétail, qui s'égaillait un peu malgré la vigilance des chiens. Mais Mère Nature poursuivait sa démonstration de force. Les nuages se trouvaient à présent au-dessus de leurs têtes; le paysage sombrait dans un demi-jour menaçant. Un étrange silence les enveloppa – on aurait dit que le monde retenait son souffle avant l'assaut.

Un coup de tonnerre les fit tous sursauter. Ils parurent un instant pétrifiés dans la blanche lueur de l'éclair. Puis les éléments se déchaînèrent.

Les moutons filèrent en tous sens, les chiens sur les talons. Les chevaux ruèrent, les oreilles en arrière et les naseaux dilatés; Jack et Billy se démenaient pour en garder le contrôle.

Lorsqu'il perdit un étrier, Jack éprouva une douleur effroyable, mais il tint bon: s'il tombait, il n'aurait aucune chance.

Le tonnerre ne cessait plus. Les éclairs se succédaient, pareils à de retentissants coups de fouet. Le sol vibrait, secouant la végétation alentour.

Puis la foudre, tel un doigt vengeur, s'abattit sur un arbre; une balle de fusil n'aurait pas frappé avec plus de force ni de résolution. Le tronc sec s'enflamma, les étincelles embrasant d'un coup l'air saturé du parfum des eucalyptus. Une boule de feu se rua sur les buissons. La forêt assoiffée constituait une proie facile. Déjà, les feuilles se flétrissaient avant de noircir, les fûts se muaient en colonnes de flammes. Sur le sol courait un réseau de rougeoyantes rivières de feu.

— Bindi! s'écria Jack, qui s'était mis en quête de l'enfant à travers la fumée. Où es-tu?

— Sors de là, Bindi! Le feu! Le feu!

Billy faisait décrire à sa monture des cercles de plus en plus étroits.

— Nous devons le trouver, Jack! Laisse tomber ces maudits moutons!

— Patron! Patron!

La voix terrifiée du petit garçon leur fit écho parmi les arbres.

— Reste où tu es! lui conseilla Jack en tirant sur les rênes. Nous venons te chercher.

Plantant les talons dans les côtes de son cheval, il s'enfonça dans la forêt en direction de l'enfant.

Alice avait mal partout mais, Dieu soit loué, elle ne s'était rien cassé. Elle se releva péniblement et scruta l'horizon dans l'espoir d'y repérer sa monture. La prairie déserte s'étendait devant elle dans une étrange lueur de crépuscule. Des bosquets solitaires se détachaient contre le ciel noir. Le silence régnait pendant que l'orage préparait son offensive.

— Peste, grommela-t-elle avec humeur en ramassant son chapeau, qu'elle épousseta. Bertie ne m'aurait pas désarçonnée, lui. Et jamais il n'aurait décampé en me laissant seule.

Elle entreprit d'examiner la situation. Elle se trouvait à cinq bonnes heures de cheval de la ferme – si le vieux Bertie vivait encore, il lui en faudrait dix. Quoi qu'il en soit, il ne lui restait plus qu'à marcher.

Elle contempla les éclairs au loin, qui clignotaient sinistrement au-dessus des arbres. Que la foudre tombe, et ce serait l'incendie – tous les colons le craignaient, car le feu ravageait plusieurs centaines d'hectares à la fois, tuant tout sur son passage, hommes et bêtes. Il agissait plus vite qu'une nuée de sauterelles. Alice pria pour que Jack et Billy fussent déjà sur le chemin du retour.

Comme les ténèbres se rapprochaient avec le roulement du tonnerre, elle prit la pleine mesure de sa fragilité. Sa jument avait emporté dans sa fuite l'outre et le fusil de la jeune femme. Si elle croisait des dingos, qui avec la sécheresse ne chassaient plus qu'en bandes, elle ne donnait pas cher de sa peau.

Elle contempla le décor désolé qui s'étirait à perte de vue. Il avait su conserver malgré tout sa beauté, majestueux dans sa grandiose solitude. Il touchait la part primitive d'Alice, qui éprouvait une manière de familiarité avec ce paysage millénaire. Néanmoins, il demeurait périlleux de s'y promener seule et sans arme…

Elle se ressaisit.

— Arrête de te lamenter, se blâma-t-elle. Jack et Billy vont dans la même direction. Tu ne resteras pas seule bien longtemps.

Les deux pieds dans la vase du point d'eau, elle se désaltéra longuement. Le liquide avait un goût infect, mais sans doute n'en trouverait-elle pas d'autre avant des kilomètres. Or elle n'avait aucune intention de mourir de soif. Elle remonta une dernière fois le pantalon de son époux et se mit en marche en direction des *Gratteurs de lune*.

Nell gara le chariot dans la cour, puis bouchonna le cheval avant de le laisser caracoler dans l'enclos. L'orage était encore loin, mais la tension dans l'air déjà palpable ; la jeune femme comprit que les cieux s'apprêtaient à un terrible assaut. Elle se dirigea vers la maison, à laquelle Billy avait récemment ajouté trois pièces ; on s'y sentait en parfaite sécurité.

— Gros orage vient, patronne, lui annonça Gladys du fond de son fauteuil favori, installé sur la véranda. Mais pas pluie dans ces nuages.

— Je l'aurais parié, commenta Nell en frissonnant.

Elle haïssait les orages secs. Ils se révélaient si puissants que le sol en tremblait, semant la terreur parmi les enfants et les bêtes. Elle se tourna vers Gladys, qui chiquait.

— Où sont les petits?

— Dans la rivière. Fait chaud, chaud, chaud.

Nell se précipita vers l'eau en criant aux bambins de sortir.

— Un orage arrive!

Elle s'empara de Walter et de Sarah, qu'elle hissa sur la berge.

— Je vous ai déjà interdit d'aller nager quand il y a de l'orage, bon Dieu.

— Tu ne devrais pas jurer, maman, observa Amy qui, à huit ans, se prenait presque pour une adulte. Tante Alice dit que c'est mal élevé.

Mais la jeune femme n'était pas d'humeur à entendre les récriminations de sa fille.

— Je parle comme j'en ai envie, bon Dieu! répliqua-t-elle d'un ton brusque. Rentre à la maison.

— Tu n'as pas le droit d'être fâchée, ronchonna Amy en essorant sa chemise de nuit. On n'avait rien à faire et Gladys nous a donné son autorisation.

— Vous n'aviez qu'à vous trouver d'autres occupations. La foudre peut tomber sur l'eau.

La fillette s'ébroua pour rejeter ses cheveux trempés sur ses épaules.

— L'orage est encore loin.

Sa mère arrivait à bout de patience. Elle saisit son aînée par le bras, la traîna jusqu'à la maison, ainsi que les jumeaux. Parvenue sur le seuil, elle les poussa sans ménagement dans la pièce principale.

— C'est la dernière fois que tu gardes mes enfants, Gladys.

Celle-ci ouvrit un œil.

— D'accord, patronne, grommela-t-elle. Mais Bindi pas aimer ça.

— Où est-il?

L'Aborigène haussa les épaules, prête à se rendormir, mais Nell la secoua.

— Un orage sec arrive, Gladys. Va le chercher. Va chercher tous tes enfants. Et mets-les en sécurité.

L'Aborigène marmotta quelques paroles inintelligibles en s'extrayant du fauteuil à regret. Elle s'éloigna nonchalamment.

Les poings sur les hanches, Nell la suivit des yeux jusqu'à ce qu'elle eût disparu.

— Que Dieu nous aide.

Sur quoi elle poussa un soupir exaspéré.

— Pourquoi je ne peux pas aller chercher papa? s'enquit un peu plus tard Walter d'une voix flûtée.

Sa chevelure rebelle brillait à la lueur des lampes que sa mère avait allumées pour chasser la pénombre.

— Parce que tu es trop jeune.

Toujours troublée par l'orage imminent, Nell commençait à se demander où avait pu passer Billy.

— Ton père a du travail. Il ne peut pas rester avec toi tout le temps.

Le garçonnet se jeta dans un fauteuil avec la résolution d'un enfant de sept ans accoutumé à n'en faire qu'à sa tête.

— Il aime bien que je l'aide. C'est lui qui me l'a dit.

Ignorant la remarque, sa mère alla préparer le dîner. Inutile de discuter, songea-t-elle – le petit était aussi têtu que son père. Elle mit la table et fit le service, pour s'apercevoir finalement qu'elle n'avait pas faim. Elle repoussa son assiette.

Une fois les bambins installés dans leurs chambres, elle tira la mèche de la lampe et s'assit dans l'obscurité. L'orage était à présent tout proche, et les éclairs si vifs que leur éclat illuminait la cour. Comme la chaleur s'intensifiait, Nell se mit debout et arpenta la pièce.

Jack et Billy avaient quitté la maison deux jours plus tôt. Ce matin, avant l'aube, Alice était partie à son tour. Tous trois auraient dû être rentrés. Ils pouvaient se trouver n'importe où sur le domaine, perdus, qui sait, au cœur des éléments en furie, peut-être même blessés.

Un formidable coup de tonnerre la fit sursauter. Debout dans le silence palpitant qui suivit, tendue à rompre, elle attendit le suivant. Lorsqu'il retentit, il lui sembla que les cieux venaient de s'abattre sur le toit de la demeure, qui frissonna du sol au plafond.

— Maman !

Sarah surgit dans la cuisine pour se jeter dans les bras de la jeune femme.

— Tout va bien, tenta de la rassurer celle-ci en lui caressant les cheveux.

À la porte se tenait Amy, le teint blême.

— Tu n'es pourtant pas du genre à craindre l'orage, s'étonna sa mère.

— Walter n'est pas dans sa chambre.

Nell la dévisagea.

— Bien sûr que si, voyons. Il a dû se cacher sous son lit.

— Non, s'obstina Amy en secouant la tête.

La jeune femme se précipita vers la chambre de l'enfant, la plus petite.

— William Walter Penhalligan ! éructa-t-elle. Arrive ici tout de suite.

Elle obtint, en guise de réponse, qu'un éclair se matérialise, accompagné d'un sinistre craquement.

Les flammes, qui avaient dévoré les arbres, s'étaient ensuite répandues comme une rivière en crue sur le sol de la forêt. Agrippé à sa monture et tâchant de rejoindre enfin le petit Aborigène, Jack étouffait dans la fumée.

— Bindi ! Où es-tu ?

Le garçonnet lui eût-il répondu qu'il n'aurait rien entendu parmi les rugissements du brasier. Il repéra soudain Billy dans les brumes.

— Ça ne sert à rien !

Il se mit à tousser.

— Nous ne le retrouverons jamais là-dedans.

— Patron, patron…

Une silhouette menue jaillit du cœur des fumerolles pour s'élancer vers Billy.

S'emparant du garçonnet par sa chemise, celui-ci le jeta en travers de sa selle.

— Je sais où se trouve le point d'eau! hurla-t-il à Jack. Suis-moi.

Un arbre s'affala dans une pluie d'étincelles, qui embrasèrent aussitôt le spécimen voisin. Jack ne distinguait plus son ami et, comme son cheval décrivait des cercles de plus en plus serrés, il finit par y laisser son sens de l'orientation. L'incendie le talonnait. S'il ne retrouvait pas son chemin, il mourrait.

Sa monture piaffait, les yeux agrandis par l'effroi, les oreilles rabattues vers l'arrière. Lorsqu'un nouvel arbre s'abattit sur le sol, elle se cabra pour frapper l'air de ses sabots. Le brasier n'était plus qu'à deux pas.

Jack glissa sur le dos de la bête, se cramponnant à sa crinière.

Le cheval se cabra encore et poussa des hennissements d'épouvante.

Affaibli par sa hanche estropiée, son cavalier commença de lâcher prise. Il perdit les étriers. Ses doigts s'agrippaient follement au crin qui voletait dans l'air brûlant. Hélas, l'animal semblait résolu à le désarçonner. Il rua, puis se détendit à la manière d'un très puissant ressort. Brusquement éjecté, Jack retomba sur le sol dans un terrible craquement d'os.

Enfin libre, sa monture égarée par la peur tentait maintenant de se frayer un chemin parmi les flammes et la fumée, frôlant de ses sabots le crâne de Jack, tandis qu'elle allait et venait avec l'énergie du désespoir.

Le mur de fumée bouillonnante finit par l'engloutir, sous l'œil impuissant de son cavalier. Ce dernier perçut ses cris éperdus, mais il se sentait désorienté, à distance, lui semblait-il, de toute réalité tangible. Billy et l'enfant devaient avoir à présent gagné le point d'eau. Jack n'éprouvait plus ni souffrance ni peur.

Il leva le regard vers les tourbillons de fumée, vers les flammes crépitantes. Cerné par les mugissements de la bête fabuleuse, il se sentit envahi par la paix. Mourir en homme libre sur les terres qui lui appartenaient: ç'avait été son rêve le plus cher. Il aurait cependant souhaité que ce moment vînt plus tard, pour avoir le temps de dire une dernière fois à Alice combien il l'aimait…

— Restez là, ordonna Nell à ses filles.

Elle s'empara d'une carabine et se mit en quête de munitions.

— On le retrouverait plus vite si on partait toutes ensemble à sa recherche, observa Amy.

— Tu fais ce qu'on te dit de faire! brailla sa mère, à bout de nerfs. Tu restes ici et tu t'occupes de ta sœur.

Sur quoi elle bondit hors de la maison et traversa la cour en hâte. Les éclairs se succédaient sans trêve, tandis que la terre tremblait sous les assauts du tonnerre. Les béliers poussaient de terribles cris. Nell passa en trombe devant la bergerie pour rejoindre les écuries. Si Walter avait prévu de retrouver son père, c'est ici qu'il était d'abord venu. Mais depuis combien de temps avait-il filé?

— Walter! hurla la jeune femme, plantée dans la grange à l'odeur douceâtre, de ses yeux perçant les ténèbres.

Le poney de l'enfant avait disparu.

Au bord de l'évanouissement, elle tituba jusqu'à son cheval.

— Quand je lui aurai mis la main dessus, sanglota-t-elle, je le tuerai.

L'air se faisait de plus en plus lourd, sans un souffle d'air pour atténuer la température, qui grimpait sans relâche. Nell se dirigea vers le campement aborigène sous un ciel noir déchiré par les éclairs.

— Walter est parti chercher son père à dos de poney! annonça-t-elle au milieu d'une foule médusée. Il me faut votre meilleur pisteur pour m'aider à le retrouver.

— Bindi parti aussi, l'informa Gladys, les joues striées de larmes. Pisteur allé pour lui.

— Dans ce cas, il nous faut plusieurs hommes!

Ces derniers se mirent en route aussitôt: comme Nell éperonnait sa monture en direction du logis des détenus, ils s'étaient déjà fondus dans la pénombre.

— Ils peuvent être n'importe où, indiqua-t-elle aux forçats somnolents. Sortez de là et cherchez-les. Tirez un coup de carabine si vous dénichez l'un d'eux – ils ne sont pas forcément ensemble.

Sans attendre de réponse, elle s'élança, comptant sur les éclairs pour lui dévoiler le paysage déserté.

— Où es-tu, Walter? hurla-t-elle douloureusement.

Alice progressait à pas lourds sur le sol recuit, les yeux rivés à ses pieds, tandis que la tempête faisait rage au-dessus de sa tête. L'herbe murmurait contre ses jambes. Nulle étoile ne brillait pour lui indiquer le chemin. Elle ne pouvait compter que sur son sens inné de l'orientation, qui jusqu'alors ne l'avait jamais trahie, et sur sa connaissance approfondie de la région. Recrue de fatigue, elle sentait s'échauffer à ses talons les ampoules provoquées par le frottement des bottes. Pas question, cependant, de ralentir : chaque pas la rapprochait de sa maison.

Elle scrutait les ténèbres, aveuglée de loin en loin par un éclair éblouissant, qui écartelait les nues avant de frapper la terre avec un craquement sec. La température s'élevait, un vent chaud balayant la poussière sous les pieds de la jeune femme. Elle s'obstinait, le regard fixé sur l'horizon où ne se matérialisaient pas encore les habitations ni les granges des *Gratteurs de lune*. Encore un dernier effort. Plus que quelques kilomètres et elle atteindrait la ferme.

Depuis combien de temps cheminait-elle? Elle n'en avait pas la moindre idée, mais elle perçut soudain un bruit derrière elle. Elle se hérissa en identifiant les petites foulées précautionneuses, la respiration haletante. Un coup d'œil par-dessus son épaule vint confirmer ses plus terribles craintes : le dingo, qui avait accéléré l'allure, lui emboîtait le pas. Il posait sur elle un regard féroce et chargé de détermination. Ses intentions étaient claires.

Nell avait aperçu l'incendie au loin; le temps pressait. Walter et Bindi couraient un grave danger. Son cœur battait la chamade et la salive lui manquait. Elle mit néanmoins son cheval au pas en s'obligeant à s'apaiser. Elle guettait le moindre signe favorable.

Un bruit familier lui parvint, qui lui fit brusquement tirer les rênes et se dresser sur ses étriers.

Le poney de Walter surgit de l'obscurité, les étriers voletant à ses flancs et la selle en berne. Le regard fou, il passa devant

Nell sans s'arrêter pour poursuivre sa course effrénée en direction de la ferme.

— Walter! appela la jeune femme. Où es-tu?

— Maman!

C'était un gémissement à peine audible, une misérable plainte, mais qui transperça si fort le cœur de Nell qu'elle éperonna aussitôt sa monture.

— J'arrive! Continue de crier, je vais suivre ta voix.

— Je suis là, fit la petite voix flûtée à la faveur d'une accalmie de l'orage. Viens me chercher.

Nell distinguait à présent la chétive silhouette qui se découpait contre le lointain brasier. À peine son cheval avait-il fait halte dans une glissade qu'elle sauta de selle, flanqua à son fils une calotte avant de le serrer de toutes ses forces dans ses bras.

— Ne recommence jamais un truc pareil, le gronda-t-elle entre ses larmes. Tu aurais pu te faire tuer et moi, j'ai bien cru crever d'inquiétude.

— Je voulais retrouver papa, sanglota l'enfant, mais Flash a eu peur, il m'a désarçonné et moi, je savais pas rentrer à la maison.

Sa mère l'écarta d'elle pour le contempler mieux. Elle l'aimait si fort, elle éprouvait pour lui une telle tendresse… Tout à coup, la mémoire lui revint.

— Où est Bindi?

— J'en sais rien, répondit le garçonnet en ravalant ses pleurs. Je l'ai pas vu depuis ce matin.

Nell examina le décor vide avec effroi. Le petit Aborigène possédait certes la connaissance innée de la région, qu'il tenait de ses ancêtres, mais il n'avait que sept ans.

— T'a-t-il dit où il allait?

Walter secoua négativement la tête.

— Il m'a seulement dit qu'il allait pêcher.

Il leva vers sa mère un regard implorant.

— Il va bien, hein, maman?

— À l'heure où nous parlons, s'efforça-t-elle de le rassurer en resserrant son étreinte, je te parie qu'il est en train de boulotter ses poiscailles au campement.

Le bambin s'essuya le nez sur sa manche et se tourna vers l'incendie qui embrasait l'horizon.

— Papa, oncle Jack et Bindi ne se trouvent tout de même pas là-bas? demanda-t-il.

Ayant installé Walter sur son cheval, Nell grimpa derrière lui et s'empara des rênes. Le brasier luisait contre le ciel et, bien qu'il se consumât à plusieurs kilomètres de là, elle en distinguait les langues de feu qui, à mesure que le vent forcissait, s'élevaient toujours plus haut contre les ténèbres.

— Bien sûr que non, répondit-elle avant de prendre la direction de la ferme.

— C'est quoi?

Walter s'était raidi et désignait quelque chose du doigt.

Nell fouilla la nuit du regard. Un éclair illumina une silhouette au loin qui, à n'en pas douter, se dirigeait droit sur eux. Le cœur lui manqua lorsqu'elle s'avisa qu'un dingo la suivait de très près.

— Accroche-toi, Walter.

Ayant extrait sa carabine de sa sacoche, elle lança sa monture au galop.

Alice avait compris, à son souffle précipité, que le dingo accélérait le pas. Elle jeta de nouveau un regard par-dessus son épaule. Les yeux jaunes ne la lâchaient plus, et l'animal avait retroussé les babines, révélant une denture acérée. Les oreilles couchées en arrière, il se tenait prêt à bondir à tout instant.

Jusque dans la moindre de ses fibres, le corps de la jeune femme lui commandait de courir, mais si elle cédait à cette panique, c'en serait fait d'elle : l'animal, qui verrait dans son geste un signal, se jetterait sur elle à coup sûr. Alice se contenta donc d'allonger le pas, balayant le sol du regard en quête d'un caillou, de n'importe quel objet susceptible de lui servir d'arme.

Une détonation retentit, dont l'écho parcourut l'immensité déserte.

Le dingo n'eut pas le temps de comprendre qu'il était en train de mourir.

Alice manqua de défaillir sous l'effet du soulagement; ses jambes tremblaient si fort qu'elle demeurait clouée sur place.

Nell jeta son cheval au galop vers son amie, auprès de qui elle s'immobilisa dans un nuage de poussière qui engloutit l'ensemble de la scène. Elle sauta à bas de sa monture.

— Il te collait un peu trop aux basques à mon goût, souffla-t-elle.

Alice examina le cadavre de l'animal, à quelques centimètres de ses pieds.

— Je n'ose pas imaginer le sort que m'aurait réservé une gâchette moins fine que toi.

Elle saisit la main de Nell, les larmes au bord des yeux.

— Tu m'as sauvé la vie.

Sa compagne serra ses doigts entre les siens.

— C'est Walter qu'il faut remercier. Il t'a repérée le premier.

Sans doute avait-elle lu la question dans le regard d'Alice : elle grimaça.

— Ne me demande pas ce qu'il fichait là. C'est une longue histoire, et nous devons maintenant mettre la main sur Bindi.

Alice sourit à l'enfant, dont les joues étaient striées de larmes. La jeune femme décela au fond de ses yeux un mélange de lassitude et de terreur, qui l'émut si puissamment qu'elle dut se retenir pour ne pas le prendre dans ses bras.

— Bindi? demanda-t-elle. Et les autres? Sont-ils déjà rentrés?

Nell secoua la tête.

— Tout ce que j'espère, c'est qu'ils ne sont pas fourrés par là-bas.

Les deux femmes, unies dans un semblable effroi, contemplèrent l'incendie courant sur l'horizon. Son éclat rougissait les nuages, tandis que des flammes jaillissaient dans le vent renforcé. Il ne leur restait plus qu'à prier pour que leurs époux eussent survécu à cet enfer.

L'orage se déchaîna toute la nuit, pour déferler encore dans la matinée du lendemain. Lorsque le vent changea de direction, le brasier se rapprocha de la ferme. Alice, Nell et les enfants ne se quittaient plus, implorant Dieu en silence pour le retour des hommes. Personne n'avait dormi, personne ne parlait. Exprimer sa terreur aurait été lui donner corps.

Les bagnards se rassemblèrent à l'abri de la grange. Les Aborigènes abandonnèrent leur campement pour se joindre à eux. Bindi n'avait pas reparu – Gladys était inconsolable.

Quand l'orage s'éloigna enfin pour s'en aller gronder ailleurs, l'air se fit plus léger et la température chuta. Les cieux s'ouvrirent. Une pluie torrentielle s'abattit sur la région.

Elle tambourinait contre le toit, s'écrasait sur la terre compacte et altérée de la cour, formant des flaques dont les eaux se mêlaient en ruisseaux qui se précipitaient vers la Hawkesbury. Tous les regards se tournèrent vers les collines au loin, où l'incendie mourut bientôt, terrassé par le déluge.

— Nous devons partir à leur recherche avant la nuit, suggéra Alice.

Tout l'espoir de Nell tenait dans ses yeux.

— Je vais confier les gosses à Pearl et Daisy pour venir avec toi. Personne ne sera de trop.

Son amie se rua vers la grange. Les hommes sellèrent leurs montures et les indigènes, qui venaient de passer de longues heures à tenter de débusquer Bindi, se tenaient prêts, la lance à la main – ils étaient capables de parcourir sans flancher plusieurs dizaines de kilomètres, l'œil plus aiguisé que celui de n'importe quel Blanc.

Alice alla droit sur le plus âgé des détenus, celui sur qui elle savait pouvoir compter le plus.

— Allez demander de l'aide à la ferme *Elizabeth*. Expliquez-leur ce qui s'est passé.

Puis elle se tourna vers ses camarades.

— Déplacez-vous deux par deux. Dispersez-vous sur l'ensemble du pâturage en vous dirigeant vers le lieu de l'incendie.

Elle se contenta d'un signe de tête à l'adresse des Aborigènes ; ils savaient d'instinct ce qu'ils avaient à faire.

Elle s'assura que chaque binôme optait pour un itinéraire distinct, que chacun disposait d'au moins un fusil pour deux, ou d'un fouet qu'on pourrait faire claquer si nécessaire.

— Un coup si vous les retrouvez vivants.

Elle avala sa salive, s'accrochant au fragile espoir qui demeurait en elle.

— Deux dans le cas contraire.

La pluie formait un impénétrable rideau, qui étouffait tous les sons – hommes et femmes avaient l'impression de progresser au cœur du vide. Alice et Nell chevauchaient côte à côte, les longs manteaux en toile huilée de leurs époux bientôt alourdis par l'averse, les bords de leurs chapeaux, pareils à des gouttières, collectant l'eau de pluie pour l'entraîner jusque dans leur cou.

Les montures pataugeaient dans les flaques, leurs sabots muant en boue la couche de poussière qui, la veille encore, poudroyait sur le sol. Les deux femmes avançaient sans échanger la moindre parole ; elles gardaient pour elles leurs peurs et leurs pensées.

La pluie s'atténua progressivement. Elle enveloppait à présent la contrée comme un voile étouffant, dont tous les sons étaient bannis. Les arbres, noircis par la fumée, surgissaient sinistrement de la brume. À leurs branches pendaient quelques feuilles racornies, tandis qu'ici et là se dressaient les carcasses des animaux piégés la veille par les flammes, pareilles à des sculptures obscènes.

Le feu avait dévoré une large portion des terres appartenant aux *Gratteurs de lune*. Comme Alice et Nell s'immobilisaient pour observer la terre aussi noire que le goudron, la végétation calcinée et les fumerolles flottant encore de loin en loin dans l'air rafraîchi, elles sentirent leur espoir s'amenuiser.

— Peut-être n'avaient-ils pas suivi cette direction, hasarda Alice. Et quand bien même, ils ont pu pousser ensuite jusqu'à l'autre côté pour s'éloigner de l'incendie.

— Il y a un point d'eau à environ cinq kilomètres, peut-être sont-ils allés là-bas.

Nell rassembla les rênes, la résolution réduisant ses lèvres à une ligne mince.

— C'est là-bas qu'ils sont, décréta-t-elle.

Alice lui enviait sa confiance. Elle la suivit parmi les vestiges noircis et ruisselants de la forêt. Les chevaux barbotaient dans la boue, multipliant les écarts dès qu'une flamme reprenait vie avant de s'éteindre à nouveau en sifflant. À chaque son, les femmes tressaillaient au cœur de cette futaie morte, et détournaient le regard lorsqu'elles avisaient une masse brûlée dans laquelle elles identifiaient un mouton ou un chien. Un sanglier avait rôti, qui dégageait un fumet quasiment irrespirable.

Une détonation déchira le silence. L'écho s'en propagea d'arbre en arbre pour venir résonner jusque dans le cœur des deux amies.

Elles figèrent leurs montures, priant pour n'en entendre pas un deuxième.

Le second coup de feu claqua dans l'air.

Sans mot dire, elles se dirigèrent vers sa source, chacune cramponnée au frêle espoir que le cadavre découvert fût celui d'un détenu en fuite ou d'un vagabond.

Quatre Blancs et deux Aborigènes les attendaient non loin du point d'eau. Un forçat saisit les rênes de leurs chevaux.

— N'approchez pas, leur conseilla-t-il, le visage noir de suie et les yeux rouges.

Alice et Nell descendirent de selle.

— Nous devons nous assurer de leur identité, protesta la première d'une voix brisée.

— Inutile, répondit l'homme, la mine grave. Ce sont des pisteurs qui les ont découverts.

— Ça peut être n'importe qui! glapit Nell, au bord de la crise de nerfs. Comment savez-vous que c'est eux?

Le prisonnier secoua la tête.

— Je suis désolé, patronne…

Saisie de vertiges, Alice s'appuya contre sa monture en tâchant de se ressaisir.

— Montrez-les-moi, lâcha-t-elle à mi-voix. J'ai besoin de savoir.

— Ce n'est pas beau à voir, objecta doucement le bagnard.

Il extirpa deux bâches des sacoches de selle.

— J'ai envoyé chercher le chariot. On va bien s'occuper d'eux.

Il s'engagea dans la boue noire et collante.

Main dans la main, Alice et Nell lui emboîtèrent le pas.

La dépouille n'était qu'une grotesque parodie de cadavre. Noircies jusqu'à devenir méconnaissables, les chairs pareilles à du cuir pendouillaient, révélant l'éclat d'un os. Le corps se tenait cambré vers le ciel, les mains levées dans un geste de supplication, la tête rejetée vers l'arrière, la bouche grande ouverte sur un cri interminable et muet. Un cheval gisait à quelques mètres de lui.

— Lequel est-ce? souffla Alice.

— C'est Jack.

— Comment pouvez-vous en être certain?

— Je suis désolé, patronne. Nous avons découvert ça à côté de lui.

La jeune femme contempla la montre de gousset qu'elle avait offerte à son mari pour Noël. Le boîtier était noirci et cabossé, le cadran avait cédé sous l'effet de la chaleur. Alice referma la main sur l'objet et se tourna vers la charogne carbonisée, submergée par l'horreur, sans parvenir à admettre qu'il s'agissait là de l'homme qu'elle aimait.

— Je vous avais prévenue.

Il s'adressa ensuite à Nell.

— Je suis navré, patronne. Billy se trouve là-bas.

— Non!

Le cri avait jailli des profondeurs de son âme, et la jeune femme serait tombée si le prisonnier ne l'avait soutenue.

— Pas mon Billy! Pas mon Bill, je vous en prie…

Alice s'approcha d'elle, le teint blêmi par la douleur.

— Nous devons rester fortes. Ou nous sommes perdues toutes les deux.

Billy, dont le corps reposait non loin de celui de Jack, avait péri écrasé sous un gros arbre, dont les branches se confondaient à présent avec les restes de sa victime. Les deux hommes se trouvaient à deux pas du point d'eau qui aurait pu les sauver.

— Et Bindi? s'enquit Alice.

— On l'a déniché dans le marigot, patronne. Il ne souffre que de quelques brûlures légères. Et bien sûr, il est terrorisé, mais il nous a expliqué que Billy l'avait jeté dans l'eau quelques secondes avant que l'arbre s'abatte sur lui. Son père l'a ramené au campement.

On enveloppa les corps dans des bâches, avant de les déposer à l'arrière du chariot pour les ramener aux *Gratteurs de lune*. Alice et Nell chevauchaient en silence. Tant que les bagnards et les indigènes progresseraient à leurs côtés, elles muselleraient leur chagrin. Les larmes viendraient bien assez tôt, elles le savaient l'une et l'autre. Le deuil, alors, les écraserait de tout son poids, et l'immensité sauvage de leur décor familier se refermerait sur elles. Elles n'ignoraient pas non plus qu'il leur faudrait partager leur commune souffrance, oublier les menus griefs et se serrer les coudes. Elles ne surmonteraient la terrible épreuve qu'à ce prix.

L'inhumation était prévue pour le lendemain matin, mais les visiteurs parurent durant la nuit – les nouvelles circulaient vite. George était en mer, mais Ernest, accompagné de sa femme et de ses parents, galopa à tombeau ouvert pour atteindre la ferme juste avant l'aube.

Susan, visiblement accablée, s'assit près d'Alice et de Nell pour évoquer la mémoire des deux disparus, tandis qu'Ezra tentait de puiser un peu de réconfort entre les pages de sa bible.

Au lever du soleil, comme les veuves entamaient la deuxième plus longue journée de leur existence, le petit cimetière grouillait déjà de monde. Chacun tenait à rendre hommage aux défunts, qui s'étaient battus bec et ongles pour offrir une vie nouvelle à leur famille. On affluait vers la ferme à cheval, en chariot ou à pied. On apportait avec soi des sacs de couchage, de la nourriture et des paroles de consolation.

Les Aborigènes des *Gratteurs de lune* avaient pris place auprès des forçats, lorsque la voix d'Ezra s'éleva dans l'air paisible de cette matinée de soleil. Ils avaient barbouillé leurs visages d'argile en signe de deuil et, après que le Blanc eut achevé de conduire sa cérémonie, ils se livrèrent à leur propre rituel, afin de demander au Grand Esprit créateur de leur expédier le canoë à bord duquel Patron Jack et Patron Billy prendraient place pour rejoindre les étoiles. Les deux hommes avaient donné leur vie pour sauver Bindi – on peindrait, en leur honneur, le récit de leurs aventures sur les murs des grottes.

Plus tard, Alice et Nell conduisirent les enfants dans le cimetière maintenant déserté, d'où elles perçurent le heurtement des claves, le vrombissement du *didgeridoo* et les mélopées indigènes. Les deux femmes se réjouirent, du fond de leur chagrin, que les premiers habitants de ce pays eussent ainsi chéri leurs époux.

Elles se tenaient debout dans le crépuscule, auprès de l'unique monticule. Jack et Billy avaient porté des chaînes et enduré le fouet, ils avaient vaincu les mille supplices du bateau-prison. Ils avaient gagné ensemble leur liberté puis vécu dès lors comme des frères – du jour où ils s'étaient connus, ils ne s'étaient pour ainsi dire plus jamais séparés. Aussi semblait-il juste de les coucher l'un à côté de l'autre sous cette terre qu'ils avaient défrichée, cultivée, cette terre qui était ensuite devenue leur patrie. Il semblait juste aussi que leurs femmes affrontent main dans la main leur départ, puisant l'une en l'autre la force de supporter leur tourment.

Troisième partie

Rébellion

12

Une ferme gouvernementale, septembre 1800

Assis au fond de la tente, Niall Logan écoutait ses codétenus évoquer les préparatifs de leur soulèvement. Maintenant âgé de onze ans, il travaillait comme apprenti à la forge, sous les ordres d'un patron aussi brillant qu'intraitable. La conversation allumait en lui le feu de la rébellion. Il ne pensait qu'à regagner l'Irlande, à échapper aux lois anglaises ; il songeait à l'injustice qui l'empêchait de voir célébrer les messes catholiques.

— On nous a fouettés, déclara Thomas Brannon d'une voix égale. On nous a jetés en prison. Et nos meneurs croupissent sur l'île Norfolk.

Des soldats patrouillaient au-dehors. Il était primordial de préserver le secret du complot.

— Ils enchaînent nos enfants pour les traîner jusqu'en Australie, ils injurient notre foi. Nous, vétérans des batailles de Wexford et membres de la Société des Irlandais unis, avons appris à lutter contre l'oppression. Nous voici aujourd'hui plus forts et plus déterminés que jamais à nous libérer du joug britannique.

Paddy, se dit Niall en observant son ami, s'échauffait autant que lui.

— Nous avons retenu les leçons de Wexford, mes amis : si nous souhaitons réussir, il nous faut des armes. Marsden n'a pas déniché les piques que Furey a confectionnées pour notre insurrection du mois d'août. Nous nous rassemblerons ici même dimanche matin, lorsque nos geôliers seront à l'église. Nous embrocherons les soldats avant de marcher sur Sydney.

— Nous ne sommes pas assez nombreux, Thomas.

— Je connais un homme qui va y remédier, répliqua Brannon. Il se rendra de ferme en ferme pour encourager les hommes à nous rejoindre. Il y a de la rébellion dans l'air depuis les révolutions qui ont éclaté en France et aux Amériques. Nombreux sont ceux qui aspirent à la liberté. Ceux-là viendront grossir nos rangs.

Il sourit.

— Ce sera un fameux spectacle que de nous voir entrer dans la grande ville, mes amis.

— Je suis d'avis que nous nous débarrassions de Marsden avant de nous mettre en route, intervint Fitzgerald, le second de Brannon.

Un murmure d'approbation parcourut l'assemblée.

— Cela va de soi, commenta le leader.

Niall se rappela ce jour, un mois plus tôt, au cours duquel Samuel Marsden, magistrat et prêtre anglican, grand amateur du chat à neuf queues, avait expédié James Harrold, le prédicateur catholique, ainsi que Brian Furey, qui avait fabriqué les piques dont se serviraient bientôt les insurgés, sur l'île Norfolk, sous prétexte – mais sans disposer du moindre début de preuve à leur encontre – qu'ils avaient participé à la révolte du mois d'août, laquelle, en tout et pour tout, avait duré moins d'une heure. Les autres condamnés avaient reçu le fouet devant l'ensemble de leurs camarades – depuis, Niall s'éveillait régulièrement la nuit, en proie à des cauchemars.

— On nous a déjà trahis par le passé, fit remarquer Fitzgerald. Comment être certain qu'un traître ne se cache pas parmi nous ce soir?

Thomas plissa les yeux.

— Nous sommes des Irlandais fidèles à la cause. Tous les hommes ici présents désirent regagner leur patrie pour y poursuivre la lutte contre les Britanniques. Si quelqu'un s'avisait de nous trahir, c'est la mort qui l'attendrait.

Sur quoi les détenus se dispersèrent, se glissant un à un sous la toile pour disparaître dans les ténèbres. Niall et Paddy attendirent le passage du gardien puis, cassant le buste, se ruèrent vers leur tente.

Le cadet rampa jusqu'à son matelas bosselé, où il tira sur lui la couverture effilochée. Les nuits étaient glaciales en cette saison – il faudrait patienter encore quelques mois pour que l'été reparût. Sous les vêtements en loques, le corps maigrichon du garçonnet était secoué de frissons.

— Tu crois qu'on peut y arriver, cette fois-ci? murmura Paddy de la couche voisine.

— Avec l'aide de Dieu et la chance des Irlandais, je l'espère, répondit Niall entre ses dents.

— Il y aura assez de piques pour tout le monde.

À seize ans, le jeune homme n'en était pas à son coup d'essai.

— Je m'en suis occupé personnellement.

— Parfait. Il ne nous reste plus qu'à en faire bon usage.

Le silence tomba à l'intérieur de la tente : éreintés, les jeunes forçats s'étaient endormis. Seul Niall, roulé en boule pour tenter d'avoir moins froid, veillait encore, exalté par la perspective de sa libération toute proche.

Deux jours plus tard, Thomas Brannon pénétra dans la forge où trimaient Niall et Paddy.

— Nous sommes découverts, leur annonça-t-il à voix basse.

— Comment? s'enquit l'aîné.

— Pas même un espion, cette fois. Seulement la poisse.

— Qu'est-ce qui s'est passé? interrogea Niall.

— L'homme à qui nous avons réclamé son soutien a été capturé. Ils l'ont torturé jusqu'à ce qu'il parle. Macarthur, du Régiment de la Nouvelle-Galles du Sud, avait prévu de nous tendre une embuscade dès que nous nous serions mis en route.

Les deux garçons retournèrent à leur poste le cœur lourd.

— Il va y avoir des représailles.

Paddy plongea dans un seau d'eau le fer à cheval rougeoyant.

— Mais on n'a rien fait du tout, se récria son ami.

— Depuis quand est-ce une excuse valable?

À quelques heures de là, en effet, Macarthur et ses troupes avaient appréhendé Brannon, Fitzgerald et les autres meneurs de cette insurrection étouffée dans l'œuf. Marsden, endossant son rôle de magistrat, entreprit de découvrir où l'on avait caché les piques, dont il connaissait l'existence sans être encore parvenu à les trouver.

Niall et ses camarades grimacèrent en entendant claquer le fouet. Le labeur fut interrompu pour laisser les soldats libres de mettre le campement sens dessus dessous. L'enfant dormait lorsque ces derniers firent irruption dans la tente.

— Viens là, espèce de porc des tourbières, cracha l'un d'eux en saisissant Paddy par le bras.

Encore assoupi, celui-ci se sentit brusquement hissé en position debout.

Niall, pelotonné sous sa couverture, reçut au passage un coup de botte dans la hanche.

— Magne-toi le derche, Galvin! aboya le militaire.

Tremblant de terreur, le garçonnet constata qu'en dépit de ses protestations on entraînait son ami hors de la tente. Un carré de toile y tenait lieu de porte. Une fois l'étoffe rabattue, Niall se trouva plongé dans l'obscurité, le regard fixe. Paddy et lui avaient confectionné des piques supplémentaires, se consacrant à leur secret ouvrage chaque fois que le détenu qui les surveillait s'absentait de la forge. L'adolescent savait où elles se trouvaient à présent, mais aurait-il le courage de tenir sa langue? S'il parlait, le garçonnet serait-il le prochain à se voir emporter ainsi dans le cœur de la nuit noire?

Durant les deux jours qui suivirent, Paddy ne reparaissant pas, l'enfant se sentit rongé par l'angoisse. Lorsque ordre fut donné de se rassembler dans la clairière où avaient habituellement lieu les flagellations, il tenait à peine sur ses jambes, à l'effroi s'ajoutant le manque de sommeil. Il chercha des yeux son compagnon, avec l'espoir insensé de le découvrir parmi les bagnards enchaînés qu'on avait extraits de leurs cellules pour les installer à l'écart des autres.

Le cœur lui manqua face aux deux hommes qu'on traîna alors au centre de la clairière. Fitzgerald et Paddy étaient méconnaissables, défigurés par les corrections qu'on leur avait infligées ; ils ne tenaient debout qu'étayés par les soldats.

À côté d'eux, Marsden arborait un visage rouge de colère.

— J'accuse ces hommes d'avoir fabriqué, puis dissimulé des piques, dont ils refusent maintenant de nous apprendre où ils les ont cachées. Je condamne Fitzgerald à cinq cents coups de fouet. Galvin en recevra trois cents.

Le menton de Paddy s'affaissa sur sa poitrine et ses genoux cédèrent. Tandis qu'on emmenait Fitzgerald vers le poteau de flagellation, Niall sentit sa gorge se nouer. On tira sur les bras du malheureux jusqu'à ce qu'ils étreignent le tronc massif, contre lequel sa poitrine s'écrasait ; il n'avait aucune chance d'échapper au feu de la lanière.

Les deux flagellateurs s'apprêtèrent à officier. Un frisson lui parcourant l'échine, Niall reconnut les deux célèbres tueurs que tout le monde craignait. John Johnson, le bourreau de Sydney, était droitier. Son acolyte Richard Rice était gaucher. Plantés de part et d'autre de Fitzgerald, ils attendaient que Marsden leur enjoignît de commencer.

Niall brûlait de détourner le regard, mais ç'aurait été là insulter le condamné : assister à son supplice revenait à le partager un peu.

Le pasteur hocha la tête. Dans un parfait ensemble, les tourmenteurs passèrent à l'action avec une ignoble précision. Des gouttes de sang et des fragments de peau se mirent à voler, dont certains vinrent s'aplatir sur le mince visage de l'enfant.

— Faites au moins ça correctement ! hurla Fitzgerald, tandis que le cuir lui entaillait les chairs. Ne me fouettez pas le cou.

Ce furent les seules paroles qu'il daigna prononcer durant cette terrible épreuve.

Lorsque Johnson et Rice l'eurent flagellé à trois cents reprises, Marsden leur ordonna de s'arrêter afin qu'un médecin examinât le prisonnier. Le docteur Mason lui tâta le pouls et sourit aux flagellateurs.

— Vous serez fatigués avant lui. Reprenez.

Niall et ses compagnons ne soufflaient mot. Enfin, il fut mis un terme au supplice et l'on détacha Fitzgerald. Deux agents, le soutenant sous les aisselles, commencèrent de le hisser sur le chariot prêt à le conduire à l'infirmerie.

— Lâchez-moi, gronda le détenu, qui jouait des coudes pour les repousser.

Profitant de leur surprise, il leur administra à chacun un formidable crochet qui les envoya au tapis. Après quoi il grimpa dans le chariot avec une attitude de défi, l'orgueil irriguant la moindre cellule de son corps saccagé.

— Il aurait fallu le fouetter deux cents fois de plus, marmonna le docteur Mason. Ces bougres d'Irlandais ont le cuir trop épais et la tête trop dure pour s'aviser qu'ils sont vaincus.

Niall, qui jubilait, se trouva brutalement ramené à la réalité lorsque, à son tour, on lia Paddy au poteau de flagellation. Il crut défaillir à mesure que les coups de fouet entamaient le dos de son ami jusqu'à laisser paraître l'éclat de son échine. Paddy, cependant, ne bronchait pas. De son côté, l'enfant se cramponna jusqu'au bout du supplice, en suppliant la Vierge de donner à son compagnon la force d'y survivre.

Marsden commanda aux tourmenteurs d'interrompre leur besogne.

— Vas-tu te décider à présent à me dire où se trouvent les piques?

— Je n'en sais rien, haleta le condamné. Mais si je le savais, je ne parlerais pas. Vous n'avez qu'à me pendre, car vous ne tirerez pas un mot de moi.

— Reprenez, aboya le pasteur.

Bientôt, les fesses de Paddy se réduisirent à une gelée sanglante. Niall vomit.

— Les cent derniers coups seront pour ses jambes! brailla Marsden.

Le supplicié garda le silence. La besogne de ses tourmenteurs accomplie, il fallut le porter jusqu'au chariot.

Le garçonnet, qui ne revit jamais son ami, ne réussit pas à découvrir le sort qu'on lui avait réservé. On ne tarda pas à apprendre, néanmoins, que les principaux conspirateurs avaient reçu mille coups de fouet avant d'être condamnés aux travaux forcés à bord du *Supply*, un bateau-prison qui croupissait dans le port de Sydney.

Malgré les scènes auxquelles il avait assisté, malgré l'effroyable châtiment réservé aux séditieux, Niall souhaitait ardemment que le combat pour la justice se poursuivît. Il suffisait d'attendre, de guetter le moment propice et de se préparer à un nouveau soulèvement.

Kernow House, baie de Watson, septembre 1800

En dépit de ses bonnes résolutions et de la joie que lui procuraient Charles et Harry – son dernier-né –, Éloïse était malheureuse. Ses efforts pour tirer la meilleure part de son mariage s'étaient flétris sous les assauts conjugués du chagrin d'avoir perdu George et des manières d'Edward.

Au retour de ce dernier, en avril 1798, des changements étaient survenus, dont la jeune femme avait espéré qu'ils lui rendraient leur vie commune plus supportable. Leurs ébats s'étaient faits plus tendres, le commandant s'était radouci; Éloïse, dès lors, avait considéré l'avenir avec plus d'assurance. Hélas, l'embellie n'avait duré qu'une poignée de semaines. Edward se sentait, chaque jour davantage, tenaillé par ses rêves et des soucis dont il refusait de s'ouvrir à son épouse. De quelques bribes de conversation qu'elle avait perçus, celle-ci en avait déduit qu'il s'agissait de dettes de jeu, mais elle s'était abstenue de poser la moindre question, se contentant de prier pour que, bientôt, tout rentrât dans l'ordre.

Durant les mois qui précédèrent la venue au monde de Harry, le commandant renoua avec la froideur et les façons dégoûtées qu'il avait déjà affichées avant la naissance de Charles. Il multipliait les longues absences, dont il ne se justifiait que rarement et, bien qu'Éloïse trouvât l'existence plus facile lorsqu'il n'était pas là, elle se sentait abandonnée.

Elle se tenait à présent sur le canapé du salon, son livre posé à côté d'elle. Edward ayant invité ses amis officiers à passer la soirée en sa compagnie, elle les avait laissés à leurs cartes et leurs bouteilles de rhum pour aller lire, mais ils menaient un tel tapage qu'elle ne parvenait pas à se concentrer.

Elle se trouvait prise au piège d'une souffrance à laquelle elle n'échapperait pas. George, qui avait repris la mer, n'était pas rentré en Australie depuis plus de deux ans, en sorte que la jeune femme avait, dès lors, tenté de sauver ce qui pouvait l'être encore de son union avec Edward. Mais même la naissance de leur deuxième fils n'y avait rien changé. Une bûche s'effondra dans l'âtre, projetant une pluie d'étincelles. Éloïse, qui pensait souvent à George, en convoqua le souvenir à cet instant. Elle se rappela leurs merveilleux échanges, la puissance du lien qui les unissait, la certitude, partagée par les deux amants, qu'ils s'appartiendraient, quoi qu'il arrivât, jusqu'à leur dernier souffle. Des cris, dans la pièce voisine, la tirèrent de ses songes. Edward et ses invités étaient ivres. S'ils n'y prenaient garde, pensa la jeune femme, ils allaient réveiller les enfants. Elle-même aurait bien du mal à dormir, mais l'heure était venue de rejoindre sa chambre. Elle sonna la bonne, à laquelle elle demanda d'éteindre le feu avant de quitter la pièce. Elle gagna le hall et passa devant la porte de la salle à manger.

Une voix tonitruante et pâteuse parvint à ses oreilles. Les mots que l'homme prononça la glacèrent jusqu'au cœur.

— Tu as la chance du diable, Edward. Bien peu d'hommes peuvent se vanter de s'en être tirés à si bon compte après avoir fait une chose pareille. Sur ce, on t'exile mais, dès ton retour, tu obtiens une promotion et tu bâtis ta fortune. Et te voilà qui réussis, par-dessus le marché, à embobiner si joliment le vieux Wickens qu'il t'a pratiquement donné sa ferme pour te permettre de régler tout ce que tu devais à Carlton.

Des vivats fusèrent.

— C'est trois fois rien, commenta Edward avec arrogance. Albert Rogers, pour sa part, s'est retrouvé grâce à moi dans une position tellement délicate que j'ai pu faire main basse sur sa petite affaire.

— Comment es-tu parvenu à le convaincre de vendre?

— Vendre? rugit le commandant. Tu plaisantes? Il me fait cadeau de tout!

Des clameurs incrédules retentirent aux quatre coins de la pièce.

— J'ai découvert qu'il entretenait une Négresse, à laquelle il a fait une poignée de petits moricauds. J'ai mentionné leur existence au détour d'une phrase, en lui laissant entendre que sa boulangerie serait le prix de mon silence. Je lui ai donné jusqu'à demain pour se décider.

Il attendit que le raffut s'apaisât.

— Cela dit, ce pourrait être amusant de tout révéler à son épouse une fois que son commerce sera à moi. Ce pauvre Albert ne fera jamais le poids face à cette harpie. Je devrais me régaler.

C'en était trop pour Éloïse, qui courut se réfugier dans sa chambre. Elle s'allongea, mais les paroles qu'elle venait de surprendre résonnaient dans sa tête. Sans plus pouvoir fermer l'œil, elle écouta s'élever jusqu'à elle les rires et les vociférations.

Elle fixait le plafond décoré. Depuis longtemps, elle soupçonnait Edward de ne pas se montrer toujours très honnête en affaires. De là à recourir au chantage…

Elle savait ne pouvoir s'ouvrir à personne de ce qu'elle avait appris ce soir – à son père moins qu'à quiconque : sa fureur ne ferait qu'envenimer la situation. Jonathan Cadwallader se trouvait toujours en Angleterre. Il n'était assurément pas au courant des vils agissements de son fils. Sans quoi, en homme de principes, il aurait jugé bon d'en informer sa bru.

Et puis, à quoi diable Edward avait-il échappé ? L'inconnu avait évoqué un incident ayant mené le jeune homme en exil. Fallait-il y deviner un lien avec le procès ?… Le doute submergeait Éloïse. Le peu qu'elle avait entendu ce soir, conjugué aux rumeurs qui circulaient, suffisait à lui dessiller enfin les yeux : son époux avait falsifié la vérité. « Dieu du ciel, souffla-t-elle. Voilà donc ce que George essayait de me dire. » Son âme s'emplissait d'effroi. « Se peut-il qu'il ait pour de bon violé cette jeune fille ? » Elle devait en avoir le cœur net. Le passé d'Edward, aussi bien que le couple qu'ils formaient à présent… Tout, s'avisait-elle, reposait sur des mensonges. La fortune et la maison qu'il avait bâties, le fils de Jonathan ne les devait qu'à la sueur des forçats et à sa fripouillerie. Depuis les superbes jardins jusqu'aux moulures de plâtre, partout elle percevait les efforts des malheureux qu'on avait contraints à s'échiner sur leur tâche, et la corruption empuantissait l'atmosphère.

Edward vint se coucher juste avant l'aube. Son épouse feignit de dormir. La seule idée qu'il pût la toucher lui était devenue intolérable.

À bord de l'Atlantica, novembre 1800

George titubait sur le pont sous l'effet du tangage et du roulis. Les embruns projetés par les vagues gigantesques lui faisaient l'effet d'aiguilles acérées, et quant au vent, il dispensait de violents coups de bélier ; marcher relevait presque de l'exploit. Le jeune homme atteignit cependant la passerelle, puis la minuscule timonerie, où il se réfugia quelques instants pour reprendre haleine.

Les épaisses mains calleuses de Samuel serraient le gouvernail, veillant à ce que le navire maintînt son cap.

— Sale temps pour les baleines ! hurla-t-il pour couvrir le mugissement de la tempête.

— Sale temps pour nous ! brailla George en retour.

Le vieux navigateur sourit, sans lâcher des yeux la mer démontée.

— Ça vaut toujours mieux que de dépérir à Sydney.

Son compagnon acquiesça en silence. Ils avaient quitté le port depuis plus de deux ans, au cours desquels George avait systématiquement refusé de mettre pied à terre lors des escales australiennes, par crainte de croiser Edward Cadwallader et son épouse. En vingt-quatre mois, il avait navigué à bord des cinq bateaux de Samuel.

— Tu ne pourras pas l'éviter indéfiniment, rugit celui-ci. Tu es chez toi à Sydney, et ta famille a besoin de toi.

— J'irai les voir lorsque nous rentrerons.

Il songea aux lettres entassées dans sa cabine, que lui avaient confiées, les unes après les autres, les équipages des autres baleiniers. La nouvelle de la tragédie survenue aux *Gratteurs de lune* lui avait glacé le sang, et il avait éprouvé du chagrin en apprenant que sa sœur Florence ne remettrait jamais les pieds chez ses parents. Il regrettait de n'avoir pas été là pour aider les siens à surmonter ces épreuves – Jack et Billy avaient représenté les héros de son enfance.

Samuel adaptait ses manœuvres à la houle.

— La famille, c'est important, mon garçon. Je n'en ai pas, mais tes parents et toi m'avez permis de devenir membre de la vôtre et, dans de pareils moments, il faut nous serrer les coudes. Ça vaut aussi pour celles et ceux que j'ai laissés derrière moi à Nantucket.

George s'empara du gouvernail pendant que son ami allumait sa pipe et prenait un peu de repos. La destruction des cabousses avait pesé très lourd dans les finances de Samuel, mais celui-ci s'était surtout tourmenté pour ses employés et leurs proches, qui tous comptaient sur son soutien. Ensemble, ils avaient reconstruit les cabousses incendiées, les entrepôts ainsi que les maisonnettes où logeaient les ouvriers. Le capitaine n'avait repris la mer qu'au terme des travaux. George se sentit soudain honteux : il avait négligé les siens. Il était temps pour lui de rejoindre son foyer.

À la nuit tombée, l'océan grondait encore. Samuel reprit la barre sans plus vouloir la lâcher, déterminé à mener l'*Atlantica* à bon port.

Son compagnon, qui ne le quittait pas, tenta vainement de le relayer, tandis que le navire se dirigeait vers les côtes de la Terre de Van Diemen.

— C'est mon bateau ! décréta le vieux marin. C'est à moi d'en prendre soin.

— Vous êtes fatigué, objecta George, qui avait remarqué les traits tirés de Samuel et le tremblement qui agitait ses mains d'ordinaire si fermes. Laissez-moi le gouvernail pendant une heure, le temps de vous reposer.

— Fiche-moi la paix, mon garçon ! Je suis le capitaine de l'*Atlantica* et je resterai ici aussi longtemps qu'il me plaira.

— Capitaine ou pas, je suis plus en forme que vous, et vous avez besoin de vous détendre.

Samuel grogna.

— Je ne suis pas encore gâteux, mais j'apprécie ta compagnie par cette nuit difficile, mon garçon.

Les embruns fouettèrent la vitre. Le bateau gîta dangereusement, puis se rétablit avant de piquer du nez vers l'abîme qui s'ouvrit soudain entre deux vagues titanesques.

Lorsque l'embarcation releva sa proue comme si elle s'apprêtait à gravir le mur d'eau, Samuel blêmit. Cramponné au gouvernail, il lança des imprécations contre les éléments, contre la mer en furie et contre son navire.

George se retrouva projeté au sol, ainsi que divers objets qui glissèrent jusqu'à lui. Étourdi, incapable de se remettre debout, il sentit l'*Atlantica* se cabrer encore, prêt à grimper sur la crête de la vague géante.

— Je suis en train de le perdre ! hurla le capitaine. On ne s'en sortira pas !

Rampant jusqu'à la barre, son compagnon parvint enfin à se relever. Il s'efforça d'ajouter son poids à celui de Samuel pour sauver le bateau.

Celui-ci commença à lâcher prise sur le toboggan colossal.

— Nous allons chavirer ! s'écria George.

— Je le sais, rétorqua le capitaine avec humeur.

Son visage habituellement coloré avait viré au gris ; il grimaçait en s'éreintant sur le gouvernail.

— Pour l'amour de Dieu, Sam, laissez-moi vous relayer !

— La paix ! lâcha Samuel entre ses dents. Je n'ai pas terminé. Contente-toi de peser de tout ton poids sur la barre.

Le navire continuait sa glissade. La paroi d'eau qui progressait du côté de la poupe était maintenant si haute que les deux hommes n'en distinguaient plus le sommet.

Un frisson parcourut soudain la coque. Alors l'*Atlantica* se mit à dégringoler, sans que ses pilotes pussent rien faire sinon contempler la situation avec horreur, dans le bouillonnant maelström.

— Notre seule chance, brailla le capitaine, c'est de le laisser faire ! Tâchons de maintenir le cap.

George jeta toute son énergie dans la bataille. Quatre mains retenaient à présent la barre. Hélas, le bateau continuait à se laisser aspirer par les puissances aquatiques, dont la vigueur ne cessait de croître. Ses voiles, désormais inutiles, claquaient au vent, sa quille surgissait hors de l'eau. Le jeune homme, lançant un coup d'œil par-dessus son épaule, songea qu'en cet instant il regardait la mort en face.

Celle-ci avait pris l'apparence d'une monumentale montagne d'eau, dont la cime s'ornait d'écume blanche.

Le bateau tremblait. Comme il piquait à nouveau du nez, sa charpente craqua, après quoi il fit une embardée, et ses voiles, enfin, prirent le vent. Brutalement hissé sur le dos de la vague suivante, il se mit à foncer dans la nuit.

L'embarcation filait à présent devant le mastodonte qui menaçait toujours de l'engloutir. L'aventure prenait des airs de course de traîneau – la plus rapide, la plus effrénée à laquelle un homme eût jamais participé ; une course contre la mort.

— Nous avons réussi, Sam!

Le vieil homme saisit le bras de son ami et s'effondra.

— Sam! Que se passe-t-il?

George demeurait impuissant, contraint qu'il était de garder les deux mains sur le gouvernail.

— Sam!

Ce dernier, recroquevillé sur le sol, ceignait son torse de ses bras.

— Ça va, réussit-il à articuler. Tiens bon la barre, mon garçon. Tu te débrouilles drôlement bien.

L'océan s'obstinait contre la poupe de l'*Atlantica*. Le jeune homme était loin d'en avoir terminé avec sa lutte contre les éléments. Samuel, lui, menait un autre combat, auquel George ne pouvait hélas pas prendre part.

Celui-ci, ayant ajusté la barre, songea à l'équipage, dont il espérait qu'il se débrouillait sans encombre avec les voiles. Le navire était robuste, il avait déjà surmonté des tempêtes comparables. En revanche, le jeune homme restait inexpérimenté. Son manque de savoir-faire risquait-il de les entraîner tous par le fond? Pour se prononcer, il fallait attendre.

— J'ai toujours su que je ferais de toi un marin, lâcha le capitaine, qui s'était traîné dans un coin de la timonerie. Haut les cœurs, mon garçon.

George n'avait pas le choix : il devait demeurer à la barre. Samuel, pour sa part, affichait une mine livide ; ses yeux s'enfonçaient dans leurs orbites.

Comme une aube grisâtre naissait sur l'horizon et que l'océan s'apaisait, la terre parut à tribord. George poussa un soupir de soulagement.

— Prends le gouvernail, ordonna-t-il à l'homme d'équipage qui, à peine entré dans la timonerie, se pencha sur le capitaine. Conduis-nous au port le plus proche et jettes-y l'ancre.

Il se précipita vers Samuel, qu'il invita à s'asseoir pour goûter le rhum que le matelot avait apporté avec lui.

— Laisse-moi, haleta le vieux loup de mer. Je ne peux plus respirer, et j'ai mal…

Son compagnon, qui tenta de lui prendre le pouls au niveau de la carotide, le découvrit si ténu qu'il parvenait à peine à le repérer sous la peau moite.

— Je vous interdis de mourir, commanda George, avec une rudesse chargée d'amour filial. La terre est en vue. Si je ne m'abuse, il s'agit de l'île Norfolk. Je vous y mènerai chez le docteur de la garnison.

Les mains noueuses agrippèrent son épais manteau.

— Mon heure a sonné, marmonna Samuel. Laisse-moi partir, mon garçon.

George le berçait entre ses bras.

— Jamais. Tenez bon. Nous sommes tout près de toucher terre.

Le capitaine leva vers lui son regard bleu.

— La terre n'a rien à m'apporter, mon garçon. Laisse-moi mourir sur mon bateau et envoie-moi ensuite nourrir les poissons.

George était au bord des larmes, submergé par l'impuissance et le désarroi.

— Vous avez besoin d'aide, c'est tout. Nous sommes presque arrivés.

— Tu as été pour moi le meilleur des fils, murmura Samuel. Prends soin de ce vieux rafiot. Il a du cœur.

Plongeant les yeux dans les yeux décolorés de son ami, le jeune homme comprit que, déjà, ils s'étaient fixés sur un horizon lointain. Le capitaine était en train de tirer sa révérence, au moment même où mille questions affluaient dans la tête du garçon, qui brûlait de les lui poser, aspirant aussi à lui livrer mille confidences... Mais il ne pouvait plus guère, maintenant, que réconforter le mourant.

— Je vous le promets, chuchota-t-il en retenant un sanglot.

Un frisson parcourut le corps de Samuel, qui s'affaissa dans les bras de George, fermant les paupières pour la dernière fois.

Le jeune homme s'assit à côté du gouvernail.

— Adieu, mon vieil ami, souffla-t-il dans l'épaisse chevelure blanche. Je ne vous oublierai jamais.

Sydney, novembre 1800

Après mûre réflexion, Éloïse avait conclu qu'il n'était qu'une personne, autour d'elle, à laquelle elle pourrait se fier pour lui rapporter toute la vérité sur son époux. Elle attendit que ce dernier eût quitté Sydney, puis elle commanda une voiture couverte, afin de pouvoir stationner aux abords de la caserne sans être reconnue.

Dès que Thomas Morely apparut à la grille, elle tapota le toit du bout de son ombrelle. Le cocher héla le jeune homme.

— Éloïse, s'étonna-t-il en la regardant soulever sa voilette. Que faites-vous ici?

— Je dois vous parler de toute urgence.

Il haussa un sourcil, mais ne souffla mot et grimpa à côté de sa belle-sœur. Celle-ci tapota de nouveau le toit de la voiture. Le cheval s'éloigna à bon train.

— Que de mystères, commenta le lieutenant. On pourrait presque croire que vous venez de me kidnapper.

Elle baissa les yeux sur ses mains, qu'elle serrait l'une contre l'autre dans son giron.

— Je suis navrée, mais c'était pour moi le seul moyen de m'entretenir avec vous en tête à tête.

Devinant la surprise de Thomas, elle sourit.

— Rassurez-vous, je n'ai pas l'intention de vous séduire.

Il rougit jusqu'à la racine des cheveux.

— Votre sœur sera soulagée de l'apprendre, répliqua-t-il en lâchant un petit rire hésitant.

— Vous ne devez rien dire à ma sœur de notre rencontre. Promettez-le-moi.

— Mais… mais elle est ma femme, balbutia-t-il.

— J'ai certaines choses à vous demander. Des choses qui ne concernent nullement Anastasia. Promettez-moi de garder secret notre rendez-vous.

Il réfléchit un moment.

— Soit. Je ne dirai rien. Vous avez ma parole.

La voiture s'immobilisa au sommet d'une colline qui dominait la ville. Éloïse ordonna au chauffeur d'entraver le cheval, puis d'aller se promener. Lorsqu'il se fut suffisamment éloigné à son goût, elle se tourna vers le lieutenant.

— L'enquête que j'ai menée durant ces dernières semaines m'a appris qu'Edward passait son temps à escroquer les gens pour leur soutirer leurs biens, au moyen desquels il règle ses dettes de jeu contractées auprès de M. Carlton. À présent, je veux tout savoir de son procès et des années qu'il a passées loin de Sydney avant de me connaître.

Elle leva la main pour interrompre le jeune homme avant qu'il débitât les platitudes auxquelles elle s'attendait.

— Je ne nourris plus la moindre illusion sur Edward. J'exige la vérité, Thomas, aussi affreuse puisse-t-elle se révéler.

— Que vous a-t-il raconté?

Il tentait d'esquiver la question.

— Que la fille avait menti. Qu'en conséquence de quoi ses amis et lui avaient été acquittés.

Le lieutenant serra les mains de sa belle-sœur entre les siennes.

— Êtes-vous certaine de vouloir à tout prix remuer la boue? Qu'allez-vous gagner à faire ainsi ressurgir les fantômes du passé?

Elle retira ses mains et planta son regard dans le sien.

— Vous ne vous hâtez pas de prendre sa défense. J'ai donc eu raison de m'adresser à vous. Dites-moi tout ce que vous savez.

Il s'humecta les lèvres et se tourna vers Sydney, qui s'étendait à leurs pieds.

— Millicent Parker est arrivée ici avec la Deuxième Flotte, commença-t-il. Elle était à demi morte et Susan, la mère de

George Collinson, l'a soignée jusqu'à son complet rétablissement, après quoi elle l'a accueillie au sein de sa famille. Après sa libération conditionnelle, elle s'est fiancée avec Ernest Collinson.

Éloïse ne bronchait pas, mais son cœur battait la chamade. La voix du lieutenant emplissait l'espace confiné de la voiture. Elle ignorait que les proches de George fussent à ce point impliqués dans l'affaire ; sa honte n'en était que plus vive au souvenir des mises en garde que son amant lui avait adressées au sujet d'Edward, et qu'elle avait hélas choisi d'ignorer.

Millicent était, au dire de Thomas, une jeune fille douce et discrète, qui avait peur de son ombre. Mais ce soir-là, elle était sortie porter un message de la part de Susan et elle s'était perdue dans les Rocks[1].

L'effroi s'emparait d'Éloïse, telle une ombre malfaisante.

— Elle a formellement identifié chacun de ses agresseurs.

Thomas saisit de nouveau les mains de sa belle-sœur dans les siennes.

— Veuillez me pardonner, mais Edward en faisait partie. Tout laisse à penser qu'il était même le meneur de la bande.

La jeune femme gardait le silence.

— J'ai lu les documents déposés devant le tribunal. Il ne fait pas le moindre doute que Millicent avait été sauvagement attaquée.

Éloïse ferma les yeux, mais les images qui se bousculaient derrière ses paupières étaient trop atroces pour qu'elle pût en supporter la vue. Elle regarda son interlocuteur.

— Comment ont-ils échappé à la justice ? l'interrogea-t-elle.

— Ils ont menti. Ils ont graissé généreusement la patte au tenancier de la taverne qu'ils fréquentaient, afin qu'il jure sur la Bible que les soldats avaient joué aux cartes jusqu'à l'aube.

Thomas s'interrompit pour allumer un cigare.

— Après quoi le comte de Kernow s'est présenté au juge pour défendre son fils en révélant que Millicent l'avait autrefois accusé d'être le père de son enfant – mort entre-temps. Puis il a traîné Susan Collinson dans la boue en racontant à la cour qu'ils avaient entretenu une liaison quelques années plus

---

1. L'un des quartiers de Sydney.

tôt. Il lui a reproché de chercher à se venger de lui à travers ce procès. Le juge n'avait plus guère d'autre choix que de prononcer le non-lieu.

Éloïse s'affaissa contre la banquette de cuir, le sang lui battant dans les oreilles. La vérité se révélait beaucoup plus abominable que tout ce qu'elle avait pu imaginer. Jamais elle ne s'en relèverait.

— La pauvre Millicent s'est pendue, reprit le lieutenant. La vie lui était devenue insupportable.

Des larmes roulèrent sur les joues de sa belle-sœur.

— Edward a donc été exilé pour de bon? murmura-t-elle.

— L'armée ne pouvait casser aucun des officiers, puisque les charges avaient été abandonnées et que, par conséquent, ils étaient innocents au regard de la loi. Mais les chefs n'en voulaient plus à Sydney. Leur commandant a rencontré le comte de Kernow pour tâcher d'élaborer ensemble une solution. Ils sont convenus de les exiler dans le district du fleuve Brisbane, sous prétexte d'y établir une caserne et d'y ouvrir la voie aux futurs colons. L'excuse était idéale et, si l'on en croit la rumeur, Edward et ses compagnons en ont conçu un immense soulagement.

Thomas fit une moue écœurée. Il y avait davantage, songea Éloïse. Bien davantage.

— Dites-moi tout, l'encouragea-t-elle doucement.

— L'armée avait reçu l'ordre de débarrasser ces territoires des Aborigènes qui y vivaient, mais Londres interdit formellement l'usage de la violence dans ce type de circonstances. Edward, lui, agit selon ses propres règles.

Ses lèvres se réduisaient à une ligne mince.

— Ses sbires et lui ont exterminé des tribus entières – y compris les enfants.

La jeune femme luttait pour garder contenance.

— Si les autorités militaires sont au courant de leurs agissements, pourquoi n'y mettent-elles pas un terme?

— Elles préfèrent fermer les yeux, eu égard aux nouveaux colons que les navires ne cessent de débarquer sur nos côtes. Les besoins en terres cultivables n'arrêtent pas de croître.

Le lieutenant affichait une mine sombre.

— Mais Edward et sa clique jouent avec le feu, ajouta-t-il. Ils ont mené un raid sur un campement, à Banks Town, mais cette fois deux missionnaires blancs se sont retrouvés en plein cœur du carnage.

Il rapporta à Éloïse la tragique histoire de Florence, la sœur de George.

— Bonté divine! s'exclama son interlocutrice. Comme si cette famille n'avait pas déjà assez souffert…

Le silence tomba à l'intérieur de la voiture. La jeune femme semblait fixer un point par la fenêtre, mais elle ne distinguait rien d'autre que l'ignominie du monstre qu'elle avait épousé.

— Pardonnez-moi, Éloïse, répéta son beau-frère.

Elle posa une main gantée sur la sienne.

— Merci pour votre honnêteté, Thomas, dit-elle d'une voix tremblante. Je devine combien il vous en a coûté de me livrer ces révélations. J'aurais néanmoins préféré que vous ayez eu le courage de me les faire avant mon mariage.

— Je ne savais pas tout, à l'époque.

— Vous en saviez assez.

Il baissa la tête.

— Que comptez-vous faire à présent?

— Le quitter.

L'angoisse obscurcit le regard du lieutenant.

— Réfléchissez bien, Éloïse, je vous en conjure.

La jeune femme frissonnait de sa propre audace, mais maintenant qu'elle mesurait la profondeur de la dépravation de son mari, l'hésitation ne lui était plus permise.

Kernow House, baie de Watson, le même jour

Éloïse dissimulait ses bagages à mesure qu'elle les préparait en vue de sa fuite prochaine, sans ignorer qu'elle se tenait là sur le fil du rasoir. Edward allait rentrer d'une minute à l'autre, et dès lors il lui faudrait patienter jusqu'à la nuit pour oser quitter la demeure et rejoindre l'hôtel de son père. Si elle partait tout de suite, elle courait le risque de voir son époux se lancer à ses trousses et la rattraper avant qu'elle eût atteint la ville. Mais l'attente la mettait à la torture. La jeune femme avait eu toutes les peines du monde à garder son calme devant les enfants ; elle avait plus de mal encore à ne pas se confier à Meg, qui était devenue sa meilleure amie.

La jeune domestique se tenait auprès de Charles qui, âgé de trois ans, dessinait sur une table basse.

— Quelque chose ne va pas, décréta-t-elle en arrêtant Harry – le garçonnet, d'un an le cadet de son frère, hurlait de plaisir en galopant à travers la pièce. Je le sens toujours quand quelque chose ne va pas.

Sa maîtresse jeta un coup d'œil nerveux par la fenêtre.

— Mieux vaut que tu ne saches rien, dit-elle en tâchant d'apaiser Harry avec un livre d'images.

— Je travaille à votre service depuis longtemps. Si vous comptez faire ce que je pense, m'emmènerez-vous ?

Éloïse se tourna vers elle, surprise.

— Bien sûr, mais comment… ?

— J'ai découvert les sacs dans le placard.

Meg avait parlé dans un murmure, car des oreilles indiscrètes pouvaient se tenir derrière la porte – son employeuse et elle n'ignoraient pas que les autres domestiques les espionnaient, probablement pour le compte de leur maître.

Éloïse étreignait son jeune fils, qui se tortillait entre ses bras. Elle considéra Charles.

— Nous ne pouvons pas parler pour le moment, déclara-t-elle tandis que l'enfant la fixait d'un regard grave. Mais peut-être peux-tu entamer les préparatifs après le thé ?

D'abord Meg pâlit, puis ses joues rosirent.

— Ce soir ?

Sa maîtresse se raidit.

— Ce soir.

Le cheval pénétra dans la cour au galop et s'immobilisa dans une glissade. Hélant le palefrenier, Edward sauta de sa selle et grimpa quatre à quatre les marches du perron.

— Éloïse ! rugit-il. Où es-tu ?

Tendue comme la corde d'un violon, celle-ci patientait dans le salon.

— Papa est rentré, annonça-t-elle aux enfants.

Elle s'empara du dessin que Charles avait passé une bonne partie de l'après-midi à préparer.

— N'oublie pas de le lui offrir, dit-elle doucement. Il est très beau. Papa sera ravi.

La jeune femme attendait toujours, le cœur battant au rythme des pas qu'elle entendait résonner dans le hall. Edward surgit dans la pièce, le teint encore rosi par sa chevauchée, visiblement surexcité par sa dernière expédition dans le bush. Éloïse se contraignit à demeurer de marbre lorsqu'il embrassa sa joue.

— Je l'ai fait pour vous, père, hasarda timidement son fils aîné. Pour vous souhaiter bon retour.

Le commandant saisit le dessin, auquel il accorda à peine un regard avant de le laisser tomber sur un fauteuil.

— Comment se porte mon grand gaillard ? lança-t-il en soulevant Harry, déjà cramponné à sa jambe.

Il le fit tournoyer jusqu'à ce que le bambin poussât des cris de joie.

— Il ne sera pas du genre à rêvasser devant un dessin, celui-là.

Éloïse, qui s'était tournée vers Charles, lut sur le petit visage du chagrin et de la déception.

— Il s'y est consacré toute la journée, le défendit-elle avec raideur, en l'attirant à elle. Tu aurais au moins pu y jeter un coup d'œil.

Edward expédia Harry sur un fauteuil. L'enfant atterrit sur le dessin, qu'il déchira.

— Lorsqu'il s'adonnera à une activité sensée, je lui prêterai attention. En attendant, j'ai l'impression que mon petit Harry a des envies de grosse bagarre !

Il entreprit de le chatouiller.

— Je t'en prie, l'implora son épouse. Meg a déjà bien assez de mal à l'endormir.

Le commandant se figea, puis passa une main dans ses cheveux pour se recoiffer.

— Tu n'es pas d'accord lorsque j'ignore mes fils. Et tu ne l'es pas davantage lorsque je m'occupe d'eux. Si je comprends bien, avec toi, je joue toujours perdant.

Il tendit la main vers le flacon à whisky.

— Emmène-les. Il est l'heure pour eux d'aller se coucher, et j'ai besoin d'un verre pour me débarrasser de toute cette poussière.

— Le dîner sera bientôt servi.

Sur quoi elle entraîna les garçonnets hors du salon, avant de refermer la porte derrière elle. Elle serra Charles dans ses bras, prit la main de son cadet et grimpa l'escalier en direction de la chambre d'enfants. Il lui faudrait un peu de temps pour les apaiser, mais avec l'aide de Meg et un soupçon de rhum, ils ne se réveilleraient pas lorsque les deux femmes les prendraient tout à l'heure entre leurs draps.

Éloïse s'immobilisa sur le palier, où son regard croisa celui de sa domestique. Leur commune terreur se faisait presque palpable, mais comme le moment de fuir approchait, l'épouse d'Edward comprit que la haine qu'elle nourrissait désormais contre celui-ci la rendait, en cet instant, pratiquement invincible.

Durant le dîner, Edward parla profusément, ce qui ne l'empêcha pas de noter la froideur de sa femme.

— Je ne rentre pas chez moi pour y trouver cette face de carême, railla-t-il. Si tu n'es pas capable de me manifester un brin d'affection, tu ferais mieux de quitter cette table.

Le ressentiment et le dégoût d'Éloïse menaçaient d'éclater au grand jour. Elle jeta sa serviette et leva les yeux vers son mari pour la première fois de la soirée.

— Je ne suis pas une bonne à laquelle tu peux distribuer des ordres. Et si tu entends discuter de courtoisie, je te conseille de songer d'abord à tes propres façons.

— Ce n'est pas de mes façons qu'il s'agit ce soir.

— Il en était pourtant question lors d'un certain procès en 1793.

Les mots lui avaient échappé, sans qu'elle détournât pour autant le regard. Mais son cœur battait la chamade et elle serrait les mains l'une contre l'autre sur ses genoux. Son époux s'empourpra.

— Dans ce cas, répliqua-t-il après un long silence, sur un ton dangereusement calme, tu dois aussi savoir que j'ai bénéficié d'un non-lieu.

Éloïse ne pouvait plus se taire.

— Certes, mais il n'en reste pas moins que tes amis et toi étiez coupables. On t'a même exilé pour cette raison. Seule Millicent Parker a payé le prix de ce drame en se pendant la nuit même où l'on t'a relaxé.

— Tu ne vas tout de même pas me reprocher le geste d'une pauvre fille dérangée.

— Oh que si, rétorqua-t-elle avec une fermeté dont elle s'étonna elle-même. Les preuves parlaient contre toi, et tu n'as dû ton salut qu'à l'intervention de ton père, qui a sali la réputation de cette jeune femme. Tes acolytes et toi vous êtes parjurés.

— Mettons un terme à cette conversation. Je trouve assommant d'évoquer ces vieilles lunes.

— Tu n'as cessé de me mentir, Edward.

— C'est faux.

— Même lorsque j'ai exigé de toi la vérité, tu as continué de me mentir. Mais à présent, je sais qui tu es.

— Et qui suis-je?

Son regard brillait comme celui d'un fauve à la lueur des chandelles.

Éloïse déglutit. La terreur l'avait saisie, mais elle était allée trop loin pour battre en retraite.

— Je détiens des preuves irréfutables. Tu es un menteur, un escroc, un assassin et un voleur.

Edward serra les mâchoires. Ses yeux se réduisaient à deux fentes.

— Méfie-toi, Éloïse. Des hommes sont morts pour m'avoir ainsi calomnié.

— Je n'en doute pas, commenta-t-elle, d'une voix pleine de défi. Mais il ne s'agit pas de calomnies. Tu passes par le fer des femmes et des enfants. Tu as recours au chantage pour faire main basse sur certains commerces, et tu triches aux cartes. Cela dit, tes manœuvres ne te réussissent pas toujours, puisque tu dois à M. Carlton des sommes de plus en plus vertigineuses.

— Comment oses-tu?!

— J'ose parce qu'enfin je vois clair en toi.

Éloïse désirait à présent quitter la pièce, mais elle tremblait si fort qu'elle ne parvint même pas à se mettre debout. Elle se retrouvait piégée plus sûrement qu'un lièvre dans un collet.

Edward se leva, les traits déformés par la rage.

— J'attends de mon épouse qu'elle tienne correctement ma maison, qu'elle distraie mes invités et s'abstienne de me poser la moindre question. Me faut-il te rappeler que tu as échoué lamentablement dans tous ces domaines? Je t'interdis de t'adresser de nouveau à moi sur ce ton. M'entends-tu? Je te l'interdis.

— Tu peux m'interdire ce que bon te semble, Edward. Cela ne me permettra pas d'oublier que tu massacres de petits Aborigènes et que tu violes d'innocentes jeunes filles.

Elle s'était enfin dressée sur ses pieds, mais prenait appui sur le bord de la table pour ne pas s'écrouler.

— C'en est fini de notre mariage, Edward.

— Et quelle solution me proposes-tu? Désires-tu retourner chez ton père?

La fille du baron acquiesça de la tête, rendue muette par l'effroi.

Son époux fit le tour de la table à la vitesse de l'éclair.

— Tu ne me quitteras jamais, siffla-t-il en l'empoignant par le bras.

Éloïse ne bougeait plus.

Edward referma une main sur son cou, qu'il pressa pour la contraindre à se tourner vers lui.

— Tu m'appartiens. Et je vais t'apprendre à me respecter.

Il ouvrit brutalement l'étau de ses doigts, se dirigea vers la porte pour la fermer à clé.

La jeune femme tentait de reprendre haleine quand il avança de nouveau vers elle.

Elle recula.

L'œil d'Edward étincelait. Il la saisit de nouveau à la gorge.

— Il est temps pour toi de recevoir ta leçon, femme.

Il déchira sa robe du corsage à la taille.

— Il est temps pour toi de comprendre que je suis ton seigneur et que je puis agir à ma guise, quand et avec qui je le souhaite. Tu ne me quitteras jamais. Jamais. Et si tu t'avises de tenter de le faire malgré tout, je te traquerai et je tuerai devant toi ce gringalet de Charles avant de te trancher la gorge.

Éloïse le scruta, abasourdie.

Le visage de son époux se trouvait si près du sien qu'elle sentait son souffle sur sa joue.

— Des gosses, j'en ai supprimé des tas. Un de plus ou de moins, quelle différence?

Une sourde plainte s'éleva de la gorge de la jeune femme. Il ne pensait tout de même pas ce qu'il disait?…

— Tu t'imagines peut-être que ce sont là des paroles en l'air? Veux-tu me mettre à l'épreuve?

Prise au piège du regard fou de son mari et de sa main fermée autour de son cou, elle songea avec horreur qu'il était en effet capable de mettre à mort leur enfant.

— Non.

— Déshabille-toi, commanda-t-il.

Elle tenta de secouer la tête.

— Dépêche-toi! Ou je m'en charge à ta place.

Elle se tordit en sanglotant pour ôter son corsage déchiré, puis sa chemise, avant de ferrailler avec les lacets de sa jupe. Enfin, l'étoffe légère tomba à ses pieds.

Son époux tira sur ses jupons.

— Enlève tout. Et vite.

Elle n'avait gardé finalement que sa culotte de satin. Tandis qu'il la tenait toujours à la gorge, il faisait courir sa main demeurée libre sur ses seins et son ventre. Rouge d'excitation, il enfonça ses doigts entre ses jambes.

Puis il l'attira vers la table que, d'un revers de manche, il débarrassa de la porcelaine et du cristal qui l'encombraient avant de renverser Éloïse contre le plateau de chêne poli.

— Non, le supplia-t-elle.

— Continue de te débattre. J'adore ça.

Il la prit en hâte, et violemment. Inerte sous ses assauts, sa femme s'efforça de ne pas lui hurler sa douleur – elle était prête à souffrir mille morts pour protéger ses fils.

Lorsque tout fut terminé, il reboutonna son pantalon, puis se dirigea d'un pas nonchalant vers le cabinet à liqueurs et se versa un verre de rhum.

Éloïse se laissa glisser sur le sol. Elle s'y recroquevilla parmi la vaisselle brisée. Il n'y avait pas d'issue. Il n'y en aurait pas ce soir. Il n'y en aurait jamais.

13

Sydney, avril 1801

— Merci d'être venu, lui dit le notaire. N'avez-vous pas reçu les lettres que nous vous avons expédiées ces dernières semaines?

— Si, répondit George à mi-voix, mais je ne pouvais me résoudre à prendre en charge la succession de Samuel.

— Il n'est jamais facile de surmonter le décès d'un proche, je vous l'accorde. Mais en l'occurrence, les choses sont simples: hors quelques menues possessions, vous êtes l'unique héritier du capitaine Varney.

Il ôta son monocle et l'astiqua.

— Toutes mes félicitations, monsieur Collinson. Vous devenez, grâce au défunt, un jeune homme fortuné.

George avait perdu un ami et un mentor. Toutes les richesses du monde ne combleraient pas le vide que sa disparition lui laissait au cœur.

— Il m'a confié ceci, reprit le notaire après qu'ils eurent ensemble inventorié le legs. En me demandant de vous la remettre après sa mort.

Le jeune homme s'empara de la lettre cachetée, serra la main de son interlocuteur et quitta l'étude. Lorsqu'il fut dans la rue, il s'immobilisa quelques instants pour laisser à ses yeux le temps de s'accoutumer à la lumière éblouissante. Puis il s'engagea le long du fleuve jusqu'à dénicher un petit coin tranquille et ombragé, où il s'assit pour lire la lettre du capitaine.

Il la décacheta. Il découvrit un papier de luxe, couvert d'une écriture énergique à l'image de celui qui avait pris la plume. Tandis qu'il déchiffrait les derniers mots de son ami, George sentit peser sur lui tout le poids de son chagrin.

Mon cher garçon,

Tu m'as permis de connaître enfin l'amour qu'un père porte à son fils, et de toutes tes réussites, je tire une immense fierté. À l'heure qu'il est, tu sais que je t'ai légué mes navires, les parts que je détenais dans les entrepôts, ma maison dans les collines, ainsi que l'argent déposé dans des banques de Nantucket et de Sydney. Je sais que, de tout cela, tu feras bon usage.

Mais prends garde, mon garçon. La mer est une maîtresse exigeante. Elle réclame toute l'attention de l'homme qui s'y voue, quand elle n'exige pas sa vie même. Ne te laisse pas prendre au piège comme je l'ai fait, car si j'ai toujours chéri la mer et dédaigné les plaisirs de la terre, force m'est de reconnaître que je regrette de n'avoir pas pris femme et de n'avoir pas eu la joie de voir grandir les enfants qu'elle m'aurait donnés. Le sort en a hélas décidé autrement. Mais toi, tu es jeune encore, tu as devant toi de nombreuses années. Ne commets pas les erreurs que j'ai commises, fils. Si ton âme est pure, jamais elle ne te fourvoiera.

Je te souhaite bonne route, en espérant rester dans ton cœur comme tu es toujours resté dans le mien.

Avec toute mon affection,

Samuel Varney

George cligna des yeux pour en chasser une larme, replia la missive et la glissa dans sa poche. Depuis la mort du capitaine, il se sentait perdu, et quant aux mots qu'il venait de lire, à l'instar de l'héritage qu'on lui avait octroyé, ils intensifiaient sa détresse. Il fixa, au loin, les bateaux à l'ancre dansant sur les eaux cristallines qui resplendissaient de mille diamants de lumière. Le spectacle était superbe, mais le jeune homme continuait à lui superposer les sombres souvenirs d'un océan déchaîné qui, plus tard, s'était refermé, avec une poignée d'éclaboussures, sur le cadavre de Samuel.

George se remit debout en s'efforçant de chasser ces vilaines images, débarrassa son manteau du pollen et des graines qui y adhéraient, puis regagna la ville d'un pas lent. Après la terrible lutte qu'il avait menée contre la mer, l'*Atlantica* avait été remorqué jusqu'au port, où il subirait, plusieurs mois durant, d'importantes réparations. Les quatre autres bâtiments de la flotte se trouvaient actuellement en mission; ils ne regagneraient Sydney qu'à la fin de l'été. Thomas avait quitté la ville avec son régiment et, bien qu'il eût déjà rendu visite à ses parents, ainsi qu'aux deux veuves des *Gratteurs de lune*, il avait promis aux uns et aux autres de les revoir encore pour un séjour plus long. Désœuvré, le jeune homme se laissait dériver loin de toute réalité.

De l'autre côté de la baie, Sydney vibrait dans la chaleur. Même s'il avait rechigné à y poser de nouveau le pied, il éprouvait pour ce lieu de bric et de broc quelque chose qui ressemblait à de l'amour; un enthousiasme confus pour les promesses qu'il recelait. Éloïse était tout près, le jeune homme le devinait – il se rappelait si vivement leurs tête-à-tête à Balmain. Pourrait-il à présent la convaincre de quitter Edward? Ou avait-elle enfin trouvé le bonheur à ses côtés? Se languissait-elle de George comme il se languissait d'elle? Ou l'avait-elle oublié?

Debout en plein soleil, le jeune homme laissait vagabonder ses pensées autour de l'énigme qui le taraudait depuis plusieurs années. «Jamais couard n'aura belle amie, récita-t-il à voix haute. Lance-toi.» Pour la première fois depuis des semaines, un sourire se peignit sur ses lèvres puis, enfonçant ses mains dans ses poches, il se mit à siffler.

Il était en train de récupérer le courrier déposé à la boutique, lorsqu'il l'aperçut par la vitre sale. Son cœur bondit dans sa poitrine. Comme il s'apprêtait à courir au-dehors pour la saluer, il constata qu'elle n'était pas seule. La jeune femme qui l'accompagnait était sa domestique, sans le moindre doute possible, flanquée du petit Charles. Un bambin plus jeune se trouvait dans les bras du baron – et, de toute évidence, Éloïse attendait un troisième enfant. Dissimulé derrière des sacs de pommes de terre, George regardait se rapprocher les promeneurs avec angoisse.

— Tiens-toi tranquille, Harry! tonna Oskar von Eisner à l'adresse du marmot qui se tortillait pour se soustraire à son étreinte. Allons voir les bateaux.

— Puis-je venir aussi? s'enquit la voix flûtée de Charles.

— Bien sûr. Mais à la condition que ta mère me promette de s'asseoir pour se reposer.

Éloïse sourit à son père avant de lui confier quelques mots, que George, se tenant trop loin, n'entendit pas. Il se délectait du spectacle de la jeune femme prenant la main de Harry, que son grand-père venait de déposer sur le sol. Quand elle embrassait ses enfants, son visage n'était qu'amour; elle resplendissait. Ses yeux brillaient. Charles vint frotter son nez contre le cou de sa mère. Incontestablement, elle était heureuse.

— George? Quelque chose ne va pas?

Il se retourna vers le gérant de son magasin, mais les mots lui manquèrent.

— Tu es tout pâle, observa le commerçant, soucieux. Veux-tu que j'appelle ma femme?

— Non, parvint à articuler le jeune homme.

Jetant un coup d'œil dans la rue, il constata qu'Éloïse se dirigeait vers lui. Il lui fallait à tout prix l'éviter.

— Je dois partir, grommela-t-il. Je vais saluer ton épouse et filer par la porte de derrière.

Il arpenta les ruelles tortueuses jusqu'à la tombée de la nuit. Il songea d'abord à noyer son chagrin à la table d'une taverne, mais il ne désirait pas de compagnie – pas ce soir, alors que son avenir béait devant lui, dépouillé de tout espoir.

Lorsque la lune se leva et que les étoiles se mirent à scintiller, il eut l'idée de se réfugier dans la maison de Samuel. Nichée parmi les collines, des arbres l'ombrageaient et, le jour, on y jouissait d'un merveilleux panorama sur la ville et son port. Il tourna la clé dans la serrure et entra. Il alluma la lampe, le cœur lourd, et se promena de pièce en pièce; partout flottait l'odeur du tabac que fumait naguère le capitaine.

Dans la pièce principale s'entassaient les livres, les papiers et les souvenirs de voyages. Des cartes le disputaient à des maquettes de navires disposées en équilibre instable sur les étagères. Il y avait encore des tables surchargées d'os de baleine sculptés ou de fragments de corail. Le fauteuil de Samuel trônait auprès de l'âtre vide – on y devinait la forme de son corps sur les coussins bosselés. George effleura l'étoffe élimée. Ses visites lui revenaient en mémoire, les conversations à bâtons rompus qui, souvent, se prolongeaient toute la nuit autour d'un verre de rhum ; le vieux loup de mer et son compagnon jetaient les bases de leur prochaine expédition.

Le jeune homme retint ses larmes, car l'esprit de Samuel demeurait bien vivant. Il percevait sa présence depuis le plancher jusqu'aux madriers du plafond, il la décelait dans l'air ambiant. Il grimpa à l'étage. La chambre du défunt était parfaitement rangée, les couvertures pliées au pied du lit, semblant attendre le retour de leur propriétaire. Un télescope, sur son trépied, montait la garde à la fenêtre, assorti d'un fauteuil d'où le capitaine, confortablement installé, observait les activités du port.

George ouvrit la porte à deux battants menant sur le balcon. Il s'y tint un long moment, humant les senteurs de la nuit. La lune avait beau décroître, la blancheur de son éclat se reflétait dans l'eau et jetait des lueurs argentées sur les toits de zinc. Le jeune homme contempla la baie de Watson, à la recherche de… À la recherche de quoi, au juste?

Il regagna la chambre, referma les portes derrière lui pour se rendre dans la seconde chambre, où il se laissa tomber sur le dur matelas. Le décor était impersonnel. On n'y recensait qu'un lit, une chaise et une table de toilette, sur laquelle se trouvaient disposés une vaste cuvette et un grand pot à eau. Samuel n'avait rien laissé de lui dans cette pièce, et pourtant le chagrin de son absence, conjugué à l'éloignement définitif d'Éloïse, eut raison du garçon, qui sombra dans le désespoir.

Waymbuurr (Cooktown), juillet 1801

À l'instar des autres jeunes membres de sa tribu, Mandawuy subissait les rites de passage à l'âge adulte depuis déjà plusieurs saisons ; il avait maintenant onze ans.

Les aînés étaient sages : ils savaient que l'âme d'un enfant s'ouvrait plus aisément à leurs enseignements que celle d'un adulte. Chaque soir, du plus loin qu'il se souvînt, il s'était assis auprès de ses camarades pour écouter l'un des aînés leur transmettre des légendes mettant en scène des animaux, oiseaux, reptiles ou insectes, qui représentaient autant de symboles du bien et du mal tapis au cœur de l'homme.

Tandis qu'on lui enseignait les traditions et les récits de son peuple, le garçonnet avait aussi appris à chasser ; il connaissait à présent de nombreuses techniques de survie. Il savait l'anatomie, les mœurs et les lieux de prédilection de toutes les bêtes du bush. Il identifiait les oiseaux – y compris grâce à leurs chants nuptiaux – et détectait, suivant la position des étoiles, l'arrivée d'une saison nouvelle. Dans le fruit d'un arbre, il lisait que l'heure était venue, pour les grands *barramundis*[1], de remonter le courant pour frayer.

On dénombrait six saisons. *Gunumeleng* correspondait au terme de la période brûlante et sèche. Des tempêtes survenaient, avec les premières pluies. *Gudjuek* marquait le temps des crues, lorsqu'il devenait aisé de capturer les animaux cherchant refuge dans les arbres. On évoquait *Banggereng* quand l'eau refluait. Les plantes se chargeaient de fruits, les femelles étaient grosses. *Yekke*, c'était les brumes matinales et le vent sec ; on incendiait les prairies pour stimuler la repousse de la végétation. Après quoi venait *Wurrgeng*. Il y faisait plus frais, mais il pleuvait moins, en sorte que les points d'eau s'asséchaient. Des hordes d'oiseaux s'y rassemblaient – ils faisaient pour les chasseurs des proies idéales. Puis on passait à *Gurrung*. On vivait alors des journées chaudes, arides, sans le moindre souffle d'air. La vie semblait s'assoupir sous les lourds nuages qui s'amoncelaient au ciel. Des éclairs annonçaient le retour de *Gunumeleng* et des averses.

Mandawuy était également capable d'identifier chaque membre de la tribu aux empreintes de ses pas. Chaque empreinte était unique, en sorte qu'on repérait aussitôt l'intrus qui s'avisait de pénétrer sur les terres sacrées. Mais, en dépit de

---

1. Poisson de rivière à larges écailles.

tout ce qu'on lui avait déjà inculqué, le garçon n'ignorait pas qu'il continuerait d'apprendre jusqu'au terme de son existence.

La tribu avait établi son campement loin de l'océan, là où s'étendaient de vertes prairies et des forêts épaisses. Là où la chasse était bonne. Un peu à l'écart se trouvait le lieu des cérémonies, qu'on conduisait loin des regards indiscrets – seuls les jeunes hommes en âge de les subir étaient autorisés à assister aux rites d'initiation ; la curiosité dévorait leurs cadets.

Assis avec ses pairs, Mandawuy écoutait l'aîné leur rapporter les sages paroles de Nurunderi – le maître dont le Grand Esprit avait fait son représentant ici-bas pendant le *temps du rêve*.

— Mes enfants, un Grand Esprit peuple le ciel, dont vous représentez l'une des parties. C'est Lui qui vous protège et subvient à vos besoins et, quoique nos vies ne durent pas plus que le jour, Il a souhaité que vous participiez à son grand Projet durant le bref instant qu'il vous est donné de passer sur cette terre. Cette terre, prenez-en soin, n'y prélevez que ce dont vous avez besoin. Maîtrisez vos appétits, gardez-vous de devenir les esclaves du désir, ne laissez pas votre esprit plier sous le joug de la peur ou de la souffrance. Sinon, vous deviendrez égoïstes, et à ce titre vous sèmerez le malheur en vous et autour de vous.

Les leçons de l'aîné et les épreuves qui attendaient Mandawuy étaient destinées à faire de lui un individu digne du Grand Esprit, afin qu'au jour dit celui-ci acceptât de l'accueillir à bord du Grand Canoë, où il effectuerait son ultime voyage vers les étoiles. La tâche était exaltante, mais le poids des responsabilités pesait sur les épaules de l'enfant. Devenir un homme et cheminer à l'ombre du Créateur n'étaient pas choses aisées, même s'il n'ignorait pas que ses grand-mères, Anabarru et Lowitja, observaient, des cieux, ses progrès vers l'âge adulte d'un œil attentif. Il ne pouvait se permettre de les décevoir.

— L'heure a sonné de votre première véritable épreuve, psalmodia l'aîné, prenant appui sur sa lance.

Il considéra ses élèves avec sévérité.

— Vous allez marcher deux jours durant. Chacun de vous sera seul. Vous chasserez, mais ne vous nourrirez pas. Ne regagnez pas le campement avant que les aînés ne viennent à vous pour vous en donner la permission.

Mandawuy échangea avec son voisin un bref regard. Kapirigi était son meilleur ami. Ils chassaient souvent ensemble. Ce serait une expérience étrange que de sillonner sans lui le Jamais-Jamais, mais l'enthousiasme de l'un se reflétait dans les yeux de l'autre. Les adolescents, attendant qu'on leur fît signe de se mettre en route, serraient leurs *nullas*, leurs lances et leurs boomerangs.

Mandawuy avait choisi de se diriger vers les noires collines qui s'étendaient à l'ouest, et qu'on appelait Kalcajagga[1]. Le périple jusqu'à ce lieu de mort, hanté par des esprits malfaisants, le préparerait pour l'épreuve suivante, qui consisterait à dominer sa peur. Il lui avait fallu deux journées de marche pour atteindre son but – il ne s'était arrêté que pour percer de sa lance un petit *goanna*, dont le cadavre pendait maintenant à sa ceinture. Ayant pris un peu de repos, le garçonnet, qui tâchait d'ignorer les gargouillis de son ventre affamé, contemplait ces collines que les aînés évoquaient parfois dans leurs récits.

Elles s'élevaient au-dessus des plaines désertes en deux amoncellements de gigantesques roches sombres, qui étincelaient sinistrement sous le soleil. Nulle part ne croissait la moindre végétation, le flanc des collines était troué de grottes et l'enfant, qui distinguait au loin de bondissants wallabys, savait qu'au fond de ces cavernes se dissimulaient des pythons géants capables d'engloutir un homme. La rumeur affirmait que, parmi les intrépides qui s'étaient risqués jusqu'ici, beaucoup n'avaient jamais reparu – Mandawuy comptait bien garder ses distances.

Accroupi dans l'ombre chétive d'un eucalyptus, il écouta les sons sinistres qui lui parvenaient des grottes. Il frissonna en percevant des plaintes, ainsi que des murmures pareils à des chuintements. Il éprouva la tentation de faire demi-tour et de filer. On aurait dit que les palpitants Esprits des défunts cherchaient une voie d'évasion. Néanmoins, l'enfant ne bougea pas. Pour devenir un homme, il fallait ne manifester aucune crainte. Pour devenir un homme, il fallait respecter les coutumes

---

1. Actuel Black Mountain National Park.

millénaires et puiser des enseignements dans les récits en lien avec cet endroit.

Mandawuy creusa le sol en quête de racines contenant de l'eau. Lorsqu'il eut étanché sa soif, il revint par l'œil et la pensée aux noires collines. Les aînés lui en avaient rapporté l'histoire bien des lunes auparavant, et à son tour il entonna le chant qui en transmettait la légende, sa voix s'élevant, pareille à un bourdonnement ténu, dans le silence.

«Lorsque la terre était encore jeune, il y eut deux frères, du totem du wallaby. Ka-iruji et Taja-iruji, chasseurs émérites, fréquentaient cette contrée de luisantes roches noires. Un jour, ils découvrirent une fille appartenant au totem du python. Elle creusait le sol pour en extraire des ignames. Elle était belle, belle au point que les deux frères conçurent pour elle du désir. Mais il leur était interdit de s'affronter avec leurs armes de chasse – ç'aurait été, sinon, transgresser un tabou. Ils devaient donc trouver un autre moyen.»

L'enfant résista à la tentation de dévorer les racines disposées à ses pieds, luttant pour maîtriser la faim qui le tenaillait lorsqu'il détacha le *goanna* de sa ceinture pour le poser à côté de lui. Il baissa les paupières, inspira profondément et reprit son chant.

«Ka-iruji et Taja-iruji s'avisèrent, en les contemplant, que si chacun empilait l'un sur l'autre les rochers, celui qui obtiendrait la colonne la plus haute pourrait précipiter son rival sur le sol et l'y réduire en pièces. Ils s'échinèrent sans relâche, en sorte que, peu à peu, les collines s'élevèrent, mais ils ne parvenaient pas à se départager. Ils se consacrèrent à leur labeur avec un tel acharnement qu'ils ne virent pas approcher le cyclone Kahahinka. La jeune fille, qui les observait, ne le vit pas davantage. Les vents s'abattirent sur eux, les écartelèrent et les pulvérisèrent.»

Mandawuy rouvrit les yeux pour les poser sur ces collines, vieilles de tant et tant de lunes. Il captait le murmure de la jeune fille depuis le fond des grottes, il distinguait les wallabys. La perspective de passer la nuit ici le fit tressaillir, mais s'il tenait à prouver aux aînés qu'il était digne d'eux, il n'avait pas le choix.

Puisant des deux mains dans la terre molle, il y ménagea un creux, où il s'installa pour dormir, une joue contre l'une de ses paumes et sa lance à ses côtés.

Le soleil s'était déjà levé à quatre reprises quand l'aîné, comme surgi de nulle part, se présenta devant lui. Émergeant du sommeil, l'enfant eut la surprise de le découvrir accroupi près de lui. L'œil trouble, étourdi par la faim, il se leva cependant.

— Je t'observe depuis un moment, Mandawuy. Tu as dormi à poings fermés sur cette contrée infestée d'esprits malfaisants. D'étranges créatures ne peuplent-elles pas tes rêves?

Le garçon secoua la tête.

— Le python et le wallaby ne sont pas mes ennemis, car je n'ai pas pénétré sur leur territoire sacré.

— C'est bien, murmura le vieil homme.

Mandawuy considéra avec appétit le *goanna* qui gisait à présent aux pieds de son interlocuteur. Il en avait l'eau à la bouche.

— Tes yeux s'expriment à la place de ton ventre, Mandawuy. Mais, d'abord, il te faut préparer un feu.

L'enfant alla chercher tout ce qui était susceptible de brûler. Hélas, dans ce lieu désolé, il demeurait bredouille. Il revint enfin avec de l'herbe sèche et du bois blanchi par le soleil. Frottant deux bâtonnets l'un contre l'autre, il en fit bientôt surgir de la fumée, qui s'éleva dans l'air immobile. Il ajouta de l'herbe, souffla sur les étincelles puis, assis en tailleur, examina les flammes. Le repas auquel il s'apprêtait le faisait saliver.

Lorsque le vieillard estima que la température du brasier avait suffisamment grimpé, il y jeta le cadavre du *goanna*.

Le garçonnet faillit s'évanouir en humant son fumet; son estomac criait famine.

— Tu dois apprivoiser ta faim, lui indiqua l'aîné un moment plus tard, car lorsque l'esprit de l'eau ne se montre pas, notre Terre Mère n'a rien à nous offrir.

Il tira de sa ceinture un outil de pierre, dont il se servit pour découper une large portion de chair cuite.

Mandawuy s'humecta les lèvres, le regard rivé sur la nourriture.

Le vieil homme mangea avec un plaisir évident.

Certes, songea l'enfant, il s'agissait là d'une étape obligée de l'épreuve, mais elle le mettait à la torture.

Bientôt, il ne demeurait de l'animal qu'un minuscule morceau, que le maître tendit à son disciple.

— Tu as bien agi, Mandawuy. Mange, maintenant.

Celui-ci aurait dû faire durer le plaisir, mâcher et remâcher la chair, il le savait. Au lieu de quoi il n'en fit qu'une bouchée. Son ventre gargouilla, insatisfait, mais l'enfant n'eut d'autre ressource que de se lécher les doigts et d'essuyer la graisse qui coulait de son menton.

Son maître se mit debout.

— Tu as réussi deux de nos principales épreuves, Mandawuy. Celle de la faim et celle de la peur. Mais d'autres t'attendent. Tu vas quitter cet endroit pour cheminer encore, le temps pour toi de voir se lever trois lunes, mais tu ne mangeras plus rien jusqu'à ton retour au campement, le quatrième jour.

L'enfant étudia les restes du *goanna*, qui achevaient de noircir au milieu des flammes. Il restait un peu de viande sur les os. L'aîné l'observait avec attention.

— Jusqu'au jour de la quatrième lune, dit Mandawuy avant de tourner les talons, puis de s'éloigner en direction du nord.

Il arpenta la contrée de ses ancêtres, en se rappelant les légendes de Garnday et de Djanay, de même que les événements qui les avaient conduits vers les demeures du vent du nord et de celui du sud. Il escalada les affleurements rougis, examina les œuvres peintes par les Anciens sur les parois des grottes, et les *lieux du rêve* qu'ils lui avaient légués, afin qu'il en prît soin.

La sensation de faim allait et venait, tandis qu'une étrange hébétude l'emportait ; c'est alors qu'il saisit le véritable but des épreuves et des récits. Il était partie intégrante de cette terre, il lui appartenait. Elle était son héritage. S'il ne pouvait la défendre, sa vie n'était rien.

Mandawuy médita ainsi durant tout le trajet qui le ramenait vers le campement. Pemuluwuy, l'oncle de sa grand-mère, avait vaillamment lutté contre l'envahisseur blanc pendant de nombreuses saisons. Aujourd'hui, il était mort, abattu par l'arme d'un Occidental. Son fils, Tedbury, poursuivait ses expéditions contre les fermes des colons ; il avait assisté au *corroboree*, lors duquel il avait évoqué sa guerre de libération des territoires du sud. Électrisé par ce discours, qu'il avait écouté attentivement, il avait déploré en silence de n'être pas assez grand pour se joindre à lui, que seuls quelques combattants s'étaient montrés désireux d'épauler.

Le bruit de ses pas résonnait à peine sur la terre rouge. Il se dirigeait vers la brume verte qui flottait sur l'horizon : c'était le bush, qui peu à peu se matérialisait devant lui. Hélas, les images de ce dont il avait été le témoin durant ses premières années se faisaient plus nettes que jamais. Les Blancs, il ne l'ignorait pas, avançaient peu à peu vers le nord, ils conqué-raient le sud et l'ouest mêmement, sans égards pour les *pistes chantées* millénaires, qu'ils franchissaient résolument. Le péril se rapprochait.

Ayant atteint la dernière colline, l'enfant s'immobilisa. La fumée des feux de camp s'élevait à travers les arbres, tandis que scintillait au loin le grand océan, qui déferlait jusqu'à l'autre bout de la terre. Cette tribu était la sienne, ce pays était le sien – qu'il avait le devoir de protéger pour ceux qui vien-draient après lui. Il s'accroupit sous le soleil de midi. Il impor-tait, au terme des récentes épreuves qu'il avait subies, qu'il eût les idées claires, car s'il s'avisait étourdiment de s'opposer un jour, en quelque manière que ce fût, aux Esprits ou aux Anciens, on le bannirait à jamais.

Lorsqu'il se dressa de nouveau sur ses pieds, le soleil avait glissé depuis longtemps derrière les collines. Il se mit en marche vers le campement. Il avait le pas léger : il venait de prendre une grande décision.

Kernow House, baie de Watson, août 1801

Le nourrisson poussa, en voyant le jour, un hurlement furieux, et Éloïse s'évanouit parmi les oreillers. L'accouche-ment avait été difficile – comme si l'enfant rechignait à venir au monde.

— Alors, Meg?

— C'est un garçon, répondit la jeune fille, qui jouissait depuis peu d'une liberté conditionnelle.

Elle lava le nouveau-né, puis l'enveloppa dans une couverture.

— Souhaitez-vous le voir, ou préférez-vous que je l'emmène à la nurserie?

Pour toute réponse, Éloïse ouvrit les bras, entre lesquels elle accueillit le petit être en pleurs.

— Ce n'est pas sa faute s'il est le fruit de la violence.

Il arborait des cheveux sombres et un visage rubicond. Ses petits poings frappaient l'air rageusement, pendant qu'il cherchait à tâtons le sein prêt à le nourrir. Dès qu'il se mit à téter, sa mère se sentit submergée par l'amour.

— Et moi qui croyais que j'allais le détester. Mais il est magnifique…

— Le fait est qu'il vous rappellera toujours de mauvais souvenirs, observa Meg en fronçant les sourcils.

Celle-ci avait volé, le soir de la tragédie, au secours de sa maîtresse sitôt après le départ d'Edward. Sans se soucier des autres domestiques, qui observaient la scène avec un vif intérêt, elle avait chastement couvert le corps d'Éloïse de ses vêtements en lambeaux, avant de l'aider à gravir l'escalier jusqu'à sa chambre. Elle lui avait donné le bain, avait appliqué un baume sur ses contusions et sur ses plaies. Enfin, elle l'avait enveloppée dans des serviettes chaudes, puis elle l'avait bercée jusqu'à ce qu'elle plongeât dans un sommeil éreinté.

— Tout, dans cette maison, me rappelle ces mauvais souvenirs, dit l'accouchée, mais cet enfant est un don de Dieu. La seule bonne chose qui ait résulté de cette nuit de cauchemar. Nous ferions d'ailleurs mieux de ne plus en parler.

Meg lui reprit le nourrisson et sourit.

— Il a tellement crié qu'il est rouge et bouffi comme le baron quand il se fâche.

Elle piqua aussitôt un fard.

— Je n'aurais pas dû dire ça.

Sa maîtresse lui tapota l'avant-bras.

— Ne te sens pas gênée, voyons. D'ailleurs, tous les bébés ressemblent à mon père – à cause des grosses joues et des petits sourcils colériques!

Soulagée, la domestique déposa l'enfant dans son berceau, à côté du lit.

— Comment allez-vous l'appeler?

Éloïse effleura du bout des doigts le doux visage du nourrisson.

— Oliver, déclara-t-elle.

Elle lut de la surprise dans le regard de Meg.

— Edward y tient. Quelle ironie, quand je songe aux circonstances dans lesquelles il a été conçu: l'olivier est un symbole de paix.

Elle se mit à rire.

— Il n'en reste pas moins que ce prénom lui va bien.

Le silence de la domestique, chargé de la répulsion que son maître lui inspirait, valait tous les discours.

— Fais entrer Charles et Harry, afin qu'ils voient leur frère. Après quoi tu iras te coucher. Tu t'occupes de moi depuis des heures. Tu dois être exténuée.

Meg secoua la tête.

— Je vais installer un matelas auprès de votre lit. S'il rentre au beau milieu de la nuit, vous aurez peut-être besoin de moi. Il risque de vous importuner.

Éloïse la considéra avec affection.

— J'en doute, puisqu'il dort depuis quelque temps dans l'autre chambre. Mais je te remercie.

Elle ferma les yeux. De toute façon, Edward ne rentrerait probablement pas ce soir pour découvrir son fils. Depuis cette abominable nuit, il multipliait les absences, qui se prolongeaient parfois pendant plusieurs semaines. Son épouse s'en félicitait. Peu lui importait désormais de savoir ce qu'il faisait, ou avec qui il se trouvait. Du moment qu'il gardait ses distances et la laissait en paix avec ses enfants, elle n'en demandait pas davantage.

Waymbuurr (Cooktown), octobre 1802

Mandawuy cheminait aux côtés de son ami Kapirigi. Après leur partie de chasse, les deux garçons regagnaient le campement secret où allait se dérouler l'ultime cérémonie d'initiation.

— Tu crois que ça va faire mal?

Kapirigi acquiesça en silence.

— Mais si je crie, mon père et mes frères auront honte de moi.

Son ami s'efforça de sourire, mais il se sentait terriblement nerveux, au point d'échouer à masquer son angoisse.

— On m'a raconté que certaines fumées aident le corps à se détourner de la douleur. Nous devons nous montrer forts, Kapirigi.

— Venez.

Surgissant des bois, l'aîné s'était planté devant eux.

— C'est l'heure, ajouta-t-il.

Les enfants lui présentèrent leur butin, deux wallabys et un serpent, avant de s'enfoncer à sa suite dans les profondeurs du bush, où un feu brûlait dans un anneau de pierres disposées au centre d'un *gunyah* dépourvu de toit.

— Entrez, psalmodia l'homme, et prenez place sur la natte de roseau.

Mandawuy serra les dents. Il ne devait crier à aucun prix – peu importait que la douleur fût vive –, sinon il ferait honte à ses grand-mères. Il baissa les paupières en entendant les adultes pénétrer à l'intérieur de l'abri, où ils entamèrent leur mélopée. Une épaisse fumée d'eucalyptus, lourdement parfumée, lui piquait les yeux et la gorge.

Ses vertiges allaient s'intensifiant au rythme du chant, qui peu à peu s'emparait de lui, imposant ses vibrations à toutes les fibres de son corps, comme le faisait aussi la musique des *didgeridoos*. Une pierre acérée entaillait sa chair. Il garderait ces scarifications jusqu'à sa mort – elles témoigneraient de son amour-propre, elles diraient l'homme qu'il s'apprêtait à devenir et le rôle qu'il jouerait dans l'avenir de son clan.

Enfin, on lui perça le nez au moyen d'un os finement aiguisé. Il lui fallut mobiliser toute sa force pour se retenir de hurler. Mais il devait résister, sans quoi on le bannirait. Il lui serait interdit de prendre femme, de s'asseoir autour du feu avec ses compagnons, ou encore de partager sa nourriture avec eux.

Une fois le rituel accompli, les aînés se retirèrent. Bientôt, l'enfant entendit des chants s'élever au-dehors, accompagnés par le bruit des bâtons dont on martelait le sol. C'était le fracas d'une gigantesque armée en marche, qui ne cesserait qu'après le coucher du soleil. Mandawuy ferma les yeux. La musique l'emportait, il dérivait dans la fumée qui s'élevait au-dessus de lui en volutes spectrales.

— Viens. C'est l'heure.

L'enfant souleva les paupières et sourit à Kapirigi avant d'émerger avec lui, sous les hourras, de son refuge végétal. Un festin les attendait et la douleur, à présent, cédait le pas à la faim. Les nouveaux initiés, filles et garçons, se jetèrent sur la nourriture, dont ils se gavèrent à satiété.

L'ensemble des rites d'initiation se déroula sur deux saisons. Durant cette période, les banquets se multiplièrent. On agitait des rhombes[1] – on croyait un instant entendre mugir un vent déchaîné, l'instant d'après le souffle se réduisait à un murmure pareil aux voix des âmes défuntes. Le *didgeridoo* accompagnait les claves et le tapement des pieds nus sur le sol. Les célébrations se poursuivaient de nuit comme de jour.

Au dernier jour de l'initiation, Mandawuy et ses compagnons suivirent les aînés au centre du campement. Les adolescentes récemment initiées se mêlèrent à leur groupe.

Le plus vénérable des aînés leva la main pour imposer le silence dans les rangs de la tribu.

— Je déclare que ces jeunes gens sont à présent des hommes et des femmes appartenant au peuple Ngandyandyi. Accueillez-les comme ils le méritent.

Les femmes inclinèrent la tête, tandis que les hommes se levaient, brandissant leurs *nullas* et leurs lances, qu'ils pointèrent vers le soleil couchant.

---

1. Instrument constitué de lames de bois sculptées et peintes, qu'on fait tourner en l'air au moyen de cordelettes en poil tressé.

— Garçons et filles ! s'écrièrent-ils. Vous avez mené la bataille de la vie et vous l'avez remportée. Vous voici hommes et femmes. Le Créateur, qui s'en réjouit, vous attend dans la Demeure des Esprits.

Mandawuy se sentit alors investi de la puissance de ses ancêtres. Il comprit que, bientôt, il lui serait donné d'appliquer la décision qu'il avait prise quelque temps plus tôt au sommet de la colline. Observant un à un les visages familiers, il sut aussi qu'il ne les oublierait pas, quoiqu'il fût presque certain de ne les revoir jamais. En effet, au terme des festivités, il quitterait Waymbuurr pour se diriger vers le sud, où œuvraient Tedbury et sa poignée de guerriers. Il gardait dans les narines l'odeur du sang de l'homme blanc. Il n'aurait de cesse qu'il en fût débarrassé.

14

Ferme gouvernementale de Castle Hill, 2 mars 1804

Niall et les autres prisonniers irlandais s'étaient trouvés déplacés, en juillet 1801, vers la ferme gouvernementale établie dans la réserve de Castle Hill pour subvenir aux besoins alimentaires de la colonie en pleine expansion. Au cours des deux premières années, les forçats avaient dormi sous des tentes puis, en 1803, on les avait installés dans les maisonnettes rudimentaires qu'ils avaient bâties de leurs mains autour de la caserne en pierre. L'existence n'avait toujours rien d'un tapis de roses, et la révolte bouillonnait encore au cœur des détenus. À maintenant quinze ans, Niall avait participé à de nombreux projets d'évasion qui, les uns après les autres, avaient hélas capoté.

Il sourit au souvenir de l'effroi que ces machinations avaient fait naître chez le gouverneur King et les colons de la région de Sydney. De nombreuses tentatives pour s'emparer d'un navire avaient eu lieu, au point que le gouverneur avait, dit-on, ordonné à plusieurs clippers américains de quitter le port de Sydney, de peur que leurs équipages ne sympathisent avec les rebelles irlandais.

— Qu'est-ce qui te met en joie, mon poteau?

L'adolescent se tourna vers John Cavenah, qui travaillait avec lui à la forge.

— Je pensais au bien que ça fait de flanquer le doigt dans l'œil du gouverneur et de lui faire attraper une bonne suée.

— Et de le laisser s'imaginer que nous avons retourné notre veste sous prétexte que l'Angleterre et l'Irlande ont constitué une union.

John se racla la gorge et cracha dans le fourneau.

— Ça fait des années que nous luttons contre ces bâtards d'Anglais. Comme si un malheureux bout de papier allait y changer quelque chose…

— Au moins, on a droit à un prêtre, maintenant, observa Niall en modelant le métal fondu à coups de marteau.

Son compagnon opina du chef.

— Le père Dixon est un homme bon, approuva-t-il. Il ferme les yeux sur nos petites réunions d'après la messe. Il ne nous trahira jamais.

Niall plongea la charnière dans le seau d'eau, s'écarta du nuage de vapeur et s'épongea le front. Il régnait dans la forge une chaleur écrasante. La sueur piquait les yeux de l'adolescent, qui ne parvenait pas à étancher sa soif. John, l'un des meneurs de la sédition, comptait en outre parmi les meilleurs amis de Phillip Cunningham, vétéran de la bataille de Vinegar Hill, qui avait eu lieu à Wexford en 1798, et responsable de la mutinerie survenue sur l'*Anne*, un bateau-prison.

— Est-ce que quelque chose se prépare ? s'enquit Niall.

— Il se prépare toujours quelque chose, répondit l'autre sur un ton évasif.

— Je t'ai vu causer avec Cunningham et Johnston. Je sais reconnaître un complot quand il s'en trame un.

— Moins tu en sais, mieux c'est, mon poteau.

Il but à la gourde de cuir pendant à sa ceinture avant de se remettre à jouer du marteau.

— Cunningham insiste pour que tout se passe dans le plus grand secret et qu'il ne reste jamais la moindre trace de nos échanges. Le succès de notre entreprise est à ce prix.

— Je veux me battre, décréta le jeune homme.

La charnière qu'il venait de terminer en rejoignit d'autres sur un tas.

— Je ne suis plus un gamin. Je veux faire partie des organisateurs du prochain soulèvement.

— Ton heure viendra, le modéra son aîné. Pour le moment, je préfère te laisser dans l'ignorance. C'est toi qui fabriques la plupart de nos piques. Ça nous nuirait beaucoup si on t'arrêtait.

— Je veux en faire plus! protesta Niall.

— Dans ce cas, ferme-la et prépare-nous encore plus de piques.

L'adolescent se tut, songeant aux armes qu'il avait enterrées à l'arrière des maisonnettes.

— C'est pour bientôt, n'est-ce pas?

— Disons que d'ici quelques jours tu ne seras peut-être plus obligé de travailler pour le compte d'un Anglais.

Rivière Hawkesbury, 3 mars 1804

Accroupi dans l'herbe haute, Mandawuy observait à travers des nuages de poussière l'activité qui régnait dans la clairière. Les Blancs poursuivaient des veaux, lançant des cordes autour de leur cou avant de les plaquer au sol. Le cavalier tirait sur la corde pour la serrer, tandis qu'un homme à terre pressait un genou contre le flanc de l'animal pour lui appliquer un morceau de métal brûlant sur la croupe.

— Pourquoi font-ils cela? interrogea-t-il Tedbury.

Son aîné haussa les épaules.

— Peut-être les Blancs marquent-ils les bêtes pour signaler qu'elles leur appartiennent.

Il chiquait, les yeux plissés contre la poussière que les sabots soulevaient.

— Ils s'emparent de tout, grommela-t-il.

Se tournant vers deux Aborigènes en train de chauffer les fers au feu, Mandawuy grimaça.

— Ils s'habillent comme les Blancs, siffla-t-il.

— Nombreux sont ceux de notre peuple à vivre, à travailler avec eux et à adopter leurs coutumes. C'est contre cela que je me bats.

Il affichait une mine menaçante.

— Nous attaquerons quand le soleil aura atteint son zénith. À cette heure-là, les Blancs mangent, assis à l'ombre comme de vieilles femmes.

L'adolescent avait déjà participé à plusieurs raids conduits par Tedbury, son héros. Plein de révérence, il avait écouté celui-ci lui narrer ses exploits antérieurs, lui expliquer le courage avec lequel il avait lutté pour préserver les terres ancestrales. Mandawuy ne regrettait pas sa décision.

Il suivit son aîné dans la pénombre du bush, où ils retrouvèrent leurs compagnons, qui affûtaient leurs lances en avalant les derniers poissons pêchés le matin. Au contact de ces valeureux guerriers, le garçon se sentait submergé par la fierté. Beaucoup étaient tombés sous les balles et les coups de sabre des Blancs, mais ceux qui avaient survécu ne faiblissaient en rien.

Mandawuy mangea, songeant à l'affrontement qui se profilait, ainsi qu'aux traîtres indigènes qui avaient choisi de vivre auprès de l'ennemi. Peut-être aujourd'hui finiraient-ils par entrevoir la vérité : cette contrée était la leur. Les Occidentaux n'avaient rien à y faire.

Tedbury les ramena à leur poste d'observation. Le soleil allait atteindre son apogée. Les insectes stridulaient, interrompus de loin en loin par le croassement d'un corbeau, mais par-delà les arbres, tout n'était que silence.

Mandawuy rampa dans l'herbe, profitant ici ou là des arbustes pour se rapprocher discrètement des habitations. Il repéra deux femmes sur la véranda, dont l'une tenait un enfant dans ses bras. Il se rappela sa grand-mère qui, contre son sein, l'avait jadis entraîné loin du danger. Il se rappela le *lieu du rêve de l'Abeille* et les corps piétinés. La bile lui monta dans la gorge. Son tour était venu de crier vengeance. Le cœur battant à tout rompre, il attendit le signal de Tedbury, la lance déjà brandie.

Ce dernier poussa un hurlement de défi en propulsant la sienne.

Le garçon se dressa sur ses pieds et, avec une grande fluidité de mouvements, expédia sa lance dans le corps de l'homme assis sur les marches. Celui-ci s'écroula dans un cri mais, déjà, Mandawuy calait une autre lance dans son *woomera*[1] et la jetait.

Il manqua sa cible. Furieux, il siffla de dépit. Il s'était précipité, son enthousiasme avait fait trembler sa main. De nouveau tapi parmi les herbes, il vit les deux femmes se réfugier à l'intérieur de la maison ; les hommes allaient chercher leurs carabines.

Bientôt, les balles sifflaient aux oreilles de l'adolescent ; le bruit des détonations était assourdissant. Il tenta de dénicher une position plus favorable, d'où surveiller les événements. On avait déjà tiré sur lui, mais alors ses grand-mères se trouvaient là pour veiller à ce qu'il ne lui arrivât rien. Il attendit que les Blancs se fussent détournés de lui pour se relever et préparer sa lance.

L'explosion jaillit de l'ombre. Sous le choc de l'impact, il ploya les genoux, puis s'effondra lentement parmi la végétation en s'efforçant de comprendre ce qui lui arrivait.

Tedbury encourageait ses guerriers. Mandawuy distingua encore des lances, l'ombre de ses amis courant se mettre à l'abri. Il reconnut l'odeur du sang. Il tenta de bouger, mais ses jambes ne réagissaient plus. Il les considéra avec consternation. La chair de sa cuisse, déchiquetée par le projectile, béait, laissant apparaître l'os. Enfin, la douleur lui parvint. Des ténèbres envahissaient son esprit, tandis que son cœur cognait dans sa poitrine.

— Ne m'abandonnez pas, murmura-t-il en entendant ses compagnons fuir en direction du bush.

Un linge frais était posé sur son front, et une voix féminine chantonnait non loin de lui. Les yeux toujours clos, il crut qu'Anabarru était venue le chercher. Mais lorsqu'il souleva les paupières, il découvrit le visage d'une Blanche penché au-dessus de lui. Il se figea.

— Tout va bien, dit-elle. Je m'appelle Susan Collinson et je vais m'occuper de toi.

Elle l'effleura. Il tressaillit. Il n'avait pas compris ce qu'elle venait de lui dire et, bien que sa main fût douce et son ton

---

1. Bâton muni d'entailles qui sert de levier pour propulser une lance.

apaisant, il s'agissait d'une Blanche. On ne pouvait donc pas lui accorder la moindre confiance.

— J'ai retiré la balle et recousu la plaie, poursuivit doucement l'inconnue en désignant du doigt la cuisse de l'enfant. Ces morceaux de bois servent à maintenir ton os jusqu'à ce qu'il se ressoude.

Mandawuy examina les linges blancs et les bâtons. Il avait certes moins mal, mais il n'était pas question pour lui de s'attarder ici. Il repoussa de la main son infirmière et tenta de s'asseoir. Hélas, la tête lui tournait. Il retomba sur le dos pour découvrir qu'un homme s'était approché de la Blanche. Il en conçut une telle terreur qu'il crut que son cœur allait cesser de battre.

— Je m'appelle Ezra, dit le nouveau venu, tout habillé de noir. Et toi?

Le garçonnet le dévisagea. L'étranger venait de s'exprimer dans la langue des Aborigènes. S'agissait-il d'une ruse? Ou d'un tour de magie? Peu importe, songea-t-il : il ne répondrait pas.

— Tu es un courageux guerrier, en dépit de ton jeune âge, reprit l'homme. Mais tes amis t'ont abandonné, et ta blessure est si grave que, seul dans le bush, tu aurais succombé. Nous n'avons pas l'intention de te faire de mal. Nous désirons seulement te soigner.

Son sourire était tendre et rien, dans son ton, n'évoquait la menace. S'il s'était agi d'un Noir, Mandawuy l'aurait aussitôt respecté, comme il respectait tous les aînés de sa tribu. Mais cet homme était blanc. Il était donc son ennemi. Il ferma les yeux et détourna la tête, de mille façons s'efforçant de découvrir au plus vite un moyen d'évasion.

Kernow House, baie de Watson, 4 mars 1804

Assise près de la fenêtre ouverte du salon, Éloïse lisait la *Sydney Gazette*. Oliver ne tarderait pas à s'éveiller de sa sieste ; il réclamerait à grands cris que sa mère vînt le nourrir. À deux ans et demi, il montrait déjà la même impatience que son grand-père.

La jeune femme se tourna vers le parc. Charles et Harry s'occupaient de leurs poneys, tandis qu'Edward discutait avec le palefrenier. Jouissant de ses derniers instants de paix, elle se replongea dans le journal.

On avait accordé un an plus tôt à George Howe, un forçat, la permission de le publier à un rythme hebdomadaire dans une petite imprimerie de fortune située derrière les bâtiments gouvernementaux. Le ton en était exagérément prude – voire pudibond – et affreusement pompeux, son auteur prêchant en outre dans ses lignes un patriotisme servile, mais enfin, on y lisait des informations sur l'état du trafic maritime, le compte rendu des ventes aux enchères, l'état de l'agriculture et l'on y signalait les meurtres. Les préceptes religieux, ainsi que les décrets à destination des fermiers aussi bien que des détenus occupaient une bonne partie de ses quatre pages, et quant aux nouvelles de l'étranger – transmises par les équipages des clippers –, elles accusaient souvent de dix à quatorze semaines de retard. Éloïse dévorait pourtant chaque semaine la feuille de chou, car on n'en recensait pas d'autre dans toute la colonie ; elle seule lui permettait de garder un œil sur ce qui se passait au-delà de ses quatre murs.

Elle se raidit en entendant son époux élever la voix, puis elle bondit sur ses pieds pour se ruer vers la fenêtre.

— Imbécile ! hurlait-il. Combien de fois faut-il te répéter de te tenir droit ? Pas étonnant que tu passes ton temps à tomber !

Sur quoi il souleva Charles de terre pour le jeter littéralement sur sa selle.

— Tu as presque sept ans, nom d'un chien ! Cesse de larmoyer !

Éloïse serra le rideau dans son poing en voyant Harry se porter au secours de son aîné.

— Ce n'est pas sa faute, assena-t-il durement. Le poney manque d'exercice. C'est pour cela qu'il le désarçonne.

Edward sourit à l'enfant. Sa mère éprouva un mélange de désespoir et de soulagement – à cinq ans, Harry avait déjà appris à distraire son père chaque fois qu'il tourmentait Charles.

Quant à elle, elle savait que toute intervention de sa part lui vaudrait une réflexion mordante de son mari, aussi se réjouit-elle de voir le palefrenier s'approcher pour aider le petit garçon à grimper de nouveau sur sa monture.

L'orage était passé. Charles mit son poney au trot, son frère à ses côtés. Edward, qui s'était tu, fumait un cigare, accoudé à la palissade du corral. Le garçon d'écurie encourageait les bambins. Éloïse retourna à sa lecture.

Elle souriait au style ampoulé d'un article, lorsqu'elle entendit claquer la porte d'entrée. Des pas se rapprochèrent. Le cœur de la jeune femme se serra.

Edward entra dans la pièce et lança son chapeau sur un fauteuil.

— J'ai reçu un message de la caserne. Il y a eu du grabuge du côté de la rivière Hawkesbury. Tedbury et ses renégats ont attaqué la ferme des Collinson.

Éloïse se garda de relever la tête, afin que son époux ne surprît pas sa réaction, car l'angoisse l'avait submergée d'un coup.

— Y a-t-il des blessés?

— L'un des bagnards a reçu une lance dans la cuisse. Collinson a pris sous son bonnet de soigner le seul Noir éclopé. Mais c'est un crétin. Les autres ont détalé, comme ils en ont l'habitude.

Il grogna.

— Nous ferions mieux de prendre exemple sur le lieutenant Moore : à Risdon Cove, en Terre de Van Diemen, il a liquidé toutes ces crapules sans leur laisser le temps d'attaquer.

Son épouse se garda de réagir à cette déclaration enflammée – Edward n'avait besoin d'aucune excuse pour égaler Moore en cruauté, et tous deux le savaient.

— Ça bardera bientôt à Castle Hill également, ajouta-t-il.

Éloïse s'était ressaisie – George et sa famille allaient bien. Elle reposa le journal. Mais, face à la mine rouge et surexcitée de son mari, elle se figea de nouveau. Les bains de sang ne donnaient jamais rien de bon.

— On en parle depuis longtemps, lui rappela-t-elle avec sa froideur coutumière. Mais il ne s'y passe jamais rien.

Il poussa un soupir excédé, alla chercher la carafe et se versa un verre de rhum.

La jeune femme serrait ses deux mains dans son giron pour les empêcher de trembler. Au fil des ans, Edward avait pris l'habitude de boire de plus en plus tôt, et elle se demandait s'il fallait y voir un rapport avec ses cauchemars récurrents ou ses récents échecs en affaires. Plus probablement, songea-t-elle, cela venait ces temps-ci de ce qu'on l'avait rétrogradé au rang de capitaine.

— Je ne connais rien aux rébellions irlandaises, enchaîna-t-elle, sinon que, jusqu'ici, on les a toujours matées.

— Et la prochaine ne fera pas exception.

Il but d'un trait.

— Un surveillant irlandais a retourné sa veste hier, il est devenu l'un de nos indicateurs. Et ce matin, deux séditieux ont été découverts. Le premier, John Griffen, s'apprêtait à transmettre un message à Furey pour annoncer que le soulèvement était pour ce soir. Il était censé prendre contact avec les détenus de Parramatta, Windsor et Sydney. Les révoltés de Castle Hill vont donc se trouver isolés. Nous les écraserons comme des mouches.

Éloïse s'abstint de commenter, mais elle se navrait pour ces pauvres Irlandais, qui éprouvaient, plus que les autres prisonniers, une inextinguible soif de liberté.

— Le Régiment de la Nouvelle-Galles du Sud a été placé en état d'alerte, au même titre que les deux compagnies de la Loyal Association. Sitôt reçu l'ordre du gouverneur King, nous partirons.

Edward se versa un autre verre d'alcool en criant à son valet de lui préparer un bain.

— Maudits Irlandais. Nous avons beau expédier leurs meneurs sur l'île Norfolk et séparer les fauteurs de trouble, ils repoussent comme du chiendent.

Il se mit à arpenter le salon, formulant ses réflexions à voix haute.

— On recense en tout, sur le domaine, quatre cent soixante-quatorze bagnards, et les navires qui arrivent à présent comptent à leur bord de plus en plus de catholiques. Ces séditieux sont des vétérans des batailles de Wexford, membres pour la plupart de la Société des Irlandais unis et d'autres groupes du même tonneau. Il est nécessaire de réprimer aussitôt le moindre trouble dans leurs rangs, pour couper le mal à la racine.

Éloïse posa les yeux sur le journal, désireuse que son époux quittât la pièce pour la laisser reprendre sa lecture en paix.

— Le gouverneur King s'est efforcé de leur rendre l'existence plus facile, hasarda-t-elle. Mais lorsqu'on songe que ce sont des hommes tels que Samuel Marsden qu'on a chargés d'exécuter ses ordres, on ne peut que compatir au sort de ces malheureux.

— Compatir? répéta Edward, qui s'était immobilisé. Ce ne sont que des bougres gavés de superstitions et toujours prêts à se révolter. King a commis la plus grossière des erreurs en leur envoyant le père Dixon. À l'ombre d'un prêtre, n'importe quel catholique peut comploter à l'aise.

Mais sa femme, pour une fois, refusa de se ranger à ses vues.

— Marsden a le fouet trop facile. On ne l'a pas surnommé pour rien le Pasteur Fouettard. On ne soumet pas un homme en le flagellant. Au contraire. À agir ainsi, on ne fait qu'attiser son désir de revanche.

La tirade valait aussi pour le capitaine.

— Tu ferais mieux de lever parfois le nez de tes journaux. Tu en sais trop peu pour te permettre d'exprimer un avis digne de ce nom. Ce n'est d'ailleurs pas ton rôle. On te demande encore moins de formuler des conseils sur la manière la plus judicieuse de venir à bout d'une insurrection.

Éloïse se retint de cracher l'objection acide qui lui brûlait les lèvres. Toute discussion se révélait inutile. L'opposition d'Edward à ses avis appartenait à l'arsenal qu'il déployait pour la mater.

— Je vais demander à la cuisinière de t'apporter un en-cas, annonça-t-elle en se levant.

— Je mangerai à la caserne.

— Fort bien. Mais tâche d'aller voir Charles avant de partir. Tu lui as fait du chagrin, tout à l'heure.

— Inutile. Il m'est impossible de tenir une conversation avec un enfant qui a un mouvement de recul dès que je m'approche de lui.

— C'est regrettable en effet, mais si tu consentais à crier moins fort et à réprimer un peu ton impatience, peut-être la situation irait-elle en s'améliorant.

— J'en doute, rétorqua-t-il, mauvais. Tu en as fait une chiffe molle.

— Il a peur de toi, et je ne saurais décemment l'en blâmer.

— Harry ne me craint pas, lui. Oliver non plus. Ces deux-là sont d'authentiques Cadwallader, robustes et coriaces.

Éloïse s'obligea à tourner les yeux vers lui.

— Ils sont très différents, je le reconnais. Mais tu devrais laisser à Charles le temps de te connaître. Bientôt, il galopera sur son poney, j'en ai la conviction.

Edward fit la moue.

— À peine avait-il avisé l'animal qu'il braillait déjà. Il a braillé de nouveau lorsque je l'ai mis en selle, et braillé de plus belle une fois les pieds passés dans les étriers.

Son visage s'épanouit soudain en un sourire chargé de fierté.

— Harry, lui, n'avait pas trois ans qu'il enfourchait déjà sa monture. Et si je l'avais laissé faire, il aurait dormi dans les écuries. C'est un cavalier-né, qui fait honneur à notre nom.

Son épouse, qui n'osait plus le regarder, sentit son cœur se serrer. Ses enfants faisaient sa joie, ils étaient, de sa désastreuse union, tout ce qui avait résulté de bon. Si seulement Edward avait manifesté plus d'indulgence envers son fils aîné, l'atmosphère familiale s'en serait trouvée pacifiée.

— Charles apprendra à aimer son poney comme Harry aime le sien, à condition qu'on le traite avec douceur.

— Je n'ai pas le temps de divaguer sur ses manquements. Les ordres du commandant Johnston sont formels : nous devons avoir rejoint la caserne d'ici une heure.

Sur quoi il quitta la pièce, dont il claqua la porte derrière lui.

Éloïse l'écouta gravir l'escalier, puis traverser sa chambre au pas de charge. Ayant poussé un soupir, elle récupéra son journal, sur lequel elle tenta vainement de se concentrer de nouveau. Elle le reposa, se mit debout et se rendit sur la véranda.

Les pelouses déroulaient leur moelleux jusqu'au sable de la plage, par-delà lequel scintillait la mer. Des courlis et des mouettes survolaient la grève, criaillant dans la brise. La jeune femme huma l'air marin et le parfum des roses, mais sans éprouver le réconfort qu'elle en tirait d'ordinaire, car elle avait le cœur trop lourd.

Elle observa les deux garçonnets, qui jouaient au ballon avec le jardinier et son jeune apprenti. Harry avait pris, bien entendu, la tête des opérations. Charles riait, multipliait les allers-retours, la mine rayonnante – il n'avait plus grand-chose à voir avec le bambin tremblant qu'il était en présence de son père.

Le lien étroit qui unissait les deux frères tenait-il au climat qui régnait dans la maison? se demanda Éloïse. Car, si elle tâchait pour eux de faire toujours bonne figure, son époux semblait prendre un malin plaisir à gâter leur bien-être.

La jeune femme descendit jusqu'à la plage où, sans se soucier d'abîmer sa robe, elle s'assit sur le sable avant d'éclater en sanglots. Elle était désormais prisonnière d'une toile astucieusement tissée par Edward, et l'attitude cruelle de ce dernier envers leur fils aîné représentait plus qu'elle n'en pouvait supporter.

Castle Hill, 4 mars 1804, 19 heures

Les flammes s'élançaient très haut dans le ciel nocturne : la cabane de Cunningham brûlait. Des cris retentirent – «La liberté ou la mort!». Tel était le signal que tous attendaient, et Niall se précipita avec ses compagnons. Il s'agissait à présent de maîtriser les policiers et de mettre à sac les édifices gouvernementaux.

— Aidez-moi à défoncer cette porte! hurla-t-il en atteignant l'armurerie.

Bientôt, la porte vola en éclats sous la poussée conjuguée de six épaules. Les hommes s'emparèrent de carabines, de munitions et d'épées. Des mains se tendirent de l'extérieur, auxquelles ils confièrent leur butin avant de saisir à la hâte d'autres armes.

Niall abandonna la cohue pour s'en aller récupérer les piques enterrées derrière la bicoque en feu de Cunningham. Après quoi il s'en fut à la recherche de ce dernier.

Deux détenus anglais, ayant tiré de son lit Robert Duggan, le flagellateur, le passèrent à tabac jusqu'à le réduire en bouillie. Des détonations claquaient. Les cris, la fumée ajoutaient à la confusion. On jetait à terre les agents, on rouait de coups les surveillants.

— Du calme! hurla Cunningham en sautant sur une barrique, d'où il tira en l'air un coup de mousquet. Nous ne réussirons qu'à force de discipline.

Ses compagnons faisaient cercle autour de lui.

— Nous ne remporterons pas la victoire avec des pugilats!

Le silence se fit. Niall éprouva pour le meneur une immense fierté.

— À présent que nous avons eu raison de nos geôliers, nous allons incendier la ferme de Macarthur pour attirer la garnison de Parramatta hors de la ville. Après quoi les rebelles mettront le feu à celle-ci pour nous faire savoir qu'ils se tiennent prêts à nous rejoindre. Nous nous rassemblerons à Constitution Hill, puis nous irons retrouver les séditieux de la Hawkesbury. Enfin, nous marcherons sur Sydney.

Niall se fraya un passage parmi la foule pour se rapprocher de l'orateur. Il leur faudrait une bonne partie de la nuit pour se rendre à Constitution Hill, car ils en profiteraient pour saccager les fermes qu'ils trouveraient sur leur passage. La promesse de leur imminent succès grisait l'adolescent: il devinait qu'enfin il allait renouer avec le goût de la liberté.

Parramatta, 22 heures

Moins d'une heure après que Cunningham, juché sur son tonneau, eut fait retentir son mousquet, la nouvelle du soulèvement était parvenue jusqu'à la garnison. Samuel Marsden, objet de toutes les haines, s'enfuit par bateau avec la famille Macarthur. L'air résonnait du roulement des tambours et des coups de carabine : soldats et milices privées arrivaient à pied d'œuvre, tandis qu'on enfermait à double tour les forçats dans les geôles. À quelque temps de là, le gouverneur King parut, pour décréter la loi martiale.

Ferme des Gratteurs de lune, 22 h 30

Lorsque la porte s'ouvrit toute grande, les deux femmes lâchèrent leurs travaux d'aiguille et bondirent sur leurs pieds.

— Que voulez-vous ? demanda Nell.

— Vos armes et vos munitions, de la nourriture et du rhum.

La veuve de Billy tournait le dos aux chambres où dormaient ses enfants.

— Vous n'êtes pas en position de nous refuser quoi que ce soit, railla l'ivrogne. Fouillez la maison, les gars.

Bouillant de colère, Alice et Nell regardèrent sans broncher les intrus mettre leur cuisine à sac avant de faire main basse sur les fusils. Mais, quand ils s'apprêtèrent à poursuivre plus avant leur exploration des lieux, elles s'y opposèrent.

— Il n'y a que mes gosses là-dedans, décréta Nell, et je vous interdis de vous approcher d'eux.

L'homme le plus jeune hocha la tête.

— Nous avons ce que nous voulons, dit-il à ses compagnons. Nous ne sommes pas ici pour terroriser les femmes et les enfants.

— Je parie qu'elles cachent un véritable arsenal par là-bas. Dans les environs, on compte au moins douze carabines par ferme. Je vais voir.

— Où sont vos époux ? s'enquit le jeune Irlandais.

— Ils devraient arriver d'une minute à l'autre, mentit Nell. Ils sont partis s'occuper des brebis.

— Et vos bagnards ?

— Ils dorment.

— Réveillez-les, ordonna-t-il à ses amis. Je finis d'inspecter la maison et je vous rejoins.

Il attendit qu'ils eussent quitté les lieux pour se tourner de nouveau vers les veuves.

— Je vous présente toutes mes excuses, mesdames. Notre révolution n'a pas pour but de vous effrayer, mais je vais devoir examiner les autres pièces.

Nell le toisa d'un œil soupçonneux. Il pouvait avoir quinze ans, et ses vêtements, flottant sur sa maigre carcasse, évoquaient l'accoutrement d'un épouvantail. La jeune femme nota encore les cheveux noirs, le regard bleu, la mâchoire volontaire. Au moins, songea-t-elle, celui-là était à jeun et poli.

— Dans ce cas, rétorqua-t-elle, évitez donc de fourrer votre nez partout. Les gosses dorment.

Elle le précéda dans le petit couloir, mais avant qu'elle eût posé la main sur la poignée de la porte, celle-ci s'ouvrit en grand.

Amy apparut en chemise de nuit, la silhouette découpée contre la lueur de la lampe, ses cheveux roux cascadant sur ses épaules, ses yeux très bleus rivés sur l'intrus.

— Qui êtes-vous et que voulez-vous? Vous avez réveillé tout le monde.

— Je suis navré, rougit-il, mais je cherche des armes.

— Si je possédais un mousquet, je m'en serais servie pour vous abattre.

Nell observait l'échange avec amusement – l'adolescent ne constituait pas une menace. À treize ans, Amy était devenue un beau brin de fille, mais, ayant hérité du caractère bien trempé de sa mère, elle ne s'en laissait conter par personne. Le jeune homme, visiblement admiratif, s'efforçait de masquer son trouble. Dans d'autres circonstances, la veuve de Billy aurait jugé la saynète du plus haut comique.

— Eh bien? lança Amy en croisant les bras sur sa poitrine. Allez-vous vous décider à déguerpir?

— Je vous souhaite à tous la bonne nuit, marmonna l'adolescent.

Soudain, comme en manière de défi, il leva le poing.

— La mort ou la liberté! s'écria-t-il.

La mère et la fille s'étaient figées. Il régnait à présent un silence assourdissant.

La figure écarlate, le rebelle tourna les talons et quitta la demeure en courant.

Lorsque Nell croisa le regard d'Alice, les deux femmes partirent ensemble d'un grand rire. Amy gloussait.

— Voilà qui est parlé, pouffa-t-elle. Et que Dieu vienne en aide aux révolutionnaires si c'est lui qui les mène au combat.

Constitution Hill, 5 mars

Comme le soleil pointait sur l'horizon, Niall et ses compagnons atteignirent enfin Constitution Hill. Grâce aux razzias effectuées dans les fermes, ils s'étaient procuré des armes et des munitions en quantité, de la nourriture et du rhum – ce dernier expliquant la démarche titubante de nombreux rebelles.

Cunningham et William Johnston espéraient toujours des nouvelles de Parramatta.

— Tout le monde à l'exercice en attendant le signal! cria le premier à ses amis.

Niall s'approcha.

— On aurait dû le recevoir depuis des heures, dit-il à Cavenah. Penses-tu qu'on nous a de nouveau trahis?

Ils présentèrent les armes avant de se déplacer en formation approximative, puis de charger leurs mousquets.

— Je n'en ai pas la moindre idée, répondit son aîné en haussant les épaules. Mais à ce train-là, plus aucun d'entre nous ne sera bientôt en mesure de se battre. Je suis exténué.

L'adolescent, lui aussi recru de fatigue, se sentait néanmoins galvanisé par la tâche déjà accomplie, ainsi que par le souvenir de la jeune rousse en chemise de nuit diaphane.

Une heure plus tard, Cunningham mit un terme à l'exercice.

— Ceux de Parramatta ne sont visiblement pas parvenus à communiquer avec nous. Toujours est-il que, sans eux, nous sommes trop peu nombreux pour affronter la garnison. C'est pourquoi nous allons marcher sur Greenhills, où nous opérerons la jonction avec les rebelles de la Hawkesbury.

L'enthousiasme d'Edward à la perspective du combat annoncé avait fini par retomber, le commandant George Johnston ayant intimé aux vingt-neuf membres du Régiment de la Nouvelle-Galles du Sud, ainsi qu'aux cinquante miliciens, l'ordre de marcher toute la nuit. Dévoré par l'impatience et l'humeur noire, il maintint son cheval au pas d'un bout à l'autre du périple, jurant par-devers lui qu'il se vengerait sous peu de ces maudits Irlandais – et de son supérieur dans la foulée, visiblement résolu à tergiverser le plus longtemps possible avant de réprimer la révolte.

Accompagné par le piétinement sourd des sabots et le cliquetis des harnais, il se prit à méditer sur ses tourments personnels. Rétrogradé à la suite du fiasco de Banks Town, il avait tenté d'acheter une nouvelle ascension au sein de la hiérarchie militaire. Peine perdue. L'argent lui manquait, bien qu'il eût vendu plusieurs terrains dont il était propriétaire. Les affaires qu'il souhaitait conclure capotaient les unes après les autres : invariablement, l'un de ses concurrents le coiffait au poteau. Ses dettes de jeu atteignaient à nouveau des montants colossaux. Il redoutait qu'Henry Carlton ne s'avisât de les réclamer, car il lui faudrait alors se séparer de la boulangerie, de même que du magasin de nouveautés – et encore doutait-il que cela lui suffît. Il se trouvait pris à la gorge. Les guerres napoléoniennes ayant grevé la fortune familiale, il ne pouvait pas davantage s'adresser à son père. Quant au baron, il lui avait fait entendre clairement qu'il ne lui prêterait pas un penny, et la dot d'Éloïse avait fondu depuis belle lurette.

Il serra les rênes. De la froideur que lui manifestait désormais son épouse, il était seul responsable. Jamais il n'aurait dû perdre ainsi la tête lors de cette funeste nuit, jamais il n'aurait dû la prendre de force, mais lorsqu'elle avait menacé de le quitter, il était devenu fou.

Il n'en restait pas moins qu'Éloïse, dont il admirait le courage et la ténacité, ne cessait de le surprendre. Elle se révélait plus robuste qu'il ne l'aurait d'abord cru, moins influençable aussi, mais il n'aimait pas ses façons de souligner les manquements de son mari sans avoir seulement besoin de prononcer un mot. Tout dans son visage témoignait du mépris qu'elle éprouvait pour lui et la froideur, au fond de ces yeux qu'il avait tant aimés, le mettait mal à l'aise.

Il fut tiré de sa rêverie par le retour de l'éclaireur.

On avait repéré les rebelles à Toongabbie. Enfin. Oubliant ses soucis, Edward éperonna son cheval, qui fila au galop. Déjà il levait son épée, prêt pour l'assaut.

Les Irlandais se fondirent dans les ténèbres du bush ; ils furent bientôt hors d'atteinte. Ils se révélaient trop nombreux, trop rapides – chaque fois qu'Edward se ruait vers eux pour tenter de leur barrer la route, ils se volatilisaient. Il observa les fantassins, qui auraient pourtant dû jouer les rabatteurs, mais les hommes, exténués par leur marche forcée, s'élançaient sans enthousiasme.

Le capitaine pestait. Si le commandant avait eu deux sous de bon sens, il aurait juché tous les militaires sur un cheval ; on aurait exterminé les séditieux en quelques minutes. Au lieu de quoi ceux-ci s'égaillaient à présent aux quatre coins du bush. Edward bouillait de rage.

Johnston encouragea ses hommes à poursuivre les Irlandais du côté de Toongabbie et de Sugar Loaf Hill mais, bien qu'on eût fait usage des armes à feu, on ne recensa qu'un mort parmi ceux-ci.

— Les rebelles se rassemblent dans les collines, finit par déclarer le commandant face à ses soldats découragés. Je vais envoyer le prêtre leur parler. Nous devons les convaincre de se rendre.

— Je doute qu'ils y consentent, rétorqua Edward.

— J'en doute aussi, soupira son supérieur. Mais il se peut que le prêtre ralentisse assez leur progression pour que nos troupes les rattrapent.

On remit donc un cheval à l'homme d'Église, qui s'ébranla en direction des Irlandais. Il reparut peu après : sa mission était un échec. Les rebelles, installés sur la plus haute éminence de la région, refusaient catégoriquement de décamper.

— Venez, Cadwallader, fit le commandant. Nous allons négocier avec eux.

Les épais fourrés cédèrent bientôt la place à une vaste clairière s'étendant jusqu'au pied d'un coteau abrupt. Edward s'étonna que les insoumis fussent si nombreux, lourdement armés de surcroît, et d'un calme qui, pour un peu, aurait forcé son respect. Qui plus est, celui qui se trouvait à leur tête avait judicieusement choisi leur position : si les Anglais entendaient mater la sédition, ils allaient devoir prendre d'assaut la colline depuis le fond de la vallée – face à deux cents hommes en armes, galvanisés par l'esprit de résistance. La partie était loin d'être gagnée.

— Si vous vous rendez, les héla Johnston de l'autre bout de la clairière, le gouverneur fera preuve de clémence, vous avez sa parole.

Il attendit que se taisent les murmures réprobateurs avant de poursuivre.

— J'exige de vos chefs qu'ils se manifestent immédiatement, afin que nous entamions les pourparlers.

Deux hommes s'avancèrent.

— Comment vous appelez-vous ? aboya le militaire.

— Cunningham et Johnston, annonça une voix bourrue.

Le commandant jugea la coïncidence troublante : ainsi donc, l'un des meneurs de la rébellion portait le même nom que lui.

— Acceptez-vous de déposer les armes pour bénéficier de la clémence du gouverneur ?

— Nous refusons de négocier avec l'armée anglaise, décréta Cunningham. Mais si vous dépêchez le père Dixon auprès de nous, nous nous entretiendrons avec lui.

Le commandant tourna bride.

— Je vais le chercher, informa-t-il Edward, mais nullement pour leur faire plaisir : nos hommes disposeront ainsi d'un délai supplémentaire pour se rassembler.

Lorsque les deux soldats reparurent en compagnie du prêtre, le capitaine n'ignorait pas que les troupes marchaient sur leurs talons.

Cunningham et Johnston descendirent la colline, afin que la rencontre se tînt au centre de la clairière – leurs compagnons s'alignèrent en rangs derrière eux.

— Je vous ai amené le prêtre, dit le commandant. Vous avez un quart d'heure.

Juché sur sa monture, Edward observa l'homme de Dieu qui, dans sa robe noire, traversait la vallée pour tenter d'éviter le bain de sang. S'il n'avait tenu qu'à lui, songea-t-il, il aurait dès longtemps ordonné aux soldats d'encercler la colline pour surprendre les révoltés par l'arrière et en abattre le plus possible avant qu'ils n'eussent le temps de se regrouper. Mais le capitaine ne décidait de rien – et l'inimitié qui régnait entre son supérieur et lui signifiait que ce dernier ignorerait à coup sûr ses suggestions.

Un quart d'heure s'écoula, au terme duquel Cunningham et Johnston se dirigèrent à nouveau vers le commandant qui, ayant mis pied à terre, faisait les cent pas, en proie à une vive impatience.

— Nous refusons de nous rendre, lui décréta Cunningham.

— Dans ce cas, que voulez-vous?

Le militaire écumait de rage.

— La mort ou la liberté! s'écria Johnston en brandissant le poing, tandis que ses camarades rugissaient leur approbation. Ainsi qu'un navire prêt à nous ramener en Irlande.

Le commandant fit jaillir prestement son pistolet, dont il pointa le canon vers la tête de son ennemi.

Edward pointa le sien sur Cunningham, et les soldats se matérialisèrent soudain à travers l'ensemble de la prairie.

— Chargez et faites feu! lança le commandant.

Niall, aussitôt, tira un coup de mousquet mais, comme les troupes avançaient, il peina à recharger son arme. Certes, songeait-il, les rebelles dépassaient en nombre les miliciens, mais les militaires, précis et rapides, se révélaient d'excellentes gâchettes. Il recula et fit feu de nouveau.

Rompus au combat, les fantassins formaient promptement des rangs successifs. Ils tiraient en marchant sur les malheureux Irlandais, malhabiles et terrifiés.

Niall sentit tout à coup, sur sa joue qu'elle érafla, la brûlure d'une balle ennemie. Puis son mousquet s'enraya. Les bagnards, dans le plus grand désordre, abandonnaient pêle-mêle autour de lui leurs piques, leurs cannes ou leurs fusils, puis couraient se mettre à l'abri. L'adolescent jeta un coup d'œil en direction des deux meneurs, sur lesquels les officiers pointaient toujours le canon de leur arme. Tout était fini, se dit-il. Il s'élança avec ses compagnons.

Son pistolet contre la tempe de Cunningham, Edward contemplait l'assaut. Furieux de ne pouvoir à son tour se jeter dans la mêlée, il brûlait de presser la détente.

— Si vous vous avisez de tirer, gronda le commandant, je vous ferai pendre haut et court pour assassinat.

Le capitaine avala sa salive. Rien n'échappait à Johnston, dont l'aversion pour son subordonné perçait dans sa voix dure. S'il désobéissait, le commandant tiendrait sa promesse.

Les soldats cessèrent enfin de tirer. Un quart d'heure leur avait suffi à mettre les rebelles en fuite. Seuls demeuraient dans la prairie quelques éclopés, ainsi qu'une poignée de cadavres.

— Arrêtez-en le plus possible, ordonna Johnston.

Sur quoi il abaissa son pistolet avant de remettre les chefs de la révolte entre les mains de l'huissier d'armes.

Edward piqua des deux en direction des morts et des blessés. Ayant perçu un gémissement de douleur, il passa son auteur au fil de l'épée.

D'autres Anglais l'imitèrent, jusqu'à ce que le commandant, les ayant repérés, se ruât vers eux en tirant des coups de feu au-dessus de leurs têtes.

— Le premier d'entre vous qui se rend coupable de meurtre, je l'abats !

Edward se précipita vers le bush, dans l'espoir d'y débusquer des fuyards, qu'il se ferait un plaisir d'exécuter loin des regards fureteurs de son supérieur hiérarchique.

Niall courut éperdument, jusqu'à ce que, les poumons en feu, ses jambes refusent de le porter plus loin. Il avait vu tomber Cavenah, frappé par le sabre du cavalier tandis qu'il tentait de quitter en clopinant le champ de bataille. C'est après lui que le tourmenteur en avait à présent, il se rapprochait.

L'adolescent, cherchant à se mettre à l'abri, plongea parmi d'immenses fougères ombreuses sous lesquelles il rampa, les doigts plantés dans le sol comme des griffes, afin de rejoindre au plus vite le couvert des buissons. Là, il s'allongea, en évitant de respirer trop fort.

Le cheval passa dans un bruit de tonnerre. Le soldat jura, puis obligea sa monture à une volte-face. Il ralentit l'allure, frappant régulièrement l'herbe de son épée.

Le cœur battant, Niall reprit à plat ventre sa progression dans l'enchevêtrement de fougères et de lantanas, jusqu'à y découvrir un creux où il n'ignorait pas que pouvait à tout instant le frapper à mort un serpent ou une araignée venimeuse.

Le cavalier se dirigea vers lui. Après quoi il se figea dans le silence. Puis ce furent à nouveau de furieux coups de lame à travers la végétation dense.

L'adolescent se plaqua contre le sol en priant la Vierge Marie.

— Je sais que tu es là, sale petit bâtard, grommela l'homme.

Son épée mutilait les broussailles alentour.

Comme elle tailladait une branche située juste au-dessus de sa hanche, Niall ferma les yeux très fort.

Le cavalier jura une dernière fois avant d'abandonner la partie. Le bruit des sabots s'estompa peu à peu.

Le jeune Irlandais souffla sans se risquer pour le moment hors de sa cachette. Le soldat était malin : peut-être l'attendait-il à deux pas, en embuscade.

Tapi dans l'ombre, Niall tressaillait au moindre frémissement. On avait certes préparé le soulèvement avec soin, songea-t-il, mais il se soldait par un désastre. De braves garçons étaient morts, d'autres allaient sous peu retrouver les chaînes ; les représailles ne tarderaient pas, et elles seraient terribles. Renouerait-il jamais avec la liberté ? Il s'obligea à penser à la jeune rousse qui, avec son tempérament de feu, lui rappelait sa sœur. Reverrait-il jamais l'une ou l'autre ?

La nuit tomba. Lorsque la lune se leva, il se décida à quitter son refuge ; le danger s'était éloigné. Il s'extirpa du bush silencieux, jeta un coup d'œil par-dessus son épaule… et courut se jeter dans les bras de deux soldats anglais.

Nouvelle-Galles du Sud, 6 mars

Le châtiment du gouverneur King intervint sans délai : l'après-midi même, à Greenhills, on pendit Philip Cunningham à la balustrade de l'escalier extérieur du dépôt de douane. Les autres meneurs de la rébellion comparurent devant une chambre juridictionnelle qui, en moins d'un quart d'heure, les déclara coupables, ce qui valut à six d'entre eux d'être immédiatement pendus à leur tour.

William Johnston subit un sort identique, mais c'est à la branche maîtresse d'un arbre sis entre Prospect et Parramatta qu'il périt, après quoi l'on exposa son cadavre enchaîné au centre de la ville, afin que chacun se rappelât la punition réservée ici aux séditieux. Néanmoins, le souvenir de la révolte survécut, au point que les lieux du bref combat prirent plus tard le nom de Rouse Hill, ou Vinegar Hill, en l'honneur de la bataille irlandaise de Wexford.

Kernow House, Baie de Watson, 7 mars 1804

Dès son retour, Edward abreuva Éloïse de détails macabres.

— J'aurais préféré que le gouverneur les extermine tous, assena-t-il au terme du dîner.

Son épouse s'abstenant de lui répondre, il la fusilla du regard. Le teint pâle, elle avait à peine touché à son assiette. Combien de fois n'avait-elle pas déploré qu'il la tînt en dehors de toutes ses affaires ? Et voilà que les exploits dont il se vantait semblaient la contrarier.

— King a eu raison de châtier comme ils le méritaient les meneurs, mais il a commis une erreur en condamnant les autres à la flagellation avant de les expédier dans les mines de charbon de Newcastle, ou sur l'île Norfolk, où ils s'empresseront de pousser leurs compagnons à se soulever encore.

— Qu'en est-il de ceux qui s'étaient ralliés à la cause de Cunningham ? On prétend qu'il y avait des Anglais parmi eux, et même des hommes libres. Charles Hill, par exemple.

Edward jeta sa serviette en lin sur la table et, sans en demander la permission à son épouse, alluma un cigare.

— Le gouverneur s'est contenté de leur faire donner une centaine de coups de fouet. Après tout, ils étaient plus de deux cents, soit près de la moitié des travailleurs de la ferme gouvernementale. King ne pouvait se permettre de gâcher autant de main-d'œuvre, alors que la colonie compte de plus en plus de bouches à nourrir.

— Et le prêtre? s'enquit Éloïse, l'œil chagrin.

— On a contraint le père Dixon à poser les mains sur le dos sanglant des détenus qu'on venait de flageller, manière de le dissuader de se mêler à l'avenir de ce genre d'affaire.

La jeune femme blêmit. Son mari, au contraire, exultait. Plus jamais elle ne l'interrogerait sur son métier de soldat.

Castle Hill, 10 mars 1804

Comme la lanière entamait la chair de son dos, Niall se mordit la lèvre jusqu'au sang. Pressé contre le poteau de flagellation par un ensemble de chaînes, il ferma les paupières pour tenter de se retirer au plus profond de son âme. Ses compagnons n'avaient pas crié et, quoiqu'il comptât parmi les forçats les plus jeunes, il refusait de prétexter son âge pour manifester le moindre signe de faiblesse.

Enfin, Marsden commanda à ses sbires de le détacher. Malgré la volonté de l'adolescent de s'éloigner fièrement du poteau sans soutien, ses jambes refusèrent de le porter. Des mains puissantes le soulevèrent pour l'emmener jusqu'au chariot, dont les cahots tourmentèrent chaque fibre de son corps meurtri.

Le chirurgien couvrit ses plaies d'un onguent, qui produisit sur Niall l'effet de mille piqûres d'abeilles, puis l'homme lui banda sommairement le torse avant qu'on lui remît une chemise neuve et qu'on l'expédiât de nouveau au travail.

Il fallut bien, dès lors, soulever malgré la souffrance les lourds outils de forgeron, sous l'œil implacable du surveillant, qui n'appliqua à l'adolescent aucun traitement de faveur.

Ce dernier serrait les dents en silence. La parodie de justice qui venait de s'exercer sur cette contrée de faim et d'affliction avait, sans le savoir, amené Niall à évaluer sa situation au sein de la colonie. Mieux, la morsure du fouet venait de lui enseigner une formidable leçon, qui constituerait sans doute la clé de sa survie : même si sa haine du gouvernement continuait à le consumer, il comprenait à présent que l'ennemi demeurerait invincible. Son désir de vengeance, il le porterait donc dans son cœur sans plus se mêler désormais aux éventuels projets de soulèvement. Il effectuerait sans broncher le reste de sa peine. Car, pour défier une bonne fois les Anglais, il lui fallait être libre et vivant.

Quatrième partie

Révélations

15

— Si seulement nous avions été les premiers à découvrir cet endroit, déplora George. Ebor Bunker a eu une chance insolente qu'on lui propose de participer à l'expédition à la fin de l'année dernière. Nous en avons manqué, des baleines…

Herbert Finlayson, son second, debout à ses côtés, observait les cabanes des colons bordant l'estuaire de la Derwent River.

— On m'a dit qu'il en avait pris trois, mais l'*Albion* est rapide, et Bunker a le chic pour repérer les occasions favorables.

— Le fait est que je ne comprends toujours pas pourquoi le gouverneur King ne m'a rien demandé, insista George. L'*Atlantica* n'est pas plus lent, et quelle aventure nous aurions vécue là !

Herbert se mit à rire.

— Après tout ce temps, tu restes donc prêt à foncer tête baissée dans ce genre d'entreprise ! Décidément, Samuel ne s'y était pas trompé en te confiant sa flotte.

Une tristesse douloureuse serra le cœur de George.

— Il aurait été aussi déçu que moi de ne pas accompagner les futurs colons et de manquer du même coup l'opportunité d'entrer un jour dans les livres d'histoire. Ebor et lui étaient de vieux rivaux.

— Ça n'a pas l'air bien folichon, remarqua le second en examinant les bicoques délabrées. Je plains la poignée d'âmes bien trempées qu'on a menées ici. On y vit plus isolé encore qu'en Nouvelle-Galles du Sud.

— C'est sans doute pour cette raison qu'ils ont décidé d'y bâtir un fort. Aucun détenu ne pourra jamais s'enfuir par la mer. Il mourrait gelé.

Herbert reposa sa longue-vue pour priser.

— Quand penses-tu que nous regagnerons Sydney?

George ne lâchait pas l'estuaire des yeux. Il songeait souvent à la ville, ainsi qu'à Éloïse, qui y vivait, au point de craindre ses retours au port.

— Dans deux mois environ, répondit-il calmement.

Après quoi il sourit : son second avait fait, lors de leur dernière escale, la connaissance d'une jeune fille qu'il brûlait de revoir.

— Elle t'attendra, le rassura-t-il.

— Nous avons levé l'ancre depuis longtemps, lui rappela Herbert. Il se peut fort bien qu'elle ait entre-temps rencontré quelqu'un d'autre, et qu'elle l'ait épousé.

Son supérieur fixa le rivage.

— Ce sont des choses qui arrivent, admit-il, plus tourmenté que jamais d'avoir naguère perdu Éloïse. Mais si elle t'aime pour de bon, elle t'attendra.

Le garçon hocha la tête. George ne l'avait nullement rassuré. Celui-ci remonta son col jusque sous son menton contre le vent glacé.

— Descends pour t'occuper de la mise à quai. Puis prépare-nous des boissons chaudes sur le pouce avant que nous débarquions. Je serais étonné que nous trouvions de quoi nous abreuver une fois à terre. On vient à peine de fonder la colonie.

Après le départ de son second, George se concentra sur la manœuvre, afin d'amener son bâtiment sans encombre jusqu'au port. Il observa ensuite les matelots en train de s'affairer sur le pont. Un modeste comité d'accueil patientait sur le quai, auprès duquel le patron de l'*Atlantica* expédia Herbert – il n'était guère porté sur les mondanités aujourd'hui.

Accoudé au gouvernail, il contempla la montagne qui dominait la ville naissante et dont la cime se perdait parmi les nuages. La dernière lettre de Thomas Morely lui avait été remise par l'équipage du *Porpoise*, l'un des baleiniers dont il était devenu propriétaire – le contenu de la missive ne laissait pas de l'inquiéter.

Le militaire était à présent l'heureux père de trois petites filles. Le dégoût que lui inspirait Edward Cadwallader n'ayant rien perdu de son intensité, il s'était ouvert à son ami de ses préoccupations concernant le sort d'Éloïse. Selon lui, leur mariage n'était plus qu'une vaste mascarade. Le capitaine partait de plus en plus souvent, et son épouse n'était plus que l'ombre d'elle-même. Elle se rendait rarement en ville, où elle ne voyait ses sœurs qu'en l'absence d'Edward ; elle passait le plus clair de son temps dans sa villa, auprès de ses enfants. Les dettes de son mari s'accumulaient, et sa réputation menaçait ruine à l'égal de sa fortune, à la suite des rumeurs entourant un fiasco militaire survenu à Banks Town, tandis que les doutes allaient croissant sur sa probité en affaires. Au mess des officiers, on ne parlait plus que de ses sautes d'humeur, à telle enseigne que ses plus fidèles acolytes commençaient à s'éloigner de lui.

George plongea la main dans sa poche pour en extraire sa pipe. En dépit des efforts que sa famille avait déployés pour traîner le capitaine devant les tribunaux après la mort prématurée de Florence, celui-ci n'avait pas été inquiété. L'armée protégeait ses membres – bien qu'elle ne fermât pas complètement les yeux sur les manquements d'Edward, puisque ses supérieurs l'avaient rétrogradé.

Quant à Éloïse, George enrageait de la savoir malheureuse ; elle était la femme de sa vie. Hélas, il demeurait impuissant : elle seule pouvait prendre la décision de quitter son époux. Elle savait néanmoins qu'elle pourrait joindre son ancien amant quand bon lui semblerait, car il se trouverait toujours un bateau pour transmettre son message. Dans ce cas, George, aussitôt, ferait voile vers elle. Mais jamais elle ne lui avait écrit depuis leur dernière rencontre – le jeune homme devait accepter que, malgré l'échec, réel ou supposé, de son mariage, la douleur d'Éloïse ne fût pas assez vive pour qu'elle consentît à s'enfuir.

Il relut la lettre, et fronça les sourcils. Il lui semblait que des angoisses plus profondes se dissimulaient entre ces lignes.

Comme les marins débarquaient, il tira sur sa pipe en s'efforçant d'y voir plus clair. L'*Atlantica* demeurerait à quai le temps que l'on construisît, dans la crique voisine, une cabousse grâce à quoi l'on traiterait le spermaceti plus efficacement qu'à bord des baleiniers. Après quoi le navire regagnerait la Nouvelle-Galles du Sud.

George prit alors une grande décision. Il ne supportait plus l'idée de se tenir éloigné d'Éloïse et, pour la paix de son âme, il lui fallait revoir la jeune femme. Dès son retour à Sydney, il sauterait en selle pour galoper jusqu'à la baie de Watson. Éloïse lui avait naguère confié qu'elle aimait s'y promener à cheval au petit matin. Nulle part ailleurs il n'aurait cette chance d'une rencontre en tête à tête, au cours de laquelle il comptait bien apprendre toute la vérité sur sa situation.

Ferme de la Tête de faucon, août 1804

Appuyé sur sa béquille, Mandawuy riait à gorge déployée en regardant s'échiner les enfants, qui tentaient en vain de capturer les porcelets pour les ramener dans leurs enclos. Ils ne refermaient les bras que sur du vide, tandis que les petites bêtes se ruaient entre leurs jambes.

— C'est bon de t'entendre rire, observa Ezra qui s'accouda à la palissade près de lui. Tu pourras bientôt te joindre à eux. En attendant, il faut que cette jambe guérisse parfaitement.

L'adolescent cessa de sourire. Il comprenait à présent tout ce que lui racontait le vieil homme, car il séjournait depuis de nombreuses lunes à la *Tête de faucon*. Mais il daignait rarement lui répondre dans sa langue.

— Je dois retourner auprès de mon peuple, déclara-t-il. Vos coutumes ne sont pas les miennes.

— N'existe-t-il vraiment aucun moyen de te faire changer d'avis? insista doucement le pasteur. Ici, nous te nourrirons, tu auras toujours un toit au-dessus de ta tête, et nous te donnerons du travail. Quant aux indigènes qui vivent avec nous, ils t'accueilleront à bras ouverts.

Mandawuy considéra les petits garçons nus qui sillonnaient la cour en tous sens. Ezra ne mentait pas. Comment l'adolescent aurait-il pu prévoir qu'il se lierait d'amitié avec ces Noirs ayant choisi de se mêler aux Blancs? Ils lui avaient pourtant bel et bien tendu la main, ils lui avaient affirmé que ces Occidentaux étaient bons et qu'ils les protégeaient. Il se sentait perdu. Jusqu'alors, ses seuls contacts avec les Blancs s'étaient résumés au massacre perpétré au *lieu du rêve de l'Abeille*, et aux attaques des fermes où on les accueillait à coups de carabine et de fouet.

Ezra, qui parut lire dans ses pensées, reprit la parole.

— Les Occidentaux ne se montrent pas tous cruels envers ton peuple, Mandawuy. Susan soigne les blessés, elle enseigne aux bambins et moi, à ma modeste mesure, j'essaie de les conduire vers l'Église de Dieu. Blancs ou noirs, nous sommes tous Ses enfants, Mandawuy. C'est pourquoi il est de notre devoir de les mener tous en direction de Son royaume.

L'adolescent avait peu à peu découvert qu'Ezra était un être à part, une manière d'aîné blanc, plein d'une immense sagesse. Aussi avait-il écouté poliment ses récits. Il ne leur attachait cependant que peu de signification: ils différaient par trop de ceux qu'on lui avait enseignés lorsqu'il était enfant – il se sentait d'autant plus impatient de regagner sa tribu.

— Je chasserai pour me nourrir, rétorqua-t-il, et je n'ai pas besoin de toit, car la terre est mon refuge. Ton dieu m'est inutile.

— Susan va avoir du chagrin, observa le pasteur en voyant approcher son épouse. Elle t'aime beaucoup.

Mandawuy jeta un regard timide à celle qui l'avait si tendrement soigné. Elle lui manquerait, car il avait appris au fil des semaines à l'apprécier, bien qu'elle ne sentît pas la même odeur que les femmes de son clan et arborât d'étranges habits.

— Le soleil tape trop fort, lui dit-elle. Je vais t'aider à rentrer.

Mandawuy se reprochait ses sentiments à l'égard d'une Blanche, furieux d'avoir succombé à son affection comme à la douceur de sa voix. Il déplaça ses béquilles et tenta de prendre appui sur sa jambe blessée. Il reprenait des forces chaque jour, et la douleur devenait parfaitement supportable. À condition qu'il ne s'avisât pas de marcher seul. Exaspéré, il siffla entre ses dents.

— Viens, tâcha de l'amadouer Susan. Appuie-toi sur moi.

L'adolescent repoussa la main qu'elle lui offrait pour traverser crânement la clairière jusqu'à l'ombre d'un poivrier. Là, il jeta ses béquilles sur le sol avant de se laisser tomber en lançant à l'épouse d'Ezra, qui lui avait emboîté le pas, un regard furibond.

— La femme avec patron! brailla-t-il. Mandawuy guerrier. Pas besoin femme. Mandawuy pas petit bébé!

— À ta guise, commenta Susan en souriant. Le repas sera prêt dans dix minutes. Si tu tiens vraiment à te débrouiller seul, viens donc te servir à table.

L'adolescent bouda consciencieusement sous son arbre. Mieux valait pour lui décamper au plus vite, songea-t-il. Ici, il s'amollissait – à l'instar des autres indigènes présents à la ferme. Qu'était-il advenu de Tedbury et de ses compagnons, qui semblaient l'avoir abandonné? Il avait entendu Susan et Ezra évoquer un autre assaut lancé contre une autre ferme, un peu en amont, mais il n'avait pas compris toutes leurs paroles, et il était bien trop orgueilleux pour les interroger. Tedbury avait disparu dans le bush sans plus se soucier de son jeune camarade, ce dernier peinant à admettre qu'il comptait si peu aux yeux de son héros. Cela dit, il avait encore plus de mal à s'avouer qu'il prenait goût à l'existence en compagnie des Blancs.

L'eau lui vint à la bouche lorsqu'il décela le fumet d'une viande en train de cuire. Il coula des regards envieux vers la table autour de laquelle les autres se rassemblaient. Il attrapa ses béquilles, se remit debout tant bien que mal, affamé par l'intense réflexion à laquelle il venait de se livrer.

Planté sur le quai de Port Jackson, George distribuait d'une voix tonitruante des ordres à ses matelots occupés à extraire des cales les lourds tonneaux d'huile de baleine, jouant de la corde et de la poulie pour s'assurer que les barriques touchent le sol sans voler en éclats. Il y avait encore vingt tonneaux à bord de l'*Atlantica*, mais les hommes, pressés d'en finir, relâchaient peu à peu leur vigilance.

— Faites attention! les réprimanda leur patron, alors qu'une barrique, après avoir dangereusement oscillé au-dessus de sa tête, s'écrasait contre le mât. Stabilisez-la avant de la déplacer, ou vous allez nous noyer dans le spermaceti.

Une petite toux polie se fit entendre dans son dos. L'ayant aussitôt identifiée, il lâcha une bordée d'injures pour indiquer à son visiteur qu'il n'était pas homme à se laisser impressionner.

— Je n'ai sans doute pas choisi le meilleur moment pour solliciter un entretien, monsieur Collinson.

Celui-ci jeta à Jonathan Cadwallader un regard noir.

— Aucun moment ne saurait être bien choisi dès lors qu'il s'agit de vous ou d'un membre de votre famille, répliqua-t-il durement. Veuillez me laisser travailler en paix.

— Je ne bougerai pas tant que vous n'aurez pas eu la correction de m'accorder un peu de votre temps.

— Que voulez-vous?

Un tonneau se balançait follement contre le flanc du bateau.

— Mais tire donc sur cette maudite corde, imbécile!

Jonathan se déplaça jusqu'à venir se camper entre son interlocuteur et l'*Atlantica*.

— Je souhaite que vous écoutiez très attentivement ce que j'ai à vous dire.

— Si vous restez planté là, c'est vous qui allez écouter attentivement le son de cette barrique contre votre crâne.

Le comte ne broncha pas.

— Votre mère est-elle toujours à la ferme de la *Tête de faucon*?

— En quoi cela vous regarde-t-il?

— J'ai pour elle une lettre venue d'Angleterre.

— Donnez-la-moi.

George tendit la main.

— J'y vais demain. Je la lui remettrai.

— Je ne le pense pas, répondit Jonathan, dont le visage affichait une expression indéchiffrable. En dépit de votre grossièreté, vous avez répondu à la question que j'étais venu vous poser. Je vous souhaite une excellente journée.

George le regarda s'éloigner, soudain tenté de le suivre. Quel que fût le contenu de la missive, sa mère ne goûterait pas la visite de cet homme. D'abord hésitant, il s'apprêtait à rejoindre le comte dans la pension pour chevaux où il venait de pénétrer, lorsqu'un cri retentit du pont.

— Attention !

Le jeune homme fit un pas de côté, mais il était trop tard.

Le tonneau s'abattit sur les pavés, à quelques centimètres de ses bottes. Un jet d'huile de baleine en jaillit qui, retombant en pluie, le souilla de la tête aux pieds. Tandis que les marins se tenaient les côtes à force de rire, il songeait qu'il lui était désormais impossible d'arrêter Cadwallader.

Ayant passé la matinée avec son père, Éloïse s'était ensuite rangée à son avis : ils avaient quitté l'hôtel pour filer à bord de la voiture à cheval du baron – de quoi les rafraîchir un peu après le déjeuner. Charles et Harry avaient pris place à côté du cocher, Oliver gigotait dans les bras de son grand-père.

— Ce petit bonhomme déborde d'énergie, souffla le baron en s'efforçant d'empêcher le bambin de tomber. Nous aurions dû demander à ta domestique de nous accompagner, elle se serait chargée de lui. Je vais revenir éreinté.

Éloïse tendit les mains, installa Oliver sur ses genoux et lui offrit un biscuit.

— Meg avait un rendez-vous galant, père. Et puis, avoue que tu es ravi d'avoir tes petits-fils tout à toi.

Le baron la considéra gravement.

— Tu as besoin de repos, Éloïse. Tu es trop maigre.

La jeune femme s'obligea à sourire en tâchant d'oublier la douleur qui lui perçait le flanc, à l'endroit où Edward l'avait frappée la veille au soir. Ç'avait été un coup rapide, assené dans un mouvement d'humeur lorsqu'il était passé à côté d'elle pour se diriger vers le flacon à whisky.

— Ce n'est rien, commenta-t-elle d'un ton badin. C'est seulement le mal que je me donne pour empêcher ce petit garnement de multiplier les bêtises.

Le baron se pencha vers elle, l'œil acéré.

— Tu t'imagines que tu peux me tromper, Éloïse, mais je te connais trop bien. Quelque chose ne va pas.

— Père… Ne nous gâche pas l'après-midi, je t'en prie.

Il croisa ses mains sur sa bedaine.

— Tes garçons et toi serez toujours chez vous dans ma demeure, déclara-t-il. Tu n'es pas obligée de rester auprès de lui.

Elle écarquilla les yeux, stupéfaite d'avoir échoué à lui dissimuler son infortune.

— Je te remercie, dit-elle calmement – Charles et Harry entendaient la conversation. Mais je suis juste un peu fatiguée.

Comme Oliver se débattait, elle se pencha pour que ses petits pieds atteignent le plancher de la voiture ; de quoi laisser à la jeune femme le temps de réprimer son envie de tout raconter au baron.

— Bonté divine ! tonna ce dernier. Mais voilà Jonathan Cadwallader !

Éloïse se retourna vers le cavalier qui galopait derrière eux.

— Jonathan ! brailla son père et, du bout de sa canne, il tapota l'épaule du cocher. Arrêtez la voiture.

La jeune femme frissonna. La vue du comte, qui lui avait si odieusement menti au sujet d'Edward, lui était devenue insupportable.

— Jonathan, hurla encore le baron en se dressant sur ses pieds tant bien que mal.

Les ressorts de la voiture gémirent.

— J'ignorais que vous étiez revenu d'Angleterre. Comment vous portez-vous, cher ami ?

Le comte souleva son chapeau à l'adresse de sa belle-fille, qui réagit à peine à son salut.

Quant au baron, il serra la main du nouveau venu avec un tel enthousiasme que la voiture oscilla ; Charles et Harry manquèrent d'être éjectés de leur perchoir à côté du cocher.

— Quand donc êtes-vous libre pour le dîner ? Ce soir ? Demain ?

— Je suis ravi de vous revoir, mais je ne pourrai honorer votre invitation avant un certain temps. J'ai ici une affaire urgente à régler. Cela me prendra quelques jours.

— Il y a de l'intrigue dans l'air ! se réjouit le baron, dont le teint prit une nuance plus rose encore qu'à l'accoutumée lorsqu'il adressa à son interlocuteur un clin d'œil doublé d'un sourire. Comment s'appelle-t-elle ?

Jonathan, qui paraissait crispé, observa sa belle-fille. De toute évidence, il était pressé.

— Je crains de vous décevoir, Oskar, répondit-il en serrant dans son poing les rênes de sa monture. Je dois rendre visite à une vieille connaissance à cause de l'une de mes découvertes, que je ne saurais lui celer plus longtemps.

Jetant un coup d'œil en direction d'Éloïse, il fronça les sourcils, surpris par la froideur muette de son accueil.

— Que de mystères, grommela le baron, qui aussitôt s'avisa que sa fille n'avait pas ouvert la bouche. Viens, ma chérie. Est-ce ainsi que tu souhaites la bienvenue à Jonathan ?

Harry la tira d'embarras, qui prit en premier la parole, s'adressant très fort et très vite à ce grand-père qu'il n'avait encore jamais vu. De Charles et de lui, c'était au premier qui gagnerait l'attention du comte. Éloïse souleva Oliver de terre pour le caler sur son genou.

Le regard de son beau-père ne la lâchait plus.

— Je ne puis que vous féliciter, Éloïse. Vous avez là trois merveilleux garçons.

La jeune femme hocha la tête sans la relever.

— Allons, Jonathan, insista le baron. Quelle est donc cette découverte qui ne paraît souffrir aucun délai ?

— Je crains de n'avoir pas la liberté de m'en ouvrir à vous. Je me contenterai donc de vous apprendre qu'elle est le fruit d'une enquête que j'ai menée en Angleterre, et qu'il me faut à présent en informer la personne que cette découverte concerne le plus.

Les yeux d'Éloïse se posèrent enfin sur le comte, la curiosité l'emportant sur les réticences.

— Je vous souhaite une excellente journée, décréta Jonathan, qui effleura le bord de son chapeau à l'adresse de sa belle-fille, puis ébouriffa les cheveux de ses petits-fils avec un large sourire. Je vous rendrai visite dans un jour ou deux, jeunes gredins.

Il éperonna sa monture et disparut dans un nuage de poussière.

Mandawuy pouvait à présent se passer de béquilles, mais sa convalescence était loin d'être terminée : il s'épuisait vite, et sa jambe le faisait à nouveau souffrir s'il s'avisait de s'aventurer trop loin. Planté au beau milieu de la cour, il contemplait le bush. Susan et Ezra ne le retenaient certes pas prisonnier, et son incertitude quant au sort de Tedbury, ainsi qu'aux raisons qui avaient empêché ses compagnons de voler à son secours, le plongeait dans un grand abattement. Il se sentait déchiré. Devait-il partir ou rester ? La question le taraudait chaque jour, et le temps, peu à peu, amollissait sa résolution initiale.

Il s'éloigna de la cour clopin-clopant pour gagner le bord de la rivière, dont il scruta les eaux torrentueuses en quête de poissons. Ici, on en dénichait de gros, et l'heure se révélait propice au pêcheur, car l'ombre des roseaux frappés par le soleil à son déclin s'allongeait. L'adolescent s'accroupit dans l'herbe pour soulager sa jambe, l'œil rivé sur l'éclat d'argent qu'il venait de repérer dans les eaux peu profondes. Il brandit sa lance, légère, équilibrée, parfaitement adaptée aux jets courts.

— Qu'est-ce que c'est que ça, Mandawuy ?

Le poisson fila. L'adolescent cracha, la mine rageuse. Susan s'était approchée avec précaution, mais le son de sa voix lui avait fait manquer sa proie.

— Pourquoi tu parles quand Mandawuy cherche poisson ? Poisson dans la rivière, parti. Plus moyen d'attraper.

— Ce n'est pas grave, répondit Susan en plaçant sa main en visière au-dessus de ses yeux, le regard braqué au loin. Peux-tu me dire de quoi il s'agit ? Ta vue est meilleure que la mienne.

Suivant la direction indiquée par le doigt tendu de sa bienfaitrice, il découvrit un cavalier et secoua la tête.

— Un homme vient, très pressé il est.

— En effet, approuva Susan en se rembrunissant. Il éperonne ce malheureux cheval comme s'il avait le diable à ses trousses.

Elle soupira.

— Pourvu qu'il ne nous apporte pas de mauvaises nouvelles.

Côte à côte, la femme blanche et le jeune Noir regardèrent galoper vers eux l'inconnu. Mandawuy palpait sa lance, prêt à défendre Susan si l'homme se montrait agressif.

Ce dernier criait à leur adresse en agitant la main, mais il était encore trop loin pour qu'on pût déchiffrer ses paroles. L'adolescent serra plus fort son arme, car Susan avait pâli.

— Susan! articula la voix par-dessus le grondement des sabots.

— Jonathan…, souffla cette dernière en plaquant une main sur sa bouche. Mais qu'est-ce…

Mandawuy avait d'abord cru à de la peur, mais il s'était trompé: une force plus puissante et plus profonde la poussa à se diriger vers l'homme, le visage soudain rayonnant. L'enfant desserra l'étau de son poing sur sa lance.

Sur sa monture couverte d'écume, le cavalier, à présent debout dans les étriers, agitait son chapeau en criant le prénom de Susan. Alors, au ralenti sembla-t-il, la délicate jambe antérieure de la jument s'enfonça dans la terre.

La bête poussa un hurlement de douleur en s'effondrant la tête la première.

L'homme, projeté par-dessus l'encolure, retomba lourdement sur le sol, où il demeura immobile.

— Jonathan! s'écria Susan en se précipitant vers lui.

Mandawuy boitilla à sa suite, stupéfait qu'une femme aussi vieille parvînt encore à courir aussi vite, vexé de se voir distancé. Le cheval s'était relevé, mais sa jambe le faisait horriblement souffrir.

Les mains de Susan, qui s'était jetée à terre, couraient en l'effleurant à peine sur le corps de l'inconnu, comme si elle craignait de le toucher.

— Jonathan, murmura-t-elle. Est-ce que tu m'entends?

L'adolescent, debout près d'elle, hésitait sur la conduite à tenir. Le cavalier était blême, ses paupières restaient closes. Était-il mort?

— Jonathan?

Susan posa le bout de ses doigts sur le visage de l'homme, qui ouvrit enfin les yeux.

— Merci, mon Dieu, haleta-t-elle en saisissant la main de Jonathan pour la baiser avant de la porter contre son cœur.

Ce dernier la regardait.

— Susan, mon cher amour…

— Ne parle pas, je t'en prie. Reste tranquille pendant que Mandawuy va chercher de l'aide.

Celui-ci savait ce qu'il devait faire, mais la curiosité le clouait sur place.

— Pourquoi m'as-tu menti? demanda le comte en effleurant la joue de Susan.

— J'ignore à quoi tu fais allusion, sanglota-t-elle avant de relever la tête vers le jeune Aborigène, les yeux baignés de larmes. Va chercher quelqu'un! Dépêche-toi!

L'adolescent, qui recula d'un pas, n'avait pas la moindre intention de partir: la situation se révélait beaucoup trop intéressante.

La main de Jonathan retomba. Il manquait d'air.

— Un unique mensonge, pantela-t-il. Mais le plus cruel de tous.

Sa respiration grondait dans sa poitrine.

Le sang avait reflué du visage de Susan, qui se pencha sur le blessé.

— Je n'avais nulle intention de me montrer cruelle, mon amour, chuchota-t-elle. Mais j'ai craint que, si tu apprenais la vérité, ton cœur se détournerait à jamais du mien.

Le regard de Jonathan ne la lâchait plus.

— Jamais, haleta-t-il. Je te chérissais trop pour cesser un jour de t'aimer.

Il tenta de porter la main à la figure de sa bien-aimée, mais les forces lui manquèrent.

— Je l'ai retrouvée, Susan. J'ai retrouvé notre fille…

— Elle est vivante? s'écria-t-elle en serrant les doigts du comte entre les siens.

Ce dernier ne répondit pas. Il ne respirait plus qu'à peine.

— Parle-moi d'elle. Jonathan, je t'en supplie, dis-moi quelque chose.

— Elle te ressemble, lâcha-t-il dans un souffle, puis ce fut tout.

— Non! hurla Susan en se jetant sur lui. Tu n'as pas le droit de me laisser. Pas maintenant… Jonathan! Dis-moi où elle est. Je t'en conjure, mon amour. Je t'en conjure! J'ai déjà perdu une fille. Ne me condamne pas à perdre la seconde.

Mandawuy battit en retraite : sa bienfaitrice, au bord de la crise de nerfs, martelait de ses poings rageurs le torse du défunt. Il lui semblait que les Esprits malfaisants avaient pris possession d'elle, et cette Susan-là le rebutait.

— Que se passe-t-il ?

Ezra accourait vers eux. Lorsqu'il eut rejoint l'adolescent, il blêmit. Susan ne le remarqua pas : étreignant le corps sans vie, elle le berçait comme elle l'aurait fait d'un petit enfant.

— Qu'est-il arrivé, Mandawuy ?

— Homme avec son cheval, vite, vite. Le cheval tomber, l'homme écrasé sur le sol.

— Il venait me rendre visite, précisa Susan en levant vers son époux un visage baigné de larmes.

— Pourquoi diable ? Quelle raison pouvait bien avoir poussé cet homme à venir jusqu'ici ?

— Il avait pour nous des nouvelles d'Ann, ta belle-sœur, exposa sa femme en tâchant de réprimer ses pleurs, mais il est mort avant d'avoir eu le temps de me les transmettre.

L'adolescent fronça les sourcils. Sans doute n'avait-il rien compris à la scène qui venait de se dérouler sous ses yeux, car le compte rendu de Susan se révélait fort différent de celui qu'il aurait livré à sa place. Interdit, il laissait courir ses yeux du pasteur à son épouse. Décidément, il ne saisirait jamais rien aux façons des Blancs.

D'autres habitants de la ferme n'avaient pas tardé à les rejoindre. On abattit le cheval pour mettre un terme à ses souffrances, avant de placer le corps de Jonathan à l'arrière d'un chariot. Susan suivit à pied la voiture, menue silhouette solitaire écrasée de chagrin.

Mandawuy observa le cortège jusqu'à ce que, s'engageant dans la cour, il disparût à sa vue. Il avait beaucoup appris de ces gens au cœur d'or – ces leçons, il les retiendrait toute sa vie. L'expérience lui avait prouvé que Blancs et Noirs se révélaient capables de se côtoyer en bonne harmonie, de partager les mêmes terreurs et des joies identiques. Hélas, les Occidentaux ne ressemblaient pas tous à Ezra et Susan ; les Aborigènes devaient se tenir sur leurs gardes.

Après avoir jeté un ultime regard en direction de la ferme, l'adolescent entama son long périple vers le nord. Il était temps pour lui de retrouver les siens.

16

Kernow House, baie de Watson, septembre 1804

Assis au salon, Edward était plongé dans ses pensées. Un bon feu brûlait dans l'âtre pour repousser les rigueurs de l'hiver et, derrière les rideaux tirés, le mugissement de la mer ne lui parvenait plus qu'étouffé. Éloïse et les garçons se trouvant chez le baron, il régnait dans la demeure un silence absolu.

Il considéra la pile de courrier apporté tout à l'heure par un domestique et fronça les sourcils. Il le lirait plus tard. Il se renversa dans son fauteuil et, l'œil rivé sur les flammes, songea à son père. La nouvelle de sa mort, transmise par un cavalier dépêché tout exprès par les propriétaires de la *Tête de faucon* – dont Edward se demandait pourquoi le comte s'y était rendu –, avait représenté un terrible choc. À peine le capitaine avait-il eu le temps de reprendre ses esprits que, déjà, on rapatriait à Sydney le corps de Jonathan à l'arrière d'un chariot. Les obsèques s'étaient tenues le même soir.

Edward se rappela cette journée étrange avec un lourd soupir. Les Collinson n'étaient pas restés pour l'inhumation, ni Éloïse, qui avait catégoriquement refusé d'y assister. C'est donc en compagnie du baron qu'il s'était tenu au bord de la tombe, dans la plus grande confusion, sans rien suivre des marmonnements du pasteur. Le capitaine aurait aimé pleurer son père. Mais la douleur que celui-ci lui avait causée en l'ignorant durant toute son enfance, puis en contribuant activement à son exil, restait trop vive. Néanmoins, le départ soudain du comte laissait au cœur de son fils un vide immense. Et si sa haine, songea-t-il, n'avait été au fond qu'une forme d'amour? L'une et l'autre se révélaient souvent de proches alliés.

Il reporta son attention sur l'une des missives, où il identifia le sceau familier. Il était temps pour lui de découvrir les dernières volontés de Jonathan.

— Père ne se sent pas bien, déclara Éloïse à son retour, traînant dans son sillage des effluves d'air marin. Charles et Harry ont bien tenté de le divertir un peu, mais le décès de ton père le laisse inconsolable.

Edward releva les yeux du testament. Frappé de stupeur, il avait à peine entendu son épouse.

— Il m'a trahi.

Éloïse l'observa avec méfiance.

— Qui t'a trahi?

— Mon père.

— Comment? Il est mort.

— Il m'a trahi par voie testamentaire.

— Je ne comprends pas, souffla-t-elle.

Déjà, elle s'était mise à trembler et recula d'un pas.

Le capitaine entra dans une telle fureur qu'elle peinait à suivre ses propos. Brandissant la lettre jointe au testament, il l'agita sous le nez de la jeune femme.

— Ses deux bateaux de marchandises ont été coulés par la flotte napoléonienne au large du Caire! Toute la cargaison a été perdue. Mon père a si bien négligé ses domaines qu'ils sont aujourd'hui en ruine et, quant aux fermes, elles ne rapportent plus un sou depuis des années.

Il grinça des dents.

— Certes, notre demeure londonienne possède encore une certaine valeur, et les champs et les villages de Cornouailles continueront de nous fournir un revenu. Mais cela ne nous mène pas loin.

— Peut-être pourrais-tu employer la fortune que tu as gagnée ici à la remise à flot des domaines?

— Idiote! cracha Edward. Ce que je possède n'est rien par rapport aux sommes nécessaires à leur réfection.

Il lui lança les documents à la figure.

— Et ce n'est pas tout! Lis donc son testament, tu comprendras mieux.

Il se rua vers la table pour s'y servir un grand verre de cognac. Il s'en saisit, le reposa avec violence et ajouta une rasade supplémentaire.

Au terme de sa lecture, Éloïse affichait un teint blafard et des yeux agrandis par l'angoisse.

— Il doit exister un moyen de contourner ces dispositions, avança-t-elle nerveusement. Si tu te rendais à Londres…

— Pour y faire quoi? Me présenter au notaire, la tête basse, pour le supplier de me remettre la poignée de guinées que mon père l'a chargé de confier plus tard à nos fils? L'implorer de ne tenir aucun compte des actes et des contrats qui me laissent pieds et poings liés pour le restant de mes jours?

Il avala son verre d'un trait et se resservit aussitôt.

— Le comte était une canaille, un être vil et fourbe. Ses dernières volontés me prouvent qu'il avait prévu de me nuire jusque dans la mort. Tout ce qui possède un peu de valeur, il l'a légué aux garçons. À moi, il n'aura transmis qu'une ruine en Cornouailles et un titre inutile.

— Il est tout de même précisé qu'au fidéicommis se trouve associé pour toi un revenu à vie. Et ici, nous vivons confortablement. Si l'on y ajoute les bénéfices de tes propres affaires, cela devrait suffire.

Edward lança son verre dans la cheminée, où il se brisa en mille morceaux.

— La peste soit de toi, Éloïse! N'as-tu pas entendu?

Il se pencha sur elle et agrippa ses avant-bras.

— Je comptais sur cette succession. Comment aurais-je pu soupçonner mon père de me préférer nos enfants pour ne me laisser qu'un peu de menue monnaie?

Il repoussa son épouse.

— Qu'as-tu fait, Edward?

— J'ai hypothéqué mon héritage, répondit-il en s'appuyant contre le manteau de la cheminée. Il est toujours profitable à qui veut emprunter d'évoquer devant son prêteur éventuel

371

la perspective d'un prestigieux titre de noblesse, ainsi qu'une série de propriétés en Angleterre.

Il serra les poings et prit une profonde inspiration.

— Jamais je n'aurais imaginé qu'il ne me jetterait que des miettes.

— Comment as-tu pu agir de cette façon, alors que ton père était censé vivre encore de nombreuses années?

Le capitaine enfonça ses mains dans ses poches pour éviter de frapper son épouse.

— Je sors.

— Edward, attends.

Elle le rejoignit dans le hall.

— Je t'en ai assez dit.

Il quitta la maison pour se diriger vers les écuries, où il ordonna au palefrenier de préparer son cheval.

Sitôt fait, il sauta en selle, éperonna sa monture et fila vers la plage au triple galop. Il lui fallait à tout prix trouver une échappatoire avant son rendez-vous avec Carlton, prévu en fin de semaine. Cette promenade au bord de l'eau lui éclaircirait les idées: pour éviter la débâcle, il devait se trouver en pleine possession de ses moyens.

Caserne de Sydney, six jours plus tard, septembre 1804

— Je ne sais pas quoi faire, avoua-t-il en arpentant son logis comme un fauve en cage. Je n'ai pas un sou et je dois rencontrer Carlton dans quelques heures.

— Je t'avais prévenu, maugréa Willy Baines, mais tu as préféré ignorer mes conseils, selon ta chère habitude.

Edward ne goûtait guère le ton suffisant de son ami, mais force lui était de reconnaître enfin que ce dernier avait raison. Sa volonté d'écraser son adversaire à la table de poker avait viré à l'obsession, au point que, ses dettes s'accumulant et ses affaires périclitant de fiasco en fiasco, il n'avait fait, contre toute raison, que s'acharner davantage.

Il se lécha les lèvres, rebuté à l'avance par ce qu'il s'apprêtait à faire – mais il n'avait plus le choix.

— Je suppose que tu n'es pas en mesure de me prêter cinquante guinées? Je t'ai pourtant tiré d'embarras plus souvent qu'à mon tour, et m'est avis que tu t'es constitué un joli petit bas de laine.

Willy éclata d'un rire dur et sans humour.

— Où donc irais-je piocher cet argent? Je ne possède ni propriétés ni rentes – contrairement à d'autres. Tu n'as plus qu'à vendre quelques chevaux. Ou ta maison de la baie de Watson.

— Jamais.

L'autre haussa les épaules.

— Ce n'est pas l'orgueil qui paiera tes dettes, observa-t-il avec l'indifférence d'un homme qui, maintenant dépourvu de toute compassion envers le capitaine, sentait qu'il n'avait plus rien à perdre. Tu abandonnes Kernow House à Carlton en échange des lettres de crédit, après quoi la vente de ton écurie te permettra de prendre un nouveau départ.

Il réprima dans un faux sourire un petit ricanement sarcastique.

— Ça ne te ferait pas de mal d'apprendre enfin comment nous autres, gens ordinaires, parvenons à survivre avec notre maigre solde.

La fureur d'Edward augmentait.

— Comment oses-tu me parler sur ce ton? Ton insolence m'est intolérable!

— Ce n'est pas moi qui me retrouve dans la dèche, capitaine, et je te rappelle que j'en sais bien trop te concernant pour que tu songes seulement à me faire payer cette «insolence», ainsi que tu la nommes.

Il coiffa son chapeau.

— Nous savions tous les deux que Carlton te ferait mordre la poussière tôt ou tard, mais tu t'es montré infiniment trop présomptueux pour l'admettre.

Il se dirigea vers la porte.

— Je ne t'ai pas autorisé à quitter cette pièce!

— J'ai demandé ma mutation en Terre de Van Diemen. Ce qui signifie qu'à compter d'aujourd'hui tu n'es plus mon officier supérieur.

Edward s'écroula dans un fauteuil en se prenant la tête à deux mains. En deux ans, la belle entente qui régnait au sein de son petit groupe de fidèles s'était peu à peu fissurée ; si Willy partait, les autres s'empresseraient de suivre. « Qu'ils s'en aillent donc pourrir à Port Phillip ou ailleurs, songea-t-il pour se revigorer, je survivrai sans eux. »

Il éprouvait néanmoins une sensation d'isolement qui le mettait à la torture. Il ne pouvait plus accorder sa confiance à personne. Il laissa dériver un moment ses pensées, mais sans cesse elles le ramenaient à son père et au coup fatal qu'il lui avait porté en léguant ses biens à ses petits-enfants.

La sonnerie de sa montre de gousset le fit tressaillir. Carlton devait être en route pour le lieu de leur rendez-vous, mais Edward n'avait rien à lui offrir. Il ne lui restait plus guère qu'à espérer sans y croire.

James Larra, le Juif français, avait été interpellé à Londres car il y faisait commerce d'objets volés mais, à l'instar d'Oskar von Eisner, il avait deviné que l'Australie était la terre de toutes les opportunités. Aussi, dès la fin de sa peine, avait-il bâti une auberge sur le terrain qu'on lui avait alloué à Parramatta. La vente d'alcool lui rapportait beaucoup et, bientôt, on avait tenu son établissement pour l'une des meilleures tables de la région. Edward ne fut pas surpris de constater que Carlton avait déjà passé sa commande.

— Vous semblez éminemment préoccupé, observa ce dernier comme le capitaine s'affalait sur le siège placé face au sien. Désirez-vous dîner ?

Edward avait la nausée.

— Je me contenterai d'un doigt de vin, répondit-il en empoignant la bouteille – il versa dans son verre une généreuse quantité de liquide.

Henry Carlton acheva son poisson grillé, repoussa ses couverts et tamponna ses lèvres au moyen de sa serviette en lin.

— Hâtons-nous de régler nos affaires, proposa-t-il, afin de nous détendre ensuite.

Il se renversa sur sa chaise, manifestement à l'aise. Seul l'éclat métallique, au fond de son regard, trahissait son impatience.

— Avez-vous apporté l'argent?

Constatant que sa main tremblait lorsqu'il leva son verre pour avaler une gorgée de vin, le capitaine se hâta de le reposer sur la table.

— Je viens d'enterrer mon père, dit-il, la mine grave. Parler d'argent en de telles circonstances me semble friser l'indécence.

Une étrange lueur passa dans les yeux de Carlton.

— Indécence ou pas, monsieur, vous me devez plus de cinq cents guinées.

— J'ai besoin d'un délai supplémentaire.

— Je vous ai déjà laissé trop de temps.

— Il va falloir plusieurs semaines pour régler la succession du comte de Kernow. Ensuite je vous paierai.

— Je ne le pense pas. Vos fils constituent ses principaux ayants droit.

Edward le scruta.

— Comment le savez-vous?

— Je possède de nombreuses relations dans les domaines d'activités les plus divers. Et les clercs de notaire sont affreusement mal payés. Mais revenons à nos moutons, voulez-vous: où est mon argent?

— Je ne l'ai pas.

Les yeux gris considérèrent le capitaine avec une attention glacée.

— Je m'en doutais. Comment comptez-vous, dans ce cas, vous acquitter de votre dette?

— Je possède des chevaux. Des pur-sang. Leur prix atteint près d'une centaine de guinées.

— Des chevaux, je n'en manque pas.

— Je suis également propriétaire d'une boulangerie, ainsi que de deux estaminets. Leur valeur intrinsèque n'est certes pas élevée, mais ils permettent d'engranger de copieux bénéfices.

— Je n'ai aucune intention de me lancer dans le commerce.

Un filet de sueur glissa le long de l'échine du débiteur.

— Il reste ma maison…

Carlton sourit, sans que son regard s'éclairât pour autant.

— J'ai entendu dire en effet qu'il s'agissait d'une belle bâtisse. Somptueuse, même, pour la région.

L'espoir renaquit au cœur d'Edward.

— Vous êtes bien renseigné, se hâta-t-il de confirmer. Je n'ai utilisé pour l'ériger que d'excellents matériaux. Elle est en outre entourée d'un terrain immense, sur lequel j'ai ajouté des écuries. C'est une demeure robuste, d'où l'on jouit d'une vue magnifique sur l'océan.

— Je vous crois sur parole, murmura Carlton. Les moulures en plâtre, dit-on encore, sont du goût le plus exquis, et vous auriez fait venir les lustres d'Italie.

— C'est exact. Quant aux grilles de foyer en fer forgé, elles sont arrivées d'Angleterre.

Son interlocuteur, nullement impressionné, se versa avec lenteur un autre verre de vin, tandis que le tenancier français des lieux lui apportait un cigare, qu'il alluma pour lui après en avoir tranché l'extrémité. Ayant savouré un instant l'alcool et le tabac, Carlton daigna revenir à Edward.

— Il serait néanmoins regrettable de priver votre épouse et vos enfants de leur foyer.

Le capitaine transpirait abondamment, en dépit du vent froid qui pénétrait en sifflant par le moindre interstice dans les murs en bois de l'auberge.

— Je leur en offrirai un autre, haleta-t-il. Certes pas aussi luxueux, mais cela fera l'affaire en attendant mieux.

L'expression de Carlton restait indéchiffrable.

— Vos affaires vous ont permis, en quelques années, d'amasser une véritable fortune. Le monopole que vous détenez avec d'autres officiers sur la vente de rhum doit vous rapporter des sommes rondelettes. Pourquoi vous obstinez-vous à me mentir quant à vos réelles capacités financières?

— J'ai des frais, avoua le capitaine. Mes revenus les couvrent à peine, et même si le commerce se porte bien à Sydney, nous sommes nombreux à nous y livrer.

L'humiliation de devoir ainsi se mettre à nu devant son vis-à-vis le consumait. L'humiliation de devoir admettre qu'il avait échoué sur toute la ligne.

— Je n'ai donc pas menti, conclut-il le plus calmement possible.

Le silence tomba, se prolongea. Edward se tortillait sur son siège – Carlton s'amusait de son embarras.

— La maison, les chevaux et les boutiques. Je n'ai rien d'autre à vous offrir. Prenez tout si vous le souhaitez. Ma dette s'en trouvera épongée.

— Je n'ai pas besoin de villa, observa Carlton en écrasant les vestiges de son cigare au fond d'un cendrier de verre. Mon logis me convient et, d'ailleurs, je compte regagner ma ferme du Cap à la fin de l'année prochaine.

— Dans ce cas, rétorqua le capitaine en serrant les poings, que voulez-vous au juste?

Il rêvait d'arracher Carlton à son siège pour le réduire en bouillie. Mais il lui fallait se maîtriser: ce n'était pas une malheureuse Éloïse sans défense qui se tenait devant lui. Qui plus est, la violence n'effacerait pas sa dette colossale.

— Tout, répondit posément son interlocuteur.

— Mais vous venez de me dire…

— Je n'ai pas refusé vos offres. Je me suis contenté de vous faire remarquer que je n'avais besoin ni de magasins, ni de chevaux ni de maison. Mais ce sont là des biens qu'on peut revendre. Vos dettes s'accumulent depuis un an, au point que, si elles s'élevaient d'abord à cinq cents guinées, elles en atteignent désormais deux cents de plus avec les intérêts.

Son visage était de pierre.

— Disposez-vous de sept cents guinées, Cadwallader?

Celui-ci secoua négativement la tête.

— Si vous me prenez tout, que me restera-t-il?

— Vous semblez oublier que vous avez une femme et trois fils, Cadwallader. Leur bien-être vous importe fort peu, on dirait.

— Alors laissez-moi au moins de quoi rebâtir une demeure où les installer tous les quatre.

— Un nouveau monument à votre gloire? ricana Carlton.

Les pensées du capitaine tourbillonnaient dans son esprit.

— Gloire ou pas, il leur faut un toit au-dessus de la tête.

— Vous auriez dû y songer plus tôt. Que pensez-vous qu'il soit advenu des infortunés que vous avez fait chanter ou que vous avez escroqués pour faire main basse sur leurs fermes et leurs échoppes? Avez-vous réfléchi un instant au sort de leurs enfants? Votre cupidité n'a d'égale que votre suffisance, et je me réjouis d'être devenu l'ordonnateur de votre chute.

— Comment se fait-il que vous connaissiez d'aussi près mes affaires? lâcha Edward, saisi d'effroi.

— J'ai découvert beaucoup de choses à votre sujet, Cadwallader. J'ai même consacré le plus clair de mon temps à cette enquête. Vous êtes un individu dénué de tout scrupule, de tout principe. Vous êtes un menteur et un tricheur.

Le capitaine n'avait rien à lui opposer pour sa défense.

— Mes talents ne se cantonnent pas aux jeux de cartes, enchaîna son vis-à-vis. Avez-vous été récemment victime d'incompréhensibles revers de fortune? Un inconnu a-t-il conclu avant vous plusieurs affaires dont vous imaginiez pourtant qu'elles vous étaient acquises? L'homme avec lequel vous pensiez vous entendre a-t-il soudain tout vendu pour disparaître sans laisser de traces?

— C'était vous?

— En effet, confirma Carlton avec un sourire.

— Mais comment…?

— Permettez-moi de préserver mes secrets. Sachez simplement que j'ai toujours gardé une longueur d'avance sur vous et que je me suis délecté de vous voir sombrer peu à peu.

— Pourquoi moi? Qu'ai-je fait pour mériter un pareil traitement?

Il s'ensuivit un long silence, durant lequel son adversaire l'examina avec une répugnance qu'il ne cherchait plus à dissimuler.

— Rappelez-vous vos années d'école, lâcha-t-il enfin. Vous souvenez-vous d'un dénommé Arthur Wilmott?

Un frisson glacé parcourut Edward. Il se remémorait le garçon, un petit blond au teint maladif, aux yeux bleus, qui passait le plus clair de ses nuits à réclamer sa mère en pleurant. Le capitaine et ses jeunes comparses de l'époque tenaient là une proie facile : ils avaient fait de sa vie un enfer.

— Et alors? tenta de fanfaronner le militaire.

— Souvenez-vous de votre barbarie à son égard. Vous rappelez-vous ce jour où vous l'avez enfermé dans une cave?

— Tous les enfants sont cruels, à cet âge. Et Wilmott avait besoin de s'endurcir un peu.

— Dois-je en conclure que vous refusez d'endosser la responsabilité de son décès?

— Nous ne l'avons pas tué, rétorqua Edward avec humeur.

— Vous l'avez laissé croupir dans sa geôle pendant plus de vingt-quatre heures.

— Nous comptions le récupérer plus tôt, mais le directeur nous a retenus à l'étude plus longtemps que prévu, après quoi on a fermé les portes à clé pour la nuit.

— Vous n'avez pas la moindre excuse! aboya Carlton. Vous pouviez fort bien demander à d'autres de le libérer à votre place. On était au beau milieu de l'hiver et vous l'avez abandonné nu dans ce réduit humide infesté de rats. Lorsqu'on l'a enfin libéré, il était à demi fou de terreur et, moins de deux semaines plus tard, il succombait à une pneumonie.

— Nous étions des enfants, grommela le capitaine. Nous ne mesurions pas les conséquences de nos actes.

— Vous aviez quatorze ans. Vous saviez au contraire ce que vous faisiez. Vous le saviez parfaitement.

L'homme d'affaires se pencha en avant, les coudes sur la table.

— Vous n'avez pas changé. Vous ne vous souciez de personne, et peu vous importe ce qu'il advient des autres tant que cela ne vous affecte pas personnellement. Je savais que vous vous étiez installé en Australie, et lorsque je vous ai découvert sur le quai, ce jour-là, j'ai compris que je tenais enfin l'occasion de vous infliger une leçon inoubliable.

Edward ne soufflait mot.

— Il m'a suffi de flatter votre vanité. Dès lors, je vous ai pris à votre propre jeu – car assurément votre habileté aux cartes se révèle bien inférieure à la mienne. Qui plus est, votre arrogance vous a rendu sourd aux mises en garde de votre ancien ami Baines.

— Il était donc votre mouchard?

Le militaire demeurait stupéfait.

— Vous avez beaucoup d'ennemis, Cadwallader. Or, les ennemis ont en général la langue bien pendue. Pièce à pièce, je vous ai dépouillé de tout avec une aisance déconcertante. Il me semblait dérober des bonbons à un petit enfant.

— Qui êtes-vous? murmura Edward.

— Arthur Wilmott était mon neveu bien-aimé. Mon unique héritier. J'ai patienté longtemps avant de pouvoir le venger.

— Mais pourquoi moi? répéta le capitaine sur un ton pleurard qui l'étonna et le fit rougir. Nous avons agi à plusieurs.

— Je me suis déjà occupé de vos acolytes, l'informa Carlton d'une voix dénuée d'émotion. Deux d'entre eux se trouvent en prison pour dettes, un troisième s'est pendu.

Edward peinait à encaisser ces révélations. Carlton était un homme dangereux – infiniment plus dangereux qu'il l'aurait jamais soupçonné.

— Vous allez donc jeter mon épouse et mes fils dans la rue pour assouvir votre soif de revanche, et briser ma carrière afin qu'il me soit à jamais impossible de leur venir en aide?

Henry Carlton secoua la tête.

— Je ne souhaite pas meurtrir votre famille. Ce sont des êtres innocents, que vous avez trompés. Quant à votre carrière, elle périclite, de toute façon, depuis votre lamentable expédition à Banks Town.

Le cœur d'Edward bondit dans sa poitrine. Willy Baines s'était montré beaucoup trop bavard. S'il lui mettait le grappin dessus, il lui trancherait volontiers la langue. Il s'obligea à reprendre contenance.

— Vous me laissez donc Kernow House?

— Non.

— Mais alors…?

— Vous ferez livrer vos chevaux à ma propriété demain matin avant 9 heures. Inutile de me céder la jument de votre femme ni les poneys de vos enfants. À 11 heures, vous me remettrez les documents relatifs à la cession des boutiques et de la villa. Rendez-vous dans les bureaux de White & Marshall.

— Vous m'avez pourtant dit…?

— Ne m'interrompez pas, Cadwallader, fit Carlton en fusillant le militaire du regard. Votre père était un homme avisé, à telle enseigne qu'ayant été informé du contenu de son testament, j'ai su aussitôt ce que j'allais faire de votre demeure.

Il décocha à Edward un sourire carnassier.

— Oh oui. Ce clerc de notaire s'est montré extrêmement obligeant. Je connais les dernières volontés du comte de Kernow dans leurs moindres détails.

L'homme but une ou deux gorgées de vin.

— Inutile de vous lancer aux trousses de ce garçon pour lui faire payer ses indiscrétions : à l'heure qu'il est, il se trouve déjà fort loin d'ici.

Le capitaine grinça des dents.

— Vous établirez les documents concernant la maison aux noms de vos fils, en ajoutant une clause selon laquelle votre épouse aura le droit d'y séjourner jusqu'à son décès.

Ses yeux gris étaient devenus pareils à deux morceaux de silex.

— À elle de décider ensuite si elle consent ou non à vous héberger sous son toit. Si oui, attention : qu'elle vienne à vous quitter, ou qu'elle s'éteigne avant vous, et vous devrez vider les lieux sur-le-champ.

Edward repoussa sa chaise en se dressant sur ses pieds.

— Vous n'avez pas le droit de faire ça !

— Bien sûr que si.

Carlton, qui se leva à son tour, prit sa cape et son chapeau des mains de l'aubergiste.

— N'oubliez pas, Cadwallader : j'ai toutes les cartes en main. Et si vous songiez à m'enfoncer un couteau entre les côtes, sachez que l'on veille jour et nuit à ma sécurité.

Le militaire, suivant le regard de son créancier, repéra à la porte un individu à l'allure menaçante.

Carlton coiffa son chapeau.

— À demain, 11 heures.

À peine avait-il quitté les lieux qu'Edward se laissa tomber sur son siège. Il s'apprêtait à commander une bouteille de whisky, lorsqu'il s'avisa dans un sursaut qu'il n'avait pas de quoi la payer. Il contempla un instant le fond de vin laissé par son tourmenteur, puis le porta à ses lèvres. Il possédait un goût amer. Un goût de sang.

Baie de Watson, octobre 1804

Tentant de chasser loin d'elle l'angoisse que lui inspirait l'étrange comportement adopté par son époux depuis deux jours, Éloïse maintint sa jument au pas, tandis que les trois garçons trottaient sur leurs poneys. Elle ne nourrissait aucune crainte pour Oliver et Harry, qu'on aurait pu croire nés pour l'équitation, mais Charles vacillait sur sa monture au poil hirsute – sa mère priait pour qu'enfin il réussît à rester en selle. Certes, le sable amortissait ses chutes, mais Harry l'entraînait tout près de l'eau, où les chocs se révélaient plus rudes sur le rivage mouillé.

Ayant mis à son tour son cheval au trot, elle rejoignit ses enfants. L'aîné, qui venait de fêter son anniversaire, se mit à rire : pataugeant maintenant au bord des vagues, son poney lui éclaboussait les jambes. Si seulement il pouvait se montrer aussi détendu en présence de son père, songea Éloïse.

Elle était venue de bon matin sur la grève, en famille, pour y jouir de la fraîcheur de l'aube et de la liberté que les lieux encore déserts n'offraient qu'à cette heure-là à leurs visiteurs. La maison était loin, au fond de laquelle Edward dormait d'un sommeil de plomb – il récupérait des excès de la nuit. Après les ténèbres qui l'avaient environnée au cours des dernières semaines, le monde semblait à Éloïse redevenu clair et frais.

L'humeur de son époux n'avait cessé de s'assombrir, ses cauchemars le tenaillaient avec une fréquence accrue, au point qu'elle finissait par craindre pour sa santé mentale. Elle avait bien essayé de découvrir ce qui au juste l'avait mis dans un tel état, mais il avait catégoriquement refusé de répondre à ses questions. Il ne s'était pas davantage expliqué sur le départ soudain des chevaux – Éloïse avait en outre remarqué qu'il manquait dans les vitrines de nombreuses pièces de porcelaine, et que son collier, ainsi que ses boucles d'oreilles en diamant, ne se trouvaient plus dans leur tiroir. Elle en avait conclu que M. Carlton venait de réclamer son dû.

Si elle se réjouissait de ce qu'Edward n'eût pas vendu, dans un même mouvement, sa jument et les poneys des garçons, elle déplorait la disparition de ses diamants, dont son père lui avait fait présent. Si seulement cette mésaventure pouvait servir de leçon à son époux. Saurait-il en finir avec le jeu et les dépenses somptuaires avant d'avoir également perdu la villa et l'ensemble de ses biens? Le fait est qu'elle ignorait tout de ses intentions.

Mais la journée était trop belle, décréta-t-elle, pour la gâcher avec ces vilaines pensées. Elle mit sa monture au galop, puis s'abandonna à la joyeuse griserie du moment, tandis que le vent agitait sa chevelure et ses jupes.

— Retrouvons-nous à l'autre bout de la baie! cria-t-elle à ses enfants, qu'elle venait de dépasser dans sa course.

Elle se coucha sur la crinière, enivrée par la vitesse. C'est alors qu'elle aperçut un cavalier au loin – c'en était déjà fini de sa splendide solitude; une pointe de déception vint la piquer.

De toute évidence, l'homme, dont le cheval clapotait dans les vaguelettes, la regardait approcher. Elle ralentit l'allure, tout à coup méfiante. Mais comme elle s'avançait, elle reconnut le visage chéri, et son cœur bondit dans sa poitrine.

Elle mit la jument au pas pour prendre le temps d'examiner la robuste silhouette qui, depuis toutes ces années, n'avait cessé de se mouvoir dans ses rêves.

— George, murmura-t-elle en s'immobilisant à ses côtés.

Leurs regards se croisèrent. En un instant tout fut dit.

— Je suis si heureux de te voir enfin, lui confia-t-il. Je viens ici chaque jour depuis une semaine, et j'avais fini par croire que tu ne te promenais plus sur cette plage.

— J'ai préféré emmener les enfants dans les champs et le bush.

Elle jeta un coup d'œil par-dessus son épaule. Les trois garçonnets se trouvaient encore à bonne distance.

— Mes fils m'accompagnent, souffla-t-elle. Je ne veux pas qu'ils te voient.

— Tu en as donc trois, maintenant, observa George, le regard chargé de mille questions.

— Ils sont tout mon bonheur.

— Es-tu vraiment heureuse, Éloïse?

L'amour et le souci se mêlaient sur les traits du jeune homme. Néanmoins, elle ne pouvait lui avouer la vérité: cela n'aurait servi à rien, sinon à le navrer davantage.

— Je suis satisfaite.

— On m'a rapporté une tout autre version. Parle-moi, je t'en conjure.

Éloïse brûlait si fort de s'ouvrir à lui de ses affres qu'elle faillit céder. Mais un seul mot suffirait à diriger contre son bien-aimé l'impitoyable colère d'Edward. Aussi opta-t-elle pour un ton de badinage léger.

— Tu as tort d'écouter les potins, le gronda-t-elle en manière de plaisanterie. Un mariage est une affaire intime. Seuls ceux qui se trouvent attachés par ses liens en connaissent la réalité. Mes garçons me comblent. Rien d'autre ne m'importe.

— Viens avec moi. Quitte Edward. Pars avec tes enfants. Nous nous installerons loin d'ici, dans des contrées où il ne pourra pas nous retrouver.

Il referma sa main sur la main gantée de la jeune femme.

— J'ai de l'argent. Nous pouvons aller où bon nous semble.

Elle baissa le regard vers les doigts brunis par le soleil. Leur étreinte fit affluer mille souvenirs à sa mémoire.

— Il est trop tard… C'est impossible.

— Il n'est jamais trop tard, mon amour. Et rien n'est impossible à qui le désire ardemment.

Elle ôta sa main et cligna des yeux pour en chasser les larmes.

— Il y a tant de choses que je souhaite, lui dit-elle, mais je risquerais de détruire mes enfants. Il n'en est pas question.

Ces derniers n'allaient pas tarder à les rejoindre.

— Edward est comte à présent, et je suis sa comtesse. Cela ne signifie certes pas grand-chose, mais Charles est son héritier – à ce titre, il lui faudrait supporter à jamais le scandale de ma conduite si je m'enfuyais.

— Vas-tu regagner les Cornouailles? s'enquit George, la mine dévastée.

— Il n'est pas dans nos projets de regagner quoi que ce soit. Les garçons arrivent. Va-t'en.

Mais il ne la lâchait plus du regard.

— Je te souhaite le meilleur, Éloïse. Sache que je t'aime, et que je t'aimerai toujours, sans rien abandonner de l'infinie passion que j'ai éprouvée pour toi dès l'instant où j'ai, pour la première fois, posé les yeux sur toi.

Elle ne rêvait que de jeter toute prudence aux orties, de s'élancer entre ses bras, de les sentir à nouveau se refermer sur elle, de se délecter de cette tendresse que George seul lui prodiguait. Mais les voix flûtées des enfants, ainsi que les menaces naguère proférées par Edward, la clouaient sur sa selle.

Le marin saisit sa main pour la baiser – ses lèvres s'y attardèrent un peu plus que de raison.

— Si tu as besoin de moi, fais-moi porter un message et j'accourrai. Au revoir, ma chérie.

— Au revoir, chuchota Éloïse.

— Qui était-ce? l'interrogea Charles, dont le poney faisait halte à sa hauteur.

Sa mère essuya ses larmes du revers de la main avant de se tourner vers ses fils. Tous trois arboraient des joues rosies par la fraîcheur de l'air et le vent marin.

— Quelqu'un qui, comme nous, aime les balades à cheval sur la plage, répondit-elle en serrant ses rênes. Le premier arrivé à la maison!

Tandis que la jument galopait en direction de Kernow House, les pleurs de la jeune femme se mêlaient sur son visage aux embruns.

— Je t'aime, George, mais il fallait que je te mente. Je l'ai fait pour ton bien.

Ferme de la Tête de faucon, novembre 1804

— Quelque chose te tracasse, George, commença Susan en s'asseyant près de lui sur la véranda. Peut-être qu'en te confiant à moi, tu allégerais le poids de ton tourment?

— Pardon, mère, dit le jeune homme en soupirant dans un sourire, mais ce n'est pas en parlant que je résoudrai mon dilemme.

Elle posa une main soucieuse sur l'avant-bras de son fils.

— Les affaires de cœur se révèlent toujours de lourds fardeaux, mais j'ai pu constater que le temps parvenait à les alléger un peu.

— Comment sais-tu…? s'étonna George.

Susan lui adressa un sourire chargé de tristesse.

— J'ai été jeune, moi aussi, et je sais ce qu'est un chagrin d'amour. J'en connais et reconnais fort bien les symptômes.

Le garçon lui prit la main. Sa mère lui parut soudain fragile, accablée par les souffrances de la vie qui avaient peu à peu accusé ses traits et semé de l'argent dans ses cheveux, dont quelques mèches s'échappaient de son bonnet. George peinait à se la figurer en jeune amoureuse – mais sa liaison avec Jonathan Cadwallader avait bel et bien failli faire voler leur famille en éclats. Il commençait à comprendre ce qu'elle avait dû endurer au moment de choisir entre la passion et son foyer. Il s'était montré injuste envers Éloïse, égoïste d'exiger d'elle qu'elle renonçât à tout pour le suivre. Hélas, il se languissait d'elle contre toute raison, au point de souhaiter qu'elle consentît aux plus grands sacrifices pour jouir du bonheur de l'avoir enfin à ses côtés.

— Elle est mariée? s'enquit Susan.

Il acquiesça de la tête.

— Je m'en doutais, commenta-t-elle en soupirant. Ce sont là des situations inextricables.

Elle pressa les doigts de son fils entre les siens.

— A-t-elle des enfants?

— Trois. Mais je sais qu'elle ne l'aime pas, et c'est ce qui me rend la situation d'autant plus intolérable.

Son regard s'embua.

— Elle représente toute ma vie, mère, mon cœur et mon âme. Elle est l'air même que je respire. Comment pourrais-je vivre sans elle?

— Mon cher fils… Si elle a eu trois enfants, c'est que son union avec cet homme signifie quelque chose, malgré tout. Il te faut la laisser s'éloigner de toi.

George s'efforçait de garder contenance, mais les paroles de sa mère faisaient douloureusement écho aux doutes qu'il avait éprouvés en découvrant le troisième bambin.

— J'aimerais posséder les mots capables d'apaiser ton chagrin, enchaîna Susan. Mais les paroles demeurent impuissantes face à un cœur en détresse. Et je parle d'expérience.

— Tu l'aimais, n'est-ce pas?

— En effet. Mais c'était un amour destructeur, qui ne pouvait s'épanouir qu'à condition de réduire deux familles en miettes. Il était nécessaire d'y mettre un terme.

Elle se tourna vers son fils.

— Elle a fait son choix. Comme je l'ai fait avant elle voilà de nombreuses années. Tu dois l'accepter.

— Si seulement nous nous étions rencontrés avant qu'elle ne tombe dans les filets de Cadwallader, dit-il avec amertume.

— Edward Cadwallader?

Il lut aussitôt l'angoisse sur les traits de Susan, que ce nom plongeait dans d'autres souvenirs – la fin atroce de Florence.

— J'ai bien l'impression que les destins de nos familles sont liés pour le pire, poursuivit-il. Le fait est que depuis qu'Edward a hérité du titre de son père, son épouse n'a plus aucun moyen de le quitter.

Elle approuva de la tête, l'œil perdu dans les lointains, par-delà la clairière – une veine battait à son cou.

George se sentit soudain coupable. La mort de Jonathan avait constitué pour sa mère un choc terrible, et elle portait encore le deuil du comte. Il n'aurait pas dû prononcer le nom de son fils.

Susan se leva en rajustant sa coiffure.

— J'aime ton père, cela ne fait pas le moindre doute. Il est mon roc, il est mon ami le plus cher, et je lui sais gré de comprendre, en dépit de tout, mon besoin de pleurer Jonathan. Voilà bien des années qu'il a pardonné mes errements et, depuis, j'estime que j'ai eu beaucoup de chance d'avancer à ses côtés.

Elle retenait ses pleurs, la mâchoire résolue, l'échine un peu raide.

— Je le sais, mère. De tout cela, je n'ai d'ailleurs jamais douté.

Elle se tourna de nouveau vers le paysage qui se déployait face à eux.

— Il n'en reste pas moins que Jonathan tenait une place particulière dans mon cœur. Il était mon ami d'enfance, il a été mon premier amour – il était l'homme avec qui je comptais passer le reste de mes jours, jusqu'à ce que le destin s'en mêle.

Elle haussa le menton et redressa les épaules.

— Le sort peut parfois se montrer cruel, George. Ne commets pas les mêmes erreurs que moi. Laisse-la partir.

Il voulut parler, en vain : les mots de réconfort qu'il aurait souhaité lui prodiguer ne venaient pas.

— Je désire rester seule un moment.

George quitta le banc sur lequel il était assis pour regarder sa mère s'éloigner dignement dans la clairière. Son chagrin se devinait dans la moindre inflexion de son corps trop maigre et, lorsque le garçon se remémora ses propos, force lui fut d'admettre qu'elle avait raison. Il était temps pour lui de renoncer à Éloïse, de se soumettre à la décision qu'elle avait prise et de s'éclipser avant que leur amour les anéantît – et les enfants de la jeune femme avec eux.

17

Parramatta, janvier 1805

La lanière du fouet avait su étancher la soif de vengeance de Niall et les terribles journées d'après le soulèvement l'avaient incité à examiner sa situation de plus près. Certes, son retour en Irlande était un rêve qui continuerait de le porter jusqu'à son dernier souffle, mais il avait accepté l'idée qu'il ne regagnerait sa liberté qu'à condition de se plier aux règles en tirant de ses tourmenteurs anglais le plus d'enseignements possible. Alors seulement, son rêve se concrétiserait. Il constatait avec amertume que ses persécuteurs avaient su le mater – mais il en tirait paradoxalement une vigueur nouvelle, car à présent il possédait un but.

Le lendemain de son seizième anniversaire, on libéra le jeune homme, qui, son passeport de bagnard en poche et ses outils sur le dos, se mit aussitôt en route pour Parramatta. On y trouvait, disait-on, de nombreuses fermes où ses compétences de forgeron, acquises durant ses années de prison, lui permettraient sans doute de gagner honnêtement sa vie. Il pourrait enfin relever la tête avec fierté. Mais une raison plus profonde l'avait amené à opter pour Parramatta : certaine jeune demoiselle aux cheveux roux, qui occupait ses pensées.

Il ne lui avait pas fallu longtemps pour découvrir ce qu'il espérait. La forge, dont le propriétaire était mort quelques mois plus tôt, périclitait, mais Niall, devinant tout le parti qu'il pouvait en tirer, avait troqué, auprès de la veuve du maréchal-ferrant, les terres qu'il s'était vu allouer lors de sa libération contre la forge délabrée et infestée de rats. Malgré son jeune âge, les commandes avaient aussitôt afflué. Plusieurs semaines durant, il s'était échiné jusque tard dans la nuit pour réparer le toit, renforcer la charpente en bois et trier le bric-à-brac entassé là par l'ancien propriétaire. Maintenant, dix mois plus tard, la forge brillait comme un sou neuf, les rats avaient filé et les clients s'y pressaient. L'heure était venue pour l'Irlandais d'aller faire sa cour.

Ce matin-là, il s'était levé plus tôt qu'à l'accoutumée et, comme le ciel blanchissait, il se lava et se vêtit avec le plus grand soin. Ses habits étaient rapiécés, leurs couleurs avaient passé, mais ils étaient d'une propreté impeccable, et le jeune homme avait consacré du temps, la veille au soir, à brosser ses bottes fatiguées. Les premières impressions comptaient beaucoup, aussi avait-il mis un point d'honneur à se rendre présentable.

Il saisit son tablier de cuir et le sac de toile contenant ses outils pour les déposer dans le chariot, auprès des fers à cheval, des clous, des gonds et des serrures. En effet, s'étant avisé que les fermiers avaient souvent besoin de ces articles, il veillait à en tenir toujours une bonne quantité à leur disposition.

Son enthousiasme se trouvait atténué par l'appréhension : sa dernière visite aux *Gratteurs de lune* remontait à la nuit de l'insurrection – les habitantes des lieux se souviendraient-elles de l'incident? Allaient-elles l'éconduire sans autre forme de procès? Néanmoins, il brûlait si fort de revoir la jeune fille que son désir l'emporta sur sa crainte.

Tandis qu'il grimpait à bord du véhicule et s'emparait des rênes, il contempla la modeste bicoque en bois qu'il avait érigée à côté de la forge : murs en plaques d'écorce, toit de tôle ondulée, à quoi s'ajoutaient de la toile à sac en guise de porte et de vitres, ainsi que l'affreux tuyau de poêle jaillissant au flanc de la cabane, à côté de la gouttière. Il ne s'agissait certes pas d'un palais, mais Niall s'y sentait chez lui. Il y faisait chaud l'hiver, le lit à roulettes se révélait passablement confortable, et le jeune homme s'affalait volontiers, au terme d'une rude journée de labeur, dans le vieux fauteuil dont un colon lui avait fait cadeau.

À la vue de son infime royaume, une bouffée de fierté l'envahit. «Assurément pas l'idée que tout un chacun se fait du paradis, fit-il entre ses dents, mais c'est mon paradis à moi.» Après qu'il eut fait claquer les rênes sur le dos de son cheval, le chariot s'ébranla, puis s'engagea sur la piste poussiéreuse menant aux *Gratteurs de lune*.

Ayant franchi le pont pour pénétrer dans la cour, Niall se rapprocha du perron, d'où il constata qu'on l'observait. Il salua la compagnie d'une pichenette contre le bord de son chapeau, descendit du chariot et se dirigea vers la femme qui, les poings sur les hanches, se tenait sur la véranda. Il reconnut Mme Nell Penhalligan – il s'était renseigné de-ci de-là sur la famille.

— Niall Logan, se présenta-t-il en lui serrant la main. Je suis le forgeron de Parramatta.

Une lueur de malice pétilla au fond du regard bleu.

— Je me souviens de vous. Toujours en pleine révolution?

Comme la jeune fille apparaissait à son tour, l'Irlandais rougit jusqu'aux oreilles.

— Il faudrait être fou pour continuer à défendre une cause perdue alors qu'on vous offre la liberté de prouver enfin votre valeur, madame.

Il admira du coin de l'œil la cascade de boucles rousses qu'il n'avait pas oubliée, les yeux bleus et les taches de rousseur.

— Ravie de l'entendre, commenta Nell, qui se retourna d'un bond en entendant la porte claquer dans son dos.

Puis elle revint à son visiteur.

— Je crois que ma fille et vous avez déjà fait connaissance, observa-t-elle avec un large sourire entendu. Elle s'appelle Amy.

Il s'empourpra de nouveau en saluant l'adolescente d'un hochement de tête. Il se sentait absolument idiot.

— Vous savez ferrer les chevaux? s'enquit Nell.

— Oui, madame, répondit-il sans parvenir à détacher son regard d'Amy.

— Dans ce cas, si vos tarifs sont raisonnables, il se peut que nous fassions affaire. Nous n'avons pas vu de maréchal-ferrant depuis des mois, et même si la plupart de nos ouvriers sont capables de remplacer un fer, ils n'en savent guère plus dans ce domaine.

Niall annonça les prix qu'il pratiquait.

— J'ai aussi des serrures et des clous dans le chariot, si vous en avez besoin, ainsi que des tisonniers ou des seaux.

Nell lui sourit.

— Il devrait convenir, hein? lança-t-elle à Amy.

Cette dernière le toisa des bottes au chapeau et, lorsque ses yeux croisèrent ceux du jeune homme, elle sourit à son tour.

— Un poil trop maigre, murmura-t-elle, mais je pense que ça ira. Veux-tu que je lui montre les écuries?

— Pourquoi pas? On ne va pas passer la journée à se regarder ici en chiens de faïence en piquant des fards à tour de bras.

Elle se mit à rire.

— L'ouvrage ne risque pas de s'abattre tout seul.

Niall s'apprêtait à protester mais, déjà, la jeune fille le saisissait par le bras en l'entraînant au bas des marches.

— N'écoutez pas ma mère. Elle vous taquine.

Elle lui décocha un grand sourire.

— Vive la révolution! dit-elle gaiement.

L'Irlandais lui rendit son sourire, manifestement soulagé: Amy venait de lui faire entendre qu'elle avait déjà pardonné ses errements – peut-être même l'appréciait-elle un peu.

Ferme des Gratteurs de lune, novembre 1805

Alice et Nell immobilisèrent leurs montures face au troupeau de moutons; les bêtes broutaient l'herbe grasse.

— Il n'y en a pas encore assez, observa la première.

— Les cinq années de sécheresse y sont pour quelque chose. Heureusement que la pluie est revenue voilà six mois. De quoi nous permettre de nous refaire un peu avec les agneaux de printemps.

— Dommage que John Macarthur ait refusé de nous prêter un peu de son bétail fourni par le gouvernement pour nous dépanner, déplora Alice. Il s'imagine que deux femmes seules et trois enfants ne seront pas en mesure de rembourser leurs dettes.

— Il est âpre au gain, grommela Nell. C'est lui qui possède le plus grand troupeau de toute la Nouvelle-Galles du Sud, et il s'arrange pour profiter le plus possible de la hausse des prix du mouton.

Alice mit pied à terre pour extirper de la viande et du pain de sa sacoche de selle.

— Oublions Macarthur pour le moment, proposa-t-elle à sa compagne.

Elles s'assirent dans l'herbe pour y déguster leur repas, qu'elles arrosèrent de thé froid. Alice se démenait sur le terrain depuis une semaine : elle examinait les bêtes, surveillait les mises bas et vérifiait l'état des points d'eau. Si la solitude ne lui avait certes pas pesé jusqu'ici, elle appréciait la visite de Nell.

— Tout a l'air si paisible ici, remarqua cette dernière en offrant son visage aux rayons du soleil. Quel silence.

Son amie approuva de la tête.

— La beauté console, renchérit-elle, quoique le chagrin continuât de la déchirer – la mort de Jack lui demeurait intolérable.

— Tu sais, lui dit Nell, ma colère ne s'éteint pas. Ça me reprend chaque fois que je pense qu'on nous les a pris sans même nous laisser l'occasion de leur dire adieu. On aurait dû vieillir ensemble et...

Alice lui prit la main.

— Je sais. Mais nous sommes là, et ce domaine représente leur héritage. En continuant de l'entretenir, c'est leur souvenir que nous perpétuons.

Nell essuya ses larmes du revers de la main.

— Tu es une femme épatante, Alice. Sans toi, je n'aurais pas réussi à faire front.

Elle étreignit sa compagne.

— Tu m'as appris des tas de choses, enchaîna-t-elle. Tout ce que je sais aujourd'hui sur l'élevage des moutons, c'est de toi que je le tiens.

Alice se mit à rire.

— Tu n'étais pourtant pas mon élève la plus facile! Te rappelles-tu que tu passais ton temps à me contredire? Et tu as manqué t'évanouir la première fois que tu as castré des agneaux.

Nell fit la grimace.

— Quelle horreur, gloussa-t-elle. Tu as même réussi à me faire troquer mes jolies robes contre un pantalon d'homme.

— Avoue que c'est plus pratique.

— Mais c'est laid.

— Les moutons s'en moquent.

— Fichues bestioles, maugréa Nell. On se demande bien ce qu'ils ont dans le ciboulot, ceux-là.

Alice replia les genoux contre sa poitrine pour les serrer entre ses bras. Les deux femmes se chamaillaient sur tout, mais sans jamais se quereller vraiment – une commune détermination à préserver les *Gratteurs de lune* les liait coûte que coûte, l'emportant sur leurs différends éventuels.

Les bagnards qui les secondaient les avaient sauvées de la faillite : certaines tâches exigeaient la force d'un homme – et même s'il fallait garder en permanence un œil sur leur consommation de rhum, ils s'étaient montrés de fidèles compagnons après le décès de Billy et de Jack. Deux d'entre eux, au terme de leur peine, avaient même établi leur fermette à deux pas d'ici, en sorte que tous s'épaulaient lors de la saison de l'agnelage et celle de la tonte, où le labeur devenait harassant.

L'amitié que les deux femmes se portaient désormais les avait également sauvées, songea Alice. Quant à l'affection sans ambages que lui vouaient les enfants de Nell, elle lui faisait chaque jour l'effet d'un baume pour son âme.

— Qu'est-ce qui te fait rire? l'interrogea son amie.

— Je pensais à Niall et Amy. Ils se disputent à longueur de journée, mais je suis prête à parier que notre jeune Irlandais nourrit quelques projets d'avenir…

— Amy n'a que quatorze ans! se récria Nell, outrée. Il a intérêt à se tenir à carreau.

— Sois tranquille : avec une future belle-mère dans ton genre, il ne risque pas de dépasser les bornes.

Sur quoi elle se leva, revissa son chapeau sur son crâne et grimpa en selle.

— Rentrons préparer le dîner et passer un peu de temps avec les enfants, proposa-t-elle à sa compagne.

Trois semaines plus tard, Nell, qui venait de nourrir les poulets et les cochons, balayait la cour de l'écurie. Le soleil ne tarderait pas à disparaître derrière l'horizon, pourtant il restait des choses à faire – car la jeune femme redoutait si fort la solitude de son lit qu'elle s'échinait jusqu'à ce que, recrue de fatigue, elle s'endormît presque aussitôt.

Elle récupéra le linge sec sur son fil, cala le panier contre sa hanche et s'engagea dans l'herbe haute en direction de la demeure. Durant les premiers mois qui avaient suivi le décès de son époux, celle-ci avait perdu pour elle toute chaleur ; elle ne s'y sentait plus à l'abri comme autrefois – soudain, elle n'était plus qu'une geôle surchargée de douloureux souvenirs. Mais, peu à peu, Alice et Nell s'étaient rapprochées ; la maison avait retrouvé sa bienveillance, elle était redevenue le refuge de jadis.

La jeune femme entra et posa le panier sur la table.

— Qu'est-ce que tu nous prépares ? demanda-t-elle à Amy.

— Un rôti de mouton avec des légumes du jardin, répondit sa fille en arrosant la viande. Il y a de quoi nourrir un régiment. Est-ce que je peux proposer à Niall de se joindre à nous ?

Nell adressa un sourire complice à Sarah, qui épluchait des pommes de terre.

— Laisse les fourneaux à ta sœur et va donc l'inviter, dit-elle en commençant à plier le linge.

— J'ai déjà envoyé Walter lui porter le message.

L'adolescente avait les joues rouges.

— Il n'avait rien d'autre à faire, se justifia-t-elle, et il traînait dans mes pattes.

Sa mère ne réagit pas, mais un sourire continuait à flotter sur ses lèvres. Le jeune Irlandais leur rendait à présent des visites régulières. Amy et Sarah devenaient des femmes, songea-t-elle avec un serrement de cœur, même si, pour l'heure, elles conservaient encore l'enthousiasme et la naïveté de l'enfance – dont, à huit ans à peine, Nell s'était vue privée à jamais. Si seulement Billy était là pour les voir, il rayonnerait de fierté.

Elle se remit à plier les draps. Amy était encore très jeune – trop jeune pour songer à l'amour. Niall, lui, avait mené une existence propre à le faire mûrir plus vite que d'autres, mais il comprenait qu'il lui faudrait se montrer patient s'il souhaitait conquérir un jour le cœur de l'adolescente. La mère de celle-ci lui en savait gré. Elle admirait aussi la réputation qu'il était en train de se forger, de travailleur acharné et d'artisan talentueux. Ses affaires marchaient bien, au point qu'il venait d'ajouter une pièce à sa bicoque.

Quant à sa religion ou son passé, elle ne s'en souciait guère. Et surtout : il adorait Amy. S'ils se mariaient dans quelques années, elle ne nourrirait plus la moindre appréhension concernant l'avenir de sa fille.

Un bruit de sabots dans la cour précipita cette dernière vers sa chambre. Nell repoussa son panier de linge pour aider Sarah à mettre le couvert. Bientôt, Niall et Walter firent leur entrée en riant. L'Irlandais balaya la pièce du regard, visiblement déçu de n'y pas trouver sa bien-aimée.

— Elle arrive, gloussa Sarah. Elle se pomponne en ton honneur.

— Tais-toi donc, la gronda sa mère. Ne t'occupe pas d'elle, Niall, elle te taquine.

Selon son habitude, Walter était sale comme un peigne. Sans ménagement, Nell l'envoya se débarbouiller.

— Je meurs de faim, lança Alice en pénétrant dans la cuisine. Qu'y a-t-il pour le dîner?

— Du mouton brûlé et des légumes ramollis, le tout arrosé d'une sauce à l'eau, annonça Nell. Amy avait la tête ailleurs.

Elle désigna du menton le jeune Irlandais.

Alice rédigea une liste de commissions – elle comptait se rendre en ville le lendemain. On manquait de sel et de farine. Walter avait besoin de bottes neuves. Le gouvernement renouvellerait pour sa part leurs provisions de rhum et de tabac, ainsi que les pantalons des forçats.

— Il me faudrait un coupon de tissu pour une robe, ajouta sa compagne. La mienne est en loques.

— Je verrai combien il me reste. Une robe neuve, ce n'est pas indispensable.

— Je sais, soupira Nell. Mais j'aimerais me sentir à nouveau femme.

— Et si c'était toi qui allais à Sydney demain ? J'ai du pain sur la planche ici, et ça te changerait les idées.

— Si ça se trouve, ton homme mystère va m'inviter à prendre le thé à l'hôtel, taquina-t-elle Alice.

— Ce n'est pas mon homme mystère. Je te l'ai déjà dit, M. Carlton n'est qu'une connaissance qu'il m'arrive de croiser ici ou là. Il n'y a rien de plus.

— Si tu le dis.

— J'aurais mieux fait de ne jamais t'en parler.

— Trop tard. C'est pourquoi je me permettrai de jeter un coup d'œil au bonhomme, après quoi je te donnerai ma bénédiction. Ou pas.

— Pour l'amour de Dieu ! s'écria Alice, excédée.

Nell s'avisa qu'elle en avait assez fait. Elle se concentra sur son assiette.

La conversation alla bon train durant le repas, tandis qu'un courant d'air frais, venu de la porte ouverte, dispersait la chaleur des fourneaux dans la nuit d'été.

Nell observait Amy et Niall : les adolescents échangeaient d'insignifiants propos, mais leurs yeux en disaient plus long que leurs paroles. Ils lui rappelaient ses jeunes années : elle se remémora, le cœur un peu serré, le jour où Billy lui avait demandé sa main. Elle se souvint de leur mariage, de son jeune époux si séduisant dans le vieux costume qu'Ezra lui avait prêté, elle se souvint de la chaleur de son baiser lorsque Billy et elle s'étaient mis en route pour la ferme des *Gratteurs de lune*, afin d'y entamer leur nouvelle vie.

Ayant entendu un cheval franchir le pont pour pénétrer dans la cour, elle bondit sur ses pieds. À cette heure, une visite ne pouvait se révéler que de mauvais augure. Debout à la porte, elle scruta les ténèbres.

— Qui est là ? appela-t-elle.

— Je vous demande pardon, madame Penhalligan, car il est bien tard.

L'homme, grand et beau, descendit de sa monture pour s'approcher du perron.

Nell nota ses tempes grisonnantes, la douceur de son regard et le chaleureux sourire. L'inconnu arborait des vêtements de prix, son cheval était un pur-sang.

— J'ignore qui vous êtes, monsieur, mais je vous souhaite la bienvenue.

— Henry Carlton, madame, pour vous servir, annonça l'homme en lui faisant un baisemain. Je vous dérange pendant le dîner. Je vous prie de bien vouloir m'en excuser.

À l'intérieur de la maison, tout bavardage avait cessé. Les yeux s'étaient tournés vers la véranda. Tel était donc ce fameux Carlton, songea Nell. Elle ne s'étonnait plus de ce qu'Alice eût rougi lorsqu'elle l'avait évoqué.

— Souhaitez-vous partager notre repas? proposa-t-elle poliment avec l'espoir que les garçons n'eussent pas déjà vidé le plat.

— Non merci. Je ne suis ici que pour m'enquérir de Mme Quince.

Alice, qui venait de terminer son assiette, vola au secours du visiteur, que Nell bombardait déjà de questions.

— Je suis surprise de vous découvrir si loin de la ville, dit-elle avec un sourire.

— J'espère que je ne vous importune pas. Je me suis permis de venir jusqu'à vous car cela fait des lustres que nous ne nous sommes croisés à Sydney.

Un sourire éclaira son visage à son tour.

— Je suis ravi de vous voir.

Alice se fendit d'une révérence malhabile – honteuse de ce pantalon qu'une ficelle retenait, de la vieille chemise de Jack, mille fois rapiécée, qu'elle exhibait, ainsi que de ses bottes éculées.

— Voulez-vous entrer, monsieur Carlton?

Il jeta un coup d'œil en direction de Nell.

— Si vous n'y voyez pas d'inconvénient, madame Quince, je désire m'entretenir avec vous en privé. Cela prendra peu de temps.

Les deux femmes échangèrent un regard surpris.

— Dans ce cas, proposa Alice, allons jusqu'à la rivière. Il y fait plus frais.

Henry lui offrit son bras, elle posa une main dessus – ensemble, ils descendirent les marches du perron. Pourquoi diable avait-il poussé jusqu'ici? s'interrogeait la jeune femme. Et qu'y avait-il de si important qu'il ne pût lui livrer en présence de Nell? La curiosité la tenaillait.

L'homme finit par s'immobiliser. Le clair de lune jetait de grandes ombres sur ses pommettes et son front.

— Je ne puis que louer vos efforts, madame Quince. Votre exploitation agricole prospère et, bientôt, vous aurez reconstitué votre troupeau. Tout Sydney salue votre labeur, de même que celui de Mme Penhalligan. Votre commune ténacité force l'admiration des uns et des autres. Bien des hommes à votre place auraient renoncé depuis longtemps.

— La ferme représente tout ce que nous possédons. Le travail est rude, la terre exigeante, mais cela nous a permis de surmonter notre chagrin.

Le visiteur sourit.

— J'ai toujours su que vous étiez un être rare, madame Quince.

— Que vous avez sauvé plus d'une fois! se remémora Alice en riant un peu. Vous rappelez-vous ce matin où je me serais sans doute fait écraser si vous n'aviez été là pour me soustraire aux dangers des rues de la ville?

— Je m'en souviens parfaitement. Et ce serait un honneur pour moi que de vous tendre à nouveau une main secourable.

— Que voulez-vous dire? Je n'ai plus besoin qu'on me porte assistance. Je suis en sécurité ici.

— Je me serai mal exprimé, s'excusa Carlton.

Il hésita avant d'enchaîner.

— Depuis que nous avons fait connaissance à bord de l'*Empress*, vous n'avez cessé de me fasciner, madame Quince. Au fil des années et de nos rencontres sporadiques à Sydney, j'en suis venu peu à peu à vous tenir pour une amie chère. Une amie que j'admire et respecte infiniment. J'ai suivi avec attention vos heurs et malheurs. Aussi, même si vous jugez mon intrusion grossière, il me fallait vous parler avant de regagner Le Cap.

La stupeur avait rendu Alice muette.

— Madame Quince, l'affection que je vous porte se fait aujourd'hui plus profonde que jamais. Votre puissance d'âme et votre fierté se devinent dans la lueur qui brille au fond de vos yeux.

— Je vous en prie, monsieur Carlton, vous vous égarez.

— Je le sais. Mais je pars bientôt. Il me fallait vous parler. Et tant pis si je vous semble inconvenant.

Tout prêt à lui saisir les mains, il parut se raviser.

— M'accorderez-vous néanmoins la faveur de m'écouter jusqu'au bout?

Alice acquiesça en silence.

— Je suis un homme riche. Je possède des propriétés en Angleterre, en Afrique du Sud, ainsi qu'en Amérique. Depuis que j'ai découvert de l'or sur le continent africain, ma fortune est allée croissant, mais je n'ai personne avec qui la partager.

Il avait baissé les paupières, sa voix se faisait musicale et feutrée.

— Mon épouse est décédée voilà de nombreuses années, et nous n'avions pas d'enfant.

Alice ne comprenait que trop bien son désarroi, mais elle commençait à entrevoir où il comptait en venir, sans plus savoir comment mettre un terme à son discours.

— Les terrains dont je suis propriétaire au Cap sont essentiellement occupés par des têtes de bétail.

Il sourit faiblement.

— Je ne suis pas un fermier. Tout mon talent réside dans ma capacité à mener mes affaires avec assurance et perspicacité.

— Ce sont là des qualités qui conviennent aussi à un agriculteur.

— Vous voyez? Nous nous ressemblons. J'ai eu raison de m'adresser à vous.

Il jeta un coup d'œil en direction de la maison, où la curiosité avait poussé les dîneurs à s'installer sans vergogne sur la véranda.

— Ma demeure du Cap est vaste, flanquée d'écuries et d'un logis pour les domestiques. Celle d'Amérique se révèle également confortable, plantée au beau milieu de ma plantation de coton. Il y a encore ma propriété du Wiltshire. J'ai la vie facile, madame Quince. Mais je mène une existence solitaire.

— Où voulez-vous en venir? lui demanda Alice, déconcertée.

Il perdit pour la première fois de sa superbe.

— Voulez-vous devenir ma femme, madame Quince?

La question flotta quelques instants entre les deux interlocuteurs.

— Votre proposition… m'honore, balbutia Alice.

— Nous sommes déjà des amis. D'excellents amis, me semble-t-il, qui ont toujours mille choses à se dire lorsqu'ils se croisent – certes trop rarement. Mais il est possible de resserrer les liens qui nous unissent.

Il sourit, tempérant son enthousiasme.

— Vous avez volé mon cœur le soir où je vous ai rencontrée sur le pont de l'*Empress*. Depuis, chacune de nos rencontres est venue me confirmer que vous étiez celle qu'il me fallait.

Alice restait sans voix.

— Je ne suis pas assez fou pour attendre une réponse immédiate, madame Quince… Alice. Prenez le temps d'y réfléchir. Prenez tout votre temps.

— Je ne sais pas quoi dire…

— Alors ne dites rien. Songez à ma proposition, et lorsque vous vous sentirez prête, envoyez-moi un message à Sydney.

Alice examina l'homme qui se tenait face à elle. Un homme séduisant, assurément, mais plein d'intelligence aussi, et de douceur. Un homme riche de surcroît. Cependant, elle n'avait rien désiré d'autre jusqu'ici que l'amitié qu'il lui avait offerte. La demande qu'il venait de formuler, à la fois déroutante et flatteuse, changeait la donne.

— De nouveau, hasarda-t-elle, votre démarche m'honore et, bien qu'elle me laisse abasourdie, je la devine ô combien sincère.

Elle lui sourit.

— Mais je ne suis que la fille d'un fermier du Sussex. J'ai grandi dans un hameau, fréquenté une modeste école de village. Je suis en outre la veuve d'un bagnard. Nous venons d'univers fort différents, monsieur Carlton…

— En apparence peut-être, la coupa-t-il. Mais nous partageons un amour commun pour la terre, et le désir de tirer le meilleur parti des occasions qui se présentent à nous. Nos milieux d'origine ne sont assurément pas les mêmes, mais l'amitié que nous cultivons prouve assez que nous sommes joliment assortis. Nous vivons dans un monde neuf, Alice. À nous de saisir notre chance.

— Un monde neuf, oui. Mais la modeste parcelle qui m'en revient se situe sur une terre que j'ai aidé mon époux à défricher. Je suis une fermière, monsieur Carlton, incapable de se livrer à une autre activité.

— Dans ce cas, l'implora-t-il, permettez-moi de vous guider. Il faut que vous possédiez le goût de l'aventure pour avoir effectué jadis le voyage qui vous a menée ici, en Nouvelle-Galles du Sud. Ce tempérament audacieux, il ne tient qu'à vous de le retrouver. Suivez-moi jusqu'au Cap. Vous verrez comme l'existence peut y être douce.

Elle recula.

— Arrêtez, monsieur Carlton, je vous en prie. Je ne souhaite pas quitter les *Gratteurs de lune*.

Elle leva une main pour l'empêcher de parler.

— C'est pour Jack que je suis parvenue à puiser en moi le courage nécessaire à accomplir un tel périple, dit-elle doucement. Personne ne saurait le remplacer.

— Mais vous êtes jeune encore, s'insurgea Henry. Vous ne pouvez pas vouer le reste de votre existence à la mémoire d'un défunt.

Alice se raidit.

— Jack est peut-être mort, monsieur Carlton, mais son souvenir demeure vivant dans le moindre recoin des *Gratteurs de lune*, car c'est ici qu'il a retrouvé son amour-propre et sa liberté. C'est ici qu'il m'a appris à demeurer fidèle à ce qui importe vraiment. Je ne partirai jamais.

Carlton torturait douloureusement les bords de son chapeau.

— Quel bonheur fut le sien, de se voir aimé par une femme telle que vous. Je ne me suis pas trompé quant à votre résolution, à ceci près que j'ai eu la folie de croire que ce courage finirait par vous mener vers moi. Je suis navré de m'être inconsidérément livré à vous.

Il sourit.

— Pour une fois, les atouts ne se trouvaient pas dans mon jeu.

Alice ne saisit pas son allusion.

— Merci pour ces paroles, dit-elle dans le silence qui s'était installé entre eux. Je les apprécie à leur juste valeur, croyez-moi, quoiqu'il me faille décliner votre généreuse proposition.

Replaçant soigneusement son chapeau sur sa tête, il en rabattit d'une chiquenaude le bord au-dessus de ses yeux.

— Vous êtes une femme délicieuse, madame Quince. C'est un honneur pour moi que de jouir de votre amitié, et je ne puis qu'espérer que ma visite ne l'aura pas mise en péril.

Alice s'apprêtait à répondre, lorsqu'une idée folle lui traversa l'esprit. Elle se lança sans plus réfléchir.

— Que savez-vous des mérinos, monsieur Carlton?

— Rien, sinon que leur laine est la meilleure au monde.

Saisi de stupeur, il n'y comprenait plus rien.

— En effet, confirma son interlocutrice, dont les pensées se mettaient en place à une vitesse effarante. Vous aimez les défis, aussi ai-je une offre à vous faire.

Il se mit à rire.

— Vous êtes une femme surprenante, madame Quince. Dites-moi ce que vous avez en tête.

— Si nous tenons à rivaliser avec les gros propriétaires de la région, nous avons besoin d'investir dans notre élevage de moutons. Hélas, c'est l'un d'eux – M. Macarthur – qui, non content de posséder le plus vaste troupeau, tient les cordons de la bourse gouvernementale. Nous luttons de notre mieux.

Elle reprit haleine, étonnée par son audace et néanmoins résolue à aller au bout de son raisonnement.

— Accepteriez-vous de placer de l'argent dans les *Gratteurs de lune* jusqu'à ce que l'exploitation se trouve remise à flot?

Henry prit une expression méditative.

— S'agit-il d'un investissement à court terme?

Alice hocha positivement la tête.

— Je dois m'entretenir d'abord avec Mme Penhalligan, mon associée, mais oui : un investissement à court terme, sur cinq années au plus. Non pas de l'argent, mais des moutons, que vous pourriez nous expédier du Cap. Et nous diviserions par quatre les profits réalisés durant cette période.

— Pourquoi par quatre?

— Il nous faut verser une part de nos bénéfices au gouvernement, mais cela ne représente pas une somme importante. Ce qui reste se trouverait équitablement réparti entre vous, Mme Penhalligan et moi-même.

Renversant la tête en arrière, Carlton éclata d'un rire qui ricocha sur la surface de la rivière et parmi les arbres.

— Oh, madame Quince… Je viens vous faire la cour et, au lieu d'une épouse, me voici qui déniche une partenaire en affaires!

Alice lui décocha un large sourire.

— Dois-je en conclure que vous acceptez ma proposition, monsieur Carlton?

— En effet, confirma-t-il en lui serrant la main. Je vais demander à mon notaire de rédiger l'ensemble des documents. Sans doute me conseillera-t-il de garder par-devers moi l'acte de propriété des *Gratteurs de lune* au cours des cinq ans à venir, mais n'ayez crainte : je n'en ferai rien. C'est à vous qu'appartient le domaine, et si je puis être à la fois votre ami et votre associé, sachez que vous aurez fait de moi un homme comblé.

— Dans ce cas, suivez-moi, je vais vous présenter le reste de la maisonnée. Ils vont finir par attraper froid s'ils nous épient plus longtemps de la véranda. Et nous ne sommes pas au bout de notre conversation.

— Tu es bien sûre de savoir ce que tu fais? s'enquit Nell en allumant la pipe qu'elle avait coutume de fumer le soir.

Henry Carlton avait quitté les lieux, Amy et Niall se souhaitaient la bonne nuit près de la grange, les jumeaux étaient dans les écuries.

Les deux femmes prenaient le thé sur la véranda.

— Nous n'avons pas d'autre moyen d'acquérir de nouvelles bêtes sans rien céder en qualité sur la viande ou la laine.

— Je ne te parle pas de ces satanés moutons, ma fille. Je te parle de Carlton. Il est beau, il est riche, il veut se marier avec toi. Et toi, tu lui as dit non.

— Je ne l'aime pas, se justifia Alice.

— Dans ce cas, tu ne tournes pas rond. La plupart des bonnes femmes se couperaient le bras droit pour qu'un homme tel que lui leur coure après.

— Je sais. Mais tu n'aurais pas accepté de l'épouser non plus. Et ne t'avise pas de prétendre le contraire. Même un homme de la trempe de M. Carlton ne saurait remplacer Jack ou Billy.

— Tu as raison… Comme d'habitude.

Nell soupira. Elle dévisagea Alice à travers la fumée de sa pipe.

— J'ai idée qu'on est parties pour passer le reste de notre vie ensemble.

— Je crois bien, oui.

Alice tendit la main pour saisir celle de sa compagne.

— Je me réjouis que nous soyons enfin devenues amies.

— Moi aussi.

Nell se mit à rire.

— J'ai longtemps cru que tu pétais plus haut que tu n'avais le derrière. Mais Billy avait vu juste : à nous deux, nous formons une sacrée équipe.

Alice leva sa tasse.

— Je trinque aux *Gratteurs de lune*. Je trinque à Alice et Nell.

— À Nell et Alice, rectifia la rousse, la mine faussement vengeresse. N'oublie pas que c'est moi qui suis arrivée la première.

Cinquième partie

Mutinerie

18

Ferme de la Tête de faucon, janvier 1808

George et Ernest, qui menaient le bétail en direction des verts pâturages bordant la rivière, discutaient du tour pour le moins troublant pris par les événements au sein de la colonie. William Bligh, le nouveau gouverneur, était en désaccord avec le Régiment de la Nouvelle-Galles du Sud, ainsi qu'avec le puissant Macarthur – dès lors, les membres de la communauté choisissaient leur camp.

— Jamais Bligh n'aurait dû devenir gouverneur, s'emporta George. Je te parie que cette querelle qui l'oppose à Macarthur va déboucher sur une mutinerie qui n'aura rien à envier à celle du *Bounty*.

— C'est un homme compliqué, je te l'accorde.

Les deux garçons chevauchaient côte à côte, derrière le troupeau dont les innombrables sabots soulevaient sur leur passage un étouffant nuage de poussière.

— N'empêche qu'il a contraint Macarthur à lâcher du lest sur le plan financier, lors des crues de l'année dernière. Jamais nous n'aurions survécu si le gouvernement ne nous avait fourni des bêtes pour reconstituer notre troupeau.

— Je ne nie pas qu'il ait œuvré pour le bien de la colonie, admit George, mais il semble déterminé à reprendre à Macarthur les rênes du pouvoir. Il est allé jusqu'à entraver le commerce de l'alcool. Autant dire qu'il s'est fait là un redoutable ennemi, du côté duquel se sont rangés le Régiment de la Nouvelle-Galles du Sud et les marchands.

— Le système de troc fonctionnait bien, mais seuls les membres du Régiment et les commerçants ont empoché des profits substantiels au moment de la crue, quand les prix ont flambé à cause de la pénurie. William Bligh pratique des coupes claires parmi tous ceux qui se sont enrichis sur notre dos. Je l'en félicite.

George grogna.

— Tu ne dirais pas la même chose si tu te trouvais à ma place. Bligh nous met des bâtons dans les roues depuis qu'un bagnard s'est embarqué clandestinement à bord d'un des navires de Macarthur. Je n'ai plus, désormais, qu'à faire inspecter mes bâtiments de la poupe à la proue avant de quitter le port. Si je perdais mes droits commerciaux, c'en serait fini de mon entreprise.

— Ça m'étonnerait.

Ernest rajusta son foulard sur son nez pour mieux se protéger de la poussière.

— Tu fais affaire avec les Amériques, et tes nouvelles cabousses, en Terre de Van Diemen, te donnent une liberté de manœuvre considérable.

— Je n'en démords pas : ce bonhomme représente une source d'ennuis. Ses projets d'urbanisme ont déjà nui à de nombreux locataires à bail.

— Ton entrepôt et ton magasin ne risquent rien, n'est-ce pas ?

— Pour le moment, grommela George. Mais qui peut prédire ce qu'il nous réserve ensuite ?

— Il est notre gouverneur, déclara Ernest. Il a le pouvoir d'agir comme bon lui semble.

— Et il en abuse. C'est un homme au langage ordurier, aux manières grossières, qui lui ont valu le surnom de Caligula. Je ne serais pas autrement surpris que Macarthur et Johnston fomentent un coup d'État pour le débarquer.

Les deux frères continuèrent leur périple en silence. Ayant compris qu'Ernest ne changerait pas d'avis, George avait renoncé à poursuivre la discussion plus avant. Le gouvernement britannique avait choisi William Bligh pour sa réputation d'intransigeance – et de l'intransigeance, il en fallait pour museler les prétentions du Régiment de la Nouvelle-Galles du Sud. Mais le gouverneur s'y prenait mal. Il ne tarderait pas à récolter ce qu'il méritait : les militaires formaient un groupe puissant qui, allié à Macarthur, lui vaudrait de fameuses difficultés. D'ici la fin du mois, le garçon aurait repris la mer – vu la situation, il ne pouvait que s'en réjouir.

La terre était dure comme le roc, l'herbe rare, et même si la rivière Hawkesbury continuait à couler à travers la vallée, le niveau de ses eaux se révélait plus bas que d'habitude. L'Australie ne faisait jamais les choses à moitié, se dit George, l'humeur assombrie. Inondations ou sécheresse, abondance ou famine… Entre les deux : rien, sinon le feu, les Aborigènes en maraude et, de-ci de-là, un bagnard évadé pour égayer un peu la monotonie quotidienne. Déjà, le marin comptait les jours, brûlant de retrouver les embruns et les vents glacés venus de l'Antarctique.

— Alors, lui lança Ernest un peu plus tard, tu t'es enfin décidé à présenter une jeune fille à notre mère. C'est un soulagement pour nous tous. Mère se sentait au désespoir, mais cette Mlle Hawthorne est charmante.

George garda les yeux rivés sur les bêtes, dont les chiens mordillaient les jarrets.

— Ce n'est qu'une amie, répondit-il d'un ton bourru.

— À trente-trois ans, il est temps de te ranger. Mlle Hawthorne est folle de toi, et ne va pas me faire croire que tu l'aurais invitée si tu n'avais pas une idée derrière la tête.

Décidément, songea George, il avait eu tort de l'amener. À peine avaient-ils quitté Sydney à bord de son cabriolet qu'il en avait déjà acquis la conviction ; moins d'une heure plus tard, la jeune femme l'exaspérait. La malheureuse n'y était pour rien, mais l'expérience avait prouvé au garçon qu'aucune autre ne se révélait en mesure de rivaliser à ses yeux avec Éloïse. Néanmoins, lorsque Mlle Hawthorne avait manifesté le désir de découvrir la *Tête de faucon*, il avait commis l'erreur de l'y inviter. Et voilà que sa famille le voyait déjà marié.

— Je n'ai aucune idée derrière la tête, corrigea-t-il son frère. Elle avait envie de voir la ferme pour la décrire ensuite aux enfants dont elle est l'institutrice. Je la ramène à Sydney demain matin.

— Soit, admit Ernest en s'essuyant le front. Mais je crois que la demoiselle nourrit d'autres projets.

George mit pied à terre et s'étira.

— Dans ce cas, il va lui falloir changer son fusil d'épaule. Je n'ai aucune intention de me marier, et je lui ai déjà expliqué que je n'avais que mon amitié à lui offrir. Pauvre Agatha. On la dirait bien condamnée à demeurer vieille fille.

Son frère le scruta d'un air soucieux.

— Tu te montres injuste avec elle. Et puis, c'est un joli petit lot.

George bâilla.

— Certes, mais elle ne m'intéresse pas.

Il laissa retomber une joyeuse bourrade sur l'épaule d'Ernest.

— Je vais la présenter à quelques-uns de mes amis. Elle finira bien par trouver chaussure à son pied.

Mais sa fausse allégresse ne trompa pas son cadet.

— Moi aussi, dit-il calmement, je jouais les gais lurons pour dissimuler mon chagrin après la mort de Millicent. C'est à cause d'une déception sentimentale que tu refuses désormais toute idée de mariage? Si c'est le cas, n'oublie pas que la vie continue et qu'un amour, aussi puissant soit-il, finit un jour ou l'autre par se ranger parmi les souvenirs. Se complaire dans les regrets ne mène à rien.

Un mince sourire éclaira ses traits.

— Mlle Hawthorne est mignonne comme un cœur, et notre mère en raffole. Et si tu y réfléchissais à deux fois?

George secoua son mouchoir pour l'épousseter, avant de le fourrer dans sa poche.

— Je suis assez grand pour choisir tout seul. Et lorsque ce sera fait, mère et toi en serez les premiers informés.

— Qui est-ce? interrogea son frère. Qui a su ravir ton âme au point que tu préfères mener une existence solitaire au lieu de fonder un foyer? Et pourquoi ne se tient-elle pas à tes côtés?

La perspicacité d'Ernest laissa George sans voix.

— Le dîner va être froid, grommela-t-il enfin. Ne faisons pas attendre les autres.

Avant que son frère eût eu le temps de répliquer, il avait tourné les talons.

Caserne de Sydney, janvier 1808

Tôt levés, Edward et les autres officiers s'apprêtaient à partir pour le tribunal. La tension était palpable, l'air chargé de la fumée des pipes.

Bligh avait obligé Richard Atkins, le juge avocat, à convoquer Macarthur sous prétexte que ce dernier avait refusé, en décembre de l'année précédente, de s'acquitter des taxes sur la navigation qu'on exigeait de lui. L'armateur s'étant soustrait à la justice, on l'avait arrêté, puis libéré sous caution. Il allait, ce matin-là, paraître enfin, contraint et forcé, devant la cour.

— Il est temps de nous débarrasser de Bligh, maugréa un militaire. Il a ruiné le commerce du rhum. Mes revenus s'en sont trouvés sacrément amoindris.

— C'est lui qui fait la pluie et le beau temps dans ce domaine, renchérit un autre. C'en est fini du monopole que nous détenions. Comment cet imbécile ne s'avise-t-il pas qu'il est en train de se mettre à dos les personnages les plus puissants de la colonie ?

— Bligh entend faire de Macarthur son souffre-douleur, reprit le premier, et, bien sûr, le juge avocat est à sa botte. Macarthur et lui sont de vieux ennemis.

Edward transpirait abondamment, et le manque d'alcool lui portait sur les nerfs ; son impatience allait croissant. Néanmoins, il ne soufflait mot. Les pertes qu'il avait essuyées lui aussi étaient venues s'ajouter à ses dettes de jeu. Il espérait désormais que Macarthur réussirait à provoquer la destitution du gouverneur, afin que les affaires reprennent.

Car, si ses prédécesseurs avaient conservé à la Nouvelle-Galles du Sud ses allures de prison à ciel ouvert, régie par le troc, Bligh s'était, hélas, montré beaucoup plus ambitieux. Mais s'il possédait une grande intelligence, ses colères et ses affreuses manières faisaient l'unanimité contre lui. Il s'était en outre octroyé plus de deux mille hectares de terres, dont jouissait aussi sa sœur, au moment même où il privait Macarthur et ses pairs de toute subvention. Il avait congédié sans un mot d'explication l'assistant chirurgien et l'un des magistrats municipaux, puis fait jeter en prison pour un mois trois commerçants dont il avait estimé injurieuses les lettres de doléances.

Loin de se contenter de harceler les notables, il avait exigé, contre toute raison, l'incarcération de six bagnards irlandais, certes accusés de rébellion, mais ensuite acquittés. Quant à certains locataires pauvres de Sydney, ils n'avaient eu d'autre choix que d'abattre eux-mêmes leurs taudis afin que le gouverneur pût lancer les vastes projets qu'il nourrissait pour la ville. Ainsi la colonie s'était-elle peu à peu muée en poudrière, prête à exploser à tout instant.

Kernow House, baie de Watson

— C'était une mascarade, lâcha Edward en se laissant tomber dans un fauteuil.

Éloïse reposa le journal qu'elle était en train de lire à Charles et Oliver. Au vu de ce qu'elle avait justement découvert dans la presse, elle n'en attendait pas moins – mais elle estima plus sage de garder le silence. Le Régiment jouait un jeu dangereux; Macarthur aurait mérité qu'on le traînât devant la cour pour trahison.

— L'assemblée se composait du juge avocat, Atkins, ainsi que de six officiers de notre Régiment. Tu n'ignores pas qu'Atkins et Macarthur se détestent depuis de nombreuses années. En outre, le premier doit de l'argent au second. Macarthur ayant décrété qu'Atkins n'avait pas sa place dans ce tribunal, ce dernier, malgré ses récriminations, a dû quitter la salle car nous, les militaires, nous sommes rangés derrière Macarthur. Sans juge, le procès ne pouvait se tenir.

— N'est-ce pas précisément ce que vous souhaitiez?

— Mais nous avons obtenu le résultat inverse à nos attentes: Macarthur reste incarcéré et pour ce qui est des six officiers, dont je suis, Bligh les a accusés de mutinerie.

— De mutinerie? C'est un crime passible de la pendaison!

— Les choses n'iront pas jusque-là. Le commandant Johnston a refusé de se charger de l'affaire, prétextant qu'il était souffrant. Quoi qu'il en soit, jamais il n'oserait porter de telles accusations contre nous.

— Je l'espère.

La jeune femme examina son époux, détaillant les traits tirés et le visage bouffi, les yeux injectés de sang, les bajoues. Les cauchemars et l'alcool avaient laissé des traces, il ne restait plus grand-chose du fringant soldat dont le charme ravageur l'avait attirée jusque dans les filets du mariage. On vivait une époque troublée, et Edward semblait se trouver immanquablement au cœur de l'agitation.

— Que faites-vous dans la maison par une si belle journée? interrogea-t-il soudain ses fils, tirant du même coup Éloïse de ses pensées.

— Ils ont joué dehors toute la matinée, les défendit-elle.

— Ce n'est pas à toi que je parle, la rabroua-t-il. Pourquoi n'es-tu pas sur ton cheval, Charles?

L'enfant blêmit.

— J'ai… j'ai fait du poney ce matin, monsieur, balbutia-t-il.

— À ton âge, tu devrais être en train de faire mille bêtises au jardin au lieu de rester dans les jupes de ta mère comme une petite fille.

— Je… je…

— Si tu n'es pas capable de t'exprimer correctement, alors tais-toi.

La figure d'Edward s'illumina lorsque Harry parut dans la pièce.

— Voilà qui est bien : les joues sales et la chemise tachée de sueur. Allons, où étais-tu?

— J'ai aidé Ned dans les écuries : la jument souffre d'une entorse.

— Tu es un brave garçon.

Le visage rayonnant de fierté, Edward se leva pour se servir un verre.

— Nous pourrions peut-être aller ensemble à la chasse en fin de semaine, Harry. Tu es déjà une excellente gâchette, mais ta bécasse de frère aîné manque encore de cran.

— Je trouve que Charles est un bon tireur.

— Oliver, le coupa son père avec une moue. Il est temps pour toi d'apprendre à abattre du gibier, et non plus seulement des cibles d'argile.

— C'est vrai? s'étonna le bambin, aux anges.

Éloïse frissonna de terreur.

— Harry et Charles goûtent assez peu la chasse, intervint-elle, et Oliver s'énerve trop vite pour qu'on lui mette un fusil entre les mains.

— Maman! protesta ce dernier. J'ai presque sept ans.

— En effet, mais la chasse n'est pas une activité pour les petits garçons.

Elle se tourna vers son époux.

— Pourquoi ne les emmènes-tu pas plutôt faire une promenade à cheval?

— Je ferai ce que bon me semble. Si tu continues à les couver ainsi, ils ne deviendront jamais des hommes.

— Peut-être serait-il plus sage d'attendre l'issue du conflit entre Macarthur et Bligh, hasarda-t-elle. Après tout, on t'a accusé de mutinerie. Jusqu'à ce que cette accusation soit levée, nous ne pouvons rien prévoir.

— Mutinerie ou pas, je les emmènerai à la chasse! Ce sont mes fils. Je fais ce que je veux.

Éloïse fit sortir les enfants de la pièce, puis les suivit: elle préférait laisser son mari en tête à tête avec sa bouteille de rhum. Elle gravit l'escalier d'un air las. Elle se laissa tomber sur son lit et ferma les yeux. Comment Edward ne s'avisait-il pas que son attitude envers Charles se révélait aussi destructrice que les absences prolongées, jadis, de son propre père? Un enfant avait besoin qu'on l'encourage, non qu'on le harcèle – l'aîné de leurs garçons vivait dans une crainte perpétuelle dès lors que le capitaine se trouvait à la maison.

Elle souleva les paupières pour fixer le plafond, le cœur lourd. Edward ne jurait plus que par Harry. Il l'isolait sciemment de son aîné, persuadé que le bambin l'aimait et l'admirait. Il se trompait lourdement. Redoutant la fureur de son père, le garçonnet avait appris très tôt à dissimuler ses sentiments – il prétendait jouer, bien qu'en miniature, la doublure d'Edward.

Il avait en outre confié à Éloïse qu'il haïssait les manières de celui-ci à l'égard de son aîné.

En fin de compte, Charles et Harry se révélaient si proches l'un de l'autre que même Oliver, malgré son jeune âge, avait saisi que les deux enfants s'alliaient ainsi en permanence contre leur géniteur.

Elle frissonna. L'avenir s'annonçait sombre. Pour l'heure, elle pouvait encore se consacrer corps et âme à sa progéniture, mais dans quelques années ils seraient des hommes. Ils quitteraient la maison pour construire leur existence. Qu'adviendrait-il d'elle alors? Si seulement elle avait eu le courage de fuir avec George. Hélas, il était trop tard. Comme une larme s'écrasait sur le lin empesé, elle enfouit son visage dans son oreiller.

* * *

Les officiers du Régiment de la Nouvelle-Galles du Sud avaient reçu ordre de se présenter à la résidence du gouverneur le lendemain matin, à la première heure.

— Vos hommes se sont comportés en traîtres! tempêta Bligh à l'adresse du commandant Johnston. J'exige que me soient restituées les pièces écrites demeurées en possession du Régiment.

Edward s'efforçait de masquer sa nervosité. La rage du gouverneur était telle qu'il pourrait bien les faire pendre tous. Pourvu, songea-t-il, que son supérieur parvienne à juguler sa colère.

— Les affaires de l'armée ne sont pas de votre ressort, répliqua celui-ci.

— Vous n'êtes pas en position de restreindre mes prérogatives! rugit William Bligh. Libre à moi de vous traîner devant les tribunaux pour mutinerie.

Un silence lourd de menace s'ensuivit; les deux hommes se jetaient des regards furibonds. Après quoi le commandant tourna les talons sans un mot et quitta les lieux, aussitôt imité par l'ensemble des officiers.

— Je m'en vais de ce pas libérer Macarthur, maugréa-t-il lorsqu'ils atteignirent le jardin.

— Est-ce sage, monsieur ? s'enquit Edward, que le manque d'alcool rendait de plus en plus nerveux.

— Si vous manquez d'estomac, capitaine, vous pouvez toujours reculer, le moucha son supérieur, la mine dégoûtée. Mais je vous préviens, Cadwallader : cela n'arrangera guère vos états de service, qui se révèlent déjà plus que déplorables.

— Je vous soutiendrai jusqu'au bout, monsieur, répondit Edward en dissimulant la haine qui le consumait.

— Regagnez la caserne, ordonna Johnston à ses subordonnés. Je vous y rejoindrai après avoir sorti Macarthur de prison.

Il revint en fin de matinée.

— Macarthur m'a remis une pétition que nos plus éminents concitoyens ont déjà signée. J'ai également rédigé un acte d'inculpation visant le gouverneur. J'attends de vous, messieurs, que vous y apposiez votre signature.

Edward s'exécuta, mais d'une main tellement tremblante que le paraphe en devint presque illisible. Les militaires commettaient là une action irrémédiable – le capitaine sentait déjà le nœud coulant se resserrer autour de son cou.

À 18 heures, le Régiment se rassembla pour marcher vers la résidence du gouverneur avec l'intention d'arrêter l'occupant des lieux.

On fouilla la demeure, en dépit des protestations de la sœur de Bligh, jusqu'à ce qu'on le découvrît, en uniforme, allongé sous son lit.

— Vous n'êtes qu'un pleutre, observa Johnston avec dédain.

— Je cherchais des documents de première importance, se défendit Bligh, qu'on remettait sans ménagement sur ses pieds.

Le commandant lui lut l'acte d'inculpation : le gouverneur serait placé en détention jusqu'à ce qu'il acceptât de démissionner, puis de regagner l'Angleterre.

— Je resterai à mon poste tant que le gouvernement britannique ne m'aura pas déchargé de mes obligations.

Écumant de rage, il respirait avec peine.

— Je vous ferai tous pendre.

Edward transpirait à grosses gouttes : il n'y avait plus aucun moyen, désormais, de revenir en arrière, et les conséquences promettaient d'être terribles.

Les protagonistes de la scène ignoraient que deux longues années s'écouleraient avant que William Bligh fût officiellement relevé de ses fonctions.

Waymbuurr (Cooktown), mars 1810

Le long périple de Mandawuy avait duré bien des saisons, car il en avait profité pour visiter entre-temps d'autres tribus. Partout, les aînés avaient écouté attentivement le récit de ses aventures avec Tedbury, puis de sa convalescence auprès de ces Blancs qui l'avaient traité avec douceur et respect.

Il avait écouté en retour les conseils des sages : les Occidentaux avançaient toujours plus au nord, en sorte que, bientôt, sa propre tribu serait en contact avec eux. Il se servirait alors des expériences qu'il venait de vivre pour aider les siens à faire face à l'invasion.

Car il tenait à ce que ces derniers entendent au mieux son message :

— L'homme blanc viendra jusqu'ici, déclara-t-il aux aînés réunis sur la grève. Ce n'est plus qu'une question de temps. Il faut nous tenir prêts.

— Nous leur opposerons nos lances et nos *nullas*, s'échauffa l'un des guerriers. Ceci est notre terre sacrée. Nous les écraserons comme des insectes.

Mandawuy secoua la tête.

— Si l'on détruit une fourmilière, les fourmis sont trop nombreuses pour qu'on les piétine toutes. Et c'est tant mieux, car ce sont elles qui nous préviennent des changements de saison, elles encore qui nous mènent vers le miel, l'eau ou les feuilles que les femmes utilisent pour soigner les malades.

Il baissa d'un ton, car l'aîné avait froncé les sourcils : il jugeait impertinente l'intervention du jeune homme.

— Les Blancs et les Noirs sont capables de vivre en bonne harmonie. Nous avons beaucoup à tirer de leur fréquentation.

— Nous menons notre existence à la façon dont nos ancêtres les plus lointains la menaient déjà. Nous n'avons pas besoin de l'aide des Blancs.

Le vieillard jeta un regard courroucé à Mandawuy.

— Tu as quitté les tiens pour rejoindre Tedbury. Tu brûlais d'en découdre. Pourquoi, après avoir répandu leur sang, refuses-tu désormais de combattre les Blancs?

— Leur peau est blanche et leurs yeux pâles, mais ils arpentent cette terre comme nous et, comme nous, ils croient aux Esprits. Nous pouvons apprendre d'eux, et ils peuvent apprendre de nous.

— Je vais réfléchir à tes paroles, commenta l'aîné, car Lowitja, ta grand-mère, était une femme avisée qui, peu avant de gagner les étoiles, nous a tenu des propos assez semblables aux tiens.

— Watpipa, le mari d'Anabarru, avait évoqué lui aussi un Blanc venu lui rendre visite il y a bien des lunes, ajouta Mandawuy.

Excédé par l'intervention de l'adolescent, le vieil homme le chassa avec brusquerie.

— Lorsque je serai prêt à m'adresser à toi de nouveau, je te le ferai savoir.

Mandawuy se leva et s'éloigna en direction du feu de camp, près duquel il retrouva celle qui deviendrait son épouse à la prochaine pleine lune. Son cœur était confiant : les aînés prendraient la bonne décision. Dès lors, son peuple se disposerait à accueillir les Occidentaux, afin d'éviter le bain de sang qui avait décimé les clans du sud.

Sydney, mars 1810

— Quel plaisir de te revoir après tout ce temps, lança Thomas Morely en serrant la main de George.

— Je suis heureux d'être rentré, répondit celui-ci en prenant place dans un fauteuil avant de commander un whisky. Je crois qu'il s'est passé des tas de choses depuis mon dernier séjour.

— Rien, hélas, dont il y ait lieu de se réjouir, grommela l'ancien militaire.

Le serviteur ayant déposé les boissons devant eux, George avala une gorgée, puis déboutonna son col et se détendit.

— Il y a eu un putsch, si je ne m'abuse? Après quoi Macarthur et Johnston se sont respectivement autoproclamés gouverneur et juge avocat. C'est bien cela?

— En effet, à ceci près que Bligh a tenu bon. Avec le recul, je me dis que tout n'a pas été si noir.

— Raconte, l'incita son ami avec un large sourire.

Thomas se cala plus confortablement dans son siège. Âgé de quarante et un ans, il avait quitté l'armée, et son léger embonpoint témoignait des talents culinaires de son épouse, ainsi que du charme douillet de leur vaste demeure à Balmain.

— Lorsque Bligh a refusé de démissionner, Johnston en a référé à son supérieur, le colonel Paterson, mais celui-ci, qui se trouvait à Port Dalrymple, en Terre de Van Diemen, n'avait aucune envie d'agir sans l'approbation préalable de Londres. À peine avait-il appris que Foveaux rentrait à Sydney en tant que lieutenant-gouverneur, qu'il s'en est entièrement remis à lui.

— Qu'est-il arrivé à Macarthur?

— Avec Foveaux, je te prie de croire qu'il s'est vu contraint d'en rabattre. Lui qui se voyait déjà gouverneur…

— Il s'est toujours imaginé sorti de la cuisse de Jupiter. Je ne suis pas fâché d'apprendre qu'il s'est fait moucher.

— Foveaux a laissé Bligh en détention et s'est lancé dans de vastes travaux d'amélioration des routes, des ponts, des édifices. Londres ne se manifestant toujours pas, il a fini par exiger le retour de Paterson.

— Est-il revenu cette fois? Ou s'est-il à nouveau lavé les mains de toute l'affaire?

— Il a expédié Johnston et Macarthur en Angleterre en les accusant de trahison, puis assigné Bligh en résidence à la caserne. Après quoi il s'est retiré dans la résidence du gouverneur en laissant à Foveaux le soin d'administrer la colonie.

— Quelle poigne! lança George dans un éclat de rire.

— Et que dire de Bligh? renchérit Thomas. Figure-toi qu'en janvier de l'année dernière, on lui a accordé le capitanat du

Porpoise, à condition qu'il retourne en Angleterre. Dès que le navire s'est trouvé assez loin des côtes, il a mis le cap sur Hobart pour y quémander le soutien de David Collins, lieutenant-gouverneur de la Terre de Van Diemen.

— Il a tous les culots!

— Cela dit, Collins l'aurait aidé, s'il avait su tenir sa langue. Mais, comme à l'accoutumée, il s'est cru tout permis: il a sermonné le lieutenant-gouverneur en public, ce dont Collins a pris ombrage. Bligh s'est retrouvé parqué à bord du *Porpoise* pendant près d'un an. Les nouvelles de Londres ont fini par arriver: Lachlan Macquarie s'est vu nommer gouverneur en janvier dernier.

— Et Bligh? Toujours en Terre de Van Diemen?

— Il est actuellement à Sydney, exposa Thomas après avoir vidé son verre. Il réunit des preuves contre Johnston, en vue du procès qui va se tenir en Angleterre. Il devrait bientôt partir, car l'audience est prévue pour le mois d'octobre.

George sourit.

— Dire que Bligh est le seul à sortir de cette histoire la tête haute. Je ne serais pas autrement étonné d'apprendre dans quelque temps que l'Amirauté l'a promu.

— Il y a plus surprenant encore.

Thomas renouvela la commande.

— Au moins, un semblant d'ordre est revenu au sein de la colonie. Macquarie est un homme intelligent.

— Comment cela?

— Il a remis à leurs postes tous les fonctionnaires congédiés par Johnston et Macarthur, puis suspendu les subventions que ceux-ci avaient versées pour les terres et le bétail. En revanche, il en a accordé d'autres, afin de prévenir tout acte de rébellion. Visiblement impressionné par la tâche accomplie par Foveaux, il a fait de lui le successeur de Collins.

— Mais dis-moi, lança George, changeant de conversation, il me semble à te voir que tu as fait quelques provisions pour l'hiver...

Son ami se tapota le ventre avec un sourire triste.

— L'entraînement militaire me permettait de me maintenir en forme, confia-t-il. Que veux-tu, je suis incapable de résister aux gâteaux allemands de mon épouse.

Il eut un geste en direction de George.

— Je te trouve au contraire plus en forme que jamais. Un vrai jeune homme!

— Pourquoi as-tu quitté l'armée? J'étais persuadé que tu y demeurerais jusqu'à ta retraite.

— Je le croyais aussi, répondit Thomas en bâillant, mais le Bureau colonial a rappelé le Régiment à Londres, où il a rejoint le 73e régiment d'infanterie. Le gouvernement avait prévu de nommer leur officier supérieur, le colonel Nightingall, au poste de gouverneur, mais il est tombé malade. C'est ainsi que Macquarie a obtenu cette promotion.

Il pianota quelques instants sur sa bedaine.

— Comme je n'avais pas la moindre envie de regagner l'Angleterre, j'ai démissionné. Je suis très heureux, et ma famille se porte à merveille. Je n'éprouve pas une once de regret.

Songeant à Anastasia, à sa petite silhouette replète, George éprouva soudain le désir d'évoquer Éloïse.

— Combien avez-vous d'enfants? demanda-t-il pour se ressaisir.

— Six. Trois filles et trois garçons, que le baron se charge de gâter à l'excès aussi souvent qu'il le peut.

— Il va bien? Et comment se portent ses autres filles?

— Il est moins fringant qu'autrefois, mais il veille toujours de près à la bonne marche de son hôtel. Irma, qui a épousé un jeune officier de marine, a deux filles. Éloïse, elle, a trois garçons.

Il se pencha en avant et baissa la voix.

— Elle n'a pas eu la vie facile ces derniers temps. Edward a été accusé de trahison pour avoir signé, avec d'autres, l'acte d'inculpation de Bligh rédigé par Johnston.

— J'espère qu'il pourrit en prison?

— Hélas, il a été acquitté. Mais les choses ne s'arrêtent pas là. Johnston, qui cherchait depuis longtemps à se débarrasser de lui, est parvenu à réunir assez de preuves pour le faire casser.

Le cœur de son ami se mit à battre la chamade.

— Où se trouve-t-il actuellement?

— Éloïse et lui vivent toujours dans la baie de Watson, répondit Thomas d'une voix hésitante. Nous les fréquentons peu et, à chacune de nos visites, nous trouvons qu'il règne à Kernow House une atmosphère irrespirable.

— Que veux-tu dire?

— Edward estime que le monde entier s'est ligué contre lui. Pour se consoler, il se noie dans l'alcool. La moindre occasion lui est bonne pour se mettre en colère, ses sautes d'humeur se multiplient, et l'on chuchote qu'il est en proie à de terribles cauchemars, voire à des accès de folie.

— Il faut qu'Éloïse le quitte.

— Elle ne s'y résoudra jamais, répliqua Thomas en fronçant les sourcils.

— Tu m'as l'air bien sûr de toi. Que me caches-tu?

— J'ai fait une promesse voilà fort longtemps, que je tiens à continuer de respecter.

Il planta un regard dur dans celui de son ami.

— Elle a eu jadis l'occasion de filer. Pourtant, elle n'en a rien fait. Je la crois d'une loyauté sans faille.

— Je pense plutôt qu'il la contraint à demeurer près de lui.

— Je savais que tu en pinçais pour elle autrefois. Mais j'ignorais que tu en étais toujours épris.

Il se lissa la moustache, la mine pensive.

— Cela expliquerait pourquoi tu ne t'es jamais marié. Connaît-elle tes sentiments à son égard?

George se retrouvait pris au piège. En niant l'évidence, il se privait de toute occasion de revoir sa bien-aimée. En avouant, il la condamnait.

— Mes sentiments ne regardent que moi.

— Alors ne change rien, lui conseilla Thomas en se levant. Éloïse a bien assez de soucis comme ça.

Il tira en vain sur sa veste trop serrée.

— Mais il suffit! On croirait deux vieilles commères. Viens donc dîner avec nous à Balmain, Anastasia meurt d'envie de te revoir.

George accepta l'invitation, même s'il savait déjà que la soirée lui serait pénible: la maison de l'ancien militaire dominait la petite baie où Éloïse et lui avaient jadis consommé leur amour – la baie où ils s'étaient embrassés pour la dernière fois. Il attrapa son chapeau et suivit son ami dans la rue, mille pensées se bousculant dans son esprit. Pourquoi Éloïse n'avait-elle pas saisi la chance qui lui avait été donnée de s'enfuir loin d'Edward? Pourquoi? Et comment était-il possible que Thomas en sache autant sur l'affaire?

Garnison de Parramatta, mars 1810

Mandarg se tenait à côté de la planche qui, désormais, prenait appui contre la dalle de marbre. La tombe de la jeune femme se distinguait à peine au milieu de l'herbe, où abondaient les fleurs; le soleil et la pluie avaient partiellement effacé l'inscription. Toutefois, l'homme percevait l'âme de la défunte: piégée sous la surface de la terre, elle luttait pour regagner sa liberté, puis voguer enfin jusqu'aux étoiles – pour la paix de son propre esprit, l'Aborigène avait compris qu'il devait la délivrer.

Il retroussa son épais pantalon, s'accroupit dans l'herbe et ferma les yeux, réchauffant au soleil ses vieux os. John, le pasteur, était un homme bon, à qui il avait fini par confier ses tourments: il s'en voulait d'avoir abandonné la jeune femme, et plus encore d'avoir mené les Blancs jusqu'au campement indigène.

John lui avait expliqué qu'à condition de se repentir avec sincérité, il serait pardonné – l'homme en avait profité pour lui rapporter les récits mettant en scène un dieu aimant et miséricordieux, que Mandarg avait écoutés attentivement. Ainsi, songea-t-il, une nouvelle famille s'offrait à lui, celle du dieu invisible évoluant au ciel parmi les Esprits ancestraux; de quoi remplacer celle que les Occidentaux lui avaient ravie.

Il avait compris que Blancs et Noirs pouvaient coexister pacifiquement, au point de laisser un jour John le baigner avant de dessiner le signe de croix sur son front.

Il ôta ses bottes. La terre se révéla chaude sous ses pieds. Il n'était pas toujours aisé de suivre les préceptes du dieu de l'homme blanc, car ils allaient parfois à l'encontre de ce que l'Aborigène avait appris dans son enfance. Les rites d'initiation faisaient à jamais partie de lui, aussi sûrement que ce sol sur lequel il s'asseyait. Était-il si condamnable de souhaiter se venger d'un homme qui l'avait entraîné sur le plus ténébreux des chemins, qui avait peuplé son sommeil d'affreux cauchemars et expédié jusqu'à lui les murmures des défunts pour qu'ils le hantent?

Il ouvrit les yeux et considéra de nouveau l'inscription funéraire. Il ne savait pas lire, mais John lui en avait exposé le sens. Son regard se porta, par-delà le cimetière, vers le bush alentour, et il revit en pensée le carnage perpétré cette nuit-là, et il se rappela ce que Lowitja, bien des saisons plus tôt, lui avait rapporté de la prédiction des pierres.

Jamais les Aborigènes ne parviendraient à repousser les Blancs. La vieille femme, dans son infinie sagesse, avait vu juste. Leurs us et coutumes sombraient dans l'oubli, les Noirs combattaient les Noirs, les tribus se jetaient les unes contre les autres, les guerriers et leurs épouses erraient, sans plus d'aînés pour les guider sur la voie de la morale millénaire; on n'écoutait plus que les Occidentaux; on ne rêvait plus que de rhum. Les Aborigènes s'étaient mués en parias sur les terres mêmes de leurs aïeux.

Étourdi par le soleil, Mandarg se laissa happer par le raffut des insectes. Sentant les Esprits l'environner d'abord, puis se rapprocher de lui, il entama une mélopée datant du *temps du rêve*. Peu à peu, les Anciens lui transmirent leur énergie en échange. «Envoyez-moi un signe, les implora-t-il. Et j'agirai selon votre volonté.»

Un petit cri aigu, assorti d'un frou-frou de plumes, le ramena à la réalité. Il souleva les paupières, émerveillé par ce que les Esprits venaient de lui offrir.

La chouette le considérait de ses petits yeux noirs, qu'on aurait dit soulignés par des traces de larmes. Poitrail blanc de neige, ailes orange et brun. Quant à la figure en forme de cœur, elle était bordée d'ocre.

— Je te souhaite la bienvenue, belle créature des Esprits, murmura l'Aborigène. Lowitja m'a jadis parlé de toi. Quel message m'apportes-tu?

L'oiseau le fixait, sans ciller, d'un regard hypnotique et pénétrant. Puis il déploya ses ailes et s'envola pour décrire des cercles au-dessus de la tête de Mandarg.

Celui-ci se dressa sur ses pieds. La chouette blanche représentait son animal totem, qu'on lui avait attribué alors qu'il bougeait encore dans le ventre de sa mère. C'était un être de la nuit, un oiseau de Kakadu qu'on avait entraîné vers le sud en ce jour radieux pour le guider.

Il éprouva soudain le besoin de se débarrasser en sa présence des ultimes influences de l'homme blanc : il ôta prestement ses bottes, puis ses vêtements, qui l'entravaient. Nu et fier, il suivit le vol de la chouette, qui s'élevait toujours plus haut dans les cieux en cercles de plus en plus larges.

Portée par le vent chaud, elle scrutait le sol de ses yeux perçants, en quête d'une proie. Tout à coup, elle se laissa tomber, ses longues pattes jaunes en avant, les serres largement écartées.

Mandarg, qui retenait son souffle, ne tarda pas à comprendre : si elle capturait sa victime, il devrait se venger ; si elle manquait sa cible, il retournerait à son existence nomade en faisant une croix sur les événements du passé.

Pareille à une flèche décochée, la chouette fendait l'air en direction des hautes herbes. Alors, avec un cri strident de triomphe, elle se hissa de nouveau dans le bleu, un lézard entre les griffes.

Elle décrivit encore quelques cercles avant de venir se jucher sur une branche morte, face à l'indigène. Ce dernier planta son regard dans celui de l'oiseau, qui déposa le reptile à ses pieds.

Comme elle reprenait son essor, Mandarg ramassa le lézard, le fourra dans sa ceinture et rejoignit la chouette parmi les buissons protecteurs. Les Esprits avaient parlé, ainsi que Lowitja l'avait prédit autrefois. L'Aborigène allait renouer avec les voies spirituelles de ses ancêtres, il allait cheminer seul, reconquérir son orgueil perdu et attendre les prochaines instructions de ses aïeux.

Sixième partie

La coupe amère

19

Dans le bush, août 1810

C'était une matinée vive et claire. Les rayons du soleil, perçant à travers ce qui restait de brume, se répandaient en flaques d'or sur le sol du bush. L'air résonnait de chants d'oiseaux, tandis que les cavaliers progressaient parmi les arbres.

Contrarié par la nonchalance de ses deux fils aînés, Edward sentit grimper en lui l'impatience.

— Dépêchez-vous un peu! s'exclama-t-il. À cette allure, notre proie aura filé avant notre arrivée.

Ayant échangé un regard, Charles et Harry mirent leurs poneys au trot.

— Et si nous nous contentions d'observer les kangourous? suggéra Charles. Je n'aime pas les tuer lorsqu'ils promènent leur petit dans leur poche.

— Ce sont des parasites, grogna son père.

Il saisit la flasque qui ne quittait jamais sa hanche et avala une gorgée d'alcool.

— Les massacrer, il n'y a que ça de vrai.

Lorsqu'il avisa la moue dégoûtée du garçon, la colère l'emporta sur ses bonnes résolutions de la journée.

— Leurs peaux me rapportent de quoi te fournir la nourriture que tu avales et le confort dans lequel tu te vautres. Je ne sache pas que tu tordes le nez ni sur l'une ni sur l'autre.

Charles s'empourpra. Une lueur passa dans les yeux de son frère, qui préféra se taire – la moindre réaction ne ferait qu'attiser l'exaspération d'Edward.

Ce dernier, qui avait la gueule de bois, se sentait meurtri par l'éclat du soleil. Charles avait presque treize ans ; il s'étoffait, et une ombre de moustache blonde se devinait au-dessus de sa lèvre. C'était un joli garçon, songea son père, qui aurait voulu éprouver pour lui ne fût-ce qu'une once de tendresse – mais l'extrême finesse de sa constitution, ainsi que son regard bleu bordé de longs cils lui évoquaient par trop Éloïse. Quant à son goût immodéré des livres et sa sensiblerie, ils le rendaient fou.

Harry, à l'inverse, représentait tout ce qu'il pouvait attendre d'un fils et, déjà, il entrevoyait en lui l'homme qu'il deviendrait – il n'était pas sans lui rappeler l'enfant qu'il était jadis. Pas plus qu'Oliver, il n'arborait certes la marque de naissance des Cadwallader – un seul mâle par génération la portait –, mais il se révélait un authentique rejeton de cette noble lignée, ce qu'achevaient d'attester ses yeux et ses cheveux d'un noir de jais, ainsi que son nez aristocratique. Edward se navrait de ce qu'il ne fût pas destiné à hériter de son titre.

Il s'octroya une rasade supplémentaire, dans l'espoir de réduire sa migraine au silence. Depuis des jours, il prévoyait cette escapade qui, peut-être, lui permettrait de se rapprocher de Charles. Car si, en règle générale, il n'écoutait guère son épouse, force lui était de reconnaître qu'elle avait raison lorsqu'elle soulignait de consternantes similitudes entre cette relation et celle qu'il avait jadis entretenue avec Jonathan. Hélas, ses efforts demeuraient vains.

Si seulement il avait pu emmener aussi Oliver, mais celui-ci était confiné à Kernow House avec la rougeole – sa mère ne le laisserait sortir qu'une fois disparus la plupart des boutons.

Sa vue se brouilla un peu. Cramponné au pommeau de sa selle, Edward songea que sa vie était un échec. Son fils aîné le décevait, il avait achevé sa carrière dans la boue, ses cauchemars ne lui laissaient pas de répit, il ne jouissait plus que de maigres revenus et sa femme ne lui apportait aucune satisfaction.

— Est-ce que tout va bien? s'enquit Harry en l'aidant à demeurer en selle. Nous ferions peut-être mieux de rentrer.

Edward s'appliqua à se tenir bien droit.

— Le bon air va m'éclaircir les idées.

Il voyait flou, mais il avait maintes fois chassé dans de pareilles conditions. Pourquoi diable aurait-il renoncé à ses plans?

— Allons, lança-t-il. Le premier arrivé à la clairière!

Le sanglier jetait des regards myopes de droite et de gauche à l'intérieur du sous-bois, ses courtes pattes épaisses résolument plantées dans la boue du point d'eau. Ayant bu tout son saoul, il s'apprêtait à fouir le sol en quête de nourriture lorsqu'un bruit le figea, tous ses sens soudain en alerte. Il agita le groin, son poil raide se hérissa – il avait identifié la présence d'un homme et d'un cheval.

Mû par son instinct de conservation, il s'extirpa tant bien que mal de sa bauge pour se ruer parmi les fougères et les broussailles. Sa vue basse l'irritait, de même que la faim qui le tenaillait. Ses petits yeux noirs scrutaient la pénombre, sa queue tressautait : le danger se rapprochait.

George avait enfin convaincu Thomas de lui livrer l'entière vérité. Depuis, il se rendait sur la plage tous les matins. Hélas, Éloïse ne s'y montrait pas. Juché sur son cheval, il balayait du regard la grève désertée, rongé par l'inquiétude. La marée était basse, l'eau se teintant déjà de ce turquoise profond qu'on voyait au ciel; les vagues mouraient sur le sable dans un soupir. Le jour était parfait pour une promenade. Pourquoi ne venait-elle pas?

Tandis qu'il arpentait la plage, il entendit retentir au loin des coups de fusil. Edward avait-il organisé une partie de chasse sur ses terres? Auquel cas George devait redoubler de prudence : Éloïse recevait les épouses; il n'avait aucune raison de se joindre à elles sans y avoir été invité.

Lorsque la demeure apparut, il mit sa monture au pas. Quoique de la fumée s'échappât de la cheminée, les volets étaient fermés, et l'on ne distinguait personne dans le jardin ni aux abords des écuries.

Un sombre pressentiment tenaillait le marin. Thomas lui avait assuré que la famille Cadwallader était chez elle – ajoutant que, d'ailleurs, Éloïse quittait rarement ses pénates. Pourtant, la villa paraissait à l'abandon.

Sans descendre de cheval, George s'approcha de la barrière, dont la peinture s'écaillait. Comme elle se refermait derrière lui, il nota encore les pelouses trop hautes, les parterres mal entretenus. La véranda, près de laquelle il se tenait à présent, menaçait ruine.

Il mit pied à terre et enroula les rênes autour de la balustrade pourrissante. Il avait la bouche sèche, son cœur battait la chamade, mais il gravit résolument les quelques marches du perron. Sans plus y réfléchir, il frappa à la porte.

Au terme de son périple solitaire dans le bush, Mandarg se sentait invincible. Il lui semblait vivre une authentique renaissance, comme s'il avait subi à nouveau les rites d'initiation qui le liaient pour jamais à son peuple, aux croyances de sa tribu ; il avait bel et bien renoué avec la spiritualité de ses ancêtres.

Il avait chassé seul, entonné les chants millénaires à chaque lever de lune, redécouvert les peintures qui, sur les parois des grottes, contaient les récits du *temps du rêve*. Ses liens s'étaient resserrés avec la terre qui le nourrissait et qui lui avait donné la vie. Son corps se trouvait de nouveau affûté, ses muscles étaient d'acier, ses sens aussi aiguisés qu'en sa prime jeunesse.

Avant le lever du soleil, il avait atteint les terres du «diable à la peau blanche». Dans la lueur blême de l'aube, il avait enduit son corps et son visage d'argile rouge – on en trouvait au bord du point d'eau. Satisfait de son camouflage, ses lances pendant à son côté, il s'était glissé parmi les arbres pour observer l'homme à cheval et les deux garçonnets. Des carabines étaient accrochées à leurs selles, l'adulte portant en outre un pistolet à la hanche.

Mandarg ne s'en souciait nullement, car il était capable de frapper un homme à mort sans lui laisser le temps de réagir. Un bruissement de plumes attira son attention : la chouette se tenait sur une branche. Comme il la saluait d'un hochement de tête, elle cligna des yeux en échange. Puis elle demeura près de lui tandis qu'il s'enfonçait dans les ombres du bush; c'est elle qui lui indiquerait le moment propice.

Edward fourra une main à l'intérieur de la poche, en extirpa le jeune kangourou, dont il trancha la gorge avant de jeter loin de lui le petit cadavre. Il tendit le couteau ensanglanté à Charles en s'accroupissant à côté de la mère.

— Incise-lui le ventre et ôte-lui sa peau, commanda-t-il.

L'adolescent recula, les yeux écarquillés par l'effroi, le teint livide.

— Je ne peux pas, murmura-t-il.

— C'est un ordre! hurla son père en lui fourrant le manche du couteau dans la main.

Il le poussa rudement; Charles tomba à genoux près de l'animal blessé.

— Dépêche-toi.

— Je vais le faire, intervint Harry en récupérant le couteau. Vous savez bien qu'il déteste la vue du sang.

— Il est temps pour lui de devenir un homme.

Edward arracha l'arme des mains de Harry pour la rendre à son aîné, dont le teint virait au vert.

— Tu me fais honte, misérable fillette.

— Charles n'est pas une fillette! s'exclama Harry. C'est un être bon, qui ne mérite nullement votre mépris.

— Eh bien, eh bien, lâcha son père en haussant un sourcil avant d'avaler une gorgée d'alcool. Tu ferais bien de modérer tes ardeurs, mon garçon, si tu ne veux pas tâter de ma ceinture.

— Tout va bien, fit Charles. Père a raison. Il est temps pour moi d'apprendre à dépecer un kangourou.

Sur quoi il tenta en vain d'entamer la chair de l'animal.

— Pouah! cracha Edward avec dédain. Regardez-moi ça. Le voilà blanc comme un linge. Et ça tremble, et ça pleurniche comme une gamine.

Il se saisit brutalement du couteau.

— La peste soit de toi! Tu ne vaux rien.

Il s'agenouilla avec peine et entreprit de prélever la peau du marsupial. Il avait du mal à se concentrer et, lorsqu'il se releva pour déposer son butin à l'arrière de sa selle, il transpirait abondamment.

Il secoua sa flasque, dont il préleva les dernières gouttes. Une soif atroce le tenaillait, son humeur allait s'assombrissant. Il lui fallait se rendre à l'évidence : Éloïse avait beau jeu de louer la réussite scolaire de leur fils aîné, ainsi que ses talents de dessinateur ; son père, lui, en dépit de ses efforts, n'en ferait jamais un homme.

Comme il serrait les rênes de sa monture en plongeant le regard parmi les ombres environnantes, il crut distinguer le visage d'un Aborigène, dans lequel deux yeux brillants le fixaient. On aurait dit ceux qui le hantaient la nuit.

Il chassa cette pensée loin de lui, croyant à un mauvais tour de son imagination.

— Allons, Harry, dit-il d'une voix rauque. Voyons un peu si nous parvenons à retrouver la trace de ce sanglier échappé dont tout le monde parle.

Mandarg, qui avait lu de la peur dans le regard du diable blanc, en conçut une vive satisfaction. Tout ivre qu'il fût, l'homme l'avait reconnu. Néanmoins, un trouble se fit jour en lui : son désir de venger la mort de ses frères et sœurs, ainsi que celui de libérer l'âme de la jeune Blanche, se faisaient certes plus impérieux que jamais, mais il n'avait pas prévu que son ennemi se déplacerait en compagnie de deux enfants.

La chouette s'ébroua, puis poussa un léger cri qui lui fit lever les yeux.

Les regards de l'Aborigène et de l'oiseau se croisèrent, la voix des Esprits s'éleva. À peine le silence fut-il retombé que Mandarg empoigna ses lances pour suivre les traces de l'homme et de ses fils ; bientôt, les Esprits lui communiqueraient leurs intentions finales.

Les quelques coups frappés par George à la porte de la demeure résonnèrent à travers des pièces qu'il devina vides. Il frappa de nouveau, plus fort, mû par l'angoisse. Cette fois, il entendit des pas précipités. Comme on tournait une clé dans la serrure, le marin recula. Un regard brun et soupçonneux le scruta par l'entrebâillement de la porte.

— Monsieur n'est pas là, annonça-t-elle, déjà prête à refermer.

George avança le pied dans l'ouverture pour l'en empêcher.

— C'est à madame que je désire parler, exposa-t-il. Se trouve-t-elle chez elle?

— Non.

Le visiteur n'en crut rien.

— Où est-elle, dans ce cas?

— Cela ne vous regarde pas. Veuillez ôter votre botte et déguerpir.

George ne broncha pas.

— Je sais qu'elle est ici et je souhaite lui parler, insista-t-il. Veuillez lui indiquer que je m'appelle George. Elle acceptera de s'entretenir avec moi.

— Elle est absente.

— Éloïse! appela-t-il. Éloïse, c'est George!

Pas de réponse. Une lueur de triomphe passa dans les yeux bruns.

— Braillez donc tout votre saoul. Nul ne peut vous entendre ici, à part Ned et moi. Vous feriez mieux de décamper. Ned se trouve dans la cour, et il est armé.

— Éloïse! cria-t-il encore. Laisse-moi entrer, je t'en prie. J'ai besoin de savoir que tu vas bien.

C'est alors qu'il reconnut le son d'un fusil qu'on arme.

Il fit volte-face. La porte se referma dans l'instant.

— Vous devez être Ned, suggéra-t-il d'une voix un peu tremblante, le regard rivé sur le canon de la carabine.

— Peu importe qui je suis, monsieur. Vous avez pénétré sur une propriété privée.

Sans doute l'homme recevait-il ses ordres d'Edward. Il était inutile de tenter de l'affronter. George dénoua les rênes et grimpa sur son cheval.

— J'espère que vous ne traitez pas tous les visiteurs de cette façon, lança-t-il sur un ton de légèreté feinte.

— Seulement ceux qui ne sont pas invités, rétorqua le domestique en soulevant son arme.

Le marin éperonna sa monture, qui fila au galop. Bientôt, il fonçait sur la plage. Pour autant, George ne s'avouait pas vaincu. Il devait voir sa bien-aimée. Restait à savoir par quel moyen.

— Est-il parti? s'enquit Éloïse, assise parmi les ombres du salon.

— Oui, madame. Mon Ned s'est chargé de nous en débarrasser.

— Merci, Meg. Tu t'abstiendras, veux-tu, d'évoquer cette visite en présence de mon époux.

La servante croisa les bras sur sa poitrine.

— Vous pouvez nous faire confiance, rassura-t-elle sa maîtresse.

Elle pencha la tête, ses yeux en boutons de bottine soudain tourmentés.

— Vous devriez vous reposer, madame. Vous êtes pâlotte.

— Je te remercie. Je vais rester ici jusqu'à l'heure du dîner. Si Oliver se réveille, appelle-moi.

— Vous l'entendrez bien assez tôt, repartit Meg avec un sourire tendre. On n'a la paix dans cette maison que quand il dort.

Éloïse s'allongea sur les coussins, tandis que la domestique refermait sans bruit la porte derrière elle. Celle-ci ne savait rien de la commune passion qui consumait George et sa maîtresse, mais elle possédait un tempérament protecteur.

Cette visite impromptue avait plongé l'épouse d'Edward dans la plus grande confusion. Elle avait catégoriquement refusé de le voir, par crainte de perdre la tête et de lui tomber aussitôt dans les bras en le suppliant de l'emmener loin d'ici. Déjà, le son de sa voix lui avait transpercé l'âme.

Elle se leva pour venir se planter devant le miroir qui surplombait l'âtre. Elle effleura du bout des doigts l'affreuse ecchymose enflant sur sa pommette. Il ne s'agissait certes pas de la première, aussi avait-elle appris à distinguer les signes avant-coureurs de la colère d'Edward – dans ce cas, elle gardait ses distances. Mais ce matin, il l'avait prise au dépourvu. Lorsqu'elle avait refusé qu'Oliver se joignît à sa partie de chasse, il l'avait frappée si fort qu'elle avait failli tomber. «Au moins, il ne s'en prend pas aux garçons, murmura-t-elle. Du moment qu'il les laisse en paix, je suis prête à tout supporter. »

Elle observa ses yeux vitreux. Lentement, mais sûrement, son mari avait fait d'elle une ombre tremblante privée de toute énergie. Le fantôme de la femme qu'elle avait été continuait à se rappeler à son bon souvenir de loin en loin, mais elle n'avait plus la force de renouer pour de bon avec elle. Elle se laissa tomber sur le divan, écrasée par cette certitude : plus jamais elle ne puiserait en elle le courage de fuir.

Le sanglier renifla, humant l'odeur des champignons qui poussaient au pied de l'arbre. La faim prenait le pas sur la prudence. Il enfouit le nez dans la terre molle, la creusant frénétiquement de ses défenses recourbées.

Edward s'assura qu'ils progressaient dans le sens du vent.
— Regardez bouger les fougères, indiqua-t-il à ses fils. Je parie qu'il s'agit du sanglier.

Il extirpa tant bien que mal sa carabine de son fourreau.

Charles et Harry, qui n'avaient encore jamais chassé le sanglier, savaient que l'exercice pouvait se révéler périlleux. Chacun arma discrètement son fusil.
— Je vais le débusquer, chuchota leur père. Charles, par là. Harry, tu restes ici. Dès que tu l'aperçois, tu tires. Ne le manque pas. Un sanglier blessé est capable de tout.

Une fois les garçons en place, il s'enfonça dans le sous-bois. Il aurait donné n'importe quoi pour un verre de rhum, mais l'animal n'attendrait pas. Il consentit un effort surhumain pour maîtriser le tremblement qui agitait ses membres.

Son cheval, qui avait détecté l'odeur du sanglier, renâcla. Edward lui piqua ses éperons dans les flancs, mais il en résulta un tel tapage que le cavalier se sut immédiatement découvert.

Le sanglier leva le groin, ses petits yeux myopes scrutant la végétation alentour. Il percevait les effluves de l'homme et de sa monture, il sentait le sol vibrer sous lui ; le danger se rapprochait. Avec un grognement d'inquiétude, il pénétra plus avant dans les broussailles.

Edward, qui avait renoncé à se rapprocher de sa future victime en tapinois, mit au contraire son cheval au galop en hurlant.

Cerné par le raffut, le sanglier s'affolait. Il ne voyait guère plus loin que le bout de son nez et ses courtes pattes s'enfonçaient dans la boue tandis qu'il s'agitait de-ci de-là dans l'espoir de dénicher une porte de sortie. Il finit par plonger la tête la première au milieu des fougères.

— Il est à nous! braila Edward. Vite! Sinon, il va nous échapper.

La première balle érafla le flanc de l'animal. Lorsque la seconde s'enfonça dans son groin, il poussa un cri strident. Fou de douleur et d'effroi, il fonçait en aveugle à travers la clairière.

— Tu l'as à peine écorché! cria Edward à l'adresse de Harry. Recommence!

Lui-même triturait péniblement son arme en tentant de rester en selle – son cheval menaçait de s'emballer. La sueur lui piquait les yeux. Son cœur affolé battait la chamade : Harry se trouvait sur la trajectoire du sanglier, mais son fusil s'était enrayé et son poney multipliait les écarts. C'est alors que celui de Charles se cabra.

Le sanglier hésita. La souffrance était intolérable, elle décuplait sa fureur. Distinguant des sabots qui battaient l'air en tous sens, il préféra changer de cible. Lorsque l'humain chuta, il se rua vers lui, les défenses prêtes à le déchiqueter.

— Charlie! s'écria Harry en voyant son frère s'écraser sur le sol. Attrape la carabine! Tire! Tire!

Hélas, l'arme se trouvait trop loin de l'adolescent. Voyant l'animal se précipiter droit sur lui, il hurla en tentant désespérément d'éviter la collision.

Le sanglier baissa la tête, résolu à planter ses défenses dans la chair de son ennemi.

Edward, qui tâchait de s'éclaircir les idées, puis d'affermir sa main, pressa enfin la détente.

Mandarg propulsa sa lance à l'instant où le coup de feu retentissait.

Les défenses du sanglier n'étaient plus qu'à quelques centimètres de la poitrine du garçon quand l'arme de bois stoppa l'animal dans sa course.

Un silence sidéré s'abattit sur la clairière.

— C'est un miracle! s'exclama Harry, qui manqua tomber de cheval dans sa hâte à rejoindre son frère. Charlie, Charlie, tout va bien, le Noir t'a sauvé la vie!

Il sauta à bas de sa selle, écarta le sanglier, encore animé de soubresauts, pour libérer les jambes de son aîné.

Edward, qui était descendu de cheval à son tour, ne quittait pas des yeux le guerrier figé à l'autre bout de la trouée.

— Charlie! hurla Harry. Charlie, non!

Leur père détourna le regard de l'Aborigène pour tituber en direction des deux garçons. L'alcool brouillait sa raison. Parvenu auprès de ses enfants, sur lesquels son ombre se posa, il comprit soudain que le cauchemar venait tout juste de commencer.

Charles gisait dans les bras de son cadet, le torse déchiré par une balle.

— Vous l'avez tué! l'accusa Harry. Vous avez assassiné mon frère!

Edward considéra le jeune visage déformé par la haine avant de reculer d'un pas.

— Non, murmura-t-il, incrédule. Je visais le sanglier. Je ne manque jamais ma cible.

Harry sanglotait.

— Sauf lorsque vous êtes ivre!

Submergé par la fureur, il bondit sur ses pieds pour bourrer de coups de poing la poitrine de son père.

— Espèce de sale alcoolique meurtrier! mugit-il.

Edward se sentit tout à coup dégrisé comme il ne l'avait pas été depuis des lustres. Par-delà le cadavre de Charles, il croisa de nouveau le regard de l'Aborigène. Les deux hommes se jaugèrent pendant ce qui lui parut une éternité, puis le guerrier disparut au cœur du bush. Pour le crime qu'Edward venait de commettre, il n'y aurait pas d'absolution.

* * *

Éloïse faisait la lecture à Oliver lorsque Meg entra en trombe dans la chambre. Découvrant le teint livide de sa servante, l'épouse d'Edward jaillit de son fauteuil.

— Que se passe-t-il?

— Il s'est produit un accident, hoqueta la domestique. Un terrible accident.

— Occupe-toi d'Oliver.

Éloïse descendit l'escalier en hâte. La porte d'entrée était ouverte. Lorsqu'elle atteignit la véranda, elle se figea en découvrant les cavaliers qui pénétraient dans la cour. Son regard courut de Harry et du poney qu'il menait à la silhouette immobile reposant entre les bras d'Edward.

— Non, souffla-t-elle. Mon Dieu, je vous en supplie, non...

Elle dévala les marches du perron pour rejoindre son époux. La figure de son enfant chéri était exsangue, sa poitrine emportée pour moitié. Comme elle tendait la main pour le toucher, elle comprit qu'il était mort.

Des larmes roulèrent sur ses joues, cependant que son cri demeurait prisonnier de sa gorge.

— Comment est-ce arrivé? murmura-t-elle.

Edward, assommé par le chagrin, ne fit pas un geste pour descendre de sa monture ou se décharger de son fardeau.

Passant un bras autour de la taille de sa mère, Harry lui rapporta, dans l'ombre qui allait s'obscurcissant, les circonstances du drame.

Éloïse leva vers son mari un regard chargé de haine. Toutefois, quand elle ouvrit la bouche, seul un tremblement léger dans sa voix trahissait son intime tourmente.

— Ned, donnez-moi votre fusil, ordonna-t-elle.

Elle jugea le poids de l'arme rassurant.

— À présent, veuillez emmener mon fils dans la maison.

Elle posa une main sur l'épaule de Harry.

— Et toi, monte voir Oliver.

Une fois la porte refermée sur le sinistre cortège, Éloïse se retourna vers son époux en armant la carabine.

— J'éprouverais une immense satisfaction à t'abattre, déclara-t-elle, mais je ne suis pas une meurtrière, et mes fils ont besoin que je veille sur eux.

Manifestement soulagé, Edward s'apprêtait à glisser au bas de sa selle.

— Reste où tu es. Si tu bouges, je te tue.

— Voyons, Éloïse…

— Va-t'en. Et ne reviens jamais.

— Tu n'as pas le droit de me chasser ainsi.

— Si tu ne pars pas, je te fais jeter en prison pour meurtre.

— C'était un accident. Je n'avais aucune intention de l'abattre.

Elle pointa le canon de son arme sur le poitrail de son mari.

— Sois raisonnable, Éloïse. Harry et Oliver restent mes enfants, et cette demeure est mienne. Tu ne peux m'en interdire l'accès.

— Tu as perdu tout droit sur les garçons et sur la maison à l'instant où tu as tué Charles.

Sa voix se brisa, mais elle parvint à conserver son calme.

Edward rassembla ses rênes.

— Je te verrai demain lors des funérailles, dit-il. Peut-être auras-tu, d'ici là, recouvré la raison.

— Je ne souhaite pas que tu assistes à l'inhumation, et je refuse dorénavant que tu t'approches de moi ou de mes fils. Maintenant, déguerpis avant que mon doigt presse inconsidérément la détente.

— Tu ne t'en tireras pas à si bon compte, rétorqua son époux avec hargne. Je te jetterai à la rue plutôt que de t'abandonner la jouissance exclusive de cette demeure.

Sur quoi il éperonna son cheval et s'éloigna au galop.

Le silence régnait dans la maison, des chandelles vacillaient en crépitant – on avait éteint les lampes. Harry et Oliver avaient sombré dans un sommeil agité, sous le regard bienveillant de la fidèle Meg. Le mari de la servante montait la garde à l'extérieur.

Lorsque les premiers rayons du soleil s'insinuèrent par les fentes des volets, Éloïse quitta son fauteuil en se demandant comment elle parviendrait à survivre à la longue journée qui se profilait devant elle. Et pourtant, il faudrait bien faire front. Les forces nouvelles qu'elle avait regagnées en s'opposant hier à Edward lui permettraient de soutenir ses enfants durant les semaines et les mois à venir.

Ses pensées, soudain plus résolues, volèrent vers George. L'ombre d'un sourire se dessina sur ses lèvres. S'il l'aimait encore, peut-être l'espoir d'une existence à deux demeurait-il – mais ce n'était pas le moment de songer à de telles perspectives. Le marin avait patienté de nombreuses années déjà. Si ses sentiments étaient sincères, il saurait attendre encore un peu.

George, qui avait appris la nouvelle au matin, brûlait de rendre visite à Éloïse pour la soutenir dans cette épreuve. Il se ravisa pourtant : mieux valait faire preuve de retenue. C'est elle qui l'appellerait si elle en éprouvait le besoin.

Après avoir suivi de loin les funérailles, il avait regagné sa demeure juchée sur la colline. La nuit venue, sur le balcon dominé par un ciel piqué d'étoiles, il se remémora les événements de la journée.

Éloïse, le visage certes dissimulé derrière un voile noir, l'avait frappé par son regain d'énergie et de résolution. Debout au bord de la fosse et tenant ses enfants par la main, elle n'avait, au contraire de ses sœurs, succombé à aucune crise de larmes.

Thomas avait indiqué à son ami que les deux garçons et leur mère s'installeraient le soir même dans l'hôtel du baron – il doutait qu'elle se réinstallât jamais à Kernow House.

La foule immense rassemblée dans le cimetière n'avait pas manqué de remarquer l'absence du comte. De terribles rumeurs couraient déjà, le concernant, sur les circonstances de la mort de Charles.

Edward défonça la porte de la demeure et tituba dans le hall. Il n'avait cessé de boire depuis sa querelle avec Éloïse au point que, s'il avait d'abord eu l'intention d'assister à l'inhumation de son fils, il s'était évanoui dans une chambre de la taverne de Parramatta; lorsqu'il avait repris conscience, le jour déclinait.

— Éloïse! rugit-il. Montre-toi un peu, femme!

Le silence seul lui répondit. Il se rendit au salon d'un pas chancelant. Comme il s'y versait un grand verre d'alcool, il fronça les sourcils: on avait recouvert les meubles d'un drap, fermé les volets et tiré les rideaux. De la présence de son épouse et de ses enfants, il ne restait rien.

Il inspecta fiévreusement le reste de la maison. Partout, le constat était identique.

«Ainsi, tu as fini par me quitter, murmura-t-il en se laissant choir dans un fauteuil après avoir regagné le salon. Et moi qui croyais que tu n'en aurais pas le courage.»

Alors il se mit à pleurer sur son sort. Il n'avait plus d'argent, de métier ni de famille. Son fils aîné était mort, son cher Harry le détestait – Oliver lui vouait sans doute une haine identique. Éloïse avait repris du poil de la bête et, à l'heure qu'il était, la police devait être en chemin: on allait l'arrêter pour le meurtre de Charles. Quant à cette maison… Il frissonna. Carlton mettrait sous peu sa menace à exécution.

Lorsqu'il rouvrit les yeux, les ténèbres l'enveloppaient. Il avait froid. Il alluma un feu tant bien que mal, auquel il réchauffa ses mains tremblantes.

L'œil rivé aux flammes, il y distingua des corps mutilés, des *gunyahs* incendiés, des épées ensanglantées et des hommes à cheval. Il entendait les cris d'agonie des victimes, le raclement des boucliers de guerre.

Un ricanement vint briser le silence. Edward alluma les lampes, mais les ombres continuaient de le cerner comme elles le faisaient dans ses songes. «Mon fils est mort! hurla-t-il à l'intention des démons. Cela ne vous suffit-il pas?»

Il heurta dans son égarement le cabinet à liqueurs, dont les verres et les bouteilles se fracassèrent sur le sol en mille tessons étincelants. Edward se rua vers la porte pour tenter d'échapper aux voix et aux images qui le rendaient fou.

Mandarg se tenait assis non loin de l'endroit où l'enfant avait péri deux jours plus tôt. Il ignorait pourquoi il avait choisi de rester là, mais sans doute la chouette y était-elle pour quelque chose; elle lui révélerait plus tard ses intentions.

Fixant un point par-delà les flammes, au milieu desquelles avait cuit la chair du *goanna* dont il se délectait à présent, il jouissait de la nuit et de son ciel étoilé; il avait renoué avec les voies millénaires de son peuple. Lorsqu'il quitterait les lieux, il franchirait les montagnes en direction des territoires giboyeux où s'étaient rassemblés les derniers membres de sa tribu, loin des Blancs.

Un bruit de pas se fit entendre. Mandarg saisit ses lances et bondit sur ses pieds; l'argile dont son corps restait enduit luisait dans l'éclat du brasier.

La chouette se posa sur l'une de ses lances; il patienta.

Edward n'avait pas la moindre idée de l'endroit où il se trouvait. Il trébuchait sur des racines et s'enfonçait à chaque pas dans un désespoir de plus en plus insondable. Une branche lui gifla le visage sans qu'il y prît garde.

Comme guidé par une main invisible, il progressa à travers le bush jusqu'à discerner une lueur entre les arbres. Il se dirigea droit vers elle.

Le guerrier était nu. Une chouette blanche se tenait sur son bras. Lorsqu'il planta son regard dans celui d'Edward, ce dernier comprit que c'était là l'homme qui hantait ses nuits; jamais il n'échapperait à ses démons.

Tandis qu'il posait la main sur le pistolet qu'il portait à la hanche, la chouette braqua sur lui deux yeux accusateurs. Elle ne cillait pas. Il posa le canon de l'arme contre sa tempe et, fasciné, en pressa la détente.

Épilogue

Ferme de la Tête de faucon, octobre 1812

La chapelle de la mission consistait en une cahute de bois juchée sur pilotis à bonne distance des berges de la rivière. Récemment blanchie à la chaux, son pignon arborait une croix flambant neuve. Ce matin-là, l'édifice était bondé, et les Aborigènes se bousculaient à l'entrée.

— Ma fille est enfin heureuse, murmura le baron en aidant Éloïse à descendre de la voiture. Je te trouve rayonnante.

— Je m'apprête à épouser l'homme que j'aime depuis des années, lui sourit-elle. Il n'est pas donné à tout le monde de se voir accorder une seconde chance.

— C'est un homme bien, convint son père en passant son bras sous le sien.

Éloïse se contenta de hocher la tête – sa joie était telle que les mots lui manquaient. George, dont le soutien s'était révélé sans faille après le décès de Charles, avait tendrement attendu qu'elle se sentît prête à se tourner de nouveau vers l'avenir.

— Enfin, te voilà mienne, chuchota-t-il quand ils eurent échangé leurs vœux. Je t'aime, madame Collinson.

Celle-ci lui effleura le visage ; l'alliance à son doigt étincela dans le soleil.

Susan, qui venait de s'installer devant le vieux piano, se mit à jouer. L'instrument désaccordé faisait depuis longtemps le bonheur des termites, mais la musicienne n'en avait cure.

Avisant le sourire radieux d'Oliver et de Harry, Éloïse se sentit comblée. Elle les embrassa. Le jeune couple et les deux enfants quittèrent l'église en chœur.

Nell se tamponna le coin des yeux avec un mouchoir et renifla.

— J'adore les mariages, soupira-t-elle. Rien de tel que devchialer un bon coup pour se mettre en train.

Alice étreignit son amie en évitant les larges bords de son chapeau surchargé de fleurs en soie, de plumes et de rubans. Nell n'avait rien perdu de son extravagance, mais la veuve de Jack s'y était accoutumée depuis belle lurette. Mieux : elle l'admirait. Elle arborait pour sa part un modeste couvre-chef en paille dont elle avait noué le ruban rose sous son menton – rien que de très convenable pour une femme de cinquante et un ans. Quant à sa robe, elle paraissait bien terne en regard de la tenue vert vif de sa compagne.

— Mes compliments à toutes deux, dit Henry Carlton en tendant à chacune une flûte de ce champagne qu'il avait fait venir tout exprès de l'étranger. Vous êtes ravissante, Alice. Et Nell, quel superbe chapeau.

— Vous n'êtes pas mal non plus, répliqua la veuve de Billy avec un clin d'œil. Vous portez encore beau pour un vieux clou.

— Je n'ai que soixante et un ans, observa Carlton, le regard pétillant. Un vrai jeune homme !

Alice observait l'échange avec un plaisir évident – à chacune de ses visites en Australie, il lui demandait à nouveau sa main, même si l'un et l'autre savaient que l'union ne verrait jamais le jour. Leur amitié, elle, qui avait survécu sans encombre à leur partenariat d'affaires, se portait à merveille, et les deux femmes recueillaient volontiers les conseils de leur invité.

— Henry ! tonna le baron. Je suis ravi de vous voir, cher ami. Où donc avez-vous déniché ce délicieux champagne ?

Alice et Nell regardèrent les deux hommes.

— Bon Dieu, fit la seconde. Le vieux gueule toujours aussi fort. On aurait cru un coup de canon.

Oskar von Eisner, devenu une personnalité incontournable de la bonne société de Sydney, trônait souvent au bar de son hôtel, où il régalait ses hôtes d'anecdotes fabuleuses. En dépit de son âge avancé, il demeurait intraitable en affaires, et harcelait ses employés jusqu'à les pousser parfois à bout de patience.

— Voilà Amy, annonça Nell. Je ferais mieux d'aller m'occuper du bébé.

— Mais non, voyons, il est aux anges, murmura Alice. Regarde-le rayonner dans les bras de Niall.

— Ils sont mignons, hein, fit Nell tandis que sa fille s'installait près de son époux, qui berçait tendrement leur fils. Qui aurait pu croire que mon Amy se serait assagie si volontiers?

— Assagie, c'est vite dit, répliqua sa compagne sur un ton pince-sans-rire. Ils passent leur temps à se chamailler.

Nell lui décocha un large sourire.

— Ils se querellent pour le plaisir de se rabibocher ensuite. Les réconciliations, c'est le meilleur du mariage!

Un bref silence s'installa entre les deux femmes, chacune songeant à son mari disparu, avec un chagrin que les années avaient su toutefois peu à peu adoucir.

Alice passa un bras sous celui de son amie.

— Allons voir les jumeaux. Une noce est toujours propice aux affaires de cœur, et il me tarde de savoir si le soupirant de Sarah s'est enfin décidé à lui faire sa demande.

George aida Harry et Oliver à charger la dernière caisse à l'arrière du chariot. Les malles se trouvaient déjà à bord de la *Georgeana*: on prendrait la mer le lendemain soir. Les deux garçons évoquaient déjà leur long périple vers l'Angleterre et les activités auxquelles ils comptaient se livrer sur le navire.

Ce parfum d'aventure les surexcitait. George, qui avait connu la même exaltation bien des années plus tôt, les observait avec satisfaction. Lorsqu'ils regagneraient l'Australie dans deux ans, ils rapporteraient avec eux leurs souvenirs du Vieux Monde – qui sait si leur soif de découverte ne les mènerait pas ensuite dans d'autres régions du globe?

— George?

Il se retourna vers sa mère.

— Je songeais à notre arrivée dans ce pays, dit-il en l'enla-çant. Est-ce le courage ou l'inconscience qui nous a conduits jusqu'ici?

— Les deux. J'éprouvais autant de peur que d'impa-tience. En fin de compte, si j'ai certes craint souvent pour nos vies, vise un peu tout ce que nous avons réussi en vingt-quatre ans.

D'un grand geste du bras, elle balaya les alentours. Ernest et Bess bavardaient avec Alice et Nell; Meg et Ned étaient là aussi en compagnie de leur fille; Henry Carlton bavardait à bâtons rompus avec Oskar, auquel ses deux cadettes s'étaient jointes pour le mariage. Thomas et l'époux d'Irma dormaient à l'ombre d'un poivrier, grisés par le champagne, tandis qu'une myriade d'enfants, noirs et blancs mêlés, couraient en tous sens. Les jumeaux de Nell s'étaient installés sur des couvertures, au bord de la rivière, avec leurs bien-aimés. Amy et Niall admiraient leur bébé.

Plus loin, forçats et Aborigènes se tenaient réunis autour de bouteilles de rhum. George sourit: demain matin, ils auraient mal aux cheveux!

— George…, commença Susan.

— Que se passe-t-il? s'enquit-il en fronçant les sourcils.

— J'ai deux choses à te remettre avant que tu ne partes pour l'Angleterre, exposa-t-elle en fourrageant dans sa poche, dont elle tira des lettres. La première est pour Ann, ma belle-sœur.

Elle leva les yeux en direction d'Ezra pour s'assurer qu'il ne pouvait pas l'entendre.

— Surtout, ne la lui donne pas en présence de ton oncle Gilbert.

— Que de mystères, plaisanta son fils. Es-tu certaine de me faire suffisamment confiance pour m'abandonner un pareil document?

— Ne te moque pas de moi, répliqua Susan en lui assenant sur l'avant-bras un petit coup d'éventail. Promets-moi de te charger sans faute de cette commission.

— Tu as ma parole, la rassura-t-il, étonné du rouge qu'il découvrait à ses joues et de son ton pressant. Ce n'est pourtant pas ton genre de faire ainsi des cachotteries.

— Je suis ta mère, mais tu ne sais pas tout de moi. Celle-ci est pour toi, ajouta-t-elle en lui agitant la seconde missive sous le nez. Tu ne l'ouvriras qu'après ma mort.

— Voyons, mère, nous ne partons que deux ans! Tu as encore beaucoup de temps devant toi. Reprends-la, je n'en veux pas.

— Obéis-moi, pour une fois. À peu de choses près, ton père en connaît le contenu, et il l'approuve. Nous ne rajeunissons ni l'un ni l'autre. Il est normal que nous tenions à mettre en ordre nos affaires.

George accepta l'enveloppe à contrecœur. L'étrange comportement de Susan l'inquiétait.

— «À peu de choses près», dis-tu. Père ignore donc certaines choses. De quoi s'agit-il?

— Tu y verras plus clair l'heure venue. À présent, oublie notre conversation. La jeune mariée attend.

Cornouailles, juillet 1813

Alors qu'ils vivaient en Angleterre depuis six mois, ils s'étaient rendus à Mousehole à bord de la voiture louée par George. À l'approche du hameau, ce dernier avait contemplé la mer d'un bleu reconnaissable entre mille, puis les gigantesques falaises au pied desquelles, le long de la côte, se blottissaient les petits villages de pêcheurs. Des voiles blanches se distinguaient sur l'eau, que des mouettes survolaient, le parfum de la lande flottait dans l'air. Comme la voiture ralentissait pour entamer sa descente vers Mousehole, George avait reconnu la maison près de l'église. Elle avait peu changé depuis son enfance. Les chaumières se matérialisèrent en contrebas, identiques au souvenir qu'il en gardait. Il lui sembla un instant n'être jamais parti.

Néanmoins, un sourd malaise le taraudait. Tandis que les sabots du cheval résonnaient sur le pavé des quais, au son des vastes oiseaux de mer se disputant à grands cris les reliefs de la pêche du jour, George songea de nouveau à la lettre de sa mère.

Après avoir remis à sa tante celle qui lui était destinée, il l'avait observée attentivement pendant sa ˡecture. À son souffle soudain court, au sang qui avait reflué de son visage, il avait compris combien le contenu de la missive l'avait affectée. Mais elle avait refusé de répondre ensuite à ses questions, pour finir par jeter les feuillets dans les flammes qui dansaient dans l'âtre. Le jeune homme s'était senti d'autant plus soulagé d'avoir remis sa lettre à son notaire de Sydney – la tentation de l'ouvrir avant l'heure se serait révélée trop forte.

Une semaine après leur installation dans une auberge des environs de Mousehole, George avait conduit Éloïse et les garçons sur les lieux de son enfance. Ils avaient visité la demeure familiale, dont le nouvel occupant les avait invités pour le thé. Ils étaient allés jusqu'à assister à un interminable service dans l'église où jadis prêchait son père. Partout, on leur avait réservé un accueil chaleureux.

Ce jour-là, un vent glacé soufflait de la mer. On s'apprêtait cette fois à découvrir la propriété dont Harry avait hérité. Une atmosphère pesante régnait dans la voiture – Éloïse se sentait tendue, son fils aîné prenait soin de manifester le moins d'intérêt possible pour ce qui se passait ; Oliver se montrait anormalement silencieux. Il tenta d'égayer un peu la compagnie en se mettant à siffler, mais sa mère lui ordonna sèchement de faire silence.

George mena le cheval jusqu'aux piliers à demi effondrés flanquant l'entrée de la demeure, pour le contraindre ensuite à s'engager dans l'allée envahie de mauvaises herbes.

Il se força à sourire.

— Nous y voilà, Harry, dit-il. Treleaven House, siège du comte de Kernow.

Éloïse se raidit. Il n'aurait pas dû lui imposer cette escapade : il devinait à sa figure décomposée qu'elle songeait à Edward et à Charles.

— Pourquoi tant de noms commencent-ils ici par «tre»? demanda Oliver en observant les lettres gravées au-dessus de la porte d'entrée.

— En cornouaillais, «tre» signifie «ferme», lui expliqua George.

Harry considéra l'édifice en ruine et le parc à l'abandon déployant sa végétation en direction de la mer.

— Je continue de refuser de mettre les pieds dans cette maison. Tout y part à vau-l'eau. Et en ce qui me concerne, elle pourrait aussi bien pourrir sur pied. Cela m'est égal.

— Comme tu y vas! protesta son frère. Il faudrait certes beaucoup d'argent pour la remettre en état, mais ce pourrait être amusant de lui rendre sa splendeur d'antan.

— J'ai l'impression que tu as hérité de ton grand-père son aptitude à voir au-delà des apparences, intervint Éloïse. Peut-être…

Elle se tut un moment, puis se tourna vers son fils aîné.

— Es-tu certain de ne pas vouloir entrer?

Il croisa les bras, le visage fermé.

— Absolument. Il est hors de question que j'entretienne le moindre rapport avec ce que cet homme a pu laisser derrière lui.

George lut du chagrin dans les yeux de son épouse. Il serra sa main dans la sienne. Harry haïssait son défunt père. Mais pouvait-on lui en vouloir après les scènes dont il avait été naguère le témoin?

— Tu seras bien obligé d'accepter le titre, remarqua Oliver.

— Tais-toi donc, Ollie, grommela son frère.

— Tu ne vois pas plus loin que le bout de ton nez. Moi, je serais ravi d'être comte. Je m'empresserais de redorer notre blason.

— Peut-être est-il possible de trouver une solution, murmura Éloïse.

— Comment donc? s'étonna son mari. Harry est l'héritier, personne ne peut rien y changer.

— Tu as raison. Je rêvais à voix haute.

George reprit les rênes, la mine soucieuse. Le cheval contourna la fontaine envahie de lichen pour se diriger vers la sortie.

Certes, songea-t-il tandis que la voiture les emportait à vive allure loin de Treleaven House, Harry souhaitait se débarrasser de son titre et Éloïse exécrait ce qui touchait de près ou de loin aux Cadwallader. Il n'empêche : son fils, à sa majorité, se verrait contraint de siéger à la Chambre des lords. Peut-être, dans quelques années, se serait-il assez apaisé pour assumer cette responsabilité et en profiter pour rendre tout son éclat à son titre.

Une semaine de plus avait passé. Dans quatre jours, ils partiraient pour Londres. Puis, au printemps, ils embarqueraient pour l'Afrique du Sud où ils séjourneraient chez Emma, la sœur de George, que celui-ci n'avait pas revue depuis ses tendres années. Après quoi ils regagneraient l'Australie.

Au terme du dîner, ils s'installèrent confortablement devant l'âtre, qui occupait presque un mur entier de la grande salle de l'auberge. Mais bientôt, les deux garçons faussèrent compagnie au jeune couple pour s'élancer en direction de la plage pour y ramasser les mille et un trésors régulièrement déposés par la marée. Dans leur précipitation, ils manquèrent de renverser la domestique qui entrait pour débarrasser la table.

— Je vous prie de les excuser, intervint aussitôt George en bondissant sur ses pieds.

La jeune fille se baissa pour ramasser son plateau, sa chevelure sombre masquant ses traits.

— Il n'y a pas de mal, monsieur.

Elle se redressa et lui sourit. George demeura bouche bée : la ressemblance avec sa mère était frappante.

L'étincelle au fond du regard gris-bleu s'éteignit, la fossette disparut.

— Vous êtes tout pâle, monsieur.

— Vous me rappelez quelqu'un, bafouilla-t-il. Mais à votre accent, vous n'êtes pas cornouaillaise. Je dois donc faire erreur.

— Je suis née dans le Somerset, monsieur.

— Entretenez-vous un lien de parenté avec les Penhalligan ?

— Je n'ai jamais entendu parler de ces gens-là.

— Pourtant, en découvrant votre visage, j'ai cru voir ma mère. J'aurais juré que vous apparteniez toutes deux à la même famille.

Une pensée lui traversa l'esprit.

— À moins que la relation ne soit à chercher du côté de ma sœur Emma ? Après avoir épousé un officier de l'armée, elle est partie s'installer en Afrique du Sud. Vous pourriez être sa fille.

La servante reposa les assiettes sur la table et, les poings sur les hanches, fixa son interlocuteur, l'œil furibond.

— Je suis flattée que vous me preniez pour un membre de votre famille, monsieur, mais je n'ai jamais mis les pieds en Afrique du Sud. Je viens du Somerset et j'en suis fière. Je vous saurai gré de ne pas insister.

Elle ramena une mèche de cheveux derrière son oreille, s'empara à nouveau de son plateau et déguerpit.

George se laissa tomber dans le fauteuil voisin de celui d'Éloïse.

— As-tu vu ce que j'ai vu?

— Nombreux sont celles et ceux qui portent une marque de naissance, dit son épouse en lui prenant la main. Cela ne signifie rien.

George ne semblait pas convaincu. La gouttelette rouge sang, sur la tempe de la jeune fille, lui rappelait par trop les Cadwallader – si l'on songeait en outre à cette formidable ressemblance avec Susan…

— Ne crois-tu pas que ma mère et Jonathan aient pu concevoir un enfant?

Éloïse lui tapota tendrement l'avant-bras.

— Ton imagination te joue des tours. Ta mère n'est en rien ce genre de femme. Et si la domestique compte parmi les enfants illégitimes de Jonathan, mieux vaut sans doute pour elle qu'elle continue de l'ignorer. En outre, cette enfant arbore des cheveux noirs et une peau très sombre, alors que ta mère est blonde. Je ne serais pas autrement étonnée d'apprendre qu'elle a du sang espagnol ou italien.

— Tu as raison, concéda George, résolu à chasser de son esprit ces folles pensées. On prétend que chacun, sur cette terre, possède un sosie et, si elle appartenait pour de bon à la lignée des Penhalligan, la famille se serait empressée de l'accueillir en son sein.

— Je suis heureuse de te voir revenu à la raison.

Son épouse se pencha vers lui pour l'embrasser.

— Et maintenant, monsieur Collinson, susurra-t-elle, puisque les garçons nous ont abandonnés pour au moins une heure, que diriez-vous d'occuper agréablement notre temps libre?

George sourit. Ses préoccupations se dissipèrent dans l'instant. Ne restait plus en lui qu'une âme débordant d'amour pour sa superbe femme.

— Je devrais pouvoir nous trouver quelque chose.

Sur quoi il la prit dans ses bras pour l'entraîner hors de la pièce et grimper l'escalier.

Au dernier jour de leur voyage dans les Cornouailles, le couple se promenait sur la plage de galets qui s'étendait au pied des colossales falaises de granit.

— Je suis ravie que nous ayons entrepris ce périple, haleta Éloïse, qui luttait contre le vent. Harry et Oliver avaient besoin de découvrir de nouveaux horizons après le drame qu'ils ont vécu. Au terme d'une pareille aventure, c'est le cœur satisfait que nous regagnerons l'Australie.

— Que penses-tu de mes Cornouailles?

— C'est une contrée magnifique, s'extasia l'épouse de George en tâchant de suivre son pas énergique. Mais bien que nous soyons en été, il y fait très froid.

Avant de lui prendre le bras, son mari resserra l'épaisse écharpe autour de son cou.

— Nous passerons l'hiver à Londres et c'est tant mieux, observa-t-il.

Il se mit à rire.

— Car ici les températures n'ont pas fini de chuter!

— Y fait-il aussi froid qu'en Bavière?

Il lui sourit.

— Il neige rarement, mais nous devons supporter un froid plus humide que sur le continent. Quant aux tempêtes, elles sont redoutables. C'est ce que nous, Cornouaillais, appelons un climat vivifiant!

— Vous avez le sens de la formule.

Elle tira sur le bras de son époux. Le couple s'immobilisa.

— Regarde-les, lança-t-elle sur un ton de tendre exaspération. Ils doivent être trempés.

Les deux garçons escaladaient les rochers, sautant de flaque en flaque. George se rappela qu'à leur âge il aimait à en faire autant. Il lui sembla soudain contempler une vivante image de lui-même et il comprit du même coup qu'il avait appris avec le temps à chérir Harry et Oliver. Ils étaient sa joie et, à présent que les ombres du passé avaient enfin reflué, ces derniers commençaient à le tenir un peu pour un père.

Il serait un bon père, se promit-il en silence. Un père affectueux, de ceux qui adressaient à leurs rejetons les encouragements nécessaires à leurs progrès. De ceux qui prenaient le temps de les écouter et de leur prodiguer des conseils si le besoin s'en faisait sentir. Il saurait aussi se taire lorsque viendrait pour eux le temps de livrer seuls leurs propres combats.

— George? Te voilà de nouveau perdu dans tes rêveries.

— Je mesurais ma chance.

Éloïse frissonna. Son mari s'avisa qu'ils bataillaient ainsi contre le vent depuis plus de deux heures.

— Rentrons à l'auberge. J'ai une folle envie de biscuits, de confiture et de crème.

Elle fit mine d'enfoncer un doigt dans son ventre.

— Pas trop de crème. Je tiens à te garder en forme.

Il l'attira contre lui.

— Quel toupet! Il n'y a pas si longtemps, mes deux mains suffisaient à te ceindre la taille. Et maintenant, regarde un peu…

— À ceci près que moi, je possède une excellente excuse pour grossir un peu.

Elle gloussa.

— Évidemment, avec les biscuits, la crème et…

Il s'interrompit, écarquilla les yeux et décocha à Éloïse un sourire joyeux qui illumina son visage.

— Un bébé? Notre bébé?

Comme elle acquiesçait de la tête, il l'étreignit.

— T'ai-je dit récemment combien je t'aimais? soupira-t-il.

Son épouse se blottit contre lui. La tempête les chahutait, les mouettes et les sternes leur livraient depuis les cieux une véritable sérénade.

— Pas depuis ce matin, murmura-t-elle.

FIN

Table

Cet ouvrage a été composé
par Atlant'Communication
au Bernard (Vendée)

Achevé d'imprimer sur Roto-Page
par l'Imprimerie Floch à Mayenne
en avril 2013
pour le compte des Éditions de l'Archipel
département éditorial
de la S.A.S. Écriture-Communication

Imprimé en France
N° d'impression : 84816
Dépôt légal : mai 2013